살로메의 단두대

サロメの断頭台

살로메의 단두대

サロメの断頭台

유키 하루오

장편소설

김은모 옮김

한 번만이라도 나를 보았다면,

분명 사랑에 빠졌을 텐데.

그리고 나는, 아아, 나는 당신을 보았어, 요카난.

그래서 나는 당신을 사랑하게 된 거야.

오스카 와일드—「살로메」

차례

일러두기
본문의 각주는 전부 독자의 이해를 돕기 위한 옮긴이 주입니다.

서장

후카에 류코우가 사는 판잣집은 나카노마치 변두리에 있다.

무슨 나무 상자 같아서 사람이 사는 게 맞나 싶은 2층 판잣집으로, 삼면이 황무지로 둘러싸여 있으며 한산한 길 건너 맞은편은 잡목림이다. 후카에가 여기 산다는 사실을 아는 사람은 거의 없다. 때때로 그가 조각을 깎는 소리가 울려 퍼지기에, 근처 사람들은 대부분 판잣집을 누군가의 작업장쯤으로 여겼다.

2월 18일. 경찰서에 다녀온 후카에는 혼자 주전자에 물을 끓여 마시면서 몸을 녹인 후, 부엌을 정리하지도 않고 자살할 준비에 나섰다.

그는 오늘 의붓여동생인 후카에 도키코의 실종 신고를 하러 갔었다.

순사는 제대로 상대해주지 않았다. 6년 전부터 아무도 모르게 이 판잣집에서 조용히 살아온, 피 한 방울 섞이지 않은 여동생이 사흘 전 어딘가로 가버렸다……, 순사는 후카에의 그 모든 말에 의혹을 내비쳤다.

도키코가 누구에게도 비할 바 없이 아름다웠다는 둥, 행방을 감춘 당시 양장 차림이었다는 둥 그의 이야기가 자세해질수록 순사는 후카에의 광기가 입증되어 간다는 듯한 표정을 지었다. 어쨌거나 순사가 그럴듯하게 증언을 받아 적는 시늉을 했기에, 후카에는 도키코를 위해 할 수 있는 일을 다 했다고 생각했다.

후카에는 창고에서 밧줄을 찾아 톱으로 두 간* 정도 길이로 잘랐다. 그것을 둥글게 말아 조각실이라 부르는, 1층의 8평 남짓한 방으로 향했다.

조각실은 작품으로 가득했다. 후카에는 회화, 조각, 의복 등 온갖 조형예술을 다루었고, 작품 대부분을 이 판잣집에 처박아 두었다. 예전에는 그림을 그리든 조각을 하든 이 방을 사용했지만, 작품이 늘어나면서 방은 어느새 창고가 되고 말았다.

한 발짝만 들어서면 불규칙하게 늘어선 목각, 석고상, 크고 작은 캔버스, 동판화, 대나무 세공품, 직물 등이 앞길을 방해한다. 후카에는 그것들을 밀쳐내고 방구석으로 내던지며 한복판에 빈터를 넓혀갔다. 안 그래도 어수선했던 작품들은 잡동사니로 바뀌었다.

* 길이의 단위. 약 1.82미터.

후카에는 오스카 와일드의 「살로메」를 소재로 그린 연작 중 한 점을 발견했을 때, 잠시 손을 멈추고 그림을 바라보았다. 도키코를 모델로 삼아서 그린 왕녀 살로메다. 하지만 역시 다른 작품들과 함께 잡동사니 속으로 던져버렸다.

자살은 그가 작품을 창조할 때 찾아오는 예술적 직관에 근거한 행동이었다. 제작 중인 그림 위에서 인물 한 명을 지워 구도가 무너졌을 때, 다른 한 명을 지워 균형을 꾀하는 것과 마찬가지였다.

장소를 확보한 후, 후카에는 의자 위에 올라서서 창밖을 한 번 바라보았다.

천장 들보에 밧줄을 묶을 때 후카에는 신중했다. 순사와 이야기를 나누던 중 자신의 생활방식이 광기를 키우기에 안성맞춤으로 여겨진다는 걸 깨달았기 때문이다. 그는 하다못해 매듭만큼은 깔끔하게 마무리했다. 정신 착란 끝에 자살을 택한 것이 아님을 나타내는 서명이었다.

후카에는 밧줄 고리에 머리를 넣은 뒤, 그림 붓이나 끌을 휘두를 때처럼 무심하게 의자를 걷어찼다.

이틀 후, 지나가던 사람이 후카에의 시신을 발견했다. 후카에가 매장된 후 판잣집은 봉쇄됐다. 경찰은 후카에가 실종 신고한 도키코에게 관심 한 번 주지 않았고, 어디선가 도키코가 발견되지도 않았다.

조각실은 밀폐된 상태로 방치됐다.

내버려둔 후카에의 작품이 다시 주목받고, 그가 자살을 택한 이유가 밝혀지기까지는 수개월의 시간이 필요했다. 어떤 도작 사건에, 어떤 위작 사건, 여러 잡다한 사건들이 일어나고, 끝내 희곡 「살로메」를 본뜬 연쇄 살인이 발생한 후의 일이다.

I

림스테이크의 방일

1

5월 20일 아침은 날씨가 화창했다.

코넬리스 판 림스데이크가 탄 배는 오전 9시에 요코하마항에 입항했다. 그는 한 시간쯤 전에 아내와 함께 갑판에 나와, 전해 들은 대로 거기서 후지산이 보인다는 걸 확인했다.

느긋한 마음으로 여권 심사와 세관을 통과해, 정오가 지났을 무렵 요코하마 부두에서 안내인과 만났다. 철도를 이용해 도쿄의 호텔로 향했다.

"림스데이크 님, 편지를 맡아두었습니다."

호텔 접수처의 턱시도 차림 일본인이 십수 통의 편지를 전달했다. 림스데이크는 마뜩잖은 표정으로 그것을 받았다. 요즘은 세계 어디를 가도 편지가 쫓아온다.

림스데이크는 네덜란드의 귀족 출신이다. 림스데이크 집안은 16세기부터 이어지는 전통 있는 가문으로, 선대는 필립 판 림스데이크 백작이라고 한다. 림스데이크는 차남이라 작위를 계승하지 못하고, 대신 용크헤이르*라는 칭호를 사용한다.

다만 본인이 말하지 않는 한 그의 태도로 출신을 눈치채기는 불가능했고, 림스데이크 스스로도 자신의 출신을 문제 삼지 않았다. 림스데이크의 마음가짐 운운하기 이전에, 이제 가문은 그에게 너무나 사소한 것이었기 때문이다.

림스데이크는 장성한 후, 지난 세기 말엽부터 재정 상태가 나빠지고 있던 집안을 떠나 사업을 하기 위해 아메리카로 건너갔다.

수년에 걸쳐 주식 투자로 밑천을 만들고 철강회사 경영에 관여했다. 그것이 대성공해서 림스데이크는 억만장자 반열에 올랐다.

이를 두고 다들 아메리카식 성공이라 말했고, 림스데이크도 이의는 없었다. 5년 전 아메리카인 자선가 여성과 결혼한 이래, 림스데이크의 귀족적 성향은 점점 더 아메리카화됐다.

회사는 이제 림스데이크가 손을 대지 않아도 알아서 돌아간다. 이번 여행은 여유가 생긴 림스데이크가 대체 얼마나 사업에서 떨어져 있을 수 있는지 시험해 보기 위한 장기 여행이었다.

---

* 귀족 가문 출신임을 알리는 공식 호칭.

살로메의 단두대

2주 전에 샌프란시스코 항구를 떠났고, 일본에는 8월 말까지 석 달 남짓 머물 예정이다. 그 후에는 상하이, 시암을 거쳐 모국인 네덜란드로 향한다. 10개월쯤 되는 여정인데, 더 길어져도 전혀 상관없었다.

객실로 안내해준 보이가 물러가고 아내가 짐을 푸는 동안 림스데이크는 편지를 펼쳤다. 아니나 다를까 일본의 실업가나 정치가, 또는 주일 네덜란드 대사 등이 면회를 청하는 편지였다. 드넓은 태평양을 건너왔는데도, 두고 온 줄 알았던 굴레들은 상상을 초월하는 속도로 앞질러 와 있었다.

마지막 한 통에서 Sakuta Iguchi라는 이름을 보고, 림스데이크는 '보류'라고 딱지 붙인 서류함에 내던지는 기분으로 편지를 무릎에 내려놓으려 했다. 그러나 그것이 낯선 누군가가 자신의 비위를 맞추려고 보낸 편지가 아니라는 걸 알아차리고 황급히 봉투를 뜯었다.

"어머, 아는 사람의 편지?"

짐을 다 푼 아내가 창가 소파에 앉은 림스데이크 곁으로 다가왔다.

"그런 건 아니지만 이걸 읽을 시간을 좀 줘."

편지를 펼치자 긴장이 묻어나는 단정한 고딕체 문장이 편지지 두 장에 담겨 있었다. 림스데이크는 미소를 지었다.

"이구치라는 사람? 일본인이겠지? 어떤 관계야?"

아내는 림스데이크가 팔걸이에 던져둔 봉투를 집어 들고 발신인을 보며 물었다. 마침 편지를 다 읽은 림스데이크는 저도 모르게 누그러진 얼굴을 들었다.

"이 사람은 우리 아버지와 관계가 있는 인물이야. 그다지 기대하지 않았는데, 제대로 답장이 와서 다행이군. 이야기하자면 길어지는데.

네덜란드에 있는 우리 집에는 훌륭하고 유서 깊은 물건들이 많았지만, 내가 어렸을 적에 생활 형편이 그다지 좋지 못해서 그것들을 조금씩 팔았지. 어느 날 복도에 걸려 있던 유화가 어디론가 갔나 싶더니, 그다음 달에는 오라녜 공의 조각이 새겨진 은촛대가 없어지는 식이었어. 어린 내게는 정말 처량한 일로 다가왔어. 어른이 되기 전에 벽까지 벗겨내서 집이 뼈대만 남지는 않을까 싶더군.

물건 중에 왕실과 인연이 있는 괘종시계가 있었어. 문자판에 루비가 박힌 대단한 물건이었지. 아버지는 그것을 누구에게 넘겨야 할지 망설이던 끝에 결국 런던에서 골동품상을 하던 어느 일본인에게 팔기로 하셨어. 츄지로 이구치라는 사람이었지."

"아아, 이구치라는 일본인이로군."

림스데이크는 집에 거래하러 온 이구치가 아버지와 대화하는 모습을 봤을 뿐 말을 나누지는 않았고, 그가 동양인답지 않게 키가 컸다는 것만 기억한다. 하지만 그 동양인이 미술품에 상당한 경의를 품고 있으며 그의 심미안을 높이 평가한다는 말은 아버지에게 자주 들었다.

"수십 년 전 일이었지만, 그 후로도 아버지와 이구치 씨는 계속 편지를 주고받았어. 그러다 10년 전에 아버지가 돌아가셨고, 이구치 씨도 같은 무렵에 세상을 떠났지. 네덜란드에 부고를 알리는 편지가 왔었다고 하더군. 나는 아메리카에 있어서 그 편지는 보지 못했지만, 어쨌든 가족들에게 그런 이야기를 들었어.

그 후로는 아무 소식이 없었는데, 이번에 일본에 오기로 결정하고 나서 그 시계가 생각난 거야. 뭐, 요컨대 수십 년 전 그때 사업으로 대성했더라면 그 훌륭한 시계를 처분할 필요도 없었을 텐데, 하고 깨달은 셈이지."

"그러니까 그 괘종시계를 되사려고 하는 거구나! 그 편지는 그 일에 관련된 소식이야?"

"응. 일본에 오기 전, 네덜란드의 가족들에게 이구치 집안의 주소를 물어서 시계를 되팔아달라고 부탁하는 편지를 썼지. 시간이 빠듯해서 답장은 이 호텔로 보내달라고 했고.

별 기대는 없어서 잊어버렸었는데 답장이 왔군."

"답장 내용은? 시계를 산 일본인 골동품상은 이미 세상을 떠났잖아? 누가 답장을 보낸 거야?"

"나는 츄지로 이구치 씨의 아들에게 편지를 썼는데, 그는 병으로 지난달에 세상을 떠났다는군. 이걸 쓴 사람은 츄지로 씨의 손자, 사쿠타 이구치야.

시계는 팔았대. 츄지로 씨가 은퇴한 후 이구치 집안의 사업은 그다지 신통치 않았던 모양이야. 하지만 손자인 사쿠타라는 사람이 시계를 구입한 사람과 이야기를 잘 마무리지었다나 봐."

편지에 따르면 현재 시계의 소유주는 이구치의 아버지에게 지불한 시계의 구입액에 물가 상승분을 더한 액수를 제안했다.

림스데이크는 제안이 타당한지 아닌지는 상대 얼굴을 보고 결정하면 되겠거니 했다.

"아, 그거 잘됐네. 그럼 사쿠타 이구치 씨? 골동품상의 손자를 만나는 건가?"

"그렇지. 혹시 사쿠타 이구치라는 이름을 들어본 적 없어?"

"글쎄. 내가 알아야 할 이유가 있는 거야?"

"아니, 그런 건 아니고. 다만 사쿠타 이구치는 화가래. 그림을 그려서 생계를 꾸리고 있지. 하긴 별로 유명하지는 않겠지만."

"어차피 난 일본인 화가라고는 호쿠사이* 정도밖에 모르는걸."

림스데이크는 한 번 더 읽으려고 다시 편지지를 집었다.

괘종시계의 소식이 명확해져서 행복했다. 동시에 일찍이 시계를 사 갔던 골동품상의 손자가 화가가 됐다는 사실이 약간 기뻐서 의아했다.

림스데이크는 미술품 애호가이기는 했지만, 아무리 그렇기

---

* 가쓰시카 호쿠사이. 에도 시대 말기의 우키요에 화가로, 인상주의 등 서양 미술에 큰 영향을 미쳤다.

로서니 정체를 알 수 없는 화가를 만날 생각에 마음이 들뜨는 것도 이상했다. 잠시 생각해 본 결과, 그것이 먼 여행을 떠났을 때 비일상적인 뭔가가 일어나기를 바라는, 아주 평범한 기대심임을 깨달았다. 림스데이크는 자기 내면에서 뜻밖의 천진난만함을 발견하고 웃음을 지었지만, 그걸 아내에게는 들키지 않도록 편지에 집중했다.

다시 보니 실제로 일상에서 일탈한 기척이 느껴지는 편지였다. 어색해 보일 만큼 한 글자 한 글자 정성스럽게 쓴 걸로 보건대, 영문에 익숙지 않은 것은 확실하다. 정성스러움이 지나쳐 읽는 이에 대한 배려뿐만 아니라 예술가의 미의식이 새어 나왔다. 정중하지만 아첨하지는 않는 문장은 그 자체로 흠잡을 데가 없었다.

"그럼 이구치 씨는 언제 만나려고?"

"언제든 좋다는군. 며칠 안으로 만나봐야겠어."

"이렇게 말하긴 뭐하지만, 예전에 당신 아버님과 교분이 있었던 골동품상이 훌륭한 인물이었다고 해서 손자까지 그렇다는 보장은 없잖아? 특히 화가 같은 사람은 말이야."

"뭐, 저쪽에서 이 호텔로 만나러 오겠다고 하니까 무례하게 굴면 보이를 불러 쫓아내면 그만이야. 더구나 요즘 훌륭한 인물들을 너무 많이 만나서 좀 질렸어."

"통역은? 누구에게 부탁할 건데?"

"아니, 괜찮아."

림스데이크는 편지 끝부분을 다시 읽고 나서 아내에게 보여
주었다.

"'저는 외국어를 잘 못하지만, 친구를 통역으로 동행할 테니
대화에 지장은 없을 것입니다. 안심하십시오'라는군. 어떤 친구
인지는 모르겠지만, 아주 자신 있게 써놨어."

림스데이크는 답장을 호텔 접수처에 맡겼다.

2

이구치와 통역을 맡은 친구는 그로부터 나흘 후 오후에 찾아
왔다. 림스데이크는 자기 방에서 두 사람을 맞이했다.

"처음 뵙겠습니다. 제가 사쿠타 이구치입니다. 이쪽은 제 친
구 하스노라고 하고요. 통역입니다."

그는 서툰 영어로 그렇게만 인사했다.

"코넬리스 판 림스데이크야. 잘 왔어."

림스데이크는 두 사람을 방 안쪽 창가에 놓인 테이블로 안내
했다. 아내는 오늘 사람을 만나러 일본적십자사 본부에 가는 바
람에 지금은 림스데이크 혼자였다.

이구치라는 화가는 일본인치고도 키가 작은 편이었고, 얼마
나 고급인지는 모르겠지만 매끄러워 보이는 검은색 기모노를
차려입었다. 수염이 짙은 듯 면도한 지 얼마 안 돼 보이는 턱이
푸르스름했다. 할아버지 츄지로의 모습은 찾아볼 수 없었다.

그는 하스노라는 통역과 얼굴을 마주 보더니 느닷없이 괘종시계 이야기를 꺼냈다.

"……그래서 아버지가 우라카와 가에몬이라는 부자에게 시계를 팔아버렸습니다. 하지만 가에몬 씨는 올해 2월에 돌아가셨고, 조카는 림스데이크 씨께 시계를 돌려드려도 상관없다고 합니다. 편지로 알려드린 조건으로요. 금액은, 음, 일본 돈으로 4천 5백 엔 정도가 아닐까 싶습니다. 시계는 아무런 손상도 없이 말끔한 상태입니다."

"그렇군."

림스데이크는 어쨌든 일의 경위를 이해했으며 우라카와라는 사람과 거래할 때 입회해주기 바란다는 말을 전했다. 이구치는 그 말을 듣고 안도한 표정을 지었다.

림스데이크가 침묵하자 이구치는 치뜬 눈으로 바라보며 림스데이크가 말을 잇기를 기다렸다. 긴장한 걸까, 그렇지도 않은 걸까. 통역을 거쳐서 그런지 림스데이크는 이구치의 성격을 종잡을 수가 없었다.

"이렇게 말하면 실례겠지만 운명이란 때때로 묘한 형태로 나타나지. 울퉁불퉁한 바위 표면이나 구름 그림자가 사람 얼굴로 보이는 것처럼 알쏭달쏭해. 하지만 알아차리고 나면 무시할 수도 없는 노릇이야."

"아, 네. 동감입니다."

이구치는 그렇게 대답했다.

외모뿐만 아니라 성격도 골동품상인 할아버지와는 많이 다른 듯했다.

장사로 큰 성공을 거둔 츄지로의 아랫대에서 이구치 집안은 완전히 몰락했다. 이구치의 아버지는 장난감 공장과 쌀 선물거래를 하다가 츄지로의 재산을 거의 탕진했다고 한다.

이구치는 자신의 아버지가 돈에 쪼들려 시계의 가치를 제대로 알아보지도 않고 매각한 것을 사과했지만, 그 이상은 전락한 자기 집안의 모양새를 부끄러워하거나 감추려 하지 않는 듯했다. 돈에 쪼들려 시계를 팔아넘긴 림스데이크 집안과 이구치 집안의 입장이 뒤바뀌고, 수십 년의 세월을 거쳐 시계가 일본과 네덜란드를 오가게 된 상황을 두고 그는 림스데이크가 내비친 감회에 "동감입니다" 하고 아무런 비애도 없이 대답했다.

림스데이크는 어쩐지 시계 이야기가 정말로 곁가지 잡담에 불과했던 것 같은 기분이 들었다. 대신에 이 묘한 화가와 통역에 대한 호기심이 커졌다.

"그림을 그려서 생계를 꾸린다고 편지에 썼는데, 어떤 그림을 그리나?"

"그게, 옛날에는 일본화를 그렸는데 요즘은 유화와 서양화만 그립니다."

"일본에서 그게 돈벌이가 되나?"

"잡지 표지나 소설 삽화를 그리기도 합니다. 가끔 그림을 사주는 사람도 있죠. 부탁받아 그리기도 하고요. 하지만 뭐, 많이 벌지는 못합니다.”

“그래도 괜찮나?”

“글쎄⋯⋯, 어떨까요. 벌지 못해도 되는 걸까, 아마 화가들은 대부분 그런 고민을 하면서 그림을 그리지 않을까 싶습니다만.”

“뭐, 확실히 무슨 수를 써서라도 이름을 알리겠다든지, 안 팔려도 전혀 상관없다든지, 그런 소리를 하는 예술가는 신용할 수 없는 경우가 많지. 계속 고민하는 게 가장 성실한 태도인지도 모르겠군.”

림스데이크는 자신과 비슷한 처지의 이구치가 화가라는 직업을 택한 경위에 흥미를 느꼈다. 생이별했다가 다시 만난 형제에게 지금까지 어떻게 살아 왔는지를 캐묻는 듯한 기분이었다. 그는 취업 면접 같은 질문을 이어갔다.

“이구치, 자네 할아버지인 츄지로 씨가 수집한 물건들은 모두 없어졌겠지?”

“뭐, 그렇죠. 고물이나 다름없는 항아리나 악기 따위만 남아 있습니다. 그것 말고는 할아버지가 지으신 집 한 채뿐이고요.”

“그렇군. 나는 지금 미술품 수집가로 알려졌고 스스로도 그렇다고 생각하네만, 그렇게 된 건 사업으로 어느 정도 자산을 만든 후부터야.”

“아, 네.”

이구치는 당연하지 않냐는 듯한 표정을 지었다.

“물론 수집가는 돈이 있어야 될 수 있으니 당연한 소리이긴

하지. 하지만 말이야, 십수 년 전, 사업 성공 같은 건 꿈도 못 꿨
던 시절에 나는 예술 애호가가 아니었어. 전혀! 뉴욕의 미술관에
서 어떤 전시가 열리고 있는지에는 털끝만큼도 관심이 없었지.

그런데 경제적 자유를 손에 넣고 나니, 갑자기 그림이니 조
각이 갖고 싶어서 견딜 수가 없더군. 희한하게도 말이야."

림스데이크는 그런 말을 자조 없이 날씨 이야기하는 듯한 말
투로 꺼냈다.

그 말을 듣고 이구치는 다소 무례하게 머리를 긁적였다.

"림스데이크 씨는 예술을 애호하는 자신의 취미를 불순하게
여기신다는 말씀이실까요? 그렇다면 그런 속내를 굳이 저에게
밝히시는 건 이상하네요."

"불순한 걸까? 어린 시절에 날 둘러싸고 있던 미술품들이 흩
어져버린 것이 내가 수집가로 자리매김하는 데 영향을 준 건
확실해. 어떻게든 이번에야말로 그걸 소유하고 싶어. 그래서 돈
을 아끼지 않고 이것저것 닥치는 대로 작품을 사들이고 있지.
예술가인 자네가 그런 짓을 대체 어떻게 생각하는지 궁금하군."

빗대어 말하는 듯한 어조라 자신의 부끄러운 성격을 이야기
하는 것처럼 들리지는 않았다. 시험받고 있는 쪽은 어디까지나
이구치였다.

"글쎄요, 확실히 예술가 중에는 자기 작품을 구입해주기를
바라면서 동시에 수집가를 경멸하는 이들이 꽤 많은 것 같기는
하네요. 하지만 소유욕을 단순히 불순하다고 치부하는 건 극단

적인 금욕주의 같습니다.

그런 생각의 밑바탕에 있는 건, 수집가는 소유에서 즐거움을 찾을 뿐 금전으로 환산할 수 없는 작품의 가치 따위는 거들떠보지도 않으리라는 비판일까요? 아니면 예술 작품의 가치는 소유자 한 명의 의도에 국한돼서는 안 되니까 누구나 접할 수 있도록 작품을 공개 전시해야 한다는 사상일까요? 하지만 미술관에서 아무리 바라본들 이해할 수 없는 예술 작품도 있는 듯합니다.

미술관의 작품을 애호하는 건, 연애로 치면 무대 위 여배우를 사랑하는 거겠죠? 모두를 만족시키려고만 하는 태도는 오히려 불건전합니다.

소유한다는 건 예술 감상 방법 중 한 가지가 아닐까요? 소유할 수 있게 돼서야 비로소 작품에 관심을 품었다고 해도, 불순하지는 않을 겁니다. 큰돈을 내고 경쟁함으로써 자신이 누구보다도 작품을 잘 이해한다는 확신을 얻기 위해 다투는 건, 예술 작품이 유일무이함을 지향하는 이상 작품에 어울리는 방법으로 보답하는 셈이 되겠지요."

림스데이크는 이구치라는 청년 화가가 고지식하고 고풍스럽다고 생각했다. 최첨단을 달리는 뉴욕이나 파리 화단에는 관심이나 지식이 별로 없는 듯 보였다. 그 대신 허세는 없었지만, 그렇다고 마냥 순박하다고 하기에는 세련된 재능의 기운이 느껴졌다. 여기는 극동이고, 그런 재능은 변방의 땅에서 종종 발견되곤 한다.

"흠, 내 수집벽이 자네가 비유한 연애의 일종이라면, 과연 얼마나 진지할지는 자신이 없지만 말이야. 그저 첫사랑과 닮은 여자를 쫓아다니고 있을 뿐일지도 모르지!

하지만 자네는 나와 달리, 집에서 점점 없어지는 미술품을 보충하기 위해 화가가 된 게 아니겠지?"

"음, 그럴 생각은 없는데요."

"자네는 왜 그림을 그리는 건가?"

"글쎄요, 물론 미술품을 보고 자란 것이 제가 화가가 된 이유와 무관하지는 않겠지만……."

의도가 분명치 않은 림스데이크의 질문에 당황했는지 이구치는 친구끼리 쓰는 말투로 통역 하스노에게 뭔가 말했다.

두세 마디 나눈 후 하스노는 미소를 띠며 림스데이크에게 말했다.

"실례했습니다. 이구치 말로는 즉흥적인 답변을 원하는 게 아니시라면, 자기가 어째서 화가가 되었는지에 대해 잠시 생각할 시간을 주셨으면 한다는데요. 다만 설령 일주일을 주셔도 확실하게 답변할 수 있을지는 모르겠다고 합니다."

"앗, 미안하군. 곤란하게 만들려고 질문한 건 아니야."

림스데이크는 그렇게 말한 후, 마주 보고 앉은 자신과 이구치 중간에 창을 등지고 앉아 있는 하스노를 새삼 바라보았다.

사실 하스노는 이구치 이상으로, 처음 본 순간부터 림스데이크의 관심을 끌었다.

림스데이크는 이렇게 아름다운 청년은 살면서 처음 보았다.

키가 커서 6피트*는 될 듯했다. 얼굴이 갸름하고, 피부가 하얘서인지 윤기 있는 머리칼과 눈동자가 두드러져 보인다. 기모노를 입은 이구치와 달리 양모로 만든 양장 차림이다. 일본인다운 특징은 보이지 않지만, 그렇다고 어느 나라 사람 같다고 딱 정할 수도 없었다.

림스데이크는 통역을 맡은 그를 반쯤 못 본 체했지만, 이구치와의 대화가 끊긴 걸 계기로 하스노를 향해 고개를 돌렸다.

"하스노, 이구치의 친구라던데 자네도 화가인가?"

"아닙니다. 저는 예술에 재능이 전혀 없어서, 그보다 훨씬 시시한 일을 해왔습니다. 돈을 계산하거나 운반하거나, 그런 일이죠."

"은행원이라든가?"

"은행원이었던 적도 있습니다."

은행원이었던 적도 있다는 말은 무슨 수수께끼처럼 들렸다. 림스데이크는 더 이상 캐묻지 않고 오른손으로 턱을 집은 채 생각에 잠겼다.

침착한 하스노의 태도를 보면 세상에서 못 해낼 일은 없을 듯했지만, 은행원이 어울려 보이지는 않았다. 림스데이크는 뭔가

---

* 길이의 단위. 1피트는 약 30.4센티미터이다.

시험받고 있는 듯한 기분이 들었다.

"그렇지, 어쨌든 이구치의 그림을 한번 보고 싶은데, 어떤가?"

이구치는 의외로 솔직하게 기쁜 미소를 지었다.

림스데이크는 급하게 일정을 정했다. 내일 아틀리에를 찾아가도 되겠냐고 묻자, 이구치는 놀랐지만 괜찮다고 대답했다.

맞이할 때와 마찬가지로 악수를 나눈 후, 이구치와 하스노는 돌아갔다.

혼자 남은 림스데이크는 청년 시절에 처음으로 영화를 봤을 때처럼 기묘한 여운에 온몸이 나른해졌다는 걸 깨닫고 소파에 다시 앉았다.

방은 30제곱미터쯤 되는 서양식 객실이라 림스데이크에게는 전혀 신기하지도 재미있지도 않지만, 두 손님은 그곳에 불가사의한 이국 문화의 향기를 남기고 갔다.

3

다음 날. 림스데이크는 호텔 자동차에 올라타 이구치에게서 받은 주소를 운전기사에게 보여주었다.

차를 타고 가는 동안 림스데이크는 회중시계와 바깥 풍경을 번갈아 보며 시간을 보냈다. 이구치가 어제 자기 집은 호텔에서 그리 멀지 않다고 했는데, 과연 우에노라는 구역에 있는 그곳까지 20분도 채 걸리지 않았다.

학이 날개를 펼친 듯한 모양의 기와지붕이 얹힌 사원과 모국보다 음침하고 무거운 분위기의 묘지를 지나자 큰 서양 건축물이 앞쪽에 보였다. 자동차에서 내려 문설주를 확인하니 놋쇠에 IGUCHI라고 새겨진 문패가 박혀 있었다. 림스데이크는 문짝 없는 담장을 지나 화강암이 깔린 정원을 걸어 건물로 향했다.

림스데이크가 현관의 노커를 사용하자 문은 즉시 열렸다.

이구치가 마중을 나왔다. 뒤쪽에는 하스노가 서 있었다.

"안녕하세요. 잘 오셨습니다."

이구치는 어제처럼 서툰 영어로 인사하고 허리를 숙였다. 그러고 오른쪽으로 몸을 돌려 두 사람에게서 한 걸음 떨어져 대기하고 있던 여성을 가리켰다.

감색 기모노 차림 여성은 두 손을 절대 움직이지 않겠다는 듯 배 언저리에 꼭 대고 있었다. 미소도 짓지 않고 입을 꾹 다물고 있어서, 불쾌한 건지 긴장한 건지 구별이 되지 않았다.

"이쪽은 그의 아내인 사에코 씨입니다."

하스노가 소개하자마자, 불쾌해 보였던 사에코는 느릿한 동작으로 허리를 깊이 숙였다. 오늘 그들은 악수하려 하지 않았기에, 림스데이크도 요구하지 않았다.

서양식 저택이었지만 현관 안쪽에는 손님용 고급 실내화가 한 켤레 놓여 있었다. 정중히 권유하길래 림스데이크는 신발을 갈아 신었다.

"훌륭한 집이군."

림스데이크는 저택을 칭찬하는 말을 한마디만 꺼냈다. 이구치의 할아버지가 지었다는 이 집은 2층 건물로 그 크기가 3백 제곱미터는 될 것 같았다. 검은 기둥에는 그리스 신화의 내용을 본떠서 조각을 해놓았고, 전등에는 프랑스의 공방 것으로 보이는 장식 유리 갓을 씌웠다. 그렇다고는 해도 림스데이크의 관심을 끄는 건축물은 아니었다.

게다가 이구치 부부에게는 어울리지 않는 집이었다. 두 사람 다 이렇게 거창한 저택의 주인이면서, 건물에 어울리지 않는 기모노를 입고, 자기 등딱지에 이끼가 낀 걸 모르는 육지거북 같은 얼굴을 하고 있었다.

"이 집에는 둘만 사는 건가? 가족이나 일꾼은?"

응접실로 안내받았을 때 림스데이크는 물었다.

"둘뿐입니다. 부모님은 돌아가셨고 아이도 아직 없습니다. 일꾼도 지금은 없고요."

"그럼 자네 부인은 아주 고된 노동을 강요받는 거로군. 이렇게 넓은데 아주 깨끗하게 청소를 해놨어."

하스노가 그 말을 통역하자 무뚝뚝한 표정이던 사에코가 수줍어했다. 그리고 사에코가 하스노에게 뭐라고 말하자 이번에는 하스노가 머쓱한 표정을 짓길래 림스데이크는 의아했다. 이윽고 하스노가 말했다.

"실은 모레 이 집에서 작은 파티를 열 예정입니다. 그 준비를 하고 있었기에 림스데이크 씨를 먼지투성이 집에 맞이하지 않게 돼서 다행이라고 하는군요."

"그런가. 무슨 파티인지 물어봐도 되겠나? 축하 행사?"

"뭐, 일종의 축하죠. 저를 축하해주겠다는 겁니다. 저는 3년 전 5월 27일에 이전 직장을 잃었는데, 그 3주년을 기념해서 파티를 열어준다고 합니다."

지금까지 하스노의 말은 늘 논리정연했기에, 갑자기 그의 입에서 알 수 없는 이야기가 새어 나오자 림스데이크는 당황했다.

"그게 뭔가? 일본의 풍습? 가까운 사람이 일자리를 잃으면 기념일로 삼아서 축하하는 거야?"

하스노는 웃었다.

"설마요, 그런 풍습은 없습니다. 이구치 집안만 그렇습니다. 그런 건 안 챙겨줘도 될 것 같은데, 이구치가 좀 별나거든요."

하스노는 아무것도 모르는 얼굴로 서 있는 이구치 뒤에 팔을 펼쳤다.

사에코는 차를 준비하러 부엌으로 갔다. 림스데이크는 이구치와 소파에 마주 앉았고, 하스노는 두 사람이 앉기를 기다렸다가 림스데이크 곁의 작은 원형 의자에 앉았다.

괘종시계 거래에 대해 몇 가지 확인하고 나서 이구치의 신상에 대해 자세히 들었다. 그는 어릴 적부터 그림을 그렸고, 이 집 근처의, 일본에서 처음으로 생긴 미술학교에서 일본화를 배웠다고 한다. 그 후 하루미 상사라는 회사의 사장을 후원자로 얻어 서양화로 진로를 바꾸었다. 서양화가를 지망하는 일본인은 종종 유럽으로 유학을 떠나지만 이구치는 일본을 떠난 적이 없다고 한다.

이구치는 그의 할아버지 서재에서 림스데이크의 아버지가 보낸 편지들을 찾아놓았다. 수십 통이나 되는 편지 중 몇 통을 읽어보니 평범한 인사장뿐이었지만, 자기 집의 옛날 모습을 묘사하는 아버지의 필적에 림스데이크는 무심코 그리움에 젖었다. 기묘한 이방인들에 둘러싸여 읽기에는 멋쩍은 편지였다.

"이 편지, 내가 일본에 있는 동안만 빌리면 안 되겠나?"

"가져가셔도 됩니다. 원하신다면요."

림스데이크는 감사를 표하고 편지 묶음을 가방에 넣었다.

사에코가 가져온 녹차를 한 모금 마신 후, 림스데이크는 이구치의 그림을 보고 싶다는 용건을 꺼냈다. 이구치가 먼저 말을 꺼낼 것 같지 않기 때문이다.

"이구치, 자네는 이 집에서 그림을 그리겠지?"

"네, 그렇습니다. 안쪽에 아틀리에로 쓰는 방이 있어요. 그림을 보여드리기로 약속했으니, 거기로 안내해도 되겠습니까? 지저분한 곳이지만."

"신경 쓸 것 없어. 사실 아메리카에 있는 내 사무실보다 지저분한 곳은 상상하기 어렵거든."

아틀리에는 북쪽 구석의, 식료품 보관실로 지은 듯한 약 20

제곱미터 크기의 방이었다. 복도 불빛이 닿지 않아 어두침침한 곳이다.

안으로 열리는 문은 잠가놓았다. 이구치는 자물쇠를 풀고 빛이 닿지 않는 아틀리에 바닥을 조심스레 발끝으로 더듬어 실내화로 갈아 신었다. 그리고 방구석에 처박혀 있던 지저분한 실내화를 미안한 듯 문 앞으로 가져왔다.

"바닥이 물감으로 더러워서요. 갈아 신으셔도 괜찮으실지요?"

"알았네."

림스데이크는 유화 물감이 묻은 실내화에 발을 넣었다.

융단도 없이 널빤지만 깔린 바닥은 물감이 묻어서 아주 더러웠다. 림스데이크는 바짓자락을 끌지 말라는 충고를 받았다.

이구치가 안쪽 커튼을 걷자, 창문으로 들어오는 빛에 비쳐서 먼지가 반짝였다. 이어서 그가 전등 줄을 당기자 아틀리에는 충분히 밝아졌다.

실내는 어질러진 상태였다. 한복판의 작업대에는 유화 물감과 물을 담은 항아리가 있었고, 그 옆에는 빈 이젤 두 개가 있었다. 캔버스를 벽에 여러 개 기대어둬서 방이 더 좁게 느껴졌다. 수채화용 종이가 말려 있기도 했고, 동판 같은 특이한 화구도 놓여 있었다.

그림은 전부 벽을 향해 돌려둔 상태였다.

이구치는 이젤 옆에 기대어둔 캔버스의 나무틀에 오른손을 댔다.

"이건 2년쯤 전에 그린 건데요."

그는 창고에서 목공 도구를 밖으로 내던지듯이 아무렇게나 그림을 뒤집었다.

보편적이라고도 케케묵었다고도 할 수 있는 담백한 화풍으로 그린 사실주의적인 그림이었다. 그림 소재는 좀 특이한데, 벌거벗은 여자가 침실 침대에 드러누워 품에 공작새를 안고 있었다. 뒤쪽에 프랑스창이 있고 밖은 밤이다.

"흠."

림스데이크는 그림 앞에서 잠깐 숨을 삼켰다가 이윽고 탄식을 흘렸다.

기술이 뛰어난 건 분명했다. 특히 균형 잡힌 여자의 몸을 보건대, 작가가 마음만 먹는다면 사진과 구별이 안 될 만큼의 사실성을 그림에 부여할 수 있다는 걸 알 수 있었다.

나중에 림스데이크는 왜 그토록 이구치의 그림에 마음을 빼앗겼는지를 생각하다가 마침내 이유를 깨달았다. 그의 그림에서는 사상이 담긴 낌새가 느껴지지 않았다.

이구치의 그림에서는 새롭고 기발한 뭔가를 하겠다는 야심이 느껴지지 않았고, 소재의 특이한 조합에도 비유나 풍자는 없는 듯했다. 기술을 뽐내려는 것도 아니고, 굳이 말하자면 새침을 떼는 느낌이 들었다.

림스데이크가 감탄하는 사이에 이구치는 캔버스를 차례차례 뒤집었다.

살로메의 단두대

소재는 다양했다. 책상 위 꽃병이나 문구를 그린 정물화며, 림스데이크가 입국한 요코하마 항구를 그린 풍경화도 있었다. 화려한 기모노 차림의 사에코가 의자에 앉아 부드러운 미소를 띤 그림도 있었는데, 사에코는 림스데이크에게 보여주기가 조금 싫은 눈치였다.

"이구치, 이 그림들을 전람회에 출품한 적 있나?"

"네, 뭐, 출품한 것도 있습니다. 그래도 여기 있는 걸 보면 안 팔린 그림들이죠. 그 외에는 최근에 그린 것이나 마음에 안 들어서 손을 보려고 곁에 두고 있는 것들이나……."

림스데이크가 대놓고 감탄을 드러내지 않아서인지 이구치는 불안해진 듯했다.

"여기 있는 것 외에 하루미 상사 사장님께도 많이 맡겨두었습니다. 원하신다면 보실 수 있도록 주선하겠습니다만."

"꼭 보고 싶군."

림스데이크의 말에 이구치와 사에코가 서로 이끌리는 자석처럼 얼굴을 마주 보았다. 드디어 그들의 얼굴에 수익을 계산하는 표정이 떠올라 림스데이크는 우스웠다.

"나는 일본 미술계에 관해 향유고래의 생태만큼밖에 아는 바가 없는데……. 본인에게 묻는 것도 좀 그렇긴 한데, 자네의 평판은 어떤가? 이 그림을 일본 사람들은 어떤 식으로 바라보지?"

"평판이요? 호텔 복도에라도 걸어두면 좋겠다, 같은 소리를 듣죠. 그 외에는 뭐, 변덕스럽고 태평하고 문제의식이 부족하다고 말하는 사람도 있고…….”

이구치는 말끝을 흐렸다. 이윽고 하스노가 중재하듯 끼어들어서 자기 의견을 내놓았다.

“이구치가 잘 설명하지 못하는 것 같군요. 제가 아는 바에서 말씀드리자면, 가장 많은 반응은 무시입니다. 화단의 주류는 되지 못하고, 그렇다고 이단으로서 험담을 들을 만큼 눈에 띄지도 않는 곳에 몸을 잘 숨기고 있습니다.”

“그렇군. 하스노, 자네 생각은 어때? 자네는 자네 친구의 그림을 어떻게 평가하겠나?”

림스데이크는 이 아름다운 청년이 친구 이구치가 그린 그림의 기저에 깔린 정신을 해설해주지 않을까 싶었다.

하지만 기대와 달리 하스노는 빙긋 웃으며 어제 호텔에서 했던 말을 되풀이했다.

“모르겠습니다. 저는 그의 작품을 전혀 이해하지 못하거든요. 이구치의 작품뿐만 아니라 다른 화가의 작품도요. 저는 예술에 재능이 없습니다. 감상에도 재능이 필요하잖아요.”

“자네는 참, 재능이 없다는 것에 자신감을 품고 있군. 뭐, 그만큼 확실하다면 이구치도 어울리기 편하겠지.”

“그렇죠. 하긴 이구치가 평가하기로는 재능이 없을 뿐 저는 분명 예술가라고 합니다.”

“재능이 없다는 것에만 절대적으로 확신을 품고 있는 예술가인가? 참으로 고달플 듯하군.”

"글쎄요."

어떤 질문에도 하스노는 잘 훈련된 호텔 프런트 담당자처럼 잔물결 같은 미소로 답했다. 어쨌든 이 수수께끼 같은 두 사람은 확실히 보이지 않는 신비한 균형 위에서 친구 관계를 유지하는 것 같았다.

림스데이크는 이구치의 그림으로 다시 고개를 돌렸다.

"아무튼 자네들이 방금 말한 일본 화단의 평판이 사실이라면, 이구치의 그림은 좀 더 다른 사람들에게, 다른 시각으로 평가받을 기회가 있어야 할 것 같은데."

"지, 진심으로 하시는 말씀입니까?"

책상 맞은편에 세워둔 캔버스 사이에서 뭔가를 찾던 이구치가 림스데이크의 말에 돌아보고 살짝 웃음을 흘렸다. 그러나 곧 림스데이크의 진중함에 장단을 맞추려는 듯 진지한 표정을 지었다. 그러다 손을 헛짚었는지 캔버스가 하나 넘어져서 큰 소리가 났다.

이구치는 황급히 몸을 구부렸다.

"실례했습니다. 림스데이크 씨께 보여드릴 그림이 한 점 더 있다는 게 생각나서요. 이겁니다."

그렇게 말하고 이구치는 20호 캔버스를 끌어안고 림스데이크 앞으로 가져왔다.

그 그림을 본 순간, 림스데이크는 우아한 새가 눈앞에서 갑자기 날개를 펼친 듯한 인상을 받았다.

직선적인 기하학무늬가 들어간, 불타오르는 듯한 오렌지색 양장 차림으로 어두침침한 방에 서 있는 여자 그림이었다. 여자는 중앙에 놓인 탁자에 오른손을 짚고 있었다. 양장은 매무새가 흐트러져 있었다. 거의 뒷모습이라고 할 만한 자세라 겨우 보이는 옆얼굴은 어둡게 그려놓아서 표정은 알 수 없었다.

이구치의 다른 작품에서는 찾아볼 수 없는, 엄숙한 아름다움을 갖춘 그림이었다. 림스데이크는 이구치가 아래쪽을 바닥에 내려놓고 뒤에서 받친 그림 앞에 쪼그려 앉아 저도 모르게 탄성을 흘렸다.

"훌륭하군. 멋진 솜씨야."

림스데이크는 1분 남짓 아무 말도 없이 그림에 푹 빠졌다. 이윽고 고개를 들자, 림스데이크가 이구치의 발치에 무릎 꿇은 듯한 모양새였기에 이구치는 송구스러워하며 몸을 돌렸다.

림스데이크는 무릎에 댄 양팔을 뻗으며 일어섰다.

"이구치, 물어봐도 되겠나? 이 그림을 언제 그렸지?"

"2년 하고 조금 전에요. 하지만 마음에 안 드는 부분이 있어서 계속 조금씩 손봤습니다. 최근에야 비로소 만족할 만한 그림이 됐죠."

"그렇군. 그런데 누구를 그린 건가?"

"일본의 한 여배우입니다."

"배우라. 이 그림을 전람회에 출품한 적 있나?"

"아니요, 만족스러울 때까지는 내지 않을 작정이었습니다."

"그럼 남이 이 그림을 보는 건 이번이 처음인가?"

"뭐, 그렇다고 해도 되겠죠. 아주 친한 친구들에게만 보여줬으니까요."

림스테이크는 다시 한번 뚫어지게 그림을 바라보았다.

"이구치, 이 그림에는 뭔가 발상의 원천이 있나? 다른 작품의 구도나 색채를 참고한 것 아니야?"

이구치는 림스테이크가 아무래도 작품에 감탄했을 뿐만 아니라, 다른 의문도 품고서 질문한다는 걸 눈치챈 듯했다. 그는 불안한 표정으로 대답했다.

"저는 이 그림의 모든 부분이 제 독창성에서 태어난 것이라고 믿습니다."

"그런가. 음, 오해가 없도록 확실히 말해두자면, 이 그림은 의심할 여지 없이 비범한 작품이야. 그런데……."

림스테이크는 분명 의문을 품고 있었다. 이 그림에 마음을 빼앗겨 찬찬히 바라보는 사이에, 얼어붙은 호수에 금이 가듯 천천히 그의 뇌리에 퍼진 의문이었다.

"나도 완전히 확신하는 건 아니야. 따라서 이런 말로 자네를 당혹스럽게 해서는 안 되겠지만, 말해둬야 할지도 모를 일이라서.

나는 그리 멀지 않은 과거에 자네의 이 그림과 똑 닮은 작품을 본 기억이 있네."

4

저녁에 호텔로 돌아온 림스데이크는 가방을 소파 위에 내던지고 침대 밑에서 트렁크를 끌어냈다. 트렁크를 열고 책에 깔려 있던 맨 밑의 납작한 나무 상자를 꺼냈다.

나무 상자에는 사진을 담아뒀다. 림스데이크가 직접 찍은 사진이다. 그는 불과 한두 달 전이었을 거라고 기억을 되살리며 인화지 다발을 풀어 인화지를 한 장씩 천장 불빛에 비춰보았다.

"아아, 이건가?"

림스데이크는 중얼거렸다.

그가 찾아낸 것은 일본행 배에 타기 조금 전, 캘리포니아주에 사는 일본인의 저택에서 찍은 사진이었다.

아키오 야나세라는 그 일본인은 올해 2월에 혈육을 의지해 아메리카로 건너왔다. 림스데이크는 사정을 잘 모르지만, 이민 온 지 얼마 지나지 않아 친족과 함께 병으로 세상을 떠났다고 들은 기억이 났다.

그가 남긴 물건 중에 미술품이 몇 점 있다는 지인의 말을 듣고 림스데이크는 유품 정리 현장에 입회했다. 수집품에 더해도 좋을 물건이 있지 않을까 싶어서 갔지만, 끌리는 것이 없어 헛걸음한 기념으로 사진만 찍고 돌아왔다.

림스데이크는 확대경을 꺼내 오른쪽 아래에 찍힌 액자를 찬찬히 다시 살폈다.

살로메의 단두대

"응, 틀림없어. 똑 닮았어."

확대하지 않아도 림스테이크가 알고 싶은 사실을 확인하기에는 충분했다.

하나하나 살펴볼 수 있도록 큰방에 늘어놓은 야나세의 유품을 찍은 사진이다. 식기며 자잘한 가재도구를 배치한 안쪽 벽에 문제의 그림이 세워져 있었다.

오늘 이구치가 보여준 오렌지색 옷차림 여자의 그림과 판박이다. 사진이라 색은 모르겠지만, 림스테이크가 기억하기에 서로 비슷한 색조였고, 구도만 비교해 봐도 우연의 일치라고는 도저히 믿어지지 않았다.

이구치는 그 그림을 어디에도 발표한 적이 없다고 했다. 이 그림의 작가나 이구치, 둘 중 하나가 엄청난 기만을 저질렀음이 분명했다.

Ⅱ

실직 기념일

1

진자시계가 가리키는 시각이 오후 3시를 지나려 할 무렵, 노커로 현관문을 두드리는 소리가 들렸다. 나와 사에코는 답답한 침묵 속에서 거실 탁자에 마주 앉아 있다가 화들짝 놀랐다. 사에코가 손님을 맞으러 일어섰다.

하스노가 온 건가 싶었지만, 사에코와 함께 거실로 들어온 사람은 꽃무늬 가스리* 차림에 긴 머리를 묶고 청록색 손가방을 든 처조카 야나에 미네코였다.

"이모부, 안녕하세요."

미네코는 나에게 살짝 고개를 숙이고 거실을 둘러보았다.

---

* 실을 부분적으로 방염 처리해서 독특한 흰색 잔무늬를 넣은 직물, 또는 그 직물로 만든 옷.

"하스노 씨는요? 아직 안 오셨어요?"

"아직이야."

미네코는 내 그림을 시계에 기대어두었다는 사실을 알아차렸다. 다가가서 그림 앞에 쪼그려 앉아 찬찬히 들여다보고 나서 느닷없이 물었다.

"이거 이모부 그림이에요? 굉장히 예쁜데 좀 특이하네요. 무서운 느낌이 들어요."

내 그림이 맞다고 알려주자 미네코는 오렌지색 옷차림 여자의 발밑에 있는 S.Iguchi라는 서명을 손가락으로 더듬고 나서야 비로소 납득이 간다는 듯 고개를 끄덕였다.

미네코는 일어서서 우리를 돌아보았다.

"저기, 무슨 일 있었어요?"

예리하다고 감탄했다. 하지만 생각해 보면 미네코는 즐겁게 축하하는 자리인 줄 알고 왔을 테니, 나와 사에코의 침울한 얼굴을 보고 민감하게 반응해도 이상하지 않다.

"뭐, 그렇지. 있었어. 그 그림 일로 하스노한테 부탁을 좀 했어. 녀석도 이제 곧 올 거야."

"어머, 그랬어요? 오늘은 하스노 씨를 축하하는 날인데요?"

"그렇긴 한데, 나는 못 하는 일이라 어쩔 수가 없었지. 미네 짱*,

---

* 사람을 나타내는 명사에 붙여서 친근감을 나타내는 호칭. 주로 여자나 어린아이에게 사용한다.

살로메의 단두대

그렇게 진지하게 축하하려고 온 거니?"

"네. 어머? 아니었나요? 진지하게 축하하는 게 아니었어요? 저, 선물도 가져왔는데요."

미네코는 손가방을 소중하게 끌어안고 사에코 옆의 의자에 앉았다.

"진지하지 않은 건 아니야. 녀석도 진지하게 축하해주는 사람에게 불평할 입장은 아니니까. 그렇지, 더 성대하게 할 걸 그랬나. 어딘가 장소를 빌리고 각계각층의 관계자들을 초대해서 말이야."

"왜 그렇게 심술궂은 소리를 해? 귀찮은 부탁을 한 처지면서."

사에코가 화를 내길래 하긴 그렇지, 하며 입을 다물었다.

미네코는 처형의 딸이다. 오늘은 하스노의 실직 3주년 기념 파티로, 그와 관련 있는 사람을 몇 명 초대했다. 미네코는 그중 한 명이었다.

"저 말고 다른 분은 누가 오세요?"

"미네 짱 외에는 오쓰키랑 미쓰에 씨가 와. 그게 전부야."

"어? 미쓰에 씨가 와요?"

온대, 하고 사에코가 말했다.

오쓰키는 화가다. 아사마 미쓰에는 사에코의 여학교 동창생으로, 미네코도 어렸을 때는 그녀들과 같이 놀았다고 들었다.

미네코와 사에코는 잠시 아사마 미쓰에라는 친구에 관한 소문을 늘어놓았다. 그러고 나서야 나는 미네코에게 코넬리스 판 림스데이크라는 부호가 내 그림에 제기한 불가사의한 사건에 관해 이야기를 꺼냈다.

"아무튼 림스데이크 씨 말로는 거기 있는 내 그림과 똑 닮은 그림을 봤대. 하스노가 전화로 들은 이야기로는 '두 작품이 아무런 연락도 없이 별개의 두뇌에서 탄생했다니 믿을 수 없다'라고 했다더군. 그림을 찍은 사진을 가지고 있다길래 녀석에게 확인하고 와 달라고 부탁했지."

"그런데 누가 도작을 한 걸까요? 어디에도 낸 적 없는 그림이잖아요?"

그렇다. 그저께 림스데이크 씨에게 그 이야기를 들은 후, 나는 이 그림을 도작할 만한 사람을 떠올리려 애썼다.

하지만 2년여 전에 제작을 시작하고 지금까지, 다른 사람이 그림을 엿볼 기회는 극히 제한돼 있었다. 아직은 림스데이크 씨의 말을 믿고 싶지 않았다. 일단은 하스노가 진위를 확인하는 게 먼저일 듯했다.

"저기, 이모. 이제 하스노 씨랑 미쓰에 씨랑 오쓰키 씨가 오잖아요? 현관에 실내화가 모자라던데요."

"어, 그래? 알았어."

사에코는 2층에 손님용 실내화를 한 켤레 가지러 갔다. 할아버지가 계셨던 시절에는 손님이 자주 와서 갈색 실내화를 서른 켤레 넘게 보관해뒀다.

현관문 두드리는 소리가 들렸다. 이번에는 내가 마중 나갔다.

미네코는 갑자기 안절부절못하며 기모노 옷깃을 매만졌다.

2

"잘 왔네."

나는 평소 절대 하지 않는 인사를 하며 하스노를 맞아들였다. 어쨌거나 축하하는 날이니까, 도착하자마자 림스데이크 씨에게 무슨 이야기를 들었는지 캐묻지는 않았다.

이쪽이야, 하고 뻔한 소리를 하며 그를 거실로 안내했다.

하스노의 모습을 보자마자 미네코는 제일 먼저 일어서서 인사했다.

"하스노 씨, 안녕하세요. 그간 잘 지내셨어요?"

"아, 미네코 씨, 안녕하세요."

잘 지냈는지 어떤지는 모르겠지만, 하스노는 미심쩍게 나를 바라보던 표정을 바꾸어 미소를 지었다.

"오늘이 3주년이라던데요. 축하드려도 될까요?"

"고맙긴 하지만 너무 기뻐하면 부담스럽습니다. 다시 똑같은 짓을 해서 기대에 부응해야 할 테니까요."

"아니에요, 그렇지 않아요. 이건 결혼기념일을 축하하는 것과 똑같은 일이니까요. 한 번뿐이니까 그만큼 가치가 있는 거죠. 두 번, 세 번 자꾸 결혼하면 점점 어처구니가 없어져서 축하할 마음이 싹 사라질 거예요."

미네코는 축하 인사말을 미리 생각해뒀는지, 서둘러서 연거푸 말을 늘어놓았다.

하스노는 전직 도둑이다. 3년 전 오늘, 시나가와의 무역상 집에 숨어들었다가 체포됐다.

도둑으로서 그의 특징은 도둑 같은 특징이 일절 없었다는 것이다. 하스노는 확률의 분기를 벗어난 듯 예외적인 아름다움을 갖추었으나, 나비가 나뭇잎을 흉내 내서 몸을 보호하듯 그 점을 결코 두드러지게 드러내지 않았다. 화가인 나보다 세상일에 훨씬 밝아서 한때는 은행원으로 일하기도 했다.

도둑이 된 이유는 인간을 혐오하는 성향 때문인 듯하다. 그는 사람 만나기를 싫어해서 나도 모르는 사이에 혼자서 모든 일을 할 수 있는 도둑을 직업으로 택했다.

"저기, 이거, 축하 선물이에요. 받으세요."

미네코는 손가방에서 납지를 리본으로 묶은, 부드러워 보이는 꾸러미를 꺼내 하스노에게 건넸다.

"그게 뭔데?"

하스노가 아니라 내가 물었다.

"보자기요. 덩굴무늬같이 촌스러운 게 아니라 칠기공예 같은 무늬가 들어간 거예요. 제가 하스노 씨의 성함을 자수로 넣었어요."

"뭐야, 미네 짱은 역시 하스노를 한 번 더 도둑으로 만들고 싶은 건가?"

"딱히 도둑질이 아니라도 어디든 쓸 수 있는걸요."

살로메의 단두대

비꼴 의도로 고른 선물이 아닌 듯, 진지하지 못한 나를 나무라는 말투였다. 하스노는 고맙다고 인사하며 티 없이 웃는 얼굴로 선물을 받았다.

인간을 혐오하는 하스노의 성향은 앞뒤가 맞지 않는 예술가의 변덕 같은 것이다. 어쨌거나 그를 얼핏 봐서는 사람을 싫어해야 할 만한 결함도, 인간을 혐오하는 듯한 행동거지도 눈에 띄지 않는다.

나는 그가 체포된 후 이것저것 뒷수습을 맡았다.

하스노는 작년 6월에 석방됐으니, 오늘은 감옥 밖에서 맞이하는 첫 번째 체포 기념일이다. 몇 안 되는 친구인 나는 그의 불합리한 면모에 어울리는 방식으로 그날을 맞이해주기로 마음먹었다.

서양에서는 생일을 케이크로 축하한다고 한다. 사에코는 독일의 구운 과자를 참고해 수갑 모양의 체포일 케이크를 만들어 부엌에 숨겨뒀다.

"자네가 무사히 붙잡힌 걸 축하하러 두 명쯤 더 올 예정이야. 그런 자네의 빛나는 날에 미안하지만, 림스데이크 씨가 뭐라고 했는지 물어봐도 되겠나?"

"응. 이구치 군의 그림 문제를 그냥 내버려둘 수는 없겠지. 기껏 끌어올린 죄인 기분이 망가지지만 말이야. 림스데이크 씨가 말한 그림은 이것일세."

하스노는 가방에서 4절판* 사진을 꺼내 테이블에 놓았다. 나는 사에코, 미네코와 함께 일제히 사진을 들여다보았다.

사진 오른쪽 아래편에 찍힌 그림을 본 순간, 나는 취한 듯 알딸딸한 기분이 들었다.

크기가 작아서 잘 그렸는지 못 그렸는지는 확실히 알 수 없었다. 하지만 이걸 우연이라고 믿을 수는 없었다. 그 정도로 두 그림은 아주 흡사했다.

"똑 닮았네. 내 그림과 무관할 리 없어. 으스스하군."

"그렇지. 림스데이크 씨도 그렇게 생각하고, 으스스해하는 것 같아. 림스데이크 씨 입장에서는 전부 다 으스스할 거야. 말이 통하지 않는 동양의 섬나라에 와서, 무슨 생각을 하는지 잘 모를 화가의 그림을 봤는데 자기가 아미리가(아메리카)에서 본 그림과 똑같아. 그리고 화가는 자기가 그린 그림이야말로 원조라고 주장하지."

"어? 림스데이크 씨는 그렇게 생각하는 건가? 내가 거짓말쟁이라고?"

"거짓말쟁이인지 아닌지는 모르지. 아무 증거도 없으니까, 이 그림은 자신의 독창성에서 태어났다는 이구치 군 주장을 림스데이크 씨로서는 믿을 수도 부정할 수도 없어.

* 사진용지의 원지를 네 개로 자른 크기.

살로메의 단두대

하지만 자네가 수상쩍긴 하겠지. 욕심 없어 보이지만 번듯한 집에 살고 있고, 어떤 사상이나 주장도 공공연하게 드러내지 않지만 기술은 몹시 뛰어나."

"내가 도작을 할지도 모른다는 건가? 그렇게 보이려나? 전직 도둑을 통역으로 거느리고 갔을 정도니 뭐."

"그래. 그런 인간을 친구로 둔 자네 잘못이야. 자책하게나.

뭐, 자네 쪽이 원조인 듯하다는 증거를 굳이 들자면, 림스데이크 씨는 아미리가에서 이 그림을 봤을 때 특이한 벽지를 본 것 같은 인상을 받았을 뿐 아무렇지도 않았다고 해. 하지만 그저게 여기서 자네 그림을 봤을 때는 말문이 막힐 정도로 감동한 것 같아."

하스노는 그렇게 말한 후, 시계에 기대어둔 내 그림을 아무 감동도 없는 눈빛으로 바라보았다.

"그럼 그 감동을 사줬으면 좋겠는데 말이지."

"응, 림스데이크 씨는 사정이 명확해지고, 이구치 군이 남의 그림을 원본 이상으로 뛰어나게 만들어낼 수 있는 사기의 천재가 아니라는 사실이 증명되면 그림을 꼭 사고 싶다는 의향을 내비쳤어.

가격은 조율해야겠지만, 너무 저렴하면 본인에게도, 이구치 군에게도 좋지 않다고 생각한다는군. 자네 그림이 구라파(유럽)와 아미리가에 소개되는 건 처음이라 이번 거래가 자네 그림의 시세를 움직이게 될지도 모르니까."

만약 실현된다면 며칠 전까지는 꿈도 꾸지 못했던 행운이다. 미네코는 대단하다고 감탄하면서 다시 내 그림 앞에 쪼그려 앉았다.

"하스노, 다시 말해 림스데이크 씨가 일본에 있는 동안, 8월 말까지였나? 그때까지 내 그림이야말로 원조임을 분명히 해야 하는 건가? 그림을 도작한 자를 찾아내야 한다고?"

"찾아내기만 해서는 안 돼. 림스데이크 씨와 세상을 수긍시켜야지."

"그럼 도작범에게 '너무나 멋진 그림이라 도작했습니다. 정말 죄송합니다' 하고 공개 사과를 받아내야 한다는 건가?"

"이구치 군이 먼저 그림을 그렸다는 증거가 있으면 되니까 그 밖에도 증명할 방법이 있기는 하겠지만, 실제로는 자네가 말한 방법을 써야겠지. 어쨌거나 도작된 그림은 아미리가에 있고, 아마도 누군가가 인수했을 테니 조사하기가 쉽지 않아.

하지만 도작자가 일본인이고 자네 가까이에 있었을 가능성은 꽤 클 것 같아. 그쪽을 찾는 편이 빠르겠지."

"저기, 생각해 봤는데요."

그림을 들여다보던 미네코가 끼어들었다.

"이모부, 이 그림은 모델을 섭외해서 그린 거죠? 그럼 그 모델에게 이건 이모부가 창작한 게 맞다고 증언을 부탁하면 안 될까요? 그분은 이모부가 그림 그리는 모습을 계속 봤잖아요?"

나도 잠깐 그런 생각을 하기는 했었다.

"하지만 그림 구도는 내가 떠올리고 모델에게 지시한 거라서 말이야. 그림을 도작하기로 작심하고 모델까지 고용해서 알리바이를 만든 거 아니냐는 말을 들으면 반박할 도리가 없어."

"아앗, ……그러네요. 그럼 안 되겠네."

미네코는 곧이곧대로 받아들여 고개를 끄덕였지만, 사실 모델에게 증언을 부탁할 수 없는 이유는 그것만이 아니었다. 이 모델이 특별한 인물이기 때문이다.

도작 사건을 조사하다 보면 밝혀야 할 일이었지만 내가 먼저 말할 기분은 들지 않았다.

"그럼 어떻게든 도작한 사람을 찾아내야겠군요."

"그런 셈이죠. 그런데 이구치 군. 도작품의 소유자는 야나세 아키오라는 일본인이었다는데, 아는 사람인가?"

도작된 그림은 야나세의 유품을 정리하는 현장에서 발견됐다고 한다.

"음, 야나세는 알아. 그렇게 친하지는 않았지만."

야나세는 땅을 좀 가진, 쉰 살 넘은 작은 부자였다. 골동품 수집 방면으로 이름이 약간 알려진 사람이다.

한편으로 현대 예술에는 조예가 없으면서도 젊은 예술가를 졸졸 따라다니며 이것저것 뒷바라지하는 걸 좋아하는 인물이기도 했다. 그에게 돈을 빌렸다는 화가도 여럿이다.

나는 몇 번 얼굴을 마주쳤을 뿐, 딱히 신세 진 적은 없다. 곶 감처럼 오그라든 데다 독기가 다 빠져나가서 마음씨 좋은 할아버지 같다는 인상만 남아 있다.

"그런 사람이었는데, 석 달쯤 전에 아무 조짐도 없이 야반도주나 다름없는 꼴로 아미리가에 가버렸어. 누구도 이유를 몰라서 이상한 일이라고 다들 수군거리는 소리가 내 귀에까지 들어왔지."

그가 아미리가에서 객사했다는 소문도 들었지만, 유품에 관해서는 전혀 몰랐다.

하스노는 야나세의 유품이 찍힌 사진의 아래쪽을 가리켰다.

"여기 트렁크가 찍혀 있지? 림스데이크 씨 말로는 도작된 그림은 여기에 들어 있었다고 해. 자네는 야나세라는 사람이 이런 트렁크를 가지고 있다는 걸 알고 있었나?"

대나무로 엮은 특이한 트렁크로, 물감이 묻어 지저분했다.

"아니, 이런 건 전혀 모르는데."

"야나세가 도작범일 가능성은 있나?"

"그건 아닐 듯하군. 야나세가 직접 그림을 그린다는 말은 들어본 적 없어. 아니, 만약 내가 모를 뿐이고 그가 몰래 그런 취미를 즐겼다고 해도, 야나세가 제작 중인 내 그림을 훔쳐보고 흉내 내서 그릴 수는 없네.

그림이 도작당했다는 이야기를 듣고 이것저것 생각해 봤지. 그러다 떠올랐는데, 도작범이 이 그림을 훔쳐볼 기회가 있었던 날은 딱 하루뿐이야. 이때밖에 없었을 거라는 날이 있거든. 그렇게 따지면 범인의 범위는 열 명 정도로 좁혀지는데……."

"아, 그날 말이구나."

사에코는 내가 말하는 날이 언제인지 짐작했는지 언짢은 듯
한 표정을 지었다.

2년 전 7월, 나와 사에코가 결혼하고 2주일이 지난 날이었다.
내가 속한 예술가 모임인 흰갈매기회의 회원들이 결혼을 축하
한다며 우리 집에 모였다.

"오쓰키한테만 잠깐 보여준 걸 빼면 이 그림을 남 앞에 내놓은
적은 없었어. 모델을 찾아가서 대강 다 그린 후에는 내내 우리
집 아틀리에에 놔뒀지.

게다가 평소에는 손님이 와도 마음대로 아틀리에를 들여다
볼 수 없어."

함께 사는 아버지는 생전에 이유도 없이 집 여기저기를 기웃
거리는 버릇이 있었으므로, 나에게는 늘 아틀리에 문을 잠가두
는 습관이 있었다.

"하스노, 문을 잠가놨는데도 흔적도 없이 내 아틀리에에 숨
어드는 게 가능한가?"

"그 방은 무리야. 그곳 창문과 문은 억지로 열면 흔적이 남
거든."

"그럼 역시 2년 전 7월이 틀림없겠군."

그날 나는 몰려온 흰갈매기회 회원들에게 막 완성한 다른 그
림을 보여주려고 아틀리에 문을 열었다. 그리고 문을 잠그는 것
도 잊어버린 채 그림을 거실로 가져와 사람들에게 선보였다.

몇 시간 문을 열어놨다가 손님들이 물러간 후에야 다시 문을 잠근 걸로 기억한다.

"흰갈매기회는 7년쯤 전부터 참여 중인 예술가 모임일세. 사상, 신조, 창작물 종류에 구애받지 않고 절차탁마해서 예술성을 연마하자는 취지의 모임이지. 정황상 그중에 도작범이 있는 셈인데, 야나세는 그날 오지 않았어. 그날 손님은 오쓰키를 빼고 아홉 명이었지."

"어머, 오쓰키 씨를 용의자에서 빼도 괜찮겠어?"

사에코가 나를 얕잡아보듯 말했다. 아내는 오쓰키를 몹시 싫어한다.

"뭐, 공연음란죄를 저지른 사람을 찾는다면 그 녀석이 제일가는 용의자겠지만, 내 그림을 몰래 도작하지는 않을 거야. 녀석이 오면 함께 흰갈매기회의 용의자 명단을 확인해야겠어."

"아참, 이구치 군. 공연음란 이야기가 나와서 말인데, 림스데이크 씨한테 들은 것 중에 아직 말하지 않은 게 있어."

"응? 뭔데?"

하스노는 미네코를 배려하는 눈빛을 보였지만, 이야기를 그만두지는 않았다.

"야나세의 유품을 정리한 집주인한테 들었다는데, 도작된 그림의 캔버스 뒤편에 봉투가 끼어 있었다는군. 그리고 봉투 속에는 눈살이 찌푸려질 만큼 외설적인 사진이 열두 장쯤 들어 있었지.

봉투에 그림과 같은 색깔의 물감이 묻어 있는 걸로 봐서 그림을 그린 화가가 외설 사진을 캔버스에 숨긴 게 틀림없다는군."

미네코도 사에코도 어째선지 나를 책망하는 듯한 표정으로 이쪽을 보았다.

"……역시 오쓰키가 범인인가?"

내가 그렇게 말하는 것과 동시에 노커로 문을 두드리는 소리가 들렸다.

3

"이구치도 참 묘한 사람의 눈에 들었군 그래! 화란(네덜란드)의 부호가 네 그림을 사겠다는 건가! 뭐, 여행지에서는 쓸모없는 물건일수록 더 갖고 싶어지는 법이니까."

사정을 들려주자 오쓰키는 히죽히죽 웃었다. 거실 의자에 푹 퍼질러 앉은 그는 이런 옷을 지어주는 곳이 있을지 의심스러울 만큼 화려한 꽃무늬 셔츠 차림이었다.

오쓰키는 예술을 지망한 나의 첫 화가 친구로, 하스노 다음으로 오래된 사이다. 나체화를 많이 그리는데, 별로 사실적이지 않으면서도 육감적이고 약간 기분 나쁜, 피가 뚝뚝 떨어지는 생고기를 눈앞에 내던진 듯한 기분이 드는 그림이다.

"뭐, 그렇지. 사건이 해결되면 림스데이크 씨에게 자네 그림을 소개해주겠네. 내 친구 중에 더 쓸모없는 그림을 그리는 사람이 있다고 말이야."

오쓰키의 화풍은 나와 완전히 다르지만 그의 그림도 주류에 속할 가망은 없으므로, 화단 내 입지는 나와 비슷하다. 결국 화가의 삶을 살며 쌓인 울분을 숨김없이 토로할 화가 친구는 오쓰키밖에 없는 셈이다.

"꼭 부탁한다! 난 칭찬으로 한 말이라고. 예술은 쓸모없어야 해. 자칫 쓸모가 생기면 금세 그건 실용품으로 변해버리거든!"

"그렇지. 그건 나도 늘 하는 말이야. 아무튼 그래서 오쓰키, 자네에게도 이야기를 듣고 싶었어. 오늘 와줘서 참 다행이군.

문제는 뭐니 뭐니 해도 2년 전의 흰갈매기회야. 내가 결혼하고 얼마 지나지 않아 우리 집에 모인 걸 기억하나? 우선은 그때 누가 왔었는지 확인하고 싶어. 잠깐 이걸 봐주게."

나는 수첩 중간쯤을 펴서 오쓰키에게 보여주었다.

흰갈매기회와 도작 사건의 관계를 깨닫고 나서 기억을 더듬어 만든 명단을 수첩에 적어놨다. 문제의 그날, 이 사람들이 우리 집에 왔었다.

미야모리 고조 / 평론가
쇼지 하루오 / 일본화가
아키나가 스구루 / 일본화가
고미 간다 / 서양화가
엔도 시로 / 도예가

살로메의 단두대

미야가와 가이 / 서양화가

오기 슈에이 / 일본화가

모치키 다카시 / 서양화가

기리타 이오리(행방불명) / 서양화가

"이거 맞지?"

오쓰키는 하나하나 과장되게 손가락으로 짚어가며 이름을 읊었다.

"맞아! 이 녀석들이 전부였을 거야."

여기에 나와 사에코, 오쓰키를 더하면 총 열두 명이 있었던 셈이다.

"자, 사에코도 확인해줘."

"난 기억 안 나."

사에코는 수첩을 내게 쑥 내밀었다. 예술 관계자들이 몰려와 밤새 소란을 벌인 이날, 결혼한 후 처음으로 사에코가 짜증을 냈다.

"뭐, 좋아! 어쨌든 이 아홉 명 중 누군가가 무슨 속셈인지 이 구치의 그림을 따라 그렸다는 거군. 그 그림이 어째선지는 모르 겠지만 야나세 손에 넘어갔고."

오쓰키는 지인 중에 도작범이 있는 듯하다는 사실이 정말 유 쾌하다는 듯 들뜬 목소리로 말했다.

나는 시계에 기대어둔 그림을 가리켰다.

"애초에 오쓰키한테 말고는 내가 오렌지색 옷차림의 여자 그림을 그리고 있다는 이야기를 안 했을 걸세. 그걸 알고 있던 사람이 누군지가 문제겠지. 아니면 범인은 아틀리에 문이 열려 있어서 그냥 들어갔다가 그림이 마음에 들어서 도작하기로 한 걸까?"

하스노가 내 의문에 답했다.

"그림을 정밀하게 도작한 것으로 보건대 범인은 사진기를 가지고 아틀리에에 숨어든 것 같아. 촬영한 그림을 보고 따라 그렸겠지. 아니면 용의자 중에 우연히 발견한 그림을 재현할 수 있을 만큼 기억력이 뛰어난 사람이 있나?"

"없을 것 같은데."

"당일에 사진기를 가져온 사람은? 혹시 그때 기념사진이라도 찍었어?"

"아니, 아무도 사진기는 꺼내지 않았을 거야."

나는 오쓰키와 사에코에게 동의를 구했다.

두 사람은 고개를 끄덕였다.

"그렇다면 도작범은 이구치 군의 그림 이야기를 미리 듣고서 사진기를 가방에 숨겨뒀을지도 모르겠군. 그리고 자네 아틀리에를 엿볼 기회를 노렸을 가능성이 커 보여."

"역시 처음부터 이 그림을 노렸던 건가."

아무 악의도 없이 사진기를 가져왔다면 기념 모임이니 다 함께 사진이라도 찍자고 말을 꺼낼 법하다.

그렇다면 역시 내가 이 그림을 그리고 있다는 사실을 누가 알고 있었는지 검토해야 할까.

오쓰키가 말을 꺼냈다.

"이구치가 오렌지색 옷차림 여자를 공들여 그리고 있다고 고미한테 이야기한 건 기억나는군. 하지만 분명 흰갈매기회 모두가 그 사실을 알고 있었을걸?"

"모두 다 알고 있었다고? 그랬나?"

그렇다면 범인 찾기에는 도움이 안 된다.

"내 이야기가 퍼져버렸거든. 하지만 이상한데. 난 오렌지색 바탕에 기하학무늬가 들어간 옷을 입은 여자라고 말했을 뿐이야. 그 정도만으로도 어떻게든 그 그림을 한번 보고 싶다든지, 따라 그려보고 싶다는 생각이 들까?"

당연한 의문이었다. 범인은 오렌지색 옷차림의 여자를 그리고 있다는 이야기만으로 왜 내 그림에 흥미를 품은 걸까?

그렇기는 해도 예술가가 하는 일이다. 수긍이 갈 만한 이유가 있을 거라는 보장은 없다.

"뭐, 그건 일단 놔두기로 할까. 동기는 큰 문제가 아니니까. 범인을 찾는 게 우선이야.

그렇지만 아홉 명이라니, 용의자가 좀 많은걸. 행방을 알 수 없는 녀석도 있고."

나는 탁자에 놓인 용의자 명단을 두드렸다.

미네코는 몸을 내밀어 지금까지 자기에게는 보여주지 않았던 명단을 들여다보았다.

"여기, 기리타 이오리라는 분은 어떻게 된 거예요? 행방불명이라니."

"아아, 기리타? 행방을 모른다고 해서 사건에 휘말린 건 아니란다. 원래 방랑벽이 있는 녀석이거든."

흰갈매기회 밖에서는 기리타와 교분이 없다 보니, 다른 사람에게 소문을 얻어듣는 것이 전부다. 나보다 한 살 많은 서양화가로, 과거에 한 달이나 연락이 안 되나 싶더니만 불쑥 돌아와서 도호쿠 지방에 그림을 그리러 다녀왔다고 밝히기도 했다. 지금도 그런 생활을 계속 반복하는 중이다.

"그런데 이번 방랑은 좀 길지 않나? 4월 초에 없어졌다고 들었어. 벌써 두 달이나 실종된 셈이군."

오쓰키가 말했다.

"쇼지 말로는 외국에라도 갔을 거라던데. 어디로 갔는지는 모른다는군. 기리타가 도작범이라면 골치 아프겠어."

쇼지 하루오는 이 명단 안에서는 나나 오쓰키와도 비교적 친분이 깊은 남자다.

하스노가 물었다.

"이구치 군과 오쓰키 군, 흰갈매기회 회원들이 이구치 군의 결혼을 축하하러 왔을 때 어떤 소란이 벌어졌나? 그날 무슨 일이 일어났는지 기억나는 게 있어? 사에코 씨도 한번 생각해 보십시오."

"이것저것 기억나네요. 신혼이라는 이유로 실례되는 말을 많

살로메의 단두대

이 들었어요. 말씀드리기조차 꺼려지는 말들을요."

회원 몇 명이 침실의 비밀스러운 이야기를 듣겠답시고 치근
덕거려서 사에코는 머리끝까지 화가 났었다.

"게다가 누군지는 모르지만, 화장실 앞 복도에 제가 만든 스
튜를 쏟은 사람도 있었고요."

"아, 맞아, 맞아. 그런 일이 있었지."

오쓰키도 고개를 끄덕였다.

그날 밤, 손님들은 거실과 응접실에 모여 이야기꽃을 피웠다.
요리를 들고 두 방을 오가기도 했다. 그러는 와중에 누군가 화
장실 앞으로 스튜를 가져가서 장난친 것이다.

"그걸 고미 씨가 밟아서 난리가 났었어."

"범인은 알아내지 못하고 넘어갔나?"

"응. 아무 단서도 없었던 터라 굳이 찾아내려고 하지는 않았
어. 누군가 취해서 그런 거겠지."

"알았네. 그런데 이 명단에는 흰갈매기회 회원이 전부 적혀
있나? 야나세 아키오라는 사람은 흰갈매기회와 무관해?"

하스노의 말을 듣고서야 나는 깜빡하고 있었던 걸 떠올렸다.

"음, 야나세가 회원이었던 건 아니야. 하지만 관계가 없었던
건 아니고. 도작 용의자가 흰갈매기회 중 한 명이라면 야나세가
도작된 그림을 갖고 있었을 법도 하지. 야나세는 모임에 몇 번
얼굴을 내민 적이 있으니까, 적어도 다들 야나세의 얼굴만은 알
고 있었어."

예술가를 뒷바라지하기 좋아하는 인물이었으므로 야나세가 오면 흰갈매기회 사람들은 모여들어 비위를 맞추고는 했다.

"혹시 야나세가 네 그림을 갖고 싶어 한 거 아니야? 그래서 흰갈매기회 중 누군가가 야나세의 부탁을 받고 도작했는지도 모르지."

"하지만 야나세는 현대 작가에게는 관심이 없었잖나. 그보다는 흰갈매기회 회원이 맡겼거나 양도했다는 편이 더 그럴싸하겠군. 이 중에는 야나세한테 돈을 빌린 사람도 있을 테니까."

"나도 빌렸는데? 30엔쯤 빌렸어. 아직 갚지는 않았고."

오쓰키가 태평하게 말했다.

"그랬지. 자네, 야나세가 아미리가로 갔을 때 신통한 바람이 몰아쳐서 채귀償鬼를 이국으로 날려버렸다며 크게 기뻐했잖나."

"채귀라고 할 만큼 지독하게 독촉당한 적은 없지만. 슬슬 갚는 게 어떠냐고 한 달에 한 번 독촉장을 받았을 뿐이야. 그런데 어느새 아미리가에 가서 죽어버렸지. 내가 알기로 엔도와 모치키도 돈을 빌렸을걸?"

오쓰키가 수첩의 명단을 가리켰다.

"그건 몰랐는걸. 뭐, 그렇듯 이것저것 뒷바라지하는 사람이었으니까, 무슨 이유로 도작범이 그에게 그림을 맡겼을 수도 있겠지. 아틀리에가 좁아서 방해되니까 대신 보관해주면 안 되겠느냐는 식으로."

그렇군, 하고 오쓰키는 앓는 듯한 소리를 내다가 뭔가 떠올랐는지 탁자를 탁 쳤다.

"어이, 아미리가에서 발견된 그림에는 야한 사진이 부록으로 딸려 있었다며?"

"맞아. 어떤 사진인지는 모르지만. 왜? 역시 자네가 범인인가? 내 그림을 도작했다는 게 기억났어?"

"나는 몰라. 하지만 쇼지가 수상쩍군. 그 녀석이라면 맡길 동기가 있거든."

"어? 왜?"

"모르나? 그 녀석 반년 전에 결혼했잖아?"

그의 원래 이름은 오에 하루오인데, 쇼지 성씨를 쓰는 술집 집안에 데릴사위로 들어가 장지 바르는 남자*가 됐다. 지금은 가게 지배인 노릇을 하면서 그림을 그린다.

"데릴사위니까 처가에 살잖아. 그렇다면 도작한 그림이나 야한 사진 같은 걸 들여놓기는 위험해. 그래서 친절한 아저씨에게 이유는 말 못 하지만 이 물건들을 좀 숨겨달라고 부탁한 거야. 어때?"

"앞뒤는 맞는 것 같지만, 그렇다고 쇼지가 꼭 범인이라는 보장은 없지. 다른 사람도 무슨 사정으로 그런 물건을 곁에 둘 수 없었을 가능성이 있으니까."

---

* 데릴사위가 된 오에의 새 이름 '쇼지 하루오'는 장지 바르는 남자(障子貼男)와 발음이 동일하다.

"그래. 하지만 도작범이 야한 사진을 소지하고 있는 녀석인 건 틀림없어."

"그야 그렇겠지만, 누가 외설 사진을 소지하고 있는지는 몰라. 자네가 갖고 있다는 건 안다만."

내 말에 오쓰키는 대학교수가 싹수 있는 학생을 칭찬하듯 고개를 크게 끄덕였다.

"응, 맞아. 난 야한 사진을 가지고 있어! 잘 아는군. 쌓으면 베개가 될 정도로 많지.

하지만 한 장도 캔버스 뒤에 넣어두거나 하지는 않았는데. 야한 사진은 그런 식으로 쓰는 게 아니거든. 책갈피로 쓰거나 도코노마*에 장식해놓고 즐기는 거야.

아니면 캔버스 뒤에 숨겨진 야한 사진에는 전혀 다른 의도가 담겨 있었는지도 모르지. 이구치, 뭔가 생각나는 거 없어?"

"음, ……글쎄."

오쓰키는 화제가 화제인데도 말투에 조심성이 전혀 없었다. 미네코의 당혹스러운 시선과 사에코의 경멸 어린 시선, 하스노의 허무한 시선에 둘러싸여 나는 말을 어물거렸다.

"어쩌면 야한 사진은 네 그림을 모독하기 위한 장치가 아닐까! 요컨대 이구치가 예술 작품이라고 주장해 마지않는 그 그림은

* 일본식 방에서 바닥을 한 단 높여 족자나 도자기 등을 장식해두는 곳.

사실, 화가의 성적 욕망을 구체화한 것에 불과하다고 도작자가 조롱한 거지.

이구치는 예술가가 아니라 일개 변태에 지나지 않는다는 걸 증명하기 위해 그림을 도작한 거야. 이리하여 이구치의 명작은 뜻밖에도 야한 사진과 혼연일체가 되어 아미리가 땅에 출현했다! 그 사실이 이구치에게 전해져 동요를 일으키는 것까지가 범인의 계획이야. 진짜와 가짜, 예술과 외설의 경계를 정하려한 전위 작품이 바로 이 사건인 거지.

그렇다면 이구치, 넌 엄청난 도전을 받고 있는 셈이로군."

"……하스노, 어떻게 생각하나?"

오쓰키의 헛소리에서 벗어나려 도움을 요청했지만, 하스노의 말은 뜻밖에 차가웠다.

"뭐, 외설 사진이 끼어 있었던 이유에 대해서는 오쓰키 군 설명보다 재미있는 이유가 없을지도 모르지."

사에코는 정말 한심하다는 듯 나와 오쓰키를 번갈아 보았다. 미네코를 보니 시계 앞에 쪼그려 앉아 변태 심보라도 찾아내려는 것처럼 진지하게 내 그림을 감상하고 있었다.

모욕을 당하는 것 같아서 마음이 불편했다. 잠시 후 미네코가 그림에 집중한 채 입을 열었다.

"이모부, 이 그림의 모델은 누구예요? 아까부터 그걸 말씀 안 하시는데, 어쩌면 그 모델이 도작했을지도 모르잖아요? 그 사람은 당연히 이모부가 어떤 그림을 그리는지 알고 있었을 테고,

모델이 직접 그린 게 아니더라도 누군가 모델에게 이야기를 듣고 이모부 그림을 도작하려고 마음먹었을지도 몰라요."

아주 지당한 지적이었다.

하지만 내가 모델의 정체에 대해 말을 아끼는 데는 다른 이유가 있었다.

"미네 짱 말이 옳아. 하지만 이 그림을 그렸을 때 모델과 약속을 하나 했거든. 자기가 이 그림의 모델이라는 걸 절대 남에게 발설하지 말라고 하더군.

이런 일이 일어났으니 밝히겠지만, 자네들은 절대 다른 데서 말하지 말게. 이름을 말하면 다들 알 거야.

이 그림의 모델은 오카지마 아야야. 그 무대 배우 말일세."

그때 바깥의 주차 공간에 자동차가 다가오는 기척이 느껴졌다.

마지막 손님이 도착한 모양이었다. 사에코는 내 말이 모두에게 파문을 일으킨 것에는 아랑곳없이 얼른 일어서서 손님을 맞으러 나갔다.

4

"어머! 아름다워라."

거실로 안내받은 아사마 미쓰에는 하스노를 보자마자 숲을 빠져나와 절경에 맞닥뜨린 것처럼 놀라움 어린 웃음을 지었다.

"도둑이었던 하스노 씨죠? 네, 들었던 대로네요. 꼭 뵙고 싶었어요.

체포되신 지 오늘로 3주년이라고 들었어요. 고생 많으셨겠네요. 그나저나 정말 아름다우세요. 도저히 범죄자로는 안 보여요."

"아사마 씨, 처음 뵙겠습니다. 저도 이야기로는 들었지만, 뵙게 될 줄은 몰랐군요.

그런데 제가 범죄자로 안 보인다고 하시니 섭섭하네요. 기껏 제가 체포된 걸 축하하러 와주셨으니, 범죄자라고 생각하고 봐주시는 게 좋겠죠."

"어머, 그렇게 말씀하셔도 아름답다는 것만큼은 어쩔 수가 없어요. 그건 뒤집을 수가 없는걸요."

미쓰에는 입가를 오른손으로 가리고 킥킥 웃었다. 하스노는 잔물결 이는 듯한 미소를 유지했다.

미쓰에는 사에코의 여학교 동창생이자, 미네코가 어렸을 적에 같이 놀아준 사이이기도 하다. 그리고 지금은 신극*을 대표하는 무대 배우로 자리매김하는 중이다.

미쓰에의 어머니 다마코는 한 세대 전에 서양에 다녀와 무대 배우로서 일세를 풍미했다. 그녀는 정신에 병이 생겨 배우를 그만뒀지만, 딸 미쓰에는 몇 년 전 처음으로 무대에 선 이래 천재

---

* 가부키, 신파극과 달리 서양 근대 연극에 영향을 받은 새로운 형태의 연극.

성을 이어받아 엄청난 인기를 얻었다.

미쓰에는 사에코와 동갑이지만 이미 두 번, 19살 때는 자신을 지원하던 작가의 아들과, 21살 때는 실업가와 결혼했다. 그리고 올해 3월에 그 실업가와도 이혼해 두 번째 결혼생활도 끝을 맺었다.

미쓰에는 지금까지 한 번도 하스노와 만난 적 없지만, 두 달쯤 전에 뜻밖의 인연이 생겼다. 그녀의 집에서 발생한 보석 도난 사건의 범인을 하스노가 밝혀낸 것이다. 그 후로 고마움을 느끼다가 오늘 하스노를 축하하는 자리가 있다는 이야기를 듣고 연습 시간에 짬을 내서 찾아왔다. 미쓰에는 귀인들의 파티에 나가도 될 만큼 고급스러운 꽃무늬 기모노 차림이었다.

사에코는 하스노 외의 사람들을 차례차례 소개했다.

"이쪽이 남편 이구치. 전에 한 번 만났었지. 그 옆이 남편 친구인 오쓰키 씨. 남편과 같은 일을 하시는데, 망측한 사진에 조예가 깊으셔. 그리고 미네코."

"오쓰키 씨? 이렇게 만나 봬서 반가워요. 네, 확실히 그림을 그릴 것 같은 분이네요. 그리고, 미네 짱! 오랜만이네. 완전히 어른이 다 됐어."

미쓰에는 미네코가 있는 줄 뻔히 알면서도 깜짝 놀란 듯한 시늉을 하며 그렇게 말했다.

"네, 오랜만이에요."

미네코는 미쓰에의 명랑한 모습에 주눅이 든 것 같았다. 미

살로메의 단두대

쓰에는 여학생 시절에 다섯 살이나 어린 미네코를 아주 귀여워했다고 하는데, 미네코는 아무래도 다른 사람들이 있는 곳에서 미쓰에가 옛날 태도로 돌아가는 게 싫은 눈치였다.

미쓰에는 다시 미네코에게 친근하게 말을 건네려다 미네코 뒤에 있는 내 그림에 시선을 빼앗겼다. 미쓰에는 홀린 듯한 몸짓으로 그림에 다가갔다.

"이건 어느 분 작품인가요? 어쩐지 굉장한 그림이네. 뒷모습인데도 생동감이 있어요."

"이건 이구치 군이 그린 겁니다. 그런데, 아사마 씨."

하스노가 그림을 들어 올려 아래쪽을 탁자에 대고 미쓰에가 보기 편하도록 뒤에서 받쳤다.

"오늘은 이 그림이 축하 모임의 주인공이 되는 바람에 제 옛날 직업을 돌이켜볼 상황이 아닙니다. 갑자기 죄송하지만, 그림의 모델이 누구인지 한번 생각해 보시겠습니까? 아사마 씨와 인연 없는 사람은 아닙니다."

미쓰에가 갑자기 진지한 표정을 짓더니, 넉넉히 시간을 들여 그림을 살폈다.

"글쎄요, 짐작이 안 가는걸요. 거의 뒷모습이잖아요. 사에 짱인가? 하지만 이런 차림을 할 리가 없는데."

"응, 내가 그럴 리 없지."

웃음기 하나 없는 사에코에게 여배우는 영문도 모르는 채 자신감 넘치는 미소를 보냈다.

하스노가 눈짓으로 재촉하길래 나는 무거운 마음으로 설명했다.

"이 그림은 제가 2년쯤 전에 오카지마 아야 씨를 모델로 삼아 그린 겁니다."

"어머! 이게 아야 씨였어요! 듣고 보니……, 아니, 그래도 역시 아야 씨인 줄은 모르겠네요."

미쓰에는 과장되게 고개를 갸웃거렸다.

오카지마 아야는 미쓰에보다 조금 늦게 무대에 섰다. 하지만 연기가 뛰어나다는 점이 곧 세상에 알려져, 두 사람은 함께 거론되는 일도 많았다.

"아사마 씨, 오카지마 아야 씨를 잘 아십니까?"

하스노가 물었다.

"물론이죠, 같은 업계 사람이니까요. 극장에서 마주치기도 하고, 가끔 이야기도 나눠요. 하지만 친한 사이라고 제멋대로 말하면 아야 씨가 화낼지도 모르겠군요.

참 신기한 인연도 다 있네요. 이런 일이 있었던 줄은 전혀 몰랐어요."

"응, 나도 전혀 몰랐어."

사에코가 불쾌해하는 이유를 미쓰에는 이제야 눈치챈 듯했다. 그녀는 이번에는 사정을 알겠다는 표정으로 사에코에게 웃음을 지었다.

나는 아야를 모델로 삼아 그림을 그리게 된 경위를 밝혔다.

사에코와 결혼하기 두어 달 전의 일이었다.

"무대에 선 오카지마 아야 씨를 몇 번 봤었지. 그녀를 모델로 그림을 그리면 어떨까 싶더군. 이유를 설명하라면 곤란한데, 아무튼 좋은 작품이 나올 것 같았어.

그러다가 다이쇼 7년(1918년) 2월에 긴자의 카페에서 우연히 아야 씨를 본 거야. 망설이다가 부탁했지. 화가인데 모델을 해줄 수 없겠느냐고."

당연히 단칼에 거절당했다. 하지만 나는 물러서지 않고 이구치 사쿠타라는 이름을 기억시키는 데 성공했다.

"그로부터 한 달쯤 지나 그 카페에서 아야 씨와 또 마주쳤어. 뭐, 한 번 더 만날 수 있지 않을까 싶어서 자주 가긴 했지.

그랬더니 아야 씨가 어느 화랑에서 내 그림을 봤다면서 모델을 해주겠다는 거야. 다만 조건이 하나 있는데, 내가 그림을 그리고 있다는 걸 누구에게도 알리지 말고, 그림이 완성된 후에도 모델의 정체는 절대로 누구에게도 밝히지 말라고 하더군."

아무튼 나는 아야의 요구를 받아들이고 그림을 그리기 시작했다.

우리는 마치 불륜을 저지르는 남녀가 밀회하듯 만났다. 아야는 내 아틀리에에 오기를 거부하고 밤에 극장 창고에서 그림을 그리라고 요구했다. 야간이라도 극장이 텅 비지는 않으므로 나는 대도구 담당인 척 캔버스를 들고 가서 문밖의 소리에 긴장한 채 붓을 휘둘렀다.

오쓰키가 나를 제지했다.

"잠깐. 아야는 이구치가 자기 그림을 그리는 걸 그렇게까지 창피해한 건가?"

"아니, 뭐……, 그야 남의 눈을 꺼릴 수도 있겠지. 특히나 이름난 배우니까."

"어머, 배우든 모델이든 크게 다르지 않아요. 데이코쿠 극장의 기예 학교에도 배우를 꿈꾸다가 가족에게 의절당한 사람이 몇 명 있는걸요. 하지만 역시 모델을 한다는 건 좀, 추문 같은 냄새가 풍길지도 모르겠네요."

적어도 내 그림의 모델을 맡은 것이 세상에 떨칠 만한 명예가 되지는 않으리라.

"그렇다면 모델을 맡은 이유가 수수께끼로군! 위험하기만 하고 재미는 하나도 없잖아. 일종의 변태 성욕인가? 아야는 몸집이 작고 수염이 삐죽삐죽한 화가와 창고에 틀어박혀 꼼짝도 하지 않고 서 있는 걸 즐긴 건가?"

"자네는 무슨 수를 써서라도 내 작업을 성욕과 결부시키고 싶은가 보군. 처음 들어보는 종류의 변태네만, 그럴 리는 없다고 봐."

돌이켜보니 나와 만났을 때 아야는 "안녕하세요"라는 목소리부터 헤어질 때 손을 흔드는 동작에까지 감정이라고는 일절 담지 않았다. 뭔가를 숨기고 있는 것 같았다.

"내 그림이 마음에 든 줄 알았는데."

"단지 그뿐이라면 자기가 모델이 됐다는 사실을 비밀로 하고 싶어 하는 건 이상하지 않나?"

오쓰키 말대로다. 아야가 내 그림의 모델을 맡은 것에도 뭔가 악의가 담겨 있는 걸까?

누군가 내가 짊어진 배낭에 몰래 추를 채워 넣은 것 같은 기분이었다.

기회를 노린 듯 하스노가 물었다.

"이구치 군. 이 오렌지색 옷은 오카지마 씨 것인가?"

"아, 응. 맞네. 양장이 좋을 것 같아서 없느냐고 물었더니, 이런 게 있다면서 가져왔어. 나도 마음에 들었고."

"네, 그게 의외였어요. 아야 씨의 취향에 전혀 맞지 않는 옷이거든요."

미쓰에가 그렇게 말했다.

"하지만 그게 당연하잖아? 이구치가 그렸다는 게 알려지기 싫다면, 누구에게도 보여준 적 없는 옷을 입고 모델을 하는 게 안전해. 나도 오렌지색 옷 입은 여자라고만 생각했지. 설마 모델이 오카지마 아야일 줄은 상상도 못 했어."

"뭐, 오쓰키 군 말이 옳겠지. 그림의 구도는 오카지마 씨가 생각한 건가? 얼굴이 잘 보이지 않도록 하자고 말이야."

하스노의 질문은 나, 오쓰키, 미네코, 사에코, 미쓰에, 즉 하스노 이외의 모두에게 기묘한 연대감을 안겼다. 우리는 연동해서 돌아가는 기차 바퀴처럼 서로 얼굴을 마주 보았다. 아무래도 다른 사람이 다 아는 사실을 하스노만 모르는 듯했다.

"저기, 하스노 씨, 혹시 아야 씨 얼굴을 모르시는 거 아닌가요?"

"네, 얼굴뿐만이 아닙니다. 이구치 군은 다들 안다고 했지만, 저는 오카지마 아야라는 이름도 방금 처음 들었습니다."

"그렇다면 그럴 만도 하네요. 하지만 저는 모델이 아야 씨라는 말을 듣고 나니, 그림에 얼굴을 제대로 그리지 않은 게 그다지 이상하게 느껴지지 않네요. 이구치 씨, 자꾸 나서서 죄송해요. 제가 워낙 수다스러워서요.

그 사람은 늘 진하게 화장해요. 무대 위에서도, 아무 일정도 없는 평소에도요. 그걸 조롱하는 듯한 기사가 잡지에 실린 적도 몇 번 있었답니다."

오카지마 아야의 화장이 진하다는 건 연극을 조금이라도 보는 사람이라면 누구나 다 아는 일이라, 아야를 칭찬하는 사람도 헐뜯는 사람도 한 번씩은 꼭 언급하곤 했다.

하지만 미쓰에가 아야에 대해 알고 있는 건 그뿐만이 아니었다.

"사실 그저 얼굴에 자신이 없어서 진하게 화장하는 건 아닌 듯해요. 왜, 얼마 전에 자살한 마쓰이 스마코 씨, 수술로 코를 높였다고 하잖아요?"

마쓰이 스마코는 작년 1월에 극작가 시마무라 호게쓰를 뒤쫓듯 자살한 신극 배우다. 그녀는 융비술로 얼굴을 인공적으로 고쳤다고 한다.

"아야 씨는 스마코 씨보다 더한 것 같더라고요. 분명 특별한 수술을 할 수 있는 의사를 찾아갔겠죠. 코뿐만 아니라 여러 곳에 손을 대서 지금의 얼굴을 만든 듯해요. 그 흔적이 남아 있어서 화장을 지울 수 없는 거죠."

"그게 정말입니까?"

"네. 이구치 씨 사건과 관계가 있을지도 모르니까 말씀드리는 거예요. 다들 비밀로 하셔야 해요."

미쓰에는 아야가 얼굴을 수술했다는 걸 알아차린 경위를 이야기했다.

"예전에 분장실에서 아야 씨가 놓고 간 수첩을 주웠어요. 누구 것인지 몰라서 넘겨봤죠. 그랬더니 맨 뒤에 사진이 끼워져 있더라고요. 아야 씨 사진이었지만 지금과는 얼굴이 달랐어요. 더 마르고, 소박하고, 별로 눈에 띄지 않는 얼굴. 그걸 보고 아야 씨가 수술했다는 걸 확실히 깨달았죠.

아무에게도 말하지 않고, 다음에 아야 씨를 만났을 때 잠자코 수첩을 돌려줬는데 무섭게 노려보더군요."

미쓰에의 이야기를 듣고 짚이는 점이 있었다.

아야의 큰 눈, 높은 코, 약간 두툼한 입술은 무대에서 관객의 눈을 사로잡을 만한 특징이지만, 듣고 보니 약간 지나치게 강조된 것 같기도 했다.

그림을 그릴 때 아야가 무심코 눈가를 문질러서 맨살이 드러난 적이 있었다. 거기에 흉터가 있던 것이 떠올랐다. 그냥 오래

된 상처인 줄 알았는데, 그게 아니었다.

"그런데 옛날 얼굴 사진을 왜 계속 가지고 다니는 걸까? 수술했다는 건 감추고 싶을 텐데."

오쓰키가 불쑥 말했다.

"수술 후 모습이 만족스럽지 못한 거겠죠. 분명 옛날이 그리운 거예요. 아야 씨는 옛일을 전혀 이야기하지 않지만, 당연히 그 옛날 얼굴일 때도 다양한 추억이 있을 테죠."

다들 진한 화장에 대해서는 알고 있었지만, 미쓰에 말고는 아야가 수술을 했다는 사실을 몰랐다. 하지만 우리는 여전히 다섯 명이 함께 하스노의 무지에 마주하는 듯한 형세를 유지했다.

"뭐, 하스노 자네는 연예계에 관심이 전혀 없으니까 몰랐겠지만, 그런 사정이 있었던 걸세.

다만 아야 씨가 그림 구도를 생각했느냐는 자네 질문에는 뭐라고도 답하기가 힘들군. 구도에 대해서는 아야 씨와 상의할 필요가 없었어. 아야 씨가 모델이 자기라는 사실을 비밀로 해 달라고 했을 때, 모델로 삼는다고 해도 뒷모습이니까 알아볼 방도가 없으니 걱정 말라고 대답했거든."

돌이켜보면 아야와 상의하기 전부터 얼굴은 제대로 그리지 않기로 합의한 것 같은 기분이 들었다.

"자네가 얼굴을 그리지 않기로 한 것에 대해 오카지마 씨는 아무 말도 하지 않았다는 거지?"

"안 했어. 나라고 아야 씨의 얼굴이 인공적이라 그리지 않으려 했던 건 아닐세. 그냥 그릴 필요가 없다고 생각했지."

"흐음."

당시 내가 얻은 예술적 직감에 하스노는 아무 공감도 해주지 않았다.

"뭐, 내가 아야 씨의 그림을 그리게 된 경위는 이게 다야."

"저기, 역시 그림에 관해서 아야 씨에게 확인해야 할 것 같아요. 도작할 만한 사람이 누군지 짚이는 점이 없느냐고요."

미네코의 말대로다. 그림 모델에 대해 발설하지 말라고 신신당부해 놓고, 본인이 남에게 말했을 가능성은 부정할 수 없다. 만약 그렇다면 도작범 후보는 무수히 늘어날지도 모르지만, 어쩌면 단번에 발견될 수도 있다.

"그렇군. 저기, 미쓰에 씨. 아야 씨를 만나려면 어떻게 해야할까요. 그림을 그렸을 때도 주소는 물어보지 않았거든요."

"저는 알지만 소개할 수는 없겠죠? 제가 이구치 씨와 아야 씨의 관계를 안다는 건 비밀로 해야 할 테니까요. 고리타분한 방법이긴 하지만 역시 대기실에 편지라도 보내는 수밖에 없지 않겠어요? 이구치 씨 성함으로 보내면 분명 읽지 않고 버리지는 않을 거예요.

아, 마침 모레부터 데이코쿠 극장에서 「살로메」를 재상연해요. 아야 씨가 주인공이죠. 이구치 씨, 보러 가시는 게 어떨까요. 가시겠다면 표는 제가 준비할게요.

다른 분과 같이 가시는 게 좋겠죠. 사에 짱도 연극 좋아하지 않았나? 남편과 같이 갈래?"

사에코는 나를 노려보며 잠시 망설였다. 이미 반쯤은 나와 바람피운 상대의 연극을 보러 가는 이야기를 하는 기분인 듯했다.

"나보다는 다른 분이 좋겠어."

"그렇구나. 그럼 하스노 씨! 이구치 씨와 같이 가실래요? 저는 아무 선물도 가져오지 않았으니 대신 표를 드리는 걸로 할게요. 하스노 씨께는 연극이 재미있지 않겠지만, 선물은 원래 원하지 않는 걸 받는 법이니까요. 어떠세요?"

이렇게 된 이상, 혼자 가기보다는 하스노가 동행해주길 바랐다. 내가 간절히 애원하는 시선을 보내자 하스노는 쓴웃음을 지었다.

"표를 받을 수밖에 없겠군요. 이구치 군의 수행원 노릇을 하도록 하겠습니다."

"네, 그러세요. 혹시 마음에 드시면 제 연극도 보러 오시고요."

미쓰에는 하스노에게 그렇게 말한 후, 우리에게 환한 웃음을 흩뿌렸다.

5

사에코가 손수 만든 케이크를 먹은 후 손님들은 돌아갔다. 미네코는 자고 가려고 거실에 남았다.

"제가 보기에 이모부에게는 떳떳하지 못한 점이 없는 것 같은데요."

"미네코, 괜히 그런 데 신경 쓸 것 없어."

웬일로 사에코가 미네코를 야단쳤다.

미네코는 내 편을 들기로 한 모양이다. 나로서는 고맙기도 하고, 그렇지 않기도 했다. 아무튼 미네코는 이 문제에 어떻게든 참견하고 싶은 것 같았다.

"응. 하지만 다들 신경 쓰는 걸 나만 신경 쓰지 말라고 하는 건 무리한 요구야. 어쨌든 누군가가 이모부의 그림을 도작한 사건이 확실히 해결되면 좋잖아. 그러면 이모의 걱정도 말끔히 사라질 거야."

"게다가 림스데이크 씨가 그림도 사줄 테고. 그렇게만 되면 굉장하지."

사에코는 미네코와 나를 귀찮다는 듯이 보다가 이윽고 그렇네, 하고 마지못해 인정하듯 말했다.

미네코는 다시 한번 내 그림을 들여다보았다.

"정말 신기한 그림이에요. 진짜 예술가만이 이런 그림을 그릴 수 있겠죠."

"흠, 재능은 진짜니 가짜니 하며 똑똑히 흑백을 가릴 수 있는 게 아니지. 뭐, 도작이라면 이야기가 다르지만. 그건 명백히 가짜니까."

미네코가 너무 진지하게 나와서 나는 낯이 간지러웠다.

"그래도 이모부는 분명 그림에 재능이 있어요. 저도 뭐든 좋으니까 재능이 있으면 좋겠네요."

처조카가 이런 소리를 하는 건 처음이었다. 나도 모르게 아내와 얼굴을 마주 보았다.

미네코를 평범한 소녀라고 생각지는 않았지만, 무엇에 뛰어난지도 사실 잘 모르겠다.

"뭐든 좋으니까, 라니 그게 무슨 소리야?"

"잘 모르겠지만, 제 주변에는 재능 있는 사람이 너무 많아요."

"그런가? 뭐, 하스노는 도둑질에 재능이 있지. 결국 붙잡히긴 했지만. 미쓰에 씨도 평판이 대단하고."

"네. 그나저나 미쓰에 씨는 딴사람 같았어요. 그야 옛날보다 훨씬 예뻐지긴 했지만……."

미네코는 토라진 표정이었다. 미쓰에가 돌아갈 때 사람들 앞에서 미네코의 머리를 쓰다듬고 뺨을 살짝 꼬집었는데, 그게 불만인 듯했다.

그러자 사에코가 조카의 생각을 끊어내듯 말했다.

"잘 들어, 미네코, 너한테는 네 재능 말고도 걱정해야 할 일이 또 있어."

"아, 그랬지. 말 안 했었구나."

나도 아내에게 장단을 맞췄다.

"실은 동서, 그러니까 미네 짱 아버지가 미네 짱의 혼사를 하루미 상사 사장님께 부탁할 수 없겠냐고 하더라고. 하루미 사장님이 미네 짱을 한번 데려오라고 하셨으니까 다음 주쯤 뵈러

갈 거야."

  미네코는 깜짝 놀란 표정으로 배신당했다는 듯 나와 사에코
를 향해 눈을 부릅떴다.

Ⅲ

도작과 위작

1

　데이코쿠 극장의 객석은 8할 가까이 찼다. 혹시나 무대에 오른 아야의 눈에 띨까 봐 걱정됐는지 미쓰에는 2층 뒤편 좌석을 준비해주었다.

　무대 배경은 간소하니, 멀리서 봐도 만듦새가 조잡했다. 그에 맞춰 조명은 어둡게 해두었다.

　아야는 처절하게 연기했다. 흑백 필름에 나비가 붙은 것처럼, 수수한 배경 속에서 아야만이 색채를 띤 듯 선명하게 이채를 발하며 요카난을 불러대고 일곱 베일의 춤*을 췄다.

* 살로메가 요카난의 머리를 얻기 위해 헤롯왕 앞에서 몸에 걸친 일곱 개의 베일을 차례로 벗으며 추는 춤.

―정말 제가 원하는 걸 무엇이든 주실 건가요?

―부디 요카난의 머리를 주세요.

무대 위의 아야는 목소리만 들으면 완전히 딴사람이다. 나는 2년 전 극장 창고에서 말을 나눴을 때 느꼈던 바가 떠올랐다.

"어때? 재미있었나?"

"그런 식으로 가볍게 남한테 감상을 요구하지 말게. 연극의 재미는 자네 책임이 아니잖나. 자네 책임은 나를 데려온 거지."

하스노가 탁자 맞은편에서 나를 내려다보았다.

극장 근처 '오리온'이라는 카페다. 괜찮은 곳이니 공연이 끝나고 한번 가보라고 미쓰에가 권했다.

"자네는 이런 곳을 좋아하지 않겠지. 하지만 자네가 같이 있지 않으면 사에코가 이해해주지 않을 테니 좀 참아주게.

이보게, 「살로메」 희곡은 알고 있나?"

"와일드가 쓴 건 읽은 적 없어. 내가 아는 이야기와는 꽤 달랐네."

「살로메」는 지난 세기 말엽에 오스카 와일드가 발표한 희곡으로, 신약성서 속 예언자 요한의 처형에 얽힌 일화를 바탕으로 한다.

이색열(이스라엘)의 왕 헤롯은 자신의 결혼에 대해 쓴소리한 예언자 요한을 잡아들인다.

그는 자신의 생일을 축하하는 자리에서 왕비 헤로디아의 딸이 춤을 선보인 것을 기뻐하며, 원하는 것은 무엇이든 주겠다고 약속한다.

소녀는 대가로 요한의 머리를 요구했다. 헤롯왕은 난처해하지만, 약속을 지키고자 위병에게 명령해 요한을 처형하고 그 머리를 소녀에게 준다.

신약성서에는 이름이 나오지 않지만, 이 소녀가 살로메다.

와일드의 희곡도 줄거리는 대략 성서의 내용을 따른다.

그러나 살로메에 관한 해석은 성서와 완전히 다르다. 성서에서는 살로메가 어머니 헤로디아에게 부추김을 당해, 무슨 의미인지도 모른 채 요한의 머리를 요구한다.

하지만 와일드의 살로메는 예언자 요카난을 사랑한다. 그에게 거부당했기에 자기 의지로 예언자의 머리를 달라고 헤롯왕에게 요구하는 것이다. 살로메는 요카난의 머리에 입을 맞춘다. 살로메를 두려워한 헤롯왕이 살로메를 처형하고, 연극은 막을 내린다.

"하스노, 자네는 어차피 신약성서밖에 안 읽었겠지? 뭐, 아리송하다면 아리송한 이야기이기는 하지. 그건 그렇고 굳이 보러 올 필요가 없었을지도 모르겠군."

미쓰에의 제안을 받아들여 연극을 본 건, 편지를 전하기 전에 아야의 모습을 봐둬야 할 것 같아서였다. 형편에 따라서는 인사말에 연극의 감상이라도 듣기 좋게 한마디 써둘까 싶기도 했다.

나는 준비해 온 편지지와 봉투를 꺼냈다.

"역시 아야 씨는 내 인상에 남아 있던 그대로더군. 옛날에 봤을 때도 저랬다네. 지금이 연기는 더 잘하는군.

편지는 뭐라고 쓸까. 어제부터 이것저것 생각해 봤는데 의외로 어려워. 조심스럽게 쓰면 무시당할 것 같고, 관심을 끌려고 하면 협박장 비슷해지거든."

"쓸데없는 말은 안 써도 돼. 전보같이 쓰게. 그림과 관련해 상의할 일이 있습니다, 그거면 충분하지."

잠시 망설인 후 결국 하스노 말대로 했다. 만약 아야에게 떳떳하지 못한 구석이 있을 경우, 괜히 편지로 사정을 밝혀서 이쪽 패를 보여줘서는 안 된다.

나는 편지지를 봉투에 넣어 봉하고 탁자에 놓았다.

의자에 기대어 하스노를 바라봤다.

그는 내가 낑낑대며 편지를 쓰는 동안 담배를 피우며 고개를 살짝 돌려 주변에 혐오 어린 시선을 멍하니 던지고 있었다. 주변에서는 요란한 전화벨 소리, 손님들 사이에 섞인 여급의 간드러진 목소리, 그것들을 희미하게 감싼 옷자락 스치는 소리 등이 들렸다.

내가 인간을 혐오하는 하스노의 성향에 감탄하는 바가 하나 있는데, 바로 그가 혐오의 대상에 오만함을 드러내지 않는다는 점이었다.

살로메의 단두대

사람이 오만해질 때는 종종 그 대상의 관심을 끌고 싶어 하는 욕망이 어른거리는 법인데, 하스노는 아무래도 완전히 무심하게 사람을 싫어할 수 있는 듯했다. 그것은 얼핏 겸허함으로 보이기도 하는 순진무구한 혐오감이었다. 나는 하스노를 친구로 여기면서도 그의 이런 성격을 재미있게 관찰하곤 했다.

하스노는 편지를 다 쓴 내게로 귀찮다는 듯이 시선을 옮겼다.

"그러고 보니 이구치 군. 나를 축하해준 날, 말하지 못한 이야기가 있어. 도작범에 관해서일세."

"뭔데?"

"도작 용의자를 좀 더 추려낼 방법이 있어."

"어? 추릴 수 있다고?"

하스노가 갑자기 명탐정 같은 말을 꺼냈다. 그날 나왔던 이야기 중에 용의자를 추릴 힌트는 없었던 것 같은데.

"얼마나 추릴 수 있는지는 이구치 군, 오쓰키 군, 사에코 씨의 기억에 달렸지.

자네가 그랬잖나? 2년 전 흰갈매기회 회원들이 자네 집에 모였을 때 도작범이 아틀리에에 숨어든 것 같다고. 그날 밤, 누군가 화장실 앞 복도에 스튜를 쏟는 장난을 쳤지.

이 두 가지는 무관하지 않아. 인과관계가 있어서 일어난 일일세."

"인과관계? 어느 쪽이 원인인가?"

"물론 아틀리에에 숨어든 거지. 그 때문에 도작범은 스튜를 복도에 쏟아야 했던 거야."

갑자기 시작된 추리가 어디로 향할지 전혀 짐작이 가지 않았다. 아틀리에에 숨어들려면 복도에 스튜를 쏟아야 한다는 건가?

"그 말인즉슨 스튜를 쏟은 범인을 찾으라는 건가? 전에도 말했지만 알아내지 못했어."

"이제 와서 그걸 알아낼 수는 없겠지. 문제는 그게 아닐세. 뭣 때문에 복도에 스튜를 쏟았는가, 그게 중요해.

이구치 군, 자네 아틀리에에는 늘 물감으로 지저분하잖아. 림스데이크 씨에게도 거기 들어갈 때 안의 실내화로 갈아 신으라고 했지?"

"암, 그랬지."

"그렇다면 의문이 하나 생겨. **아틀리에에 숨어들었을 때 도작범은 실내화로 갈아 신었을까?**"

심장이 쿵 뛰었다.

"자네 아틀리에의 구조를 생각해 보게. 문은 안으로 열려서 아틀리에용 실내화가 놓여 있다는 걸 금방은 알아차리지 못해. 게다가 거기는 복도 전등이 멀어서 어둡지. 모인 건 밤이었어. 실내에 불을 켜려면 방에 들어가서 전등 줄을 당겨야 하지. 게다가 자네는 오쓰키 군같이 친한 사람밖에 아틀리에에 들인 적이 없어.

이런 사정으로 보건대 도작범은 실내화로 갈아 신지 않고 물감으로 더러워진 아틀리에에 들어간 것 아닐까?"

"……그렇군. 그럴 가능성이 커."

"그렇다면 그건 의외로 골치 아픈 일이야. 실내화가 유화 물감으로 지저분해졌으니 그대로 신고 다닐 수는 없어. 복도가 더러워질 테고, 물감이 묻은 걸 들키면 아틀리에에 숨어들었다는 사실을 이구치 군이 알아차리겠지.

유화 물감이니까 닦아도 쉽게 안 떨어져. 일단은 벗을 수밖에 없는데, 만약 맨발임을 들키면 대체 실내화를 어디에 뒀느냐고 캐묻겠지. 의심받을 테니 좋지 않아. 그럼 어떻게 해야 하겠나?"

"어……."

"다른 실내화를 한 켤레 더 마련하는 거야. 물론 이구치 군이나 사에코 씨한테 더러워졌다고 자백할 수는 없어. 어디까지나 몰래 새 실내화를 가져오고 싶어.

그런데 도작범은 이구치 군 집 어디에 실내화가 있는지 알고 있었을까?"

"아니, 몰랐을걸."

알 리가 없다. 손님용 실내화는 2층에 보관했고, 그들은 그날 우리 집에 처음 온 것이니까.

"집주인에게 묻지 않고 실내화가 있는 곳을 알아내려면 어떻게 해야 할까? **실내화를 한 켤레 더 가져올 수밖에 없게 만드는 거야.** 그때 어디서 실내화를 꺼내 오는지 확인하면 돼. 그래서 도작범은 한 가지 계략을 실행했어."

"알았다. 그래서 복도에 스튜를 쏟은 거구나!"

"그렇지. 누군가 그걸 밟으면 그 사람이 갈아신을 실내화를 가져와야 해. 어디로 가는지 봐두면 자기도 나중에 몰래 실내화를 갈아신을 수 있어.

고미라는 사람이 스튜를 밟았다고 했지? 갈아신을 실내화는 누가 가져왔나?"

"사에코였을 걸세."

"그럼 자네는 1층에 남아 있었던 거로군. 요컨대 사에코 씨가 2층에 실내화를 가지러 간 동안 1층에 머물렀던 인물은 도작 용의자에서 제외할 수 있는 거야. 반대로 만약 사에코 씨가 2층에 실내화를 가지러 갔을 때 누군가가 자기 모습을 살피고 있다는 걸 눈치챘다면, 그 인물이 극히 수상하다는 뜻이겠지."

그래서 기억에 달렸다고 한 것이다.

"도작범은 자기가 더럽힌 실내화를 몰래 가져가서 처분했을 테니까, 모임 후 자네 집의 실내화가 한 켤레 줄었을 걸세. 만약 사에코 씨가 그걸 기억한다면 이 추측은 더욱 틀림없어지는 셈 이지."

"알았어. 물어볼게. 그런 건 사에코가 잘 기억하거든.

사에코가 2층에 간 동안 1층에 남아 있던 인물이지? 일단 고미는 용의자에서 빼도 되겠군?"

스튜를 밟은 당사자다. 자기 실내화가 물감으로 더러워진 도작범이 스스로 그럴 수는 없다.

"그렇지. 다만 이 소거법은 휜갈매기회 안에 분명히 도작범이 있는 경우에만 유효해. 오카지마 씨나 그 주변에 도작범이 있다면 아무 의미도 없네. 그럴 경우는 도작과는 전혀 다른 동기로 아틀리에에 침입한 셈이 되겠지. 그러나 오카지마 씨와 도작범이 연결돼 있지 않다는 게 확실해진다면 흰갈매기회에 범인이 있다는 뜻이야. 그날 외에는 달리 기회가 없으니까.”

역시 아야와 빨리 연락을 취해야만 한다. 그녀가 도작과 관계가 있는지 없는지 분명히 하지 않고서는 다음 조사로 나아갈 수 없다.

“잘 알았네. 편지는 나중에 극장 지배인한테 맡길게. 미쓰에 씨가 지배인에게 맡기면 반드시 아야 씨에게 전달될 거라고 했어.

그런데 아야 씨가 답장을 줄까. 혹시 답장용 우표를 동봉해야 할까?”

하지만 그건 여배우한테 서명을 받아내려고 애쓰는 중학생 같은 수법이다 싶어 생각을 바꿨다.

“오카지마 씨가 얼마나 편지를 잘 써주는 사람인지는 모르겠지만, 자네와는 극장 창고에서 며칠을 함께 보냈잖나? 답장이 올지 안 올지도 짐작이 안 간다는 건가?”

“아니 뭐, 아야 씨에 관해서는 나도 잘 몰라. 대화를 나눌 필요가 없었거든. 나는 나대로 그림 외에는 아무 관심도 없는 벽창호처럼 굴었고 말이야. 헤어질 때 ‘이제 괜찮습니다. 이제부터는 모델 없이 그릴 수 있어요. 오랫동안 감사했습니다’ 하고 인사한 후로는 깜깜무소식일세.”

"흠."

"아야 씨에게 켕기는 구석이 없다고 해도, 모델로 삼은 걸 비밀로 하라고 신신당부했으니까 내가 연락하면 싫어할 가능성은 크다고 봐야지.

아야 씨는 왜 그렇게 비밀에 연연했을까? 수술로 얼굴을 고친 것과 관계있을까? 그것도 내 그림 때문에 어떻게 되지는 않을 텐데."

하스노가 탁자에 내려놓은 오른손 손바닥을 조용히 들어 내 말을 제지했다. 그리고 왼쪽 위를 살며시 올려다봤다.

그를 따라 옆을 보니 기모노 차림의 여자가 서 있었다. 눈 아래를 숄로 푹 감쌌다.

여자가 코언저리를 잡고 숄을 내려 나에게 얼굴을 보였다.

오카지마 아야였다.

2

짙은 안개처럼 하얗게 화장한 아야의 얼굴에서는 격한 감정이 배어났다. 몹시 화난 듯했다.

아야는 대담하게 오른손을 탁자에 짚었다. 그리고 억누른 목소리로 푹 찌르듯 말했다.

"이구치 씨? 화가 이구치 씨죠? 기억나요. 오랜만이네요.

당신…… 입이 참 가볍네요. 내가 그림 제작에 협조했다는 걸 절대 발설하지 않겠다고 약속했잖아요. 분명히 했어요! 그런데 이제 와서 이런 데서 나불나불 떠드는 모습을 볼 줄은 꿈에도 몰랐네요.

대체 무슨 생각이에요? 사정하길래 도와줬더니만, 남 생각은 전혀 하지 않고 제멋대로 소문을 내다니."

나는 온몸의 털이 쭈뼛 섰다.

방심했다. 극장에서 가까운 카페다. 아야와 우연히 마주치더라도 이상하지 않다.

"아야 씨, 그, 정말 실례했습니다. 하지만 그게, 그럴 만한 사정이 있습니다. 아야 씨한테도 어떻게든 상의할 수 없을까 싶었어요."

"그럴 만한 사정? 그걸 자기 멋대로 정하면 되겠어요? 그딴 식으로 약속을 어겨도 상관없다면, 뭐든 당신 사정이 먼저겠죠. 이……, 악독한……."

아야는 나를 죽음에 이르게 할 말이라도 찾는 듯 치를 떨며 이쪽을 노려보았다. 결국 아야는 입을 다물었고, 나는 나락으로 몰린 것처럼 몸을 바들바들 떨었다.

"오카지마 씨."

아야는 탁자에서 손을 떼고 목소리가 난 쪽을 보았다.

"……누구시죠?"

"저는 하스노라고 합니다. 이구치 군의 친구입니다."

하스노는 나를 제지했을 때와 다름없이 온화한 표정이었다.

아야가 내 이야기를 엿들었을 때 하스노는 그녀를 등진 자세였다. 게다가 아야는 내게 너무 화가 나서 내 대화 상대에게는 관심이 없었던 듯했다.

따라서 아야는 지금 하스노의 존재를 처음으로 알아차렸다. 그녀는 거들떠보지도 않았던 강아지가 바짝 다가붙어 몸을 비비기라도 한 것처럼 하스노의 아름다운 용모에 주춤했다.

"……친구라고요? 당신이?"

"그렇습니다. 이구치 군이 약속을 어긴 건 저를 친구라고 여겨 상의했기 때문이고, 이구치 군을 친구로 삼은 건 제 책임입니다. 약속을 어긴 이유를 말씀드리겠으니 들어주시겠습니까? 앉으시죠."

아야는 빈 의자를 발치로 끌어당겨 앉았다. 그녀는 두 팔꿈치로 탁자를 짚고 하스노에게 몸을 내밀었다.

"하스노 씨? 무슨 사정인지 듣기보다 먼저 여쭤봐야 할 게 있어요. 당신에 대해서요. 대체 이구치 씨와는 어떤 친구죠? 화가처럼 보이지는 않는데요."

나는 아야의 날카로운 직감에 놀랐다. 나를 향한 분노를 거의 증발시키고, 방금 일은 순식간에 잊어버린 듯한 태도였다. 대신에 목소리에서는 의심이 노골적으로 묻어났다.

"말씀하신 대로 저는 화가가 아닙니다. 열두 살 때 우에노역 역사를 사생하던 이구치 군에게 지우개를 빌려준 후부터 친구로 지내고 있고요."

"그렇군요. 그럼 무슨 일을 하시죠?"

"지금은 번역이나 통역을 합니다."

"지금? 다른 일도 하셨다는 거네요. 뭐였죠?"

"예전에는 도둑이었습니다."

농담으로 들리지 않도록 조심스럽게 하스노는 말했다. 아야
는 숨을 삼켰다. 나도 긴장했다.

하스노는 병적으로 결벽이 심한 성격이라 거짓말하는 걸 싫
어한다. 그렇다고 도둑이었다는 사실을 공공연하게 드러내지는
않는다. 특유의 재치와 기지로 거짓말 없이 얼버무리곤 했다.
하지만 지금 하스노는 예전 직업을 티끌만큼도 숨길 생각이 없
는 듯했다.

"……정말이에요? 참 신기하네요."

"정말이고, 신기해할 일도 아닙니다. 약간의 소질만 있으면
누구든지, 오카지마 씨도 될 수 있어요. 아무래도 의심스러우시
다면 3년 전 5월 28일자 신문을 확인해 보시면 되겠죠.

제가 도둑이었던 건 사실이지만, 예전 직업이 제 모든 걸 규
정하지는 않습니다. 미리 약속하겠습니다. 저는 오카지마 씨에
게 절대로 거짓말을 하지 않겠습니다."

하스노가 그렇게 말하자 아야의 얼굴에 다시 격한 감정이 서
렸다.

거짓말을 하지 않겠다는 건 구애의 말 같으면서도 일종의 협
박이다. 하스노의 아름다움에 주눅 든 아야는 그가 본심을 이야

기할까 봐 두려워한다. 그 말이 자신에게 타격을 줄지도 모르기 때문이다.

아야는 금방이라도 울 것처럼 커다란 눈 주위에 주름을 모은 표정으로 울컥한 감정을 꿀꺽 삼켰다. 냉정해져야 한다고 스스로를 타이른 듯했다.

"알았어요. 좋아요. 저도 당신한테 거짓말 안 할게요. 이야기를 들어보죠. 왜 약속을 어긴 건가요?"

하스노는 림스데이크 씨를 만난 일로부터 시작된 도작 사건을 역사 교사처럼 객관성 있게 설명했다. 당사자인 나는 한마디도 끼어들지 않았다. 괜히 끼어들었다가 이야기에 진실성을 더하려는 하스노의 노력을 방해할 듯했고, 아야도 내가 끼어드는 걸 허락하지 않으리라.

설명에 5분 남짓 걸렸다.

"뭣 때문에 범인이 제 그림을 도작했다는 건가요?"

아야는 역겹기 그지없다는 듯 입을 일그러뜨렸다.

"모릅니다. 그저 그림이 걸작이다 싶어서 모방하고 싶어진 걸 수도 있겠죠. 아무튼 이구치 군은 아주 망설인 끝에야, 도작범을 찾아내기 위해 모델의 정체를 밝혔습니다."

"그럼 그때까지는 약속대로 비밀을 지켰다는 말씀인가요?"

"이구치 군 말로는 그렇습니다."

아야는 증오가 담긴 표정으로 내 얼굴을 봤지만, 말은 걸지 않고 하스노에게 다시 고개를 돌렸다.

"하스노 씨는 이구치 씨를 믿으세요?"

"이구치 군은 진실을 말하고 있다고 생각합니다."

"……그렇군요. 이구치 씨는 하스노 씨 말고 누구한테 그 일을 이야기했나요."

"부인과 친구 등 저 말고 네 명입니다."

아야가 무시하는 걸 더는 견딜 수 없어서 나도 모르게 끼어들었다.

"저기, 물론 그 네 명한테는 비밀로 하라고 했습니다. 그리고 한 번 더 못 박아두겠습니다. 절대 발설하지 않도록, 제가 책임지고 입조심을 시킬 테니."

"이구치 씨가 책임을 지겠다고요? 책임? 기도 안 차네요! 책임은 짊어질 수 있는 게 아니에요. 누가 본인이 한 일을 진정으로 책임질 수 있겠어요? 자기 단속도 제대로 못 하면서 남을 단속시키겠다니."

발끈했던 아야가 입을 다물고 숨을 가다듬었다.

다시 입을 열었을 때, 아야는 분노가 옅어진 대신 울먹이는 목소리로 말했다.

"좋아요. 한 가지 더 여쭤봐야 할 게 있네요. 제가……, 제가 얼굴을 수술했다는 걸 어떻게 아신 거죠?"

어떻게 대답해야 할지 몰라서 나는 도움을 청하기 위해 하스노를 보았다.

하스노가 알려주기를 망설였는지는 모르겠지만, 적어도 망설이는 기색을 보였기에 아야의 역린을 건드리지 않고 넘어간 듯했다.

"아사마 미쓰에 씨에게 들었습니다. 아사마 씨는 오카지마 씨의 수첩을 대기실에서 찾았을 때 맨 뒤쪽에 끼워져 있던 사진을 봤다고 합니다."

"미쓰에 씨가요? 그렇구나……, 미쓰에 씨가 본 거군요."

아야는 그 일에 대해 더는 아무 말도 하지 않았고, 목소리에서 울음기도 가셨다.

그저께 미쓰에는 아야와 어떤 사이인지 분명하게 말하지 않았다. 이것이 미쓰에와 아야의 관계에 어떤 영향을 미칠지, 아야는 짐작할 만한 낌새를 주지 않았다.

"잘 알았어요. 그래서요? 하스노 씨, 저더러 어떻게 하라는 말씀이죠? 그 도작범을 찾아낼 작정이시죠?"

"그렇습니다. 그래서 궁금한 게 있어요. 혹시 이구치 군의 모델이 된 일이나, 이구치 군이 어떤 그림을 그리고 있는지를 다른 사람에게 말씀하신 적이 있습니까? 그걸 알려주시면 좋겠군요."

그런 이야기를 남에게 하겠느냐고 아야가 화내는 모습이 상상됐다. 하지만 아야는 아무 말도 없었다. 결심이 서지 않는 모양이었다.

잠시 후 아야가 중얼거리는 목소리로 말했다.

"딱 한 명에게만 말했어요. 그 사람이 도작했을 리는 없지만,

확인하지 않고는 못 배기시겠죠. 하지만 저는 하스노 씨한테만 알려드리고 싶은데요."

아야는 작위적인 몸짓으로 자기 손에 시선을 돌렸다. 그녀는 화염이 온도에 따라 색깔을 바꾸듯 이야기에 맞춰 목소리를 바꾸었다. 변화는 으스스할 만큼 자연스러우면서도 또렷했다.

"그건 약속드릴 수 없습니다. 당사자는 이구치 군이니까요. 이구치 군을 빼고는 일이 진행되지 않습니다."

"그런가요."

거절을 예상했던 대답이었다.

"그럼 어쩔 수 없네요. 그런데 이구치 씨, 이번에는 꼭 약속을 지켜주셔야 해요. 지금부터 들려드릴 이야기는 무슨 일이 있어도 비밀로 해주셔야 한다고요. 아시겠죠?"

나는 네, 라는 대답만 겨우 짜냈다.

"좋아요. 그림 모델을 맡았던 걸 누구에게도 말 안 하려고 했지만, 그 사람에게만은 말하고 말았어요. 사사가와 모토키라는 의사 선생님이에요. 제 얼굴을 수술한 분."

"그러셨군요. 소개해주실 수 있으실까요?"

아야는 망설였다.

"……아니요, 소개는 안 할래요. 의원 위치를 알려드릴 테니 직접 가보세요."

아야는 손가방에서 수첩을 꺼냈다. 뜯어낸 수첩에 연필로 주소를 적고, 접어서 하스노에게 내밀었다.

"여기로 가시면 돼요. 저와 관련해서 할 이야기가 있다고 하면 거절하지 않을 거예요. 물론 용건은 사사가와 씨에게만 전달하시고요."

"알겠습니다. 걱정하지 마십시오."

"그래요, 그리고 도작에 관해 뭔가 알아내면 저도 꼭 알고 싶네요. 제가 모델을 맡은 그림이니까 당연히 알려주시겠죠, 하스노 씨?"

"그럼요."

아야는 다시 수첩에 뭔가를 적어 그에게 건넸다.

"이 주소로 편지를 주셨으면 해요. 제 집이에요. 극장이나 다른 곳에서는 제게 접촉하려고 하지 마시고요."

하스노는 아무 말 없이 주소를 힐끗 보고 나서 안주머니에 넣었다.

"알겠습니다. 말씀대로 하겠습니다."

"물론 누구한테도 알리지 않고 하스노 씨만의 비밀로 할 수 있으시겠죠? 그렇죠?"

아야는 협박하듯 말했다.

"네. 약속하겠습니다."

하스노가 비밀로 하겠다고 약속했을 때, 아야의 얼굴에 떠오른 웃음은 내가 지금까지 봤던 어떤 여성의 웃음과도 달랐다. 마치 도마뱀의 웃음같이 웃을 리 없는 것이 웃은 듯한, 그러면서도 아주 아름다운 미소였다. 아야가 미모를 얻기 위해 수술을

살로메의 단두대

받았다는 사실을 나는 상기했다.

"그럼 이만 실례하겠어요. 분명 또 제 이야기를 하시겠지만, 이구치 씨, 목소리는 좀 줄여 주세요."

아야가 숄을 코 위까지 끌어올리고 벌떡 일어섰다. 하스노에게 한 번 더 시선을 준 후, 뒤돌아서 카페를 떠났다.

아야가 떠난 후 나는 잠시 넋 놓고 있었다. 혼잡한 주변을 둘러보다가 고양이가 휘저은 어항 속 금붕어의 기분이 이렇지 않겠느냐는 두서없는 생각이 머리를 스쳤다.

"이구치 군. 아직도 여기 있고 싶나?"

퍼뜩 정면을 보니 아무래도 하스노는 망연자실한 내 모습을 관찰하고 있었던 듯했다.

"아, 그래, 볼일은 끝났지. 상당히 성과가 있었어. 답장을 받을 수 있을지 걱정했는데 수고를 많이 덜었고 다음에 할 일도 정해졌어. ……그나저나 미안하네. 하스노."

원래 하스노는 그냥 날 따라온 건데 아야를 만나는 바람에 완전히 사건에 말려들고 말았다.

불과 몇 분 말을 나눈 하스노에게 아야는 집착을 드러냈다. 하스노의 아름다움을 간과할 수 없었던 것이다. 그렇다면 그녀의 요구 사항이 사건 보고뿐일 리 없다.

"뭐, 전부 어쩔 수 없는 일이야. 자네 잘못은 아니지. 자네뿐만 아니라 세상 사람들은 전혀 나쁘지 않은데 묘한 인연을 만들어서는 남한테 폐를 끼치다니 참 이해가 안 돼."

"그러게. 도둑질하다가 잡힌 자네는 나쁜 짓을 해서 남한테 폐를 끼친 거니까, 자네 쪽이 이치에 맞아.

그럼 이제 아야 씨를 수술한 의사를 만나러 가는 거지? 이보게, 의사한테만 그림 이야기를 했다는 아야 씨의 말은 진짜일까?"

"지금 그런 생각을 해본들 무슨 소용인가. 일단 사사가와 씨부터 만나봐야지. 자, 어서 돌아가세."

자리에서 일어나기 전에 하스노가 아야에게 받은 의원 주소를 나에게 건넸다.

나는 아야에게 집 주소를 받은 하스노가 부러웠다. 한 번 더 아야의 그림을 그리고 싶은 마음이 싹텄다.

그런 생각에 빠진 나를 하스노가 미심쩍게 바라봤다.

3

사흘 후인 6월 1일. 하스노와 함께 오쿠보마치의 사사가와 외과의원을 찾아갔다.

의원은 휴무였다. 대문을 지나 닫힌 환자용 출입구를 지나쳐 뒤쪽으로 돌아갔다. 의원과 복도로 이어진 이쪽이 집인 듯했다.

문을 두드리자 머리가 희끗희끗하니 쉰 살이 넘어 보이는 하녀가 나왔다.

"안녕하십니까."

나는 지나칠 정도로 고개를 깊이 숙였다. 직장인이 아니라 그런지 남의 휴일을 방해할 때면 비굴해지는 버릇이 있다.

"어, 오늘은 진찰을 쉬는 날인데요?"

"네, 그건 압니다만, 사사가와 선생님께 용건이 좀 있어서 왔습니다. 저는 이구치라고 합니다. 이쪽은 하스노인데요."

하스노가 내 쓸데없는 인사를 끊었다.

"사사가와 씨는 계십니까? 옛날 환자에 관해 여쭤볼 게 있다고 전해주시겠습니까?"

하녀는 누군가를 부르러 안쪽으로 향했다.

잠시 후 하녀는 마흔 살쯤 돼 보이는 유카타* 차림의 안경 쓴 남자를 정원에 있는 너구리라도 보여주려는 것처럼 소매를 잡아당기며 데려왔다.

"안녕하세요. 저한테 볼일이 있으시다고요?"

사사가와는 의사치고는 심약해 보이기도 하는 온화한 표정으로 물었다.

"네, 옛날 환자에 대해 여쭤보려고요. 잊어버리실 리 없는 환자인데요. 이야기를 들어주시겠습니까?"

의사는 아무래도 금방 아야를 떠올린 듯했다. 어쩌면 하스노의 아름다운 용모가 아야를 연상시키는 데 도움이 된 게 아닐까

---

* 목욕 후나 여름철에 주로 입는 두루마기 형태의 긴 무명 홑옷.

싶기도 했다.

우리는 서재로 안내받았다. 다다미*가 여섯 장 깔린 방으로, 서궤 주위에 쌓아놓은 책은 대부분 독일어와 영어책이었다. 사사가와 의사는 한 장밖에 없는 방석을 누구에게 줄지 망설이다가 결국 벽장에 던져넣었다. 우리는 무릎을 맞대고 다다미에 앉았다.

의사는 성가셔하는 것 같지는 않았지만, 그렇다고 웃음을 짓지도 않았다. 아마도 환자를 진찰할 때 보이는 태도와 똑같지 않을까 싶었다.

"평소에는 여기로 손님을 모시지 않습니다. 의원에 번듯한 응접실이 있지만, 거기에는 오늘도 간호사가 한 명 있어서요. 여기라면 아무도 들을 사람이 없습니다.

오카지마 아야 일로 오신 거죠?"

그 이름을 꺼낼 때 의사는 목소리를 한층 더 낮추었다.

나는 고개를 끄덕였다. 하지만 의사는 하스노를 향해 말했다.

"그쪽은 성함이?"

"하스노라고 합니다."

"아야를 만나셨군요?"

"만났습니다. 사사가와 씨에 관해서도 오카지마 씨께 들었습

---

* 다다미 한 장은 약 0.5평, 1.6제곱미터 크기다.

살로메의 단두대

니다."

"그렇군요."

사사가와는 질문을 잇지 않고 오른손으로 입가를 쥔 채 생각에 잠겼다. 우리가 무슨 일로 왔는지 묻지도 않고 멋대로 추리를 시작한 듯했다.

"아야는 전부 이야기했습니까? 저에 대해 당신에게 알려줬다면."

"사사가와 씨께 얼굴 수술을 받았다는 말은 들었습니다."

대답을 듣자 사사가와는 흐음, 하고 콧김을 내쉰 후 또 로댕의 조각처럼 입을 꾹 다물었다.

"아, 실례. 그쪽은 누구셨죠? 하스노 씨의 친구?"

"이구치라고 합니다. 저는 화가입니다. 2년쯤 전에 아야 씨 그림을 그린 적이 있는데요……."

"호오. 화가."

화가였군요, 하고 중얼거리며 사사가와 씨는 무릎을 살짝 쳤다. 드디어 정신을 차렸다는 듯한 동작이었다.

"죄송합니다. 어쩐지 제가 멋대로 상상했던 것보다 복잡한 이야기인 것 같군요. 대체 아야와 무슨 일이 있었던 겁니까?"

"그게, 아야 씨와 무슨 일이 있었다는 건 아니고요."

나는 아야를 모델로 삼아 그림을 그린 것부터 설명했다. '오리온' 때와는 달리 오늘 하스노는 아무 말도 꺼내지 않았다. 심약해 보였던 사사가와는 동네 의사답게 내가 이야기의 요점을 잊지 않도록 적절히 맞장구를 쳐가며 내 말에 귀를 기울였다.

하지만 그는 아무래도 내 용건보다는 아야의 상태를 걱정하는 듯했다.

"아야는 모델을 하겠다고 동의했군요? 스스로요? 이구치 씨가 협박한 건 아니죠?"

"네, 물론 협박은 하지 않았습니다."

"그런가요. 그렇겠죠. 그런데 그림을 다 그린 후로는 아야와 전혀 연락하지 않았습니까?"

"그렇죠. 사흘 전에 느닷없이 만나기 전까지는 2년 넘게 서로 연락하지 않았습니다.

그런데 사사가와 씨, 아야 씨와는 어떤 관계입니까? 어쩌다 수술을 하시게 된 거죠? 아야 씨한테는 아무 설명도 못 들었습니다."

아야와 사사가와의 이야기를 들어보건대, 두 사람을 그저 의사와 환자 관계로 규정할 수는 없을 듯했다.

사사가와는 무표정한 얼굴로 뺨과 이마를 손가락으로 문질렀다. 난감해하는 건지 그렇지도 않은 건지 모를 몸짓이었다.

"아야가 밝혀버렸는데 제가 비밀을 지키려 해 봤자 별 소용 없겠죠. 하지만 저도 가능하면 이구치 씨와 하스노 씨까지만 알고 묻어두면 좋겠습니다. 아야는 이 비밀을 자신만의 것으로 여길지도 모르지만, 제게도 소유권은 있으니까요.

저는 오랫동안 의료 분야에서 연구해 왔습니다. 외과 중에서

살로메의 단두대

도 Plastic Surgery, 즉 성형외과입니다. 몸의 결손이나 결함을 보완하는 방법을 연구한 거죠.

구라파에도 갔었습니다. 그쪽은 전쟁이 활발하지 않습니까? 뭐 어디든 그러려나. 어쨌거나 그쪽에서는 그런 기술이 아주 필요했어요. 큰 전쟁이 났었으니까요."

내게도 낯선 이야기는 아니었다. 한 달쯤 전 구라파에서 돌아온 법의학자가 살해되는 사건이 가까이에서 일어났기 때문이다.

"그 기술을 사용하면 아름다워지고 싶다는 여자의 바람에도 부응할 수 있습니다. 보통 사람들 사이에서도 융비술이라는 말이 들리잖아요? 외꺼풀을 쌍꺼풀로 만드는 것도 이제는 게이샤들이 하고 싶어 할 만큼 간단한 수술이 될 듯합니다. 저는 각국의 최신 논문을 모으면서 스스로도 연구를 거듭해 용모를 개량하는 기술을 개발해 왔습니다.

아야가 그걸 알고 간청하더군요. 딴사람이 되고 싶다고. 무대에라도 설 수 있을 만한 얼굴을 가지고 싶다고. 아야는 원래 그냥 환자였는데, 저한테 부인병을 상담한 적이 있어서 말을 꺼내기 쉬웠던 거겠죠. 벌써 4년도 더 지난 일입니다."

"그래서 사사가와 씨는 하신 거로군요? 그, 아야 씨를 딴사람처럼 아름답게 바꾸는 수술을."

사사가와는 착잡한 미소를 지었다.

"수술은 했습니다. 결과는 이구치 씨가 보신 대로고요. 딴사람으로 만들어 달라는 건 무리한 요구예요. 억지로 바꾸면 점점 뒤틀리고 일그러져서 아름다움에서 더욱 멀어지죠. 아야의 희망을 들어주고 싶었지만, 그게 저 한계였습니다. 이 기술은 아직 갈 길이 멉니다.

이구치 씨는 여성의 미美를 인공적으로 만들어내려는 연구에 대해 어떻게 생각하시나요?"

"글쎄요."

"이건 예술가의 영역일까요? 어떻게 생각하십니까?"

묘한 논제를 제시했다. 내가 끙, 하고 앓는 소리를 내며 뭔가 생각하는 척하자 사사가와가 알아서 이야기를 진행했다.

"이건 외적인 미를 개량하고 싶다는 소망에서 비롯된 연구입니다. 예술이라기에는 세련됨이 너무 부족한 것 아닐까요?"

사사가와는 어째선지 예술을 끌어와서 자기 일을 비하하고 싶은 듯했다. 이렇게 희한한 형태로 예술을 이용해 시비를 거는 건 처음이었다.

"아름다워지길 바라는 여성의 욕망은 일종의 저주입니다. 그러니 여성의 외모를 아름답게 바꾸는 건 예술이라기보다 주술과 다름없는 짓인지도 모르죠."

"하지만 예술성을 논할 때 너무 동기를 운운해서도 안 되겠죠. 아주 단순한 감정에서 시작해서 정묘한 예술로 승화될 수도 있지 않겠습니까?"

"그렇다고 해도 완성작이 그 모양인걸요."

사사가와는 노인이 소싯적의 실패를 되돌아볼 때처럼 부드러운 어조로 말했다.

"아니지, 그렇게 말해서는 아야가 가엾죠. 더구나 아야는 물론 제 작품이 아닙니다. 아야는 어디까지나 아야죠. 그런 식으로 생각한 적은 한 번도 없습니다.

그런데도 이제 와서 아야의 수술에 이유를 부여하고 싶은 거예요. 단순한 의학적 야심을 넘어서 고상하고 쉽사리 설명이 안 되는 동기를 가지고 싶은 겁니다. 우스운 일이지만 예술가를 동경해서 그렇습니다. 아야에게는 면목이 없지만요."

"그것참……, 그렇게까지 고민하고 계신 겁니까? 설령 사사가와 씨가 하신 일이 예술이라 할 정도는 아닌 소박한 일이었다고 해도, 언젠가는 그 일을 주춧돌 삼아 예술이라 할 만큼 정묘한 기술을 개발할지도 모르지 않습니까? 게다가 아야 씨는 배우로 성공했잖아요? 진하게 화장해야만 해서 비아냥거리는 소리를 듣는다곤 해도, 그건 사사가와 씨의 수술 성과라고 할 수도 있지 않겠습니까? 오카지마 아야의 연기는 틀림없이 예술로서 평가받고 있어요."

나는 왜 사사가와의 고해에 위로를 해줘야 하는지 모르는 채 떠들어댔다.

의사는 내가 말한 내용은 진작에 다 생각해 봤다는 듯 체념어린 미소를 지었다.

"물론 미래에는 어떻게 될지 모르겠습니다만, 적어도 지금

시점에서는 극히 위험한 수술을 저는 감행했어요. 감염증으로 죽을 우려도 있었습니다. 어떻게든 성공시키기는 했지만요.

솔직히 말해서 아야가 배우로 이름을 떨칠 줄은 꿈에도 몰랐습니다. 그런 마음가짐으로 수술한 것도 나빴을지 모르겠군요. 하여튼 어떤 평가를 받든 간에, 저는 지금도 아야가 행복을 손에 넣었다고는 생각하지 않습니다."

사사가와의 마음속에서 아야에 대한 지극히 평범한 애정과 죄책감이 소용돌이치고 있다는 걸 나는 겨우 이해했다.

"사사가와 씨, 아야 씨와는 자주 만나십니까?"

"만납니다. 그리 자주는 아니지만. 얼굴에 이상이 있으면 안 되니까요. 진찰할 수 있는 사람은 저뿐입니다. 아야는 오고 싶어 하지 않지만요.

그런데 사흘 전에 아야를 만나셨다고 했죠? 어땠습니까?"

나는 하스노와 얼굴을 마주 보며 일어난 일을 있는 그대로 이야기했다. 그나저나 사사가와를 만나러 온 내 용건에는 좀처럼 진전이 없다.

"화내더군요. 약속을 어긴 제 잘못이지만요."

"그 아이는 그런 일에는 화를 내죠. 그런데 하스노 씨."

사사가와는 하스노의 표정을 살피며 시선을 마주쳤다.

"아야에게 도작 사건에 진전이 있으면 알려주겠다고 약속하셨다고요. 그 약속은 꼭 지켜주십시오."

"걱정하지 마십시오. 약속은 하지 않는 게 가장 쉽고, 지키는 게 그다음입니다. 깨는 게 가장 어렵죠."

"그거 다행이군요. 잘 부탁드립니다. 아참, 두 분은 도작 사건 때문에 오셨죠? 제게 뭘 물어보고 싶으신 겁니까?"

드디어 나는 중요한 질문을 꺼낼 수 있었다.

"아야 씨가 그림 모델을 맡은 걸 사사가와 씨께 이야기했다고 하는데, 혹시 사사가와 씨는 그 그림에 관해 다른 사람에게 말씀하지는 않으셨습니까? 도작범을 찾으려면 가능성이 있는 쪽을 파봐야 되거든요."

"아아."

사사가와는 아야 이야기에 정신이 팔려 본론을 깜박했던 걸 깨닫고, 잃어버린 물건을 엉덩이로 깔고 앉아 있었다는 사실을 알아차린 것처럼 멋쩍은 목소리로 말했다.

"맞아요. 용건은 그거겠죠. 네, 맹세코 누구에게도 말하지 않았습니다. 장담할 수 있습니다.

2년쯤 전, 웬 화가가 그림 모델을 부탁했다는 이야기를 아야에게 들은 건 기억납니다. 하지만 오렌지색 양장을 입은 뒷모습을 그렸다는 말은 못 들은 것 같네요. 설령 들었더라도 저와 아야의 관계는 방금 말씀드린 대로입니다. 그런 이야기를 할 수 있는 상대는 없습니다."

"네, 확실히 그렇겠군요."

"그건 그렇고 이상하군."

사사가와는 뺨에 손바닥을 탁 댔다.

"이구치 씨 이야기에 따르면 범인은 아야를 그린 그림인 줄 알고서 도작한 건 아닌 듯한데요."

"네, 그런 것 같습니다. 알고 있던 건 기하학무늬가 들어간 오렌지색 옷차림의 여자 그림이라는 것뿐이죠."

"이구치 씨의 발상이 그렇게나 부러웠던 건가? 아니면 뭘까? 이구치 씨, 아까 묘한 말씀을 하셨죠. 도작된 그림과 함께 망측한 사진이 발견됐다든가?"

"아아, 네, 그렇습니다. 저를 동경했다고 하기에는 모독적이죠? 영문을 모르겠어요."

그건 내 작품을 외설 사진에 빗대어 내 예술가 정신의 밑바탕에 깔린 음란성을 조롱하고, 그림 자체가 그런 사진과 별반 다르지 않다고 비난하는 의미라는 오쓰키의 주장을 사사가와에게 소개했다.

사사가와는 쓴웃음을 지었다.

"그렇다면 아주 품을 많이 들였는데요."

"그야 뭐, 어처구니없을 정도로 품을 들였죠. 범인의 속셈이 어떻든, 현실적으로는 그런 효과가 나타나고 있답니다. 아내는 제가 옛날에 그린 나체화를 뭔지 잘 모를 그림으로 치부했었는데, 이제는 아주 추접스러운 그림으로 보고 있어요."

"그래요? 그건 그냥 내버려둘 수 없겠는걸요. 제 생각을 좀 말씀드리자면, 아름다워지고 싶다는 욕망과 성욕은 본능의 아래쪽 단계에 이웃한 개념입니다."

사사가와가 의사 특유의 설명조로 말했다. 이런 식으로 내 작품에 관해 이야기하면 부끄러워서 몸 둘 바를 모르겠다.

"이구치 씨는 도작범을 찾아야 할 뿐 아니라 자기 작품과 외설물도 구분 지어야 하는 겁니까? 힘드시겠군요."

"아니요. 제 생각에 그렇게까지 큰일은 아닙니다. 제 내면에서는 이미 구분이 되어 있으니까요. 아무튼 도작범만 찾아내면 작품은 림스데이크 씨가 사주실 테니 만사가 원만하게 수습될 겁니다. 아내도 화란의 대부호가 굳이 야한 사진 같은 그림을 사 간다고는 생각지 않을 테니까요."

"그건 그렇죠. 뭐, 잘 되면 좋겠습니다. 도작범을 어떻게 찾아야 할지는 상상도 안 되지만."

"네. 하지만 용의자의 범위는 어느 정도 좁힐 수 있을 것 같고, 도작된 그림이 발견된 아미리가에도 문의해 볼까 싶습니다. 뭔가 알아낼 수도 있으니까요. 답장을 받을 수 있을지는 모르겠지만……."

"그런 일이라면 저도 조금이나마 협력해드릴 수 있습니다. 그쪽 대학에 지인이 있으니까, 그림이나 뭔가가 어디로 갔는지 따위를 조사할 수 있을지도 모릅니다."

망설인 끝에 이 제안은 거절했다. 일단 하루미 사장님에게 상의할 생각이었고, 사사가와를 믿어도 될지 하스노와 상의하지 않고서는 정할 수 없었다.

"이보게, 하스노. 사사가와를 믿어도 될까?"

신오쿠보의 역으로 돌아가는 길이었다. 하스노는 대답할 길 없는 질문을 하며 귀찮게 구는 아이를 보는 듯한 눈으로 나를 보았지만, 대답은 진지하게 생각하는 것 같았다.

"뭐, 믿어도 되겠지. 거짓말을 하지는 않았을 거야."

"그렇지? 내 생각도 그렇다네. 일단 사사가와를 경유해서 내 그림이 도작됐을 가능성은 제쳐놔도 되겠지? 그런 짓을 할 동기가 있을 것 같지 않아.

아야 씨는 어떠려나. 사사가와를 믿는다면, 아야 씨도 굳이 그림 이야기를 남에게 할 이유가 없다고 봐야겠지?"

"뭐, 그렇겠지."

아야가 도작범과 내통했을 가능성도 일단 제쳐놓기로 했다. 완전히 부정할 만한 근거는 없지만, 도작범은 다소 그림 실력이 있어야 하고 내 주변에는 더욱 수상한 녀석들이 많다.

나는 호기심이 발동해서 물어보았다.

"하스노 자네는 여성이 수술하면서까지 용모를 아름답게 만들려고 하는 걸 어떻게 생각하나?"

"수술해서 용모를 아름답게 만들려고 하는 여성은 존재하지 않아. 여성이라는 속성이 수술을 받는 건 아니니까. 화장하거나 수술하는 건 개별 인간이야. 여성이라는 속성이 그렇게 하라고 시키는 것도 아니지. 각 인간의 자기 의사에 따라서 하는 거야. 남자가 화장하거나 수술받기도 하잖나. 안이하게 한 덩어리로 뭉뚱그리는 건 무례한 짓일세."

"자네치고는 남에게 아주 상냥하게 구는군. 박애주의에 눈뜬 것 같지 않은가."

"그렇게 따지자면 정반대지. 박애주의는 극히 비인도적이거든. 인간을 인간이라는 이유만으로 한데 뭉쳐서 개인의 독창성을 유린하는 사상이지."

하스노는 내 말꼬리를 붙잡고 비비 꼬인 말을 내뱉었다.

"호오. 개인의 독창성에 그렇게 기대가 큰 거야? 인간은 어차피 다들 비슷비슷하지 않을까 싶은데."

"말은 그렇게 하지만 자네도 자신이 유일무이한 존재라고 믿지? 예술가니까."

"뭐, 실은 그래. 그나저나 하스노, 인간을 혐오하는 것치고는 그런 점을 잘 아는군."

"난 인간 전체를 싫어하는 게 아니야. 개별 인간을 한 명 한 명 따로따로 싫어하는 거지. 인간을 싸잡아 싫어하는 흐리터분한 짓은 하지 않네."

난 하스노에게 아야에 대한 인상을 물어보고 싶었지만, 이런 식이면 얼버무리고 넘어갈 것 같아서 더 캐묻기를 포기했다.

역에서 헤어질 때 하스노가 말했다.

"그럼 열심히 하게. 난 한동안 바쁠 거라서. 이건 자네 사건 이야."

4

다음 날. 나는 오카치마치에 있는 오쓰키의 하숙집을 방문했다.

사사가와 의사의 이야기를 듣고 일단 흰갈매기회에 도작범이 있다는 전제 아래 조사하기로 방침을 정했다. 그리하여 '오리온'에서 하스노가 들려준, 복도에 쏟아진 스튜에 관한 논리를 본격적으로 검토하기로 한 것이다.

하스노가 들려준 논리를 그대로 오쓰키에게 전했다.

"그러니까 미야모리와 고미는 제외해도 되겠지?"

"네 마음대로 하면 되잖아? 왜 내 허가가 필요한데?"

자다 깬 오쓰키는 밤낮없이 깔아놓는 이부자리에 책상다리 자세로 앉아 언짢아하는 목소리로 말했다.

오쓰키의 하숙집은 다다미 여섯 장 크기의 단칸방으로, 바닥에 깔린 다다미는 내 아틀리에처럼 유화 물감 범벅이다. 게다가 그는 목조각도 하므로 버선을 신지 않으면 다다미에 들러붙은 나무 부스러기가 발바닥을 찔러서 불쾌하다.

방에서는 쉰 냄새가 났다. 좀 더 괜찮은 곳을 찾으면 될 테지만, 집주인이 퇴거할 때 다다미를 갈아놓고 나가라고 했으므로, 완전히 더러워질 때까지 계속 살 작정이다.

"허가는 필요 없으니까 생각하는 걸 좀 도와주게. 사에코는 무슨 일이 있었는지는 똑똑히 기억하지만, 누가 어디에 있었는지는 전혀 모른다는군."

　문제는 사에코가 고미를 위해서 2층에 실내화를 가지러 갔을 때, 누가 1층에 남아 있었느냐는 것이었다.

　2년이나 지난, 그것도 취했을 때 생긴 일이다. 기억은 모호했다.

　어젯밤에는 용의자 아홉 명의 명단을 보면서 사에코와 상의했다.

　사에코는 모임이 끝난 후 실내화가 한 켤레 없어졌다는 사실을 인정했다. 사에코는 자신의 착각이라고 생각했지만, 아무튼 이걸로 하스노의 추리가 뒷받침됐다.

　하지만 사에코는 더 이상 기억해내지 못했다. 불쾌한 모임이었기에 그들의 이름을 외우려 하지 않았던 것이다. 얼굴과 이름을 일치시키려면 가루타 놀이* 비슷한 짓을 해서 도와줘야 하는 꼴이었기에, 결국 사에코의 증언은 신용하지 않기로 했다.

　그래서 당일 밤 함께 있었던 오쓰키에게 이야기를 들으러 온 것이다. 아직 낮이 되지 않아, 평소라면 그가 자고 있을 시각이었다. 오쓰키의 머리가 제대로 돌아가기를 기다렸다가, 실내화가 있는 곳을 확인하러 2층에 갈 기회가 누구에게 있었는지, 용의자를 선별했다.

---

*　그림패에 적힌 백인일수의 상구를 읽으면 바닥에서 하구가 적힌 그림패를 찾아내는 놀이.

한 시간쯤 걸려 이런 표를 완성했다.

미야모리 고조 (병)

쇼지 하루오 (병)

아키나가 스구루 (을)

고미 간다 (병)

엔도 시로 (갑)

미야가와 가이 (갑)

오기 슈에이 (갑)

모치키 다카시 (갑)

기리타 이오리 (을)(행방불명)

"이 정도겠지? 이 이상은 자신 없어."

"음, 뭐, 그렇지. 생각보다는 도움이 안 되는군. 어쩔 수 없지."

용의자 검사에 갑종 합격한 인물, 요컨대 어디에 있었는지 전혀 기억나지 않아서 2층에 갔을지도 모르는 1군 용의자는 오기 슈에이, 미야가와 가이, 엔도 시로, 모치키 다카시, 총 네 명이다.

을종 합격자 두 명은 2층에 갈 기회가 없었던 듯하지만 나와 오쓰키의 증언이 엇갈려 용의자 자격을 줄 수밖에 없었던 아키나가 스구루와 기리타 이오리.

병종인 쇼지 하루오, 미야모리 고조, 고미 간다는 1층에 머물러 있었다고 봐도 될 듯했다.

고미는 자기 잘못도 아닌데 스튜를 밟아서 미안하다고 거듭 사과했고, 사에코가 2층에 다녀오는 동안 자기 기모노 자락을 닦고 있었다. 다들 재미있어하며 더러워진 복도를 구경하려고 했지만, 미야모리와 쇼지는 내내 고미와 함께 거실에 있었다고 오쓰키와 내 기억이 일치했다.

"세 명을 용의자에서 제외할 수 있으니 다행이라 해야 하나. 별로 상황이 좋아진 것 같지도 않지만. 절반이면 몰라도 아직 도작 용의자가 여섯 명이나 돼. 게다가 을종 합격으로 징병을 기피하고 있는 놈도 있어. 소집을 당했는데 어디 있는지도 모르는 꼴이야.*"

기리타다. 혹시 그의 행방불명이 이번 도작 사건과 무슨 관계가 있는 걸까?

오쓰키가 뺨을 긁적긁적했다.

"일단은 어디 있는지 아는 놈을 캐보는 수밖에 없겠지. 어떻게 할 거야? 그러고 보니 하스노 군은 어떻게 됐어? 도둑 빼고 우리끼리 도작범을 찾아야 하나? 범인 집에 잠입해야 할 때는 어떻게 하고?"

"그렇게 열 내지 말게. 될 수 있으면 합법적으로 해결하는 게

---

* 다이쇼시대 징병 검사에서 '을종'은 보충병으로 조건부 입대하는 등급이다. 용의자인지 아닌지 모호한 기리타의 형편과 비슷하다.

좋아. 하스노는 다른 일을 하고 있어. 이번 달은 바쁜 것 같더라고.

조사 방법은 평범한 것밖에 생각이 안 나는군. 탐문일세. 흰 갈매기회 사람 가운데 야나세한테 그림을 건넨 사람이 있는지 물어보고 다니는 거지. 하지만 우리가 도작범을 쫓고 있다는 건 절대 들키지 않아야 해."

나는 그러기가 쉽지 않다는 걸 깨달았다.

도작범은 야나세가 사망해 자기 그림이 어딘가로 분실됐다는 사실은 알고 있을 것이다. 설마 그림이 도작됐다는 사실을 내가 림스데이크 씨를 통해 알아차렸을 줄은 꿈에도 모르겠지만, 내가 이유도 없이 야나세에 대해 캐고 다니면 범인이 경계할지도 모른다.

"이번 사건은 범인을 알아낸다고 해서 끝나는 게 아니야. 누구나 그걸 받아들이게끔 증명해야 한다는 문제도 있어. 그러니 되도록 범인이 방심해야 하네.

야나세에 관해 물어보고 다닐 핑계가 필요하겠군. 그리고 다녀도 수상쩍게 보이지 않을 핑계가."

"그럼 내 빚을 핑계로 대든가? 야나세한테 30엔 빌렸는데 안 갚아도 될지 상의하는 체하고 탐색해."

"부자연스럽기 짝이 없어. 자네가 그렇게 기특한 고민을 할 리 없잖나."

하지만 결국 오쓰키의 제안에 따르기로 했다. 그가 빚을 대

살로메의 단두대

충 처리해서 나중에 민폐를 끼칠까 봐 걱정돼서 나섰다고 하면
된다.

"용의자에서 제외한 병종부터 물어보러 갈 거지? 그럼 의심
받을 걱정도 없겠군. 당장 갈까? 어느 녀석이 좋으려나"

오쓰키가 의욕을 보이자 나도 오늘 안으로 행동에 나설 마음
이 생겼다.

오쓰키 말대로 탐문한다면 우선은 도작범이 아닐 병종 세 명
부터다. 미야모리, 쇼지, 고미 중 누가 좋을까?

"미야모리 두목님은 어떨까? 뭔가 알고 있을 가능성은 크지
만 위험성도 있어."

미야모리 고조는 화가가 아니라 모임의 후원자 같은 인물인
데, 미술 평론으로 유명하다. 나도 오쓰키도 그가 야나세와 어떤
사이인지 자세하게는 모른다. 괜히 긁어 부스럼을 만들 우려가
있다.

"자기가 대신 받을 테니까 야나세한테 빌린 돈을 갚으라고
할지도 모른다는 거야? 그럼 네가 대신 내줘. 네 그림이 팔리면
30엔은 푼돈이잖아?

하지만 분명 괜찮을 거야. 가령 미야모리 두목이 야나세에게
서 내 차용증을 맡았다고 해도 독촉할 생각이 있다면 진작에
했겠지."

"뭐, 그렇겠지. 그럼 미야모리 두목님부터 탐문해 보도록 하세.
그리고 고미는 만날 수 있으려나. 쇼지는 술집이 바빠서 지금

가도 못 만날 테고."

오쓰키는 두 손을 바닥에 짚고 이부자리에서 일어섰다. 벽장을 열더니 유카타를 훌렁 벗어 던지고 양장을 찾기 시작했다.

상단에서 여름용 셔츠를 끄집어냈을 때, 종이상자에 팔이 부딪혀 내용물이 다다미에 쏟아졌다.

오쓰키가 모아둔 외설 사진이 흩어졌다. 그는 사진이 바닥의 물감으로 더러워지지 않았는지 잠깐 살펴보더니 뭐, 됐어, 하고 정리도 하지 않고 현관으로 향했다.

5

미야모리의 집은 핫초보리에 있다. 30평 크기의 깔끔한 일본식 저택으로, 10여 살 어린 아내 아카네와 하녀 한 명이 같이 산다.

나도 오쓰키도 미야모리와는 그다지 친하지 않아서 집이 어딘지도 어렴풋이 기억하는 정도였다.

아내 아카네가 맞아주길래 물어보니 미야모리는 방에서 글을 쓰고 있다고 했다.

안내를 받아서 가자 미야모리는 귀찮다는 듯 서궤에 숙이고 있던 대머리를 들었다.

"이구치에 오쓰키까지? 왜 왔나? 무슨 일 있었어?"

우리가 함께 찾아온 것만으로도 미야모리에게는 예사롭지

않은 사태다. 어쨌거나 나와 오쓰키는 흰갈매기회에서 특히나 미야모리에게 무시당하고 있다. 내 작품을 칭찬한 적은 한 번도 없고, 오쓰키의 그림을 보면 아무 말도 없이 인상만 쓴다. 그에게는 시답잖은 2인조인 것이다.

"그게, 딱히 그림 때문은 아닙니다. 야나세 씨 일로 좀 상의할 게 있어서요."

"야나세? 야나세라. 알았네."

야나세에 관한 일이라고 하자 미야모리는 진지하게 상대할 마음이 든 것 같았다. 쓰던 글을 서궤에 엎어두고 우리를 맞은 편에 앉혔다.

그의 안색을 살피며 나는 오쓰키가 야나세에게 돈을 꾼 이야기를 했다.

"결국 야나세 씨는 이 친구에게 빌려준 돈을 받지도 않고 아미리가로 건너갔는데, 대체 무슨 일일까요?"

"그건 나도 모르네. 아닌 밤중에 홍두깨였어."

오쓰키는 뻔뻔하게 따지고 들었다.

"뭔가 떳떳하지 못한 일이라도 있었던 걸까요? 미야모리 씨도 눈치채지 못했다면 그야말로 훌륭한 야반도주였군요."

"죽은 사람을 상대로 무례한 소리는 그만두게. 괜히 트집 잡을 것 없어. 떳떳하지 못한 일이 있었던 건 너겠지."

미야모리가 짜증 섞인 목소리로 말했다.

"그럼 누군가 사정을 알 만한 사람은 모르십니까? 아참, 야나세 씨 댁 하녀는 어떻게 됐을까요? 아미리가까지 따라갔나요?"

문득 생각이 나서 뜬금없는 질문임을 알면서도 물어보았다. 하녀는 도작범에 대해 야나세에게 들었거나 어쩌면 얼굴을 봤을 가능성도 있다.

"야나세의 집에는 다카라는 하녀가 있었지. 어디로 갔는지 모르는 건 아닌데……."

"엇, 정말이십니까!"

내가 몸을 내밀자 미야모리는 눈살을 찌푸렸다. 그러고는 뒤쪽 금고 옆에 놓아둔 편지함을 뒤져서 엽서를 한 장 꺼냈다.

"다카가 야나세한테 해고당하고 올해 2월에 새 일자리를 찾았을 때 보낸 걸세."

덕분에 무사히 일자리를 구했다는 인사장이었다. 새 일터는 센다가야에 있는 어느 백작의 저택이었다.

"이런 인사장을 보내다니, 다카 씨를 챙겨주기라도 하셨습니까?"

"행하行下를 몇 번 쥐여줬을 뿐이야. 부지런하고 똑똑한 하녀였거든."

똑똑하다면 도작범에 대해 기억하고 있을지도 모른다. 나는 엽서에 적힌 백작의 집 주소를 수첩에 베꼈다.

"뭐야? 다카를 찾아가려고?"

"네. 그, 오쓰키의 빚에 대해 야나세 씨가 뭔가 말한 것이 있는지 물어볼 수 있을 것 같아서요."

"그건 상관없네만, 흰갈매기회 회원들을 찾아가서 야나세에 관해 캐묻지는 말게. 죽은 사람에게도 명예가 있잖나. 오쓰키에게 빌려준 30엔을 야나세는 마음에 두지 않고 저세상으로 갔을 거야. 이제 잊어도 괜찮아."

미야모리가 다시 글을 쓰고 싶어 하는 것 같길래 우리는 얼른 그의 집을 나섰다.

"바쁜가 보군. 기분이 안 좋았던 걸까? 두목님은 늘 저런 태도였나?"

"상대가 우리라서 그렇겠지. 두목은 이구치의 그림을 특히 안 좋아하잖아. 하지만 나한테는 몹시 친절하던데? 돈을 안 갚아도 된다고 보증해줬어."

오쓰키가 히죽히죽 웃었다.

"묘하군. 야나세에 대해 물어보고 다니는 걸 싫어하는 눈치였어. 그의 명예 운운했는데, 돈을 갚지 않은 건 오쓰키의 불명예지, 야나세의 이름에 흠집이 생길 일은 아니잖나?"

"야나세가 나한테 30엔을 바쳐도 아까워하지 않는다고 생각한다는 뜻이겠지? 내 불명예도 아니야. 게다가 물어보고 다니는 걸 싫어하는 것치고는 하녀에 관해 선뜻 알려줬잖아?"

그것도 그렇다.

고미를 만날 생각이었지만, 그 전에 다카를 찾아가 보기로 했다. 어쩌면 단번에 도작범의 정체가 밝혀질지도 모른다.

6

백작의 저택으로 가니 남자 집사가 응대하러 나왔다. 처음에는 약속도 없이 백작을 만나러 온 무례한 방문객으로 오해받았다. 하지만 하녀에게 할 이야기가 있다고 전하자, 뒷문으로 오라고 하더니 그리로 다카를 데리고 왔다.

쉰 살 안팎의 다카는 키가 작지만 팔다리가 튼튼하니 힘이 세 보이는 여자였다. 품위가 있는 건 아니지만, 차려입을 필요가 없는 집안의 잡일에 두루 중용되는 하녀일 듯했다.

"누구신지요? 제게 볼일이 있으시다고요?"

"이구치라고 합니다. 다카 씨가 일전에 모셨던 야나세 씨에 관해 여쭤보고 싶어서요."

"아아. 야나세 나리에 관해서요. 뭔데요?"

다카는 전혀 이상해하지 않았다. 누군가 예전 주인 이야기를 들으러 오는 것 정도는 당연하게 여기는 듯했다.

"갑자기 아미리가로 가셨잖아요? 이유가 뭡니까?"

"그게, 저도 몰라요. 예전 댁을 떠나기로 했을 때 이제 그만 나와도 된다고 하시더라고요."

"그건 언제였습니까?"

"올해 1월 말일이요. 빌렸던 집을 그날 비워주기로 했거든요. 그 예쁜 저택을."

야나세는 크기가 40평쯤 되는 우시고메의 멀끔한 저택에 살

살로메의 단두대

왔다고 한다. 돈에 쪼들린 사족*에게 가재도구째 빌린 곳으로, 하녀는 다카 한 명뿐이었다.

"1월 말일에 저택을 돌려주기로 약속했었죠. 그런데 새 거처에는 따라오지 않아도 된다고 하더군요. 데려가주면 좋겠다 싶기는 했지만 설마 외국으로 갈 줄은 몰랐네요."

야나세는 2월 10일에 아미리가로 건너갔다. 그동안은 아마 호텔에라도 묵었으리라.

"그럼 아미리가로 간다는 사실을 다카 씨에게도 비밀로 한 거로군요."

"네. 아무것도 몰랐어요. 하지만 나리가 작년 말엽부터 저택 물건을 조금씩 어딘가로 옮겨내기는 했었죠.

1월 중순쯤 되자 나리의 물건은 안쪽 방의 낡고 지저분한 장롱만 남았는데, 그 장롱을 제게 주시겠다는 거예요. 저는 필요 없어서 고물상한테 넘겼고요. 5엔 주더군요."

역시 이건 야반도주라고 해야 한다. 야나세는 자기가 바다를 건너간다는 사실을 분명 주변에 숨겼다. 다카는 어딘가 근처로 이사 가는 줄 알았기에, 작년 말부터 야나세가 물건을 조금씩 저택에서 옮겨도 수상쩍게 여기지 않았던 것이다.

야나세에 대해서는 더 이상 알아낼 수 없었다.

---

* 1868년 메이지 유신 이후, 옛 무사 계급 중 귀족인 화족이 되지 못한 사람에게 부여한 신분.

나는 드디어 림스데이크 씨가 찍은 사진을 보여주고 도작범에 관해 물었다.

"작아서 잘 보이지는 않지만, 이 양장 여자 그림을 본 적 없으십니까? 야나세 씨가 가지고 있었는데요."

"못 봤는데요. 야나세 나리가 미술품을 취급하시는 건 알았지만, 물품을 직접 본 적은 없어서요."

"그럼 이건 어떻습니까?"

나는 사진에 찍힌 대나무 트렁크를 가리켰다.

도작된 그림은 여기 들어 있었다고 한다. 다카가 예전에 봤을 가능성이 있다.

하녀는 단박에 말했다.

"아, 이건 기억나네요. 이 트렁크는 저택에서 퇴거하기 2주쯤 전에 누군가가 가져온 건데."

"누군가가 가져왔다고요? 우시고메의 야나세 씨 저택에요?"

"네."

아무리 생각해도 도작범이다. 야나세에게 물품을 전달하러 나타난 것이다.

뜻밖에도 해결이 눈앞으로 다가왔다. 나는 조급한 마음으로 물었다.

"대체 누가 가져왔습니까?"

"이름은 모르는데요."

"사진이 있으면요? 떠올릴 수 있으시겠습니까?"

　　　　　　　살로메의 단두대

"아니요, 그건 안 되겠네요. 잊어버린 게 아니라 아예 얼굴을 못 봤으니까요. 저는 나리의 손님을 뵙지 않기로 했었거든요."

"뵙지 않기로 했다고요?"

"네. 야나세 나리가 계실 때는 손님을 맞이하지 않아도 된다는 뜻이에요. 차도 내오지 않아도 되고요. 대신에 손님이 오면 부르지 않는 한 부엌에라도 들어가 있으라고 했어요."

"누가 오든지 상관없이요?"

"네. 저야 시키는 대로 했죠."

이상한 습관이다. 비밀리에 손님을 맞이하기 위해 하녀를 멀리 떼어놓았다고밖에 볼 수 없다.

"그러고 보니 내가 돈을 빌리러 갔을 때도 야나세가 나왔어. 다른 사람과는 마주치지 않았지."

오쓰키가 말했다.

그래서 다카는 트렁크를 가져온 사람이 누구인지 모르는 것이다.

"그럼 누군가가 가져왔다는 건 어떻게 아셨습니까?"

"그야 누군가 왔다가 돌아갔다 싶었더니 안쪽 방에 트렁크가 늘어났으니까요. 네, 나리는 언제나 손님을 방으로 들였고, 손님이 계신 동안 저는 방에 얼씬도 하지 않았답니다.

1월 중순이었어요. 그때 이런저런 짐이 저택을 오갔고, 야나세 나리가 손을 다치기도 해서 어수선했으니까 기억나는 거예요. 이 트렁크는 분명히 있었어요."

믿어도 될 듯했다.

이유는 불확실하지만 도작된 그림은 도작범이 대나무 트렁크에 넣어서 야나세에게 건넸다. 야나세는 그걸 아미리가로 가져갔다.

"누군가 1월 중순에 대나무 트렁크를 가져왔다는 말씀이시죠? 정확한 날짜는 모르십니까?"

"음. 기억은 안 나는데 일기에 썼을지도 모르겠네요."

다카는 안으로 들어가더니 안경을 쓰고 갈색 일기장을 겨드랑이에 낀 채 돌아왔다. 그리고 일기장을 넘겨 1월 중순 날짜를 살펴보았다.

"응, 역시나. 1월 16일. 낮에 어디선가 궤짝이 도착한 날이었네. 이 트렁크를 든 손님이 찾아온 건 1월 16일 밤이에요. 어쩐지 이 무렵은 이런저런 일이 많았구나."

다카는 정성껏 빼곡히 쓴 일기를 찬찬히 들여다보았다.

"아차. 이제 되셨을까요? 청소해야 해서요."

"네, 감사합니다. 이제 됐습니다."

우리는 감사를 표하고 저택을 떠났다.

"도작범이 야나세를 찾아간 날짜가 확실해졌어! 1월 16일이야. 이보게, 오쓰키. 이날 흰갈매기회 회원들의 알리바이를 모르나?"

"알 턱이 없지. 난 일기를 안 쓰니까."

오쓰키가 들뜬 내 기분에 찬물을 끼얹었다.

반년 가까이 지난 일이라 아무래도 기억에 의지하기는 힘들다. 하지만 다카처럼 기록을 남긴 사람이 있다면 용의자의 범위를 더욱 좁힐 수 있을지도 모른다.

"그밖에 중요한 건 대나무 트렁크인가. 도작범의 소유물이었을 가능성이 커졌어. 누가 이런 트렁크를 가지고 있었는지 짚이는 구석은 없나?"

"없어. 난 몰라."

"나도 없는데. 하지만 아는 사람이 있을지도 모르지. 중요한 단서야.

역시 야나세는 수상해. 하녀가 손님을 맞지 못하도록 한 건, 혹시라도 들키면 곤란한 일이 있어서겠지? 위험한 손님이 찾아왔던 걸세. 야반도주한 것도 그렇고, 분명히 떳떳하지 못한 점이 있었을 거야."

"그렇겠지. 내 눈에는 통 큰 아저씨로밖에 안 보였지만."

"내가 보기에도 그랬어. 그 하녀도 그런 것 같지 않았나? 야나세에게 수상한 점은 있었겠지만 딱히 싫어하는 눈치는 아니었어."

분명 후한 성격으로 뭔가를 숨기고 있었던 것이다.

7

이어서 병종으로 용의자에서 탈락한 고미의 집을 찾아갔다.

고미는 교바시의 변호사 집에서 서생* 노릇을 하고 있다. 오쓰키와 마찬가지로 다다미 여섯 장짜리 방에서 생활하지만, 방은 깨끗했다. 그림은 정원의 작은 창고를 빌려서 그린다.

고미는 덩치가 크고 힘이 센 데다 운석같이 우락부락하게 생겼지만, 기가 약한 편이고 섬세한 화풍의 풍경화만 그린다. 내년이면 서른 살이 될 터인데, 3년 전에 작품이 문부성 미술 전람회에서 한 번 입선한 걸 빼면 크게 이름을 날리지는 못했다.

"안녕하세요! 오랜만입니다. 좀 어때요? 딱히 변한 건 없어 보이는데, 살기는 재미있습니까?"

"뭐, 지루하지는 않아."

오쓰키의 요란한 인사에 고미는 중얼거리듯이 대답했다.

창문 아래에 10호 캔버스를 뒤집은 상태로 기대어 놓았다. 새 그림이냐고 묻자 고미는 약간 망설이다가 보여주었다. 비 내리는 시노바즈노이케 연못을 그렸는데, 그의 그림 소재는 대개 물가였다. 참신하지는 않지만 잘 그렸다 싶어서 오쓰키와 함께 건방진 말로 칭찬했다. 고미는 입매를 누그러뜨리고 약간 기쁜

---

* 남의 집에서 일을 해주면서 공부하는 사람.

살로메의 단두대

기색을 보였다.

"그나저나 무슨 용건으로 왔어? 둘이 함께 온 건 처음 아닌가?"

갑작스러운 방문에 고미는 어쩐지 불안해하는 것 같았다. 내 생각에 예전부터 고미는 연하인 오쓰키 탓에 자존심이 다칠까 두려워서 오쓰키를 거북해하는 듯했다.

"뭐, 상의할 게 있어서요! 내가 아니라 이구치가 가자고 했어요. 고미 씨에게 상의해야만 하는 일이 있어서, 나는 아무래도 상관없지만 어쩔 수 없이 따라왔을 뿐입니다."

틀린 말은 아니지만 오쓰키의 빚에 대해 상의하러 온 게 맞나 싶은 설명이었다.

"좀 걱정되는 일이 있는데 고미 씨가 뭔가 알지 않을까 해서요. 오쓰키의 빚 이야기입니다. 저기, 아미리가에서 돌아가신 야나세 씨 말인데요."

"야나세?"

그 이름이 나오자 고미가 부자연스럽게 쩔쩔맸으므로 나도 내심 움찔했다. 설마 하스노의 추리가 빗나가서 고미가 도작범인가? 그런 생각이 들 만큼 고미의 목소리가 뒤집어졌다. 내게 규탄당하는 걸 두려워하는 듯했다.

"야나세가 어쨌는데? 오쓰키가 빚을 졌다고?"

"네, 뭐. 이 친구가 야나세 씨에게 수입 손목시계를 살 수 있을 만한 돈을 빌렸는데, 그걸 어떻게 정리하면 좋을지 불안해져서요. 느닷없이 아미리가로 떠나신 데다 돌아가셨으니 뭘 어쩌야 할지 모르겠습니다."

"야나세 씨에게 빌린 돈을 갚으라고 독촉하는 사람이라도 있나?"

"아니, 지금까지는 그런 일이 없었지만 차용증이 다른 사람 손에 넘어갔다면 그런 일이 안 생긴다고 할 수도 없으니까, 확실히 하고 싶어서요. 이 친구는 태평하게 이제 안 갚아도 된다고 좋아하지만요."

"오쓰키, 야나세 씨한테 돈을 빌리고 아무 문제도 없었나?"

"뭐, 나야 돈 빌리기 선수니까요."

고미는 오쓰키의 자랑을 들은 척도 않고 얼굴에 고뇌의 빛을 띤 채 생각에 잠겼다.

이윽고 고미가 말했다.

"빚 정리를 어떻게 해야 하느냐는 말이지? 그렇다면 나도 상의해야 할 일이 있어. 너희들 말고는 이야기할 상대가 없을지도 몰라. 중대한 사안이니 부디 남에게는 발설하지 말아줬으면 해."

고미는 불안해하는 정도를 넘어서 그야말로 비장한 표정이었다. 어떻게 하면 야나세에게 트렁크를 맡긴 사람에 대해 슬쩍 물어볼 수 있을지에만 정신이 팔렸던 터라, 그의 달라진 태도가 청천벽력처럼 갑작스럽게 다가왔다.

"그야 약속할 수 있지만 왜 그럽니까? 야나세 씨와 다투기라도 했습니까?"

나와 오쓰키가 알기로 야나세는 다툼의 상대로 삼기에는 너

142   살로메의 단두대

무나 온화한 사람이었을 것이다.

"다툰 건 아니야. 아닌데……, 일단 야나세는 너희 생각과는 다른 인간이야. 달라도 한참 다르지. 2년쯤 전이야. 나도 오쓰키처럼 야나세에게 돈을 빌렸어. 20엔쯤이었나. 친절하다는 평판이었거든. 야나세한테 돈을 빌린 화가가 몇 명 있다는 이야기도 들었고.

곧바로 갚지는 못했어. 몇 번 독촉받고 나서 야나세 집에 사과하러 갔지. 야나세는 온화한 말투와는 달리 폭리를 취했어. 내가 감당하지 못할 액수를 짐작해서 이자를 정한 것 같더군. 그러더니 못 갚겠거든 미야모리 씨한테 상의하는 편이 좋을 거라고 했어. 나는 순진하게도 시키는 대로 미야모리를 만나러 갔고."

미야모리는 고미를 커다란 광 같은 건물로 데려갔다고 한다.

"거기서 미야모리가 그림의 위작을 만들자고 제안하더군. 아니, 제안이 뭐야. 반쯤은 협박이었지."

위작이라는 말이 나왔을 때, 나와 오쓰키는 저도 모르게 눈을 동그랗게 뜨고 얼굴을 마주 보았다.

부자연스러운 몸짓이었지만, 다행히 고미는 우리가 그저 미야모리가 위작 제작을 주도했다는 말에 충격받았다고 여기는 듯했다.

나는 오쓰키와 호흡을 맞춰 기가 찬다는 듯 등 뒤에 두 손을 짚으며 몸을 젖혔다.

"위작이라고요? 어떤 겁니까? 미야모리 씨가 그런 짓을 하고 있었다니……."

"정말이야. 영문도 모른 채 함께 광으로 갔더니만, 모르는 서양화가의 서명을 보여주고 모사해 보라고 했어. 어쩐지 미심쩍었지만 시키는 대로 했지. 그러자 빚을 탕감할 수 있는 일거리가 있으니까 그걸 하라고 으름장을 놓더군."

"그래서 그 후로 쭉 부업으로 위작을 그렸다는 겁니까? 성실하게? 거절할 수는 없었어요?"

"그야 어떻게든 거부했어야 했겠지. 하지만 난 사진을 찍혔어. 모사하는 모습의 사진을. 이 화가의 위작은 이미 나돌고 있으니까, 이 사진 하나면 네가 위작범이라는 소문이 날 거라고 협박하더군.

다음 번에 그 사진을 돌려줄 테니 한 장만 도와달라고 했어. 그때부터 바닥 모를 늪에 발목을 붙잡힌 것 같아."

다양한 위작을 제작했는데, 대담하게도 모네나 시슬레 풍의 풍경화를 그렸다고 한다.

"하지만 강요당했다고 해도 그렇게 오래 계속했으니, 고미 형님에게도 국물이 떨어졌겠죠? 자기 그림을 헐값에 파는 것보다는 짭짤한 국물이."

오쓰키는 왜인지 격려하는 듯한 투로 말했다.

"그 말이 맞아. 돈은 뭐, 나름대로 받았지. 야나세 일당은 그런 가짜를 만들게 해서 물정 모르는 사람에게 팔아넘겼어.

야나세는 요즘 그림을 안 좋아하는데도 친절한 얼굴로 화가를 졸졸 따라다녔잖아? 그게 장사 밑천이었던 거야. 그렇게 위작을 제작시킬 수 있는 예술가를 물색해서 미야모리한테 중개했던 거지.

위작 판매는 미야모리와 야나세 둘 다 했을 거야. 야나세는 붙임성이 좋고, 미야모리는 평론으로 이름이 알려진 사람이라 신용도가 높아. 서로의 장점을 잘 나눠서 써먹었겠지."

현대 작품에 관심 없는 야나세가 무슨 재미로 화가들 뒷바라지를 하나 싶었는데, 고미의 이야기를 듣고 나니 아귀가 딱 맞아떨어졌다. 위작을 그릴 사람을 찾으려 했던 것이다.

"그럼 느닷없이 아미리가에 가버린 건요?"

"나는 위작 제작과 관계가 있다고 봐. 과거에 그림을 팔아넘긴 상대가 항의라도 한 것 아니려나. 이제 물러날 때가 됐다는 생각에 해외로 도주하기로 한 거야."

드디어 앞뒤가 맞는다. 그런데 오쓰키가 의아하다는 듯 중얼거렸다.

"나도 야나세에게 돈을 빌렸는데? 그런데 왜 위작을 그리는 일을 소개받지 못한 거지?"

나는 고미 대신 대답했다.

"그야 오쓰키는 위작을 못 그릴 게 뻔하니까. 자네는 남의 흉내가 몹시 서툴잖나. 가짜를 만들어도 자네 그림인 줄 다 알 거야. 자네처럼 묘한 그림밖에 못 그리는 자에게 돈을 빌려줘서 야나세도 속 좀 쓰렸을걸? 겉으로는 젊은 예술가를 위하는 호인 노릇을 해야 하니까 오쓰키에게 돈을 뜯기는 꼴이 된 거겠지."

"그럼 좀 더 빌릴 걸 그랬네. 아쉬워라. 고미 선생, 야나세는 위작을 만들 수 있는 화가를 물색했던 거죠? 그럼 위작을 만들라고 강요받은 녀석이 흰갈매기회에 더 있는 거 아닙니까?"

좀 더 진지하게 행동하기를 바라며 나는 오쓰키의 넓적다리를 검지로 쿡 찔렀다.

고미는 우리가 미덥지 못해서 말해도 될지 망설이는 듯했다. 그래도 마침내 그는 결심했다.

"그 말이 맞네. 있어. 다만 내가 알기로 확실한 건 한 명뿐이야. 미야모리도 야나세도 나 말고 누구에게 위작을 제작시키는지는 말해주지 않았으니까. 아무튼 부탁이니 본인을 추궁하지는 말게.

오기 씨야. 위작이 완성되면 광에 가져다 놓는데, 거기서 한번 마주쳤어."

오기 슈에이! 용의자 검사에 갑종 합격한 자다.

오쓰키가 의아해했다.

"오기는 돈이 꽤 많지 않나? 왜 위작을 그리는 거지?"

"돈은 작년에 그의 아버님이 돌아가신 후에나 생겼지. 유산이 들어왔거든. 그전까지는 야나세에게 돈을 빌려도 이상할 것 없었어."

내 대답에 고미는 고개를 끄덕였다.

"하지만 미야모리의 말을 들어보니 나와 오기 씨 말고도 일

살로메의 단두대

을 시키는 사람이 몇 명 더 있는 것 같더군. 광에 넣어둔 위작의
숫자로 봐서 다섯 명 정도는 관여하고 있어도 이상하지 않네.
그중에 분명 흰갈매기회 사람도 있을 거야."

"그렇습니까? ……그것도 그런가. 야나세는 위작을 제작시키
기 위해 흰갈매기회에 관여하고 있었던 거니까요. 당연히 다른
사람도 있겠군요."

용의자를 추려내기가 쉽지는 않을 듯했다. 어쨌든 내 그림을
도작한 인물을 찾아내기 위해서는 무시하고 넘어갈 수 없는 이
야기였다.

나는 머릿속에 번쩍 떠오른 걸 물어보았다.

"그런데 그, 위작을 보관해뒀다는 광에서 대나무로 엮은 트
렁크를 본 적 없습니까?"

"응? 아아, 있어! 올해 겨울인가? 그런 물품이 창고에 있었지.
어느새 없어졌지만. 이구치, 그걸 어떻게 알지?"

"그게, 야나세가 물감으로 더러워진 트렁크를 가지고 있던 게
갑자기 생각났는데, 혹시 거기에 위작이 들어 있었나 싶어서요."

올해 겨울에 대나무 트렁크가 있었다면, 야나세가 아미리가
에 가기 전에 창고에 보관해뒀던 것이리라.

"참고로 오기 씨는 어떤 위작을 가져왔습니까?"

"상자를 들고 있는 모습만 봐서 어떤 작품이었는지는 몰라.
하지만 가늘고 길쭉한 나무 상자였으니까 족자겠지. 옛날 그림,
아니면 오기 씨는 명필이니까 글씨일지도 모르겠군."

오기는 일본화 전문이고 유화를 그린다는 이야기는 못 들어
봤다. 못 그리지는 않겠지만, 만약 야나세 일당이 내 그림의 도
작을 주도했다면 하필 일본화가인 오기에게 시키는 것도 이상
하다.

나는 방문 목적이었던 질문을 꺼냈다.

"그럼 고미 씨, 흰갈매기회에서 수상한 사람은 또 누구예요?
야나세에게 빚을 졌다든지, 뭔가 맡겼다든지, 확실하지 않아도
의심스러운 사람이 또 없습니까? 아까 말한 트렁크를 야나세에
게 넘기기 전에 누가 가지고 있었는지 짚이는 점은?"

"그게, 나는 몰라. 작년에 미야가와가 야나세에게 돈을 얻으
러 갔다는 이야기는 들었지만, 그 일이 어떻게 됐는지 전말은
몰라."

고미는 내 질문이 그리 중요하다고 생각지 않는지 얼른 대답
을 마쳤다.

그는 방문객이 있다는 걸 잊어버린 듯 자기 무릎을 내려다보
았다.

"이구치, 그리고 오쓰키도. 너희는 나를 경멸하겠지만."

고미는 더 이상 말을 잇지 못했다.

나는 그를 경멸할 만큼 마음이 여유로운 처지가 아니었다.
독창성을 증명해 작품을 팔고 싶은 내 욕심과 위작을 그린 그
의 천박함에는 그리 큰 차이가 없는 것 같기도 했다.

고미는 괴로운 듯 등을 웅크렸다. 가슴속에 소용돌이치는 뭔

가가 형태를 이루기를 기다리는 듯했다.

그가 결심할 때까지 우리는 입을 다물고 있었다.

"······하지만 나도 각오를 굳혔어. 너희를 믿고 말하는 거니까 들어주게. 난 미야모리를 고발할 거야."

"고발이요? 미야모리와 야나세가 젊은 화가에게 위작을 제작시킨다는 걸 폭로할 작정입니까? 고미 씨가요?"

고미는 유빙 덩어리가 흔들린 것처럼 비장하게 고개를 끄덕였다.

"고발하려면 고미 씨가 위작을 그렸다는 사실도 밝혀야겠죠? 증거 사진도 찍혔으니까요. 괜찮겠습니까?"

"어쩔 수 없지. 야나세가 아미리가로 도망간 무렵부터 고민했었는데, 이제 때가 됐네. 그야 이제 내 그림은 위작을 그리기 위한 습작 정도로밖에 평가받지 못하겠지만, 남이 폭로하기보다는 스스로 자백해야 그나마 구제받겠지. 일의 경위를 낱낱이 밝히면, 부정한 부분은 떼어놓고 내 그림을 감상해줄 사람도 있을지 모르잖나?"

"그건 그렇습니다. 하지만 고발은 제대로 하지 않으면 자기만 손해봅니다. 어떻게 하려고요? 신문사 같은 데 폭로하더라도 증거를 갖추지 않으면 상대해주지 않겠죠?"

속아서 위작을 구입한 피해자를 찾아내 증언을 얻지 않으면 고발은 흐지부지될 것이다.

"······어떻게 해야 좋을지 지금 생각 중이야. 시간을 좀 주게."

고미는 우리를 자기 일에 끌어들였다고 여기는 듯했다.

딱히 불만은 없지만, 고미가 고발자로서는 영 믿음직하지 못한 게 걱정이었다. 미야모리나 야나세는 위작자를 고를 때 그의 성격을 계산에 넣었음이 틀림없다.

"그야 기회는 한 번뿐이니까 서두르지 말고 차근차근 해보세요. 필요하면 우리도 돕겠습니다."

"그래요. 나도 이구치도 고발은 아주 좋아하니까."

고미는 고맙다며 진지하게 말했다.

"하지만 미야모리를 고발하면 너희에게도 피해가 가겠지. 흰 갈매기회 화가 모두 위작자 의혹을 받을 테니까."

8

해 질 무렵에 오쓰키의 하숙집으로 돌아왔다. 오쓰키가 나갈 때 쏟아진 외설 사진을 정리하면서 말했다.

"위작자라고 여기든 말든 난 별로 신경 안 쓰지만."

"오쓰키, 자네는 신경 안 써도 되겠지. 나도 뭐, 상관없네."

미야모리에게 그림을 칭찬받은 적은 없었다. 비위를 맞출 생각도 없었다. 빚진 듯한 감정이 남지 않을 정도로 교분을 유지하려 애썼을 뿐이다. 그러니 고미의 고발로 흰갈매기회가 위작자의 소굴이었음이 밝혀지더라도, 내가 가담했다고 믿을 사람은 별로 없으리라.

내게 그건 문제가 아니었다. 오늘 탐문 결과는 벽장에서 찾는 물건을 꺼내려다 쓸데없는 잡동사니가 쏟아진 것이나 마찬가지였다. 내 그림의 도작범을 찾으러 갔다가 위작범을 먼저 찾아냈다.

"처음에 미야모리를 만난 게 실수였어. 도작 용의자 검사에는 탈락했었잖아."

오쓰키가 투덜거렸다.

"그러게. 설마 위작 제작의 주모자일 줄은 몰랐군."

"이렇게 됐으니 위작을 만들고 있는 놈들을 모두 다 조심해야겠지? 그 용의자 분류표는 도움이 안 돼."

만약 미야모리가 내 그림을 도작하기로 계획했다면, 위작 제작에 관여한 자에게 우리가 도작 관련 조사를 하고 있다는 사실을 알리는 건 위험하다.

"뭐, 그래도 도작 실행범을 찾는 데는 아직 도움이 되겠지?"

"그림을 도작해서 야나세에게 넘긴 놈이 흰갈매기회에 있는 건 틀림없으니까, 쓸데없지는 않을 것 같지만.

그럼 미야모리 두목이 누군가에게 이구치의 그림을 훔쳐보라고 지시했다고 치자. 그래서 범인은 훌륭하게 그림을 도작했어. 하지만 이름난 화가의 작품이 아니라서 가치가 떨어지니까, 특전으로 야한 사진을 덧붙였다. 그런 건가?"

"그럴 리가 있나."

미야모리가 도작을 지시했다면, 내 그림을 노리는 건 이상하다. 그가 내 그림을 높이 평가한 적은 한 번도 없으니까.

"그렇기는 하지. 뭐가 아쉬워서 네 그림을 도작해야 하는지는 여전히 수수께끼야.

정말이지 이 점은 신중하게 생각해야 해. 네가 당한 건 도작이지만, 고미 선생을 비롯한 놈들이 하고 있는 건 위작이야."

"확실히 그래."

도작과 위작은 언뜻 비슷해 보이지만 전혀 다른 개념이다. 미발표작인 내 그림을 베낀 도작범은 작품의 정신을 훔쳤다고 해야 하고, 이름난 작가의 작품인 척하는 위작은 작품의 형태를 유린하는 짓이다.

"그래, 도작은 불륜이고 위작은 강간이야! 둘 다 안 하는 놈도, 한쪽만 하는 놈도, 둘 다 하는 놈도 있어. 문제는 강간은 동기가 분명하지만, 불륜은 그렇지도 않다는 거지."

"뭐 그렇지. 위작은 돈 때문이라는 걸 알겠지만, 내 그림을 뭐 때문에 도작했는지는 애매모호해. 내 그림이 도작된 것과 위작 사이에 무슨 관계가 있는 건지……."

아니면 도작과 위작은 무관한 걸까? 각각 범인이 따로 있는 걸까?

"어쨌든 이렇게 된 이상, 고미 형님이 잘 처신해서 고발을 성공시키는 편이 좋겠지?"

"응. 다만 한다면 모조리 철저하게 밝혀내야 해. 누가 어떤 위작을 만들었느냐는 점이 누락되기라도 하면 내게는 도리어 상황이 나빠질지도 몰라. 미야모리 일당이 도작을 자행했다는 가정 아래의 이야기지만.

고미 씨의 동향이 어떻든, 미야모리는 어떻게든 하는 편이 좋겠군. 그렇지 않으면 행동에 나설 수가 없어. 도작을 조사하면서 위작 제작까지 신경 써야 한다면 누구에게 어떤 이야기도 못 해. 범인에게 우리가 도작범을 쫓고 있다는 걸 알릴 수는 없는 노릇이니까."

"야나세의 유품에 관해 아미리가에 문의하는 건 어떻게 됐어? 그쪽에서 범인을 알아낼 수 있다면, 그게 제일 빠르겠지?"

"아아, 그건 이미 하루미 사장님께 편지로 부탁했어. 해주실지는 모르겠고, 립스데이크 씨가 일본을 떠나기 전에 기별이 올지 걱정이지만."

그때였다. 오쓰키가 입가를 누르는 몸짓으로 나를 조용히 시켰다.

마침 사진 정리를 끝낸 참이었다. 손 언저리에서 나던 소리가 그쳐서 창밖의 뭔가를 눈치챈 듯했다.

오쓰키가 살금살금 창문으로 다가가서 창문에 손을 뻗으려 했을 때였다.

창문 밑에서 새 둥지를 건드린 것처럼 부산한 소리가 들렸다. 누군가 거기서 도망쳤다. 오쓰키는 재빨리 몸을 날려 삐걱대는 창문을 활짝 열었다.

나도 얼른 일어나서 창밖 황혼 속으로 몸을 내미는 오쓰키와 함께 도망친 사람을 찾았다.

하숙집 좌우를 둘러봐도 아무도 없었다. 정면에는 산울타리가 있지만 높지 않으니, 그걸 뛰어넘어 도망친 것 같았다.

우리는 제등을 들고 밖으로 나왔다. 하숙집 주위를 둘러보고 큰길을 내다봤지만 나와 오쓰키의 대화를 엿들은 누군가의 모습은 어디에도 없었다.

"야단났군. 방금 나눈 이야기를 전부 들었을 걸세! 누구지? 위작범, 도작범? 범인을 의심하게 만든 건가?"

오늘 하루 오쓰키의 빚에 관해 상의한다는 핑계로 이곳저곳 돌아다녀서 의혹을 부른 걸까.

누군가가 우리 목적을 의심해서 여기까지 몰래 온 모양이다. 쉬쉬해야 하는 사실들을 범인에게 전부 들켰을지도 모른다.

"어이, 좀 봐봐."

창문 아래 쪼그리고 앉은 오쓰키가 땅을 가리켰다.

그곳에는 서양 신발의 발자국이 남아 있었다. 8촌 5푼* 정도 크기로, 왼쪽 발끝 부분이 찍히지 않았다. 나도 오쓰키도 전혀 본 기억이 없는 발자국이었다.

---

* 약 245밀리미터.

IV

「살로메」

1

이날 미네코는 아침 5시가 넘어 눈을 떴다. 2층 다다미 넉 장 반 크기의 자기 방 창문으로 밖을 보니 어젯밤에 내리던 비는 그쳤고 하늘은 맑았다. 미네코는 마음이 조금 편해졌다. 여름이 다가오고 있는지 잠옷으로 입는 주반*이 눅눅했다.

세수하고 나자 할 일이 없어서 식탁 의자에 멍하니 앉아 있었다.

이모부의 도작 사건 조사는 암초에 걸린 듯했다. 흰갈매기회에 위작을 만드는 사람이 있다는 사실을 알아내기는 했지만, 그 정체를 밝혀내기 전에 누군가가 들어서는 안 될 이야기를 엿들

---

* 기모노 안에 입는 속옷. 한국의 속적삼과 비슷한 역할을 한다.

었다고 한다.

누가 뭣 때문에 그런 짓을 했는지는 모르겠지만, 이모부의 조사가 진행될까 봐 경계하는 인물이 있는 건 틀림없다. 이모부가 도작이나 위작에 대해 알고 있다는 게 들통났다면, 더 이상 용의자들에게 함부로 뭔가를 물어볼 수는 없다.

사건이 어떻게 진행될지 궁금했지만, 사실 오늘 미네코는 자기 일이 더 걱정이었다. 하루미 상사의 사장님을 만나야 하기 때문이다.

일본에서도 손꼽히는 종합 상사의 사장이자 젊은 예술가의 후원자이기도 하다는 하루미 씨와 안면은 없지만, 소문은 이것저것 들었다.

주로 이구치에게서 들은 이야기다. 하지만 대체 하루미 씨가 어떤 인물인지 미네코로서는 알 수가 없었다. 머리와 수염이 새하얀 일흔 살 정도의 노인이라는데, 이모부 말로는 까다로운 것 같기도 하고, 호인 같기도 하고, 고지식한 것 같기도 하고, 파격적인 것 같기도 해서 성격이 어떨지 통 상상이 가지 않았다.

그 하루미 씨에게 부모님이 혼사를 부탁했다고 한다. 그러자 일단 미네코를 데려와 보라고 했다는 이야기다.

하루미 씨 저택에서 대면하는 것이다. 어쩌면 오늘의 만남이 자기 인생을 뒤흔들지도 모른다는 생각에 미네코는 밤새 마음이 어수선했다.

잠에서 깬 부모님이 일찍 일어난 미네코를 보고 감탄과 미심

살로메의 단두대

쩍음이 뒤섞인 시선을 보냈다.

오전 중에 아버지가 사진관에 가서 부탁했던 사진을 받아왔다. 오늘을 위해 새로 찍은 맞선 사진이다.

오후가 되자 정월에나 입을 듯한 근사한 후리소데*를 차려입고, 근처의 가미유이**를 찾아갔다. 30분쯤 후 미네코는 머리를 전통식으로 틀어올렸다.

전통식 머리가 이렇게 무거운 거였나, 하고 쩔쩔매며 전철을 탔다. 미네코는 부모님과 함께 아자부로 향했다.

"이봐, 분명 저기겠지. 이구치 군 말대로야."

전철 정거장에서 내려서 길을 하나 꺾어 들었을 때, 아버지가 앞쪽의 박공지붕이 달린 대문을 가리켰다.

예상외로 가까워서 갑자기 심장이 꽉 조여드는 것 같았다. 아버지와 어머니 사이에 낀 미네코는 인형처럼 안긴 채 오른발과 왼발을 차례대로 내딛는 기분이었다.

대문 앞에 도착하자 문패에는 미네코의 얼굴보다 큰 글자로 '하루미'라고 적혀 있었다. 아버지는 회중시계를 꺼내 약속 시간에 너무 이르지도, 너무 늦지도 않은 걸 확인하고 안으로 들어갔다.

---

* 소매가 길고 화려한 무늬로 장식한 일본의 전통 예복.
** 손님의 머리를 단장해주는 일을 업으로 삼은 사람.

저택은 천 평 남짓 될 듯했다. 정원에 연못이며 석등을 배치했지만 수가 그리 많지는 않았다.

현관에서 하녀가 기다리고 있었다. 복도에는 티끌 하나 없었다. 안내받은 응접실에는 남양의 목재로 만든 좌탁을 사이에 두고 방석 하나와 방석 세 개가 마주 놓여 있었다.

"사장님께서는 곧 오실 겁니다. 기다려주십시오."

하녀가 물러났다. 미네코는 군더더기 하나 없는 몸동작으로 응대하는 하녀를 보고, 긴장한 손님의 모습을 대하며 보람을 느끼는 게 틀림없다고 확신했다.

불과 몇 분 지나지 않았지만, 미네코는 다리가 저린 것 같아서 일어날 때가 걱정됐다.

이윽고 장지문에 그림자가 드리웠다. 하루미 씨는 소리도 없이 장지문을 열고 들어와 손을 뒤로 돌려 문을 닫고는 미네코 가족을 빤히 바라봤다.

"야나에 집안 사람들인가?"

"그렇습니다. 설마 다망하신 하루미 님께서 상담을 받아주실 줄은 몰랐습니다."

"내가 앉을 테니 일어나지 않아도 돼."

하루미 씨는 일어서려는 아버지를 만류하고 나이에 어울리지 않게 민첩한 몸놀림으로 방석에 앉았다.

들은 대로 머리와 수염이 하얗게 세었으며, 팔은 가늘고 힘줄이 불거져서 자작나무 노목을 연상시키는 사람이었다.

이 사람이 바로 생명주실 수출로 시작한 하루미 상사를 일본에서 다섯 손가락에 드는 종합 상사로 키운 인물이라고 생각하며, 미네코는 자신이 상상했던 모습과 실물을 머릿속으로 견주어 보았다.

하루미 씨는 표정이 험악하니, 어쩐지 불쾌해 보였다. 젊은 예술가를 지원한다지만, 그렇게 기풍 넘치는 인상은 찾아볼 수 없었다. 이 사람이 이구치에게 특별히 관심을 품고 화가 일을 돕는다는 것도 미네코로서는 상상이 가지 않았다.

중류의 삶을 살아가는 야나에 일가 사람이 이렇듯 일본 신사록*의 자주 펼쳐지는 쪽에 실린 인물을 만날 기회는 없다. 아버지는 저자세로 손에 든 서류를 살며시 내밀었다.

"신상 소개서를 가져왔습니다. 그리고 사진도."

"흠."

내밀었으니 어쩔 수 없다는 식으로 하루미 씨는 미네코의 신상 소개서를 받았다. 사진은 거들떠보지도 않았다.

하루미 씨가 잔뜩 찌푸린 얼굴로 신상 소개서를 읽자, 가슴이 조마조마해졌는지 아버지가 말을 꺼냈다.

"뭔가 그릇된 점이라도 있습니까?"

"그릇된 점이 눈에 띄어서 그러는 게 아닐세. 전혀 재미가 없

---

* 1889~2007년까지 제작된 정재계, 문화계의 저명인 명단. 제2차 세계대전 전까지 납세액을 기준으로 게재했다.

어서 그렇지. 신상 소개서는 재미있으면 안 되는 법이니까 그걸로 됐어."

나뭇가지 같은 팔로 신상 소개서를 눈앞에 들어 올린 채, 하루미 씨는 미동도 하지 않았다.

어쩐지 일이 심상찮게 흘러가는 듯했다. 혼사를 중개해달라고 부탁했는데 대뜸 본인을 데려오라니, 참으로 이례적인 일이다. 보통은 아버지가 멋대로 여기저기 지인을 찾아다니고, 미네코를 빼놓은 채 어울린다느니 어울리지 않는다느니 어른들이 평가하는 소리가 머리 위에서 희미하게 들릴 뿐이다.

하루미 씨가 신상 소개서를 책상에 내려놓자 아버지는 조심스레 입을 열었다.

"뭐, 당사자가 있는 곳에서 말하려니 좀 그렇습니다만, 미네코는 여학교를 우수한 성적으로 졸업했습니다. 늘 위에서 다섯 번째 정도의 성적을 유지했죠. 품행도 방정하고, 어릴 적부터 심한 장난을 친 적은 한 번도 없습니다.

성품도 대단히 좋고, 학교를 졸업한 후에도 꽃꽂이와 재봉을 배우러 다닙니다. 꽃꽂이는 아직 별로 칭찬받지 못하지만 재봉 실력은 상당히 늘었죠. 요리는 어릴 적부터 안사람이 가르쳐서 꽤 솜씨가 좋고요. 가령 남편과 요릿집을 시작한다 해도 그다지 걱정할 필요는 없을 겁니다. 그렇지?"

"네, 자랑스러운 외동딸입니다."

어머니는 그렇게만 말했다. 미네코는 고개를 약간 숙인 채 잠자코 있었다.

하루미 씨가 고개를 돌려 미네코의 얼굴을 살폈다.

"이구치 말로는 아주 활달하다던데. 범죄자를 상대로 권총을 쏴대거나 등유가 담긴 유리병에 불을 붙여서 내던지거나 했다지."

미네코는 붉어진 얼굴을 푹 숙였다. 본의 아니게 수긍하는 듯한 모양새가 됐다. 둘 다 사실이니까 변명할 여지가 없었다.

"남들 눈에는 별로 좋게 보이지 않을지도 모르지만, 여자라도 여차할 때는 그 정도로 배짱이 두둑한 편이 좋지 않겠습니까. 근래에 황폐해진 인심을 고려하건대 그런 생각도 들더군요."

아버지가 그렇게 생각한다는 말은 처음 들었다. 미네코가 묘한 사건에 휘말려 선머슴처럼 활약하는 걸 아마 못마땅해했을 것이다.

하루미 씨는 지루한 이야기를 들었다는 듯 눈을 가늘게 떴다.

"그렇다면 상대도 똑같이 할 수 있어야겠지. 그런 사내는 의외로 없어.

데릴사위를 바라는구먼. 그 외에는 어떤 조건을 내걸 생각인가?"

"음…… 직업은 남에게 부끄럽지 않은 것이라면 뭐든 괜찮지만, 제가 세무 대리인으로 일하니까 그에 유사한 직업이 이상적입니다. 저희 장인어른, 그러니까 미네코의 할아버지는 군인이 좋다고 하십니다만."

"나는 군인은 별로 모르네."

"그러시군요. 그리고 수입은 가능하다면 월 2백 엔 정도를 바라지만, 지금이 아니라 장래가 유망한 게 제일입니다. 나이는 스물다섯 살 정도, 많아도 서른을 넘으면 곤란합니다. 덧붙여 서로 용모가 어울리는 사람이라면 미네코도 납득하겠죠."

아버지, 저는 이왕이면 범죄자가 좋겠어요. 미네코는 이 자리에서 그렇게 말하면 어떻게 될지 생각했다. 자기 혼사를 위해 아버지가 하루미 씨에게 굽실거리는 모습이 너무 보기 싫었다.

"잘 알았네. 그럼 미네코와 잠깐 이야기를 하려는데 괜찮겠나?"

"네. 물론 괜찮습니다."

"단둘이 말일세. 두 사람은 여기 남아 있고 안쪽에서 이야기하겠네."

단둘이 이야기를? 미네코는 이번에야말로 긴장돼서 혼절할 것 같았다. 형식적으로 마치면 될 것이라 여겼던 면담이 시험처럼 변했다.

아버지와 어머니도 당혹스러워했다. 가운데 낀 미네코를 무시하고 시선을 주고받으며 말없이 상의했다.

"어째서 그러시는지요?"

"본인에게 이야기를 들어봐야지만 미네코에 대해 알겠네. 지금까지는 사진만 본 것과 다를 바 없어. 안 되겠다면 내가 들어야 할 이야기는 더 이상 없어. 괜찮겠나?"

부모님은 거절할 말을 떠올리지 못한 듯했다.

하루미 씨에게 재촉받아 일어날 때, 미네코는 긴장한 데다
다리가 저려서 좌탁에 푹 고꾸라졌다.

2

하루미 씨는 기다란 복도를 지나 저택 제일 안쪽에 있는 다
다미 열두 장 크기의 방으로 미네코를 데려갔다. 커다란 서가
두 개에는 서양의 소설책이 빽빽하게 꽂혀 있었다. 작은 서궤
옆에 놓인 방석에 하루미 씨와 아까보다 훨씬 가까이 마주 보
고 앉았다.

"너무 긴장하는 것도 무례한 짓이야. 이구치는 종종 날 전당
포 주인 같은 사람으로 착각할 정도라네."

"네."

미네코는 꿇어앉은 자세로 꼼지락거리며 두 무릎을 마주 비
볐다. 긴장하지 말라고 할 거면 적어도 저택을 좀 더 어질러놨
어야 하는 게 아닐까 싶었다.

하루미 씨는 힘을 빼고 미네코에게서 시선을 뗐다. 엽궐련을
꺼내고 시치름한 어조로 말했다.

"자네 부모는 내게 혼사를 부탁하러 왔네. 하지만 누구나 할
수 있는 일을 남에게 부탁하는 건 실례지. 만약 어디에든 있는
예사로운 혼처를 내게 정하게 하려는 거라면 말이야. 가보로 내
려오는 칼을 등긁개 삼아 빌려 가는 거나 다름없어."

"어머, 그런 생각으로 뵈러 온 건 아니겠지만……, 정말……."

미네코는 부모님이 자기를 위해 한 일을 자기가 사과해야 하나 싶어 망설였다.

망설이는 사이 하루미 씨가 말했다.

"그러니 그게 실례인지 아닌지는 자네 하기 나름이야. 어떻게 하고 싶지? 예사로운 결혼을 하고 싶은 건가? 이구치는 자네가 예사로운 아가씨 같지는 않다고 했는데."

이럴 때는 최대한 얌전히 있으라고 배운 터라, 미네코는 입을 다무는 것 말고는 뭘 어떻게 해야 할지 몰랐다.

결국 하루미 씨는 미네코에게 대답을 듣기를 포기하고 다른 질문을 던졌다.

"아까 여학교 시절에 꽤 성실하게 생활했다고 했는데, 정말인가?"

"네, 그렇습니다."

"그거 좋군. 내 회사에도 학업은 업무에 도움이 안 된다고 불평하는 녀석이 있네. 자기야말로 살아 있어 본들 세상에 크게 도움도 안 되면서, 다른 일들을 두고 도움이 되느니 안 되느니 품평할 자격이 있다고 착각하는 거지.

이구치는 훌륭해. 녀석도 살아 있어 봤자 아무 도움도 안 되지만, 그런 만큼 아무 도움도 안 되는 그림을 불평도 없이 즐겁게 그리지."

"네, 옳으신 말씀이에요."

미네코는 겨우 자연스럽게 맞장구를 칠 수 있었다.

"그러니까 자네가 어떻게 하고 싶으냐가 문제라는 걸세. 이런 예사로운 혼사는 내가 나설 자리가 아니지. 예를 들면 말이야, 배우라도 돼보고 싶은가?"

태어나서 단 한 번도 생각해 본 적 없는 일이라 상상력이 말을 따라가지 못했다.

곧 미쓰에가 떠올랐다.

"……하지만 배우는 좀 경망스러운 분이 많은 것 같습니다. 더구나 제가 여배우가 될 수 있을 리 없어요."

"물론 될 수 있을 리가 없겠지. 그래도 배우가 되기를 바란다면 예사로움을 벗어나는 거야. 그게 문제라는 걸세.

다시 묻겠는데 미네코, 자네는 어떻게 하고 싶나? 내가 챙겨 주는 녀석들은 다들 예사롭지 않은 뭔가를 이루려고 애쓰고 있어. 하지만 자네는 그림이나 조각에 소양은 없는 거지?"

"그건……, 없습니다."

그림은 심심풀이로 낙서 정도밖에 해본 적이 없다. 물론 조각과도 전혀 인연이 없다.

"꽃꽂이를 한다고 했는데, 그걸로 이름을 떨칠 생각도 없고?"

"네, 그런 거창한 일은……."

"그럼 뭐야? 자네는 뭐가 될 생각이지?"

찬찬히 생각해 봤지만, 미네코는 역시 자기가 뭘 어떻게 하고 싶은지 대답할 수 없었다.

이모부 그림을 봤을 때 불쑥 고개를 쳐든, 자기에게도 뭔가 재능이 있었으면 좋겠다는 소망이 가슴속에서 소용돌이쳤다. 그러나 하루미 씨에게 털어놓기에는 너무나 막연하고 유치한 소망인 것 같았다.

잠시 후 하루미 씨가 더는 못 보고 있겠다는 듯 일어섰다. 화가 나서 방을 나가려는 것같이 보였기에 미네코는 당황했지만, 하루미 씨는 장지문이 아니라 뒤쪽 벽장의 미닫이문을 열었다.

"그럼 사진은 어떤가?"

"사진이요?"

사진이라는 말이 미네코에게는 몹시 생소하게 들렸다.

하루미 씨는 알아들을 수 없는 목소리로 뭐라고 중얼거리며 벽장 속의 종이상자를 뒤적였다. 잠시 후 전통극의 가면이라도 들어 있을 듯한 크기의 검은색 종이상자를 안고 돌아와 말없이 미네코 무릎 앞에 내려놓았다.

"이게 뭔데요?"

"내 아내는 작년 10월에 죽었는데 말이야."

하루미 씨는 맥락 모를 말을 하더니, 서양 책이 꽂힌 책장이며 종이상자로 가득한 벽장을 손으로 가리켰다.

"여기는 아내가 쓰던 방이야. 책을 읽는 건 평범한 취미지만, 또 한 가지 여자치고는 드문 취미가 있었네."

하루미 씨의 재촉에 미네코는 종이상자의 뚜껑을 열었다. 안에는 작은 이스트먼 코닥 사진기가 들어 있었다.

"아내는 메이지 유신이 있고 10년도 지나지 않아, 남자도 안 찍던 시절부터 사진에 빠졌지. 다른 사치에는 눈길 한 번 주지 않고 서양 서적과 사진기만 샀다네. 그건 죽기 반년쯤 전에 구입한 건데, 거의 쓰지 않았을 거야."

미네코는 사진기를 살며시 집어 들었다. 주름상자로 렌즈를 지탱하는 구조였다. 흠집 하나 없었고 금속 부품도 방금 닦은 것처럼 빛났다. 그 정교한 모습에 미네코는 잠시 푹 빠져들었다.

빈 상자를 들여다보니 사진이 한 장 들어 있었다. 미소 띤 얼굴로 이 사진기를 가슴께에 쳐든 노부인이 퉁명스러운 표정의 하루미 씨와 저택 정원에 나란히 서 있는 사진이었다.

"뭔가? 이런 걸 넣어뒀었나. 샀을 때 찍은 거로구먼."

하루미 씨는 사진을 집어 서궤에 엎어놓았다. 그러고는 미네코 손에서 사진기를 가져가서 상자에 넣었다.

"만약 사진을 찍고 싶다면 당분간 이걸 빌려주겠네. 망가뜨리지 않도록 조심하게."

"저더러 사진사가 되라는 말씀이신가요?"

사진기를 든 모습은 상상도 해본 적 없었다. 부탁하러 온 혼사 이야기는 어디로 가버린 걸까.

하루미 씨는 사진기 상자에 손을 댄 채 말했다.

"딱히 사진사가 되라는 건 아니네. 이 사진기로 뭘 하든, 아무것도 하지 않든 자네 마음대로지. 이걸 빌려주는 것 말고는 지금 자네에게 해줄 수 있는 일이 아무것도 떠오르지 않는군."

그건 결국 하루미 씨에게 미네코는 아무것도 아니라는 선고였다. 그런 소녀에게 하루미 씨가 사윗감을 찾아줄 의리는 없는 것이다.

혼처를 제안받을 걱정이 없어져서 내심 안도하면서도, 미네코의 가슴속에는 난생처음 느껴보는 초조함이 생겨났다.

동시에 사진사가 된다는 상상은 설렘을 불러일으켰다. 그 설렘이 대체 뭘 의미하는지는 몰랐지만, 갑자기 자기 장래의 실상을 얻은 듯한 직감이 어렴풋이 들었다.

미네코는 사진기 상자를 두 손으로 살며시 끌어당겼다.

"그럼 빌려 가겠습니다."

하루미 씨는 그렇게 하게, 하고 말한 후 벽장에서 부속품과 현상 및 인화에 필요한 도구를 끄집어냈다. 그리고 사진기와 그 것들을 함께 싼 보따리를 미네코에게 들려주었다.

방을 나가려던 미네코를 하루미 씨가 불러세웠다.

"아참, 미네코. 조만간 이구치를 만나나? 누군가가 녀석의 그림을 도작해서 녀석이 요란을 떤다는 걸 알고 있어?"

"네, 알아요. 분명 만날 겁니다."

"그 일로 이구치가 편지를 보냈네. 아미리가에서 유품을 정리하다 가짜 그림이 발견된 일과 그 그림을 가지고 있었던 야나세 아키오라는 일본인에 대해 조사해달라는 거야. 답장 쓰기가 귀찮으니 자네가 전하게."

　　　　　　　　　　　　살로메의 단두대

해주기는 하겠지만 기대는 하지 말고 시간도 필요해. 어제 국제우편으로 해외 지사에 편지를 보냈는데, 도착하기까지 보름하고 조금 더 걸리겠지. 견본을 동봉해서 이구치의 그림이 어떤 것인지 전달해야 하니까 전보로는 안 돼. 답장은 전보로 받아도 되겠지만.

게다가 야나세라는 남자는 가리후니아(캘리포니아)에 있었다고 하니까, 지사 사람을 보내는 데도 시간이 걸릴 거야. 그렇게 전달하게."

알겠습니다, 하고 미네코는 대답했다.

하루미 씨는 뜻밖에도 대문 앞까지 배웅을 나왔다. 부모님은 보따리에 뭐가 들었느냐고 당장이라도 미네코에게 캐묻고 싶은 눈치였지만 전철 정거장에 도착할 때까지는 참을 수밖에 없었다.

3

저녁이 되기 전에 집으로 돌아온 야나에 일가 세 사람은 실내복으로 갈아입고 누가 재촉이라도 하듯 급하게 저녁 식사를 준비했다. 그리고 주황색 석양이 창문으로 비쳐 드는 가운데 집에서 혼자 기다리던 미네코의 할아버지와 함께 식탁에 둘러앉았다.

"하루미 씨는 대체 자신의 후계자 문제를 어떻게 생각하고 있을까?"

미네코, 어머니, 할아버지가 젓가락을 든 손을 멈췄을 때 아버지는 무심한 척 말을 꺼냈다.

평소라면 미네코가 함께 있는 자리에서는 꺼내지 않을 이야기였다. 애당초 아버지는 식사 시간에 웬만하면 세상 돌아가는 이야기를 하지 않았다.

기분이 좋아서 잡담을 꺼낸 건 아니었다. 미네코의 혼사가 걱정돼 하루미 씨를 찾아갔지만 석연치 않은 결과가 나왔고, 그 이유를 미네코에게 대놓고 캐물을 수도 없는 것이다. 결국 하루미 씨는 미네코를 어떻게 하려는 걸까? 사진을 연습하면 사위를 찾아준다는 뜻일까?

아버지는 딸이 자기가 모르는 뭔가를 멋대로 이해하고 넘어간 게 아닐지 걱정하는 듯했다.

미네코는 천진난만한 외동딸이라는 자신의 역할에서 벗어나지 않도록 최대한 조심스레 대답했다.

"이구치 이모부가 회사 일은 다 정해져 있을 거라고 하던데요."

"흐음. 그렇겠지."

아버지가 알고 싶은 건 회사 일 따위가 아니다. 야나에 일가 사람들이 미네코 주위에 성곽을 쌓아 올리려 하는데도, 하루미 씨는 전혀 개의치 않았다. 그건 그들에게 완전히 예상 밖의 일이었다.

식사를 마친 미네코는 2층 자기 방으로 올라갔다.

다다미방이지만 편백나무로 만든 서양식 침대를 들여놓았다. 창문에는 재봉 선생에게 받은 자수가 들어간 커튼이 밑자락이 남을 정도로 낙낙하게 걸려 있다. 탁자에는 꽃병이 있는데, 미네코가 손대지 않아도 어머니가 알아서 은방울꽃 등등의 꽃을 며칠에 한 번씩 꽂아놓는다.

베갯머리에는 몇 년 지난 「소녀의 벗」*을 세 권 놓아두었다. 학교도 졸업했으니 이만 버릴까 싶었는데, 얼마 전에 집에 온 이구치가 표지 그림을 칭찬해서 어쩐지 좀 더 가지고 있어도 될 듯했다.

미네코는 벽 앞 경대를 보고 꿇어앉았다. 타원형의 커다란 거울은 오래돼서 흐릿해졌지만, 상등품이라 일그러져 보이지는 않는다.

거기 비친 얼굴에 별다른 흠은 보이지 않았다. 색이 연한 무난한 모양의 입술에, 높지는 않지만 균형 잡힌 코, 큼지막한 눈과 그걸 덮는 나뭇잎 같은 외꺼풀. 그것들이 무명 손수건같이 보얀 살결에 오밀조밀 자리 잡아 미네코의 얼굴을 이룬다.

미네코는 지금까지 18년을 살아오면서 자신이 범용한 인간임을 의심한 적이 한 번도 없었다. 귀엽다고 친척에게 칭찬받거나,

* 1908~1955년까지 발행된 소녀잡지.

수수하니 어쩐지 볼품없다고 동급생에게 뒷공론을 당하는 건 너무나 당연한 일이라 일희일비하기는 해도 절대 불평하지는 않았다.

공부에 있어서 스스로는 좀 영리한 편이라고 생각하지만, 교육열 높은 대부호가 구라파나 아미리가로 유학을 보내줄 만한 천재는 아니다. 가족도, 미네코 본인도 그런 건 바라지도 않았다. 범용함이 미네코의 세상을 형성했으므로 범용함 바깥에 있는 것들은 염두에 둘 필요가 없었다.

그런데 최근에 미네코가 믿는 범용함에 균열이 생기고 있다는 걸 깨달았다. 사이좋게 지내던 이모가 화가와 결혼했다. 멀리할 수도 없는 노릇이라 뜻밖의 기인들과 교류가 생겼다. 미네코도 범용함 속에서는 일어날 리 없는 사건에 두 번쯤 휘말렸다.

─하지만 아무리 예사롭지 않은 일을 겪은들 예사로운 사람이 비범한 사람이 될 수는 없어.

미네코는 그렇게 생각했다.

마침내 도작 사건으로 생각이 옮겨갔다.

미쓰에의 말에 따르면 아야라는 사람은 배우가 되기 위해 평범한 자기 얼굴을 뜯어고쳤다고 한다. 그건 도저히 보통 사람이 할 수 있는 일이 아니다.

그렇다, 이구치의 말에 따르면 아야와 하스노 사이에서 뭔가 파란이 일어날 것 같다고 한다.

　—가령 흉터고 후유증이고 남지 않는 완벽한 수술을 내가 받을 수 있다고 쳐. 그래서 하스노 씨 곁에 있어도, 누구도 볼품없다고 여기지 않을 만큼 아름다워진다고 쳐. 하지만 분명 그런다고 내가 바라는 일이 이루어질 리는 없어.

　미네코는 곁에 놓아둔 보따리를 풀어 하루미 사장님이 빌려준 사진기를 꺼냈다.
　보면 볼수록 자기 물건 같지 않았다. 여학교 시절에 몰래 방에서 생쥐를 기르려 했다는 친구의 이야기가 떠올랐다. 분명 그때 느꼈던 기분이 지금 기분과 제일 가깝지 않을까 싶었다.

　—사진 찍기는 재미있을 것 같지만, 그러면 난 대체 뭐가 되는 걸까?

　기자라도 되는 걸까? 아니면 예술가가 된다는 걸까?
　미네코는 초조했다. 소풍을 왔다가 안개 낀 산꼭대기에 어느덧 홀로 남겨진 듯한 기분이었다. 애당초 이런 곳에 온다는 이야기는 듣지도 못했건만.
　미네코는 사진기를 무릎 위에 얹었다. 그리고 비범한 뭔가를 가지고 싶다고 진심으로 바랐다.

4

다음 날 미네코는 아침 식사를 마치자마자 사진기를 들고 이구치의 집으로 향했다. 하루미 씨가 말을 전해 달라고 한 데다 이모부에게 빨리 사진기를 보여주러 가고 싶었다.

사에코는 미네코가 가져온 보따리를 보고 의아한 표정을 지었지만 이구치는 별로 이상해하지 않았다.

"흠? 하루미 사장님께 빌린 거니?"

이모부는 거리낌 없이 상자를 열어 사진기를 흥미롭게 구경했다.

"뭘 찍을까요? 저, 이걸로 뭘 하면 좋을까요?"

"꼭 뭘 해야 하는 건 아니지. 마음 가는 대로 하려무나."

하루미 씨를 잘 아는 이구치는 태평한 어조로 말했다. 하루미 씨는 분명 후원하는 화가에게 변덕스럽게 화구를 사주는 것과 같은 마음으로 미네코에게 사진기를 빌려주었으리라.

뭔가 기대하고 빌려준 것도 아니라고 생각하니, 더더욱 이 사진기로 뭔가 이뤄야 할 것 같은 기분이었다.

"아! 그렇지. 마침 찍을 게 있었군. 미네 쨩, 지금 좀 나갈 수 있을까?"

이구치가 갑자기 외출할 채비를 했다.

사진기를 사용할 곳이 떠오른 듯했다. 아무래도 도작 사건과 관계있는 듯했다.

"자, 이거야. 비가 왔지만 처마 아래 건 아직 뚜렷하게 남아 있어."

이구치가 가리킨 발자국을 미네코는 쪼그리고 앉아 살펴보았다.

"네, 정말이네요."

왼발 발끝 부분이 조금 덜 찍혔다.

이모부가 데려온 곳은 오쓰키의 하숙집이었다.

이틀 전, 누군가가 여기서 오쓰키와 이구치의 이야기를 엿들었다고 한다. 발끝 부분이 떨어진 신발을 신은 인물로, 도작 혹은 위작과 관계있다고 봐야 한다. 이구치가 발자국을 그려놓기는 했지만, 사진이 있으면 필요할 때 증거로 사용할 수 있을지도 모른다.

어제에 이어 오늘도 사진 찍기 좋게 맑은 날씨였다. 근접 촬영용 렌즈를 덧댄 후 미네코는 사진기를 들고 뒤쪽의 태양을 신경 쓰며 발자국이 되도록 밝게 보이는 각도를 찾았다.

렌즈 주위의 손잡이나 레버를 이것저것 움직였다.

"이러면 되려나요? 모르겠네요. 필름 한 통에 여섯 장밖에 못 찍는데."

"뭐, 괜찮아. 해보렴. 코닥이라면 누구든 찍을 수 있다고 들었거든."

상자에 들어 있던 설명서는 영어라 제대로 이해했을지 자신이 없었다. 이구치가 먼 옛날에 할아버지에게 배웠다는 사진술에 의지해, 초점이 어쩌니 조리개가 저쩌니 하며 미네코는 어제까지만 해도 전혀 친숙하지 않았던 용어와 씨름했다.

각도를 바꿔 발자국 사진을 두 장 찍었다. 해가 비치니까 기다리지 않고 바로 촬영할 수 있지만, 셔터를 누를 때마다 어깨가 뻣뻣해졌다.

"한 장쯤은 잘 나오면 좋겠네요."

"현상도 해야 하나? 그쪽이 더 어려울지도 모르겠군."

촬영은 끝났다. 슬슬 점심때다.

이모부는 돌아가서 림스데이크 씨에게 경과를 보고하는 편지를 쓰겠다고 했다. 도작범뿐만 아니라 위작범까지 등장한 이 기묘한 사건을 대체 어떻게 설명하느냐고 그는 투덜거렸다.

"미네 짱은 어떻게 할 거니? 같이 갈래?"

"저는 이것저것 좀 더 찍어볼게요."

"그래, 알았어. 조심하렴."

하숙집 앞에서 미네코는 이모부와 헤어졌다.

미네코는 도쿄역 방면으로 정처 없이 걸어갔다.

—어디로 갈까? 뭘 찍을까?

미네코는 사진기를 가방에 넣었다. 혼자 있으니 사진기를 만

살로메의 단두대

지작거리는 모습을 남에게 보여주기가 창피했다.

되도록 사람이 적은 곳으로 가자.

그렇게 마음먹었을 때 갑자기 어떤 예술가의 이름이 떠올랐다.

언젠가 이구치에게 들었던 이름이다. 후카에 류코우라는 남자로, 조형예술에 뛰어난 재능이 있었다고 한다.

올겨울에 그는 자살했다.

왜 죽었는지 자세한 이야기는 듣지 못했다. 이구치도 후카에와 그리 친하지는 않았던 듯했다.

그의 아틀리에가 나카노마치의 한산한 곳에 있다고 들었다. 후카에의 이름이 떠오른 건 인적 없는 곳을 연상하고 있었기 때문이리라.

미네코는 나카노마치에 가보기로 했다. 어쩐지 기자가 된 듯한 기분이었다. 이유 모를 자살을 한 예술가가 살던 곳에 사진기를 들고 찾아가려니 고양감이 느껴졌다.

도쿄역에서 쇼센* 열차를 잠시 타고 가다가 나카노역에서 내렸다. 개찰구를 통과한 미네코는 어디로 갈지 망설이며 좌우를 둘러보았다.

아틀리에의 정확한 위치는 듣지 못했다. 나카노마치에 가기

---

* 국유 철도의 옛날 명칭.

만 하면 찾을 수 있지 않을까 싶었는데, 눈에 들어오는 곳에 아틀리에 같은 건물은 없었다.

근처 상점이나 민가에 들러 후카에라는 예술가에 대해 아는지 물어볼까 했지만, 그만두기로 했다. 사진기를 들고 자살한 예술가의 아틀리에를 찾는 소녀를 제대로 상대해줄지 의심스러웠다.

그리고 후카에라는 이름에 이끌려 이런 곳까지 오긴 했지만, 오늘의 목적은 방해받지 않고 사진 찍는 연습을 하는 것이다. 금방 찾지 못하면 굳이 아틀리에를 찾아 헤맬 필요는 없다.

미네코는 이곳저곳을 30분쯤 거닐었다. 도중에 민가 우물가에서 높이 60척이 넘는 커다란 편백나무를 발견했다. 마침 근처에 아무도 없길래 10분 남짓이나 낑낑댄 끝에 겨우 사진을 한 장 찍었다.

마을 외곽으로 더 나아갔다. 북쪽으로 꺾이는 샛길이 있길래 그 길을 따라갔다.

폭이 한 간도 안 되는 자갈 섞긴 흙길이다. 동쪽은 잡목림, 서쪽도 논과 황폐한 밭을 사이에 두고 잡목림이 무성했다. 이미 여기가 어딘지 모르겠다. 그래도 왔던 길을 따라 역으로 돌아갈 수는 있으리라.

미네코는 더 이상 사진기를 가방에 숨기지 않고 가슴께에 쳐들었다. 꽤 외곽까지 왔으니 사진기를 손에 들고 이랬다저랬다 낑낑대는 모습을 남이 볼까 봐 걱정할 필요 없다.

살로메의 단두대

그렇지만 꼭 사진에 담고 싶을 만큼 마음이 동하는 피사체가 있는 것도 아니었다. 일단 눈앞의 논밭을 촬영한 후, 미네코는 남은 필름만 다 쓰고 오늘은 돌아가기로 마음먹었다.

1정*쯤 더 걸었을까. 서쪽의 논밭이 끊기고 그루터기가 남은 공터가 보였다. 그곳에 작은 통나무집이 있었다.

무슨 오두막일까? 미네코는 흙길을 벗어나 공터로 향했다.

벽의 옹이가 눈에 들어오는 지점까지 다가갔을 때, 놀란 나머지 사진기를 움켜쥐는 바람에 하마터면 주름상자가 찢어질 뻔했다.

발자국이 있었다. 그것도 왼발 발끝 부분이 덜 찍힌. 불과 두어 시간 전에 오쓰키의 하숙집 창문 밑에서 본 것과 똑같은 발자국이 분명했다. 그것이 오두막 입구 근처의 진탕에 덩그러니 하나 남아 있었다.

도작범일지도 모르는 인물의 발자국! 그걸 발견한 것이다.

어떻게 된 걸까? 미네코는 어디까지나 즉흥적으로 여기에 왔다. 우연도 이런 우연이 또 있을까? 왜 이런 곳에 이런 발자국이 있는 거지?

발자국은 새것이었다. 방금 막 찍힌 것처럼.

미네코는 귀를 기울였다. 오두막 안에서 발소리가 쿵쿵 들

---

* 거리의 단위로 1정은 약 109미터이다.

렸다.

발자국의 주인은 오두막 안에 있다! 오두막 안을 돌아다니고 있는 듯했다.

오두막에서 다섯 간 정도 거리를 유지한 채 미네코는 동태를 살피고자 북쪽으로 돌아갔다. 자칫 진창에 발이 빠질 뻔했다.

잡목림 가장자리에서 같은 발자국을 하나 더 발견했다. 방향으로 보건대 발자국을 남긴 인물은 숲에서 온 것 같았다. 숲 안쪽에 발자국은 없었다. 낙엽이 쌓여 있어서 자국이 남지 않는 것이다.

오두막 뒤쪽을 보자 세 평이 안 되는 작은 건물임을 알 수 있었다.

어떻게 하지? 우선 발자국 사진을 찍어두기로 했다. 오두막과 거리가 있으니까 돌멩이가 튕기는 듯한 셔터 소리는 안쪽 인물도 듣지 못하리라.

한 장만 조심스레 촬영했다. 그러고 나서 여차하면 잡목림 안쪽으로 도망칠 작정으로 오두막의 동태를 살폈지만, 미네코가 있다는 사실을 눈치챈 낌새는 없었다.

발자국 주인은 이런 곳에서 뭘 하는 걸까? 오두막의 사방 벽에는 창문이 뚫려 있었지만, 들여다보기에는 미네코의 키가 약간 모자랐고, 함부로 고개를 내밀었다가는 분명 상대에게 들킬 것이다.

뭘 하고 있는지도 마음에 걸렸지만, 어쨌거나 안에 있는 인물의 얼굴이 궁금했다. 도작범의 정체를 알아낼 수 있을지도 모른다.

어딘가에 숨어서 나오기를 기다리면 어떨까. 그리고 얼굴을 엿본다. 사진을 찍을 수 있으면 더할 나위 없다.

어디서 기다리는 게 좋을까? 길에 몸을 숨길 곳은 없었다. 지금 있는 숲의 나무 그늘에서 기다리면 오두막에 있는 인물이 돌아가는 모습을 가까이서 볼 수 있겠지만, 상대에게 들킬 우려가 있거니와 사진을 찍을 때 셔터 소리가 들릴 것이다.

─맞은편 숲에 숨는 수밖에 없겠어.

멀어서 얼굴을 확실히 확인할 수 있을지 의심스러웠지만, 적어도 오두막에 있는 인물이 문을 열었을 때 그 모습을 포착할 기회는 있을 터였다.

미네코는 반대편 잡목림을 향해 길을 가로지르려고 살며시 발을 내디뎠다.

그런데 그때 뭔가 삐걱대는 소리가 났다. 미네코는 허둥지둥 원래 있던 곳으로 돌아갔다.

한순간에 벌어진 일이었다. 오두막에서 시선을 돌렸던 미네코는 무슨 일이 일어났는지 바로는 알아차리지 못했지만, 이윽고 이해했다.

오두막에 있던 인물이 문을 연 것이다! 그리고 아까 미네코가 진창에 빠질 뻔한 흔적을 발견했다. 밖에 누군가 있다는 사실을 눈치채고 서둘러 문을 닫은 것이다.

그 후로 오두막에서는 아무 소리도 들리지 않았다. 숨죽이고 있는 듯했다. 문에 가려서 미네코를 보지는 못한 것 같았다.

미네코는 그 자리에 우뚝 서서 밀려오는 공포에 몸을 떨었다.

오두막에 있는 인물은 미네코를 먼저 보내려 한다. 하지만 그 인물이 미네코가 도작범을 쫓고 있다는 걸 알 리 없다. 그런데도 사람과 마주치는 걸 몹시 경계한다.

즉 **오두막 안에서 절대로 누구도 봐서는 안 되는 일이 벌어지고 있다**는 뜻이다!

어떻게 하지? 사람을 불러올까? 미네코의 존재는 이미 들통났다. 사람을 데리고 돌아올 때까지 아무리 빨라도 30분은 걸리리라. 그러면 오두막에 있는 인물은 그 틈에 도망칠 게 뻔하다.

어떻게든 한 번이라도 안쪽 상황을 살펴보고 싶었다.

미네코는 오두막 뒤쪽을 살그머니 보았다.

허름한 나무 상자가 버려져 있었다. 저걸 발판으로 삼으면 창문에 얼굴이 닿는다. 들킬지도 모르지만 어쩔 수 없다. 슬쩍 보고는 잽싸게 줄행랑치기로 결심했다.

오두막 안에서 분주하게 버스럭거리는 소리가 들렸다. 미네코가 떠났다고 생각했을지도 모른다. 서두르지 않으면 중요한 장면을 놓칠 수도 있다.

미네코는 창문 밑에 나무 상자를 놓았다.

소리가 나지 않기를 바라며 조심스레 한 발씩 나무 상자에 올렸다. 나무가 썩었다. 판자가 뚫려서 발이 빠지지는 않았지만, 녹슨 못이 나무에 스쳐서 귀에 거슬리는 소리가 났다.

오두막 안에서 급히 몸을 숨기는 소리가 들렸다.

미네코는 마음을 단단히 먹고 창문을 들여다봤다.

안은 휑뎅그렁했다. 벽에 널빤지를 댔고 바닥에는 너덜너덜하게 해어진 다다미가 깔려 있었다. 자투리 목재로 조잡하게 만든 네모난 의자와 좀먹은 방석이 널브러져 있었다.

그 가운데 누워 있는 여자의 모습이 미네코의 눈에 들어왔다.

검은 레이스 천을 진주로 장식한 옷은 흐트러지고 앞섶이 벌어졌다. 머리에는 고사리 잎같이 생긴 장신구가 달려 있었다.

창문으로 들어온 햇살에 비친, 소름 끼칠 정도로 아름다운 얼굴이 미네코의 뇌리에 새겨졌다.

그리고 가슴께에 시선이 갔다. 칼자루가 튀어나와 있는 걸 알아차리고 미네코는 작게 비명을 질렀다.

실내에 있을, 발끝 부분이 떨어진 신발의 주인은 보이지 않았다. 창문 바로 아래에 작은 책상이 놓여 있었다. 아무래도 그자는 책상 밑에 숨어 있는 듯했다.

미네코는 사진기를 창틀에 올리고 정신없이 셔터를 눌렀다. 찍고 나자 자기 의지인 건지 굴러떨어진 건지 모르게 나무 상자에서 내려왔다.

오두막 문을 열고 안에 있는 살인자를 제압하는 환상이 한순간 미네코의 머릿속을 스쳤지만, 곧 그 환상을 떨쳐냈다. 그리고 파출소를 향해 아까 왔던 길을 달음박질했다.

도망치고 있으려니 이번에는 살인자가 자기를 죽어라 쫓아오는 모습이 상상됐다. 미네코는 가슴을 누른 채 달리면서 몇 번이나 뒤돌아봤다.

다행히도 칼을 휘두르며 쫓아오는 사람은 없었다.

15분쯤 걸려 미네코는 나카노역 앞으로 돌아왔다. 순찰 중인 순사가 눈에 들어오자마자 숨을 헐떡이며 소리쳤다.

"저기요, 순사님. 여자가 살해당했어요. 제가 똑똑히 봤다고요. 북쪽으로 쭉 가면 나와요."

순사의 표정에는 미네코의 말을 의심하는 기색이 역력했다. 어울리지 않게 사진기를 들고 있는 모습이 공들여 장난을 꾸미는 듯한 인상을 준 것 같았다.

순사와 함께해서 안도한 대신에 다른 걱정이 솟구쳤다.

십중팔구는 현실이 될 걱정이었다. 미네코는 순사에게 이렇게 말해야 하는 것이 싫었다.

"어쨌든 함께 가주셨으면 해요. 큰일 났다고요."

순사는 다음은 어느 쪽이냐고 길 안내를 시키며 현장으로 빠르게 걸음을 옮겼다. 미네코는 따라가기 위해 종종걸음을 쳤다.

역시 15분쯤 걸려서 두 사람은 잡목림 사이에 있는 오두막에 도착했다.

"저기, 이거 무슨 건물이에요?"

"이 오두막은 6년쯤 전 여름에 이 숲을 개간한 인부가 지은 거야. 한동안 쓰이지 않았을 텐데."

문의 자물쇠는 오래전에 망가진 채로 방치됐다고 한다. 순사는 살인범을 전혀 경계하는 기색 없이 아무렇게나 문손잡이를 잡았다.

문을 30도 정도 열고 고개를 들이밀어 안을 확인한 후, 순사는 의아하다는 듯 말했다.

"정말로 여기가 틀림없어?"

순사가 문을 활짝 열었다.

반 시간은 지났다. 그리고 미네코는 오두막 앞으로 돌아오자마자 발끝 부분이 덜 찍힌 발자국이 반대 방향으로 늘어났다는 걸 눈치챘다.

어쩔 수 없이 미네코는 오두막을 들여다봤다. 해어진 다다미, 좀먹은 방석, 조잡한 의자, 전부 아까 목격한 그대로였다. 하지만 가슴에 칼이 꽂힌 여자의 모습은 온데간데없었다.

5

나카노마치에서 사건과 맞닥뜨린 다음 날, 미네코는 이모부 집을 찾았다.

암실로 쓸 방을 빌릴 작정이었다. 어제 찍은 사진을 확인해야 한다.

미네코의 부탁에 이구치는 고개를 기울였다.

"빛이 한 줄기도 들어오지 않게 해야 하는 거지?"

"네, 맞아요. 폐가 될까요?"

"아니, 괜찮아. 그런데 어디가 좋으려나? 미네 짱 집에서는 못 하는 거지?"

"제 방에서는 뭘 어떻게 해도 장지문으로 빛이 새어들더라고요."

"빛이 들지 않아도 집에서 그랬다간 아버지는 미네코가 하루미 사장님께 흑마술을 배워왔다고 생각하실 거야."

사에코가 말했다. 미네코도 동감이었다.

"2층 북쪽 방이 좋지 않을까? 쓸데없는 잡동사니를 치우고 창문을 암막으로 확실히 막으면 분명 괜찮을 거야."

"그게 좋으려나. 그런데 미네 짱, 정말로 직접 하려고? 우리 할아버지는 사진 찍는 건 좋아했지만 현상은 남에게 맡기셨는데."

"네, 현상도 직접 할 수 있게끔 실력을 키우고 싶어요."

게다가 피사체의 성격상 사진관에 맡기기는 불안하다. 미네코는 어제 겪었던 일을 아직 누구에게도 말하지 않았다.

2층 북쪽 방은 약 두 평 크기의 작은 방으로, 창고용으로 만든 듯 창문은 작은 것 하나뿐이었다.

이모부, 이모와 함께 낡은 모자걸이나 현이 끊긴 류트 같은

살로메의 단두대

잡동사니를 옮겨내고 바닥의 먼지를 털었다. 이모부가 고등소학교* 시절 썼다는 책상을 방 한가운데에 놓았다.

창문에는 판자를 기대어 세우고 그 위에 두꺼운 암막을 씌웠다. 문은 문틀에 꼭 맞아서 열쇠 구멍만 천으로 막으면 빛이 들어올 걱정은 없을 것 같았다.

미네코는 커다란 마분지 상자를 오려내고 그 뒤편에 빨간 종이를 붙였다.

석유등에 씌워 작업할 때 조명으로 쓸 생각이었다. 그 모습을 보고 이모부는 불이 날까 봐 불안하다며 아래층에서 양동이에 물을 담아왔다.

"어머, 이모부가 안 해주셔도 제가 가져올 생각이었어요. 현상할 때도 물이 필요하거든요."

"아아, 그래? 뭐 어쨌든 처음에는 나도 방에 있을게. 현상에 사용하는 약품은 위험하다고 들었거든."

"그럼 나도 같이 볼게."

이모부와 이모는 뒤에서 미네코가 어떻게 하는지 지켜보았다.

책상 위에 필요한 물품들을 늘어놓았다. 약품 병, 쟁반 세 개, 저울과 컵 등. 책상이 비좁을 정도였다. 책을 보면서 컵에 현상액과 정착액을 조합했다.

---

* 메이지 유신 이후부터 제2차 세계대전 이전까지 존재한 중등 교육기관.

"아주 중요한 필름이야? 발자국 사진이라면 그렇게까지 공들일 필요 없는데."

"네, 여기에 대단한 게 찍혀 있을 거예요. 되도록 실패하고 싶지 않네요."

준비가 끝나자 전등불을 끄고 석유등에 아까 만든 빨간색 상자를 씌웠다.

"확실히 이거 흑마술이네요."

미네코는 쟁반에 채운 물에 필름을 살며시 담갔다.

꽤 오랜 시간을 들여 현상과 인화를 마친 후, 세 사람은 1층으로 내려가 거실에 자리를 잡고 앉았다.

"뭐, 처음 한 것치고는 잘한 편 아닐까? 제대로 배운 적도 없잖니. 오쓰키의 하숙집에서 찍은 발자국은 약간 얼룩덜룩하기는 하지만 초점도 노출도 손색없어."

이구치는 아직 다 마르지 않은 작은 사진을 한 장 집어 들고 그렇게 평했다.

"그런가요? 전혀 요령을 터득한 기분이 아닌데요."

"지금 사진 실력이 문제야?"

사에코는 탁자에 늘어놓은 사진을 불길한 물건처럼 흘겨보았다.

"미네코, 너 또 이런 위험한 일을 겪었구나. 이걸 찍었을 때, 벽 하나를 사이에 두고 살인범과 마주했었다는 거잖아."

불과 한 달쯤 전에 미네코는 폭한에게 습격당해 반생반사의 위기에 처했었다.

"하지만 이번에는 날 노린 게 아니야. 저기, 이제 어떻게 하면 좋을까요? 하다못해 좀 더 선명하게 찍혔으면 좋았을 텐데."

미네코는 사진을 오른손에 들고 각도를 바꿔가며 찬찬히 완성도를 확인했다.

오쓰키의 하숙집에서 찍은 두 장 중 한 장은 이모부가 칭찬한 대로고, 다른 한 장은 노출 과다로 새하얗게 나왔다. 나카노마치에서 찍은 커다란 편백나무는 초점이 안 맞았다. 논밭 사진은 구도가 어중간했다. 현장인 오두막 근처에서 찍은 발자국은 그럭저럭 잘 나왔지만, 실제로는 굳이 찍어서 남겨둘 만한 증거도 아니었다. 지금이라도 현장에 가면 아직 남아 있지 않을까?

그리고 가장 중요한, 오두막 안을 찍은 사진이다. 적어도 그렇게 허둥대던 와중에 초점을 제대로 맞춘 것만 해도 기적이라고 미네코는 생각했다. 그러나 오두막 내부 상황은 알아볼 수 있었지만, 정작 여자 얼굴이 새하얗게 나와서 식별이 불가능했다.

"창문으로 비쳐 든 햇빛이 얼굴에 닿았어요. 몸은 조금 어두침침한 정도였는데. 조리개를 좀 더 좁히고 노출 시간을 늘렸으면 좋았을걸."

"흐음? 그런 거야? 그나저나 현장으로 돌아갔을 때 시체가 없어졌는데, 순사는 어떻게 했지?"

"아무것도 안 했어요. 아니면 더 높은 경찰에게 보고했을까요? 어쨌든 제 말은 안 믿는 것 같아요. 오두막에는 핏자국이고 뭐고 아무것도 남아 있지 않았거든요."

"하지만 발자국은 남아 있었던 거지? 발끝 부분이 덜 찍힌 발자국이."

이모부는 오쓰키 하숙집에서 촬영한 발자국 사진과 나카노 마치의 오두막에서 촬영한 발자국 사진을 비교해 보았다.

"역시 똑같네."

"네. 하지만 오쓰키 씨 하숙집에서 같은 발자국이 발견됐다는 이야기는 안 했어요.

아참, 사용하지 않는 오두막에 발자국이 남아 있는 건 확실히 이상하다고 순사도 그랬어요. 하지만 순사가 보기에는 사진기를 들고 그런 곳을 산책하는 제가 더 이상하겠죠."

순사는 미심쩍어하면서도, 아무튼 수상한 일이 있으면 주의를 기울이겠다는 한마디로 오두막에서 발생한 이변을 마무리했다.

"범인은 잡목림 너머에서 온 것 같다고 했지? 잡목림이 어디로 통하는지는 조사했니?"

"네, 순사와 함께 가봤어요. 잡목림을 통과해 1정도 안 가서 큰길이 나오더군요. 마차든 자동차든 세울 수 있는 길이에요. 아마 거기에 탈것을 세워놓고 숲을 지나 오두막에 온 것 아닐까요?

오두막을 들여다봤을 때 알아차렸어야 했는데. 그 여자가 살해당하고 나서 옮겨진 건지, 그 오두막에서 살해당한 건지는 모르겠지만 거기까지 걸어왔을 리는 없어요. 그런 차림새였으니까요. 분명 숲 너머에 탈것을 놔뒀을 거예요.

도망칠 때 잠목림을 빠져나갈 걸 그랬네요. 그랬으면 뭘 타고 왔는지 확인할 수 있었을 거예요. 자동차라면 번호가 붙어 있고, 달구지 같은 거였다고 해도 사진을 찍어뒀으면 나중에 도움이 됐을 텐데."

"미처 알아차리지 못해서 다행이네. 만약 공범자가 기다리고 있었으면 어쩌려고?"

턱을 괴고 투덜거리는 미네코를 사에코가 타일렀다.

"응, 사에코 말이 맞아. 위험하니까 그런 짓은 하지 말렴. 아무튼 발자국 외에 다른 증거가 남아 있지 않다면 경찰은 움직이지 않겠지."

"맞아요. 그러니까 적어도 시체의 얼굴이 확실히 찍혔으면 좋았을 텐데."

얼굴 사진이 있으면 그걸 실마리 삼아 피해자의 신원을 찾는 등 조사할 방법이 있었으리라.

"그나저나 미네 짱은 사진을 연습할 작정으로 별생각 없이 나카노마치까지 나간 거지? 그랬더니 우연히 오쓰키의 하숙집에 있던 것과 똑같은 발자국을 발견했다는 거야? 우연치고는 너무 절묘하지 않아? 정말로 우연일까?"

미네코가 생각하기에도 이런 우연의 일치가 일어날 것 같지는 않았다.

그렇다면 미네코가 발끝 부분이 떨어진 신발을 신은 인물과 맞닥뜨린 건 대체 어찌 된 일일까? 설마 범인은 미네코를 앞질러 가서 일부러 살인하는 광경을 보여주려고 꾀한 걸까? 하지만 범인이 미네코가 오두막에 오리라는 걸 어떻게 예측하겠는가.

사건에 불가해한 수수께끼가 더해지자 이구치는 탄식했다.

"통 모르겠군. 발끝 부분이 떨어진 신발을 신은 남자가 이런 짓을 저질렀다는 건 도작범이 살인범일지도 모른다는 거지? 야단났네! 우발적으로 내 그림을 베낀 자를 찾아내면 될 줄 알았더니만 살인자를 상대해야 하는 건가."

"살인 사건이라면 시체가 발견돼서 살인 사건이라고 확정되면 좋겠네요. 그러면 이모부가 가만히 있어도 경찰이 알아서 도작범을 찾아줄지도 모르잖아요?"

"그렇게도 볼 수 있으려나. 아니, 하지만 살인으로 그자가 체포되면 도작에 관련된 일은 흐지부지될 것 같아. 나는 림스데이크 씨를 납득시킬 증거가 필요하니까 가만히 있을 수는 없어.

그건 그렇고 역시 이 사건은 뭔가 이상해. 벌건 대낮에 살인을 저질렀으니, 밀회 중에 뭔가 말썽이 생겼거나……, 아니, 칼을 가져왔으니까 죽이려고 유인했다는 쪽이 더 일리 있을 것 같기도 하고. 하지만 발자국은 남자 것만 남아 있었는데."

"여자는 땅이 질척거리면 조심스럽게 걷는 법이야. 당신은 비 오는 날이면 자주 옷자락에 진흙을 튀기잖아."

"그것도 그런가. 이런 시간에 밀회하는 것도 이상하지만."

"살인범은 밤에 일이 바쁜지도 모르지. 야간 경비원이라든지, 어묵 장수라든지."

"아니면 도둑인가? 그리고 상대는 여급이나 게이샤나 여배우? 그것도 묘한 조합이지만."

"조합은 어떻든 상관없잖아. 미네코 이야기로는 대낮이라고 해도 누군가 찾아올 것 같지는 않은 곳이었어. 들킬 걱정은 하지 않았던 게 아닐까? 그렇지?"

사에코가 동의를 구했지만, 미네코는 대답하기가 난감했다.

거기는 몰래 사진 연습을 할 만큼 인적이 없는 곳이었지만, 안심하고 사람을 죽일 수 있을 정도로 마음 놓을 수 있는 장소는 아닐 듯했다.

"뭐, 범인이 간 큰 자였든, 대낮밖에 살인할 시간을 낼 수 없는 자였든 그건 제쳐놓지. 문제는 시체의 옷차림이야. 왜 이렇게 화려하게 차려입은 거지? 대낮에 입을 만한 옷이 아니야. 봐봐."

이구치가 사진을 사에코 코앞에 가까이 댔다.

사에코는 인상을 찌푸리며 이구치의 손을 밀어냈지만, 복장이 기묘하다는 의견에는 동의했다.

"이렇게 차려입은 사람을 죽일 기회는 결코 많지 않을 거야. 게다가 매무새가 몹시 흐트러졌지. 일부러 이런 옷을 입은 여자를 노려서 죽였든지, 죽이기 전에 협박해서 옷을 입혔든지, 죽이고 나서 시체에 옷을 입혔든지, 그랬을 것 같지 않아? 범인에게는 시체가 이런 모습을 해야 할 의미가 있었던 거야."

"자기 입맛에 맞게 꾸민 시체를 세상에 공개해 소동을 일으키고 싶었다는 거야?"

"그렇지. 범인은 세상을 상대로 자기가 각본을 쓴 살인극을 선보이려 하는 건지도 몰라."

"그렇다면 나카노마치의 오두막에서 공개하는 건 너무 조촐하지 않나?"

"그 정도가 딱 좋다고 생각한 것 아닐까? 내버려두고 2, 3일 지나서 악취 때문에 행인에게 발견되는 정도가. 그런데 미네 짱한테 발각돼서 꼬리를 잡힐지도 모른다는 생각에 일단 퇴각한 거야. 말도 안 되는 소리는 아닌 것 같은데."

"일리는 있네. 어쩐지 방식이 어중간하지만. 하여튼 자기 범죄를 남에게 과시하려 한다는 사고방식이 워낙 엉뚱해서 난 이해가 안 돼."

"그래? 나는 좀 알 것 같아. 상당히 자신 있는 범죄라면 남들이 감상해주기를 바랄지도 모르지.

그런데 이 옷은 대체 뭘까? 왜 이런 걸 입혔을까. 연극 의상 같지 않아? 봐봐."

이모부가 다시 사진을 눈앞에 들이대려 하자 이모는 거칠게 그 팔을 쳐냈다.

"알았으니까 자꾸 들이대지 마. 정말로 자신 있는 작품이라면 조만간 다른 곳에 이 시체가 나타나는 걸까?"

"그럴지도 몰라. 대체 이건 누구일까? 이런 옷을 입을 만한 여자인가? 물론 미네 짱도 짚이는 구석은 없는 거지?"

"네. 누군지 전혀 모르겠더라고요."

미네코는 건성으로 대답했다.

여자의 신원에 대해 생각할 때마다 후카에라는 예술가가 어쩐지 마음에 걸렸다. 여자의 모습에는 예술가의 편집적인 성향이 가미된 것처럼 보였다. 하지만 후카에는 이미 자살했다.

이걸 이모부에게 뭐라고 물어보면 될까? 망설이고 있자니 사에코가 말을 꺼냈다.

"복장에 관해서는 미쓰에에게 물어보면 되겠네. 연극 의상이라면 어떤 의미의 의상인지 알고 있을지도 모르니까."

사건은 여러 사람을 끌어들여 점점 커져간다.

말을 아끼던 미네코는 가슴속에서 점차 부풀어 오른 의혹을 꺼내놓았다.

"저기, 이모부랑 이모가 여러모로 걱정해주고 있는데 미안하지만."

"뭔데 그러니?"

"좀 이상한 생각이 떠올랐어요. 저기, 제가 오두막에서 본 시체는 사실 가짜가 아니었을까요?"

이모부도 이모도 어리벙벙한 표정으로 미네코를 보았다.

두 사람은 전등을 향해 사진을 치켜들고 찬찬히 관찰했다. 사에코는 갑자기 사진을 보는 게 괜찮아진 듯했다.

"듣고 보니 가짜 같기도 하고? 잘 모르겠군."

"그렇죠? 정교하게 만든 밀랍 인형이라면 사진을 제대로 찍었어도 분명 진짜 사람인지 아닌지 구분이 안 될 거예요. 게다가 처음 봤을 때는 당황해서 진짜니 가짜니 그런 생각도 못 했고요."

"하지만 가슴에 칼이 꽂힌 밀랍 인형이라는 것도 좀. 그런 물건을 가지고 다녀서 뭘 어쩌려고? 살인으로 보는 편이 그나마 명쾌해."

확실히 그 장소에는 가짜 시체보다 진짜 시체가 더 어울릴 듯했다.

게다가 고상하지 못한 놀이를 하고 있었던 것치고는 범인이 지나치게 당황해서 필사적으로 벗어나려고 하는 듯 느껴졌다.

"그럼 역시 이건 진짜일까요? 왜 가짜일지도 모른다고 생각한 거지?

그래, 그 여자는 엄청나게 아름다웠어요. 그야말로 이런 사람이 현실에 있겠느냐는 생각이 들 만큼."

6

미쓰에는 고지마치의 작은 양옥집에 산다. 실업가였던 전남편이 미쓰에가 원하는 대로 지어준 집인데, 3월 전에 이혼 조정이 마무리돼서 완벽하게 미쓰에의 집이 됐다.

이혼을 결정한 후 미쓰에는 응접실 커튼, 안락의자, 탁자를 조금씩 바꿨고, 마침내 지난주에 전부 새것을 들여놓았다. 르네 상스풍이었던 세간을 간소하고 군더더기 없는 최신 의장의 세간으로 갈아치운 것이다. 응접실은 이제 과수원을 연상시키는 밝은 방으로 바뀌었다.

미쓰에는 미네코를 데리고 찾아온 사에코와 이구치를 그곳에서 맞이했다.

"여러분, 잘 왔어요. 앉아요."

방 한가운데 주황색 천을 씌운 안락의자가 두 개씩 마주 보는 형태로 놓여 있다. 미쓰에는 미네코를 자기 옆에 앉혔다.

이구치는 인사를 마치자마자 미네코가 나카노마치에서 기묘한 사건과 맞닥뜨렸다는 이야기를 털어놓았다.

이구치와 사에코는 미네코를 데리고 오늘 오전에 또 나카노의 경찰 분서에 갔었다고 한다. 미네코가 찍은 사진을 근거로 살인 사건이 벌어졌을지도 모른다는 걸 알리기 위해서였다.

"역시 미네코 짱 이야기를 믿어주지 않았군요?"

"그 순사는 안 믿었겠죠. 일단 사진을 보면서 여자의 특징이나 옷차림 등을 청취했지만, 이 정도 했으니 만족하라는 듯한 태도였어요. 이겁니다. 그 시체 사진."

미네코가 찍은 사진을 이구치가 내밀었다.

아이고 무서워라, 하고 미소 지으며 미쓰에는 사진을 받았다.

"어머, 이 서투른 사진만 봐서는 믿어주지 않을 만도 하네요.

얼굴이 전혀 안 보이는걸. 그렇지?"

"네, 그러네요."

미쓰에의 지적에 토라졌는지 미네코는 무표정한 얼굴로 대꾸했다.

"미쓰에 씨, 이게 무슨 차림새인지 아세요? 왜 이런 옷을 입고 있는지가 의문입니다."

"어디 보자."

사진 속 여자의 옷차림을 보자 미쓰에의 머릿속 깊은 곳에 보관된 기억이 덜그럭 소리를 낸 듯했다.

기억을 찾는 데 몇 분이 걸렸다. 마침내 미쓰에는 정답을 찾아냈다.

"……이거 살로메인데? 분명 그럴 거예요."

"살로메요? 와일드의?"

"맞아요. 지금 아야 씨의 무대는 아니고요. 분명 일본에서 상연한 연극에 사용된 의상은 아닐 거예요. 이렇게 벌거벗은 듯한 의상을 입으면 풍기 문란이라고 야단이 날 테니까요.

분명 잡지에서 사진을 본 것 같네요. 외국 여배우가 입었던 거겠죠. 이 사람은 왜 그런 옷차림을 했던 걸까요?"

미쓰에가 탁자에 사진을 놓자 곧바로 옆에 있던 미네코가 집어서 가방에 넣었다.

"미네코 쨩, 이 여자는 어떤 사람이었니?"

"음, 그야말로 아름다운 사람이었어요."

"어머, 나보다도?"

"……네. 그럴지도 몰라요."

미쓰에는 소리 없이 웃으며 건방지게 구는 미네코의 머리를 마구 쓰다듬었다.

"아참, 이구치 씨, 이 일을 하스노 씨에게는 상의하셨어요? 뭔가 도둑 특유의 번뜩이는 지혜를 발휘해주시지 않을까요?"

"아니요, 아직 이야기 안 했습니다. 그 친구가 웬일로 좀 바빠서요. 망명한 노서아(러시아)인 주교의 통역을 맡고 있거든요. 림스데이크 씨가 일본에 있는 동안 범인을 찾아내야 해서 저로서도 마음이 급하기는 하지만요."

"그렇군요. 하지만 역시 일찌감치 상의하시는 편이 좋을 것 같네요. 저도 또 뵙고 싶어요. 아참, 이구치 씨, 아야 씨의 연극은 어떠셨어요? 아야 씨와 연락은 하셨고요? 미처 여쭤보지를 못했네요."

이구치는 약간 주저하면서도 편지를 쓸 것도 없이 카페에서 아야와 만난 이야기를 들려주었다.

"아, 미쓰에 씨야말로 아야 씨와는 만나셨습니까? 얼굴을 수술한 일에 대해 하스노가 미쓰에 씨에게 들었다고 말해버려서, 아야 씨가 미쓰에 씨에게 화내지는 않았을까 걱정했는데요."

"이구치 씨가 걱정하실 필요는 없어요. 아야 씨와는 안 만났지만, 물론 하스노 씨라면 뭐든 솔직히 말씀하시겠죠. 그럴 줄 알고 이야기한 거예요."

이구치가 영문을 모르겠다는 표정을 짓길래 미쓰에는 더 크게 미소 지었다.

"그럼 미네코 짱. 어쩐지 뒤숭숭한 상황인 것 같으니 조심하렴. 나도 바쁘기는 하지만 너무 늦지 않게 또 놀러 오고. 미네코 짱이 결혼이라도 해버리면 만나기가 더 힘들어질 거야. 사에 짱도 또 봐."

"그러게나 말이야. 그럼 갈게."

대답한 건 사에코였다. 미네코는 수줍어하며 고개만 꾸벅 숙인 후 미쓰에의 집을 떠났다.

미쓰에는 새로 꾸민 응접실을 떠나기 싫어서 혼자 안락의자에 앉아 상념에 잠겼다.

불현듯 며칠 전에 만났던 하스노가 떠올랐다.

—하스노 씨는 분명 신기한 사람이었어. 세상일에 통달한 듯하면서도, 거짓말을 하지 않고 살아가겠다며 무리하고 있지. 싫은 일이 있어도 끝까지 의리를 지키니까 결국 도둑이 될 수밖에 없는 거야.

이구치 말에 따르면 그는 인간을 혐오한다고 한다. 하지만 만약 본인이 얼마나 아름다운지 안다면 남을 싫어할 수 없을 것이다. 아름다움을 부러워하는 심정이 얼마나 애처로운지 안다면, 그만큼 남의 마음을 이해하는 사람이 인간을 사랑스럽게 여기지 않을 리 없다.

—결국 하스노 씨는 자기 자신을 모르는 거야. 아름답다는 걸 아무리 남들이 알려줘도 도무지 이해하지 못해! 나와는 정반대야. 나는 사람들을 정말 좋아하고, 딱히 부러워해 주기를 바라지는 않지만 내가 아름답다는 것도 알아.

미쓰에는 하스노의 정신이 자기와는 융화할 수 없다는 생각에 안심했다. 그런 사람을 사랑하게 된다면 큰일이니까.
하스노에 대해 이야기할 때면 미네코가 희미하게 질투 어린 표정을 드러내는 것도 생각났다. 배우로 일할 때는 볼 일이 없는 사랑스러운 질투였다.

7

그로부터 약 열흘 후 미쓰에는 데이코쿠 극장에서 아야와 만났다. 분실물을 찾으러 왔다가 극작가와 상의하러 온 아야와 연습장으로 통하는 복도에서 딱 마주친 것이다.
두 사람 말고 복도에 다른 사람은 없었다. 아야는 예기치 않게 마주친 미쓰에의 얼굴을 보자마자 분노를 폭발시켰다. 옷깃을 잡으려던 손이 허공을 가르고 미쓰에의 왼쪽 어깨를 콱 눌렸다.

"이 못된 년! 나를 잘도 놀렸겠다. 그런 사람과 만나게 해서 날 웃음거리로 만들려고……."

아야가 상상했던 것보다 훨씬 주저없이 분노를 표출해서 미쓰에는 주춤했다. 미쓰에의 속내를 모를 아야가 좀 더 간접적으로 비아냥거리는 말을 던질 줄 알았다.

"자자, 진정해요. 아야 씨, 제가 당신을 웃음거리로 만들었다고요? 물론 그럴 마음은 없었으니, 당신이 왜 그렇게 화가 났는지 제대로 말을 해줘야 알 것 같네요."

"그거야! 넌 언제나 그런 식으로, 무슨 일이 있어도 시치미를 뗄 수 있도록 도망칠 곳을 마련해 두지. 그렇게 많은 사람을 휘두르며 재미있어해! 그런 발뺌은 사양하겠어.

보름 전이야. 왜 나더러 '오리온'에 가라고 했어? 설마 우연이라고 발뺌하는 건 아니겠지?"

아야는 카페에 갔다가 하스노와 마주친 걸 따지고 들었다.

미쓰에도 그 일이 우연이라고 말할 생각은 전혀 없었다.

그날 미쓰에는 이구치에게 표를 건넬 때 극장 근처 카페에 가보라고 권했고, 공연을 앞둔 아야에게는 대기실에서 이렇게 말했다.

―저기, 아야 씨, 공연하는 날에 부탁드리려니 죄송하지만 드릴 말씀이 있어요. 오늘이 좋기는 한데 저도 시간을 낼 수 있

살로메의 단두대

을지 잘 모르겠네요. 그러니 공연이 끝나면 잠깐이라도 좋으니 '오리온'에 들렀다 가시면 안 될까요? 시간이 되면 거기서 기다릴게요.

이렇게 판을 짜놓고 미쓰에는 아야와 하스노, 두 사람이 만나기를 기대했다.

"네, 말씀하신 대로예요. 우연이 아니죠. 하지만 아야 씨, 진정하고 들어주시겠어요? 이구치 씨가 당신과 연락하고 싶다길래 제가 편지를 쓰면 어떻겠느냐고 했지만, 아야 씨는 편지를 잘 쓰는 성격이 아니잖아요? 이구치 씨가 허탕 치면 좀 그러니까, 그렇게 하는 편이 빠를 것 같았어요."

"역시 그렇게 나올 줄 알았어. 내가 이구치 씨와 만나든 못 만나든 알 바 아니었겠지. 궁금했던 건 다른 한 명 아니야?"

"네, 맞아요. 이 손 좀 치워줄래요?"

아야는 미쓰에의 어깨를 놓아줬지만, 대신 벽에 밀어붙이듯 한 발짝 다가섰다.

"나를 하스노 씨와 만나게 하다니, 왜 그런 장난을 친 거지?"

"네, 그야말로 장난이었죠. 왜 그랬느냐고 묻는다면……, 그야 이렇게라도 하지 않으면 아야 씨와 하스노 씨는 절대로 만날 리 없으니까요. 그래서 만남을 주선한 거예요."

미쓰에가 하스노와 아야의 만남을 주선한 건 어린아이가 나비와 메뚜기를 같은 채집통에 넣어보는 것처럼 호기심을 앞세운 천진난만한 장난이었지만, 두 사람이 만나야 할 듯한 기분이 든 것도 사실이었다. 두 사람의 성격에서, 남남으로 놓아두어서는 안 될 듯한 조짐을 느꼈다.

미쓰에의 태연한 대답이 아야의 분노에 기름을 부었다. 아야는 악을 쓰며 날뛰고 싶다는 듯 화장한 얼굴을 일그러뜨리며 몸을 부들부들 떨었다. 하지만 큰소리를 내지 않을 만큼의 배려심은 남아 있었다.

"뭐야 그게? 같잖게 친절한 척하기는. 좋은 뜻으로 그랬다? 넌 뭐든지 그런 식이지."

"당신을 위해서 한 일이라고는 하지 않겠어요. 다만 저는 알아요. 하스노 씨도 아야 씨도 좀 신기한 사람이니까요. 아무것도 안 하면 인생을 열 번 되풀이해도 길모퉁이에서 스쳐 지나가는 정도로 끝나겠죠. 그래서는 안 될 것 같았다고요."

"이것 보라니까! 그러면서 재미있어하는 거잖아. 넌 뭘 어쩌든 자기만은 다치지 않도록 처신하는 법을 정말 잘 알아."

"제발 진정해요. 부탁이에요. 아야 씨, 당신 마음을 제대로 들려주지 않으면 저도 뭐라고 대답해야 좋을지 모른다고요.

자, 만약 당신이 하스노 씨를 결코 만나고 싶지 않았다고 한다면 저는 주제넘게 오지랖을 부린 셈이겠죠. 그렇다면 사과할게요. 하스노 씨와 만날 자리를 마련한 게 정말로 폐가 됐나요?"

아야는 대답 없이 비장한 표정으로 미쓰에를 노려봤다.

"대단해. 넌 무슨 일이든 선의의 행동으로 바꿔치는구나. 내

가 그 사람을 만나고 싶을 것 같아서 만남을 주선했다면……,
왜 내 옛날 얼굴 사진을 본 걸 비밀로 해주지 않았지?"

"물론 아야 씨가 저한테 비밀로 하라고 했다면 하스노 씨와
이구치 씨에게 알리지 않았겠죠."

"너무하네. 그런 부탁을 할 때 기분이 얼마나 비참할지 잘 알
면서……, 그걸 알면서 나를 무릎 꿇리려는 것처럼……."

아야가 고개를 숙이고 손으로 얼굴을 가린 틈에 미쓰에는 몰
렸던 벽에서 빠져나와 아야의 두 어깨를 살며시 잡았다.

"저기, 아야 씨. 당신이 부탁하지 않아도 잡지 기자나 극장 지
배인 같은 사람에게는 말할 생각 없었어요. 그런 고자질은 절대
안 해요.

제멋대로 하스노 씨와 이구치 씨에게 말하기는 했지만, 다들
비밀로 해줄 거예요.

게다가 이렇게 말하면 좀 그렇지만 아야 씨, 당신 화장은 역시
눈에 띄어요. 언제나 그러고 다니잖아요. 알고 지내다 보면 하스
노 씨 같은 분은 그 이유를 생각하지 않고는 못 배길 거예요."

"그래서 친절하게 미리 알려줬다는 거야? 뭐야 그게."

"제가 너무 설치기는 했어요. 하지만 하스노 씨가 그런 일로
아야 씨를 경멸할 리 없는걸요."

"경멸이라고? 그 사람이 나를 경멸이라도 해주면 얼마나 좋
을까……."

아야가 몸을 흔들어서 미쓰에는 포기하고 손을 놓았다.

미쓰에는 점차 마음이 시들해졌다.

"딱히 당신이 아니어도 하스노 씨에게 경멸받는 건 쉬운 일이 아니에요."

"그렇다고 해도 내가 이런 수술을 한 걸 그 사람이 아무렇지도 않게 여긴다면, 그런 우스꽝스러운 상황은 견딜 수 없어! 하다못해 예전 모습이었다면……."

미쓰에는 아야가 수수한 옛 얼굴 사진을 수첩 제일 뒤쪽에 끼워두었다는 사실을 떠올렸다. 분명 수술한 걸 후회하기 때문이리라.

하기야 옛날 얼굴이었다면 하스노가 자기에게 마음을 열었을 거라 생각하는 건, 다양한 문제를 혼동하는 게 아닐까 싶었다.

"저기, 도작 사건에 진전이 있으면 알려주기로 하스노 씨가 약속했다면서요. 무슨 소식 있었나요?"

그런 것도 알고 있구나, 하고 아야는 체념한 듯 중얼거렸다.

"……아무 소식도 없었어."

"그렇군요. 이구치 씨 말에 따르면 하스노 씨는 지금 너무 바빠서 사건에 관련된 일은 아무것도 못 한다니까, 소식이 없어도 걱정 안 해도 돼요."

이만 헤어지는 게 좋겠다 싶어 미쓰에는 구부정하게 서 있는 아야를 똑바로 세워 연습장으로 보내려 했다.

"저기, 미쓰에 씨. 날 경멸해?"

아야가 불쑥 말했다.

"물론 안 해요."

"거짓말."

아야의 목소리가 갑자기 차갑고 냉정하게 변했다.

"네가 아름다움의 가치를 모를 리 없어. 내가 그걸 얼마나 동경하는지도! 너 스스로는 알아차리지 못할 수도 있겠지. 태어났을 때부터 지금까지 쭉 아름다웠으니까. 그러니 언젠가 깨닫게 해줄게. 네가 날 얼마나 경멸하고 있는지."

"알았어요. 조만간 알려줘요. 지금은 할 일을 하고요. 당신은 괜찮아요.

아참, 한 가지만 지금 알려줘요. 검은 바탕에 진주 장식이 달린 의상, 알지 않나요? 그걸 입었던 사람이라도 상관없어요. 살로메의 의상 같은데."

"난 그런 거 몰라."

워낙 단호해서 정말로 모른다고 믿을 수밖에 없는 대답이었다.

아야를 놓아두고 미쓰에는 얼른 건물에서 나왔다.

남의 사랑은 왜 이렇게 어이없고 웃긴 걸까?

자신의 염문으로 종종 세간을 떠들썩하게 만들었던 미쓰에는 그런 생각을 했다.

V

「헤롯왕」

1

7월에 들어섰다.

나는 초조하고 답답했다. 림스데이크 씨가 일본을 떠날 날은 두 달이 채 안 남았다. 도작범의 정체를 찾아낼 실마리는 여전히 없었다.

나는 하루미 씨에게 부탁한 아미리가 현지 조사와 범인의 또 다른 움직임에 기대를 걸고 있었다. 하지만 하루미 씨는 깜깜무소식이었고, 발끝 부분이 덜 찍힌 발자국은 더 이상 나타나지 않았다.

역시 내가 도작범을 쫓고 있다는 사실이 누군가에게 들통나는 바람에 조사에 타격이 있었다. 이제 함부로 신문은 못 한다. 게다가 도작의 증거는 처분됐을지도 모른다.

막막해하고 있자니 도작범 조사에 중요한 날이 다가왔다.

오늘 7월 8일은 흰갈매기회 정기 모임이다. 회원이 모여 회지에 관해 상의하거나 창작에 관해 의견을 교환하는 모임으로, 최근 대략 두 달에 한 번 열리는 방식으로 자리를 잡았다.

물론 불참할 수는 없다. 주선자 말에 따르면 오늘은 회원이 대부분 참석한다니까 도작과 위작의 용의자들을 한눈에 볼 수 있는 자리인 셈이다. 술을 마실 테니 동석한 도작범이 뭔가 실언할지도 모른다. 나는 그런 기대를 품었다.

저녁 무렵이 되자 나는 오쓰키와 함께 신바시의 요릿집으로 향했다. 정기 모임은 오후 6시부터 열릴 예정이다.

"아무래도 모르겠군."

오쓰키가 말했다.

"도작범인 듯한 발끝 부분이 떨어진 신발을 신은 남자는 왜 그렇게 당황한 걸까? 내 방에 와서 이야기를 엿듣기도 하고, 나카노마치의 오두막에서 여자를 죽였을지도 모르는 거잖아.

그런데 이구치의 그림을 도작했다는 이유만으로 그렇게 난리를 쳐야 할까? 그야 네 그림을 베꼈다는 사실이 소문 나는 건 상상도 안 될 만큼 창피한 일이지만, 딱히 그걸 자기 작품이라고 속여서 전시회에 출품한 것도 아니잖아? 원래는 자기가 가지고 있기만 했어. 아니면 뒤에 야한 사진을 숨겨둬서 창피한 건가?"

"뭐, 창피하다는 이유로 그러는 건 아닌 듯해. 살인까지 얽혀 있다면 생각보다 복잡한 사건이겠지. 역시 위작 제작과 관련해

살로메의 단두대

서 그런 일을 해야만 하는 사정이 생긴 게 아니겠나?"

"위작을 만든다는 사실을 비밀로 하고 싶다는 거야? 그렇다면 누군지 모를 여자를 죽일 상황이 아니잖아? 우리나, 무엇보다 고미 형님을 죽여야 마땅하겠지. 이봐, 최근에 죽을 뻔한 적 있어?"

"아니, 딱히 그런 적은 없었는데."

"나도 그래. 고미 선생도 현재로서는 팔팔한 것 같잖아?"

위작범을 고발하기 위해 시간을 달라고 한 뒤로 고미에게서는 아무 연락도 없지만, 적어도 죽었다거나 행방불명됐다는 소식은 듣지 못했다.

"어쨌든 고미 씨가 작심하고 행동에 나서주면 좋겠군. 뭔가 변화가 일어나지 않으면 우리로서는 어쩔 도리도 없어.

오늘도 조사에 도움이 될 만한 일이 있을지는 모르겠군. 내가 느닷없이 일어나서, 누군가 내 그림을 도작하지 않았느냐고 고함을 지를 수도 없는 노릇이니까."

"뭐 그렇지. 하지만 어쩌면 오늘 밤에 고미 검사가 미야모리를 규탄할지도 모르잖아. 여러 사람의 눈앞에서 증거를 들이대면서 말이야. 그렇게 되면 재미있겠지?

우리는 일단 구경이나 하자고. 그것도 마음 편하게. 우리가 도작범을 쫓고 있다는 사실을 범인이 알아차렸으니, 지금부터라도 최대한 바보인 척하는 게 상책이야."

오쓰키가 지당한 말을 했다.

"알아. 자네는 평소대로 해도 상관없겠군. ……어쩌면 우리는 이것저것 너무 거창하게 받아들이고서 소란을 피우고 있을 뿐인지도 모르지."

어쨌든 도작이며 위작에 미네코가 목격한 살인까지 기이한 일은 여러 가지지만, 범죄가 발생했다는 확실한 증거는 현재 없다.

모임이 열리는 요릿집 '와카타'는 흰갈매기회 모임에서 자주 이용하는 곳이다.

회반죽을 바른 담장을 지나쳐 큼지막한 포석이 깔린 통로를 걸어서 포렴을 친 현관으로 들어섰다.

방은 제일 안쪽 다다미 열 장짜리를 잡아두었다. 방석이 방의 긴 변에 네 개씩, 짧은 변에는 두 개씩 놓여 있었다. 총 열두 자리다. 하기야 참석자는 행방불명 상태인 기리타를 빼고 열 명이지만. 여급 말로는 주선자인 쇼지 말고는 아직 아무도 안 왔다고 하고, 쇼지도 담배를 사러 갔는지 자리를 비웠다.

나이 많고 돈 있는 사람들을 상석에 앉히는 걸 제외하면 자리 배치에 다른 규칙은 없다. 나와 오쓰키는 방 안쪽의 긴 변 한가운데에 자리 잡았다.

"오, 자네들인가? 웬일이야! 오쓰키가 이렇게 일찍 오는 건 처음 아닌가?"

담뱃갑을 만지작거리며 맹장지문을 열고 들어온 쇼지가 책상다리 자세로 몸을 뒤로 젖히거나 팔짱을 긴 채 몸을 웅크리고 있는 우리에게 말을 걸었다.

흰갈매기회에서는 회보 편집도 모임 주선도 전부 쇼지가 담당한다. 그는 잡일을 처리하면서 술집 일을 할 뿐 아니라 자기 그림도 그린다.

누룩 냄새가 밴 가스리가 쇼지의 유용한 면모를 나타내지만, 그 유용함이 그의 예술성을 침범하지 않는다는 점에서 나는 그에게 경의를 품고 있었다.

예술가 모임에 별로 관심이 없던 나와 오쓰키를 흰갈매기회에 참여시킨 것도 쇼지다. 이 모임 소속이라고 해서 뭔가 은혜를 입은 기억은 딱히 없지만, 그에게 의리를 지키고자 나는 정기 모임에 참석하고 회보에 실을 잡다한 글을 보낸다.

우리는 흐트러진 자세로 태평하게 인사했다.

"그런데 자네들, 미야모리 선생님이 어디 계신지 모르나?"

"네? 모릅니다만. 왜 그러시죠?"

"아까 사모님께서 전보를 보내셨네. 어젯밤 선생님이 집에 안 들어오셨고, 아무 연락도 없다는군. 이상하지? 그 나이에 밤새 술을 드시지도 않을 것 같은데."

"앗, 행방불명이라는 겁니까?"

"아니, 뭐, 아직 그렇게까지 큰일로 만들 필요는 없을 것 같은데……."

어떻게 된 걸까? 위작을 제작한 혐의가 있는 미야모리가 이 모임에 맞춰 실종됐다는 건가?

당혹스러웠지만 나는 오쓰키와 함께 얼빠진 얼굴로 쇼지를 올려다봤다.

병종 용의자인 쇼지는 도작범이 아니지만, 위작에 관여했을 가능성은 있다. 미야모리라는 이름에 너무 반응을 보일 수도 없는 노릇이었다.

분위기를 수습하듯 오쓰키가 태평한 말을 꺼냈다.

"그럼 뭡니까? 오늘 먹고 마시는 값을 우리 돈으로 치러야 할지도 모른다는 건가요?"

"아니, 오늘 모임 비용은 지난달에 받아뒀으니까 문제없네. 하지만 걱정되는군."

쇼지는 무슨 장인 같은 손놀림으로 담배에 불을 붙이더니 한 모금만 피우고 재떨이에 눌러 껐다.

그로부터 5분쯤 후에 다른 회원이 나타났다.

"안녕하세요. 수고 많으십니다."

흰색 계열 가스리를 입고 금테 안경을 쓴 모치키는 맹장지문을 열자마자 쇼지에게 인사하고 일단은 우리 맞은편에 앉았다. 하지만 곧 오쓰키와 시선이 마주치는 걸 알아차리고 말석으로 자리를 옮겼다.

작년 말 무렵부터 모치키와 오쓰키는 관계가 꼬였다. 모치키가 어느 미술 잡지에서 오쓰키가 창작하는 그림은 본질적으로 동굴 벽화같이 원시적인 것인데, 거기에 근대 나체 예술의 자극성을 덧발라 치졸함을 얼버무리고 있을 뿐이라고 평했기 때문이다.

오쓰키도 잡지에 글을 보내서 그 비평에 답했다. 모치키의 비평에 직접 논박하지 않고 그의 작품을 무난하게 논하면서, 모치키가 나체 여인을 그릴 때 도수 높은 안경을 쓰겠다고 고집부렸다는 걸 어느 모델에게 들었다고 폭로했다. 그리고 '나체 여인을 그릴 때 그가 모델을 특히나 상세하게 관찰하려 했다는 사실은 감상자에게 뭔가 감회를 불러일으킬 수밖에 없다'라는 말로 글을 끝맺었다.

이 지리멸렬한 모치키론은 주로 모델들 사이에서 좋은 평판을 얻었고, 모치키는 모델들에게 심하게 조롱당했다. 그에 응하듯 모치키가 또 오쓰키를 격렬하게 공격한 이래로 두 사람은 논전이라고 부르기도 민망할 만큼 천박한 논전을 벌이고 있다. 한 번은 오쓰키가 모치키의 집에 쳐들어가서 엄청난 논쟁을 벌였다.

"모치키 선생, 잘 지냅니까? 이리 와서 이야기하지 않으렵니까?"

오쓰키가 모델같이 간드러진 목소리로 불렀다.

"무슨 용건인지 모르겠지만, 사람들이 좀 더 많이 온 후에 이야기하는 게 즐겁겠지. 일단은 옆의 이구치 군이랑 사이좋게 지내게."

모치키는 어쩐지 오쓰키와 함께 나도 적대시하는 듯했다.

그는 갑종 용의자다. 모치키가 도작범이라면 일이 더 성가셔질지도 모른다.

다음으로 오기 슈에이가 나타나서 나는 긴장했다. 고미의 말에 따르면 그는 위작범이다.

"실례."

그렇게 말하고 오기는 모치키 옆에 앉았다.

나는 그를 잘 모른다. 대부분 2, 30대인 흰갈매기회에서 그는 마흔한 살의 연장자로, 뼈가 불거진 몸에 봉두난발이라 풍채가 특징적인 것치고는 인간적으로도 예술가로서도 평범한 인상이었다.

작품 또는 대화에도 탁월하게 번뜩이는 측면이 없으면서 깨달음을 얻은 듯 굴고, 어지간한 천재가 아니고서는 어떤 예술가나 맛보아야 할 고뇌를 내비치지 않아서 거슬렸다. 그가 위작을 만든다는 이야기를 듣고서 참 잘 어울리는 짓을 한다고 나는 속으로 빈정거렸었다.

"오기 씨, 미야모리 선생님이 어디 계시는지 모르십니까?"

"글쎄? 모르는데. 곧 오지 않으려나?"

쇼지는 참석자가 나타날 때마다 미야모리의 소식을 물었다. 지금까지는 누구도 짚이는 구석이 없는 듯했다. 미야모리에 대해 물었을 때 오기가 동요를 보일까 싶어 표정을 주시했지만, 그는 얼른 고개를 숙여버렸다.

"미야모리 씨? 아, 아니, 나는 아무것도 몰라요. 행방 불명이라는 겁니까?"

모임이 시작되기 30분쯤 전에 고미가 도착했다. 맹장지문을연 순간 쇼지가 질문을 던지자 고미는 눈에 띄게 동요했다.

"뭐, 행방 불명이라고 해도 아직 하루밖에 안 지났어. 무사하기를 바랄 수밖에."

"그것참……, 걱정되네요. 어떻게 된 걸까."

고미는 비어 있는 내 옆자리에 앉고 싶은 듯했지만, 눈빛으로 쫓아냈다. 지금 사람들 눈앞에서 고미와 이야기를 나누면 위작범들이 경계할 것 같았다.

고미는 긴장한 얼굴로 내 맞은편에 앉았다.

"이거, 재미있는 일은 별로 기대할 수 없을 것 같은데."

오쓰키가 내게 속삭였다. 나도 동감이었다.

위작 제작을 고발할 계획인 고미가 가슴속에 뭔가 속셈을 품고 오늘 이 자리에 나왔는지는 모르겠다. 다만 그가 냉정하지못한 건 분명했다. 눈에는 핏발이 섰고, 호흡은 거칠고, 점점 왁자지껄해지는 사람들 사이에서 화로에서 넘친 숯같이 심상치않은 열기를 내뿜고 있었다.

그나저나 미야모리는 어떻게 된 걸까? 고미의 초췌한 모습을보건대 오늘 이대로 미야모리가 모임에 불참한다면 오히려 그게 바람직한 상황일지도 모르겠다.

미야모리를 빼면 아직 오지 않은 참석자는 세 명이다.

"오, 쇼지 나리, 고생이 많으시옵니다."

"수고 많으십니다."

어깨동무를 하고 들어온 미야가와와 엔도는 쇼지 앞에 차렷 자세로 서서 군대식으로 경례했다. 어디선가 함께 한잔하고 왔는지 이미 알딸딸하게 취한 듯했다.

"술은 아직이옵니까?"

"아직 다 안 왔네. 자네들은 미야모리 선생님의 소식을 모르나?"

"모르옵니다."

쇼지는 바로 단념하고 두 사람을 얼른 고미 옆 빈자리에 앉혔다.

그들은 둘 다 갑종 도작 용의자고, 미야가와가 야나세에게 돈을 빌리려 했다는 이야기도 있다.

엔도는 흰갈매기회에서 유일한 도예가다. 유화를 도작했다면 의외지만, 그림 솜씨도 뛰어난 걸로 알기에 용의자에서 제외할 수는 없다. 미야가와는 서양화가니까 두말할 것 없이 의심스럽다.

술에 취한 두 사람은 미야모리가 행방불명됐다는 말의 의미를 제대로 이해한 것처럼 보이지 않았다. 미야가와는 상스러운 이야기를 꺼내서 고미를 놀리기 시작했다.

아키나가는 모임 시작 시각인 6시 정각에 나타났다. 시원해 보이는 삼잎 무늬 유카타를 대충 걸쳐 입고 홀쩍 들어온 그는

살로메의 단두대

엔니치*에 근처를 구경하러 나온 영감님 같았다.

젊은 서양화가 많은 흰갈매기회에서 마흔다섯 살인 일본 화가 아키나가는 미야모리를 빼면 제일 원로다. 화단에서 지위가 확고하고, 작품 가격도 나머지 흰갈매기회 회원의 작품 가격을 합친 것과 비슷한 수준이라 우리와는 격이 다른 사람이다. 모임 밖에서는 아키나가가 흰갈매기회를 주재하고 있다고 여기는 사람이 많다.

아키나가는 상석에 놓아둔 방석에 편하게 앉으며 쇼지에게 물었다.

"음? 미야모리 씨는 안 왔나?"

"그러게나 말입니다. 아키나가 씨는 짚이는 점이 없으십니까?"

"난 아는 바가 없는데. 이상하군."

아키나가가 참석자들을 쓱 둘러봤다.

"어라, 기리타 군도 없나? 역시 어딘가를 배회하고 있는 건가?"

"아마 그럴 겁니다. 여러분!"

쇼지는 환성이 나올 만큼 시끌벅적해진 사람들을 주목시켰다.

"기리타 군이 어디서 뭘 하는지 아는 사람 없습니까?"

"도카이도**를 돌아다니며 그림을 그린다고 했습니다!"

---

* 신이나 부처와 인연이 있다고 하는 날. 참배객이 많으므로 주변에 노점이 늘어선다.
** 전근대에 에도부터 교토까지 약 495.5킬로미터에 이르는 거리를 연결한 육로. 53개의 역참 마을이 있었다.

취한 엔도가 큰소리로 대답했다.

"4월부터지? 여행을 참 오래도 하는군."

아키나가는 느긋하게 말했다.

시계가 6시 20분을 가리킬 무렵, 쇼지가 천천히 일어서서 손뼉을 쳤다.

"경청해주십시오. 미야모리 선생님께서 안 오셨으니 최연장자인 아키나가 씨께서 한말씀 해주시겠습니다. 아키나가 씨, 개회 인사를 부탁드립니다."

쇼지의 부탁에 아키나가는 헛기침을 했다.

"아아, 알겠네. 음, 질리지도 않고 여념 없이 창작에 매진해온 제군들이, 그 고락을 가슴에 품고 오늘 이렇게 모였으니 기쁘기 그지없군. 두 명이 불참한 건 유감 천만이고, 특히 미야모리 선생이 없을 줄은 몰랐어. 무슨 사정인지는 모르겠으나 미야모리 선생의 노고와 정성 아래 운영되어 온 모임 아닌가. 모임이 끝나기 전에 선생이 오기를 바라며, 흰갈매기회 정기 모임을 개최하기로 하겠네."

2

오후 8시가 지났다. 각자 앞에 놓인 밥상은 대부분 비었다.

담소는 그쳤다. 참석자들의 시선은 오쓰키와 그 맞은편에 한

살로메의 단두대

쪽 무릎을 세우고 앉은 모치키에게 모여 있었다. 모치키가 반년 이상 계속해 온 생산성 없는 논전에 마침표를 찍겠답시고 씩씩거리며, 젓가락을 내려놓은 오쓰키의 눈앞에 풀썩 앉은 것이다. 그동안 다른 사람들도 실소 섞인 태도로 두 사람의 언쟁을 주목하고 있었기에, 다들 재미있어하며 일이 어떻게 흘러갈지 지켜보았다.

"오쓰키, 이제 싸움 좀 그만 걸게, 알겠나? 자네는 결국 내 지적에 반론하는 걸 회피하고 있어. 그리고 나를 우스갯거리로 만들기에 제일 유용한 말을 골라내, 원숭이가 나무 위에서 열매를 던지듯 내게 던지는 걸 즐기고 있지! 자네는 그런 재주가 정말로 뛰어나!

이제 논리적인 척 언변을 늘어놔서 감정을 표출하는 걸 그만두게. 난 어디까지나 내가 느낀 바를 솔직하게 말했을 뿐이야. 오쓰키, 자네는 자신의 이상을 추구하기 위해 기술을 연마할 생각이 없지? 자네에게 기술은 어디까지나 부차적인 것에 지나지 않아!

난 분명 자네 그림이 치졸하다고 단언했네. 하지만 치졸함이 자네 작품의 가치를 손상시킨다는 건 아니야. 일전에는 내 지적이 좀 부족했을지도 모르지만…….

내가 정말 하고 싶은 말은 자네가 그 치졸함을 조잡한 방법으로 얼버무리고 있다는 거야. 자네 그림은 천박하고 자극적이지. 그게 나쁘다는 건 아닐세. 문제는 그 천박함의 밑바탕에 있는 동기야.

이보게, 속으로는 치졸함을 부끄러워하고 있지? 천박함은 요컨대 부끄러움을 감추기 위한 도구인 셈이야! 치졸함 따위는 문제가 아니야. 부끄러움이 치명적이지. 얼핏 보기에는 부끄러움을 모르는 듯한 그림을 그림으로써 부끄러워하고 있다는 사실을 비겁하게 숨기는 거라고."

모치키는 검지를 세운 채 오른손을 휘두르며 오쓰키를 규탄하고 나섰다.

오쓰키는 이미 얼큰하게 취한 얼굴이었지만, 입을 놀리는 데는 지장이 없는 듯했다.

"내가 모치키 교수의 지적에 아무 대답도 하지 않는다는 말씀이시군! 하지만 나도 모치키 교수가 벌거벗은 여인 앞에서 안경을 바꾸는 이유를 전혀 못 들었어. 아니, 딱히 알려주실 것까지는 없고! 왜 나체를 똑똑히 보고 싶은 건지, 해석은 감상자에게 맡겨주셔도 괜찮습니다!

아무튼 이치를 앞세워 남의 예술을 평가하려는 놈한테 할 말은 없어! 야산에 들어가서 동물에게 설법하는 중이랑 똑같지 않은가. 나는 원숭이라 나무 열매를 던지는 것 말고는 중을 대하는 방법을 몰라!"

다들 웃음소리를 흘렸다. 모치키는 울컥했는지 다다미를 내리치고 일어섰다.

"어허, 다들 재미있어하는 것 같은데, 따지고 보면 오쓰키는 여기 있는 사람들을 전부 우습게 여기는 걸세! 이 녀석은 결국 예술에 대한 뻔뻔한 자세를 배운 것에 지나지 않아. 고뇌하고 괴로워하기를 일찌감치 포기하고, 모두가 힘겹게 올라가는 벼랑 중턱에 몸을 안착시킬 장소를 찾았을 뿐이라고.

그래서 오쓰키는 아무 주저도 없이 학구적인 것을 공격해. 자네는 전람회 심사를 우습게 여기지? 거기에 일희일비하는 화가들도 말이야. 권위를 부정하는 건 상관없네만, 너무 무지한 건 구제 불능이야. 자네는 자네 그림의 모든 면이 본인의 독창성에서 비롯됐다고 믿는 것 아닌가? 좀 더 경의를 품어야 해. 선인이 없었다면 자네는 스스로 물감이나 붓을 발명해야 했을 거야. 우리 모두 후세에 남을 작품을 만들려 하고 있지? 아무리 자기만 자유롭다는 식으로 굴어본들, 언젠가 우리 작품은 시대별로 정리돼서 찬합처럼 역사 위에 쌓여갈 걸세."

모치키의 주장은 처음과 달라졌다. 처음에는 오쓰키의 치졸한 그림 기술을 공격했는데, 오쓰키에게 망신당하고 나자 이번에는 오쓰키야말로 부끄러움을 감추기 위해 치졸함에 천박함을 더했다고 주장하는 것이다.

아주 궁색한 주장이다 싶었다. 나도 오쓰키가 그린 그림의 소박한 면모나 악취미적인 점을 자주 야유하기는 하지만, 그가 부끄러움을 얼버무리는 듯한 낌새는 느낀 적이 없었다.

어차피 논의가 제대로 이루어질 리 없다고 생각하며 냉랭한 마음으로 모치키의 연설을 듣고 있었는데, 아니나 다를까 술이 들어간 오쓰키가 한술 더 떠서 돼먹지 않은 대답을 내놓았다.

"무슨 말도 안 되는 소리를! 나는 전람회 심사가 우스꽝스러우니 뭐니 그런 소리는 하지 않아. 그런 실례되는 생각을 하지도 않고!

내 말은 심사회장에 우리 작품을 죽 늘어놓고 심사하는 행위가 공중변소에 늘어선 소변기 중 어디에 오줌을 쌀지 고민하는 것이나 다름없다는 뜻이야! 심사위원들의 심사평은 죄다 제일 가까이 있었다는 둥, 안쪽에 있어서 마음이 편하다는 둥, 마침 다른 소변기에는 파리가 앉아 있었다는 둥, 또는 내가 오줌을 싸기 전에 꾀죄죄한 영감이 샛노란 오줌을 뿌려놨길래 싫었다는 둥 하는 이유와 값어치가 다를 바 없어. 그들의 말은 전부 그 정도 사정으로 치환할 수 있는 거야!

물론 그건 전혀 우스꽝스러운 일이 아니지! 왜냐하면 누구나 배뇨해야 하니까!

하지만 만약 세상과 인류를 위해 배뇨하겠노라고 변소에 갈 때마다 생각하는 놈이 있다면 웃음이 멈추지 않겠지! 그런 생각 안 해도 똥오줌은 알아서 거름이 돼서 초목을 키울 테니까!

우리는 변기 제작자야! 심사위원들의, 그리고 여러 사람의 똥오줌을 받들고자 날마다 절차탁마하는, 또는 그저 자기가 배뇨할 변기를 만들고자 정성과 노력을 다하는 변기 제작자지! 그리고 오늘도 하나, 내일도 하나 변소에 변기를 늘어놓는 거야! 그 본분을 절대 잊어서는 안 돼!

자, 모치키 씨, 화해합시다! 뜻은 다를지언정 우리는 모두 변기 제작자, 으르렁댈 필요는 어디에도 없습니다!"

오쓰키는 마치 껴안을 듯 모치키에게 두 팔을 펼쳤다.

주위를 살펴보니 오쓰키의 이야기를 듣고 재미있어하는 사람과 인상을 찡그린 사람이 반반이었다. 오기는 언짢아 보였지만, 전람회 심사도 자주 맡는 아키나가는 오히려 유쾌한 듯 묵묵히 웃었다.

모치키는 과장되게 오만 정이 다 떨어졌다는 시늉을 한 후 자기 자리로 돌아갔다.

"난 얼마 전에 야마모토 호스이*의 아류라는 평을 받고 문부성 미술 전람회에서 탈락했는데, 요컨대 내 그림에서 호스이 선생의 소변 냄새가 나서 마음에 안 들었던 거로군."

쇼지가 주선자라는 역할을 잠시 잊고 투덜거렸다.

모치키와 오쓰키의 말다툼을 계기로 여기저기서 다양한 화가의 작품을 갖가지 변기에 비유하는 말소리가 들려왔다.

그런 가운데 오기가 불쑥 우리에게 말을 걸었다.

"이구치, 오쓰키, 네 녀석들은 정말로 예술의 자유라는 걸 믿나? 네 녀석들은 솔직한 건지 비뚤어진 건지 잘 모르겠어. 예술은 누구에게나 허용되며 뭐든 좋을 대로 표현할 수 있다고 생각

---

* 1850~1906. 일본의 서양화가이자 판화가.

하나?"

시시하고 쓸데없는 질문이다. 모치키를 퇴치해서 만족했는지 오쓰키가 꾸벅꾸벅 조는 바람에 어쩔 수 없이 내가 대답했다.

"글쎄요, 예술이 뭐든지 자유로운 이상향은 아니겠죠. 지켜야 할 규칙은 분명 많을 겁니다. 게다가 분명 아무나 누려도 되는 건 아니에요. 일부 사람에게만 허용된 겁니다. 하지만 어떤 사람에게 허용되는 건지 또 뭘 지켜야 하는지, 그 규칙을 아무도 모르는 거겠죠. 그래서 다들 기분 내키는 대로 누리고, 이건 되는데 저건 안 된다고 다툽니다. 무법지대 같은 거예요."

적어도 네가 몰래 위작을 제작하는 건 틀림없이 규칙 위반이지만, 하고 나는 속으로 중얼거렸다.

3

오후 10시가 지나자 다들 큰 소리로 떠드는 데 지쳤는지 나른한 목소리로 소곤소곤 대화를 나누었다.

선잠에서 깬 오쓰키는 술기운이 좀 빠져나간 듯, 칠칠치 못하게 입을 벌리고 잠이 덜 가신 눈으로 멍하니 천장을 바라보았다. 정신이 또렷해 보이는 사람은 술을 마시지 않는 주선자 쇼지, 핥듯이 천천히 마셔서 아직 한 병도 비우지 않은 아키나가, 마음이 딴 데 가 있는 고미, 그리고 나다.

요릿집은 오후 11시에 영업을 마친다. 그 후 다른 회원들은 서로의 거처에 쳐들어가 술을 깰 겸 논의를 속행하겠지만 나는 아내가 기다리므로 냉큼 집에 돌아갈 생각이었다.

나는 오쓰키에게 속삭였다.

"그러고 보니 미야모리 두목님은 결국 안 왔군."

"응? 그러네."

모두 그의 행방이 묘연하다는 걸 깜박했다.

결국 도작범을 찾아낼 단서는 전혀 얻지 못했다. 갑종 용의 자들의 언행을 유심히 살피기는 했지만, 2년이나 지난 일이니 이제 와서 꼬리를 드러내지는 않으리라.

조용해지자 부엌을 치우는 소리며 여급이 복도를 오가는 발소리가 들려왔다.

그때였다. 널빤지를 댄 벽을 통해 어디선가 여자의 비명이 들렸다.

워낙 절박한 목소리라 고작 쥐를 보고 그런 건 아닌 듯했다. 다다미에 누워 있던 사람도 있었지만, 다들 눈을 뜨고 일어나 앉았다.

"뭐야?"

"뒤쪽인 것 같은데? 여급인가?"

쇼지가 벌떡 일어섰다.

"잠깐 상황을 살피고 올 테니 기다려주십시오."

요릿집 뒤쪽이 갑자기 소란스러워진 것 같았다.

느긋이 나갔던 쇼지가 발소리를 쿵쾅거리며 뛰어와서 맹장 지문을 내팽개치듯이 열었다. 그는 새파랗게 질린 얼굴로 절규했다.

"아아! 큰일이야. 다들 일어나서 빨리 뒤쪽으로 가주십시오. 미야모리 씨가⋯⋯, 살해당했어요!"

미야모리가 살해당했다?

왜? 누구에게? 위작 제작과 관계가 있나? 간헐천처럼 가슴속에 의문이 솟구쳤다.

나는 미야모리가 살해당했다는 그 말에 즉시 수긍했다. 그럴 가능성이 그가 행방불명됐다는 사실과 결부돼서 머릿속에 희미하게 떠올랐기 때문이다.

한편 나 말고 다른 사람들은 쇼지의 절박한 비명에도 의외로 반응이 없었다. 많이 취한 사람들은 거북이 돌에 매달리듯 일어서는가 싶더니 마음을 바꾼 듯 벌렁 드러누웠다.

"살해당했다고? 왜?"

누군가 졸린 듯한 목소리로 말했다.

"모르겠어. 보통 상황이 아니야. 잔말 말고 다들 빨리 오게!"

그제야 다들 미야모리의 시체를 보러 가기 위해 꿈틀거리기 시작했다. 나는 오쓰키의 팔을 잡아당겨 일으켜 세웠다. 진흙 덩어리처럼 방을 기어나간 우리 아홉 명은 앞장선 쇼지를 따라 현관을 나서서 건물 옆을 돌아 뒤쪽으로 향했다.

그곳은 부엌 바로 뒤편이었다. 샛문 오른쪽에, 회반죽 담장에 바짝 붙여서 지은 작은 창고가 있었다. 여급과 안주인, 요리사 등 다섯 명이 창고 앞에 모여 있었다.

"그 후로 안 건드렸겠지? 자리 좀 비워주게."

쇼지는 요릿집 사람들에게 자리를 양보받았다.

샛문에는 전등을 켜놓았다. 남자 요리사는 제등을 들고 있었다. 어두침침했지만 전등과 제등 불빛 덕분에 창고가 어떤 상태인지는 충분히 알 수 있었다.

청소 도구를 보관하는 창고다. 대빗자루와 갈퀴 몇 개가 벽에 세워져 있고, 걸레를 끈에 널어두었다.

그리고 시체는 창고 문을 열면 바로 나오는 곳에 있었다.

미야모리는 뒤집은 대야에 얹힌 커다란 양동이 위에 무릎을 가지런히 모은 자세로 앉아 있었다. 눈은 부릅떴고 입술은 일그러졌다. 목에 거뭇거뭇한 자국이 있는 것으로 보건대 목 졸려 사망한 듯했다.

아무도 비명을 지르지 않았다. 시체가 있다는 걸 알고서 보러 왔기 때문이기도 하고, 술기운 때문에 현실감이 모호해진 탓이기도 했지만, 무엇보다 미야모리의 시체는 우리에게 작품처럼 보였다.

"범인은 미쳤군. 무슨 생각으로 이런 꼴을 만든 거지?"

아키나가가 쇼지에게 속삭였다. 쇼지는 아무 대답도 하지 않았다.

미야모리의 옷차림은 너무나 기이했다.

생전의 그는 어떤 자리에서든 반드시 전통 의복을 입었다. 하지만 지금 입고 있는 건 일본의 전통 의복도 근대 서양 의복도 아니다. 미야모리는 종교화에서 흔히 볼 수 있는, 위아래가 연결된 흰옷 위에 귀금속으로 가장자리를 두른 붉은 망토를 걸치고 있었다.

"별꼴일세."

돌아보니 모독적인 말을 중얼거린 건 미야가와였다. 그는 술이 아직 덜 깨서 비몽사몽간에 그런 말을 중얼거린 듯했다.

그 말은 일종의 진실이기는 했다. 미야모리의 얼굴은 어떻게 해석해도 고대 나마(로마) 사람 같은 차림에는 어울리지 않았고, 망토와 상의도 미야모리의 체격에는 적합하지 않았다. 옷자락이 그의 발끝을 완전히 덮었다.

나는 그의 정수리에 뭔가 있다는 걸 알아차렸다. 전등 불빛이 그의 얼굴 위로는 닿지 않아서 미처 몰랐다.

나는 요리사가 들고 있던 제등을 빌려서 창고에 한 발짝 들어가 시체의 머리를 살며시 비추었다. 얹혀 있던 건.

"왕관이로군."

나무 조각으로 만든 연극 소도구 같은 왕관이었다. 너무 작은 왕관이 감쪽지처럼 그의 대머리에 달랑 얹혀 있었다.

"이거 헤롯왕인가? 그런 것 같은데……."

모치키의 혼잣말이 내 귀에 들어왔다.

헤롯왕? 그의 말이 내 직감을 자극했다.

확실히 헤롯 안티파스 왕이라고 해도 이상하지 않은 복장이었다. 헤롯 안티파스는 고대 이색열의 왕이자 살로메의 의붓아버지다. 와일드의 희곡에도 등장한다. 혹시 옥좌 대용으로 대야와 양동이를 포개어 놓고 시체를 앉힌 걸까?

지난달에 살로메 같은 차림새의 여자가 살해당한 걸 미네코가 목격했다지 않은가. 이 연관성은 대체 뭐지?

"아! 다들 잠깐만 그 자리에 가만히 계십시오."

나는 갑자기 생각나서 그렇게 외쳤다. 그리고 제등으로 땅을 비추었다.

이미 여러 사람의 발자국으로 난장판이 됐지만, 나는 어두침침한 땅에 시선을 집중했다.

오쓰키가 내 의도를 알아차리고 도와주었다. 이윽고 그는 창고 입구 바로 근처에서 문제의 그것을 찾아냈다.

"어이? 이거 아니야? 비춰봐."

오쓰키가 가리킨 곳을 제등으로 비추자 반쯤 짓눌린 발자국이 눈에 들어왔다. 하지만 왼발 앞쪽 부분이 덜 찍혔다는 건 확실히 알 수 있었다. 오쓰키의 하숙집과 나카노마치의 오두막에 남아 있던 발자국과 동일했다.

4

경찰에 신고했느냐고 쇼지가 요리사에게 묻자 그는 그제야 정신을 차린 듯 서둘러 여급을 파출소로 보냈다.

"이구치, 발자국이 어쨌는데? 뭔가 알아낸 건가?"

쇼지가 물어보길래 어디서 본 것 같았지만 착각이었다고 얼버무렸다. 과거에 같은 발자국을 두 번이나 목격했다는 사실을 도작 용의자들이 모인 곳에서 자백하고 싶지는 않았다.

"이보게, 자네가 이걸 발견했지? 왜 이런 시간에 이 창고를 들여다본 건가? 미야모리 씨의 시신은 대체 언제부터 여기 있었던 걸까?"

쇼지는 겁에 질린 중년 여급의 어깨를 붙잡고 물었다. 이름은 분명 오미키일 것이다.

"그게, 빗자루를 넣어두려고 했어요. 오늘은 더 이상 안 쓸 것 같아서 이걸 들고 문을 열었더니……."

오미키는 움켜쥔 대빗자루를 지팡이처럼 짚고 서 있었다.

오미키의 말에 따르면 '와카타'에서는 가게를 열기 전에 창고에서 빗자루를 꺼내 가게 앞과 현관으로 이어지는 포석 깔린 통로를 청소한다고 한다. 그 후로는 빗자루를 대문 뒤에 놔두고 손님이 드나들 때마다 낙엽이며 흙덩이를 깨끗이 치운다. 오늘 남은 손님은 우리뿐이라 이제 괜찮겠거니 싶어 창고에 넣으러 왔다는 것이다.

"늘 그래요. 손님께서 더 이상 안 오실 것 같으면 창고에 넣죠."

"빗자루는 언제 꺼냈나?"

"오늘 점심께가 되기 전에요."

"그렇다면 그 후에 미야모리 선생님이 여기 유기된 셈이로군. 여기라면 뒤쪽을 통해 백주에 당당히 시신을 옮길 수 있을지도 몰라."

쇼지는 뒷문으로 걸어가서 문을 열고 좁은 골목을 내다봤다. 이웃한 여관이나 인가 등의 뒷문이 모여 있는 골목이다.

아키나가는 그런 쇼지를 본체만체 창고와 담장 틈새에 제등을 집어넣고 이리저리 살폈다.

"아닐세, 쇼지 군. 범인은 분명 밤중에 시체를 옮겼을 거야. 그걸 일단 창고 뒤편에 숨겨둔 거지. 여기에 뭔가 끌고 간 듯한 흔적이 남아 있어.

그리고 한낮에 다시 여기에 몰래 숨어들어 시체를 저렇게 꾸민 걸세."

아키나가가 쇼지에게 틈새를 들여다보게 했다.

"그렇군요. 옳으신 말씀 같습니다."

쇼지는 아키나가의 의견을 순순히 받아들였다.

"뭔지 모르겠지만 선생님들이 탐정 같은 짓을 하기 시작했는데? 자기들이 해야 할 이유가 있나? 경찰에 맡기면 되잖아."

오쓰키가 작은 목소리로 핀잔을 주듯 말했다. 나도 대강 같은 심정이었다.

회원들이 쓸데없는 짓을 하면 도작범을 규탄하기가 어려워질지도 모른다. 참견은 경찰만 하면 된다.

그들은 창고를 살핀 후 우리 쪽으로 돌아왔다. 다들 자석에 들러붙는 사철처럼 쇼지 주위에 빙 둘러섰다.

"여러분, 보셨다시피 끔찍한 비극이 벌어졌습니다. 정말 안타깝다 하지 않을 수 없어요! 그런데 미야모리 씨의 모양새는 애처로운 한편으로 너무나 불가해합니다. 대체 누가 무슨 이유로 이런 짓을 한 걸까요? 혹시 이 중에 자기는 범인이 아니라는 걸 증명할 수 있는 사람 있습니까? 알리바이가 있는 사람 없어요?"

너무 성급한 검토다. 미야모리의 어젯밤 행적에 대해서는 아직 아는 바가 전혀 없다.

알더라도 알리바이를 증명하기는 쉽지 않다. 사망 추정 시각이 늦은 밤이라면 가족 말고 다른 사람에게는 증언을 얻기가 힘들다. 그 후 범인은 요릿집 창고에 와서 시체를 꾸몄지만, 그 또한 오늘 모임에 얼굴을 내밀기 직전에 와서 후다닥 끝낼 수 있었을 것이다.

그런데 쇼지의 물음에 자신 있게 대답하는 사람이 있었다.

"나는 아니야. 오늘 아침부터 내내 엔도와 같이 있었어. 그렇지?"

"응. 나랑 미야가와는 활동사진을 보러 갔다가 술을 마셨어."

만취한 모습으로 어깨동무를 하고 온 엔도와 미야가와였다. 자기들은 시체를 창고로 옮길 시간이 없었다고 그들은 주장했다.

쇼지는 그런가, 하고 둘이 공모했을 가능성은 추궁하지 않고 넘어갔다.

"그럼 미야모리 선생님의 이 모습에는 대체 무슨 의미가 있는 걸까요? 아니 그보다 미야모리 선생님은 왜 살해당해야 했을까요?"

그 질문에는 아무도 대답하지 않았다.

침침한 불빛 아래서 나는 침묵한 용의자들의 속내를 탐색하려 애썼다.

쇼지는 살인 사건까지 주선자가 책임져야 한다고 생각하는 걸까? 동요했다는 사실을 얼버무리기 위해 사건을 해결하려 애쓰는 척하는 것 같기도 했다.

아키나가는 표정에 딱히 변화가 없었다.

아직 정신이 몽롱한 듯한 엔도와 미야가와는 기이한 광경에 고양감을 느끼고 있는 것 같았다.

당혹스러워하는 기색이 역력한 모치키의 모습은 가장 모범적으로 느껴졌다. 그는 이따금 뜻 모를 소리를 중얼중얼했다.

그리고 현재, 미야모리가 왜 살해됐느냐는 물음의 정답과 가장 가까이 있는 사람은 오기와 고미다. 그들은 미야모리를 위해 위작을 만들었으니까.

오기는 지나칠 정도로 태연했다. 다만 입은 열지 않았다.

한편 고미는 딱할 만큼 안절부절못했다. 우락부락한 얼굴을 보기 싫게 일그러뜨린 고미는 살짝만 건드려도 울음을 터뜨릴 것 같았다. 그가 소심하다는 건 누구나 아는 바라서 아직 의심받지는 않았다.

"왜 살해당했는지는 제쳐놓고 말일세. 적어도 전부 범인의 계획에 포함된 일이겠지. 어쩌다 보니 미야모리 씨를 이렇게 만들었을 리는 없어."

아키나가가 말했다.

나는 정신이 번쩍 들었다. 정말이지 옳은 말이다.

범인, 발끝 부분이 떨어진 신발을 신은 인물은 이 모습을 발견시키기 위해 시체를 창고로 옮겼다고 봐야 한다. 그렇지 않고서야 고대 이색열의 왕처럼 시체를 꾸밀 리 없다.

그렇다면 사람들이 자신의 범행 성과에 대해 논평할 것도 당연히 각오했으리라. 이제 와서 어쩔 줄 몰라 쩔쩔매는 연약한 모습을 보일 리 만무하다.

"그렇지만 미야모리 씨에게 이런 옷을 입힌 이유는 전혀 모르겠군. 아니, 옷뿐만이 아니야. 이 양동이 위에 앉힘으로써 옥좌 같은 데 앉은 모습을 나타낸 거겠지? 분명 이 모든 것들을 통틀어서 무슨 의미를 담았을 걸세. ……아까 모치키 군이 말했듯이 헤롯왕일지도 몰라."

"분명 본보기야! 틀림없어. 아니면 공들여서 이런 짓을 할 리가 있나."

술과 잠기운에 취한 엔도가 소리쳤다. 쇼지가 타일렀다.

"엔도, 그만하게. 미야모리 씨가 본보기로 이런 짓을 당해야 할 만한 일을 했다는 건가?"

"본보기치고는 너무 화려해."

오쓰키가 투덜거렸다.

위작 제작과 발끝 부분이 떨어진 신발을 신은 인물이 지금까지 저지른 일에 관해 모르는 사람들에게는 미야모리가 헤롯왕의 모습으로 살해당한 사건이 몹시 뜬금없게 느껴지겠지만, 나와 오쓰키는 두 사건을 결코 독립된 것으로 받아들일 수 없었다.

다들 미야모리의 죽음에서 뭔가 의미를 찾아낼 기운이 더 이상 없는 듯했다.

나는 경찰이 오기 전에 해치워야 할 일이 불현듯 떠올라, 지친 척 쪼그리고 앉아 모두의 발자국을 확인했다.

하지만 범인은 이 자리에 발끝 부분이 떨어진 신발을 신고 올 만큼 부주의한 인간이 아니었다.

"그런데 말이야, 오쓰키."

순사 나리께서 오셨습니다, 하는 목소리가 담 너머에서 울려 퍼졌을 때 나는 오쓰키에게만 들리도록 말했다.

"언제 어디였는지는 명확히 말할 수 없지만, 미야모리의 이 시체……, 이런 걸 예전에 본 듯한 기분이 들어."

5

경찰이 '와카타'에 도착하자 흰갈매기회 회원들은 한 사람씩 상세하게 신문을 받았다.

신문은 길어졌다. 사건이 워낙 기이하니까 당연하다면 당연하다. 피해자를 헤롯왕처럼 꾸며놨으니 일견 예술가의 범행처럼 보일 것이다.

나는 다음 날 저녁에 풀려났다. 몇몇은 특별히 더 의심받아서 아직 경찰서에 있는 것으로 보아 나는 운이 좋은 편일지도 모른다.

그로부터 하룻밤이 더 지나기를 기다렸다가 나는 오쓰키의 하숙집을 방문했다. 그의 취조가 어떻게 진행됐는지는 아직 듣지 못했다.

"이보게, 오쓰키. 경찰에게 어디까지 말했나?"

"응? 네 그림이 도작당했다는 말은 안 했어. 그러면 나한테도 의심이 쏠릴 것 같았거든. 다른 건 대체로 다 말했지. 흰갈매기 회에 위작범이 있는 것 같다는 이야기도 했고. 말을 안 하면 답이 없잖아?"

"뭐, 어쩔 수 없겠지."

사건이 위작 제작과 무관하다고 보기는 힘들다. 게다가 미야모리가 살해당한 이상, 결국은 경찰도 위작 제작에 대해 냄새를 맡으리라. 고미에게 아무 이야기도 못 들은 척 시치미를 뚝 떼지는 않는 편이 좋을 듯했다.

"너한테는 뭐래? 경찰이 범인으로 의심되는 사람은 없느냐고 물어봤어?"

"물어보더군. 그래서 의심스럽다고 하지는 않았지만, 고미 씨가 위작 제작에 관해 고발하려고 마음먹었을 때 살해당한 것에 뭔가 의미가 있지 않겠느냐고만 했어."

"고미 선생을 의심하라는 거잖아. 밉살스럽기는."

"자네는 뭐라고 대답했나."

"나도 고미가 아주 의심스럽다고 했지. 하지만 난 다른 녀석들 모두, 미야모리를 살해해도 이상하지 않다고 일러바쳤어. 왜냐하면 불공평하니까.

쇼지는 술 만들기에 질려서 탐정 놀이를 하고 싶어졌어. 그래서 그렇게 화려하게 미야모리의 시체를 꾸며놓은 거지. 아키나가는 미야모리가 작품을 하도 칭찬해서 성가셔진 걸지도 모르고.

오기는 위작 제작의 대가가 너무 적어서 화가 난 거겠지.

미야가와와 엔도는 술버릇 때문에 미야모리에게 쓴소리를 들었었잖아. 그래서 정기 모임을 앞두고 술을 너무 마신 걸 들켜서 야단맞기 전에 죽여버리기로 한 거야.

모치키는 호색한 주제에 호색한이 아닌 척하던 걸 들켜서 예술적인 측면에서 궁지에 몰렸어. 그래서 자기비판적인 의미를 담아 시체를 호색한 헤롯왕에 비유한다는 살인 예술에 손을 댄 거야.

기리타에 대해서는 아는 바가 없지만, 뭐, 행방불명 상태니까. 이구치는 자기 작품을 무시당해서 쌓인 원한을 푼 거라고 해뒀어."

"내 동기가 제일 진실성이 있잖나. 뭐, 다시 말해 위작 제작의 실태를 조사하지 않고서는 범인의 범위를 좁힐 수 없다는 뜻이지."

취조 중에 들은 바에 따르면 미야모리는 정기 모임 전날 밤, 신바시의 다른 요릿집에서 지인과 함께 식사하고 오후 11시쯤 헤어진 후로 행방이 묘연해졌다고 한다.

미야모리의 사망 추정 시각은 그날 오후 11시쯤부터 다음 날 새벽녘까지라고 한다. 아키나가 말대로 시체는 한때 요릿집 창고 뒤에 숨겨져 있었던 것으로 추정된다.

여급 오미키가 창고에서 빗자루를 꺼낸 게 오전 11시 반쯤. 요릿집 사람들에게 물어본 결과, 그 후로 오미키가 빗자루를 넣으러 가기까지 아무도 창고를 들여다보지 않았다는 사실이 밝혀졌다.

경찰이 수긍할 만한 알리바이가 있는 사람은 없었다. 다만 미야가와나 엔도가 범인이라면 둘은 공범 관계이거나, 한쪽이 다른 한쪽을 감싸고 있는 셈이다.

"고미 형님은 석방될까? 언제까지 갇혀 있어야 하는 거야?"

"글쎄. 의외로 경찰의 심증은 나쁘지 않은 것 같기도 한데."

고미는 아직 경찰에 붙잡혀 있다. 그는 위작을 만들었다고 순순히 자백했지만, 또 한 명의 위작 제작자로 지목당한 오기는 혐의를 일절 인정하지 않았다. 그 때문인지 경찰에서는 오기를 좀 더 유력한 용의자로 간주하는 분위기인 듯했다.

살로메의 단두대

"뭐, 다른 위작범이 밝혀지면 상황은 완전히 뒤집힐지도 모르지."

"아키나가 화백이나 모치키가 위작을 만들고 있었다면 재미있겠는데. 이구치, 이제 어떻게 할래?"

그렇다. 사건은 예상치 못한 형태로 진행됐다. 도작범을 찾아내기 위해 이제 뭘 해야 할까?

생각한 끝에 우리는 미야모리의 집에 가기로 했다.

위작 제작에 대해 알아내기 위해서다. 미야모리는 분명 그 일에 관한 증거를 남겼을 테니 조사해 볼 필요가 있다.

집은 진작에 경찰이 조사했을 테니, 우리에게 뭔가 알아낼 여지가 있을까 싶기는 했지만 동태만이라도 한번 살펴볼 작정이었다.

우리는 채비해서 하숙집을 나섰다.

도중에 나는 경찰에게 신문받는 동안 했던 생각을 오쓰키에게 말했다.

"어쨌거나 말일세. 미야모리가 위작을 제작시킨 것, 고미가 그 일을 고발하려 했던 것, 미야모리가 흰갈매기회의 정기 모임 전날 밤 살해당한 것, 이 세 가지는 분명 서로 관계가 있겠지?"

"정기 모임 날에 맞춰서 살해당한 걸 보면, 뭐."

"그래. 예를 들어 고미가 범인이라면 정기 모임 전에 미야모리와 담판을 지으려다가 다툰 끝에 살해했을지도 몰라.

아니면 범인은 미야모리에게 협력하던 다른 위작범인데, 미야모리가 고발당할 위기임을 알고 자기 정체가 드러날까 봐 걱정한 거지. 그래서 입막음을 위해 모두가 모이는 정기 모임 전에 죽여야만 했던 거야."

"그렇다면 고미 선생을 죽이는 게 이치에 맞지 않나?"

"순리대로 생각하면 그렇지만, 미야모리가 고발당할까 봐 불안해서 차라리 죽이는 게 깔끔하다고 생각했을 수도 있잖나?

미야모리가 살해된 사건만 보면 이 정도로 추측해 볼 수 있겠지. 경찰도 분명 이런 가능성을 염두에 두고 있을 테고. 다만……, 이게 내 그림이 도작된 사건이나 발끝 부분이 떨어진 신발을 신은 남자가 했던 일들과 어떻게 연결되는지 따져보기 시작하면 도무지 영문을 모르겠다니까."

발끝 부분이 떨어진 신발을 신은 인물은 오쓰키의 하숙집에서 우리 이야기를 엿들었고, 나카노마치의 오두막에서 여자를 죽였을지도 모른다. 그리고 이번에는 미야모리를 살해했다. 참으로 종잡을 수 없는 사건이다.

"그렇지만 우리 이야기를 엿들은 것과 미야모리 살인 사건은 분명 연관성이 있잖아? 양쪽 다 위작이 얽혀 있어. 도작도 관계있을지 모르지.

모르겠는 건 미네 짱이 봤다는 여자 시체야. 어디의 누구일까? 현재로서는 짐작 가는 인물이 전혀 없어."

오쓰키가 말했다.

"그렇지. 그건 진짜 시체가 맞는지도 의심스럽지만 말이야. 그러나 미야모리는 분명히 살해당했어.

관계가 있다면 옷차림이겠지. 여자 시체는 살로메 같은 옷차림이었고, 미야모리의 시체를 헤롯 왕처럼 꾸민 거라면 연관성은 손색없어.

범인이 왜 그런 짓을 했는지는 전혀 모르겠네만. 살인범이라면 만사 제쳐놓고 시체를 필사적으로 숨겨야 하지 않나? 그걸 그렇게 정성껏 꾸미고 공개하다니, 무슨 시치고산*도 아니고."

지금까지 떠올린 어느 가설을 채택하든, 시체를 극중 인물 같은 차림새로 꾸며야만 하는 이유는 전혀 보이지 않는다.

"누군가에게 혐의를 씌우고 싶어서 그런 차림새로 주목받게 한다든가?"

"하지만 누구에게 어떻게 혐의를 씌운다는 건가? 흰갈매기회가 「살로메」와 무슨 관계가 있었나? 아니면 얼마 전에 아야 씨가 「살로메」를 공연했는데, 그렇다고 해서 아야 씨를 의심스러워하는 사람은 아무도 없겠지. 대표적인 연극이니까."

"아참, 그러고 보니 이구치 너, 미야모리의 그 모습을 어디서 본 것 같다고 했잖아. 뭐였어? 생각났나?"

그렇다. 나는 미야모리의 시체를 봤을 때 희미한 기시감을

---

* 아이가 3세, 5세, 7세 때 무사히 성장한 걸 신사 등에서 축하하는 일본의 전통 행사.

느꼈다. 그 후로 기시감의 근원이 뭔지 떠올리려 애썼지만 정확하게는 기억나지 않았다.

"역시 모르겠군. 옛날에 꿈속에서 본 것처럼 기억이 모호해. 하지만……, 그림이었던 것 같은데. 그런 풍으로 그린 그림을 예전에 봤는지도 모르지."

오쓰키도 누군가의 작품 가운데 그런 차림새가 포함된 그림이 있었는지 생각해 보는 듯했다. 하지만 역시 짚이는 그림은 없는 모양이었다.

"어쨌거나 골치 아프게 됐어. 림스데이크 씨가 떠나기 전에 살인 사건까지 해결해야 하니 말일세. 나도 일단 용의자에 포함됐잖나. 림스데이크 씨도 살인범일지도 모르는 사람의 그림을 살 마음은 없겠지."

6

미야모리의 집 대문이 보이자 정말 찾아가도 될지 약간 망설여졌다.

동태를 살피는 데는 위험이 수반된다. 괜히 사건을 조사하겠다고 나섰다가 범인에게 속내를 드러내는 꼴이 될지도 모른다.

하지만 역시 가만히 있을 수는 없었다. 미야모리의 유품 가운데 도작범의 정체를 밝힐 증거가 있을 수도 있다.

그렇지만 찾아간들 상대해준다는 보장은 없었다. 남편을 잃은 아카네를 위로하러 왔다는 핑계를 댈 작정이었지만, 아카네가 보기에 우리는 용의자니까.

저택 앞에 도착하자 아니나 다를까 제복 순사가 드나들고 있었다.

이래서는 아카네를 만나기조차 힘들지 않을까? 대문 곁에 멈춰 서서 기척을 살폈다.

그러자 처마 밑에서 실랑이하는 남자들의 목소리가 들렸다.

—들어가면 안 돼. 수사 중이야. 볼일 있으면 나중에 다시 오게.

—수사에 관계가 있을지도 모르는 일입니다. 미야모리 씨의 위작 사업이 문제인 거잖아요? 어떤 소식통에게 들어서 압니다. 저를 이렇게 쉽게 쫓아내면 안 돼요. 어쨌든 들어갈 수 있게만 해주십시오. 얌전히 있겠습니다.

—안 돼. 수사에 관계된 일이라면 여기서 이야기하게. 이런 사건이 벌어진 후에 유족의 마음을 뒤숭숭하게 만들면 못 써.

—그렇게 당연한 듯이 이쪽 정보를 빼내려 하면 곤란하죠. 유족이 걱정되시면 그렇게 무서운 목소리 내지 마세요. 위문품도 가져왔습니다. 괜찮죠? 서로 좋은 게 좋은 것 아니겠습니까.

무슨 일인지 대충 알 것 같았기에 오쓰키의 어깨를 툭 치고 눈빛으로 상의했다.

경찰에게 떼쓰고 있는 남자는 분명 어딘가의 기자다. 우리는 현관에서 경찰을 설득하려 애쓰는 그에게 편승하기로 했다.

운구 행렬에 참여할 때처럼 숙연한 몸가짐으로 대문을 통과했다.

다투고 있던 사람은 제복 순사와 중절모에 양복 차림의 영락없이 기자 같아 보이는 남자였다. 양복 차림 남자는 잽싸게 돌아보더니 스스럼없이 우리에게 말을 걸었다.

"앗! 미야모리 씨께 용건이 있으십니까?"

"네. 아무래도 그냥 넘어갈 수가 없어서……, 저기, 저희는 흰갈매기회 회원입니다."

"오! 흰갈매기회! 분명 위문하러 오셨겠죠? 하지만 지금은 안 될지도 모르겠습니다. 여기 순사님이 지키고 서서 안 들여보내 주거든요."

순사는 안 그래도 양복 차림 남자 탓에 애먹고 있는데, 용의자들이 나타나서 골칫거리가 더 늘어났다는 듯한 눈치였다.

"자네들이 흰갈매기회의 화가라고? 그날 요릿집에 있었나?"

순사는 우리 얼굴을 모르는 듯했다.

"그렇습니다! 용의자 오쓰키라고 합니다. 이쪽은 이구치고요."

오쓰키가 기운차게 대답했다.

양복 차림 남자는 얼굴에 희색이 가득했다.

"그렇군요! 그럼 미야모리 씨 일로 마음이 참 아프시겠어요. 저도 마찬가지입니다.

인사드리겠습니다. 저는 고쿠초샤 기자인 야마조에라고 합니다. 딱히 구경꾼 근성만 발휘해서 엿보러 온 건 아닙니다.

실은 지난달에 흰갈매기회의 고미 씨라는 분이 제게 어떤 일을 상담했거든요. 두 분도 고미 씨를 아시죠?"

중절모를 쓴 야마조에는 역시 내가 상상한 그대로의 인물이었다.

고쿠초샤라는 출판사에서 발행하는 출판물은 관청의 부패 등등을 많이 다루는 「고쿠초」라는 순보* 하나뿐이다.

어떤 연줄이 있었는지, 고미는 미야모리를 고발하는 일을 그에게 상담한 듯했다.

"고미 씨에게 이야기를 듣고 어떻게 할지 고민했지만, 일이 이렇게 됐으니 이제 어쩔 수 없죠. 저기, 순사님. 뭔가 알아냈습니까? 아니면 부인과 이야기하게 해주세요. 순사님이 멋대로 거절할 권리는 없잖습니까? 적어도 말씀을 해주셔야 마땅합니다. 저희가 왔다고 전해주세요!"

순사는 어쩔 수 없다는 듯 현관의 미닫이문을 열고 물어보러 들어갔다.

잠시 후 형사가 쪼그라든 것처럼 몸집이 작은, 갈색 기모노 차림의 여자를 데리고 나타났다.

"저기, 흰갈매기회의 화가님? 그리고 기자님? 무슨 용건이시죠?"

"부인, 안녕하세요. 남편분 일은 정말 안되셨습니다. 저는 야

---

* 열흘에 한 번씩 펴내는 신문이나 잡지.

마조에라고 합니다. 미야모리 씨에 대해 취재하고 있었는데, 이런 일이 벌어졌으니 기사를 쓰더라도 부인께 폐가 되지 않도록 해야겠죠.

좀 들여보내 주시겠어요? 피곤하시면 말씀은 안 하셔도 되니까 방구석에라도 있게 해주십시오. 이쪽 두 분도 위문하러 오신 것 같습니다."

잔뜩 겁먹은 아카네에게 야마조에는 능청스럽게 말했다.

아카네는 용의자인 나와 오쓰키를 무섭다는 듯이 쳐다봤다. 하지만 매몰차게 쫓아낼 용기는 없었는지 형사를 방패 삼아 우리 세 사람을 안으로 들였다.

아카네는 우리를 객실로 안내한 후 안방에 틀어박혔다. 감시하겠다는 듯 순사 한 명이 객실에 남았다. 손님 행세하기가 거북해서 좌탁의 방석이 아니라 방구석에 앉았다. 야마조에는 전혀 거리낌 없어 보였다.

"자, 댁들에게 이것저것 물어보고 싶은 게 많아요. 일단 미야모리 씨의 시체가 발견된 당시 상황이요. 그건."

"그야 대체로 신문에 나온 내용과 다를 바 없습니다. 그보다 고미 씨와 무슨 이야기를 하셨죠? 그걸 먼저 알려주십시오."

나는 기선을 제압하기 위해 야마조에의 질문을 도중에 끊었다. 고미가 제대로 된 기자를 고발의 조력자로 선택했다는 보장은 없다.

"뭐, 그거야말로 댁들이 알고 있는 그대로예요. 댁들은 오쓰키 씨와 이구치 씨죠? 고미 씨가 댁들 덕분에 미야모리 씨를 고발할 마음을 굳혔다고 했습니다."

그러려고 한 건 아니었지만, 고미는 상당히 마음이 불안했던 모양이다.

"미야모리 씨가 위작을 만들고 있다는 말을 듣고 정말 놀랐습니다. 저는 예술은 잘 모르지만 미야모리 씨는 글을 꽤 재미있게 써서 이름을 알고 있었거든요. 그런데 고미 씨가 눈물을 흘리며 그런 이야기를 하길래 좀 알아보니, 미야모리 씨의 소개로 산 그림이 과연 진품이 맞는지 의심하는 사람이 있더라고요. 그 사람을 부추겨서 그림을 감정해 봤더니 정말로 위작이지 뭡니까.

그야말로 특종감이죠. 다만 고발하려면 미야모리 씨가 위작을 제작시킨 것에서도, 위작인 줄 알면서 남에게 팔아넘긴 것에서도 발뺌할 수 없도록 단단히 준비해야 합니다. 참 바쁘겠구나 싶었는데 이번 사건이 발생한 거죠."

"그런데 야마조에 씨는 어떻게 하실 생각입니까? 미야모리 씨를 고발할 계획은 틀어진 거잖아요? 위작 제작의 주모자가 살해당했으니까."

"틀어졌지만, 물론 할 일은 똑같습니다. 이번 사건도 포함해서 위작 제작의 전모를 밝힐 겁니다!「고쿠초」의 독점 특종은 물 건너갔지만요."

야마조에는 우리에게 마음을 터놓았다. 아무래도 우리가 고발에 힘을 실어준 형국이므로 용의자에서 제외한 것 같았다.

이쪽 이야기에는 아무 관심도 없다는 듯한 태도로 한 간쯤 떨어진 곳에 서 있는 순사에게 야마조에가 말을 걸었다.

"저기요, 순사님! 지금 일이 어떻게 돌아가고 있습니까? 뭔가 찾고 있어요?"

"알려줄 수는 없지."

"금고라도 열려고 하는 거 아닙니까? 제가 오기 전에 들어간 사람, 경시청의 자물쇠 따기 전문가죠? 저도 얼굴은 압니다."

순사는 시치미 떼기를 포기했다.

"음, 피해자의 금고가 열리질 않아. 거기에 중요한 서류를 많이 보관해둔 것 같은데, 열쇠는 찾지 못했지. 피해자가 가지고 다녔다고 하니까 살해당했을 때 범인이 가져간 것 같네. 번호도 유족은 듣지 못해. 그걸 열려고 노력하는 중이야."

"만약 안 되면 말해주십시오! 이 녀석의 지인 중에 자물쇠 따기 도사가 있습니다."

오쓰키가 나를 가리키며 말했다.

"어쨌든 참 마침맞군요. 뭔가 증거가 나오면 흰갈매기회의 두 사람에게 확인받을 수 있습니다."

순사는 야마조에의 능청스러운 말을 무시했다.

아무튼 금고가 열리는 순간이 기대됐다. 고미 말로는 협박용으로 위작을 만드는 장면을 촬영했다고 했으니, 그런 사진이 잔뚝 발견돼 위작범들이 일망타진될지도 모른다.

아카네가 장지문을 열었다. 차를 내올 정신도 없는지 빈손이었다.

"저어, 여러분, 정말 실례가 많습니다. 제게 하실 말씀이?"

"네, 하지만 금고가 열리고 나면 하죠! 금고에 든 물건을 보고서 이야기하는 편이 좋겠습니다. 부인, 물론 아시겠지만, 남편분이 돌아가신 데다 추문까지 퍼지고 있어요. 위작을 제작했다는 추문이요! 이런 때 찾아뵈려니 저도 괴롭습니다만, 이렇게 된 이상 무엇보다 진실을 우선합시다. 저는 신문사 쪽도 잘 아니까 부인께 제일 피해가 가지 않을 방법을 같이 생각해 보도록 하죠."

"아, 네. 감사합니다."

야마조에는 자기 멋대로 금고 안을 보기로 결정했다. 나는 상투적인 말로 아카네에게 조의를 표했지만, 그녀는 하필이면 흰갈매기회 회원 중에서도 고인과 별로 친하지 않았던 나와 오쓰키가 찾아와서 어리둥절한 모양이었다.

아카네가 물러가자 야마조에가 말했다.

"아무래도 부인은 위작 제작에 대해 아는 바가 거의 없는 게 아닐까 싶은데요."

내가 보기에도 그랬다. 아카네는 남편이 하는 일에 간섭하지 않고 오로지 얌전하게 굴었다. 미야모리의 본업조차 별로 이해하지 못했던 게 아닐까 싶었다. 죽은 남편이 위작을 제작시켰다니, 분명 마른하늘에 날벼락이 따로 없었을 것이다.

나는 아카네를 동정했다. 아카네가 남편을 잃고 비탄에 빠졌기 때문이 아니라, 이 사건을 제대로 이해하지 못한 데다 이해하지 못한 채로 경찰이며 기자며 용의자들에게 둘러싸여 있는 게 가련해서였다.

그래서인지 야마조에는 아카네에게는 별로 관심을 주지 않고, 우연히 만난 우리에게 끊임없이 질문을 퍼부었다. 흰갈매기회는 평소에 무슨 활동을 하느냐는 둥, 시체가 발견된 당시 상황은 어땠느냐는 둥, 누가 의심스러워 보이느냐는 둥, 나는 그만 신물이 나서 오쓰키가 있는 말 없는 말로 대답하도록 내버려두었다.

"그나저나 미야모리 씨를 극중 인물 같은 차림새로 꾸몄다니, 역시 예술가의 범죄라는 느낌이 드는군요."

야마조에가 천박한 감상을 내놓아서 나는 갑자기 불안해졌다.

그는 위작 제작을 사건 한가운데에 놓고서 예술가가 범죄를 저지른 이상, 미야모리를 헤롯왕 같은 차림새로 꾸민 건 전혀 신기해할 일이 아니라고 여기는 눈치였다.

편견이라고 단정짓기 망설여지는 이 편견은 그만의 생각일까, 아니면 세간의 편견이기도 할까?

금고가 제일 안쪽 방에 있어서 일하는 형사들의 목소리는 벼랑 아래 파도 소리처럼 작게 들려왔지만, 한순간 그 목소리에

환성이 섞인 걸 야마조에는 놓치지 않았다.

"오! 금고가 열린 것 아닐까요?"

야마조에의 말에 순사는 궁금해하는 표정으로 상황을 살피러 갔다.

몇 분이 지나도 그가 돌아오지 않자 야마조에는 일어서서 나와 오쓰키의 어깨를 잡아당겼다.

"자기들 멋대로 일을 진행하고 있는 듯하니 우리도 보러 갑시다! 금고는 어디 있습니까?"

우리는 야마조에에게 등을 떠밀리다시피 안쪽 방으로 향했다. 복도를 걷다가 방의 위치가 분명해지자 야마조에는 앞장서서 서슴없이 맹장지문을 열었다.

장갑 긴 형사 다섯 명이 열린 금고 앞에 모여 다다미 위에 문서를 잔뜩 펼쳐놓고 있었다. 그 뒤에는 지금껏 보이지 않던 하녀가 있었다.

하녀에게 매달리다시피 기댄 아카네는 다다미 위에서 벌어지고 있는 일을, 마치 눈앞에서 지각 변동이라도 일어난 듯한 표정으로 바라보았다.

"어떻습니까, 형사님?"

야마조에가 성큼성큼 문지방을 넘어섰고 우리도 뒤따라갔다. 셋이 벽 앞에 나란히 서서 형사들이 수색하는 모습을 지켜보았다. 형사는 대답 없이 조용히 하라고 주의를 주었지만, 우리를 쫓아내지는 않았다.

글자를 알아보기에는 너무 멀어서 형사들이 펼치는 서류가 뭔지는 알 수 없었다. 하지만 장부나 편지 사이에 미술품 보증서 같은 종이, 더구나 고색창연해 보이는데도 아무 내용도 없는 백지가 부자연스럽게 많이 섞여 있다는 건 알 수 있었다.

대부분 미술품에 관련된 서류 같았다. 그중 갈색 봉투 하나에서 외설 사진이 무더기로 나와서 형사들이 실소를 흘렸다.

"보게. 외설 사진은 이렇듯 꼭꼭 숨겨놓는 법이야. 자네도 본받게."

나는 오쓰키에게 속삭였다. 이런 것까지 있으리라고는 상상조차 못 했을 아카네의 얼굴을 더더욱 볼 수가 없었다.

형사는 우리를 계속 무시했다. 그러다가 아까와 다른 갈색 봉투에서 역시 사진 다발을 발견했을 때였다. 그들은 이마를 맞대고 찬찬히 사진을 살피더니, 이윽고 형사 한 명이 거만하게 말을 걸었다.

"이봐, 너희들. 미야모리 씨가 위작을 만들기 위해 젊은 화가들의 사진을 찍어서 협박했다고 증언했지?"

야마조에는 나에게 대답을 양보했다.

"네, 그런 것 같습니다. 고미 씨는 어느 광에서 위작에 관여했다는 증거 사진을 찍히는 바람에 도울 수밖에 없었다고 했습니다."

"아아! 그 사진이 나왔군요? 위작범은 누구입니까?"

야마조에가 형사들 사이에 끼어들었다. 형사들이 금고에서 발견한 사진을 경찰서에서 가져온 용의자들의 사진과 대조하고 있다는 걸 알아차리고 우리도 서둘러 달려갔다.

발견된 건 고미의 사진이었다. 붓을 들고 작업하고 있는 고미의 모습이 똑똑히 찍혀 있었다.

증거 사진은 세 사람 것이 더 있었다.

한 명은 고미 말대로 오기였다. 그리고 다른 한 명은 미야가와였다.

"미야가와가 위작을 만들었다고? 그런 소문은 못 들었는데."

나는 형사의 손에 들린 사진을 내려다보며 중얼거렸다.

남은 한 명의 위작범은 그보다 훨씬 의외의 인물이었다. 형사가 사진을 넘기고 그 인물이 눈에 들어왔을 때 나는 놀라서 목소리를 높였다.

"어? 아키나가 씨? 그럴 리가?"

"틀림없이 우리가 잘 아는 아키나가 화백이시로군. 놀랐어. 게다가 이거, 그렇게 예전 사진도 아닌데? 머리가 벗어진 정도로 보건대 작년이나 재작년 정도 아니야?"

오쓰키 말대로, 사진 속에서 붓을 들고 겐로쿠*시대 서예가의 위작을 열심히 만들고 있는 건 아키나가 스구루 화백이었다. 일본 화가로서 이미 유명해진 최근 모습이다. 그런데 어찌 된 일인지 그가 미야모리 위작 제작에 가담한 것이다.

---

* 1688~1704년까지 사용된 일본의 연호.

7

다음 날 저녁이었다. 우에노의 자택에서 아내를 상대로 미야모리의 집에서 있었던 일을 설명하고 있는데, 노커로 조심스럽게 현관문을 두드리는 소리가 들렸다.

"어허, 별일이로군."

찾아온 사람은 하스노였다. 영길리(영국)의 승마복 차림이었다.

그를 만날 때는 대개 내가 찾아가거나 이쪽으로 불러낸다. 하스노가 제 발로 찾아오는 일은 좀처럼 없거니와, 오늘처럼 아무 기별도 없이 온 적은 지금까지 한 번도 없었다.

하스노는 무감동하게 나를 내려다보았다.

"나도 들개나 뱀이나 쥐와 마찬가지로 땅 위를 돌아다니고 있으니 자네 집 앞까지 올 때도 있겠지. 폐가 되는 게 아니라면 들여보내 주게."

내가 하스노를 데리고 거실로 돌아가자 사에코는 차를 끓이러 갔다.

"이보게, 일은 좀 어떤가? 주코프스키 씨의 통역이지? 순조롭나?"

주코프스키 씨는 현재 하스노가 통역을 맡은 노서아인 주교의 이름이다. 두 달 전, 하스노가 무정부주의자의 비밀 결사와 연관된 사건에 휘말렸을 때 알게 됐다.

살로메의 단두대

"내 일은 한쪽의 말을 최대한 손상 없이 다른 쪽에 전하는 거야. 회전문 같은 거지. 기름칠한 곳이 웬만큼 뻑뻑해지지 않는한, 순조롭고 자시고 할 것도 없어. 그래도 뭐, 노서아어를 약간익혔지."

하스노는 혁명을 피해 망명한 주코프스키 씨가 각지에 흩어진 노서아 정교회 관계자들과 교류하는 걸 돕고 있다.

"잘되고 있다면 다행이고. 그런데 뭐 하러 왔나? 나도 슬슬자네에게 상담하려던 참이기는 한데."

"이야기를 들으러 왔지. 도작 사건에 진전이 있으면 알려주겠다고 오카지마 씨와 약속했거든. 진전이 있는지 없는지는 제쳐놓고 사건은 있었던 거지? 그것도 제법 심상치 않은 사건이."

평소 하스노는 신문을 전혀 읽지 않지만, 역시 이번 일은 신경 쓰고 있었던 듯했다.

지난달 오쓰키와 함께 흰갈매기회 주변을 조사하기 시작한것부터 미야모리가 살해당한 사건, 그리고 어제 그의 집에서 판명된 사실에 대해 순서대로 설명했다.

하스노는 탁자에 팔꿈치를 짚고 손바닥으로 목을 받친 채 꼼짝도 하지 않고 내 이야기를 들었다.

"미네코 씨는 괜찮나? 시체 같은 걸 목격했잖아?"

나카노마치에서 있었던 일이 신경 쓰였는지 하스노가 물었다.

"응, 괜찮은 것 같아. 그 후로 달라진 점은 없는 것 같더군. 그나저나 사진 실력은 상당히 늘었어. 우리 집 2층에서 현상하니까 뭘 찍었는지 전부 볼 수 있는데, 실패한 사진이 꽤 줄었어. 깜짝 놀랐지. 재능이 있는지도 몰라."

"흠."

"아무튼 고미가 증언한 대로 미야모리가 위작을 제작시킨 자들이 누구인지 밝혀진 거야. 오기, 미야가와, 아키나가 모두 지금쯤 취조받고 있겠지.

아키나가가 위작을 만들게 된 경위는 아직 모르겠어. 분명 미야모리에게 뭔가 약점을 잡혔겠지. 다른 사람들처럼 빚 때문은 아니겠지만."

명성이 있는 아키나가가 위작을 만들고 있었기에 추문으로서 사건의 가치는 한층 높아졌다. 현재로서는 일간지에서 사건의 내용을 대략 기사화했을 뿐이지만, 앞으로 각종 신문 잡지가 시끄러워질 것이다.

"경찰은 위작범들을 체포할 마음이 있나?"

"아니, 아마도 위작을 만들었다는 이유로 체포하지는 않을 것 같아."

야나세와 미야모리가 저지른 짓은 분명 사기죄에 해당하지만 둘 다 이미 죽었다.

위작범 중 미야가와와 오기는 위작을 만들기는 했으나 습작할 생각으로 모방했을 뿐이라고 우기는 중이다. 이 주장을 진심으로 받아들일 사람은 없겠지만, 그렇다고 남에게 팔아넘길 줄 알고서 가짜를 만들었다는 증거도 없다.

그들의 범죄를 입증하려면 위작을 구입한 피해자를 찾아내서, 그들이 그걸 만들었음을 명확히 밝혀내야 한다. 아주 성가시고 힘든 일이다.

따라서 경찰은 위작범을 체포하려 들지 않으리라.

하지만 미야모리의 금고에서 사진이 발견됐으니, 세상 사람들은 그들을 위작범으로 받아들일 것이다. 그들의 예술가 인생은 끝장난 셈이나 마찬가지다.

이야기를 마치자 하스노는 피곤해 보이는 몸짓으로 머리를 긁적였다.

"무슨 일이 일어났는지는 잘 알았네. 탐정인 자네가 할 일이 없으니까 범인 쪽에서 사건을 일으켜준 것 같은 이야기로군."

"뭐, 그런가. 그렇다면 좀 더 이해하기 쉽도록 사건을 일으켜주면 좋겠군. 자네 생각은 어때? 이 사건을 대체 어떻게 받아들여야 할까?"

도작 사건에 이어 맥락이 확실치 않지만 무관하다고 볼 수도 없는 기묘한 사건이 줄줄이 이어졌다.

내 목적은 도작범의 정체를 밝히는 것이다. 무슨 일이 일어나든 그 목적이 바뀌는 건 아니고 다른 일은 할 필요가 없지만, 의미심장한 듯하면서도 불가해한 사건의 무엇을 검토해야 할지조차 전혀 모르겠다.

"애당초 이 사건은 내 그림이 도작당한 일과 정말로 관계가 있을까? 만약 전혀 무관하다면 나는 그저 헛고생만 하는 셈이야."

대체 이 사건의 범인은 뭘 어쩌려는 걸까? 그 인물은 어떤 입장인 걸까?

나는 손가락을 꼽듯이 사건을 정리하기 시작했다.

"우선 흰갈매기회의 누군가가 내 그림을 도작했지? 도작된 그림은 어째선지 야나세 손에 넘어가서 아미리가로 반출됐어. 오쓰키와 함께 그 일을 조사하다가 흰갈매기회에서 미야모리 주도로 위작을 제작하고 있다는 사실을 알아냈지.

발끝 부분이 떨어진 신발을 신은 남자는 우리가 뭔가 조사하고 다닌다는 걸 눈치챈 듯, 오쓰키의 하숙집에서 우리 대화를 엿들었어. 덧붙여 그 남자는 위작 제작의 총괄자였던 미야모리를 살해했지. 이것들은 틀림없는 사실일세."

"그렇지."

하스노는 성의 없이 맞장구를 쳤다.

"여기서 문제는 발끝 부분이 떨어진 신발을 신은 남자가 위작범인지 도작범인지야.

예를 들어 범인이 도작범인 동시에 위작범일 경우. 그럴 경우는 우리에게 자기 죄업이 들통난 걸 알아차리고 입막음을 위해 미야모리를 죽인 걸까? 미야모리를 살려두면 안 될 이유가 있었겠지.

또는 범인이 도작범은 아니지만 위작범인데, 우연히 우리가 뭔가를 조사하고 다닌다는 걸 눈치채고 역시 입막음을 위해 미

살로메의 단두대

야모리를 죽였을 경우. 이러면 아무리 이 사건의 범인을 뒤쫓아
도 도작범은 못 찾아.

그리고 범인이 도작범이지만 위작범은 아닌 경우인가. 그런
데 무슨 이유로 미야모리를 죽였어. 예를 들면 자기가 도작했다
는 사실이 들킬 위기라는 걸 알아차리고 우리와 경찰의 시선을
위작범들에게 돌림으로써 혐의에서 벗어나려 했다거나?"

"도작했다는 사실을 숨기기 위해 사람까지 죽인다는 게 과하
기는 하지만, 뭐, 사정을 모르는 이상 아예 말도 안 되는 일이라
고 치부할 수는 없겠지."

"마지막으로 범인이 도작범도 위작범도 아닌 경우. ……그럴
수도 있을까?"

"가능성은 있겠지. 하지만 범인은 자네들이 뭘 조사하는 건지
신경이 쓰여서 오쓰키 군의 하숙집까지 엿들러 왔어. 적어도
위작에는 관계가 있겠지."

"하지만 도작과는 무관할지도 모르잖나?"

내가 애처로운 목소리로 말하자 하스노는 쓴웃음을 지었다.

"장담은 못 하지만, 그럴 가능성은 별로 없을 것 같군. 따지고
보면 위작범이 입막음을 위해 미야모리를 죽였다는 것 자체가
좀 묘해. 입막음한답시고 그를 죽임으로써 오히려 위작 제작의
비밀이 공개되고 말았지."

확실히 그렇다. 미야모리가 살해당해서 그의 자택 금고가 열
렸다.

거기에 공범에 관한 증거가 남아 있었기에 고미, 미야가와, 오기, 아키나가가 위작을 만드는 걸 도왔다는 사실이 밝혀진 것이다.

"그러니까 그 네 명 가운데 범인이 있다면, 자기가 위작 제작에 관여했다는 사실이 세상에 알려질 걸 각오한 셈이야. 그렇다면 그런 손해를 감수하면서까지 미야모리의 입을 막아야만 하는 사정이 있었을 걸세.

아니면 범인은 위작범이기는 하지만, 무슨 이유로 공범이라는 증거를 볼모로 잡히지 않았을지도 몰라. 그런 상황에서 미야모리의 입을 막을 필요가 있었다면 미야모리를 죽이는 건 꽤 이득이겠지. 혐의는 다른 위작범들이 짊어져 줄 테니까."

"어, 그런가? 그런 가능성도 있겠군."

"무슨 이유가 뭔지는 모르겠지만 말이지. 또는 범인은 위작범을 고발할 목적으로 미야모리를 죽인 걸 수도 있어. 하지만 너무 거친 방식인 데다 미야모리를 죽이면 증언을 얻을 수 없으니, 막무가내로 그런 짓을 할 만한 이유가 있어야 해.

사정이니 이유니 떠들어댔지만, 현재 거기에 잘 들어맞을 듯한 조건은 도작당한 자네의 그림을 야나세가 가지고 있었다는 것뿐이야. 그러니까 지금으로서는 살인 사건 해결과 도작범 찾기가 그렇게 동떨어져 있지 않다고 봐도 되겠지."

내가 망설임을 떨쳐내도록 격려 차원에서 한 말인 듯, 그리 논리적이지는 않았다.

하지만 도작범을 찾기 위해 할 수 있는 일이 달리 떠오르지 않았으므로 그 말에 수긍하는 수밖에 없었다.

"뭐, 사건 해결을 목표로 삼을 수밖에 없다는 건 알겠어. 하지만 결국 지금까지 알아낸 사실만 보면 진전은 전혀 없었던 셈이로군. 도작범의 범위가 좁혀지지 않았으니까 말일세. 만약 위작범 중에 도작범이 있는 게 확실하다면 용의자를 조금은 줄일 수 있을 것 같기도 한데."

양쪽의 관련성도 여전히 수수께끼였다.

게다가 잘 생각해 보면 가령 위작범 가운데 도작범이 있다고 하더라도, 위작범이 현재 밝혀진 네 명뿐이라는 보장은 없다. 미지의 위작범이 존재한다면 소거법으로 위작범 중에서 도작범을 찾는 건 무의미한 짓이다.

"게다가 미네 짱이 목격한 여자 시체와 미야모리를 헤롯왕 같은 차림새로 꾸민 수수께끼도 남아 있으니까."

범인이 누구든 간에, 시체를 굳이 연극 「살로메」의 등장인물처럼 꾸며서 공개해야만 하는 이유가 있을까.

난감하군, 하고 나는 한탄했다.

"나아가야 할 방향이 전혀 안 보여. 난 뭘 해야 하는 걸까?"

하스노의 관심을 끌려고 하자 그는 햇빛이 성가신 것처럼 눈을 가늘게 떴다. 그리고 담배에 불을 붙여 울적하게 피우기 시작했다.

"자네가 하고 싶은 대로 하면 돼. 필요하면 뭐든 도와주겠지만, 이 사건에 탐정 역할을 맡을 사람이 있다면 그건 자네일세.

경찰은 어쨌거나 범죄니까 법률에 근거해 수사한다는, 무차별 살인의 반대말 같은 짓을 하고 있지. 한편 자네에게는 범인을 찾아야만 하는 명확한 목적이 있어. 탐정으로 나설 동기가 있는 건 이구치 군, 자네야."

경찰은 이를테면 무차별 탐정이라는 건가.

범인에게 동기가 있다면 탐정에게도 동기가 있어도 되리라. 내게는 도작범을 찾아내 림스데이크 씨에게 그림을 팔고 싶다는 동기가 있다.

그건 나만의 동기가 틀림없다. 도작범을 못 찾아내면 곤란한 사람은 나뿐이다.

생각해 보면 한 달 반 남짓 범인을 찾아 헤맸지만 별다른 단서를 얻지 못하고 정신적으로 피폐해지기만 했다. 정신적으로 피폐해진 가장 큰 이유는 내 탐정 활동의 동기에 대의가 없기 때문이다. 림스데이크 씨의 신용을 얻어서 그림을 팔아넘기기 위해, 남편을 잃고 슬픔에 젖은 여인의 집에 쳐들어가기도 했다. 이제 그런 짓에 염증이 나기 시작한 것이다.

"진상이니 진실이니 하는 건 공짜가 아닐세. 대개 뭔가 희생을 치러야 손에 들어오는 법이지.

따라서 탐정 활동은 남에게 민폐를 끼쳐. 하지 않고 넘어갈 수 있으면 그게 제일이야."

하스노가 아주 직설적으로 말했다.

나는 될 대로 되라는 기분으로 기지개를 켰다.

"나도 진절머리가 나. 하지만 하다못해 림스데이크 씨가 일본에 있는 동안은 최선을 다해야 나중에 미련이 남지 않겠지? 아무것도 하지 않을 수는 없어."

하스노는 담배를 두 손가락 사이에 끼운 채, 차마 보기가 딱하다는 듯 고개를 숙였다.

마침내 그는 귀찮아하는 말투로 입을 열었다.

"뭘 조사해야 하느냐 하면……, 아무래도 미야모리와 야나세가 위작 제작에 광을 이용했다는 이야기가 마음에 걸려. 고미라는 사람이 그런 말을 했잖아? 거기에 위작을 보관한 것 같은데, 그건 어디에 있는 광이지?"

"응? 아아, 그러네. 어디일까? 고미에게 물어볼 걸 그랬군."

간단히 조사할 수 있는 일일 테니, 위치가 어디든 이미 경찰이 수사에 착수했으리라.

"광에 단서가 있나? 위작에 대해서는 건질 만한 게 있겠지만……."

"기대에 부푼 마음으로 조사하러 갈 정도는 아니겠지. 다만 야나세가 아미리가로 도주하기 전에 도작된 자네 그림을 거기 보관했었다고 하니까 말일세. 이제 와서 살펴본들 꼭 뭔가 알아낸다는 보장은 없지만, 옛날 성터를 구경하는 셈 치고 가봐도 나쁠 건 없겠지.

그리고 조사하기에 아주 무난하잖나. 남의 집에 쳐들어가지 않아도 돼. 되도록 남에게 피해를 주지 않고 탐정 활동을 하고 싶다면 추천이야."

하스노는 여행지를 고르는 듯한 어조로 말했다.

나는 미야모리 일당이 사용했던 광이 어디였는지 서둘러 확인하겠다고 약속했다.

VI
도둑

1

　나카노마치의 오두막에서 발끝 부분이 떨어진 신발을 신은 인물과 마주친 후로, 미네코는 외출할 때 평소와 다른 옷을 입기로 했다.

　창문에서 사진을 찍고 도망쳤을 때 범인이 뒷모습을 봤을 가능성이 있었다. 그렇게 특이한 복장은 아니었지만, 밖을 돌아다니다가 만에 하나 범인과 마주쳐서 미심쩍게 여기기라도 하면 큰일이다. 사진기를 들고 다니는 모습을 보면 더욱 미심쩍게 여기리라. 그리고 미야모리가 살해당한 지금, 그 인물이 살인범이라는 건 의심할 여지가 없다.

늘 즐겨 입었던 꽃무늬 메이센*은 포기하고 얌전해 보이는 가스직** 기모노 위에 적갈색 하카마***를 입었다. 땋아 내렸던 긴 머리는 약간 짧게 해서 서양풍으로 틀어올렸다.

"전화 교환수 같구나."

아버지는 미네코의 복장을 그렇게 평했다. 그는 나비 번데기에서 잠자리가 나온 것 같은 예상치 못한 딸의 변신에 당황했다.

미네코도 동감이었다. 특히 사진기를 가방에 넣어두면 완전히 직업 부인****이 된 것 같은 기분이었다.

그래서 이모부에게서 위작범들이 사용했던 광을 조사하러 같이 가자는 전보를 받았을 때는 처음으로 일을 의뢰받은 것처럼 마음이 들떴다.

물론 이모부가 미네코에게 의지할 생각으로 일을 부탁할 리는 없지만, 이모부가 나서서 이런 사건에 미네코를 끌어들이는 건 처음이었다.

"이구치 군과 함께라면 괜찮겠지만……, 위험한 짓은 하면 안 된다."

"네."

---

*   다이쇼 시대에 유행했던 견직물 기모노. 대담하고 화려한 무늬가 특징이다.
**   가스 불꽃으로 표면을 처리해 광택을 낸 면직물.
***   기모노 겉에 입는 아래옷. 주름을 잡은 바지나 치마 형태다.
**** 사무, 판매, 전화 교환, 타자수 등 이전에는 남성 중심이었던 대도시의 전문적인 직종에 취업한 여성을 가리키는 말.

아버지는 그렇게 주의를 주면서 미네코를 배웅했다. 왜 딸이 자기 뜻대로 안 되는지 의아해하는 아버지의 속마음이 전해졌다.

현관문이 닫혔을 때 미네코는 갑자기 쓸쓸함을 느꼈다.

"오, 완전히 딴사람이구나. 잘 어울려."

오차노미즈역에서 만나자마자 이모부는 말했다. 자신 있게 고른 복장이 아니라서 칭찬받아도 그다지 기쁘지 않았다.

전보에는 적혀 있지 않았기에 미네코는 이모부와 함께 기다리고 있던 하스노를 보고 당황했다. 그는 확 달라진 미네코의 모습은 평가하지 않고 그저 "안녕하세요, 미네코 씨" 하고 미소 지었다.

"네, 안녕하세요. 오늘은 어쩐 일이세요? 뭔가 제가 도와드릴 수 있는 일이 있을까요?"

미네코는 가방 속에 사진기 관련 용품을 다 챙겨 왔는지 걱정됐다.

"음, 사진을 찍어달라고 할지도 모르지만, 그 이상으로 미네코 씨에게 확인받아야 할 일이 생겼어요."

"맞아. 아무튼 같이 가자."

미네코는 영문을 모른 채 두 사람과 함께 전철에 올라탔다.

Z

나카노역에서 하차하자 미네코는 더욱 혼란스러웠다. 위작범들이 사용했던 광을 보러 가는 게 아니었나?

개찰구를 통과해 주변 사람들이 멀어지고 목소리가 닿지 않는 곳까지 걸어간 후, 하스노가 말했다.

"미네코 씨, 실은 위작범의 광에 가기 전에 들를 곳이 있습니다. 지난달에 미네코 씨가 여기 온 건, 올해 2월에 자살한 후카에 씨의 아틀리에가 나카노마치에 있다는 이야기를 이구치 군에게 들었기 때문이죠?"

"네. 돌아가신 분께는 죄송하지만, 사진 찍기에 좋은 곳이 있지 않을까 싶었어요."

"그러다가 숲속 오두막에 다다라 여성의 시체를 봤고요. 그 오두막까지 가는 길은 기억합니까? 안내해줄 수 있겠어요?"

미네코는 그때 갔었던 길을 떠올리기 위해 머릿속을 뒤졌다.

"네. 갈 수 있을 거예요."

미네코는 앞장서서 길을 나아갔다. 그때는 혼자였지만 오늘은 전혀 두려울 게 없었다.

샛길을 하나 먼저 꺾는 바람에 시간을 낭비했지만, 그래도 30분도 안되어 숲속 오두막에 도착했다.

미네코는 발끝 부분이 덜 찍힌 발자국을 발견한 곳 근처에

살로메의 단두대

멈춰 섰다.

"여기예요. 그때 제가 여기에 왔었어요."

"확실히 살인하기에 제격이로군."

이모부가 오두막 정면에 서서 인적 없는 주변을 둘러보며 그런 소리를 했다.

하스노가 오두막 문을 열었다. 여전히 잠겨 있지 않았다. 미네코도 조심조심 뒤에서 들여다보았다. 실내는 미네코가 순사를 데리고 돌아왔을 때와 달라진 점이 전혀 없었다.

하스노는 시간을 별로 들이지 않고 오두막 조사를 마쳤다.

"미네코 씨, 범인은 숲을 가로질러서 온 것 같다고 했죠? 발자국은 어디에 남아 있었나요?"

미네코는 두 사람을 오두막 북쪽으로 데려왔다. 다른 발자국이 남아 있던 곳이다.

"범인은 이 안쪽에서 온 것 같았어요."

미네코는 마치 착시 현상을 이용한 그림처럼 간격이 벌어진 나무들 사이로 이어지는 길을 가리켰다. 전에 왔을 때는 순사와 함께 갔었다.

가볼까, 하는 이모부의 제안에 세 사람은 숲속으로 들어갔다.

한 정쯤 걸어서 잡목림을 통과하자 자동차가 다닐 수 있는 넓은 흙길이 나왔다. 주변에 건물은 드문드문했고, 길 좌우를 살폈지만 지나다니는 사람은 눈에 띄지 않았다.

"지난번에도 순사님과 여기까지 왔어요. 하지만 아무 단서도 없어서 바로 돌아갔죠."

"그렇구나."

이모부와 하스노는 주변을 여기저기 둘러보는 게 아니라 맞은편 오른쪽 건물에 주의를 기울이고 있었다. 조잡한 2층 판잣집으로, 공장 같아 보였다. 합판으로 창문을 막아둔 걸 보니 아무래도 사는 사람이 없는 듯했다. 전에도 봤지만 미네코는 딱히 신경 쓰지 않았다.

"저 집이 왜요? ……혹시 저기가 위작범들이 사용했다던 광인가요?"

광이라고 부를 듯한 건물로는 보이지 않았다.

"아니야, 미네 쨩. 그게 아니라 저기는 내가 전에 말했던, 올해 2월에 자살한 후카에 씨의 아틀리에야."

미네코는 숨을 삼켰다.

이모부에게 후카에 이야기를 들은 걸 계기로 나카노마치를 찾아왔으니, 기적적인 우연이라고 할 정도는 아니다. 그래도 어딘지 모르는 채 그의 아틀리에 근처까지 왔었구나 싶어 미네코는 놀랐다.

한산한 풍경에 갑자기 썩는 냄새가 감도는 것 같았다.

"전에 미네 쨩에게 이야기를 들었을 때 알아차렸어야 했는데. 미처 몰랐네. 그 오두막과 후카에 씨의 아틀리에가 이렇게 가까웠을 줄이야."

아틀리에에서 숲 너머의 오두막까지 걸어서 2분도 걸리지 않는다. 미네코는 변덕스럽게 돌아다닌 끝에 여기 다다랐을 뿐, 지도를 확인하지는 않았다.

"하스노가 지도를 확인하더니 혹시 오두막이 이 근처에 있는 것 아니냐고 하더군.

난 이 아틀리에를 몇 번 방문했었어. 후카에 씨는 세상 사람들에게는 무명 예술가였어. 작품을 전람회에 출품하지도 않았거니와 세상에 공개한 작품이 과연 몇 점인지도 몰라.

하지만 재능은 출중했지. 내가 현대 화가를 그다지 존경하지 않게 된 건 후카에 씨 탓도 있을지 모르겠군. 후카에 씨의 작품을 보지도 않고 서양화 작품들의 전망을 논하는 사람들이 어처구니없게 느껴질 정도였지."

이구치는 5년 전에 후카에와 만났다고 한다. 그가 우에노의 미술학교를 졸업하고 얼마 지나지 않았을 무렵이다.

"미네 짱과 똑같아. 뭔가 그릴 만한 게 없을까 싶어 즉흥적으로 이젤을 가지고 나카노마치까지 왔지. 그런데 역 근처에서 등이 구부정한 30대 중반 남자가 유화를 그리고 있더라고. 그 남자가 후카에 씨였어.

양해도 구하지 않고 예의 없이 캔버스를 들여다봤다가 깜짝 놀랐지. 개맨드라미를 그리고 있었는데 마치 도깨비불처럼 박력이 넘치더라고. 나도 모르게 말을 걸고 내 데생도 보여줬어."

후카에는 전혀 싹싹한 태도가 아니었다고 한다. 그래도 이구치의 그림에는 관심이 생겼는지 자신의 아틀리에가 어디에 있는지 알려줬다.

"뭐, 그렇게 친하게 지낸 건 아니었어. 5년 전에 한 번, 3년 전에 한 번, 작년에 한 번. 여기를 찾아온 건 그게 전부야. 무슨 작품을 제작 중인지 구경하러 왔었지. 맨 처음에 마주쳤을 때를 합쳐도 후카에 씨와는 네 번밖에 만나지 않은 셈이로군.

유화만 잘 그린 게 아니었어. 조각과 판화도 했지. 나도 판화는 잘 모르지만, 조각은 아주 사실적이고 세밀함이 넘치더군. 조형예술에 엄청난 재능이 있었을 거야. 작품을 왜 세상에 거의 공개하지 않는지 의아했지만, 공개하면 오히려 아까울 것 같기도 했어."

이모부는 옛날에 꿨던 꿈을 떠올리는 듯한 표정이었다. 미네코는 마음에 걸리는 점을 물어보았다.

"후카에 씨는 올해 2월에 자살했잖아요? 이유는요? 느닷없이 그런 거예요?"

"음, 나도 자세한 사정은 전혀 몰라. 2월 중순에 세상을 등졌는데, 죽은 지 며칠이 지나서야 지나가던 사람이 목을 맨 후카에 씨를 발견한 모양이더군.

신문에도 실리지 않아서 난 한 달쯤 지나서야 그 사실을 알았어. 오랜만에 와 봤더니 창문이 합판으로 막혀 있었어. 어찌 된 일인가 싶어 근처에 물어보니 자살했다길래 깜짝 놀랐지."

세 사람은 줄줄이 판잣집 앞으로 향했다.

삼나무 판자로 만든 외벽은 거무스름해졌고 판자 틈새에는

살로메의 단두대

이끼가 끼었다. 창문은 합판으로 대충 막아놓았다.

하스노가 물었다.

"이구치 군. 후카에 씨가 죽고 나서 누가 창문을 막았는지 아나?"

"아니, 몰라. 아마 친족이나 집주인이겠지? 친족이라면 별로 친하지 않은 사이였는지도 모르겠군. 귀찮아서 마지못해 처리한 것 같아."

이모부는 판잣집 반대편으로 돌아갔다. 미네코는 하스노와 나란히 뒤따라갔다.

뒤쪽으로 오자 이모부는 서쪽 창문을 막은 합판의 틈새를 가리켰다.

"후카에 씨는 여기를 조각실이라 불렀어. 작품을 참 많이 보관해 놨었지."

이모부는 몸을 굽혀 틈새를 들여다보았다.

"어, 뭐야? 물건이 꽤 많이 남아 있군. 후카에 씨가 죽고 나서 정리를 전혀 안 했나? 너무 엉망인데."

미네코도 이모부 옆에 서서 틈새에 눈을 댔다.

어두워서 안쪽 물건은 윤곽만 보였다. 확실하게는 모르겠지만 작품은 고철 더미처럼 아무렇게나, 절구 같은 모양새로 쌓여 있는 듯했다. 바닥이 드러난 조각실 가운데에는 의자가 내팽개쳐져 있었다.

미네코 일행은 판잣집을 빙 돌며 창문을 막은 합판의 틈새로 실내를 들여다봤다. 부엌에는 식기가 방치돼 있었고, 복도에 널브러진 실내화도 발견했다.

"후카에 씨에게 친족이 있다면 아마 먼 곳에 살거나, 심하게 게으르거나, 유품 정리를 미루고 있는 것 같은데."

"소원했겠죠. 사이가 별로 좋지 않았나 보네요."

한 바퀴 돌고 나자 이모부는 판잣집을 향해 자세를 바로 하고 두 손을 모았다. 그 모습을 보고 미네코도 두 손을 모았다.

"그런데 말이야, 미네 짱. 후카에 씨에게 수상한 점이 하나 더 있었어.

처음 여기 왔을 때 같이 사는 사람이 있느냐고 물어봤지. 잘 만든 집은 아니지만 혼자 살기에는 넓으니까. 그랬더니 도키코라는 피 안 섞인 여동생이 함께 산다고 하더군.

하지만 지난 5년간, 여기에 드나들면서 단 한 번도 그 여동생의 모습을 본 적이 없어."

미네코는 어쩐지 으스스하니 무서웠다.

"마침 외출했던 걸까요?"

"아니, 그런 게 아니야. 후카에 씨 말로는 여동생이 낯가림이 심한 데다 얼굴을 내보이는 것도 싫어해서 아무도 안 만난다더군. 2층에서 조용히 생활한댔어. 그림이며 조각이며 여동생을 소재 삼아 만든 작품은 몇 개 보여줬지. 아름다운 사람인 것 같더군.

과연 피가 섞이지 않은 여동생은 정말로 존재했을까?"

미네코는 판잣집에 눈을 돌리고 후카에와 실제로 존재했을지 모르는 아름다운 여동생의 모습을 상상해 보았다.

숲속 오두막에서 목격한 여자의 시체가 불쑥 생각났다. 거기는 여기서 그리 멀지 않거니와 그때 미네코는 과연 이렇게 아름다운 사람이 정말로 존재할지 미심쩍어하기도 했다.

"후카에 씨는 2월에 돌아가셨잖아요? 여동생이 있었다면 그 후로 어디서 어떻게 지낼까요?"

"모르겠어. 여동생이 실제로 있든 없든, 미네 짱이 목격한 광경을 대체 어떻게 해석해야 좋을지 짐작도 안 가는구나.

내 생각에 어쩌면 여동생의 존재 자체가 후카에 씨의 독창적인 작품이 아니었을까 싶어. 후카에 씨는 조형예술의 천재였지만, 조형예술로 만들어낼 수 있는 건 어디까지나 눈에 보이는 형태에 지나지 않지. 거기에 만족하지 못하고 대상의 내면을 작품으로 만들어내고 싶어진 게 아닐까."

"후카에 씨가 자기 작품 속의 사람이 정말로 존재하는 것처럼 여기면서 생활했다는 뜻이에요?"

"뭐, 그렇다고 할까. 그리고 그 모습을 또 작품으로 만들지. 그런 행동을 되풀이한 게 아니려나."

후카에라는 사람을 이모부는 끝까지 예술가로서 설명하려 애썼다.

하지만 미네코 생각에 그건 광기가 아닐까 싶었다. 후카에는 그저 미쳤던 게 아닐까?

"확실히 예술은 다소간 광인의 소행이라고 할 수 있겠지. 아무 쓸모도 없으니까. 보통 사람에게 자신들의 이해력 밖에 있는 건 전부 광기의 산물이야."

이모부는 체념한 듯 말했다.

"그럼 제가 본 건 후카에 씨가 창조한 작품이 누군가에게 살해당하는 장면이었던 걸까요? 대체 누가 죽인 걸까요? 그때는 후카에 씨가 돌아가신 지 벌써 넉 달이나 지났을 무렵이잖아요. 게다가 후카에 씨에 관해 알던 사람이 과연 얼마나 있었을까요?"

"후카에라는 사람 자체는 예술을 하는 사람들 사이에서 전설처럼 알려져 있었어. 오쓰키도 작품을 거의 세상에 공개하지 않는 대단한 작가가 있다는 소문은 들어 봤다고 하더군.

나중에 이야기하겠지만, 나 말고도 후카에 씨를 만나본 사람은 있었던 것 같아.

하지만 후카에 씨가 이 판잣집에 산다는 걸 알고 있던 사람은 거의 없지 않으려나? 아니라면 후카에 씨가 죽고 몇 달이나 지났는데, 아무도 판잣집에 손대지 않고 그냥 방치해놓는 건 이상해.

그림을 인정해 줘서인지는 모르겠지만 내게는 거처를 알려줬어. 하지만 자기가 이 판잣집에 산다는 사실은 절대 발설하지 말라고 했지."

"여기를 아무도 모른다는 거네요. 그런데 근처 오두막에서 여자가 살해당했고요."

상황이 이상하게 흘러가는 듯했다.

미네코는 숲속 오두막에서 발끝 부분이 떨어진 신발 자국을 목격했다. 우연도 이런 우연이 다 있나 싶었지만, 그게 아니었다. 분명 일련의 사건은 후카에와 연관이 있다.

미네코가 맞닥뜨린 사건에 무슨 의미가 있는지는 모르겠지만, 그 사건은 후카에의 아틀리에 바로 근처에서 발생했다. 게다가 오두막의 여성과 미야모리는 둘 다 「살로메」의 등장인물 같은 모습이었다.

"미네 짱, 실은 위작 사건이 후카에 씨와 관련이 있다는 또 다른 증거가 발견됐어. 이제 그걸 확인하러 갈 거야."

그렇게 말하고 이모부는 품에서 5만 분의 1 지도를 꺼냈다.

이모부가 현재 위치를 못 찾아서 지도를 빙빙 돌리며 애먹자 하스노는 못 보겠다는 듯 어깨를 두드리더니 아마 저쪽일 거야, 하고 흙길 서쪽으로 이어진 방향을 가리켰다.

3

"가까워요?"

"열 정쯤 될 거야. 가깝지는 않지만 멀지도 않지."

위작범이 사용했던 광으로 가는 중이었다. 후카에의 판잣집에서 열 정쯤 떨어진 곳에 있는 듯했다.

곧 흙길 여기저기에 드문드문 민가가 보였다.

한 구획에 나무 담장으로 둘러싸인 공간이 있었다. 원래는 저택 터였는지 땅에 기둥의 주춧돌이 남아 있고, 정원을 꾸몄던 흔적도 보였다.

저택은 남아 있지 않지만 북쪽에 큼지막한 광이 있었다. 기와지붕도 회반죽을 칠한 벽도 튼튼해 보였다. 저택 터를 향한 쪽은 탄 것처럼 변색됐다.

이모부는 다시 지도를 꺼내 힐끗한 후 하스노에게 보여주었다.

"여기 맞지?"

"그렇군."

이것이 위작범들이 위작을 넣어두었던 광이다. 저택은 불이 나서 타버린 듯했다.

"야마조에라는 기자에게 경찰 수사가 어떻게 돌아가고 있는지 물어봤는데, 위작범들의 증언에 따르면 아무래도 그들은 빠짐없이 이 광에 드나들었던 모양이야. 위작을 보관한 곳이 바로 여기였어."

"이게 후카에 씨가 위작 사건과 관련이 있다는 증거예요? 후카에 씨의 아틀리에에서 열 정쯤 떨어진 거리에 광이 있다는 게요?"

"그것만이 아니야. 사실 여기는 후카에 씨 소유였어. 수십 년 전에 불타서 광만 남았는데, 언젠가부터 후카에 씨가 사용한 것 같아. 그리고 몇 년 전부터 광을 미야모리에게 빌려줬지."

이모부는 그을린 문설주를 손으로 쓰다듬었다. 가까이에서 잘 보니 문설주에 걸린 너덜너덜한 명패에 후카에라는 글씨가

살로메의 단두대

적혀 있었다.

"작품을 만들기만 하고 팔지는 않았던 후카에 씨는 어떻게 생활했을까? 자산도 약간은 있었을지 모르지만, 그것만으로는 힘들었는지 이런 일도 했던 거야.

미야모리에게 빌려줬을 뿐만 아니라 후카에 씨 본인도 여기를 사용했던 것 같아. 필요 없는 물건을 넣어두고, 가끔 멋대로 미야모리의 물건을 펼쳐놓고 구경하기도 했다나 봐."

오기의 증언이다. 위작범들은 광에 후카에가 드나들기도 한다는 이야기를 미야모리에게 미리 들었다고 한다.

원래 후카에는 불타고 남은 광에 살다가 판잣집으로 이사한 것 아닐까. 그 후로 여기는 보관소가 된 것이리라. 이구치는 그렇게 추정했다.

"그럼 후카에 씨도 위작을 만들었을까요? 그림과 조각 솜씨가 아주 뛰어난 사람이었다면서요."

위작이 보관된 광에 자유롭게 드나들었다면, 그도 연관돼 있었다고 보는 게 자연스럽다.

하지만 이모부는 석연치 않다는 표정을 지었다.

"확실한 건 모르겠구나. 하지만 내 생각에는 아닐 것 같아. 둘이 어떻게 안면을 텄는지는 모르지만, 후카에 씨는 예술가들 사이에서 전설처럼 여겨졌으니까 미야모리가 관심을 품고 있었어도 이상할 것 없지. 그리고 어떻게든 해서 후카에 씨의 광을 빌린 거야. 다만 미야모리의 유품에 남아 있던 기록을 조사해 본 바로는, 위작 제작을 시작하기 전에 광을 빌린 것 같아. 그래서 후카에 씨에게 위작을 보관할 테니 앞으로는 출입하지 말라는 말은 못 한 거겠지.

무엇보다 후카에 씨는 놀라울 정도로 예술에 관한 지식이 없었어. 창작에 관해서는 천재였지만 학술 쪽에는 완전히 무관심했지. 따라서 위작 제작은 적성에 맞지 않았을 거야.

더구나 상식인이 아니라서 보관된 물품을 멋대로 들여다보기도 했지만, 미야모리와 야나세는 순찰해주는 정도로 받아들여서 신경 안 썼을걸? 위작임을 간파당할 걱정도 별로 없고, 가령 간파당하더라도 후카에 씨는 은둔자 같은 사람이니까 세상에 떠벌리지도 않을 거라고 안심하지 않았으려나.

게다가 고미 말에 따르면 미야모리는 위작범들에게 가급적 후카에 씨와는 얽히지 말라고 주의를 줬다고 해."

항변에 힘이 잔뜩 들어갔다.

"이모부, 후카에 씨가 위작범이 아니길 바라는 거예요?"

미네코가 묻자 이모부는 팔짱을 끼고 고개를 떨구었다.

"뭐⋯⋯, 그렇지. 다른 누가 위작을 만들든 내 알 바 아니지만, 후카에 씨가 그랬다면 실망이 클 거야. 그럴 거면 뭘 위해 대가 없는 창작을 하고 있었던 건지, 그건 예술에는 아무 구원도 없다는 뜻이야."

이모부는 나무 담장의 대문을 통과했다.

미네코와 하스노도 뒤따랐다. 불탄 저택 터를 가로질러 광을 가까이서 바라보았다.

2층짜리로, 작은 창문 몇 개에는 전부 쇠창살이 박혀 있었다. 출입문은 흙을 두껍게 발라서 아주 튼튼해 보였다.

"이러니 불이 났어도 괜찮았던 거겠지. 후카에 씨가 드나드는 걸 감안하고서라도 미야모리가 위작 보관소로 쓰고 싶었을 만하네. 자네라도 도둑질하기가 쉽지는 않겠지?"

"소리를 내지 않기는 어려울지도 모르겠군. 근처에 민가도 있으니까."

하스노가 인정하자 이모부는 묘하게 만족하는 듯했다. 그는 발돋움해서 광의 창문을 들여다봤다.

"야나세가 도주했을 때 미야모리는 광에 놔두었던 위작을 모조리 거둬들인 모양이던데⋯⋯, 잘 안 보이지만 역시 빈 것 같군. 아무것도 없어.

그래, 이 광에는 야나세도 드나들었어. 야나세도 위작 거래에 얽혀 있었으니까 말이지. 도주하기 전에 우시고메의 저택에서 옮긴 자기 물건을 한때 이 창고에 놔뒀던 것 같아. 그런 식으로도 사용한 거지."

야마조에의 말에 따르면 경찰은 이미 이곳에 조사하러 왔지만 아무것도 발견하지 못했다고 한다.

"경찰은 후카에 씨에 관해 자세히 조사할 마음이 없는 듯해. 뭐, 이미 세상을 떠났으니까. 그 판잣집도 손대지 않고 놔뒀어. 요컨대 위작 제작에 관여한 증거가 발견되지 않았다는 뜻이겠지? 역시 후카에 씨는 무관하지 않을까?"

이모부는 후카에의 결백에 집착했다. 하스노도 그 의견에 반대할 생각은 없는 듯했다.

광을 한 바퀴 돌았지만 여기는 역시 범죄와 관련된 변변찮은 유적에 불과했다. 증거가 남아 있는 듯한 낌새는 없었다.

필요할 것 같지는 않았지만 미네코는 광의 사진을 몇 장 찍었다. 그 정도만으로도 미네코는 만족했다.

"갈까? 오래 있을 필요는 없을 듯하군."

미네코 일행은 광을 떠나려 했다.

그때 대문에 누군가가 나타났다.

남색 가스리를 약식으로 입은 청년이었다. 그를 본 순간, 이구치는 허둥지둥 광 뒤편으로 도망쳤다.

왜 그러는 걸까? 미네코가 이모부와 청년 중 누구에게 주의를 기울여야 할지 난감해하고 있으니, 문 근처에서 우물쭈물하던 청년이 결심한 듯 이쪽으로 성큼성큼 걸어왔다.

누군지 모를 청년이 하스노에게 말했다.

"여기서 뭘 하는 건가? 당신들은 누구지?"

"안녕하세요. 저희가 누구고 뭘 하고 있는지 캐물어 본들 아무 가치도 없습니다. 신경 안 쓰셔도 됩니다."

하스노는 부드럽게 대답했다.

"아니, 그럴 수는 없지. 여기는 당신 땅이 아니잖아? 아무 볼 일도 없이 이런 곳에 올 리가 있나. 뭘 조사하고 있었어?"

"그런 말씀을 하시는 걸 보니, 당신은 뭔가 조사하러 오셨나 보군요? 하지만 저는 당신이 누구고 뭘 하러 왔는지 물어볼 생각이 없습니다. 잠자코 있으면 서로 아무 손실이나 이득도 없이 지나갈 겁니다.

하기야 물어볼 필요도 없이 당신이 누군지는 압니다만. 서양화가 모치키 씨죠?"

이름을 대자 청년은 움찔했다.

드디어 미네코도 상황을 이해했다.

뭘 하러 왔는지는 모르겠지만, 이 사람이 바로 오쓰키와 다툰 모치키다. 이구치는 도작범을 찾는다는 사실을 용의자가 몰랐으면 했기에, 모치키를 보자마자 허둥지둥 숨은 것이다.

"……당신이 날 어떻게 아는 거지?"

"그렇게 비굴하게 말씀하지 않으셔도 되겠죠. 기예의 화가시니까 낯선 사람이 알아보는 정도로 놀랄 것까지는 없습니다."

"아니, 분명 사건과 관계가 있겠지. 그렇지 않더라도 어째서 나를 아는 자가 이런 곳을 어슬렁거린단 말이야? 당신, ……탐정인가?"

"저는 결코 탐정이 아닙니다. 그런데 모치키 씨, 모치키 씨는 사건 때문에 오셨습니까? 대체 어떤 사건이죠?"

하스노는 모치키의 추궁을 미꾸라지처럼 피했다.

하스노는 사실만 말한다. 거짓말하는 걸 병적으로 싫어한다고 듣기는 했지만, 모치키를 상대로도 그러한 신념을 꺾지 않아서 미네코는 내심 어이가 없었다.

하스노가 너무 태연자약하게 나와서 그런지, 모치키는 점차 자기 혼자 설치는 듯한 기분이 든 모양이었다. 그는 상대를 바꾸었다.

"이쪽 아가씨는?"

"저는 도겐지 유키코라고 해요."

미네코는 대놓고 거짓말을 하기로 마음먹었다.

"오라버니가 산책을 가자고 해서 따라왔어요. 모치키 씨라고 하셨나요? 이 광에서 뭔가 사건이 발생했나요?"

"당신은 몰라도 돼. 아무래도 상관없는 일이야. 그나저나 당신들 말고 한 명 더 있었지? 날 보자마자 광 뒤편에 숨었어. 그건 대체 누구지?"

들켰다. 뭐, 당연히 봤으리라.

"그런 사람이 있었나? 족제비 같은 게 아닐까요?"

"그럴 리가 있나."

"네, 그래요. 사실 저분은 오라버니의 친구인데……, 으음, 낯가림이 아주 심해서 낯선 사람과 갑자기 마주치면 숨는 버릇이 있답니다. 가만히 놔두시면 안 될까요?"

미네코는 귀를 쫑긋 세워 광 뒤편에 숨은 이구치의 동태를 살폈다.

하스노는 쓸데없는 말로 모치키를 붙잡아서 이구치에게 도망칠 시간을 주려고 했다. 이구치가 매달린 담장이 삐걱거리는 소리가 났다. 나막신이 구르는 소리, 윽 하고 신음하는 소리, 몸이 땅에 떨어지는 소리가 이어졌다.

이건 안 되겠군, 하고 꼴사납게 한탄하는 소리까지 들려왔다.

이럴 바에야 차라리 숨지 않는 편이 낫지 않았을까? 모치키가 의기양양한 표정을 지어서 얄미웠다.

"그것 보라지. 살펴보러 가지 않아도 되나? 다쳤을지도 몰라."

"아니요, 괜찮아요. 저분은 지난번에도 모르는 사람을 보고 허둥지둥 커다란 삼나무에 올라갔다가 2층 높이에서 떨어졌는데, 아무 일도 없던 것처럼 팔팔하더라고요."

미네코는 하스노에게 눈짓으로 도움을 요청했지만, 그라고 해서 어떻게 잘 둘러댈 수 있는 건 아니다.

모치키는 두 사람을 무시하고 광 뒤편을 들여다보러 가려고 했다.

하지만 하스노가 뒤에서 모치키의 어깨를 눌렀다.

"뭐야? 내가 당신들 친구 얼굴을 보면 안 될 이유는 없잖아?"

"글쎄요. 모치키 씨, 잘 생각해 보셔야 합니다. 모치키 씨는 여기에 뭔가 조사하러 오셨겠죠? 그래서 광 뒤에 숨은 게 누구냐며 아무래도 상관없는 일에 연연하고 계신 거고요. 마치 탐정이라도 되신 것처럼. 하지만 탐정은 공짜로 할 수 있는 일이 아닙니다. 진실은 무료가 아니에요. 뜻밖의 대가를 치러야 할 수도 있습니다.

어쩌면 지금 광 뒤편에서 쇠똥구리 같은 짓을 하는 그를 만나지 않는 것이 모치키 씨를 위해 좋을지도 모릅니다. 만난 탓에 괜히 불안에 시달릴 수도 있어요.

여기 오신 이상, 모치키 씨에게도 사정이 있으실 테니까요."

"내 사정?"

비밀을 들춰내겠다고 암시하는 듯한 말투에 모치키는 주춤했다.

물론 그에게도 사정이 있을 터였다. 여기는 위작 제작에 사용된 광이고, 조금만 더 가면 후카에의 아틀리에도 있다. 뭔가 켕기는 구석이 있어서 혼자 몰래 찾아왔을 만도 하다.

"⋯⋯당신 누구야? 대체 뭘 아는 거지?"

"글쎄요, 아무것도 모릅니다. 저는 당연하고도 흔해 빠진 말씀을 드리고 있을 뿐이에요."

하스노와 말을 주고받는 동안 모치키는 불안이 싹트기 시작한 듯했다.

그는 어떻게 하면 체면을 유지한 채 여기서 떠날 수 있을지 계산하는 것 같았다. 미네코는 쐐기를 박듯이 말했다.

"저기, 저분은 정말 비참하고 가엾은 사람이에요. 잠깐만 내버려두시면 안 될까요?"

모치키는 떠났다. 몇 분 더 기다린 후 이제 됐을까 싶어 미네코는 대문으로 고개를 내밀어 앞길을 살폈다. 역으로 가는 방향에 모치키의 뒷모습이 보였다.

"괜찮은 것 같네요."

"다행이다. 아이고, 삭신이야. 정말 우스꽝스러운 단막극이었어."

이모부는 기모노를 털며 광 뒤편에서 나왔다.

"이보게, 하스노. 저자가 모치키인 걸 용케 알아봤군. 내가 사진을 보여줬었나? 더구나 오늘은 안경을 안 쓰고 있었잖아?"

"눈을 몹시 찡그리고 있길래 평소에는 안경을 쓰겠거니 했지. 게다가 자네가 몸을 숨겨야 할 상대라면 모치키밖에 없어."

평소에는 쓰고 다니는 안경을 벗고 왔으니, 일종의 변장이었을지도 모른다.

"저 녀석은 뭐 하러 왔지? 그냥 위작범들의 광이 있다는 이야기를 듣고 호기심이 발동해서 구경 온 걸까?"

"글쎄. 우리가 뭘 하고 있는지는 궁금해했지만, 자기가 뭘 하려는지는 알려주기 싫어하는 눈치였어."

"그럼 역시 켕기는 구석이 있는 건가."

이구치는 고개를 갸웃거렸다.

"뭐가 그리 켕기는 걸까? 혹시 미야모리의 집에서 증거가 안 나왔을 뿐 실은 모치키도 위작범이었나? 그래서 이 근처에 증거가 남아 있지 않을까 불안해서 정탐하러 온 건가?"

아직 정체가 밝혀지지 않은 위작범이 있을 수도 있다. 역시 모치키와 마주치지 않도록 이모부를 끝까지 숨긴 건 현명한 선택이었을지도 모르겠다.

이쯤에서 조사를 마치기로 했다.

오래 머무르면 또 누구와 마주칠지 모른다. 세 사람은 귀로에 올랐다.

"일부러 나카노마치까지 왔는데, 결국 뭔가 진전은 있었나?"

"있었지. 후카에라는 예술가가 어떤 식으로든 사건에 얽혀 있다는 게 명확해졌어."

"아, 뭐, 그래……."

후카에 이야기가 나오자 이구치는 또 미적지근한 반응을 보였다.

혹시라도 모치키와 마주치지 않도록 세 사람은 역까지 빙 둘러 가기로 했다.

"그러고 보니 하스노, 아야 씨에게 사건에 관해 알려주겠다고 약속했었지?"

"편지를 쓸 거야. 진전이 있었으니까."

두 사람이 오카지마 아야에 관해 이야기하는 걸 듣고 있으니 미네코는 마음이 어수선했다. 뭔가 불길한 예감이 들어서인지, 시시한 질투 때문인지는 미네코 본인도 몰랐다.

4

7월 24일. 고대하던 하스노의 편지가 우편함에 들어 있었다. '오리온'에서 나눈 약속은 지켜졌다.

하지만 편지가 상상보다 두꺼워서 아야는 낙담했다.

아니나 다를까 편지에는 그림 도작 사건에 얽힌 내용이 되묻지 않아도 될 만큼 상세하게 적혀 있었다. 사건을 극히 객관적으로 분석했고, 실내화에 관한 논리를 통해 갑을병식으로 분류한 것 외에는 용의자의 범위를 좁히지 않았다.

신약성서의 필치가 연상될 뿐, 어디를 어떻게 맡아봐도 하스노의 숨결은 느껴지지 않는 편지였다. 편지를 다 읽은 후 아야는 봉투를 움켜쥐고 부랴부랴 근처 우체국으로 향했다. 전보를 칠 생각이었다. 분노를 담을 필요가 있었다.

다음 날. 아야는 여느 때처럼 숄로 얼굴을 가리고 교바시의 집을 나서서 황혼이 내린 혼잡한 긴자 거리를 뱀처럼 빠져나갔다. 정다운 연인, 양장을 입은 아이의 손을 붙잡고 가는 부부, 게이샤와 함께 나온 노신사. 아야는 자기야말로 그 누구보다도 심각한 사정을 품고 있다고 믿어 의심치 않고서 사람들을 앞질러 갔다. 하스노를 만나기 위해.

하늘에 구름은 듬성듬성했다. 날은 막 저물었다. 낮 동안 여름 햇살이 쏟아졌던 거리는 아직도 열기를 내뿜고 있었다.

목적지는 히비야 공원 정문이었다. 정문에 다다랐을 때 아야는 타고 남은 재 속에서 은반지를 발견한 것처럼, 문설주 옆에 선 하스노의 모습을 알아봤다. 아야가 알아차리기도 전에 하스노는 멀리서도 알 수 있는 미소를 아야에게 던지고 있었다.

"하스노 씨, 역시 와주셨네요. 네, 와주실 줄 알았어요."

"물론입니다. 용건이 있으시죠?"

아야는 땅거미가 깔린 공원으로 들어갔다. 하스노는 그림자처럼 조용히 바로 뒤따라왔다.

"당신 편지는 너무해요. 마치 오려낸 신문 기사를 정리해서 보낸 건가 싶었을 정도예요. 실례도 정도가 있죠."

"실례를 범할 생각은 없었습니다. 말씀대로 저는 편지를 잘 못 씁니다."

"번역을 하시는데도요?"

"그런 건 상관없습니다. 편지 쓰기에는 번역과 전혀 다른 창의력이 필요합니다. 제게는 없는 능력이죠."

자기는 이렇게 동요했는데, 하스노가 결코 마음이 흔들리는 모습을 보이지 않아서 아야는 짜증이 치밀었다.

하스노에 대한 감정을 사랑이라고 불러야 할지는 아야 본인도 몰랐다. 다만 그가 자기와 무관한 것만큼은 도저히 용납할 수 없었다. 보석점 진열장의 보석에 매료됐을 때처럼 값어치도 모르건만 낯선 사람이 자기를 제치고 그것을 사 가지는 않을까 걱정하는, 그런 초조함에 사로잡혔다.

어제 하스노를 불러내기 위해 전보를 보낸 후부터 아야는 그의 감정을 드러나게 할 방법이 없을지 고민했다. 수많은 욕설을 만들어내고, 마침내는 하스노의 얼굴을 양손 손톱으로 할퀴어 상처투성이로 만드는 망상까지 했다.

하지만 하스노와 몇 마디 말을 주고받았을 뿐인데 아야의 마음은 벌써 꺾였다. 막상 만나보니 아무리 조롱하고 욕해도 하스노는 감정을 극명하게 표출할 것 같지 않았고, 그의 얼굴에 상처를 낼 엄두조차 나지 않았다.

"어쨌든 저는 그런 걸 보내주길 바란 게 아니에요. 그런 회람판 같은 편지라니! 누구에게 보여줘도 상관없는데, 봉투를 단단히 봉한 게 우스꽝스러울 지경이었다고요."

아야는 반드시 자기만을 위해서 편지를 써야 한다고 생각했다. 하지만 하스노는 사실을 나열하고 그것을 바탕으로 연역한 추정을 적었을 뿐, 아야를 위해서 쓴 글자는 하나도 없었다. 애타게 기다렸건만 대량 생산품이 도착하다니 용서할 수 없었다.

"오카지마 씨는 이 사건의 진척 상황을 알고 싶다고 하셨습니다. 하지만 지금 하시는 말씀을 들어보니, 마치 이 사건 자체를 본인 것으로 만들고 싶으신 듯하군요."

하스노의 목소리는 숄을 뒤집어쓴 아야의 귀에 더욱 부드럽게 울려 퍼졌다.

"그게 아니에요! 처음부터 이 사건은 제 사건이었다고요. 제 그림이 도작당했으니까!"

"그렇군요. 하지만 오카지마 씨만의 사건은 아닙니다. 이구치 군을 비롯해 여러 사람이 사건의 소유권을 주장하겠죠. 범인도 자기가 일으킨 사건이니 자기 것이라고 할지도 모르고요."

"하지만 당신 사건은 아니라는 말씀이군요."

"제 사건은 아닙니다."

아야는 입을 다물 수밖에 없었다.

음악당과 화단 사이를 빠져나온 두 사람은 이윽고 진달래산*근처에 왔다. 주위에 인적은 없었다.

어떻게 하면 하스노가 자기에게 마음을 쓰도록 할 수 있을까? 아야는 열띤 어조로 두서없는 말을 퍼부었다.

"하스노 씨, 당신은 독창성이라든지 아름다움이라는 개념을 믿지 않으시겠죠. 분명 당신은 그런 생각을 할 필요도 없으실 거예요.

당신은 제가 갖고 싶은 걸 전부 가지고 계세요. 거기에다 인간을 혐오한다는 복에 겨운 소리까지 하다니. 제가 사람을 싫어할 수 있다면 얼마나 좋을까요! 그런데 당신은……."

아야는 다시 할 말을 잃었다. 하스노가 거짓말을 하지 않을 거라 믿었기에 그가 결정적인 대답을 할까 봐 두려웠기 때문이기도 하고, 아야 스스로 끝까지 말하지 않더라도 하스노 쪽에서 이해해주기를 바랐기 때문이기도 했다.

"……당신은 아름다워요. 정말로 아름답다고요."

이윽고 아야는 그렇게만 말했다.

---

* 히비야 공원을 조성할 때 생긴 흙으로 만든 인공 언덕.

언덕으로 올라가는 길이었다. 두 사람은 멈춰 서 있었다. 앞서가던 아야는 몸을 돌려 하스노와 눈을 마주쳤다.

"오카지마 씨에게 독창성이나 아름다움이 얼마나 중대한 의미인지는 압니다."

이 말을 듣고 아야는 발끈할 뻔했다. 하지만 하스노는 아야가 덤벼들 틈을 주지 않았다.

"비꼬는 게 아니에요. 그럴 생각은 털끝만큼도 없습니다. 바꿔 말하자면 그 점을 이해하는 것이 당신에게 얼마나 중대한 의미를 띠는지 제가 안다는 뜻입니다."

"똑같은 말이에요! 당신은 남밖에 생각하지 않는군요. 그러니까 자기만은 절대 상처받지 않을 수 있는 거예요."

"가령 그렇다고 해도, 그건 당신이 얼마나 상처받고 있는지 제가 잘 안다는 뜻이죠. 제 말에 그 이상의 의미는 없습니다."

하스노는 그대로 어둠 속으로 사라질 것처럼 쓸쓸한 목소리로 말했다.

아야는 망설였다. 그의 관심을 끌기 위해 수중에 남겨둔 패가 몇 가지 있었다. 그걸 지금 그에게 제시해야 할까 말까?

다시 걸음을 옮겨 구모가타연못 옆을 지나 가스미문으로 향하며 아야는 말했다.

"……알겠어요. 그럼 한 가지 알려드리고 싶은 게 있는데요. 당신 편지를 읽고 이 사건과 관계가 있을지도 모르는 게 생각났어요. 바로 근처예요. 같이 가주셨으면 하는데요."

"네. 좋습니다."

공원을 나설 때까지 두 사람은 누구와도 마주치지 않았다.

아야가 하스노를 데려간 곳은 공원에서 도라노몬 방향으로 조금 걸어가면 나오는 양식집 유에이켄이었다.

가게는 혼잡했다. 아야는 안쪽 종려나무 화분 옆에 작은 탁자와 의자 두 개를 준비해달라고 급사에게 부탁했다.

"편지에서 후카에 류코우라는 화가에 대해 말씀하셨죠. 작품을 거의 세상에 내놓지 않는 화가였다고."

"네."

"하지만 저는 공개된 작품을 우연히 한 점만 알고 있었어요. 이 그림은 몇 년 전부터 여기 있었죠."

아야는 앉은 채로 벽 바로 위쪽에 걸린 15호 유화를 가리켰다. 물레방앗간 앞에 앉은 양장 차림 여자를 그린 그림이다.

"5년 전에 처음 봤어요. 정말 아름다운 그림이구나 싶었죠."

하스노는 아무 대답도 없이 그림을 살폈다.

"서명은 없군요. 후카에 씨 그림이 틀림없나요?"

"네. 이곳 점장이 어떻게 손에 넣었는지 들었는데 잊어버렸네요. 물어보면 분명 아직 기억하고 있을 거예요. 어찌저찌해서 후카에라는 화가에게서 직접 양도받은 게 아니려나."

"그렇군요."

"지금 물어보는 게 어때요?"

"이구치 군에게 맡기기로 하겠습니다. 그는 후카에 씨와 만난 적도 있고, 후카에 씨의 다른 그림도 봤으니까요."

"그래요? 네, 그건 좋으실 대로 하세요. 아무튼 당신 편지에서 후카에 류코우라는 이름을 봤을 때는 정말 놀랐어요. 저도 후카 에라는 화가가 거의 알려지지 않았다는 건 알고 있었거든요."

아야가 하스노의 편지에서 느껴진 무자비함에 화난 건, 예상 치 못하게 이 이름을 대했기 때문이기도 했다. 그 이름이 아야 를 운명에 쫓기는 듯한 기분으로 만들었다. 후카에라는 화가의 작품에 아야는 각별한 애착을 품고 있었다.

"아까 아름다움이나 독창성이 제게 얼마나 중요한 의미인지 안다고 하셨죠? 당신은 아신다는 거죠? 그럼 말씀드릴게요. 지 금껏 누구에게도 말한 적 없어요."

아야는 후카에의 그림을 가리켰다.

"저는 이 그림을 동경해 왔어요. 배우가 된 후로도 계속! 지 금도 이런 모습이 되길 원하죠."

아야는 숄을 젖혀서 수술받은 자기 얼굴을 드러내고 하스노 를 노려봤다.

"동경한다는 게 얼마나 비참한지 이해하시겠어요? 동경하면 잊어버릴 수가 없어요. 시종일관 자기가 그림 속에 그려진 사람 의 모조품에 지나지 않는다고 생각하며 살아간다는 비참함……."

이 고백에 아야는 답변을 기대하지 않았다. 오히려 하스노가 부주의한 동정심을 내비쳐서 환멸을 느끼지 않을까 걱정했지만, 그는 감정을 드러내기는커녕 흔해 빠진 맞장구조차 치지 않았다. 거짓말을 해야만 할까 봐 두려웠던 아야는 하스노가 말을 아껴서 안도했다.

아야는 무릎 위에 수첩을 올려놓았다. 제일 뒤쪽에는 미쓰에가 봤던 예전 사진을 여전히 끼워두었다. 하스노에게 그것을 보여줄지 말지 아야는 망설였다.

유에이켄을 나선 아야는 다시 히비야 공원으로 걸었다. 아야가 기분 내키는 대로 나아가는데도 하스노는 완벽하게 발걸음을 맞춰서 따라왔다. 아야는 마치 짐마차를 끄는 듯한 기분이었다.

"하스노 씨. 당신은 역시 방관자로 계시려는 건가요? 사건을 해결하려는 생각은 없으시고요?"

"이구치 군이 곤란해하니까 제가 거들 수는 있겠죠."

"그건 도작 사건이잖아요. 위작 제작이며 살인 사건까지 벌어졌어요. 어떻게 하실 건가요?"

"도작과 관계있을 것 같으니 그쪽도 조사해야겠죠. 하지만 본래는 경찰이나 관계자들이 신경 써야 할 일입니다."

"그렇군요. ……하지만 저는 이 사건을 당신이 전부 해결해주시면 좋겠어요. 오늘 뵈니까 그런 생각이 드네요."

"오. 그렇습니까?"

하스노는 이유를 묻지 않았다. 그는 무익한 질문을 하지 않는다.

살로메의 단두대

그러고 보니 오늘 아야가 거짓말을 해야 했을 법한 질문을 하스노는 일절 꺼내지 않았다.

"물론 대답은 필요 없어요. 해결해주셔도 사례는 드릴 생각 없고요. 다만 제가 그러길 바란다는 걸 알려드리고 싶었을 뿐이에요."

아야는 내뱉듯이 그렇게 말했다.

그때 아야는 불현듯 소맷자락의 촉감이 평소와 다르다는 걸 알아챘다.

너무 가벼웠다. 수첩이 안 들어 있다!

아야는 미쓰에 때와 똑같은 실수를 저질렀음을 깨달았다. 유에이켄에 수첩을 두고 온 것이다.

몸을 휙 돌려 새파랗게 질린 얼굴로 하스노를 보았다.

"수첩이 없어요. 어떻게 하죠? 의자 위일까요? 제 수첩이라는 사실을 바로 알 거예요. 그걸 남이 보기라도 하면……."

"빨리 돌아갑시다. 먼저 가겠습니다."

하스노는 양식집으로 뛰어갔다.

아야가 숨을 헐떡이며 하스노를 따라잡았을 때 그는 큰길에서 창문 너머로 유에이켄 안쪽을 살펴보고 있었다.

"어떻게 됐나요?"

"아까 우리가 앉았던 자리를 보세요."

하스노가 가리킨 곳에는 짙은 갈색 기모노에 부들부들한 천

허리띠를 맨 2, 30대 남자가 앉아 있었다. 그는 아야가 잃어버린 수첩을 꼼꼼히 넘기고 있었다.

"저게 무슨 짓이야? 음흉하게……."

"음흉하기만 한 게 아닙니다. 저 사람은 미야가와 가이예요."

"미야가와! 저 사람이!"

아야는 혼란스러웠다. 미야가와는 도작 용의자 중 한 명이다. 그리고 위작범이기도 할 터였다. 그런데 왜 자신의 수첩을 보고 있는 걸까?

"저희, 미행당한 걸까요?"

"아니요, 그렇지는 않을 겁니다. 그런 낌새는 없었어요. 오카지마 씨가 이 가게에 갈 거라고 누군가에게 밝히지 않은 한 그럴 리는 없습니다."

하스노는 도둑다운 견해를 들려줬다.

"하지만 완전한 우연도 아닐 것 같군요. 그렇다면 후카에 씨의 그림이겠죠. 그걸 보러 왔다가 수첩을 발견했을지도 몰라요. 무슨 목적으로 그림을 보러 왔는지는 모르겠습니다만."

"네, 분명 그 말이 맞을 거예요."

"어떻게 할까요? 오카지마 씨 말고 제가 회수해 오는 편이 좋을 것 같은데요."

아주 지당한 말이었다. 아야가 직접 나서면 일이 번거로워질 수도 있다. 하지만 아야는 수첩을 무례하게 쓰다듬는 미야가와의 모습에 분노가 치밀었다.

"괜찮아요. 제가 직접 가져올게요. 대신에 눈치채지 못할 만한 곳에서 지켜봐주셨으면 해요. 무슨 일이 일어날지 모르니까요."

하스노에게 상황을 지켜보겠다는 약속을 받은 후, 아야는 다시 숄로 얼굴을 가리고 가게 문을 열었다.

"오, 누구시지?"

미야가와는 히죽히죽 웃으며 탁자 옆에 나타난 아야를 쳐다봤다. 그는 여전히 수첩을 두 손으로 쓰다듬고 있었다.

"안녕하세요. 그 수첩을 돌려주셨으면 해요. 괜찮으시겠죠?"

"오, 물론 돌려드려야지. 하지만 당신이 수첩 주인인지가 문제인데요. 당신, 배우 오카지마 아야 씨죠? 잘 압니다. 설마 이런 곳에서 만날 줄은 몰랐군요.

수첩 잘 봤습니다. 확실히 당신 말대로 오카지마 아야의 수첩이라고밖에 볼 수 없는 내용이 적혀 있기는 한데, 묘하네요. 맨 뒤쪽에 끼워진 사진, 틀림없이 오카지마 아야인 듯한데 뭔가 다릅니다. 코가 낮은 데다 주먹코고, 눈도 작고, 뺨도 홀쭉해요.

그나저나 가까이서 보니 아주 정성스럽게 화장했군요! 이런, 실례. 이런 사정이 있는 줄 몰랐습니다."

"어떤 사정을 생각하셨는지는 모르겠지만, 그 수첩이 제 물건이라는 건 아셨군요. 그렇다면 제 화장이 얼마나 진하든, 당장 돌려주시겠죠? 죄송하지만 남이 건드리는 건 싫어서요."

"이것 참 미안합니다. 모처럼 만났으니 붙잡아둘 수 없을까 싫었거든요. 감사의 표시로 잠깐 이야기라도 나누는 게 어떻겠습니까?"

미야가와는 맞은편 의자를 다리로 밀어내며 아야를 앉히려 했다.

아야는 주변 상황을 살폈다. 문답을 주고받는 두 사람에게 손님들이 호기심 어린 시선을 보내기 시작했다.

"사양할게요. 꼭 할 이야기가 있으시면 밖으로 나가죠."

"허, 그야 바라마지않는 일이지만, 스테이크를 주문해놨거든요. 나로서는 여간 먹기가 쉽지 않은 성찬입니다."

"수첩에 손때를 묻히신 보답으로 제가 내드릴게요. 저 돈 있어요."

아야는 1엔짜리 두 장을 탁자에 내던졌다.

함께 가게를 나설 때 미야가와가 마치 기둥서방같이 스스럼없는 태도를 보여서 아야는 짜증이 치밀었다.

"자, 어디로 갈까요?"

"당신과는 어디에도 안 가요. 어쩌다 잠깐 이야기해야 할 상황에 빠졌을 뿐이죠. 장소는 아무 의미도 없어요."

아야는 또다시 히비야 공원 쪽으로 향했다.

아야는 배우의 눈으로 미야가와를 바라보았다. 소박한 행색을 하고 여배우라는 직업을 경멸하면서도 구경하기는 너무나 좋아하는 남자. 허식의 냄새를 민감하게 포착하고 그걸 비웃는 데서 삶의 보람을 느끼는 유형이다. 그것도 추문을 즐기는 여자와 달리, 우습게 여기는 데 남자다운 대의가 있다고 오만하게도 착각하고 있다.

이런 남자는 흔해 빠졌어! 게다가 그들은 자신들이 소수파라는 자부심까지 품고 있다. 분명 미야가와의 내면에서 예술 정신이 오만함과 결합해 아야를 모욕해도 괜찮다고 허락하는 것이 틀림없었다.

"뭐, 좋아. 난 우연히 당신 비밀을 알았을 뿐, 우리는 아무 사이도 아니지. 하지만 이건 아주 중대한 비밀이야.

당신은 유명한 배우니까 나 같은 인간을 당장 잊어버려도 상관없겠지만, 아무것도 하지 않고 일을 무마하려는 건 실례 아닌가? 나는 이 비밀을 평생 지켜야 해? 정신이 아득해지는걸. 내가 비밀을 지켜야 한다는 걸 잊어버리지 않도록 배려를 좀 해줬으면 하는데."

"어머, 아까 2엔을 대신 냈잖아요. 제가 해드릴 수 있는 건 그게 전부예요. 아무리 생각해 봐도 당신에게 해드릴 수 있는 일은 더 이상 떠오르지 않네요."

아야는 어둠 속에서도 분명히 보이게끔 미야가와에게 경멸어린 미소를 지었다.

미야가와는 진땀을 흘렸지만 여유 있는 척하는 투로 말했다.

"그래, 거절하겠다는 거로군. 하지만 좀 냉정해지는 편이 좋지 않을까? 꼭 지금 결정하지 않아도 괜찮아. 또 연락하지. 당신도 강한 척하지만 내가 누군지 모르면 불안할 테니……."

"오지랖도 넓으셔라. 자기소개하지 않아도 당신이 누군지 알아요. 그림을 그리시는 미야가와 가이 씨죠?"

미야가와가 경악한 걸 알고 아야는 더 환하게 웃었다.

"놀라셨어요? 하지만 제가 당신을 알고 있었다고 해서 우쭐해하실 건 없어요. 왜냐하면 너무 시시한 이유로 어쩌다 알게 됐거든요. 정말이지 설명할 필요도 없을 정도예요! 그러니 제발 기뻐하지 마세요. 기뻐하면 우연히 연달아 제비뽑기에 당첨돼서 야단법석을 떠는 아이와 다를 바 없답니다.

이름만 아는 게 아니에요. 명색이 화가면서 위작을 만들었다면서요? 저번에 살해당한 분과 한패가 돼서. 당신, 살인 용의자이기도 하죠? 무섭네요. 경찰은 이런 사람을 감옥에 안 넣고 뭘하는지 몰라. 정말 터무니없는 사람과 엮이고 말았네."

하스노의 따분한 편지에 적혀 있던 내용이 아야를 달변가로 만들었다. 그 편지는 이럴 때를 위한 물건이었다.

기습으로 멋지게 미야가와를 때려눕혔다. 그는 아야가 자기를 전혀 모를 것이라고 믿었으리라.

파렴치한 가면에 금이 갔다. 미야가와의 얼굴에 수치스러워하는 기색이 서렸다.

"물론 제가 당신을 알고 있었다고 해서 재미있는 일이 생기는 건 아니에요. 그냥 수긍이 좀 갔을 뿐이죠. 미술관에서 '비열'이라는 작품을 감상할 때 내력을 알고 있어서 만족스러운 게 전부라고요. 제가 전시장을 떠나면 우리는 무관해지는 거죠!

당신은 그야말로 위작이나 만들 법한 별 볼 일 없는 화가예요. 말과 행동에서 그 어떤 재주도 느껴지지 않는다고요! 위작 제작이 법률에 어떻게 저촉되는지는 모르지만, 이제 화단 사람들은 당신 작품을 거들떠보지도 않을 거예요. 이제 그림을 그려봤자 소용없다고 자포자기했죠? 그런 얼굴이에요.

그러니까 더 이상 잃을 것도 없다고 오히려 뻔뻔하게 굴면서 여배우와 가까워져 볼까 싶었던 거죠? 예술가로서 죽은 셈이나 다름없는 처지가 됐으니, 자포자기한 김에 어엿한 악인이 되어 보자 싶었던 거겠죠? 당신처럼 무슨 생각을 하는지 알기 쉬운 사람은 또 없어요.

자업자득이든 뭐든 제 알 바 아니지만, 이것만큼은 확실히 알려드릴게요.

당신 같은 사람은 세상에 얼마든지 있어요. 당신이 아무리 악인의 특권을 얻은 듯 행동해도, 결국 당신이 할 수 있는 짓이라고는 누구나 떠올릴 만한 평범한 일뿐이에요. 위작을 만든 탓에 신세를 망친 게 아니라, 애초부터 위작을 만들 정도의 능력밖에 없었던 것 아닐까요?

괜히 저를 협박하지 말고 좀 더 독창성 있는 일을 하시면 어떨까요? 할 수 있다면요! 자, 수첩은 돌려주세요."

아야가 손을 내밀었지만, 미야가와는 입을 꾹 다문 채 수첩을 겨드랑이에 끼고 돌려주려 하지 않았다.

그의 목소리는 어린아이 같았다.

"당신이 대체 나랑 뭐가 다른데? 흔하게 생긴 주제에 몰래 수술받고 여배우 행세를 하고 있잖아. 당신 자체가 통째로 위작인 셈이야. 아닌가?"

"꼬여도 한참 꼬였네요. 그렇게 따지면 조각은 인간의 위작 아닌가요?"

그렇게 반박하기는 했지만 미야가와를 욕한 말이 되돌아와서 아야 본인의 마음을 후벼판 것도 사실이었다.

악인이랍시고 설치는 짓은 미야가와에게 어울리지 않는다. 아야가 그 사실을 꼬집어서 미야가와는 완전히 토라졌다.

"이봐, 본인이 무슨 예술 작품인 것 같나? 그렇다면 당당하게 굴면 되잖아. 그런데 옛날 사진을 나 같은 인간에게 들켜서 허둥대고 있지. 뭔가 켕기는 거야. 신경 쓰이지 않을 리 없어. 그런 허세는 집어치워.

내가 협박하려는 것처럼 들렸을지도 모르지만, 하지만 그런 추잡한 소리를 하려던 게 아니야. 그야, 당신이 그렇게 상상하는 것도 무리는 아니지만. 다만 그렇게 나에 대해 잘 안다면 조금쯤 동정해줘도 되잖아."

거짓말이다. 아야는 똑똑히 알 수 있었다. 미야가와가 바랐던 건 동정 따위가 아니다. 그야말로 방금까지 그의 머릿속에서는 온갖 난잡한 상상이 소용돌이치고 있었을 것이다.

자신의 정체가 들통났다는 걸 안 뒤로 미야가와는 교활하게도 애처로운 면모를 내비치기 시작했다. 아야는 그런 그를 결코

살로메의 단두대

용서할 마음이 없었다.

"동정이요? 그렇겠죠. 이렇게 창피를 당한 당신이 제게 뭔가 요구할 게 있다면 그것뿐일 테니까요. 그런 것조차 평범하네요. 동정하려 해도 당신과 저는 겹치는 부분이 전혀 없어요. 경멸하는 것 말고 당신의 비굴함을 어떻게 대해야 할지 저로서는 모르겠군요."

"당신이야말로 자신이 비굴하다는 걸 절대 인정하지 않는군. 어엿한 여성 예술가 같은 소리를 지껄이며 나를 우습게 여기다니……, 아무리 고상한 척해봐야 당신은 사람들이 그저 아름답다고 떠받들어주길 바랐을 뿐이야. 그래서 얼굴을 바꾼 거지. 내가 비굴하다면 당신은 상상도 못 할 만큼 파렴치한 인간이라고."

아야의 웃음이 두려운지 미야가와는 혼잣말에 가까운 목소리로 중얼거렸다.

"그래요? 당신이야말로 남의 수첩을 가로채고 좋아하는 파렴치한 짓을 그만하세요."

아야는 팔에 힘이 빠진 미야가와의 겨드랑이에서 수첩을 낚아챘다. 그리고 그 기세를 살려 떠나려 했다.

"이봐, 괜찮겠나? 나는 당신의 비밀을 알아냈어. 말하면 믿을 사람 천지야. 그 사진이 없어도 어차피 증거는 찾으면 여러 가지겠지? 수술한 의사를 찾아도 되겠고."

"그래서 뭐 어쩌라고요? 제가 알 바 아니에요. 말리고 싶어도 저는 더 이상 당신에게 할 말이 없답니다. 제가 파렴치하다고 했죠? 오카지마 아야가 미용 수술을 했다고, 아름다워지기 위해 물불 안 가리는 여자라고 떠벌리겠다는 거죠? 네, 당신이 보기에 저는 그런 인간이겠죠. 어떻게 되나 해봐요. 그딴 협박으로 더 이상 제 마음에 상처를 줄 수 있을지. 당신도 곱게 넘어가지는 못할 거예요."

이것은 아야의 거짓말이자 허세였다. 하지만 미야가와가 믿도록 해야 했다. 아야는 자기 마음을 짓밟으며 외쳤다.

아야는 미야가와를 남겨두고 곧장 자택으로 향했다.

혼자가 됐는데도 상황을 살피고 있었을 하스노가 나타나지 않아서 아야는 고마웠다. 오늘은 더 이상 그와 이야기하고 싶지 않았다. 자택 앞까지 와서 돌아보니, 수십 간 뒤에서 키 큰 사람이 고개를 꾸벅 숙이고 떠나가는 모습이 어렴풋이 보였다.

침대에 누웠지만 아야는 마음이 좀처럼 가라앉지 않았다.

미야가와에게 협박당한 것보다 하스노와 함께 공원을 산책하고 양식집에 들어간 것이 훨씬 중대했다.

세상 사람들이 아야가 수술로 얼굴을 바꾼 걸 알고서, 뒤에서 손가락질하며 가엾이 여기고 조롱하는 것, 그게 무슨 문제란 말인가! 아야에게 이것은 정신의 대격변이었다. 얼마 전까지만 해도 자신의 감정이 이런 곳에 다다를 줄은 꿈에도 몰랐다.

하스노! 그가 문제다. 누구보다 아름다우면서 아름다움을 전혀 이해하지 못하는 그에게 아야의 고뇌를 가르쳐줘야 한다. 아름다움을 증오하는 것이 얼마나 괴로운 일인지를.

그런 의미에서 아야는 의심할 여지 없이 하스노를 증오했다. 그의 아름다움과, 아름다움을 이해하지 못하는 무지가 너무나 원망스러웠다.

5

사진기를 다루기 시작한 후로 미네코는 이모부 집에 자주 묵었다.

암실에 틀어박히는 시간이 길어진 탓이다. 촬영보다 그 이후의 작업이 어려웠다.

해가 지고 나서 작업하면 실수로 필름을 빛에 노출해서 망칠 우려가 적다. 게다가 창문을 꼭 닫아야 하니까 낮에는 더위를 견딜 수 없었다.

미야모리가 살해당하는 사건이 발생하고 20일쯤 지난 이날도 미네코는 이모부 부부와 함께 저녁을 먹었다.

이모부도 이모도 이제는 사건을 그다지 화제로 삼지 않았다. 이유는 명쾌하다. 자기들이 논의하지 않아도 저절로 여기저기서 사건 이야기가 들려오기 때문이다.

따져보면 미야모리의 죽음보다 위작 제작이 더 큰 파문을 불렀다.

사흘 전에 야마조에라는 기자가 쓴 기사가 잡지에 실렸다.

그때까지도 신문이 의혹을 보도하곤 했는데, 그의 기사는 그 의혹을 뒷받침하는 내용이었다.

화가, 평론가, 미야모리의 친구가 빈번하게 이구치를 찾아왔다. 호기심을 앞세운 구경꾼도, 사건에 영향을 받은 사람도 있었지만, 이구치에게서 얻어낼 것이 별로 없는지 다들 시큰둥한 얼굴로 돌아갔다.

위작을 만들지 않았느냐고 무례한 농담이 이구치에게 날아들기도 했지만, 훌륭한 자택 덕분에 경제적으로 여유가 있다고 평소 오해받았는지라 진심으로 그를 의심하는 사람은 없었다.

듣자 하니 위작 제작에 관한 조사는 약간 진전이 있었다고 한다.

일본화의 대가 아키나가가 위작 제작에 연관돼서 이구치를 비롯해 많은 사람이 놀라고 의아해했는데, 경찰이 신문한 결과 그 이유가 대번에 판명됐다.

아키나가는 어느 소설가의 아내와 간통했다는 사실을 미야모리에게 들켜서 약점을 잡혔고, 눈감아주는 대신 위작을 만들라고 해서 그렇게 했다. 아주 시시하게도 그것이 아키나가가 미야모리에게 협력한 경위였다.

이모부는 투덜댔다.

"내가 어렸을 적에 생일이면 어머니가 카레라이스와 닭고기, 삶은 달걀을 차려주셨는데, 지금 상황이 딱 그것에 가까워.

미야모리가 이상한 차림새로 살해당하고, 아키나가는 저명한 소설가의 아내와 간통했고 위작도 만들었지. 대략 이 세 가지가 카레, 닭고기, 삶은 달걀이야. 양식 있는 세상 사람들은 차려진 음식을 보고 크게 기뻐하지.

그 외 세 명 남짓한 소인배들이 위작을 만든 건 밥이야. 빼놓을 수는 없는 노릇이지. 내 그림이 도작당한 일은 곁들여진 사라다*에 들어 있는 옥수수 알갱이 정도인 것 같군. 가령 내가 사건에 관해 공표한들 다들 아무 생각도 없겠지."

"옥수수라니 그건 아니지. 그 일을 해결하지 못하면 그림이 안 팔릴 텐데. 그랬다간 억울해서 밥도 마음 편히 못 먹을 거야."

탁자의 사라다를 나무 주걱으로 정성스럽게 휘젓던 이모가 불쾌한 듯이 말했다.

알아, 하고 대답한 이모부는 의미도 없이 자기 식기를 만지작거렸다. 요즘 두 사람은 눈을 마주치지 않고 대화할 때가 많다. 먼 친척의 법사를 앞둔 것처럼 종일 뒤숭숭한 분위기다.

"그러고 보니 하스노와 아야 씨가 도라노몬의 양식집에서 미야가와와 마주쳤다는군. 사건과 관계가 있는지는 모르겠지만 그 가게에 후카에 씨의 그림이 있대."

이모부는 오늘 낮에 하스노를 만나고 왔다.

"후카에 씨의 그림이 그런 곳에 있는 줄은 전혀 몰랐어. 내일

---

* 일본식 샐러드. 1925년에 마요네즈가 시판되기 전에는 다른 소스를 만들어서 사용했다.

이라도 같이 가볼까? 뭔가 알아낼 수 있을 것 같지는 않지만."

"그렇다면 굳이 양식집에서 밥을 먹는 사치는 부리고 싶지 않아. 하스노 씨와 오카지마 아야 씨는 괜찮았어?"

"괜찮냐니, 그게 무슨 뜻이야? 뭐, 하스노에게 깨물린 것 같은 자국은 없더군."

미네코는 무심한 척 식사를 하며 두 사람의 이야기에 귀를 기울였다.

이모부도 이모도 사진에 푹 빠져서 툭하면 찾아오는 미네코를 귀찮아하지는 않는다. 하지만 도작 사건이 어떻게 진행될지 걱정하는 두 사람에게, 비범함을 간절히 원하는 자신의 초조한 마음이 전해지지 않는 것 같아서 미네코는 답답했다.

두 사람이 그런 소망을 웃어넘길 것 같지는 않았지만, 얼마 전까지만 해도 이상적인 외동딸이었던 미네코는 그 소망이 너무 유치하게 느껴지지 않을까 걱정됐다.

사에코가 말했다.

"후카에 씨라는 분은 작품을 판잣집에 쌓아놓기만 했잖아. 왜 전람회에 출품하려고 하지 않았을까? 당신은 그럴 수 있어?"

"아니. 나는 못 해. 아무래도 세상에 공개해서 반응을 살피고 싶어지겠지."

"그럼 후카에 씨는 세상 사람들의 목소리를 듣기가 무서웠던 걸까? 폄훼당하기 싫었거나, 자기만족으로 끝냈다는 뜻?"

이구치가 언짢은 표정을 지었다.

"그렇게 단순한 일이 아니야. 사에코는 이해하지 못하겠지."

"어머나, 거들먹거리기는. 난 예술이 뭔지 잘 모르지만, 모르는 사람한테 으스대면 밑천이 다 드러나는 법이야. 모르는 걸 만들어도 상관없지만, 난해하게 이유를 갖다 붙이면서 어떠냐, 모르겠지, 하고 우습게 여기면 참 얄미워."

"후카에 씨는 그렇게 얄미운 짓을 하지 않았어. 그저 자기가 믿는 대로 작품을 만들었을 뿐이지. 사에코 같은 사람이 멋대로 평가하며 훼방을 놓으니까 성가셔서 밖으로 나오지 않은 거라고."

사에코는 자살한 후카에를 으스스해한다. 후카에가 판잣집에 버린 작품이 부패했고, 거기서 퍼진 전염병이 이상한 사건을 일으키고 있다는 식으로 여긴다.

"그럼 나한테 거들먹거리는 건 후카에 씨가 아니라 당신이야. 이해하지 못할 작품을 만들 뿐이라면 상대해줄 수 있지만 거들먹거리는 건 상대해줄 수 없어."

"거들먹거리는 건 사에코야. 후카에 씨같이 이해하기 힘든 사람을 낮잡아보고 있어. 스스로는 그런 줄 모르니까 질이 안 좋아."

요즘 이모부와 이모는 미네코 앞에서도 주저없이 싸운다. 그 정도로 미네코가 익숙해졌다는 뜻이기도 하지만, 곁에서 듣기는 역시 싫었다. 식사를 얼른 마친 후 으르렁대는 두 사람을 남겨두고 미네코는 재빨리 거실에서 나왔다.

미네코는 2층에 올라가 암실에 틀어박혔다. 아래층에서 두 사람이 말다툼하는 목소리가 희미하게 들려와서 인상을 찡그리며 작업에 착수했다.

시험해 볼 일은 얼마든지 있었다. 노출 부족이나 과다를 조정하거나 얼룩을 없애는 방법을 모색하느라 대개 밤늦게까지 필름이나 약품을 만지작거렸다.

어깨끈으로 소맷자락을 걷어붙이고 두건과 앞치마를 착용한 후 미네코는 일을 시작했다. 지난 일주일 동안 사용한 필름이 열다섯 통이나 쌓였다. 이것을 촬영할 때 계획한 대로 현상해 인화지에 인화하는 것이 목표였다.

밤 10시경. 이모부와 이모가 암실 문밖에서 말을 걸고 갔다.

—미네 짱, 우리는 잘게.

—얘, 잘 때는 옷 갈아입고 이부자리에 들어가서 자. 바닥에 웅크리고 자지 말고.

싸움에 결판이 났는지는 모르겠지만 두 사람은 쉬기로 한 듯했다. 그들은 정원의 별채를 침실로 사용한다.

미네코 집에서는 이 시간이 되면 잠자리에 들어야 한다.

앞으로 나흘이면 8월이다. 한밤중이 가까워져도 암실에는 현기증을 유발할 듯한 더위의 잔재가 남아 있었다.

창밖에서 쉴 새 없이 들리는 날벌레 소리에 가끔 뜬금없이 매미 소리가 섞였다. 손에 비치는 빨간 석유등 불빛을 보고 있으니, 이 어두운 방은 마치 여름을 필름에 인화한 게 아닐까 싶었다.

오전 1시를 앞두고 미네코는 작업을 마쳤다. 전등을 켜고 빨간 석유등 불을 끈 후, 크게 기지개를 켰다.

뭘 찍었는지 모를 정도로 촬영에 실패하는 사진은 거의 없어졌다. 그래도 구도, 노출, 초점, 전부 만족스러운 사진은 아직 많지 않다.

미네코는 암실과 복도를 사이에 두고 맞은편에 있는 방에서 잔다. 갑자기 졸음이 차오른 머리를 들고 하품을 하며 열쇠 구멍을 막은 천 조각을 빼내려 했다.

천 조각에 손을 댔을 때 문득 가까운 벽에서 소리가 전해지는 걸 알아차렸다.

이모부나 이모가 깨어난 걸까? 하지만 여기는 2층이다. 화장실에 갈 거면 굳이 계단을 올라올 리 없다.

게다가 소리는 벽에서 전해져 왔다. 바닥널이 삐걱거리는 게 아니다.

뭔가를 긁는 듯한 소리. 그 정체를 알아차린 미네코는 서둘러 열쇠 구멍에 천 조각을 다시 쑤셔 넣고 문에서 펄쩍 뒤로 물러났다.

도둑이다! 도둑이 2층 창문을 열고 침입하려는 것이다.

암실은 빛이 들어오지 않도록 창문을 빈틈없이 막아놓았다.

그래서 도둑은 미네코가 깨어 있다는 사실을 알아차리지 못했다. 그래서 모두가 잠들었을 이 시간에 작업을 시작한 것이리라.

어떻게 하지? 지금 복도로 나가서 고함을 지르면 도둑을 쫓아낼 수 있을지도 모른다. 하지만 그러면 도둑이 무슨 목적으로 왔는지 알 수가 없을뿐더러 위험하기도 하다.

망설이는 사이에 발소리가 복도에 침입했다.

도둑은 거북이 걸음으로 신중하게 복도를 나아갔다.

당장 별채에 있는 이모부와 이모를 깨워야 한다. 하지만 문을 열면 도둑과 마주친다. 잠시 기다렸다가 나간다 해도 도둑과 마주치지 않고 별채까지 갈 수 있다는 보장은 없다. 게다가 어물거리면 도둑이 이 방의 문을 열지도 모른다.

미네코는 뒤쪽 창문을 바라봤다. 선택지는 하나뿐이었다.

ㅡ나한테 보통 사람과 뭔가 다른 점이 있다면, 때때로 2층에서 지상으로 도망쳐야 하는 거겠지.

암막을 살며시 떼어내고 소리가 나지 않도록 창문을 활짝 열며 미네코는 그렇게 생각했다. 4월에 폭한에게 쫓겨 빈집 2층에서 뛰어내렸을 때는 심하게 다쳤었다.

밖은 너무 어두웠다. 미네코는 내려갈 곳이 보이도록 암막 끄트머리를 석유등 손잡이에 건 뒤 석유등을 바닥으로 내렸다. 석유등을 잘 세운 후, 암막 한쪽 끝을 놓고 다른 쪽을 잡아당겨서 회수했다.

마음을 진정시켰다. 괜찮다. 정원은 이모가 늘 공들여 손질하니까 자칫 떨어지더라도 별 탈은 없으리라. 미네코는 암막을 커튼 봉에 묶고 창밖으로 늘어뜨린 뒤 맨발로 소리 나지 않게 창틀을 넘었다. 1층 창틀 위에 발끝을 대고, 암막을 밧줄 삼아 정원으로 미끄러져 내려갔다.

잔디 위에 서자 미네코는 석유등을 들고 부리나케 별채로 향했다. 집 밖에서는 침입자가 어디서 뭘 하는지 전혀 알 수가 없었다.

미네코는 이모부와 이모가 자고 있을 별채의 창문으로 달려가 석유등으로 실내를 비췄다. 두 사람이 얼른 깨어나기를 바라며 유리창을 조급하게 톡톡 두드렸다.

먼저 깨어난 건 사에코였다. 잠이 덜 깬 하얀 얼굴이 창문 너머에 나타났나 싶더니 사에코는 눈을 부릅뜨고 뒤로 자빠질 뻔했다. 이윽고 정신을 가다듬었는지 사에코는 창문을 열었다.

"뭐야, 미네코구나. 유령인 줄 알았네. 어쩐 일이니?"

그러고 보니 미네코는 머리에 두른 삼각 두건을 풀지 않았다.*

"도둑이요! 집에 도둑이 들었어요. 분명 아직 있을 거예요."

---

* 일본의 전통적인 유령은 이마에 흰 삼각 두건을 두른 모습으로 묘사된다.

"얘도 참. ……정말로?"

열심히 안채를 가리키는 미네코를 보고 사에코는 좀 떨어진 곳에 이부자리를 펴고 잠든 이모부를 흔들어 깨웠다. 이모부가 이모의 손을 피해서 구르자 이모는 이모부의 뺨을 찰싹 때렸다.

"응? 무슨 일이야?"

"도둑이 들었대. 하스노 씨는 아니고."

이모부는 벌떡 일어났다. 유카타 허리띠를 고쳐 맨 후, 두 사람은 별채 뒷문으로 정원에 나왔다.

"어디로 들어왔지? 뭘 하러 온 걸까……."

"2층 안쪽으로요. 지금은 1층에 있을지도 몰라요."

이모부도 이모도 더는 미네코에게 캐묻지 않았다.

세 사람은 서둘러 정원 창고로 향했다. 창고에는 이구치의 할아버지가 영길리에서 가져온 낡은 원예 도구가 처박혀 있었다.

이모부는 이모에게 순서를 양보했다.

"사에코는 어떤 걸로 할래?"

"이걸로 할게."

이모는 길이가 7척쯤 되는 투박한 쇠스랑을 꺼냈다.

"무겁지 않겠어?"

"괜찮아. 이 정도는 돼야 든든하지."

"그래? 그럼 난 이걸로 하겠어."

이모부는 철로 만든 튼튼한 삽을 들었다.

미네코는 대수롭지 않다는 듯 무장하는 두 사람을 어이없이 바라보다가 자기도 무기를 찾기 위해 석유등으로 창고 안을 비췄다.

금 간 화로에 부지깽이가 두 개 꽂혀 있었다. 미네코는 부지깽이를 양손에 들었다.

"저는 이걸로 할게요. ……저기, 이제 어쩌죠?"

"가능하면 도둑의 목적을 확인하고 싶구나. 도둑에게 들키기 전에."

세 사람은 본채 근처로 살그머니 다가갔다. 이모부가 선두에 서서 일단 아틀리에 창문 옆까지 왔다.

커튼을 쳐놓았으므로 안쪽은 보이지 않는다. 하지만 귀를 기울이자 덜컥덜컥 캔버스를 움직이는 소리가 났다.

세 사람은 즉시 창가에서 물러나 대문 언저리로 이동했다. 작은 목소리로 급히 상의했다.

"역시 내 그림이 목적이었어! 어떻게 할까."

"현관과 뒷문으로 협공하는 게 좋지 않을까? 그럼 이걸로 콱 찍어버릴 수 있을 거야."

"좋아. 그럼 내가 뒷문을 맡을 테니 사에코와 미네 짱은 현관을 맡아. 둘이 떨어지지 않도록 조심해. 어지간하면 권총은 없겠지만, 혹시 모르니 복도에 불은 켜지 말고. 현관에 들어서면 신발장 위에 회중전등이 있으니까 일단 그것부터 찾아. 만약 권총을 겨누는 것 같으면 바로 불을 끄고 도망쳐."

"응, 알았어."

이모부는 품에서 열쇠 다발을 꺼내고 현관문 열쇠를 찾아서 사에코에게 건넸다.

아무리 신중하게 움직여도 자물쇠 푸는 소리는 범인 귀에 들어갈 것이다. 그러므로 사에코와 미네코가 현관문을 여는 소리를 신호 삼아 이모부가 뒷문으로 돌입한다. 잘하면 아틀리에 문 앞에서 범인을 제압할 수 있으리라.

맥이 풀릴 만큼 금방 논의를 마쳤다. 이모부가 뒷문으로 향하자 사에코는 미네코의 손을 잡아끌다시피 현관 앞으로 이동했다.

"사에코 이모, 오늘은 의욕이 넘치네."

"더 이상 손해를 볼 수는 없지. 꼭 봉기한 농민 같다."

잠옷으로 입는 수수한 유카타 차림으로 쇠스랑을 든 사에코의 행색은 그야말로 각지에서 봉기한 에도시대의 농민 같았다.

회중전등을 들기 위해 미네코는 부지깽이를 하나 버렸다.

"가자."

사에코는 속삭이듯 말하며 열쇠 구멍에 열쇠를 꽂았다.

현관문은 농민들이 쳐든 횃불을 대신하듯 소리를 내며 열렸다. 미네코는 신발장 위를 더듬어 별 어려움 없이 회중전등을 찾아냈다.

회중전등을 켜고, 한 발짝 앞에서 돌격하는 창병 같은 자세를 취한 사에코와 함께 복도로 향했다.

복도에는 도둑이 있었다! 위아래가 붙은 작업복 차림에 검은 복면을 쓰고 회중전등을 들었다.

캔버스를 끌어안고 있었다. 아야를 그린 그 그림이다. 도둑은 급습에 놀랐는지 멀뚱하게 서 있었다.

사에코가 쇠스랑을 쳐들고 도둑에게 돌진했다. 하지만 도둑이 캔버스를 방패로 삼았기에 허둥지둥 쇠스랑을 내렸다.

그 틈에 도둑은 복도를 되돌아갔다.

"여보! 그쪽으로 갔어."

쥐를 모는 것처럼 사에코가 소리쳤다. 반대쪽에서 이모부가 나타났지만 한발 늦었다. 도둑은 캔버스를 복도에 내던지고 식당으로 통하는 문으로 뛰어들어 바로 문을 닫았다.

사에코는 캔버스를 주워서 파손되지 않았는지 이리저리 확인했다. 이모부가 문고리를 잡아당겼지만 도둑이 버팀봉이라도 끼웠는지 아무리 힘을 줘도 열리지 않았다.

사에코가 한 손에 캔버스, 한 손에 쇠스랑을 들고 말했다.

"어쩌지? 이러다 도망치겠어."

"하지만 기습은 실패했어. 위험하니까 따로 흩어지지 않는 편이 좋아."

식당은 너무 넓어서 평소에는 사용하지 않는다. 거기서 도망칠 출구는 여러 군데다. 지금 미네코 일행이 있는 문, 거실로 통하는 문, 부엌으로 통하는 문, 그리고 창문. 미네코 생각에 도둑은 아마도 창문으로 도망치는 길을 선택하지 않을까 싶었다.

"이모부, 아무튼 정원으로 나가는 게 좋겠어요."

두 사람은 미네코의 의견에 따랐다. 사에코는 캔버스를 이구치에게 떠넘기고 쇠스랑을 두 손으로 들었다.

현관에서 정원으로 나와 집 모퉁이를 돌자, 식당 창문으로 뛰쳐나오려는 도둑이 눈에 들어왔다.

사에코가 선두로 달렸다. 미네코가 뒤따랐고 이구치는 뒤처졌다.

무기를 든 세 사람은 몸이 가벼운 도둑을 따라잡을 수 없었다. 정원을 반 바퀴 쫓아갔을 때 도둑은 대문을 빠져나가 밤거리로 모습을 감췄다. 이렇게 농민 봉기는 실패로 끝났다.

"사건이 해결돼서 그림이 팔리면 창문에 쇠창살을 달까? 이제 지긋지긋해."

"그러게. 이번이 두 번째니까. 집 모양새가 흉해지는 건 싫지만."

날이 밝고 경찰이 대충 조사를 마친 뒤였다. 세 사람은 거실 탁자에 둘러앉아 있었다.

"아깝네요. 붙잡기 일보직전이었는데."

"뭐, 그림이 무사한 것만 해도 다행이지. 미네 짱이 알아차려서 피해를 면했어."

해가 뜨고 나자 이모부와 이모는 어젯밤 소동 때문에 썬 것이 떨어져 나간 것처럼 선선히 화해했다.

둘 다 범인을 원망하는 말을 내뱉으면서도 어제보다 기운을
회복한 듯 보여서 묘했다. 두 달 남짓 사건 때문에 울적해하던
중에 농기구를 들고 도둑을 쫓아다녔더니 그새 울분이 좀 풀린
모양이다.

게다가 이번 소동은 전혀 헛수고가 아니었다. 세 사람에게
뭇매를 맞을 뻔한 범인은 정원에 발자국을 남겼다. 이미 세 번
목격된 발끝 부분이 떨어진 신발 자국이 틀림없었다.

"도둑은 지금까지 발생한 사건의 범인과는 다른 사람인 척할
생각이 없는 것 같아. 그러니까 태연히 똑같은 신발을 신고 다
니는 거겠지. 뭐, 우리로서는 범인이 동일 인물로 밝혀지는 편
이 낫기는 해."

지금껏 도작과 위작, 그리고 살인의 인과관계는 명확하지 않
았다. 하지만 이구치의 그림을 훔치려 한 이상, 발끝 부분이 덜
찍힌 발자국의 주인이 도작에 연관됐다는 건 의심할 여지가 없
었다.

분명 이 사건을 해결하면 도작범도 찾아낼 수 있을 것이다.
이러한 구도가 명확해졌으니 이구치로서는 진전이 있었던 셈
이다.

"그런데 이모부 그림을 훔쳐서 어떻게 하려던 걸까요? 자기가
도작했다는 증거를 없애려고 했다든가?"

"뭐, 그렇게 볼 수밖에 없겠지. 좀 더 구체적으로 말하자면,
도작한 그림을 진짜로 만들기 위해서랄까. 원래 작품을 처리해

서 도작한 그림을 원조로 만들고 싶었는지도 몰라."

이것이 예술가의 시점에서 저지른 범죄라면 이모부의 말이 더 정확하다.

도작의 동기는 여전히 불명확하지만, 그 독창성을 제 것으로 만드는 것이 범인에게는 무엇보다도 중요했을지 모른다.

"하지만 그렇다면 아무리 생각해도 이상한 점이 있어. 발끝 부분이 떨어진 신발을 신은 남자는 도작 사건이 들통났다는 걸 6월 초순에 알아차렸을 거야. 그런데 왜 이제 와서 도둑질하러 왔을까? 두 달 동안 대체 뭘 하고 있었던 거지?"

"사람을 죽이고 다녔겠지."

"그런가. 그나저나 범인의 행동 원리를 통 모르겠군. 그럴 생각이 있었다면 내 그림은 훨씬 일찍 훔쳤어야 마땅해. 우선순위가 이상한걸. 오늘까지 기다려야만 하는 이유가 있었나?"

범인의 사정은 알 도리가 없다.

이구치의 신고를 받고 온 경관들은 언짢은 듯한 태도로 사정을 청취하고, 형식적으로 조사했다. 맥락이 확실치 않은 사건이 변덕스럽게 계속 발생하는 탓인지, 마치 예술가라는 존재에게 그 책임이 있다고 따지는 듯한 태도였다. 복잡하게 꼬인 사건의 양상을 보건대 그들의 신경이 날카로워질 만도 하다고 미네코는 생각했다.

"사건이 해결될 때까지 하루미 사장님께 그림을 맡아달라고 할까?"

"그렇게 해. 난 오늘부터 머리맡에 무기를 두고 잘 거야. 그런데 범인은 살인까지 저지른 것치고는 겁이 많아 보였어. 흉기도 없었던 거 아닐까?"

"듣고 보니 그렇군. 도둑질만 할 생각이라서 그랬나?"

이모부와 이모는 진지하게 그런 이야기를 나누었다.

미네코는 어두워지기 전에 집에 돌아가기로 했다.

림스데이크 씨가 일본을 떠나기까지 한 달 남짓 남았다.

VII

「요카난」

1

절도 미수 사건이 일어난 지 닷새가 지났다.

나는 기분 전환 삼아 아내와 함께 유에이켄에 가보았다. 거기 걸린 그림은 들었던 대로 후카에 류코우의 그림이 틀림없었다. 흠잡을 데 없는 솜씨였고, 경애하는 화가의 알려지지 않은 작품을 감상해서 감개무량했지만 사건의 단서는 찾지 못했다.

후카에가 사건에 어떻게 관련됐는지는 여전히 수수께끼다. 미네코가 시체를 목격한 것도 그렇고, 미야모리가 그의 광을 빌렸던 것도 그렇고, 여기저기에 후카에의 그림자가 어른거린다. 하지만 그는 이미 죽었다.

도둑이 부순 창문과 아틀리에 문을 고치다 보니 어느새 8월이 됐다.

오늘은 한낮의 열기가 주위의 경치를 고장 낸 것처럼 조용했다. 더워서 그런지 하늘도, 구름도, 초목도, 집들도 전부 위작으로 바뀐 듯한 기분이었다.

점심에 사에코가 삶은 메밀국수를 먹고 멍하니 있는데, 오쓰키가 찜찜해하는 얼굴로 찾아왔다.

거실에 들어서자마자 그는 말했다.

"이봐, 이상한 게 왔어."

"응? 그야 보면 알지."

"나 말고. 뭔지 모를 편지가 왔어. 좀 봐봐."

오쓰키는 호주머니에서 구깃구깃한 봉투를 꺼내 내게 건넸다. 속달 도장이 찍혀 있었다.

　　속히 알려주고 싶은 일이 있으니 8월 2일 오후 4시에 여
　기 적힌 곳으로 오시오. 만날 때까지 절대 남에게 발설치
　말 것.

　　　　　　　　　　　　　　　　　　　　오기 슈에이

거기에 오구무라의 어느 번지와 약도가 덧붙여져 있을 뿐이었다. 무슨 용건인지는 불분명하다. 게다가 오기의 호출이라니 대체 어찌 된 걸까. 8월 2일이라면 오늘이다.

"방금 배달된 거야."

"자네는 이 편지를 보고 바로 우리 집에 발설하러 온 건가?"

"그렇지. 뭘 어쩔 생각인지는 모르겠지만 혼자 가서 되겠어?

나한테 좋을 일일 리가 없잖아? 아니면 유산이라도 주려는 걸까?"

오기가 오쓰키에게 편지를 보내다니 확실히 심상치 않았다. 뭔가 곤란한 일이 생겼다 하더라도, 다른 지인이나 친구가 모조리 죽지 않고서야 오쓰키에게 상의하는 건 이상하다.

"이상하군. 위작 사건 때문일까? 하지만 하필 자네에게만 할 이야기가 있겠나?"

위작범임이 발각돼 예술가 생명이 끊긴 오기가 오쓰키에게 무슨 볼일이 있다는 말인가.

하지만 한 시간도 지나지 않아 그 의문은 해소됐다.

"속달이 왔어."

거실로 들어온 사에코는 내 가슴에 봉투를 밀어붙이고 바로 나갔다.

오쓰키에게 배달된 봉투와 똑같았다. 나는 당장 개봉했다.

"자네에게 온 편지와 동일하군. 그럼 흰갈매기회 모두에게 보낸 걸까?"

편지 내용은 오쓰키가 받은 것과 완전히 일치했다. 어떤 사정 때문에 오기가 회원들을 소집한 것으로 보였다.

"하지만 오구무라의 이 주소는 전혀 짚이는 구석이 없는데. 위작범들의 다른 거점인가?"

경찰 수사 과정에서 그런 정보가 나왔다는 이야기는 못 들었다. 지도를 확인해 보니 번화한 곳은 아니었다.

"뭐 가보면 알겠지? 오후 4시에 오랬으니까 3시 넘어서 출발하면 되려나."

아직 한 시간쯤 여유가 있었다. 나는 나카노마치에 갔었던 일 등등 오쓰키에게는 알려주지 않았던 사건의 경과에 대해 이야기했다.

"이보게, 후카에 류코우라는 화가가 나카노마치의 판잣집에 살고 있었던 줄은 몰랐지?"

"몰랐는데. 딱히 몰라도 되는 거지?"

"뭐 그렇지. 나는 아야 씨가 말한 그림을 유에이켄에서 보고 왔어. 점장에게 물어보니 5년 전에 후카에 씨가 식사하러 왔을 때 음식값을 못 내서 두고 간 거라는군.

후카에 씨는 이름 빼고 다른 건 전혀 알려주지 않았대. 가끔 손님이 그림에 대해 물어보면 그 이야기를 했다니까, 그 식당에서 후카에 씨에 대해 알게 된 사람이 있을지도 모르겠군. 분명 훌륭한 그림이었어."

"그런데 그 그림이 사건과 관계가 있어? 범인이 유에이켄에서 그림을 본 걸 계기로 후카에의 존재를 알았다고 해도 본인을 만날 수 있는 건 아니잖아."

"그건 그렇지. 하지만 사건과 관계가 있으니까 미야가와가 그 그림을 보러 왔다고 받아들이는 편이 자연스럽겠지?"

이 사건은 후카에에 대해 아는 인물의 소행인 듯하다. 범인은 어떤 경로로 그에게 다다른 걸까?

"역시 범인은 위작범일까. 위작을 만들던 자들은 나카노의 광에서 후카에 씨와 마주쳤을 가능성이 있잖나. 그게 어떻게 범죄로 이어졌는지는 모르겠지만."

"그렇다면 후카에가 위작과 관련이 있는 듯하다는 뜻 아니야? 너도 그건 싫잖아?"

"싫기는 하지만 그림이 안 팔리는 건 좋고 싫음과는 관계없는 문제니까. 하지만 그건 아닌 듯해. 후카에 씨는 위작을 만드느니 차라리 자살하는 게 낫다고 생각하는 사람이었을 걸세."

"후카에에게 푹 빠졌군 그래. 네가 여배우를 동경하는 여학생 같은 말을 하는 건 처음이야."

오쓰키의 말에 나는 갑자기 부끄러워졌다.

확실히 나는 아무리 작품을 좋아한다고 해도 다빈치, 페르메이르, 모네를 동경하지는 않는다. 내가 실제로 만나보고 넙죽 엎드리는 기분으로 창조성에 경의를 표한 화가는 후카에밖에 없을지도 모른다.

"동경하니 생각나는데 아야 씨까지도 후카에 씨의 그림을 알고 있었던 건 우연일까? 만약 아야 씨가 그 그림을 동경해서 얼굴을 수술했다면……, 그것도 이 사건과 무슨 관계가 있을까?"

하스노는 명확히 말하지 않았지만, 아야가 후카에의 그림에 내내 동경을 품고 있었던 건 사실인 듯했다.

2

3시가 넘자 백열을 내뿜던 햇빛이 주황빛을 띠었다. 정지해 있던 경치가 녹기 시작했다. 나와 오쓰키는 우에노에서 쇼센을 타고 다바타역으로 향했다. 지도를 본 바로는 역에서 오기가 지정한 곳까지 도보로 20분 남짓 걸릴 듯했다.

승강장에 내려서자 옆 차량에서 쇼지가 내렸다.

"어? 어라, 자네들도? 어떻게 된 거지?"

"안녕하세요. 속달이 왔죠?"

우리는 봉투를 보여주었다. 쇼지에게 온 편지도 나나 오쓰키 것과 구별이 안 될 만큼 똑같았다.

"나 혼자가 아니어서 다행이군. 이상하다 싶더라니."

"그렇죠? 오기 씨에게 호출당할 이유는 없는데 말입니다."

"그것도 그렇지만 오기 씨가 쓴 것치고는 편지 자체가 이상해. 필체가 좀 다른 듯하거든. 이렇게 둥글둥글한 필체가 아닐텐데."

"네?"

갑자기 찜찜한 분위기가 감돌았다.

나도 오쓰키도 오기의 필체를 기억하지 못했기에 그런 의심은 하지 않았다. 이것이 오기를 사칭해서 보낸 편지라면 대체 그 목적은 무엇일까?

개찰구를 통과했다. 지도를 보며 편지에 적힌 장소로 향했다.

"그러고 보니 기리타는 돌아오질 않는군."

"아아, 맞다. 그러네요."

4월부터 어딘가를 방랑하고 있는 기리타는 미야모리의 죽음이 신문을 장식하고, 위작 사건이 화단에 파문을 불러일으킨 지금도 일절 모습을 드러내지 않는다.

경찰은 위작 제작에 관련된 사람들을 미야모리 사건의 가장 유력한 용의자로 보고 있다. 특히나 의심받고 있는 건 취조 때 누구보다도 완강히 혐의를 부인했던 아키나가다. 그러므로 현재까지 위작 제작에 가담했던 낌새가 보이지 않는 기리타는 나타나지 않아도 문제 삼지 않는 듯했다.

"그 녀석, 때가 때이니만큼 돌아오면 여러모로 귀찮을까 봐 그런지도 모르지."

그럴 수도 있다. 하지만 너무 자기밖에 모르는 것 같기도 했다.

사건이 그치지 않고 계속 발생해서 지친 걸까. 나는 꼭꼭 숨어서 나타나지 않는 기리타가 원망스러웠다.

"오, 저기 모치키 교수 아니야?"

오쓰키가 앞서가는 사람을 가리켰다. 확실히 모치키의 뒷모습 같았다.

"이야기를 좀 들어볼까. 오쓰키와 마주치면 또 실랑이를 벌일지도 모르니까 말일세."

쇼지가 모치키를 따라잡으려고 뛰어갔다. 나와 오쓰키도 어쩐지 마음이 급해져서 걸음을 서둘렀다.

"역시 흰갈매기회 회원이 모두 모이는가 본데? 그만큼 중요한 일이라는 거겠지?"

"그렇겠지. 하지만 위작을 만들었던 자들은 올지 모르겠군."

미야모리가 살해된 후로 흰갈매기회 회원들이 모일 기회는 없었다. 다음에 만날 때 미야가와, 아키나가, 오기가 어떤 낯짝으로 나타날지 궁금하기는 했다.

지도를 보며 걸음을 옮기다가 지정된 장소인 듯한 집을 찾아냈다.

주변의 밭 사이에 오래돼 보이는 집들이 드문드문 늘어서 있었다. 편지에 적힌 장소는 그런 집 중 한 채로, 군데군데 기와가 벗어진 2층짜리 빈집이었다.

평소 아무도 돌아보지 않을 그곳은 시끌벅적했다. 앞서가던 쇼지와 모치키에 더해 엔도와 고미가 먼저 와 있었다.

고미는 나와 오쓰키를 보자마자 부리나케 다가왔다.

"너희들 왔구나. 다행이다. 정말 불안했거든."

들어보니 고미가 제일 먼저 도착했다고 한다. 속달을 받고 불안감에 사로잡힌 그는 지정된 시간인 4시보다 30분이나 일찍 왔다.

"그런데 보다시피 허름한 집이 있을 뿐 인기척이 전혀 없더군. 안으로 들어가야 하나 싶기도 했지만 현관문은 잠겨 있었어. 그래서 어쨌든 4시까지 기다려보려고 했는데."

다음으로 엔도가 왔다고 한다. 두 사람은 자기 혼자 편지를 받은 것이 아니라는 사실을 확인한 후, 서로 말도 하지 않고 그저 우두커니 서 있었다.

오쓰키가 목소리를 높였다.

"어이, 엔도! 오늘 미야가와는 어디서 뭘 하고 있어?"

"난 몰라. 7월에 그 일이 있었던 후로는 안 만났어."

엔도는 우리를 더 이상 가까이 오지 못하게 하려는 듯 고압적인 어조로 대답했다.

그는 사건이 발생한 후부터 위작범들을 노골적으로 경멸하는 태도를 보였다. 사건이 발생하기 직전에 미야가와와 친밀하게 지내는 모습을 보였기에, 자기에게도 의심이 쏠려서 평판에 영향을 받을까 봐 두려워하는 듯했다.

미야가와도 아키나가도 오지 않았다. 고미는 고발자로 나섰으므로 예술가로서 체면을 어느 정도 유지했지만, 회원들과 얼굴을 마주하기는 두려웠던 듯했다.

이미 오후 4시가 10분 지났다. 오기가 모습을 드러낼 낌새는 없었다.

여러분, 하고 쇼지가 모두를 주목시켰다.

"모두 오기 씨의 속달을 받았겠지. 하지만 어쩐지 이상해. 정말로 오기 씨가 편지를 썼는지 의심스러운 데다, 이야기를 하기 위해 굳이 이런 곳에 불러낼 필요도 없어. 무엇보다 제일 중요한 오기 씨가 오질 않아.

아무래도 이 집을 확인해 봐야 할 것 같은데. 우리를 여기로 부른 이유는 이 집에 있다고 볼 수밖에 없으니까."

옳은 말이었다. 반대하는 사람은 없었다.

쇼지를 선두로 우리는 빈집 주위를 돌기 시작했다. 해는 아직 높이 떠 있어서 살펴보기가 불편하지는 않았다.

덧문을 닫아놔서 창문으로 안쪽을 살필 수는 없었다.

집 뒤쪽에 도착하자 쇼지가 뒷문 손잡이를 잡았다.

"응? 뭐야, 열려 있잖아."

빗장을 채우는 꺾쇠가 부서진 상태였다.

안쪽은 취사장으로 사용하는 봉당이고, 봉당 안쪽의 마루턱 너머로 복도가 이어지는 평범한 구조였다.

어두침침해서 쇼지는 덧문을 열었다. 빛이 들이비쳐서 더러운 실내가 훤히 보였다.

바닥은 먼지에 덮여 있었다. 몇 년은 방치된 듯했다.

하지만 발자국이 남아 있었다. 최근에 누군가가 신발을 신은 채 복도를 여러 번 오갔음을 알 수 있었다.

"이보게."

나는 오쓰키에게 속삭였다.

어쩐지 심상치 않아서 자세히 보니 발끝 부분이 떨어진 그 신발이 틀림없었다.

모두가 이미 불길한 예감을 공유하고 있었다. 제각기 다른

　　　　　　　　　　　　　　살로메의 단두대

곳을 둘러보면서도 우리는 청둥오리 새끼처럼 한 덩어리로 뭉쳐서 복도로 올라섰다.

창문이 나올 때마다 덧문을 열었다. 아무도 지시하지 않았지만 우리 모두 바닥에 남은 발자국을 밟지 않도록 조심했다.

"냄새가 코를 찌르는군!"

엔도가 외쳤다. 물론 나도 알아차렸다. 피비린내가 감돌고 있었다.

맹장지문이나 장지문이 나올 때마다 조심조심 열고서 냄새의 근원을 찾았다. 이제 뭐가 있는지는 알고 있다.

그것은 정면 현관에 가까운 서쪽의 다다미 넉 장 반짜리 방에 있었다. 빛이 들어오도록 현관의 미닫이문을 연 후, 쇼지가 반쯤 열려 있던 맹장지문을 활짝 열었다.

"으엇!"

문을 연 순간 쇼지는 나자빠지듯 그 자리에 주저앉았다.

시체였다. 상상을 뛰어넘는 참상이었다.

위를 보고 누운 시체는 다리를 이쪽으로 뻗은 상태였다. 상반신 쪽으로 시선을 옮기자 머리가 있어야 할 곳이 텅 비어 있었다.

"잘 안 보이네. 창문을 열자."

다들 우물쭈물하는데, 오쓰키가 나에게 꺼림칙한 일을 제안했다.

방에 들어가 시체에서 눈을 돌린 채 창가로 슬금슬금 다가갔다.

덧문을 열어 기울어가는 햇빛이 비쳐 들자 다다미 위의 시체는 액자 속 그림처럼 색채가 선명해졌다.

시체는 모피로 만든 의복에 갈색 허리띠를 두른 모습이었다. 의복도 허리띠도 긴 여행을 거친 것처럼 후줄근했다. 나는 바로 성서 속 예언자를 떠올렸다.

머리가 없는 건 착각이 아니었다. 가슴이 피로 거무튀튀하게 물들었고 얼룩은 목에 가까워질수록 점점 짙어졌지만, 어깨 위로는 모든 것이 사라지고 없었다.

"요카난이야."

쇼지가 중얼거리는 소리가 들렸다.

사건은 다시 와일드의 희곡으로 돌아갔다. 살로메가 헤롯왕 앞에서 춤춘 대가로 머리를 달라고 해서 참수당한 예언자 요카난. 시체는 그 모습을 모방한 것이 분명했다.

이윽고 다른 네 사람이 미술관의 특별실에 들어서듯 엄숙한 태도로 줄줄이 방에 들어왔다. 다 함께 머리 없는 요카난을 둘러쌌다.

"……이게 오기 씨인가?"

쇼지가 탄식 섞인 목소리로 물었다.

익숙지 않은 옷인 데다 머리가 없다. 오기의 모습을 연상시킬 만한 요소가 전혀 없었다. 하지만 모치키가 방구석에 내팽개쳐진 물건을 발견한 것을 계기로 상황이 차츰 명확해졌다.

"이거 오기 씨의 유카타지? 나는 본 기억이 나는 것 같은데 아니야?"

모치키가 머뭇머뭇 집어 든 건 분명 오기가 자주 입었던 사시코지마*유카타였다.

그뿐만이 아니었다. 고대 사람 같은 차림새지만, 시체는 왼쪽 손목에 시계를 차고 있었다. 나와 오쓰키는 기억나지 않았지만 몇 사람이 틀림없이 오기의 소지품이라고 인정했다.

그리고 없어진 머리가 있어야 할 부분과 피로 물든 가슴께에 머리카락이 흩어져 있었다. 남자치고는 길고 희끗희끗한 머리카락은 오기의 봉두난발에서 잘려 나간 것이 틀림없었다.

다만 잘린 머리만은 어디를 찾아봐도 발견되지 않았다.

다들 지난달에 미야모리의 시체를 발견했을 때보다 훨씬 동요했다. 머리 없는 시체가 워낙 끔찍했기 때문이기도 했고, 술에 취해 몽롱한 상태가 아니었기 때문이기도 했으며, 사건이 분명히 연쇄 살인으로 발전했기 때문이기도 했다.

쇼지가 말했다.

"역시 그 편지는 오기 씨가 쓴 게 아니었어! 범인이 쓴 걸세. 우리가 이 시체를 발견하도록 술수를 부린 거야. 오후 4시라는 어중간한 시간에 오라고 지시한 것도, 모두가 속달을 받되 너무

---

* 천을 겹쳐 촘촘히 바느질하는 기법으로 만든 일본의 전통적인 줄무늬 직물.

어두워지지 않을 시간대를 노린 거고."

"무슨 목적으로? 오기 씨를 죽여야만 하는 이유도 그렇지만, 머리까지 자르고 이런 의상을 입힐 이유가 뭐란 말인가?"

모치키는 그렇게 반응했다. 둘 다 누가 범인인지에 대해서는 언급하지 않았다.

빈집은 살벌한 분위기에 휩싸였다. 지금 여기에는 용의자밖에 없다. 게다가 고함을 질러도 지나가는 사람에게 들릴지 의심스러운 곳이다. 나는 만사 제쳐놓고 경찰을 불러야 한다 싶었다.

하지만 엔도는 주저없이 소리쳤다.

"살해당한 이유는 당연히 위작이겠지? 우리는 거기에 휘말린 거야! 미야모리 씨만이라면 몰라도, 두 번이나 벌어졌으니 틀림없어. 오기 씨도 위작을 만들었잖아! 「살로메」의 등장인물 같은 차림새로 꾸미는 것도 역시 본보기로 삼겠다는 의미겠지. 아닌가?"

엔도가 다그치자 고미는 성실히 대답하려다가 말을 어물거렸다.

"그게, 난 아무것도 몰라. 하지만……, 그런 쪽으로 짚이는 구석은 없어."

"뭐, 솔직하게 알려줄 거라고 기대하지는 않았어."

보다 못해 나는 고미를 감쌌다.

"엔도, 기대하지 않는다면 고미 씨를 괜히 몰아붙일 것 없네. 게다가 위작범이 이런 짓을 저지른 범인이라면 용의자는 우리 말고도 더 있겠지. 그야말로 감춰진 사정이 있을지도 몰라. 위작범이 지금까지 밝혀진 사람뿐이라는 보장은 없으니까."

그렇게 말하자 엔도는 주춤했다.

위작범을 신경질적으로 대하는 그의 태도는 약간 도를 넘은 듯했다.

3

나와 오쓰키가 경찰에 신고하기로 하고 다바타역 쪽으로 향했다. 하지만 쓸데없는 짓이었다. 얼마 지나지 않아 이쪽으로 다가오는 형사가 보였다.

형사는 혼자가 아니라 뜻밖에도 아키나가를 데리고 있었다.

사정을 들어보니 아키나가의 집에도 오기 이름으로 속달이 배달됐다고 한다. 마침 수사를 위해 방문한 형사가 그 이야기를 들었다. 더욱이 정오 무렵에 오기의 집 하녀가 어젯밤 산책을 나간 주인이 돌아오지 않는다고 경찰에 신고했다. 그래서 형사는 아키나가와 함께 속달의 진의를 확인하러 온 것이다.

우리는 빈집에서 시체를 발견했다고 보고했다.

오랜만에 만난 아키나가는 흥미롭게 변화했다. 소탈하고 시원시원하니 붙임성이 좋았던 그는 예술가들이 누구나 인정하는 큰 인물이었는데, 이제는 카페에서 여급을 희롱하는 게 어울릴 법한 엉큼한 영감으로 보일 뿐이었다.

"예전보다 친근감이 느껴지는 풍모로 변했네."

오쓰키는 나에게 그렇게 속삭인 후 웃으며 아키나가에게 말을 걸었다.

"안녕하세요! 힘드시겠군요. 하지만 천하의 아키나가 스구루 선생님이 남의 아내에게 손을 대는 호색한이라는 걸 알고 안심했습니다. 제발 기죽지 말고 힘내십시오!"

"자네는 기운이 넘치는군. 시체를 발견했다고 하지 않았나?"

아키나가는 오쓰키에게 쓴웃음을 흘리는 여유를 보였다.

하지만 우리 말고도 흰갈매기회 회원이 많이 모여 있다고 하자 표정이 어두워졌다. 모두가 속달을 받은 걸 몰랐는지라 회원들과 대면할 각오를 하지 않고 온 것이다.

특히 고미와 대면했을 때는 희미하게 긴장감이 흘렀다. 아키나가는 비굴한 몸짓으로 회원들에게 인사한 후 고미에게만 적의 어린 시선을 번뜩였다. 고발자에게 원한이 있든지, 아니면 살인 사건의 용의자로 의심받고 있는 아키나가로서는 고미야말로 범인이라고 생각하는지도 모른다. 고미도 질세라 노려보길래, 나는 둘 다 그만두면 좋을 텐데 싶었다.

하지만 다다미방에 누워 있는 끔찍한 시체가 다툼에 마침표를 찍었다. 그렇게 옥신각신할 때가 아니라는 걸 다들 알고 있었다.

현장을 살펴보고 간단히 사정을 청취한 형사는 우리를 어떻게 다뤄야 할지 난감해하는 눈치였다. 고압적으로 행동하면서도 자칫하면 용의자들이 우르르 달려들어 자기가 맞아 죽지는 않을까 걱정하는 듯했다.

우리는 취조를 받기 위해 다 함께 경찰서로 향했다.

4

날이 완전히 저물 때까지 계속 기다렸다. 관할을 정리하기 위해 미야모리 사건을 수사하는 형사를 불러야 했다고 한다.

마침내 한 명씩 차례로 취조를 받았다. 오쓰키가 취조를 받는 도중에 나도 불려 갔다. 같이 빈집으로 향한 경위를 확인하고 싶었던 듯한데 오쓰키의 종잡을 수 없는 말에 질렸는지 형사가 나도 부른 것이다.

형사의 말에 따르면 미야가와도 속달 편지를 받았다고 한다. 기리타는 어땠는지 모르지만, 그를 제외하면 흰갈매기회 회원 모두에게 편지를 보낸 셈이다. 미야가와는 경계심이 발동해 빈집에는 오지 않았다.

형사는 받은 속달을 내놓으라고 했다.

"이 편지를 실제로 쓴 사람은 누구일 것 같나? 필체나 내용으로 짐작해 봐."

"엇? 이게 오기 씨가 쓴 편지가 아니라고 판명된 겁니까?"

"엄밀히 판명된 건 아니지만, 상황이나 다른 사람들의 증언을 고려하건대 그 가능성을 무시할 수도 없어. 필적을 감정할지도 모르지만 일단 의견을 듣는 걸세."

"짚이는 구석이고 뭐고 없습니다. 내용도 그렇고 필체도 그렇고 이런 건 누구나 쓸 수 있어요! 그런 의미에서는 오기 씨답다고도 할 수 있겠네요."

고인을 에둘러 비꼬는 오쓰키의 말에 형사는 눈살을 찌푸렸다.

"말은 좀 가려서 하도록 해. ……그럼 하나 더 묻겠는데, 자네들은 오기 슈에이 씨의 신체적 특징을 알고 있나?"

"네? 등이 약간 구부정하기는 했죠."

"여자와 거사를 치를 때면 일이 끝나기 직전에 입을 벌리고 콧구멍을 벌름거린다고 하던데요."

나와 오쓰키가 제각기 대답하자 형사는 혐오스럽다는 표정을 숨기지 않았다. 오쓰키는 그렇다 치더라도, 내 진지한 답변을 일축해서 당황스러웠다.

"오기 씨의 뭐가 문제입니까?"

"……실은 말이야. 아직 부검은 하지 않았지만, 이미 밝혀진 사실이 하나 있네. 황산 같은 약품을 사용했는지 피해자의 손가락과 발가락 끝부분이 짓물렀어. 검시관 말로는 피해자의 지문을 식별하기 어려울 거라더군."

"앗! 그렇습니까?"

시체의 손목시계를 확인하기는 했지만 손가락과 발가락이 그렇게 된 건 알아차리지 못했다.

시체를 요카난처럼 연출하기 위해서는 당연히 머리를 잘라내야 한다. 그래서 그 가능성을 지금껏 전혀 염두에 두지 않았는데.

"그 말인즉슨 그 시체는 오기 씨가 아닐지도 모른다는 겁니까?"

"그렇네. 범인이 피해자의 지문을 없애버린 이상, 그럴 가능성도 충분히 검토해야겠지."

"······그럼 그건 누굽니까? 게다가 오기 씨는 어떻게 된 거고요?"

"현재 조사 중이야. 자네들은 피해자의 특징을 잘 모르는 것 같긴 하지만, 시체를 보고 오기 슈에이 씨치고 이상하다는 느낌은 못 받았나?"

나도 오쓰키도 오기와 친하지 않았기에 증언은 못 한다. 다만 다다미방에 들어갔을 때는 다들 시체를 오기로 받아들인 것 같았다.

"저희 말고 오기 씨와 더 가깝게 지낸 사람에게 물어보셔야 하지 않겠습니까?"

"물론이야. 하지만 지금까지 진술을 청취한 바로는 아무도 피해자가 오기 씨라는 확실한 증거를 내놓지 못했네. 반대로 오기 씨가 아니라는 증거도 발견되지 않았고.

피해자의 신체적 특징을 아는 사람에게 확인해야 마땅하겠지만, 과연 있을지 의심스럽군. 그의 동거인은 늙은 하녀 한 명뿐인데, 오기 씨의 알몸에 익숙하지는 않을 거야."

그렇다면 시체의 신원이 언제까지고 밝혀지지 않을 수도 있다.

"그 시체가 오기 씨가 아니라면 반대로 오기 씨가 범인인 셈이잖습니까? 가해자가 피해자로 위장한 거죠."

"물론 그럴 가능성은 고려해야겠지."

오쓰키가 무례하게 끼어들었다.

"오기가 범인이라면 어엿한 동기가 있는 셈이야. 위작을 만들다가 들통나서 살아가는 내내 수치를 당하려니 눈앞이 깜깜했겠지. 하지만 자살하기는 싫으니까 대신 남을 죽이기로 한 거야."

"음? 자기가 죽은 걸로 위장해서 오기 슈에이라는 이름을 세상에서 없앤다는 건가? 누군가를 죽여서 머리를 자르고, 자기옷을 근처에 벗어놓고, 목 언저리에 머리카락을 뿌리고, 손목시계를 채웠다는 거야?"

"그래. 그래서 굳이 필체를 바꿔서 초대장을 보낸 거지. 나중에 살인범이 오기의 이름으로 보냈다고 생각하게끔."

오쓰키치고는 제법 앞뒤가 맞는 설명이었다. 이것이 오기의 범죄라고 한다면, 일어날 만해서 일어난 사건처럼 보인다.

"하지만 그렇다면 시체를 요카난처럼 꾸밀 필요가 없을 것같은데. 자기 유카타를 입히면 훨씬 그럴싸해 보이지 않겠나? 게다가 바닥에 남아 있던 그 발자국은? 지금까지 일어난 사건의 범인이 전부 오기 씨였다는 건가?"

"그럴 수도 있겠지? 미야모리에 이어서 죽이는 거니까 요카난으로 꾸며야 흰갈매기회 관계자가 살해당했다는 인상이 더강해질 거야. 게다가 요카난이라면 머리가 없어도 이상하지 않잖아. 다들 오기의 시체가 틀림없다고 생각할걸?"

"그럴지도 모르지. 하지만 오기는 돈이 꽤 많잖나? 1년쯤 전에 아버지가 돌아가셔서 유산을 상속받았을 거야.

죽은 걸로 위장하면 돈을 자유롭게 못 써. 자기 유산을 반출하기라도 하면 살아 있다고 공언하는 셈이나 마찬가지일세. 수치를 당하며 살더라도 돈이 있는 편이 나을 것 같은데."

"그 밖에도 죽은 걸로 위장해야 할 동기가 있을지도 모르지."

미야모리도 죽었다면, 처벌을 면하기 위해서 죽은 척하려는 건지도 모른다.

형사는 찌푸린 얼굴로 우리 이야기를 듣고 있었다. 마침내 그는 지혜의 고리를 어린아이에게 넘겨줬다가 다시 빼앗는 골목대장처럼 신문의 주도권을 되찾아갔다.

"가령 그게 오기 슈에이 씨의 시체가 아니라고 치고, 자네들은 짚이는 사람이 있나? 대신 살해당했을지도 모르는 인물을 떠올려 봐."

"저희 지인 중에 그런 차림새로 살해당했을지 모르는 사람이 없느냐는 말씀입니까? 아는 사람 중에 행방불명된 중년 남자는 없습니다만."

어차피 자기 대역으로 삼을 뿐이니까 되도록 나이와 체형이 비슷한 남자를 어디선가 찾아오면 그만이다. 경찰에서 실종자 목록을 뒤지는 편이 빠르지 않을까 싶었다.

하지만 오쓰키는 내가 머릿속 한구석에도 놓아두지 않았던 이름을 꺼냈다.

"야나세는?"

"뭐? 그게 누구지?"

형사는 야나세의 이름을 기억하지 못하는 것 같았다.

아미리가에서 사망한 위작 제작의 관계자라고 말하자, 누구인지는 생각난 듯했지만 형사는 승복할 수 없다는 표정을 지었다.

"그자가 사실은 살아 있었다는 건가? 그리고 몰래 일본에 돌아왔다고? 무슨 목적으로?"

"모르겠습니다! 하지만 행방불명된 중년 남자이긴 해요."

나는 점차 오쓰키의 주장을 웃어넘길 수가 없게 됐다. 그는 일종의 알리바이를 만들기 위해 일단 아미리가로 도망쳤을지도 모른다. 미야모리가 살해당한 사건에 위작 제작의 협력자였던 야나세가 관련됐다는 것도 말이 안 되는 소리는 아니다. 그러다가 끝내 공범인 오기에게 대역으로 살해당했다면? 야나세는 머나먼 외국에서 사망했으므로, 틀림없이 죽었다는 걸 확인하지는 못했다.

"오기 씨는 마흔한 살이지? 야나세라는 남자는 쉰 살이 넘지 않았나?"

"분명 쉰넷인가 다섯이었지만, 쉰네는 얼굴을 보지 않고 어느 쪽이 나이가 더 많은지 맞힐 자신이 없습니다요!"

돌이켜보면 야나세와 오기는 체격이 비슷했다. 오기는 나이에 비해 몸이 부실했으니, 구별이 안 되어도 이상할 것 없다.

이 자리에서는 더 이상 그 의혹을 검토할 방법이 없었다. 형사는 흠, 하고 콧김을 내쉬더니 신문을 마쳤다.

자정이 넘어서야 풀려났다. 전철이 끊겨 어쩔 수 없이 우리는 선로를 따라 걸었다.

"야단났군. 도작범을 찾아야 한다는 내 바람과는 상관없이 큰 사건이 빵빵 터져. 이보게, 그림은 그리고 있나? 난 요즘 붓이 통 안 나가."

"난 평소와 다름없이 그리는데."

이 뻔뻔함은 예술가로서 오쓰키가 갖춘 미덕이다. 나로서는 도저히 흉내 내기가 어렵다.

"그 시체는 정말로 야나세일까. 야나세의 신체적 특징을 잘 아는 사람이 없다면 감정하기는 어려울 것 같군."

"난 야나세가 아니라 누구라도 상관없어. 결국 미야모리를 헤롯왕의 모습으로 꾸민 것도 이번 사건을 위해서였던 건가? 헤롯왕 다음이라면 시체에 머리가 없어도 요카난이니까 당연하게 받아들일 거라고 여긴 걸까?"

"머리가 없는 게 위장이라는 뜻인가? 경찰은 받아들이지 않았는걸. 오기의 시체가 아닐 가능성도 있다고 제대로 의심하고 있어.

역시 시체를 「살로메」의 등장인물로 꾸미는 데 무슨 의미가 있는 건지 석연치 않군. 기껏 취향을 살렸지만 워낙 독단적이라 아무도 기뻐하지 않아. 그런데……."

"뭔데?"

나는 여전히 기억 속에 섞인 거스러미를 제거할 수가 없었다.

미야모리의 시체를 봤을 때 어디선가 본 듯한 기분이 들었다. 어제 빈집에서 오기로 추정되는 시체를 발견했을 때도 뭔가 기억을 자극받았다.

"요카난의 모습처럼 꾸며진 시체를 봤을 때, 역시 예전에 어디선가 비슷한 걸 본 듯한 기분이 들었네. 헤롯왕처럼 꾸며진 미야모리를 봤을 때와 똑같아. 하지만 어디서 봤는지는 여전히 기억나지 않는군."

"그림인가? 그런 그림을 본 거야?"

"그런 것 같아."

다다미 위에 한 폭의 그림처럼 떠오른 요카난의 모습을 처음 보는 게 아닌 듯했다. 나로서는 한없이 답답한 사건이었다.

5

예상대로 사건의 여파는 컸다. 기자와 호기심을 앞세운 지인들이 우리 집을 찾아왔다. 그들 중에는 한 번의 살인으로 사건이 끝나지 않을 줄 알았다며 우쭐거리는 사람도 있었다.

참 쓸데없는 자랑이다 싶었지만, 헤롯왕이 나타났으니 다른 등장인물도 나타나기를 기대하는 건 당연한 심리라고 할 수도 있었다. 어쩌면 무대에 등장할 기회가 있을지도 모르는 나와 달리, 사건의 관객에 지나지 않는 그들은 분명 기뻐하고 있었다.

그들의 왕래에 맞춰 수사에 관한 소식이 내 귀에 들어왔다. 피해자의 신원이 확실치 않아 살해당하기 전의 행적을 모르기에 사망 추정 시각은 8월 1일 늦은 밤부터 2일 아침까지로, 크게 좁히지 못했다. 야간에 범행을 저지른 듯하다는 건 미야모리 때와 같았다.

머리가 없는 것 말고는 외상이 발견되지 않았고, 체내에서 독극물도 검출되지 않았다고 한다. 사라진 목부터 위쪽 어딘가에 공격을 받은 것으로 보인다. 교살이라면 미야모리 때와 수법이 동일하다.

사건이 벌어지고 이틀째까지는 당연히 알아내야 하는 사실이 하나씩 밝혀졌을 뿐이다. 그런데 사흘째, 오기 살해 사건은 뜻밖의 전개를 맞이했다.

정보를 가져온 건 미야모리 살해 사건 때 안면을 튼 고쿠초샤의 기자 야마조에였다.

"이구치 씨! 오기 씨 사건이 이상하게 흘러가고 있습니다. 잠깐만 들여보내 주십시오."

이번을 포함하면 미야모리가 살해당한 후로 그는 다섯 번이나 나를 찾아왔다. 용무가 있을 때 그는 항상 들떠 있고 말투도 장황하지만, 내가 궁금해하는 경찰 수사의 내막을 알려주기도 하므로 박대할 수는 없었다.

나는 야마조에를 응접실로 안내했다.

"대체 무슨 일입니까? 시체의 신원이 밝혀진 겁니까?"

"음, 밝혀졌다고 해야 할까요? 처음부터 이야기해야겠군. 저기 이구치 씨, 흰갈매기회에 오랫동안 행방을 감췄던 기리타 이오리라는 화가가 있다면서요? 그가 오기 씨 사건과 의외의 연관성이 있다는 게 밝혀졌습니다. 뭘 것 같습니까?"

야마조에는 마치 사건을 자기 소유물로 만들어버린 듯 우쭐거리는 어조로 이야기했다.

"글쎄요. 설마 살해당한 피해자가 사실 기리타였던 건 아니겠죠?"

"아닙니다. 실은 오늘 아침에 기리타 씨가 아무 조짐도 없이 경찰서에 나타났어요. 약 장수가 들고 다닐 법한 고리짝에 이젤을 묶어서 메고 왔죠. 그야말로 유랑 화가 같은 차림새였습니다. 그리고 오기 씨일지도 모르는 머리 없는 시체를 보여달라고 요구했습니다. 신원을 확인하겠다면서요.

시체를 둘러보며 신체적 특징을 조사한 끝에, 기리타 씨는 피해자의 신원이 오기 슈에이가 틀림없다고 장담했습니다."

"뭐라고요?"

너무 뜬금없는 이야기라 바로는 수긍하기가 힘들었다.

"느닷없이 기리타가 출두한 겁니까? 지금까지 대체 어디에 숨어 있었던 걸까요? 신원 확인까지 했다니 묘하군요. 틀림없습니까? 경찰은 기리타의 말을 믿었으려나. 아니, 일단 기리타가 오기 씨의 신체적 특징을 알고 있었다는 게 의외인데요."

"그렇습니다! 이구치 씨뿐만 아니라 흰갈매기회 회원들 모두 놀랄 거예요. 차근차근 이야기하겠습니다. 기리타 씨가 오기 씨의 신체적 특징을 식별할 수 있었던 이유가 있어요. 흰갈매기회 회원들도 분명 몰랐을 겁니다.

사실 피해자로 추정되는 오기 씨와 기리타 씨는 원래 친척 관계입니다. 기리타 씨의 아버지가 20년쯤 전에 열 살도 안 된 기리타 씨를 데리고 오기 씨의 누나와 재혼했거든요. 오기 씨는 숙부가 된 셈이죠. 기리타 씨가 미술학교에 다니기 전에는 같은 집에 살았던 적도 있다더군요."

그야말로 금시초문이었다. 오기와 기리타가 친척 같은 모습을 보인 적은 한 번도 없었다.

"둘 다 공개하지 않기로 했던 것 같습니다. 기리타 씨는 아버지의 재혼을 남우세스러운 일이라고 여겼던 것 아닐까요?"

혹은 둘 다 화가가 생업이니까 친척이라고 밝혔다가 괜히 비교당하는 게 싫었을지도 모른다.

"어쨌든 이건 사실입니다. 마음먹고 조사하면 누구나 알 수 있는 일이지만 여러분이 지금껏 몰랐어도 이상하지는 않겠죠.

아무튼 그런 사정으로 기리타 씨는 오기 씨의 신체적 특징을 기억하고 있었던 겁니다. 같은 집에 살았었으니까요! 기리타 씨는 오기 씨의 오른쪽 정강이에 부젓가락에 데어서 생긴 흉터가 남아 있을 거라고 증언했습니다. 시체의 다리에는 그의 말대로 흉터가 남아 있었고요."

"아, 그랬군요. 그런데 경찰이 기리타의 증언을 그대로 받아들였습니까?"

"설마 경찰이 그렇게 호락호락할 리가요! 경찰로서도 그럴수는 없어요. 게다가 중대한 사실이 하나 더 밝혀졌거든요. 바로 이겁니다.

오기 씨는 1년쯤 전에 아버지를 여의고 유산을 물려받았는데요. 그때 후사가 문제시된 모양입니다. 오기 씨는 혼인할 뜻이없었거든요. 그래서 의논한 끝에 친척 관계였던 기리타 씨가 양자로 들어가게 됐다는군요. 그럼 오기 씨가 죽으면 유산은 어떻게 될까요? 아무래도 전부 기리타 씨가 차지하는가 봅니다."

야마조에는 거리낌 없이 천박하게 히죽 웃었다. 사건이 예술가의 깐깐한 면모를 버리고 익숙한 양상으로 변해가서 기쁜 듯했다.

예상치 못한 새로운 사실이기는 했다. 두 사람은 친척이었을뿐 아니라, 양자 결연까지 맺었다는 건가.

"……그럼 유산 때문에 기리타가 범죄에 관여했을지도 모른다는 겁니까?"

"아직 그럴 가능성이 있다는 것뿐입니다. 게다가 관여했다고해도 방법은 여러 가지겠죠. 물론 그는 진실을 말했을지도 모르고, 거짓말했다 해도 단지 유산을 손에 넣고 싶을 뿐 다른 목적은 없을지도 몰라요.

그런데 이구치 씨, 재미있는 의견을 내놨었죠? 만약 오기 씨가 누군가를 대역으로 삼아 본인이 죽은 것처럼 위장했다면 유산을 전부 포기하게 되는 셈이라고 미심쩍어했잖아요. 아무리 수치를 당하기 싫기로서니 그렇게까지 하겠느냐면서요.

여기에 훌륭한 해결책이 있었던 겁니다! 오기 씨와 기리타 씨가 공모했다면 여러 가지가 딱 들어맞아요.

오기 씨가 피해자를 자기라고 증언하도록 기리타 씨에게 부탁했다고 칩시다. 증언이 인정되면 기리타 씨는 유산을 손에 넣을 수 있죠. 그것을 반으로 나눠서 오기 씨에게 몰래 넘겨주겠다고 약속했다면 어떨까요?

충분히 현실적인 계획 아닙니까? 기리타 씨는 유산을 얻을 수 있고, 오기 씨는 수치를 당하지 않아도 됩니다! 서로 약점을 쥔 셈이니까 배신당할 걱정도 별로 없고요."

"흠, 그렇군요."

확실히 기리타가 갑자기 나타난 이유를 설명하기에는 적합한 각본인 듯했다. 나는 약간 감탄했다.

"하지만 사흘 전 사건 말고 다른 일은 설명이 안 되는군요. 미야모리 씨가 살해당한 사건이라거나……"

"그리고 이 집에 도둑이 든 일도요. 맞습니다. 제 가설로는 커다란 사건의 극히 일부만 설명될 뿐인지도 모르죠. 어쩌면 행방을 감췄던 기리타 씨가 처음부터 사건에 관여해서 미야모리 씨를 죽였다고 해도 이상하지는 않을 겁니다.

살해당한 피해자가 실은 야나세 아니겠느냐는 의견을 오쓰키가 내났죠? 제가 들은 바에 따르면 야나세가 일본에 돌아왔다는 증거는 발견되지 않았어요. 경찰이 입출국 기록을 뒤졌는데 말이죠.

하지만 일본에 없다는 증거도 없어요. 입국 심사를 속여서 아미리가에서 돌아오기가 쉽지는 않겠지만 절대 불가능하지는 않을 테니까요.

시체가 야나세라면 참 흥미롭겠군요! 뭐, 상황을 좀 보도록 합시다. 기리타 씨가 뭔가 알고 있을 가능성도 있으니까."

"기리타는 지금 어디서 어쩌고 있습니까?"

"아직 경찰에서 풀려나지 않았을 겁니다! 엄중하게 취조받고 있겠죠. 며칠 안에 진전이 있을 테니 기다리십시오. 대체 그에게 알리바이가 있을지 궁금하군요.

그럼 이구치 씨! 만약 그쪽에서 뭔가 새로운 사실이 밝혀지면 경찰도 좋지만, 제발 저한테도 연락해주십시오."

안락의자에 편히 앉아 있던 야마조에가 느릿느릿 일어섰다. 그리고 종횡무진하는 기자답게 아무 미련도 보이지 않고 쌩하니 돌아갔다.

6

이틀이 더 지났다. 기리타에 대해 뭔가 밝혀졌을 무렵 아닐까 싶었는데, 전보가 배달됐다.

할 말 있음 6시 댁에서. 할 이야기가 있으니 6시에 우리 집에서 보자는 내용이었다. 발신인은 기리타였다.

"싫은데. 뭐 하러 오려는 걸까."

나도 사에코의 말에 동감이었다. 그에 대해 알고 싶기는 하지만 집에 오는 건 내키지 않았다.

그렇게 생각하며 기다리고 있으니, 6시가 되기 전에 오쓰키가 왔다.

이런 게 왔어, 하며 오쓰키가 팔랑거린 전보에는 할 말 있음 6시 이구치 댁이라고 적혀 있었다. 발신인은 역시 기리타였다.

"뭐야? 기리타 멋대로 우리 집을 집회소로 삼은 건가?"

"정말 기리타의 전보일까? 이번에는 여기에 기리타의 시체가 도착할지도 몰라."

약속 시간이 다가오자 사에코는 쇠스랑을 들고나와서 문지기처럼 바닥에 짚은 채 현관홀에 버티고 섰다.

"그렇게까지 경계하는 거야? 우리는 아무것도 신경 쓰지 않는 척하는 편이 낫지 않을까?"

"그거랑 이건 별개의 문제야. 만약 손님 가운데 범인이 섞여 있다면, 다음에 우리 집에 숨어들었을 때는 무사하지 못하리라는 걸 알려줘야지."

오후 6시, 우리가 걱정하든 말든 기리타는 기운찬 얼굴로 나타났다.

"이구치 군, 오랜만이군! 멋대로 집을 빌려서 미안하네만, 모두에게 빨리 내가 결백하다는 걸 알려주고 싶었어. 여기가 제일 모이기 편하잖아?"

기리타는 반가운 듯 웃음을 지으며 스스럼없이 내 어깨에 손을 얹었다. 하지만 뒤쪽에 무기를 든 사에코가 우뚝 서 있는 걸 알아차리고 표정이 굳어졌다.

나는 물었다.

"누가 올 예정인가?"

"흰갈매기회 회원들. 하지만 위작을 만든 사람들은 빼고 나머지 사람들에게만 전보를 쳤어."

전보를 받고 온 사람은 엔도와 쇼지였다. 모치키는 우리 집을 방문하기가 싫어서 오지 않은 것이리라.

손님을 거실로 들였다. 다들 자리에 앉자 기리타가 천천히 일어섰다. 그나저나 당사자인 기리타 말고 다른 사람들은 뜻밖에도 딱히 흥미 없다는 듯 시큰둥한 표정이었다.

"여러분, 오래간만일세. 내가 없는 동안 큰일이 일어나서 놀랐어. 게다가 모르는 사이에 나 자신도 의혹을 불러일으킨 것 같군. 정말이지 진저리 나는 사건이야. 가까운 사람이 살해당하고, 위작 제작 같은 수치스러운 일도 드러나고 있어. 나도 마음이 뒤숭숭하더군.

그러니 하다못해 나에 관한 혐의만이라도 명확히 하고자 해. 무고한 용의자가 나오면 의심하는 쪽도 의심받는 쪽도 손해니까."

기리타는 거의 넉 달이나 되는 방랑의 전말을 이야기했다.

"나는 쭉 도카이도를 여행했어. 한가한 여정이었지. 신문은 안 읽어서 미야모리 씨가 살해당했다는 것도 얼마 전까지 전혀 몰랐다네."

"기리타. 그거 정말인가?"

쇼지가 기선을 제압하듯 물었다. 기리타의 낯빛이 변했다.

"정말일세. 신문은 안 봤어. 화가라면 때때로 속세의 사정이 작품 활동에 지장을 준다는 걸 알 텐데?"

"물론 아네만, 기리타 자네는 며칠 전에 오기 씨가 살해당한 걸 알고 돌아왔지? 어디서 소식을 들은 건가? 우리는 자네가 어디 있는지 몰랐으니, 아무도 알리지 않았을 텐데. 그야말로 신문이라도 보지 않으면 어떻게 안단 말인가?"

"오기 씨 사건은 분명 신문으로 알았어. 때마침 묵고 있던 여관의 여급이 부탁하지 않았는데도 신문을 매일 아침 가져다줬거든."

"때마침이라. 그야말로 마침맞았군 그래. 미야모리 씨 사건은 전혀 몰랐고, 오기 씨 일은 바로 알았다는 건가."

기리타의 답변은 누구의 귀에도 형편없이 들렸다. 너무 마침 맞은 것이다. 어떻게 봐도 기리타는 오기의 죽음에 맞춰서 방랑을 끝내고 돌아온 것처럼 느껴졌다.

다들 쇼지의 추궁에 무언의 지지를 보냈다.

기리타는 의혹 어린 시선에 주눅 든 듯했다.

"쇼지, 역시 나를 의심하는 건가?"

"자네가 스스로 의혹을 씻어내겠다고 했잖나. 그럼 우리로서는 의심스러우면 따져 물을 수밖에. 자네가 범인이라고 생각하는 건 아니야. 납득시켜 준다면 아무 문제도 없어. 그뿐일세."

"알았어. 그건 문제없지."

하지만 기리타는 자신을 잃은 것처럼 보였다.

"곧 설명할게. 하지만 나와 오기 씨에 대해 여러분이 모르는 사실이 있어. 우선 그것부터 말해야겠지. 실은."

기리타는 원래 오기가 아버지의 재혼으로 생긴 외숙부이며, 그의 양자로 들어갔다는 사실을 고백했다.

쇼지와 엔도는 의외라는 표정이었다. 이미 알고 있던 나와 오쓰키도 만약을 위해 놀란 척했다.

"양자로 들어간 게 약간 쑥스럽기도 해서 밝힐 수 없었어. 친척 관계였다는 것도 애당초 공개하지 않았으니 말일세. 이런 일이 생겨서 드디어 자백하는 꼴이 돼버렸군. 그래도 딱히 켕기는 점은 없어. 화가로서는 어차피 기리타라는 이름으로 활동할 작정이었고."

"그래서 자네는 시체의 신원을 증명할 수 있었다는 건가. 기리타, 정말 틀림없나? 정강이의 상처쯤이야 비슷하게 만들어낼 수 있지 않겠어?"

"아니, 확실해. 갈고리 모양의 특징적인 상처거든. 게다가 몸에 난 털 등등 위화감이 느껴지는 곳은 전혀 없었어."

"하지만 증명할 수 있는 사람은 기리타 자네밖에 없다는 거고."

"그래. 안타깝게도 나 말고는 오기 씨의 친족이라고 부를 사람이 없으니까,"

따라서 유산이 기리타에게 넘어간다는 걸 쇼지는 언급하지 않았다. 다른 사람들도 그 점을 두고 빈정거리지는 않았다.

"결국 경찰은 자네의 증언을 신용한 건가?"

"신용하겠다고 분명히 말한 건 아니지만, 달리 단서가 없는데 어쩌겠나? 게다가 나는 알리바이를 똑똑히 증명했어. 그래서 경찰이 나를 용의자에서 제외하고 풀어준 걸세."

"그 알리바이라는 건?"

나는 마음이 급했다. 제대로 된 약속도 없이 찾아와서 멋대로 논의를 벌이는 그들이 점점 짜증스럽기도 했다. 빨리 중요한 이야기를 듣고 싶었다.

복도에서는 사에코가 묵직한 발걸음으로 왔다 갔다 하다가, 이따금 쇠스랑 밑부분으로 바닥을 쿵 찧는 소리가 들려왔다.

기리타가 소맷자락에서 사진을 꺼내 탁자에 내려놓았다. 어느 여관인 듯했는데, 툇마루에 앉은 기리타와 전통 의복 차림의 낯선 중년 남자가 찍혀 있었다.

"오기 씨는 8월 1일 밤부터 2일 아침 사이에 살해당했다지? 그때 나는 하마마쓰의 여관에 묵고 있었다네.

이건 8월 1일에 찍은 사진이야. 여기 이 사람은 여관에 장기 투숙 중이던 약장수 아저씨고.

이날은 날씨가 안 좋아서 내내 장기를 두며 시간을 보냈고, 한밤중에 둘 다 배탈이 나서 변소에서 얼굴을 마주쳤지. 다음 날도 같이 낚시를 했어. 다시 말해 내게는 도쿄에서 오기 씨를 죽일 시간이 없었던 셈이야."

"미야모리 씨 때는 어떤가? 알리바이가 있어?"

쇼지가 물었다. 기리타는 말을 어물거렸다.

"그때는, 없네. 그때 묵고 있던 여관의 여급이 내 얼굴을 기억한다면 증언을 받을 수 있을지도 모르지만…….

그렇게 매번 운 좋게 알리바이가 있을 수는 없지 않겠나. 자네들도 미야모리 씨 사건의 용의자인 건 마찬가지잖아."

"그렇지. 그러니까 오기 씨 사건에 대해서만 결백하다고 밝힌들 얼마나 의의가 있을지는 의문이야."

쇼지가 그렇게 일침을 가하자 기리타는 침묵했다.

거북한 분위기가 감돌아서 우리는 서로 눈을 돌렸다.

결국 모두가 살인 용의자임을 재인식했을 뿐, 별로 소득은 없는 모임이었다.

손님들이 돌아가자 사에코는 비로소 쇠스랑을 내려놓고 경계를 풀었다.

오쓰키는 남아 있었다. 우리는 손님의 체온이 남은 의자에 마주 앉아 석연치 않게 끝난 모임을 검토했다.

"저 녀석, 경찰에게 신문받고 다 실토했을 텐데? 그런데 미야모리가 살해당한 줄은 몰랐다는 둥 뻔한 거짓말을 늘어놓는군.
너무 멍청해.”

“내 생각에 왜 미야모리가 살해당했을 때 돌아오지 않았느냐
고 경찰이 기리타를 닦아세우지 않았을까? 그런 사건이 벌어지
면 바로 돌아와야 마땅하고, 하다못해 기별을 보내는 게 당연하
니까. 그래서 우리에게는 미야모리가 살해당한 사건을 미처 몰
랐다는 식으로 어설픈 변명을 늘어놓은 거겠지.”

당황한 기리타의 모습으로 미루어 보건대 그렇지 않을까 싶
었다.

“명확해진 건 기리타 씨가 그다지 도덕적인 사람이 아니라는
것뿐이야? 범죄에 연관됐을지도 모르고, 연관되지 않았다면 아
는 사람이 살해당한 것보다 여행을 더 중요시하는 사람이라는
뜻이네.”

사에코가 불쾌해하는 목소리로 말했다. 확실히 오늘 새로이
밝혀진 사실은 기리타가 어리석고 뻔뻔하다는 것 정도였다.

“그리고 오기가 살해당한 사건에는 기리타에게 알리바이가
있는 듯하다는 거야. 경찰도 그 알리바이를 신용했기에 순순히
풀어준 거겠지.”

“하지만 알리바이는 어차피 별 의미 없을걸? 기리타의 역할은
시체의 신원이 오기라고 거짓말하는 거니까. 야나세든 누구든
죽이는 역할은 오기가 맡으면 돼.”

오쓰키 말이 옳다. 야마조에 말대로 오기가 죽은 걸로 위장

해서 유산을 나눠 먹으려 했다면, 당연히 기리타는 의도적으로
알리바이를 준비해둘 것이다.

"가능성이 가능성인 채로 남았을 뿐인가. 게다가 돈을 목적
으로 한 범죄가 벌어졌다고 해도 미야모리 사건이며, 나카노의
오두막에서 벌어진 사건이며, 도작 사건과 어떻게 이어지는지
는 여전히 미지수일세."

사에코가 나를 타박하듯이 말을 꺼냈다.

"있잖아, 이거 혹시 전부 개별적인 사건 아니야?"

"뭐?"

미네코도 예전에 한 번 그런 말을 했었다.

"그러니까, 미네코가 목격한 광경도, 미야모리 씨를 죽인 것
도, 우리 집에 도둑이 든 것도, 이번 사건도, 전부 다른 이유로
일어난 것 아니냐고. 범인도 다를지 몰라. 그걸 서로 연관된 것
처럼 위장했다면 어때?"

"즉, 동기가 여러 가지인 범죄자들이 협의해서 모두 발끝 부
분이 떨어진 신발을 공유하고, 시체는 살로메 속 등장인물의 차
림새로 꾸미도록 규칙을 정해놨다는 거야? 뭣 때문에?"

"그건 모르겠어."

예를 들면 동일범이 일련의 범죄를 저지른 것처럼 위장해서
수사를 교란하려 한 걸까.

황당무계한 이야기다. 전혀 수긍이 가지 않았지만, 이제 그렇
게라도 생각하지 않으면 모든 사건을 아귀가 딱 맞아떨어지게

설명할 수 없을 것 같기도 했다.

"만약 그렇다면 이런 사건에 매달릴 때가 아닌데. 만사 제쳐 놓고 도작범을 찾아내야 해."

그 갑을병식 분류표 말고는 여전히 도작범을 추려낼 만한 재료가 없었다.

뭐든 상관없으니 단서가 필요하다. 사건을 검토하다가 지치자, 휴게소에 들르는 것처럼 막연하게 그런 생각이 솟아올랐다.

VIII

차항아리

I

미쓰에가 할 말이 있으니까 미네코에게 고지마치의 집으로
와 달라고 했다.

그 부탁을 듣고 미네코를 데리러 온 건 이모였다. 현관에서
사에코와 마주한 미네코는 갑작스러운 호출에 당황했다.

"무슨 이야기?"

"글쎄, 자세하게는 못 들었어. 하지만 너희 이모부의 그림이
도작당한 사건과 관련이 있는 것 같아. 단서가 될지도 모르는
일이 있대."

"그런데 나를 보자고 했다고?"

"응, 맞아."

사에코도 왕족의 억지소리를 전하러 온 가신같이 석연치 않
은 표정이었다. 미쓰에가 도작 사건에 대해 할 이야기가 있다는

것도 의외인데 미네코까지 부르다니, 대체 무슨 생각인지 알 수가 없었다.

어쨌든 미네코는 채비했다. 사진기도 챙겼다.

이모와 함께 시영전철을 탔다. 고지마치에 있는 미쓰에의 집까지는 그렇게 오래 걸리지 않는다.

도착하자 이모부와 하스노가 응접실에서 미쓰에와 함께 기다리고 있었다.

"잘 왔어. 앉아."

미쓰에는 앉은 채로 두 사람에게 안락의자를 권했다.

이구치, 하스노, 사에코, 미네코, 손님들에게 둘러싸여 미쓰에는 순수하게 기뻐했다. 미쓰에는 예전부터 이런 성격이었다. 여학생 시절에 미쓰에가 자기 생일 축하회를 열고 싶다고 해서 사에코를 비롯한 친구 몇 명을 애먹인 적이 있었다. 모두가 자기를 위해 고생하는 걸 당연히 여기고, 막상 당일이 되면 마치 자기가 말을 꺼냈다는 걸 잊어버린 듯 크게 기뻐한다.

"저기, 이구치 씨. 그림을 도작한 범인은 아직 모르죠?"

"모릅니다. 이제 남은 시간이 많지 않습니다. 뭔가 알아내신 건가요?"

"네, 그 일로 드릴 말씀이 있어서, 기왕에 여러분을 모신 거죠. 하지만 어쩌면 전혀 단서가 안 될지도 몰라요. 그냥 헛걸음만 시킨 꼴이 될지도 모르는데 괜찮으시겠어요?"

"저는 이제 뭘 해야 할지조차 몰라서 막막하니까, 어떤 이야기든 상관없습니다."

그럼 다행이네요, 하며 미쓰에는 가슴께에 두 손을 모았다.

"7월에 이구치 씨가 아는 사람이 위작을 만들었다는 사실이 밝혀져서 큰 소동이 벌어졌죠?

실은 제 지인 중에 그 일로 골머리를 앓는 사람이 있어요. 오바 에이지로라고, 옛날에 제 무대를 위해 돈을 대주셨던 분인데, 혹시 아시나요?"

"아, 들어본 것 같네요. 수집가입니까?"

"네. 골동품을 모으고 신극도 좋아하는 분이시죠. 그분이 위작과 무슨 관계냐 하면, 야나세 씨가 아미리가로 떠나기 조금 전에 노노무라 닌세이의 훌륭한 차항아리를 구입했대요."

"네? 그런 일이 있었습니까?"

"오바 씨는 평소 신뢰하던 야나세 씨에게 이 정도 가격으로 닌세이의 차항아리를 가지고 싶다고 상담했어요. 야나세 씨는 찾으면 연락하겠다고 했고, 올해 1월에 찾았다고 연락이 와서 구입했다는군요.

오바 씨는 차항아리를 구해서 기뻐했는데, 야나세 씨가 갑자기 아미리가로 떠났잖아요? 이상하다 싶었는데 이런 사건이 발생한 거죠. 야나세 씨와 이구치 씨의 모임 회원들이 위작을 판매하고 있었다는 사실이 밝혀진 거예요."

"아. 요컨대 오바 씨는 차항아리가 진품인지 아닌지 걱정되신 거군요? 위작을 만들던 야나세 씨가 가짜를 넘겨줬을지도 모른다고요."

"네, 맞아요. 그래서 믿을 만한 감정인이 없는지 수소문하고 계시대요. 수집가라고 해도 어디까지나 비전문가라서 물건을 보는 안목이 있는 건 아니거든요. 이구치 씨, 오래된 차항아리의 진품 여부를 감별할 수 있는 전문가가 어디 없을까요?"

"흠, 아는 사람이 몇 명 있기는 합니다. 하지만 하루미 사장께 소개받는 게 제일 믿을 만하겠죠. 위작 제작 사건은 저희 업계에서 큰 사건이니 애써주실 듯합니다."

"정말요? 그럼 다행이네요."

미쓰에가 감정을 싣지 않고 말했기에 아직 본론을 꺼내지 않았다는 걸 알 수 있었다.

사에코가 서슴없이 물었다.

"저기, 도작 사건은 어떻게 된 거야? 관련이 있을지도 모른다며."

"응. 하지만 아까도 말했듯이 별일 아닐 수도 있어. 그 차항아리는 분명 도작과 아무 상관도 없을 거야.

아무튼 오바 씨는 차항아리를 입수했다는 연락을 받고 직접 야나세 씨 집까지 받으러 가셨대요. 1월 18일이었죠. 도작범이 야나세 씨에게 그림을 가져온 날에서 이틀 후요."

미네코는 흠칫했다. 도작범이 야나세에게 그림을 건넨 날짜는 야나세의 집에서 하녀로 일하던 다카의 증언으로 확실히 밝혀졌다. 바로 1월 16일이었다. 오바라는 사람은 도작범과 약간의 차이를 두고 야나세의 집에 드나든 셈이다.

하지만 그 일만으로 뭔가가 명확해지는 건 아니었다. 마침무늬가 비슷한 기모노를 입은 사람과 마주친 정도의 우연에 지나지 않는다.

"그래서 별일 아니라고 말씀드렸던 거예요. 하지만 오바 씨에게 이야기를 들어볼 가치는 있지 않을까요? 야나세 씨를 만났을 때 이틀 전에 어떤 사람이 찾아왔었는지 등등, 다카라는 하녀가 몰랐던 일을 들으셨을 가능성이 전혀 없지는 않을 테니까요."

"흠, 확실히 그렇군요."

이구치가 고개를 끄덕였다. 가능성이 확실히 없지는 않았다. 달리 도작범을 찾아낼 방도가 떠오르지 않는 이상, 만나보아야 할 것 같았다.

"그렇죠? 하지만 저는 사건에 대해 잘 모르니까, 오바 씨 댁을 방문할 때 누군가 함께 가주셨으면 해요. 그리고 이야기를 듣는 김에 차항아리를 감정할 수 있는 사람도 소개해 드리고 싶은데요. 어떠세요, 이구치 씨?"

"네, 그게 좋겠습니다."

"그럼 그렇게 하도록 하죠. 그런데 이구치 씨, 사실 이구치 씨는 동행하지 않으시는 편이 좋을 것 같네요."

"네? 어째서……? 아아, 그렇군요. 저도 흰갈매기회 회원이니까요. 난 가지 않는 편이 낫나.”

진품 여부를 감정할 수 있는 사람을 소개하러 가는데, 위작
사건의 소용돌이 속에 있는 이구치가 방문하면 오바의 의구심
이 깊어질 우려가 있다.

“네, 이구치 씨는 안 되겠네요. 그러니 하스노 씨? 하스노 씨
가 저와 함께 오바 씨 댁까지 가주실 수 있으실까요?”

“네, 알겠습니다.”

하스노는 미소를 띤 채, 자기 마음대로 일을 결정하는 미쓰
에에게 고개를 끄덕였다. 그는 처음부터 미쓰에가 자기를 부른
이유를 알아차리고, 홀로 이야기의 출구에서 기다리고 있었던
듯했다.

“다행이에요. 하스노 씨는 예술품을 잘 아는 분이라고 소개
해도 될까요?”

“그런 거짓말은 필요 없겠죠.”

미쓰에는 그럴 줄 알았다는 듯, 입가에 번지는 웃음을 소맷
자락으로 가리고 하스노를 흘겨보았다.

“그렇군요. 그럼 제 친구인데, 감정인을 찾아달라고 하루미
상사의 사장님께 부탁해줄 사람이라고 하면 어떨까요. 그러면
거짓말이 아니죠?

“네. 그렇군요.”

“결정됐네요. 하지만 3년 전까지 도둑이었다는 사실까지 밝
힐 필요는 없어요.

살로메의 단두대

이구치 씨, 하루미 사장님께 감정인을 찾아달라고 부탁 좀 해주실래요?"

"네. 뭐, 그건 오바 씨를 뵙고 나서 해도 괜찮을 것 같습니다만……."

미쓰에 일행은 방문 계획을 척척 세워나갔다. 미쓰에는 모레 오후에 지인과 함께 방문하겠다고 오바에게 미리 전해두었다고 한다. 일은 신속하게 진행됐다.

자신을 부른 이유가 궁금해서 미네코는 조바심이 났다. 일이 대강 마무리되자, 줄곧 미네코를 무시하는 것처럼 보였던 미쓰에가 갑자기 미네코를 향해 말했다.

"저기, 미네코 쨩도 같이 갈 수 있니? 사진기를 가져와줬으면 하는데."

"잠깐만, 그거 정말 위험한 일은 아니겠지?"

미네코가 대답하기 전에 사에코가 서둘러 끼어들었다.

"어머, 걱정 안 해도 돼. 오바 씨는 아주 친절한 분이거든. 뭐가 어떻게 되든 무기를 들고 도둑을 뒤쫓는 일은 생기지 않을 거야.

오바 씨의 차항아리 말인데, 하루미 사장님께 보여드릴 사진이 있으면 좋을 것 같아서 미네코 쨩에게 부탁할까 싶었던 거야. 할 수 있겠니?"

"네. 할 수 있어요."

아무렇지 않게 대답하려 했지만, 조금 오기가 섞인 목소리가 나왔다.

2

간다의 아와지초에 자리한 오바의 저택은 미네코의 집에서
그리 멀지 않았다. 목재가 바싹 마른 모양새로 보건대 지은 지
백 년은 넘지 않았을까 싶었다.

미네코 일행을 맞이한 오바 에이지로와 요네 부부는 둘 다
몸집이 작고 백발이 성성하니, 마치 늙은 쌍둥이 남매 같은 분
위기였다. 신발 장사로 성공해서 골동품을 모으며 한가롭게 지
내는 생활을 손에 넣었다고 한다.

"아저씨, 아주머니, 안녕하세요. 약속대로 친구들을 데려왔
어요."

"음, 그렇구나."

오바 에이지로는 눈을 가늘게 뜨고 웃었다.

이 노인은 미쓰에가 막 무대에 서기 시작했을 무렵, 아직 미
쓰에가 아사마 다마코의 딸이라는 사실이 알려지기 전부터 그
녀를 후원해 왔다. 부부는 미쓰에의 어떤 기상천외한 행동에도
익숙한 듯했으나, 하스노의 아름다운 외모에는 눈이 휘둥그레
졌다. 한편, 미네코에게는 막과자집 주인같이 정감 어린 미소를
지었다.

객실로 안내받았다. 자리에 앉아 요네를 상대하며 기다리고

있으니, 에이지로가 안쪽에서 묵직해 보이는 나무 상자를 들고
나왔다.

"아, 이봐, 임자, 그거 말이야."

"아아, 네, 알겠어요."

요네가 장지문을 연 순간, 에이지로는 잊은 물건이 있다는 걸
깨달은 듯했다. 뭔가 눈치챘는지 요네는 남편의 옆을 빠져나가
복도 안쪽으로 달려갔다.

돌아온 요네는 커다란 판자 조각을 들고 있었다. 판자를 다
다미 위에 깔자, 에이지로는 그제야 나무 상자를 그 위에 내려
놓았다.

"후우. 이것이 야나세 씨에게 구입한 차항아리입니다. 한번
봐주십시오."

에이지로는 다다미에 꿇어앉아 나무 상자의 직사각형 모양
뚜껑을 열고 닌세이의 차항아리를 꺼내 다다미 위에 살며시 내
려놓았다. 그러고는 차항아리 밑에 깔려 있던 감정서를 옆에 곁
들이듯 놓았다.

세 사람 중 차항아리의 가치를 감정할 수 있는 사람은 없었
다. 어쩐지 훌륭하고 유서 깊어 보이기는 했다. 어쨌든 미네코는
일할 생각으로 가방에서 사진기를 꺼냈다.

"저기, 사진을 찍어도 될까요? 하루미 상사의 사장님께 보여
드릴 거라서요."

"어허, 사진기를 가지고 왔군요. 찍어요. 찍어."

얘는 여류 사진사랍니다, 하고 미쓰에가 사진기를 든 미네코의 머리를 톡 쳤다.

미네코는 에이지로에게 부탁해 차항아리를 뒤집어 보며 다양한 각도에서 차항아리를 구석구석 찍었다.

필름을 바꾸는 사이에 하스노는 차항아리가 들어 있던 나무 상자를 살펴보기 시작했다.

"오바 씨. 이 상자는 야나세 씨 집에서 차항아리와 함께 받아 오신 겁니까?"

"네, 그렇습니다. 변변치 못한 상자라 미안하다고 하시더군요. 아무래도 예전 소유자가 사용했던 상자인 모양이에요."

두껍고 결이 고운 상등품 목재로 만든 나무 상자는 모서리 여덟 곳을 철물로 고정한 견고한 구조였다. 하지만 상당히 오래됐는지 철물은 녹이 슬었다. 누군가 분해했다가 다시 조립하는 데 실패했는지, 철물을 고정하는 못의 머리가 여기저기 튀어나와 있었다.

"이래서 함부로 다다미 위에 놓을 수가 없는 겁니다. 못에 긁혀 흠집이 나거든요. 하지만 튼튼한 상자에 넣어두지 않으면 걱정되니까, 그냥 여기에 넣어두죠."

에이지로는 아주 소중히 여기는 손길로 나무 상자의 뚜껑을 살며시 닫았다.

뚜껑이 닫히자, 뚜껑 위쪽의 모습이 이상했다. 뭔가 낙서한 듯했다.

중앙보다 약간 왼쪽에 수많은 적갈색 선이 띠를 이루었다. 왼쪽 위에서 오른쪽 아래로 비스듬히 이어지며 아래에 적혀 있던 내용을 지워버린 흔적이었다.

하스노가 물었다.

"이것도 오바 씨가 하신 게 아니시죠?"

"네. 야나세 씨 집에서 받아왔을 때부터 이랬습니다."

대체 무슨 흔적일까? 미쓰에와 미네코도 쪼그려 앉아 뚜껑 위를 덮을 듯이 들여다보았다. 선 아래에 무슨 글자가 적혀 있는지는 알아낼 수 없었다.

"감정 확인문이 적혀 있었던 것 아닐까요? 그걸 나중에 지운 것처럼 보이지 않나요, 하스노 씨?"

"그런 것 같습니다. 아마도 원래는 이 차항아리를 넣어두던 상자가 아니었겠죠."

원래는 다른 미술품의 감정 확인문이 적혀 있었는데, 닌세이의 차항아리를 넣기로 한 후 오해가 없도록 덧칠해 지운 것으로 보였다. 직육면체 상자가 차항아리의 크기와 딱 들어맞지 않는다는 점이 그 사실을 뒷받침했다.

하스노는 낙서 가장자리를 손가락으로 훑었다. 그러고는 수첩을 꺼내 손끝을 백지에 문질렀다.

"으음? 이거, 아무래도 콩테로 칠한 것 같군요."

"어머, 정말요?"

미쓰에에 이어 미네코도 얼굴을 가까이 대고 의외의 발견을 함께 확인했다.

이 상자는 화가로 추정되는 도작범이 야나세의 집을 방문하고 이틀 뒤에 그곳에서 넘겨받은 물건이다. 게다가 콩테 같은 미술 도구는 아무나 가지고 있는 것이 아니다. 그야말로 화가가 아니라면 들고 다닐 리 없다.

거기까지 생각이 미쳤을 때, 미네코는 어떤 사실이 떠올랐다.

"아! 야나세 씨는 그때 다치지 않았나요?"

그것은 이구치가 하녀 다카에게서 얻은 증언이었다. 도작범이 드나들었던 1월 중순 무렵, 야나세가 손을 다치는 등 해서 어수선하고 정신없었다는 이야기를 다카에게 분명히 들었을 터였다.

미네코는 그 이야기를 하고 나서 확 붉어진 얼굴을 숙였다. 문득 떠오른 가능성에 들떠서 실언하고 말았다. 도작 사건에 대해서는 오바에게 설명하지 않았다. 미네코가 야나세의 사정을 알고 있으면 미심쩍게 여기리라.

다행히 오바는 미네코가 야나세에 대해 묘하게 잘 아는데도 미심쩍게 여기지 않았다.

"오, 맞아요. 아가씨가 잘 아는구먼. 야나세 씨가 오른손을 뭔가에 찔렸다고 했어요. 내가 이걸 가지러 갔을 때도 붕대를 감고 있었죠."

오른손을 뭔가에 찔렸다. 즉, 글씨를 쓰거나 할 수 없는 상태였던 셈이다.

아무 말도 하지 않았지만, 미쓰에와 하스노도 알아차렸으리라.

미네코는 야나세가 상자의 감정 확인문을 지워달라고 도작범에게 부탁하지 않았겠냐는 결론을 내렸다. 오른손잡이인 야나세가 오른손을 다쳤을 때 도작범이 찾아오자, 문득 생각이 나서 이틀 뒤에 건네주기로 한 차항아리 상자의 불필요한 글씨를 자기 대신 지워달라고 한 게 아닐까. 부탁을 받은 화가 도작범은 마침 가지고 있던 콩테로 그 요청에 응했다.

그렇다면 이것은 도작범이 남긴 흔적이다. 애타게 찾았던 귀중한 단서일 수도 있다.

미네코는 무릎 위에 올려두었던 사진기를 다시 잡았다. 차항아리보다 더 정성 들여 나무 상자의 사진을 찍어서 오바는 내심 의아했을지도 모른다.

3

"과연, 생각지도 못한 단서가 있었군."

"네. 하지만 아직 확실한 건 아니에요."

"그래도 그럴 가능성이 아주 크다고 봐. 콩테를 사용했으니까. 이건 분명 도작범 짓이야. 차항아리와 나무 상자의 출처만 확인되면 결정적이겠지."

이모부는 미네코가 찍은 나무 상자의 뚜껑 사진과 하스노가 수첩에 묻혀온 콩테 자국을 유심히 들여다보았다.

하스노는 차항아리 사진을 들고 하루미 사장님을 만나러 갔다. 지금쯤 감정인을 소개받기 위해 이야기를 나누고 있을 터였다.

거실 탁자에는 오쓰키가 있었다. 이것 좀 보게, 하며 이모부가 그에게 감정 확인문이 찍힌 사진을 건넸다.

"어떤가? 필치를 보고 짚이는 녀석이 없나?"

오쓰키는 콩테로 그린 선을 진지하게 주시했다. 사진은 무척 잘 찍혀서 초점이 완벽했고 얼룩도 거의 없었다.

"모르겠어! 세 살 먹은 어린애부터 대단하신 구로다 세이키* 선생까지 누구라도 그릴 수 있는 낙서로만 보이는데."

"그건 그렇군."

도작범은 흰갈매기회에 있는 듯하니, 이구치와 오쓰키는 그 필치에 익숙할 터였다. 하지만 그저 글자를 덧칠해 지웠을 뿐이라 누구 솜씨인지 판별할 수 없었다.

이구치는 나른하게 의자에 기대어 사진을 불빛에 비춰보며, 비어 있는 왼손으로 머리를 긁적거렸다.

그러다 별안간 몸을 일으켰다. 뭔가가 번뜩 떠오른 듯했다.

"그래! 주로 쓰는 손이야! 이걸로 오른손잡이인지 왼손잡이인지 알 수 있지 않을까?"

"어머, 정말요?"

---

* 1866~1924, 일본의 서양화가이자 정치가. 일본 근대 미술의 아버지로 불린다.

살로메의 단두대

이모부가 열띤 어조로 설명했다.

사진을 보면 감정 확인문을 지운 선은 왼쪽 위에서 오른쪽 아래로 기울어져 있다.

이것은 왼손잡이의 특징이라고 한다. 오른손잡이라면 마치 거울에 비친 것처럼 보통은 오른쪽 위에서 왼쪽 아래로 기운 선이 나온다.

미네코는 양손 검지로 탁자 위를 문질러 보았다. 확실히 자연스럽게 팔을 움직이면, 이모부가 말한 대로 선이 그려진다.

"어디 보자, 흰갈매기회에서 왼손잡이가 누구였더라? 엔도는 맞지?"

"그리고 기리타도 왼손잡이야. ……또 누가 있나?"

이구치와 오쓰키는 흰갈매기회의 화가들을 한 명씩 꼽아 보았다. 그 결과 왼손잡이는 그들뿐이라는 걸 확인했다.

"틀림없어! 용의자는 엔도와 기리타, 둘뿐이야!"

이구치는 환성을 질렀다.

상황이 확 바뀌어 도작 사건은 해결을 향해 훌쩍 다가선 듯했다. 구름 잡는 것 같았던 도작범의 정체가 두 명 중 하나로 좁혀진 것이다. 그렇게 생각하며, 미네코는 나무 상자 뚜껑 사진을 다시 집어 들고, 세로로 긴 그 사진을 무심코 가로로 돌려 보았다.

그 순간, 코앞으로 다가온 듯한 사건 해결이 다시 어디론가 사라져버렸다.

미네코는 이모부의 어깨를 쿡 찔렀다.

"이모부. 이거, 방향을 바꿔서 보면요……."

"응?"

사진을 90도 돌려서 이모부의 눈앞에 내밀었다.

"세로 방향이면 왼손잡이가 세로로 덧칠한 자국이지만, 가로 방향으로 하면 오른손잡이가 가로로 덧칠한 자국이 돼요. 그러니까 이걸로는 어느 손잡이인지 단정할 수 없어요."

이모부는 조금 전에 미네코가 했던 것처럼, 좌우의 손가락으로 탁자를 가로 방향으로 문질렀다. 터뜨리려던 축하용 박이 머리 위로 떨어진 사람같이 이모부의 표정이 변했다.

"틀렸군! 확실히 이걸로는 어느 손으로 칠했는지 확정할 수 없겠군. 오른손으로 했을 수도 있어."

도작범이 상자를 어떤 방향으로 놓고 감정 확인문을 지웠는지 모르는 한, 이 추론에는 의미가 없다.

이구치가 자포자기한 투로 말했다.

"……오쓰키, 달리 단서라고 할 만한 게 없겠나?"

"이 붉은 녹 같은 색깔의 콩테를 쓰는 녀석을 알 수 없을까? 나는 모르겠지만."

이구치도 짐작 가는 바가 없는 듯했다. 결국 이번에도 도작범을 추려내는 데 실패했다.

오쓰키는 저녁 식사를 마친 뒤에도 이구치의 집에 눌러앉아 있었다. 이윽고 그가 이구치를 상대로 거실에서 술을 마시기 시작했으므로 사에코와 미네코는 2층으로 대피했다.

잠자리에 들기 전, 미네코는 거실에 사진기를 두고 온 것이 생각났다.

아래층으로 내려가니 거실 문틈에서는 여전히 불빛이 새어 나왔다.

안으로 들어가니, 오쓰키는 만취했는지 의자에 앉아서 고장난 메트로놈처럼 좌우로 몸을 흔들고 있었다.

"오오? 미네 짱인가. 잘 왔어! 여기 앉게나."

오쓰키가 자기 오른쪽에 있는 의자의 등받이를 두드렸다.

이구치도 술기운이 도는지, 오쓰키를 나무라지도 않고 허공을 응시했다. 하는 수 없이 미네코는 오쓰키 옆으로 걸어갔다.

"왜 그러시는데요?"

"재미있는 걸 가르쳐주지."

엉큼한 말투였기에 미네코는 잔뜩 경계했다. 오쓰키가 불그스레해진 자기 뺨을 때렸다.

"미네 짱은 하루미 사장님한테 카메라를 하사받았지? 뭣 때문에?"

"주신 건 아니에요. 뭣 때문인지는 하루미 씨도 확실히 말씀하지 않으셨고요."

"마음대로 하라는 거로군! 실력이 꽤 늘기는 한 모양인데, 시집가기 전까지 소일거리로 사진을 찍는 거야?"

소일거리로 생각한 적은 없었다. 하지만 뭣 때문에 사진을 찍느냐는 질문을 받자, 미네코는 대답할 수 없었다.

"노는 셈은 아니라는 말이군! 그렇다면 대체 사진을 연습해서 뭐가 되려고? 여류 사진가?"

"그건……, 네. 그럴지도 모르겠네요."

미네코는 취객을 상대하는 데 익숙지 않으므로 오쓰키를 얼마나 진지하게 상대해야 할지 몰랐다. 오쓰키가 천박해 보이는 표정과는 달리 쑥스러워하는 목소리로 말했다.

"꼭 돼야지! 하지만 될 거라면 좋은 작품을 만들려고 애써야 해. 좋은 작품이란 뭘까? 가끔 자기 작품을 자식에 비유하는 놈들이 있는데, 그런 자들을 조심해. 그놈들이 자식을 얻기 전까지 어떤 마음이었느냐 하면, 그저 음부에서 쾌락을 얻었을 뿐이야! 그래 놓고 고통 끝에 낳은 듯한 표정을 짓지.

또는 창작이란 배설 같은 것이라고 믿는 자들도 있는데, 그것도 안 돼. 자고, 일어나고, 먹고 그렇게 아무 일도 없이 지내다 보면 자연스럽게 생겨나는 결과물에 독특한 해석을 덧붙여놓고 예술입네 하는 짓이지.

그게 아니라 예술은 토사물이야. 바로 그거지! 무의미한 고통을 수반해 도리를 거스르는 방식으로 만들어내는 거라고."

"어머. …… 둘 다 별 차이 없는 것 같은데요."

"맞는 말이야! 배설물이든 토사물이든, 어차피 무관심한 사람들에겐 기피 대상이지. 한편 화단에서는 대가님들이 쏟아낸 것들을 몹시 숭상해! 예술가는 변기 제작자이기도 하거니와 분뇨도 생산하는 셈이지. 세상 어디서나 항상 그렇게 자급자족이 이루어지는 거야!

그 무익한 순환에서 벗어나고자 하는 것이 진정한 예술이지. 그러기 위해서는 예상치 못한 고통을 경험해야 할 테니, 각오해! 고작 배가 좀 아픈 정도가 아니라고. 그 정도는 누구나 경험해! 그게 아니라, 구역질을 유발하는 이 세상의 이치를 깨우쳐줘야 하는 거야……."

오쓰키는 탁자에 푹 엎어지더니 그대로 잠들어버렸다.

뒤를 돌아보니 사에코가 들어왔다. 돌아오지 않는 미네코가 걱정돼서 보러 온 듯했다.

이구치는 신기하게도 그 기척을 느끼고 정신을 차렸다. 그는 달아오른 머리를 위태롭게 흔들었다.

"아, 사에코? 벌써 11시군. 판결을 부탁하네."

"사형."

사에코가 거실로 이부자리를 옮기고 두 사람을 눕히는 걸 미네코도 도와주었다.

―딱히 예술가가 되기로 결심한 건 아니야.

미네코는 중얼거렸다. 그래도 오쓰키는 미네코가 하는 일을 세상 물정 모르는 아가씨의 소일거리가 아니라 예술로 취급해 주려 했다. 그 점만큼은 마음에 들었다.

4

차항아리 상자에 도작범이 손을 썼을 가능성이 부각됐기에, 야나세의 하녀였던 다카를 다시 찾아가 이야기를 듣기로 했다. 지난번에는 이모부와 오쓰키가 방문했으나, 의혹 속에 있는 흰 갈매기회의 두 사람이 또 가지는 않기로 했다. 따라서 하스노가 가는 수밖에 없었다.

미쓰에는 하스노에게 동행을 제안했다.

"이번에 제가 하스노 씨를 불러냈는데, 도중에 빠지는 건 예의가 아닌 것 같아서요."

미쓰에가 이렇게까지 나서다니 미네코는 의외였다. 아무래도 미쓰에는 사건 자체보다 하스노에게 흥미가 있는 듯했다.

미쓰에는 미네코에게도 함께 가자고 권했다.

사진을 찍을 일이 생길지도 모른다는 뜻일까. 미네코는 자신을 동행시키려는 미쓰에의 저의가 궁금했다. 다만 미쓰에가 일부러 심술을 부릴 리는 없다고 믿었다. 이모 친구들은 전부 자신에게도 다정하다는 확신이 어린 시절부터 미네코의 내면에 자리 잡고 있었기 때문이다.

어쨌든 오바를 만나고 이틀 후, 세 사람은 하녀 다카를 찾아갔다. 센다가야에 있는 다카의 일터로 걸어가는 길에 하스노가 미쓰에에게 말했다.

"하루미 씨께서 사람을 시켜서 진위를 감정해주시겠답니다."

"그래요? 그거 잘됐네요."

"그리고 닌세이의 차항아리는 출처가 금방 밝혀졌습니다."

"출처라니요?"

"야나세에게 차항아리를 팔았다는 사람을 찾아냈습니다."

"정말이요? 이렇게나 빨리? 놀랍네요."

"하루미 씨가 알고 지내는 수집가들에게 전화를 걸어, 짚이는 구석이 있다면 빠짐없이 문의해 달라고 부탁하신 모양입니다. 한나절 만에 찾아냈어요."

차항아리의 원래 주인은 도쿄 시내에 사는 쓰지라는 변호사였다. 그는 작년 12월 초에 차항아리를 야나세에게 넘겼다고 한다.

"쓰지 씨와는 제가 통화했습니다. 못이 튀어나온 그 낡은 나무 상자에 차항아리를 담아서 야나세에게 넘겨줬다는군요."

"어머, 그랬군요. 그 볼품없는 상자 말이죠."

"다른 항아리를 넣어뒀던 상자를 돌려썼다고 합니다. 유서 깊은 원래 상자는 더러워지고 파손돼서 바꿔 넣었답니다. 그래서 다른 감정 확인문이 적혀 있었던 거고요. 다만 쓰지 씨는 감정 확인문을 콩테로 지우지 않았습니다. 그건 야나세의 손에 넘어가고 나서 오바 씨가 구입하기 전에 벌어진 일입니다.

쓰지 씨는 차항아리가 진품이라고 단언했습니다. 야나세의 입회하에 감정인을 불러서 감정했다는군요. 그럴 필요도 없을 만큼 쓰지 씨는 자신만만했던 듯하지만, 야나세가 만약을 위해 확인하고 싶어 한 것 같습니다."

"그럼 오바 씨의 차항아리는 진품일까요? 일부러 감정까지 해서 확인했으니까요."

"하지만 야나세가 차항아리를 입수해서 오바 씨에게 넘겨주기까지, 어째서인지 한 달 이상의 공백이 있습니다."

"아, 그랬죠. 무슨 생각이었을까요? 찝찝하네요."

어쩌면 그 한 달 사이에 야나세가 차항아리를 가짜와 바꿔치기한 걸까.

미쓰에는 커다란 양산으로 얼굴을 가린 채 거리를 걸어갔다. 양산 안쪽으로 미네코를 끌어들이는 등, 미쓰에는 시종일관 즐거워 보였다.

하녀 다카는 묘한 조합의 세 사람을 보고도 이것저것 캐묻지 않았다. 다만 하스노와 미쓰에 중 누구에게 하는 말인지 모를 목소리로 참 아름다우시네, 하고 나지막하게 중얼거렸다. 미쓰에가 배우라는 건 알아보지 못한 눈치였다.

미네코는 나무 상자 사진을 꺼냈다.

하스노가 질문을 던졌다.

"닌세이의 차항아리가 들어 있던 상자입니다. 본 적 있으십니까? 올해 1월, 야나세 씨 댁에서 오바라는 수집가가 받아 간 물건인데요."

다카는 자신의 일기를 들고 나왔다.

"으음? 그렇지. 1월 13일이네. 이게 도착한 날이에요."

"그래요? 1월 13일이라고요? 작년 12월이 아니라요?"

"네, 1월이에요. 1월 13일이라고 적어놨네요. 기억났어요. 이 상자, 바닥의 못이 튀어나와 있어서 나리가 오른손을 다치셨거든요. 도착한 상자를 안쪽 방 장롱 위에 올려두려다가요."

야나세가 다친 원인은 바로 이 상자였다. 그러니 다카에게도 이 나무 상자는 인상 깊게 남아 있었으리라.

하지만 차항아리는 작년 12월 초에 쓰지가 야나세에게 넘겼다. 그런데 1월 중순에야 집에 도착했다고 한다. 즉, 한 달 남짓 차항아리는 어딘가 다른 장소에 있었다는 뜻이다.

게다가 1월 13일이라면 도작범이 찾아오기 사흘 전 아닌가.

"이 나무 상자는 그날 누군가가 직접 들고 왔죠? 배달꾼이었습니까?"

"배달꾼은 아니었어요. 제가 나가려니까 야나세 나리가 말리셨거든요. 본인이 직접 맞이할 테니 됐다면서요. 그러니 분명 손님이었을 거예요."

다카를 손님과 만나지 못하게 했다던 야나세의 습관대로였다.

"나무 상자는 오바 씨가 받아 가기 전까지 장롱 위에 놓여 있었나요?"

"그랬을 거예요. 그러고 며칠 지나서 손님한테 넘겨줘야 하니 옮기는 걸 도와달라고 하시더군요. 나리는 다치셨으니까 제가 장롱에서 내려서 현관으로 들고 갔답니다."

오바에게 들은 바로는 1월 18일이었을 것이다.

하스노가 뚜껑 사진을 보여주었다.

"뚜껑에 감정 확인문을 지운 듯한 흔적이 있는데, 나무 상자가 도착했을 때부터 이랬습니까?"

"글쎄요, 그건 기억이 잘 안 나는데요. 도착했을 때는 제대로 보질 않아서요. 하지만 이렇지는 않았던 것 같네요."

"누가 항아리를 가져왔는지는 모르시는 거죠?"

"전 몰라요. 물론 물어보지도 않았고요."

하녀는 겁먹은 듯했다. 미야모리가 살해당하는 사건이 벌어졌으니까 예전 주인이 위작 제작에 관여했다는 사실이 다카의 귀에도 들어갔을 테고, 이미 누군가가 사정을 물어봤을지도 모른다.

"정말이에요. 저는 나리가 하시는 일에 관심을 가진 적이 한 번도 없었어요."

"걱정하실 것 없답니다. 아무도 그런 의심은 하지 않으니까요."

미쓰에는 아무 근거도 없으면서, 전부 다 꿰뚫어 본다는 듯한 미소를 꾸며내 하녀를 안심시켰다.

하스노는 아주 잠시 무슨 생각에 잠긴 듯했지만 곧 질문을 이어갔다.

"다카 씨. 누군가 나무 상자를 가지고 온 날부터, 닷새 후에 오바 씨가 받아 갈 때까지 있었던 일을 최대한 떠올려주시겠습니까? 특히 사람이나 물건의 출입에 대해서요. 뭔가 배달됐거나 누군가 찾아오지는 않았습니까?"

다카는 가장 먼저 1월 16일 밤, 대나무로 엮은 트렁크를 맡기러 온 인물에 대해 이야기했다.

이모부 일행이 이미 들었던 내용이다. 도작범이 이구치의 작품을 도작한 그림을 가져왔다.

"그것 말고는요? 예를 들면 차항아리가 든 나무 상자 외에, 또 다른 짐이요. 그런 것이 어딘가에서 오지 않았습니까?"

또 다른 짐? 하스노는 구체적인 가설을 세운 모양이었다.

그의 재촉에 다카는 뭔가 떠올렸다.

"아! 맞다, 맞아. 궤짝이요. 누군가 대나무 트렁크를 가져온 날 낮에, 어디선가 작은 궤짝이 하나 배달됐어요. 낡고 지저분한 궤짝이었는데, 작다고 해도 혼자서는 못 들 크기라 방으로 옮기는 걸 제가 도와드렸죠. 배달꾼은 현관까지만 옮겨주고 가버렸거든요.

그런데 나리가 손을 다치셨잖아요? 제대로 들지를 못해서 현관에 들어서자마자 손이 미끄러져서 떨어뜨리고 말았죠. 나리가 새파랗게 질린 얼굴로 비명을 지르며 어찌나 호들갑을 떨었는지 몰라요. 그래서 기억에 남아 있네요."

도작범이 찾아온 날 낮에 작은 궤짝 하나가 왔다고 한다. 닷새간 무척이나 물건의 출입이 잦았던 모양이다.

잠자코 질문을 듣고 있던 미네코도 하스노가 뭘 규명하려는 건지 알아차렸다.

야나세가 12월 초에 쓰지에게 사들인 닌세이의 차항아리는 1월 13일까지 대체 어디에 있었을까. 아무래도 위작범의 손에 넘어가 있었을 가능성이 크다.

진짜 차항아리를 입수해 위작을 만들고, 그 위작을 오바에게 팔아넘기는 것이 야나세의 계획 아니었을까. 그렇게 보면 1월 중순에 야나세의 집에 수많은 짐이 드나든 것이 설명될 듯했다. 1월 13일에 도착한 상자는 위작범이 반환한 진품 아니었을까?

하스노의 질문이 이어졌다.

"1월 16일에 배달된 궤짝에는 뭐가 들어 있었습니까? 야나세 씨가 가르쳐줬나요?"

"아니요. 기억나지 않는 걸 보니, 아마 안 가르쳐주셨을 거예요."

궤짝의 내용물은 차항아리의 위작 아니었을까. 진품과 위작이 잇달아 야나세에게 전달된 것 아닐까.

"궤짝은 열지 않고 그대로 옮기신 거군요?"

"네. 방까지 들고 갔죠. 방해가 되지 않도록 궤짝을 장롱과 장지문 사이에 내려놓았더니, 이제 됐으니까 나가보라고 쫓아내더라고요."

다카는 궤짝의 긴 변을 벽에 붙여 놓는 시늉을 했다.

"그 궤짝은 언제까지 방에 뒀나요? 혹시 야나세 씨가 집을 떠나기 전에 어딘가로 보내지는 않았습니까?"

"아, 맞아요. 그걸 어떻게 아셨대? 언제였더라……."

그녀는 자신의 일기를 몇 번이고 집요하게 다시 훑어보았다.

"안 적혀 있네요. 금방 어디론가 보냈을 거예요. 아마도 나무 상자를 받으러 오기 전이었던 것 같은데."

"그렇군요. 그럼 이 기간에 지금 말씀하신 사람들 말고 다른 방문자는 있었습니까?"

"음, 없었을 거예요. 일기에도 아무것도 안 적어놨고, 그런 기억도 없으니까요."

다카에 대한 질문은 그것으로 끝났다.

"아마도 오바 씨가 받은 차항아리는 진품이 아닐까 싶군요."

다카의 일터를 나서자마자, 하스노는 무심결에 입 밖으로 말이 흘러나온 것처럼 불쑥 중얼거렸다.

"어머, 그래요? 과연 진품일지 의심스러워질 만큼 수상쩍은 이야기가 많았는걸요. 오바 씨가 결국 실망하겠구나 싶었는데요."

미네코도 미쓰에와 같은 생각이었다.

명확한 증거가 있는 건 아니지만, 야나세는 차항아리의 위작을 만들었던 것으로 보인다.

"분명 야나세는 쓰지 씨에게서 차항아리를 사들이고, 그걸 바탕으로 누군가에게 위작을 제작시켜서 오바 씨에게 비싸게 팔아넘기려고 했겠죠. 아미리가로 갈 예정이었기에 이렇게 번거로운 계획을 떠올린 듯합니다. 안목이 그리 높지 않은 오바 씨에게 위작을 떠넘겨 한밑천 잡고, 진품은 아미리가에 가져가서 더 비싸게 팔 생각이었거나, 아니면 자신의 수집품에 추가하려 했을지도 모르죠.

하지만 다카 씨에게 들은 일들을 순서대로 짚어 보면, 계획이 순조롭게 진행됐다고 보기는 어렵습니다.

1월 13일, 누군가가 야나세의 집으로 나무 상자를 가져왔습니다. 몇 가지 이유로 이 상자의 내용물은 진품이었을 가능성이 큽니다. 우선 배달꾼에게 부탁하지 않았다는 점입니다. 귀중한 물건이니, 그것을 견본 삼아 위작을 만들라고 지시받은 위작범이 직접 돌려주러 왔다고 볼 수 있겠습니다.

한편, 사흘 뒤에 배달된 궤짝은 배달꾼이 가져왔다고 했습니다. 그 안에는 위작이 들어 있었다고 보는 게 타당하겠죠."

"그렇군요. 그렇게 하는 게 당연하겠네요"

위작이라면 배달꾼에게 맡길 수 있을지도 모른다. 위작을 다

만들었기에 먼저 진품을 돌려주기로 했다면, 먼저 도착한 쪽이 진품이라고 볼 수도 있다.

"그런데 야나세는 궤짝을 들여놓을 때 실수를 저질렀습니다. 오른손을 다친 상태라 현관에서 그만 궤짝을 떨어뜨리고 말았죠. 다카 씨는 내용물을 몰랐던 듯하지만, 어쩌면 그때 궤짝 속의 위작이 깨진 게 아닐까 싶군요."

미네코는 아차 싶었다. 그 가능성은 미처 생각지 못했다.

미쓰에도 손뼉을 짝 쳤다.

"아! 확실히 그럴지도 모르겠네요. 위작을 깨뜨렸으니까, 오바 씨가 받은 차항아리는 진품이라는 말씀이시죠?"

"그런 셈입니다. 궤짝을 떨어뜨린 탓에 야나세는 진품을 넘겨줄 수밖에 없었던 거죠.

방증이 하나 더 있습니다. 나무 상자 뚜껑의 글씨를 지울 때 콩테를 사용했다는 것입니다. 다카 씨 말에 따르면 확실하게 기억나지는 않지만 상자가 야나세의 집에 도착했을 때 뚜껑에 그런 흔적은 없었다고 했습니다. 그러니 야나세는 궤짝이 배달된 날, 밤에 찾아온 도작범에게 그 작업을 부탁했다는 뜻입니다.

갈색 콩테를 사용한 것이 이 추측을 뒷받침하죠. 감정 확인문을 지울 거면 하다못해 먹물로 덧칠 정도는 할 텐데, 그렇게 건성으로 지운 걸 보면 마침 곁에 있던 도구를 사용한 것 같으니까요."

즉, 이런 말이다.

위작이 도착한 날에 그걸 깨뜨린 야나세는 오바에게 진품을 넘겨주기로 결심했다. 아미리가로 떠나기까지 시간이 얼마 남지 않아서 위작을 다시 만들게 할 수는 없었다. 물건을 넘겨주고 오바에게 돈을 받는 게 더 중요했으리라.

그 과정에서 야나세는 원래 오바에게 넘길 예정이 아니라서 신경 쓰지 않았던, 상자의 감정 확인문을 지우기로 마음먹었다.

"위작용으로도 상자를 준비했을 테니 그쪽과 바꿔치기해도 됐겠지만 다친 손으로 깨진 위작의 파편을 치우기가 힘들었거나, 궤짝을 떨어뜨렸을 때 위작용 상자도 같이 망가졌을지 모르죠. 만듦새가 좋지 않다면 그럴 수도 있을 겁니다."

"잘 알겠어요. 오바 씨가 받은 게 진품인 듯하니 불행 중 다행이네요."

"그렇죠. 하지만 이건 그저 추론일 뿐, 맞든 틀리든 문제가 되진 않습니다. 차항아리의 진위는 감정인에게 맡겨두면 되겠죠.

게다가 이구치 군의 그림이 도작된 사건을 생각한다면, 오바 씨의 차항아리가 진품이냐 위작이냐에 큰 의미는 없습니다.

굳이 의미를 찾자면, 하나는 도작범이 상자 뚜껑에 흔적을 남긴 게 틀림없어 보인다는 것. 또 하나는 차항아리의 위작을 만드는 사람이 있는 듯하다는 점입니다."

그 말이 옳다. 생각해 보면 이건 새로운 위작범이 발견됐다는 뜻이기도 하다. 지금까지 밝혀진 위작범 중에 도공은 없다. 누군가 야나세를 도운 인물이 있다.

살로메의 단두대

미네코는 물었다.

"차항아리의 위작을 만든 사람은 이모부의 지인일까요? 흰갈매기회에 도예가가 있던가요?"

"이구치 군에게 물어봐야 확실하겠지만, 있습니다. 엔도라는 사람이 도예가라고 하더군요."

엔도라면 위작 사건이 공론화된 후로 가담자들을 노골적으로 멸시하던 남자다. 어쩌면 자신도 동류라는 사실이 탄로 날까 봐 두려워서 그랬던 걸까? 숨겨진 위작범의 자리에 대입하기에 딱 적합한 인물이다.

"조사할 수 있을까요?"

"엔도라는 사람은 평정심을 잃은 듯하니까, 어딘가에 증거를 남겼을지도 모르겠군요."

하스노는 조급함이 묻어나는 목소리로 대답했다.

미네코는 어쩐지 의아했다. 애초에 하스노는 이구치를 위해 사건을 검토했고, 자신은 사건의 방관자에 지나지 않는다는 사실을 잊지 않으려 했다.

하지만 일이 진행되면서 어느새 그의 표정이 달라졌다. 지금 하스노가 고민하는 건 자기 자신의 사건이었다. 어디선가 하스노가 방관자로 머무는 걸 허락지 않는 일이 벌어진 모양이었다. 오늘도 다카에게 이야기를 들을 때 전에 없이 열의를 보였다.

"……하스노 씨. 이게 그렇게 중대한 사건인가요?"

미네코는 망설인 끝에 물었다. 묻고 나서 이런 건 어린아이에게나 허용될 법한 말투다 싶어 부끄러워졌다.

"그건 사람에 따라 다르겠죠. 누구에게나 중대한 사건이란 건 존재하지 않아요. 혹시 미네코 씨에게 이게 중대한 사건이 될까 봐 걱정되는 건가요?"

"어머, 미네코 짱에게는 진작부터 중대 사건이잖니? 지난번에 도둑이랑 한 판 붙을 뻔하기도 했잖아."

미쓰에가 끼어들어서 훼방을 놓았다. 하지만 미네코에게는 그게 문제가 아니었다. 하스노가 이 사건을 중대하게 여기는 건 뭣 때문일까?

미쓰에가 이 대화 덕분에 생각났다는 듯 말했다.

"그러고 보니 하스노 씨. 아야 씨에게 편지는 보내셨나요?"

"지난달에 한 번 보냈습니다."

"그래요. 가급적 빨리 편지를 또 써주시면 좋겠네요. 요즘 아야 씨, 일이 전혀 손에 잡히지 않는 모양이더라고요. 사건에 대해서 무척 걱정하고 있어요. 저야 이유를 모르지만, 아야 씨에게는 중대한 일이겠죠?"

미쓰에는 하스노에게 눈짓을 보내고 끼어들어서 미안하다는 듯 미네코의 머리에 손을 얹었다.

하스노와 미쓰에의 대화를 듣는 동안 미네코의 마음속에는 비참함과 쓸쓸함이 번져갔다.

그것은 철들 무렵부터 마음속에 모래밭의 조약돌처럼 묻혀 있어서, 가끔 손을 집어넣어 휘저을 때 말고는 그곳에 있다는

살로메의 단두대

사실조차 잊고 지내는 감정이었다. 이 두 사람 곁에 있을 때면 미네코의 마음속 모래가 모조리 흘러내려서 조약돌이 고스란히 드러나곤 한다.

두 사람의 아름다움도 여기에 한몫했다. 두 사람이 미네코를 따돌릴 리 없는데도, 비참함은 마음의 가장자리를 타고 기어올랐다.

두 사람에게 이런 속내를 결코 드러낼 수 없어서 미네코는 더욱 괴로웠다. 미네코는 아야라는 이름을 듣고 마음이 술렁인다는 걸 들키지 않으려 애썼지만, 이미 들켰을 거라고 체념하기도 했다.

중대한 일이라고 한다. 미네코에게는 자신의 마음보다 중대한 것은 없었다. 미네코는 자신이 어려서 그런 거라 생각했다.

5

8월 13일. 아야는 하스노의 편지를 받았다.

오기가 살해당한 것으로 시작되는 사건의 속보였다. 역시나 보낸 사람의 숨결이 느껴지지 않는 무뚝뚝한 편지로, 이전에 받은 것과 문체는 전혀 달라지지 않았다. 다시 말해 하스노가 자신과 다시 만나기를 거부하지 않는 것이라고 아야는 생각했다.

아야는 지난달과 완전히 동일한 절차를 밟았다. 전보를 치고, 다음 날 저녁에 히비야 공원으로 향했다. 아니나 다를까, 하스노는 지난번과 조금도 다르지 않은 차림새로 정문 앞의 같은 장소에서 기다리고 있었다.

아야는 냉담한 편지에 대해 지난번처럼 불평을 늘어놓았지만, 더 이상 화가 나지는 않았다. 하스노의 천성대로 쓴 편지임을 알았기에 속으로는 더욱 신뢰가 커졌다.

"이구치 씨 댁에 도둑이 들고, 머리 없는 시체가 발견되고, 새로운 위작범이 나타나고……, 여러 일이 정신없이 일어났네요."

"네."

"어제랑 오늘은 무슨 일이 있었나요? 편지를 쓰고 나서 새로이 알아내신 건 없고요?"

"딱히 없습니다. 이구치 군에게 차항아리의 위작을 누가 만들었을지 짐작 가는 사람 없느냐고 물어본 정도죠. 어쩐지 엔도라면 위작을 만들었을 것 같다고 하더군요. 그 이상은 아직 모릅니다."

"이제 시간이 별로 없는 것 아닌가요? 화란의 부자가 일본을 떠나기 전에 도작범을 찾아내야 하잖아요?"

"이구치 군 입장에서는 그렇죠. 다만 도작범은 머지않아 붙잡힐 것 같은 예감이 드는군요. 림스데이크 씨의 출국 일정에 맞출 수 있을지는 모르겠지만."

"어머, 그래요?"

의외라는 듯 목소리를 높이기는 했지만, 하스노는 아야가 기대하던 대답을 내놓았다. 이제 아야는 하스노가 꼭 이 사건을 해결하기를 바랐다.

"하기야 도작범을 찾아낸다고 해서 전부 해결되지는 않습니다. 그자가 저지른 짓을 객관적으로 밝혀내고, 경우에 따라서는 반성시켜야 해요."

"반성시킨다고요? 혹시 후회하게 만들겠다는 건가요? 제 그림을 도작한 범인을요?"

"네. 그럴 필요가 있을지도 모른다는 뜻입니다."

아야는 하스노의 얼굴을 빤히 쳐다봤다.

"이야, 당신이 진지하게 그런 말씀을 하실 줄은 몰랐네요. 대체 어떻게 하실 생각이죠? 도작범에게 설교라도 하시게요? 범인을 교화시키겠다는 뜻? 과연 잘될 거라고 생각하세요?"

"교화시키기는 어려울지도 모르겠습니다."

"맞아요. 어쩌다 충동적으로 저지른 짓은 아니겠죠? 반성 따위 안 할걸요. 하스노 씨라면 그런 자를 어떻게 하실 건가요?"

"글쎄요. 어떻게 할까요."

"고문이라도 하는 수밖에 없겠죠."

아야는 하스노의 귓가에 숨결을 불어 넣듯 말했다.

"흠. 고문이라."

하스노는 담담한 얼굴로 말했다. 아야가 아무리 충격적인 말을 꺼내도 하스노는 동요하지 않을 듯했다.

"네. 도작범을 혼내주려면 그렇게라도 해야죠. 고문 방법이라도 생각하고 계신 것 아닌가요?"

"설마요. 고문하려면 타인과 지극히 긴밀한 시간을 보내야 합니다. 제가 제일 거북해하는 일입니다. 게다가 독창성도 필요하고요."

"그래요? 저는 당신이 누구보다도 고문에 능숙한 분이라고 생각하는데요. 당신은 사람이 무엇에 고통받는지 정말로 잘 아시니까요.

독창성이 필요하다고 하셨지만, 어차피 무에서 유를 창조하기는 힘든 법이죠. 제가 몇 가지 알려드릴까요? 연극을 하다 보면 그런 일에 흥미가 생기거든요. 이것저것 읽어봤어요."

아야는 동서양에서 과거에 실제로 행했다는 갖가지 고문 방식을 설명했다. 동물 가죽을 신발 모양으로 만들어 신긴 후 거기에 물을 채우고 불로 지지는 천 년 전 소격토란(스코틀랜드)의 고문, 배를 가르고 숨이 끊어질 때까지 창자를 감아올리는 고대 나마의 고문, 몸을 조금씩 베어내 최대한 시간을 끌며 죽게 하는 대륙의 고문까지. 아야는 하스노의 뇌리에 정확한 광경이 떠오르도록 세세하게 묘사했다.

"지루하셨나요?"

"아니요. 여러모로 새로운 걸 많이 배웠습니다."

"자, 하스노 씨는 어떻게 하실 건가요? 물론 도작범을 찾아내는 것만으로는 해결이 안 되겠죠. 그 뒷일을 당신이 생각하지 않으셨을 리 없어요. 듣고 싶네요."

"일단 도작범을 찾아내는 게 먼저입니다. 하지만 이구치 군도, 오카지마 씨도 이 사건이 어중간하게 마무리되기를 바라지는 않겠죠. 그 점은 잘 압니다."

히비야 공원은 점점 어둑해졌다. 두 사람은 통 속에 갇힌 날벌레처럼 공원을 변덕스럽게 이리저리 돌아다녔다.

고요했다. 아무리 걸어도 누구도 없기를 아야는 바랐다.

하스노와 나란히 걷는 것에 익숙해질 날이 올까? 그의 곁에 있으면 마음 구석구석까지 매만져져서 전율이 이는 기분이었다.

가슴 속에서 소용돌이치는 하스노를 향한 격정적인 말들을 아야는 끓어오르는 무쇠 냄비를 덮은 뚜껑처럼 억누르고 있었다. 그에게 자신의 감정을 드러내기가 무서웠다.

아야는 하스노에게 결코 거짓말은 하지 않되, 부주의하게 본심을 내뱉지 않도록 조심하기로 결심했다. 본래 아야는 말을 신용하지 않는다. 그렇기에 평소에는 말을 기관총 탄환처럼 남발하기를 꺼리지 않는다.

"그나저나 너무 종잡을 수 없는 것 아닌가요? 도작뿐이라면 모를까, 여기저기 온갖 사건이 흩어져 있잖아요.

저기, 이 사건의 범인은 하스노 씨를 모른다고 생각하세요? 이구치 씨 뒤에 숨어 있는 당신의 존재를 범인이 눈치채지 못하고 넘어갔을까요?"

"뭐, 범인의 꿍꿍이가 어떻든 어차피 저는 기껏해야 단역에 불과합니다. 제 존재가 사건의 대세를 뒤흔들지는 않을 거예요."

"참 단정적으로 말씀하시네요. 확실한가요? 이렇게나 얽히고 설킨 사건이에요. 동기만 해도 눈이 뱅글뱅글 돌 만큼 여러 가지가 떠오를 법한데요."

"겉으로 드러난 일들을 하나하나 살펴보면 동기는 무한히 떠올릴 수 있습니다. 하지만 사실, 이 사건에 섞여 들어간 불순물은 그리 많지 않아요. 하나의 명쾌한 의지를 바탕으로 벌어지는 명쾌한 사건입니다."

"……지금까지 그런 말씀은 안 하셨잖아요. 그럼 대체 얼마나 알고 계신 거죠?"

"7할 정도겠죠. 하지만 사건은 끝나지 않았습니다. 중요한 점 몇 가지를 아직 알아내지 못했거든요."

"그럼 이제 어떻게 하실 건데요? 어떻게든 사건을 막을 생각은 있으세요?"

"아야 씨. 그건 제가 당신에게 물어봐야겠는데요."

갑자기 가슴이 철렁할 만큼 엄숙한 목소리로 하스노가 말했다. 그는 걸음을 멈췄다.

아야는 주위를 둘러봤다. 인기척은 없었다. 단둘뿐이다.

하스노가 꺼내려 하는 것은 오직 아야만을 향한, 아야만 이해할 수 있는 말이었다.

"일전에 저한테 사건을 해결해달라고 하셨죠. 어떤 해결을 원하십니까?"

"해주시겠다는 건가요? 저를 위해서?"

"뭐든지 아야 씨가 원하시는 대로 하겠습니다. 예를 들어 당장 살인범을 찾아내는 게 중요하다면 그렇게 하죠. 아니면 사건의 배후에 있는 사정을 빠짐없이 밝혀내는 게 좋을까요? 아니면 뭔가 더 다르게 해결하기를 바라십니까?"

아야는 하스노와 처음 만났을 때를 떠올렸다. 그때처럼 진실을 인질로 잡혀 협박당하는 듯한 기분이었다.

"당신은 아시나요? 제가 왜 이 사건을 해결해주길 바라는지?"

하스노는 대답하지 않았다. 물론 그는 알고 있다.

분수대 근처였다. 하스노는 정물처럼 우뚝 서서 아야를 바라보았다.

"당신은 사람을 몰아붙이는 실력이 정말로 좋으시네요. 네, 당신답게 저더러 결정하라 그거겠죠. 당신 자신의 의지를 제게 보여주실 생각은 없나 보네요. 그게 저한테 어떤 의미인지 알면서……."

본심을 드러내지 않겠다는 아야의 결의가 무너지기 시작했다. 분노가 치밀어 올라 하스노를 다그치려 한 것이다.

하지만 하스노가 아야보다 먼저 입을 열었다.

"저는 결코 당신을 시험하지 않습니다. 어떤 해결이 필요한지 결정할 수 없다면 굳이 결정하실 필요 없습니다."

"제가 결정하지 않는다면 하스노 씨는 어떻게 하실 건가요?"

"그걸 말씀드리면 당신에게 도망칠 수 없는 선택을 강요하는 셈이 되겠죠."

"그럼 당신에게 모든 걸 맡기라는 말씀이군요."

그는 말없이 고개를 끄덕였다.

더 이상 캐물을 수는 없었다. 역시 말은 믿을 만한 게 아니라고 아야는 생각했다.

아야는 살며시 두 손을 뻗어 어둠 속에 희미하게 떠오른 하스노의 얼굴을 만졌다. 그는 거부하지 않았다. 마치 무생물을 만지는 듯한 감촉이었다.

"저는 당신이 아름답다는 것 말고는 당신에 대해 아무것도 모르겠어요. 당신은 뭐든지 잘 알면서도 본인이 얼마나 아름다운지는 모르고요."

아야는 요카난의 머리를 애지중지하는 살로메처럼 하스노의 몸 윤곽을 어루만졌다.

그에게 포옹을 갈구할 수는 없었다. 대신에 그의 오른손을 잡았다.

상처 하나 없이 매끄러운 손이었다. 아야는 그 손등을 엄지 손톱으로 꾹 눌렀다.

하스노의 표정에 변화는 없었다.

아야는 하스노 앞에 무릎을 꿇고 손톱자국에 입을 맞췄다.

6

8월 16일 오후. 미네코는 가족과 사에코에게도 비밀로 하고,

혼자 데이코쿠 극장에 연극을 보러 왔다.

아야가 출연하는 연극이다. 「살로메」는 이미 끝났고, 최근에 이름이 알려지기 시작한 젊은 작가의 현대 희극이었다.

미쓰에는 요즘 아야가 도저히 일이 손에 잡히지 않는 지경이라고 말했지만, 무대 위의 그녀에게서 그런 낌새는 전혀 찾아볼 수 없었다. 오히려 미네코는 무대 위 배우가 정말로 아야가 맞는지 의심스러웠다. 게이샤 출신의 남작 부인을 연기하는 그녀는, 정말로 그 사람이 된 것처럼 실감 나는 연기를 펼쳤다.

하기야 미네코는 연극 내용을 제대로 따라가지 못했다. 그저 눈으로 아야의 움직임을 좇을 뿐, 마음은 온통 다른 곳에 쏠려 있었다.

미네코는 이모부를 비롯한 사람들이 사건에 관해 어떻게 생각하는지 전부 들었지만, 그들이 언급하지 않은 가능성이 딱 하나 있었다. 아야야말로 일련의 사건을 일으킨 범인 아니냐는 가능성이다.

사람들이 미네코 귀에는 들어가지 않도록 한 걸까, 아니면 이건 입 밖에 낼 가치도 없을 만큼 시시한 추측인 걸까. 설마, 사람들이 이 가능성에 다다르지 못한 걸까?

아무튼 아야가 범인일지도 모른다는 생각을 미네코는 떨쳐낼 수가 없었다.

미네코도 그다지 논리적인 발상이 아니라는 건 안다. 하지만 아름다움에 탐욕을 품은 누군가가 이번 사건을 일으키지 않았을까, 하는 추측을 버리기는 쉽지 않았다. 나카노마치의 오두막에서 미네코만 목격했던 처참한 여자의 모습 때문에 그런 인상이 더욱 굳어졌다.

이모부는 발끝 부분이 떨어진 신발을 신은 인물을 '남자'라고 지칭한다. 하지만 범인이 여자라면, 정체를 감추기 위해 남자 신발을 신을 만도 하다.

그리고 동기. 아야에게는 동기가 있다. 하스노에게 사건의 경과를 알려달라고 요구했던 아야가 하스노를 만나기 위해 사건을 일으키고 있다면? 그의 행동을 끌어내기 위해 이렇게 거창하고 불가사의한 사건이 필요했던 것 아닐까?

오직 그 목적만을 위해 이런 범죄를 저지르는 건 바보 같은 짓이다. 하지만 아야라면 그러고도 남지 않을까? 한 번도 만나본 적은 없지만, 얻어들은 이야기들로 미네코가 상상해 본 아야는 그런 여성이었다.

자신이 상상했던 아야와 실물을 견주어 보기 위해 일부러 연극을 보러 왔다. 아야의 모습을 실제로 보면 살인범의 일면을 찾아낼 수 있지 않을까 기대했다.

하지만 무대를 보고 깨달은 사실은 아야가 뛰어난 배우라는 점뿐이었다. 살인범은커녕 아야 본인의 모습조차 거기에는 없었다.

연극이 끝나자 미네코는 자리에서 일어났지만, 금방 극장을 떠나기는 아쉬웠다. 그 연극으로 아야를 보았다고는 할 수 없었기에 미련이 남아 주변 거리를 배회했다.

미네코는 오늘도 전화 교환수 같은 차림새였다. 어깨에 멘 가방 뒤편에 사진기를 든 손을 숨겼다. 이제 남들 앞에서 사진기를 다루어도 주눅 들지는 않지만, 범죄에 관련된 사람에게 들키면 어쩌나 불안했다. 그 모습은 주변 인파에 잘 녹아들어 눈길을 끌지 않았다.

미네코는 한 시간쯤이나 극장 주변을 방황했다.

점차 날이 저물기 시작했다. 어두워지기 전에는 귀가하고 싶었다.

길게 늘어진 주변 건물들의 그림자에 정신을 팔다가 앞쪽으로 시선을 돌렸을 때였다. 숄을 머리에 푹 뒤집어쓴 여자가 이쪽으로 걸어오는 모습이 눈에 들어왔다.

이모부에게 이야기를 들었기에, 미네코는 한눈에 아야라는 걸 알아봤다.

미네코는 마음을 가라앉히고 다가오는 아야를 지나쳐 보냈다. 아야가 지나가고 나서 몰래 뒤를 밟았다.

대체 왜 아야를 따라가는 건지 확고한 이유는 없었다. 어디로 가는지는 모르지만, 집에라도 가는 듯한 걸음걸이였다. 미네코는 아무 근거도 없이 아야를 놓쳐서는 안 될 것 같다고 생각했다.

아야는 모퉁이를 돌아서 인적이 드문 뒷길로 들어갔다.

그나저나 전철이나 자동차를 이용하지 않는 이유는 뭘까? 이런 곳에 살고 있다는 이야기는 듣지 못했다.

다섯 간 정도 앞에서 아야가 골목을 꺾어 들었다. 미네코는 놓치지 않으려고 발걸음을 재촉했다.

뒤이어 모퉁이를 돈 순간이었다.

지척에 아야가 서 있었다. 아야는 숄 사이로 눈만 내놓은 채 미네코를 기다리고 있었다.

놀라서 움찔한 미네코가 몸을 돌릴 틈도 없이 팔을 붙잡혔다. 기모노 위였지만 아야의 손톱이 미네코의 왼쪽 팔을 파고들었다.

"너, 어느 집 애니? 왜 자꾸 따라와? 무슨 속셈이야?"

뒤를 밟았다는 건 진작에 들켰다. 아야는 미네코를 추궁하기 위해 일부러 인적이 없는 곳으로 온 것이다.

"저는……."

적당한 이름을 대서 속일까 싶어 미네코는 말을 어물거렸다. 아야가 미네코의 팔을 비틀어 올리듯 잡아당겼다. 숄이 벌어지고 진하게 화장한 얼굴이 드러났다.

"아아, 너 미네코 맞지? 아니야? 똑바로 말해."

"아니요, 저는……."

어떻게 아는 걸까? 미행을 눈치챈 것도 그렇고, 미네코는 아야의 날카로운 직감에 놀랐다.

"뭐야? 아니야?"

"아니요, 맞아요. 저는 야나에 미네코예요."

"그럴 줄 알았지. 얼버무리고 넘어갈 생각은 집어치워. 네 이야기 들었어. 미쓰에 친구지? 이야기만 듣고도 알겠더라. 네가 나를 쫓아다닐 법한 애라는 걸.

자, 얼굴 똑바로 내밀어. 고개 숙이지 말고."

아야는 시선을 피하고 있던 미네코의 앞머리를 움켜쥐고 위로 홱 잡아당겼다.

"흥, 남을 미행해 놓고 막상 들키니까 이렇게 꼴사나운 표정을 짓다니, 그러지 마. 네가 자초한 일이잖아.

자, 나한테 무슨 용건이야? 뭔가 꿍꿍이가 있어서 따라온 거지? 말해봐."

"그건, 그냥 모습을 봐서……, 어디로 가는 건지 궁금해졌어요. 죄송합니다."

"참 순진하기도 하셔라! 설마 그 말을 믿으라는 거야? 동경하는 누군가를 만나고 싶어서 극장 주변을 서성인 건 아닐 테고.

사건에 대해서 너 나름대로 생각이 있는 거지? 그래서 내가 신경 쓰이는 거고. 정말 민폐라니까."

"저는 그렇게 무례한 짓인 줄 몰랐어요. 제발 이거 좀 놔주세요."

"어머, 안 되지."

미네코를 붙잡은 아야의 양손에 힘이 들어갔다. 머리카락이 몇 가닥 뽑혀 나갔다.

"나도 너한테 관심이 있거든. 뭐가 얼마나 잘났길래 이러는 건지 꼭 알고 싶네.

얘, 미네코, 내 뒤를 캐고 다닐 자격이 있다고 생각하는 거니? 아직 코흘리개 같은 녀석이 말이야! 어휴, 시끄러우니까 제발 울음은 터뜨리지 마.

겁먹은 꼴 좀 보라지. 나를 파헤쳐 보려다 오히려 네가 파헤쳐질 거라는 생각은 안 해봤니? 당연히 그렇잖아!

자, 넌 왜 철창 안의 사람을 밖에서 막대로 찔러대는 짓을, 자기는 꽁꽁 싸매고 나만 알몸으로 만들어 구경거리로 삼는 짓을 하려고 한 걸까?"

"그런 생각 안 했어요."

"거짓말하지 마."

아야가 바싹 다가서자 분 냄새가 미네코의 코를 찔렀다. 가까이서 본 아야의 아름다운 얼굴이 인공적으로 왜곡됐다는 것과 진한 화장 아래에 흉터가 남아 있다는 걸 똑똑히 알 수 있었다. 아야는 지금 그것을 미네코에게 알려주려고 하고 있었다.

"뻔하지. 너 같은 애들은 누구보다도 나를 우습게 여겨. 아무 부족함 없이 자라서, 별로 예쁘지도 않은 주제에 놀림당하는 데는 익숙하지 않지. 아름답거나 말거나 상관없다는 척 내숭을 떨지만 실은 관심이 넘치고, 그래서 당연하다는 듯 나를 깔보는 거야!

참 얄밉게도 생겼네. 자, 대체 너한테 무슨 잘난 구석이 있어서 나를 우습게 여기는 걸까? 세상 물정 모른다는 거 말고 무슨 장점이 있느냐고!"

미네코는 대답할 말을 계속 찾았다. 누가 말해도 아야가 입을 다물 만한 보편적인 말을. 그렇지 않으면 의미가 없다.

하지만 수술을 받으면서까지 아름다워지려 했던 허영심을 비웃는 말이나, 수술이 완벽하지 않아서 인공적인 부자연스러움이 남은 걸 조롱하는 말밖에 떠오르지 않았다. 그 말만은 절대로 입 밖에 내지 않겠다고 다짐하며, 미네코는 입술을 꽉 깨물었다.

아야가 미네코의 머리끄덩이를 더 세게 붙잡았을 때였다. 어깨에 메고 있던 가방이 흘러내렸다. 움켜쥐고 있던 사진기가 드러났다.

사진기를 본 순간, 처절한 아름다움을 뿜어내던 아야가 표정을 싹 바꾸며 추악한 분노를 폭발시켰다.

"뭐야! 이런 것까지 들고 왔다니!"

아야가 사진기를 낚아챘다.

"앗."

미네코의 작은 비명은 어디에도 닿지 못하고 지워졌다. 아야가 사진기를 땅에 내팽개쳤다. 뒤쪽의 덮개가 열리고 주름상자가 내장처럼 튀어나왔다. 아야가 그걸 담장으로 걷어찼다.

렌즈 깨지는 소리가 들리고 파인더가 튕겨 나갔다.

미네코는 주저앉아서 부서진 사진기가 널브러진 모습을 멍하니 바라보았다. 정신을 차렸을 때, 이미 아야는 사라지고 없었다.

IX
「사형 집행인」

1

저녁 무렵. 미네코가 부서진 사진기를 들고 우리 집으로 왔다.

꽉 찬 물병이라도 나르듯 발걸음이 느릿느릿했고, 눈물을 쏟지 않으려 애쓰는 눈치였다. 무슨 일인가 싶었지만 미네코는 내게 말하기를 거부했다. 하는 수 없이 아내에게 사정을 물어보라고 하고 거실을 두 사람에게 내주었다.

현관홀 계단에 멍하니 앉아 이야기가 끝나길 기다리고 있는데, 이번에는 하스노가 찾아왔다. 기척을 느낀 두 사람은 서둘러 거실에서 안방으로 들어갔다.

나는 빈 거실로 하스노를 안내했다.

"어쩐 일이야? 뭐 좀 알아냈나?"

"뭐, 사소한 일이지만."

그는 약간이지만 안쪽의 기척을 신경 쓰는 듯 보였다.

"의사 사사가와 씨에게 연락이 왔어. 아무래도 최근 이상한 남자가 병원을 찾아오는 모양이야. 오카지마 씨에 대해 아는 게 없는지 간호사에게 이것저것 물어보고 간다는군."

"이상한 남자? 어떤 사람인데?"

"편지라 자세하게는 모르겠어. 2, 30대 정도라더군."

"아야 씨에 관해 사사가와 의원에 물으러 온다면……, 요컨대 아야 씨의 얼굴에 관해 궁금해하는 거겠지?"

"그렇겠지."

"즉, 그자는 아야 씨가 배우가 되기 위해 성형 수술을 받았다는 증거를 찾으려는 건가? 그 사실을 폭로하려는 자가 있다는 거야?"

"그런 셈이야."

미야가와일지도 모른다. 그는 아야에게 비밀을 폭로하겠다고 으름장을 놓았던 듯하고, 지금의 그라면 정말 그러고도 남을 법했다.

"오카지마 씨가 때때로 사사가와 씨네 병원에 다녔다고 했으니, 거기서 낌새를 알아챘겠지. 어떻게든 오카지마 씨를 망신 주고 싶은 모양이야."

"내버려둬도 되겠나?"

"그게 미야가와라고 해도 쉽게 폭로하진 못할 걸세. 사사가와 씨가 오카지마 씨의 옛날 사진이나 수술받은 증거를 유출할리 없을 테니까. 게다가 오카지마 씨에게도 그런 추문은 큰 문제가 아니게 됐어. 아무래도 상관없는 일이지. 상황을 잠시 지켜보자고."

석연치 않았지만 하스노는 더는 설명할 마음이 없는 듯했다.

"그리고 차항아리의 위작 말인데."

"아참! 거기에 대해서는 나도 알아낸 게 있다네."

야나세가 오바에게 넘길 차항아리의 위작을 제작했다는 사실이 밝혀졌는데, 과연 실제로 만든 사람은 누구일까?

나는 엔도가 의심스러웠다. 그리고 미야가와가 그런 내 의혹을 뒷받침했다.

폭로의 계기를 제공한 사람은 야나세에게 차항아리를 넘겼던 변호사 쓰지였다.

그는 차항아리에 얽힌 일련의 의혹을 공론화하고, 자신이 소유했던 물건은 틀림없는 진품이라고 주장했다. 하루미 사장님에게 부탁한 진위 감정 결과가 아직 나오지 않았기에 다소 성급한 감은 있었으나, 어쨌든 그는 자신이 위작 제작과 무관하다는 걸 증명하려 했다.

여기에 반응한 사람이 미야가와였다. 그가 엔도를 팔아넘겼다. 미야가와는 작년 12월부터 올해 1월 사이에 엔도가 오바에게 넘긴 것과 똑같이 생긴 차항아리를 만들고 있었다는 사실을 경찰에 찔렀다. 그뿐만 아니라 엔도에 대해 아는 바를 모조리 경찰에 털어놓았다. 엔도가 2년쯤 전부터 위작 제작에 가담했다는 것과 나카노마치의 광에 드나들었다는 것도 밝혔다.

"미야모리의 금고에서 사진이 나오지 않았기에 엔도는 지금까지 용의선상에 오르지 않았어. 하지만 사실 미야가와는 엔도가 위작범이라는 걸 훨씬 예전부터 알고 있었던 걸세.

나름의 의리인지 처음에 미야가와는 경찰에 추궁당할 때도 그 사실을 덮어뒀어. 그런데 엔도가 위작범들을 대놓고 경멸했잖아? 그래서 미워진 거야. 저 녀석도 위작범이라고 폭로할 마음이 생긴 거겠지."

"자네, 최근에 미야가와를 만났나?"

"아니. 하지만 소문으로는 위작범이라는 게 들통난 후로 될 대로 되라는 듯 방탕하게 생활하고 있다는군. 그러니 아야 씨가 얼굴을 고쳤다는 사실을 폭로하려고 혈안이 됐어도 이상할 건 없겠지."

그는 이제 자신이 빠진 구덩이에 남을 끌어들이는 것 말고는 할 일이 없는 것이다.

"그렇듯 추락한 미야가와의 증언이니 어디까지 믿어야 할지는 모르겠지만."

"아니, 엔도에 대해서는 미야가와를 믿어도 돼."

"그래? 자네도 뭔가 조사했나?"

하스노는 엔도의 집 근처에서 이야기를 들었다고 한다.

"1월 중순에 궤짝을 든 배달꾼이 두 번 드나들었다는군. 한 번뿐이라면 아무 일도 아니겠지만, 가져갔다가 다시 가져왔어. 왕복한 건 좀 흔한 일은 아니라 기억하는 사람이 있었어. 날짜까지는 확실하지 않았지만."

"오, 그랬나?"

닌세이의 차항아리 위작은 궤짝에 넣어서 주고받은 듯하다. 시기도 야나세가 궤짝을 받았던 무렵과 일치한다. 우연이라고 보기는 어렵다.

"그럼 위작범의 정체가 한 명 더 밝혀졌다고 봐도 되는 건가."

"거의 틀림없어. 차항아리의 위작을 만든 건 엔도겠지."

조사에 진전이 있기는 했다.

하지만 엔도가 위작을 만들었다는 게 뭐 어쨌다는 말인가? 도작범을 찾아내야 하는 내 입장에서는 이 사실을 어떻게 활용해야 할지 알 수가 없었다.

"이보게, 하스노. 그나저나 그런 조사를 했었나. 이 사건의 탐정은 나지 자기가 아니라고 자네가 말했었잖아?"

"그건 그렇지. 나도 사건을 조사하기는 하지만, 딱히 진상이 필요해서 조사하는 건 아닐세. 그런 건 부차적인 문제지."

하스노는 또 수수께끼 같은 말을 내뱉었다.

"……자네에겐 진상이 필요 없다는 건가."

"가능하다면 진상 없이 해결만 손에 넣는 게 바람직해. 뭐, 어차피 그렇게 되지는 않겠지만. 아마 싫어도 진상은 알게 되겠지."

"난 둘 다 필요하네. 그것도 최대한 빨리."

"알아. 자, 어떻게 할까……."

하스노가 탁자 위로 시선을 돌렸다.

거기에는 무참하게 부서진 사진기가 널브러져 있었다. 하스노는 그걸 집어 들고 물끄러미 바라보았다.

사진기의 잔해에는 분가루가 묻어 있어서 무슨 일이 있었는지 대충 짐작한 듯했다.

"아참. 자네에게 할 말이 있어."

"뭔데?"

하스노는 웬일로 내 관심을 끌려는 듯 짐짓 뜸을 들이며 말했다.

"살해당한 미야모리와 오기의 옷차림을 어디선가 본 것 같다고 했었지. 기억이 났나?"

"아니, 그건……, 아직일세."

"꼭 기억해 내게. 만약 아무런 실마리도 찾을 수 없다면, 후카에라는 화가야. 후카에 씨와 관련된 곳에서 그런 옷차림을 본 게 아닌가?"

후카에? 나는 멍하니 그에 대해 생각했다.

들고 보니 확실히 시체의 그러한 옷차림은 후카에에 대한 기억과 이어져 있는 것 같았다.

2

다음 날 저녁녘, 나는 미네코를 데리고 하루미 사장님을 만나러 아자부의 저택으로 향했다.

사진기를 망가뜨린 걸 사죄할 뿐이라면 미네코 혼자 가도 되겠지만, 하루미 사장님에게 부탁해서 야나세를 조사한 결과가 아미리가에서 도착했다기에 나도 동행하기로 했다.

우리는 저택 제일 안쪽에 있는, 하루미 사장님의 부인 방으로 안내받았다.

미네코는 가방에서 부서진 사진기를 머뭇머뭇 꺼냈다. 그리고 아야와 만났던 일을 천천히 설명했다.

"사모님의 유품인데, 죄송합니다."

미네코는 흐느껴 울었다. 하루미 사장님은 사진기를 집어 들더니 흠, 하고 중얼거렸다.

"절대로 부수지 않으리라 생각하고서 사진기를 빌려준 게 아니야. 예상보다는 화끈하게 부쉈다만. 그만 울어."

"네."

미네코는 고개를 숙인 채 눈물을 닦았다.

"그런데 미네코, 이제 질렸나? 사진은 그만둘 테야? 네 설명을 아무리 들어봐도 그 여배우가 왜 미친 듯이 화를 냈는지는 통 모르겠다만, 세상에는 통 모를 자들이 우글거리지. 살다 보면 그런 자들과 또 만나게 될 거다."

하루미 씨는 엽궐련을 입에 물었다.

"사진기가 있든 없든 그런 자들과는 마주치는 법이야."

"네. 하지만 역시 제가 세상 물정을 너무 모른다는 걸 이번에 뼈저리게 느꼈습니다. 그런데 분수도 모르고 사진기를 빌려서 너무 설쳤던 거예요."

"어차피 해결된 건 아직 전혀 없을 텐데, 그렇게 쉽게 반성해서는 못써. 세상 물정을 모르는 걸로 치자면 이구치도 너와 별 차이 없다만, 나랑 만난 뒤로 그림 붓을 들고 신나게 설치고 있잖느냐."

하루미 사장님이 지목하길래 나는 그 말이 맞다며 미네코에게 고개를 끄덕였다.

미네코는 그제야 얼굴을 들었다.

"네. ……질려버린 건 아니에요."

"그럼 됐다."

다소 언짢게도 들리는 목소리로 그렇게 말한 후, 하루미 사장님은 일어서서 뒤쪽 벽장의 맹장지문을 열었다. 어디 보자, 하고 중얼거리며 5분 남짓이나 시간을 들여 수많은 작은 상자들 가운데서 하나를 골라냈다.

미네코가 뚜껑을 열자 신문사의 사진사가 쓸 법한 커다란 그라플렉스 사진기가 들어 있었다. 이 또한 하루미 사장님의 부인이 사용했던 물건이었다.

"다음은 이걸로 해보겠느냐? 사용법이 완전히 딴판일 거다. 다루기는 쉽지 않지만 훨씬 정교하게 찍힐 거야."

"네. 그럼 다시 빌려 갈게요. 소중히 다루겠습니다."

"만약 또 그 여배우를 만나거든, 사진기는 얼마든지 있으니 부숴봤자 소용없다고 말하거라."

미네코의 용건은 그걸로 끝났다.

"그리고 오바 씨는 신발 장수랬나? 차항아리를 감정한 결과
가 나왔어."

"아, 어땠습니까?"

"진품일 거라는군. 진품이라 다행이겠지?"

차항아리가 진품일 것이라는 하스노의 추리가 증명된 셈이
다. 위작은 역시 엔도의 집으로 되돌려 보냈다.

"그리고 네 그림이 도작된 사건 말인데."

하루미 사장님이 소맷자락에서 국제우편으로 도착한 편지를
꺼냈다.

"아미리가에서는 별다른 소득이 없었던 모양이야. 그러니 느
긋하게 편지로 답장을 보냈겠지. 현지의 주재원에게 야나세의
유품이 어떻게 됐는지 상세히 알아보라고 시켰지만, 도작된 그
림의 행방은 알 수 없다는군. 아마 매물로 나와서 누군가가 사
갔겠지. 기록이 남아 있지 않으니 현지 신문에 광고라도 내지
않는 한 조사할 방도가 없다만, 그런 짓을 할 시간은 없겠지?"

"네. 어차피 그림의 소재를 알더라도 실물을 보러 갈 수는 없
는 노릇이고, 실물을 본다고 해서 누가 그렸는지 밝혀진다는 보
장도 없으니까요."

도작당한 그림을 바탕으로 범인을 추적하는 건 현실적이지
못하다.

"함께 들어 있었다는 외설 사진도 주재원이 가기 조금 전에 누군가가 가져간 모양이야. 결례다 싶어 어떤 사진이었는지는 물어보지 않았다니까 더 이상은 알 방도가 없겠지."

"뭐, 어쩔 수 없죠. 오쓰키같이 낯짝이 두꺼운 녀석이 아니고서야 그런 걸 어떻게 물어보겠습니까."

"대나무 트렁크도 어떻게 됐는지 알아내지 못했어. 상황이 이러니 도작범에 관한 단서는 아무것도 없다고 생각하게.

그리고 죽었다는 야나세 말이야. 얼마 전에 머리 없는 시체가 나왔다지? 혹시 야나세가 살아 있고, 일본으로 돌아온 게 아니냐고 의심하고 있다면서?"

"네, 오쓰키가 그런 소리를 하고 있습니다."

"야나세가 살았던 집에서 일본인이 죽은 건 틀림없어. 다만 죽은 사람이 야나세였는지는 확인하지 못했고. 그쪽 지사 사람들은 야나세의 얼굴을 모르니까."

"아아, 그건 그렇겠군요."

어차피 그건 오쓰키가 즉흥적으로 내세운 가설일 뿐이다. 아미리가에서 죽은 사람이 야나세든 아니든, 빈집의 머리 없는 시체가 오기라고 증명되는 건 아니다. 다른 사람을 적당히 대역으로 썼을지도 모를 일이다.

하루미 사장님이 들려준 이야기는 이것이 전부였다.

"사건이 얼른 해결되면 좋겠네요."

하루미 사장님의 저택에서 돌아오는 길에 미네코가 품속의 사진기 상자를 어루만지며 중얼거렸다.

"그러게나 말이다."

나는 한숨 섞인 목소리로 대답했다. 림스데이크 씨가 일본을 떠날 날이 얼마 남지 않았다. 그동안 우리가 직면한 사건을 전부 해결할 수 있을까?

미네코가 조심스럽게 물었다.

"이모부. 이 사건의 범인이 아야 씨는 아닌 건가요? 이모부는 아직 아야 씨를 한 번도 의심하지 않았잖아요. 아야 씨가 범인이 아니라는 걸 이미 알고 있어서 그런 거예요?"

"아니, 그런 건 아니고. 그저 아야 씨에 관해서는 하스노에게 맡겨두기로 했을 뿐이지. 만약 아야 씨가 범인이라면, 어차피 내가 할 수 있는 일은 없어."

"그런 거였군요."

미네코는 발치로 시선을 떨구었다.

"하스노 씨는 뭐라고 하세요? 이 사건을 대체 어떻게 하면 좋을까요?"

"모르겠구나. 나는 내 사건에 집중하라는 소리 같기는 하다만. 그리고 시체의 그 옷차림을 어디서 봤는지 꼭 기억해내라고도 하더군."

"뭐 좀 기억났어요?"

"음……, 글쎄다."

하스노는 후카에와 관련된 것에서부터 생각을 시작해 보라고 말했다.

기억이 되살아난 건 아니다. 하지만 그 말을 듣고 문득 떠오른 생각이 있었다.

"시체의 옷차림이 후카에 씨와 관계가 있다면……, 그건 후카에 씨가 그린 그림을 흉내 낸 게 아닐까 싶어. 이걸 기억해냈다고 해야 할까. 그저 하스노의 말을 듣고 나니 그런 기분이 들었을 뿐인데."

"그럼 이모부가 후카에 씨 댁을 방문했을 때, 그 시체의 옷차림과 비슷한 그림을 봤다는 건가요?"

"응. 정말로 후카에 씨의 그림이라면, 그 판잣집을 찾아갔을 때 본 거겠지."

이것이 하스노의 암시 때문에 머릿속에 갑자기 생겨난 환상인지, 아니면 정말로 목격했던 일인지는 알 수 없었다. 하지만 의구심이 점차 강해졌다.

"만약 그렇다면 어떻게 하실 거예요?"

"……하스노와 상의해 봐야지."

3

"시체들의 옷차림이 후카에 씨의 그림을 흉내 낸 것 같다는 거로군."

살로메의 단두대

우에노에 있는 우리 집의 거실이다. 하스노는 탁자 맞은편에 앉았다.

"그래. 확신하는 건 아니지만……, 어디선가 봤다면 그것밖에 없을 걸세."

"뭐, 그렇겠지."

하스노는 무심한 어조로 대꾸하며 고개를 끄덕였다. 나에게 후카에 주변에서부터 생각하라고 권했던 것으로 보건대, 그가 예상했던 결과이리라.

"그래서 말인데, 정말로 그게 후카에 씨의 그림이라면 지금도 판잣집에 남아 있을 가능성이 크다고 봐. 그림을 남에게 넘긴 적은 거의 없었고, 예전에 안쪽을 들여다봤을 때도 후카에 씨가 자살했을 당시 그대로인 듯했잖아?"

"그렇지."

"세상 사람들의 기억에서 사라진 곳처럼 돼버렸으니, 그림에 대해 조사하려면 무단으로 몰래 들어가는 수밖에 없을 것 같아. 그래서 자네에게 부탁하는 거네."

"부탁한다는 말인즉슨, 후카에 씨의 판잣집에 그림을 확인하러 가자는 뜻인가?"

"뭐……, 그런 셈이지. 무단침입이 되겠지만 말이야, 하지만 상황이 상황이니 어쩔 수 없지 않겠나?"

"맞아."

하스노는 떳떳지 못한 나의 제안을 순순히 받아들였다.

과거에도 몇 번인가 도둑질에 가까운 일을 그에게 부탁한 적이 있었다. 하스노는 예전에 도둑이었지만, 대개는 도둑질을 최후의 수단으로 남겨두는 편이었다. 내가 경솔한 생각을 내놓으면 다른 수단들을 먼저 제시하곤 했다.

그러나 이번에 하스노는 처음부터 도둑질하기로 결심한 모양이었다. 그 나름대로 이번 사건을 해결하기 위해서는 불가피한 일인 듯했다.

"뭐, 도둑질이라고 해도 뭔가 훔쳐서 나오려는 건 아니잖아? 그냥 몰래 들어가는 것뿐이지. 이제 아무도 살지 않는 곳이고 나도 집주인과 예전에 인연이 있었으니, 만에 하나 들키더라도 조금 혼나는 정도로 넘어가지 않겠나?"

"뭐, 그렇겠지. 그래도 조심하는 게 최고야."

"우리만 가면 될까? 둘이면 충분하려나?"

"둘만 가서 심심할 것 같거든 오쓰키 군이라도 부르게. 책임은 알아서 져야겠지만, 인원이 많은 편이 더 안전할지도 모르지. 뭐, 그건 아무래도 상관없어. 문제가 있다면 다른 한 사람이지."

"다른 사람? 누구?"

하스노는 주저하는 기색을 보이다가 말했다.

"미네코 씨가 같이 가야 할지도 몰라."

"왜? 뭔가 미네코가 아니면 알 수 없는 일이라도 있나?"

"어쩌면. 판잣집의 물건을 밖으로 가지고 나와서는 안 되니까 말이야. 하지만 역시……."

남의 집 귀한 외동딸을 그런 곳에 데려가는 건 확실히 고민
해 볼 문제였다.

하지만 미네코도 사건이 해결되기를 간절히 바란다.

"같이 갈 마음이 있는지 본인에게 물어보겠네. 미네 짱이라
면 스스로 결정할 수 있을 거야."

"알았어. 그게 좋겠군."

말은 그렇게 했지만 하스노는 여전히 떨떠름한 표정이었다.

"역시 위험한 일이 생길 수도 있는 건가?"

"조금은."

하스노가 돌아가자마자 나는 곧장 간다의 처갓집으로 향했
다. 용건을 전하자 미네코는 가겠다고 즉시 답했다.

우리는 다음 날 오후에 결행하기로 했다.

4

나카노마치의 판잣집은 여전히 쥐 죽은 듯 고요했다. 한낮이
지만 주변에 인기척이 없어서 도둑질하기에는 제격인 날이었다.

경찰도, 기자도 판잣집은 그냥 내버려둔 모양이다. 후카에라
는 예술가가 사건에서 중요한 역할을 맡았을 가능성은 눈치채지
못했다.

무리도 아니다. 예전에 미야모리에게 광을 빌려주었던 것 말
고 후카에가 사건에 관여했다는 증거는 발견되지 않았다. 어쩌

면 수사 관계자들은 후카에가 예술가였다는 사실이나, 이곳이 후카에의 거처였다는 사실조차 파악하지 못했을지도 모른다. 경찰은 무엇보다 살인 사건을 해결하고 싶을 테니, 사건이 발생하기 몇 달 전에 사망한 후카에에게는 별 흥미가 없으리라.

하지만 나는 이 판잣집이 모든 사건의 진원지일지도 모른다고 의심하고 있었다.

지난번처럼 주위를 한 바퀴 돌아본 후, 하스노는 정공법으로 현관문을 따고 들어가기로 했다.

문이 열리기를 기다리는 동안 오쓰키가 판잣집을 올려다보며 말했다.

"그다지 침입할 보람이 있는 건물은 아니로군. 굳이 하스노 군을 데려오지 않아도 누구든 들어갈 수 있겠는데? 창문을 깨면 되잖아?"

"아니, 그렇게 요란하게 침입할 수는 없어. 역시 이런 일은 전문가에게 맡겨야 해."

우리 대화에는 아랑곳없이 하스노는 5분쯤 만에 잽싸게 자물쇠를 풀었다.

현관문을 열자 밀폐되어 있던 실내는 열기로 가득했다. 뭔가 유기물 같은 냄새가 풍겨서, 자살한 후카에가 썩어가는 냄새가 연상됐다. 하지만 신기하게도 불쾌하지는 않았다.

후카에는 천재적인 예술가이자 비상식적인 인물이기도 했다. 나는 그와 아주 소소하게 교분을 나누었을 뿐이지만, 후카

살로메의 단두대

에가 내 행동을 용서해주었다는 기분이 들었다. 후카에가 나를 아주 조금이나마 인정해주었다고 믿었다.

"자, 가지. 불필요한 흔적을 남기지 않도록 최대한 주의해."

하스노가 앞장섰다. 미네코가 그 뒤를 이었고, 나와 오쓰키가 주변을 살피며 차례차례 들어갔다.

합판으로 막아둔 창틈과 벽 곳곳에 뚫린 구멍으로 실내에 빛이 새어들었다. 천장의 들보는 훤히 드러난 상태였고 현관턱은 없었다. 바닥에는 결이 거친 널빤지가 깔려 있었다.

"이구치 군의 기억 속에 있는 그림을 찾기 전에, 일단 집 안을 한번 둘러보기로 하지. 자네는 구조를 아나?"

"아니, 전혀 모르는데."

과거에 방문했을 때는 1층 오른편의 중간쯤에 있는 조각실로 안내받았을 뿐, 다른 방에는 발을 들여놓지 않았다. 변소조차 빌려 쓰지 않았다.

설마 싶기는 했지만, 누군가 숨어 있지 말라는 법도 없다. 우선 걱정거리부터 털어내야 했다.

우리는 각자 회중전등을 하나씩 들었다.

현관에서 제일 가까운 문을 열어보니 청소 도구들이 가득했다. 현관이나 복도보다 지저분한 걸로 보건대, 후카에는 청소 도구들을 수년간 쓰지 않고 지낸 것 같았다.

조각실로 들어가기 전에 나는 미네코에게 속삭였다.

"후카에 씨는 여기서 목을 맸어. 들보에 밧줄을 묶어서 말이야."

재미로 겁을 줄 작정은 아니었지만, 경고해두어야 할 것 같았다. 미네코는 숙연한 표정을 지었다.

문을 열자 벽 앞에 조각과 캔버스들이 수북하게 쌓여 있었다. 방 한복판은 비어 있었다. 방 안을 채웠던 작품들을 사방의 벽으로 밀어내서 중앙에 공간을 마련한 모양새였다.

천장을 올려다보니 트인 바닥 바로 위에 들보가 있었다. 묶여 있었을 밧줄은 치웠는지 없었다.

미네코는 쓰러질 듯 캔버스에 기대어 있는 선녀 석고상을 회중전등으로 비추었다. 난폭하게 다뤘는지 손가락이 떨어져 나갔다.

"이거, 분명 후카에 씨가 그러신 거겠죠. 거추장스러운 작품들을 벽으로 내던져서 억지로 자리를 만든 것 같네요. 그……, 목숨을 끊기 위해서."

"응, 그런 것 같구나."

조각실에 죽은 자의 모습은 흔적도 없었지만, 후카에가 목숨을 끊은 당시의 광경은 똑똑히 보존돼 있었다. 방에 가득한 자기 작품들을 헤치고 내던져, 그것들을 관객 삼아 목을 맨 절망의 흔적은 손대지 않고 고스란히 남아 있었다.

후카에가 대체 어떤 괴로움을 맛보다가 죽음을 택했는지는 알려지지 않았다. 이 조각실은 그가 마지막으로 남긴 추상화다. 나는 아무것도 이해할 수 없어서 그저 마음만 아팠다.

"이구치, 네 기억대로라면 이 작품들 사이에 그 그림이 섞여 있을지도 모른다는 거잖아? 시간 좀 걸리겠는데."

오쓰키는 수북이 쌓인 캔버스를 회중전등으로 비추었다.

여기에는 나중에 다시 오기로 했다.

조각실을 나가려던 찰나, 오쓰키가 뭔가에 발이 걸려 비틀거렸다.

"으앗? 뭐야? 시체인가?"

그는 몸을 구부려 바닥을 비추었다. 죽은 제비 같은 것이 널브러져 있었다.

조심스레 만져보니 진짜 제비가 아니었다. 정교하게 만든 밀랍 세공품이었다.

"이거 대단하군! 구라파에서도 이렇게 정교한 물건은 못 봤어. 확실히 후카에라는 작자는 여간내기가 아니야."

웬일로 오쓰키가 솔직하게 감탄했다.

후카에는 실체적인 재료를 사용해 또 다른 실체를 빚어내는 예술에 남다른 재능이 있었다. 그렇기에 그것만으로는 성에 차지 않아서 누군가의, 피가 섞이지 않은 여동생의 정신을 창조하려 했던 것이 아닐까 싶었다.

조각실에 내버려진 밀랍 세공품의 잔해들은 그의 정신을 반영하고 있는 듯했다.

1층의 부엌과 변소를 둘러보았다. 부엌에는 한 사람 몫의 식기와 찻잔 하나가 있었다. 변소는 집주인의 배설물을 퍼내지 않은 채 방치돼서 악취가 진동했기에 즉시 문을 닫았다.

부엌 옆에 위층으로 통하는 좁은 계단이 있었다.

2층 창문은 합판으로 막아놓지 않아서 회중전등이 필요 없었다. 하스노는 근처에 있는 방의 문을 살며시 열었다.

그곳은 지극히 검소한 침실이었다. 널빤지 바닥에 깔아놓은 이불이 흐트러져 있었다. 그리고 가구는 작은 수납장 하나가 전부였다.

"후카에 씨다운 침실이로군. 이 정도면 기거하기에 충분했던 거야."

하지만 그 옆방은 분위기가 완전히 달랐다.

"어머나!"

문을 열자마자 미네코가 경탄 섞인 목소리로 소리쳤다.

아이를 재울 때 들려주는 동화 속에나 나올 법한 방이었다. 바닥에는 만화경처럼 대칭 무늬가 그려진 파사(페르시아) 융단이 빈틈없이 깔려 있었다. 도화심목(마호가니)으로 만든 침대는 테두리에 장미꽃을 새긴 훌륭한 물건이었다.

머리맡에는 색유리 갓을 씌운 침대등이 있었다. 침대 위쪽 덮개에 달린 하얀 비단 커튼이 침대등과 침대를 가릴 듯 드리워졌다. 그리고 침대 맞은편에는 작은 풍금이 놓여 있었다.

또 웬일로 오쓰키는 얼떨떨해했다.

"후카에라는 작자는 돈이 없던 거 아니었나?"

"응. 없었을 걸세. 어쩌면 이건 후카에 씨가 직접 만든 걸지도 모르겠군. 풍금은 몰라도 다른 것들은 후카에 씨가 스스로 만들었다 해도 이상하지 않아."

대체 누구를 위한 방일까? 후카에가 자신의 환상에 바친 공간일까?

"저기, 그 피가 섞이지 않았다는 여동생? 실제로 존재하지도 않는 사람을 위해 이런 방을 준비할까요? 예술가란 그런 사람들이에요?"

내가 생각하기에는 그랬다. 하지만 미네코가 의구심을 품는 것도 당연하다. 이건 분명 예술가라기보다는 광인의 짓일지도 모른다. 침실은 나조차 그렇게 느낄 만큼 편집증적인 세밀함이 넘쳐났다.

2층을 전부 둘러보고 나니 긴장이 조금 풀렸다.

"하스노, 이제 다 본 거지? 역시 숨어 있는 사람은 없었군."

"그렇군."

드디어 1층 조각실의 그림을 확인할 차례였다.

내가 앞장서서 아래층으로 내려가려는데 하스노가 제지했다.

"이구치 군, 잠깐 기다려주게. 먼저 봐두고 싶은 게 있어."

하스노는 다시 후카에의 침실로 들어갔다. 그러고는 수납장 서랍에 손을 댔다.

"따로 찾는 거라도 있나?"

"기대는 안 하지만 말이야."

이윽고 그가 서랍 속에서 찾아낸 것은 35밀리 필름이 든 둥

근 통이었다. 그는 통을 열더니 필름을 길게 늘여 창가의 빛에 비추어 보았다.

"미네코 씨. 이것 좀 봐주겠어요?"

미네코는 필름을 받아 들고 한쪽 눈을 감은 채 찬찬히 살폈다. 나와 오쓰키도 미네코 뒤에서 하스노가 늘인 필름을 들여다 보았다.

양장 차림의 여자를 찍은 필름이었다. 가벼운 발걸음으로 어느 해안가를 걷고 있다.

필름을 계속 빼내다 보니 여자의 얼굴이 크게 비쳤다.

미네코는 새파랗게 질린 얼굴을 홱 돌렸다.

"하스노 씨, 이 사람은 6월에 제가 숲속 오두막에서 봤던 사람이에요. 그……, 살로메 복장으로 처참하게 살해당한 사람. 믿기지 않을 만큼, 이 세상 사람이 아니라고 느껴질 만큼 아름다운 사람."

"하스노! 이게 어떻게 된 건가? 피가 섞이지 않은 여동생이 실제로 있었다는 소린가?"

네 사람은 줄지어 아래층으로 내려갔다. 오쓰키가 옆에서 대답했다.

"그야 그렇겠지? 활동사진이잖아? 실제로 없다면 찍힐 리가 없겠지."

"그 여자가 살해당했다면 대체 범인은 누구지? 미네 짱이 시체를 본 건 후카에 씨가 죽은 지 넉 달이나 지난 뒤라고! 그 침실도 그렇고 기묘한 일이 너무 많아."

"이구치 군. 본래의 목적부터 달성하지. 자네가 말하는 기묘한 일이 이걸로 끝난다는 보장은 없어.

이 판잣집은 후카에 씨의 뇌수와 같은 곳이야. 지금 우리는 거기를 방문한 셈이고. 아무리 신기한 것이 있더라도 이상하지 않고, 호기심을 앞세워 소란을 피우는 건 예의가 아니네. 어서 우리에게 필요한 일을 끝내고 더 결례를 범하기 전에 돌아가지."

앞장서서 나아가던 하스노가 그렇게 말했다.

조각실로 돌아왔다. 우리는 회중전등을 바닥에 내려놓고 작품들을 헤집었다.

"신중하게 하게나. 작품을 훼손하거나 우리가 다치면 곤란하니까."

나는 세 사람에게 주의를 주었다.

캔버스를 한 장씩 천천히 옮기며 우리가 목격했던 시체의 모습이 그려진 그림을 찾았다.

첫 번째 그림이 발견되기까지 그리 오래 걸리지는 않았다. 뒤집혀 있던 20호 크기의 캔버스를 이쪽으로 돌린 순간, 모두가 작게 숨을 삼켰다.

"이거, 미네 짱이 찍은 사진 속 모습과 옷차림이 똑같지 않나?"

"네, 맞아요."

살로메가 서 있는 모습을 그린 그림이었다. 미네코가 숲속 오두막에서 찍은 사진 속 인물과 의상이 똑같았다. 다만, 그림 속 살로메는 요카난의 머리를 쳐들고 있었다.

"……하지만 저는 이 머리는 보지 못했어요."

"미네 짱이 봤을 때는 범인이 한창 작업하던 중이었지. 원래는 거기에 머리를 곁들여서 이 그림과 똑같이 만드는 것까지가 범인의 계획이었을지도 몰라. 미네 짱이 그걸 방해한 셈이야. 아무튼 똑같은 의상인 건 분명해.

내 기억이 옳았군. 이 사건은 후카에 씨의 그림을 흉내 낸 것이었어."

"이구치 군, 이거 한 장으로 끝났다고 볼 수는 없네."

하스노의 말에 등골이 오싹해졌다. 당연하다. 사건은 한 건이 아니었고, 시체는 여러 구가 발견됐다.

"아마 캔버스 크기가 같을 거야. 20호 캔버스를 확인해 보세."

곧 두 번째 그림이 발견됐다. 헤롯왕이었다. 왕관, 흰옷, 망토를 착용한 모습으로 옥좌에 앉아 있었다.

"오쓰키, 미야모리가 이런 차림새였지?"

"응. 딱 이런 식이었어."

'와카타'의 창고에서 보았던 미야모리의 복장이 그려져 있었다. 이쪽은 구도까지 시체와 정확히 일치했다.

이 그림을 보자 모호했던 기억이 드디어 명료해졌다.

처음으로 후카에를 만나 이 판잣집으로 안내받았던 날의 일이었다.

"……기억났어. 이제 확실해. 예전에 여기서 이 그림을 봤어. 후카에 씨를 따라 조각실에 들어왔을 때, 「살로메」를 제재로 한 그림들이 벽에 죽 세워져 있었지. 이건 그 그림 중 하나야.

내게 보여주기 싫었던 건지는 모르겠지만, 후카에 씨가 금방 뒤집어버렸지."

미쓰에는 살로메의 복장이 외국 잡지에서 본 것과 비슷하다고 했었다. 후카에가 어디서 착상을 얻었는지는 알 수 없으나, 잡다한 자료를 바탕으로 자기만의 창작관에 따라 일련의 작품을 만들어낸 것이리라.

"오. 야, 이구치, 이것 좀 봐."

오쓰키가 소리쳤다.

그는 살로메 그림과 헤롯왕 그림을 나란히 세우고 이음새 부분을 가리켰다.

"여기 두 부분이 이어지는 것 같은데?"

"아! 그렇구나. 정말이야."

살로메 그림과 헤롯왕 그림은 배경이 연결돼 있었다. 각각 다른 캔버스에 그린 그림이지만, 나란히 놓으니 하나의 그림이 되었다.

"오래된 성서의 필사본 중에 이런 식으로 살로메 그림을 넣은 게 있잖아? 그걸 참고했는지도 모르겠군. 무슨 필사본인지는 잊어버렸지만."

"오쓰키 군, 「시노페 복음서」에 실린 마태복음의 삽화를 말하는 건가? 그 정도라면 나도 알지. 그림이 이어진다면…….."

우리는 하스노에게 자리를 내주었다. 그는 드디어 그림을 찬찬히 살폈다.

"음. 이 살로메 그림이 왼쪽 끄트머리겠군."

"아아, 그런가. 그렇군."

살로메 그림의 배경은 왼쪽으로 갈수록 어두워지다가 왼쪽 끄트머리에 이르러서는 새까맣게 칠해져 있었다. 그림이 더 이상 이어지지 않는다는 표시였다.

반면 헤롯왕 그림의 오른쪽 끄트머리는 옥좌에 깔린 융단이 잘려 나가서 아직 그림이 끝나지 않았음을 알 수 있었다.

"여기에 들어맞는 그림을 찾으면 되는 거지?"

우리는 다시 20호 캔버스를 찾아 나섰다.

그림을 찾으면서 우리는 「살로메」의 등장인물들을 떠올렸다.

다음에 찾아낸 것은 헤롯왕의 아내 헤로디아를 그린 그림이었다. 하지만 이 그림은 헤롯왕 그림과 이어지지 않아서 일단 옆으로 치워두었다.

찾던 그림은 헤로디아 그림 바로 밑에 있었다. 겹쳐 있던 캔버스를 뒤집자, 참수당한 감옥 속 요카난이 그려져 있었다.

보자마자 오구무라의 빈집에서 보았던 광경이 머릿속에 되살아났다.

"머리가 없던 그 시체와 똑같군. 이 그림을 보니 그 시체는 꽤 공들여 꾸민 거였어."

"아아, 확실히 그래."

오쓰키 말대로 빈집에 있던 시체는 배경의 색감까지 이 요카난 그림과 맞춰 놓는 등 살로메나 헤롯왕 이상으로 정성을 들였다.

분명 그 빈집에서는 남에게 들킬 걱정이 없었기 때문이리라. 범인은 만족스러울 때까지 시체를 꾸밀 수 있었다.

우리는 요카난을 헤롯왕 오른편에 세웠다. 색실로 그림을 짜 넣은 직물을 펼친 것처럼 배경이 훌륭하게 이어졌다.

이 연속성이 사건의 불길함을 한층 부각했다.

"처음이 살로메, 그다음이 헤롯왕, 그리고 요카난이지? 단순히 시체의 옷차림만 흉내 낸 게 아니었어! 후카에 씨가 그림을 그린 순서대로 한 명씩 살해당하고 있잖아."

이 규칙성은 뭘 의미하는가? 살인이라는 무질서한 행위에 이런 규칙을 대입한 것도 예술가의 소행일까.

우리는 놀라는 데도 지쳐서 작품들 사이에서 그림을 찾던 손을 멈췄다. 어째선지 다들 숨을 헐떡이고 있었다.

"역시 정신 나간 사람이 아니고서야 이런 짓을 할까요? 애당초 그림과 똑같은 모습으로 사람을 죽이는 것부터가 보통 사람이 할 짓은 아닌데……."

"아니면 의식儀式이겠지. 예술이 아니라 주술이야."

미네코와 오쓰키가 한마디씩 했다.

"두 사람의 가설을 합치면 이런 건가? 정신이 이상해진 범인, 어쩌면 후카에 씨에게 심취한 나머지 미쳐버린 사람이겠지. 그 자가 죽은 후카에 씨에게 바칠 공물을 준비했다는 거로군.

첫 번째 여성은 모르겠지만, 나머지 두 사람은 위작 제조에 관여했어. 예술에 죄지은 자들을 희생양으로 삼기로 한 거야.

주술에서는 절차를 중요시하지. 그래서 후카에 씨의 작품을 따라 하듯 사건이 진행되는 거고. 범인의 의식에는 그게 꼭 필요한 절차인 거야. ……음."

마음에 들지 않는 해석이다. 후카에의 작품은 주술 같은 토속적 요소가 끼어들 여지 없이 세련된 부류다.

하지만 그렇게라도 해석하지 않으면 이 사건은 도저히 앞뒤가 제대로 들어맞지 않을 것 같았다.

"아무튼 이구치, 결국 문제는 이 그림에 대해 알고 있었던 자가 누구냐는 거잖아? 범인은 분명히 이 그림을 본 적 있는 자일 테지. 게다가 이 그림들을 흉내 내서 사람을 죽이기까지 했어. 그자는 후카에와 친분이 두터웠어야 마땅해. 이 그림을 봤는지 기억이 가물가물했던 너보다 훨씬 깊은 관계였겠지."

"그건 그렇군. 그렇지 않고서야 이런 짓을 할 리 없어."

"누구 짐작 가는 녀석 없나? 후카에와 몰래 친분을 쌓았어도 이상하지 않은 녀석 말이야."

"누구라고 딱 지목할 만큼 의심스러운 사람은 없어. 하지만 왜, 저번에 말했잖나? 후카에 씨가 미야모리에게 광을 빌려줬으니, 거기서 위작범들과 마주쳤을 가능성이 있다고."

위작범들과 후카에는 광을 함께 사용했다. 그곳에서 그들에게 접점이 생기지는 않았을까?

"이유는 모르겠지만, 후카에 씨가 위작범 중 누군가를 이 판잣집으로 데려와서 「살로메」 연작을 보여줬을 가능성은 있네."

"그럼 위작범이 범인이라는 뜻이잖아? 희생양이 돼야 할 쪽 아니었나?"

웬 여성이 살해당한 첫 번째 사건을 제외하면, 실제로 살해당한 두 사람 모두 위작범이다.

위작범이 범인이라면 그림을 흉내 내서 주술 같은 살인을 저지를 것 같지는 않다. 시체의 모습과 순서에서 좀 더 즉물적인 의미를 찾아내야 하는 걸까?

다시 그림을 찾기 시작했다.

연작 중 '누비아인'과 '노예'가 발견됐지만 이 두 장은 이어지지 않았고 훨씬 오른쪽에 배치해야 할 듯했다. 이어서 허리 가리개를 두르고 오른손에 검을 든 '사형 집행인'이 발견됐다. 요카난의 옆에 오는 것이 적당해 보여서 나란히 놓아보니, 그림이 말끔하게 이어졌다.

"다음은 사형 집행인인가."

오쓰키가 불길한 혼잣말을 내뱉었다.

"하스노, 이 그림들을 전부 맞춰봐야 하겠나?"

"맞춰봐서 나쁠 건 없겠지만, 이곳을 떠날 때는 어지럽힌 물건들을 원래대로 돌려놓아야 하네."

우리는 이미 조각실을 사방팔방 헤집어 놓았다. 하스노는 배치를 기억하는 듯했지만, 전부 원상태로 되돌리려면 시간이 꽤 걸릴 터였다.

"그럼 얼른 해치우자."

오쓰키는 그렇게 말하며 근처에 있는 캔버스를 움직이려고 작품들 사이로 팔을 집어넣었다.

그의 왼손이 작품들 뒤편의 뭔가에 닿았다.

그 순간, 쌓여 있던 작품들이 무너져 내렸다.

"윽!"

"아! 이보게! 괜찮나?"

오쓰키의 팔은 작품들 사이에 꽉 끼어서 빠지지 않았다. 살펴보니 미완성된 석고상에서 튀어나온 철사 몇 가닥이 그의 왼쪽 팔을 꿰뚫었다.

"어허, 자네 피가 많이 나는걸! 작품이 더러워지겠어."

"미네코 씨, 오쓰키 군의 팔을 좀 묶어주겠어요?"

미네코는 즉시 손수건을 꺼내 오쓰키의 왼쪽 팔에 꽉 묶었다.

우리는 오쓰키를 구해내기 위해 신경을 바짝 곤두세웠다. 석고상을 함부로 일으켰다가는 작품이 또 무너질 수도 있었다. 10여 분간 오쓰키가 비명을 몇 번 지른 끝에야 우리는 그의 왼팔을 빼냈다.

"으윽, 이거 뼈까지 다친 거 아닌가? 손가락이 잘 안 움직이는데? 아니, 이제 팔에 힘이 안 들어가."

"피가 안 통해서 그래요. 하지만 지혈하지 않으면 큰일 날지도 몰라요."

미네코는 여전히 피가 뚝뚝 떨어지는 오쓰키의 왼팔을 붙들고 우리 손수건도 사용해 상처를 막으려고 분투했다.

"아파, 아파, 아프다고!"

미네코가 손목에 힘을 주자 오쓰키는 난리를 쳤다.

"뼈가 부러진 거 아니야? 게다가 어쩐지 정신이 아득해진다고! 야, 이구치, 난 죽을지도 몰라. 내가 죽으면 내 작품의 뒤처리는 네게 맡길게! 제발 여기 있는 것처럼 썩어 문드러지도록 놔두지는 마. 야한 사진도 전부 네게 물려줄게. 네가 내 유지를 잇는 거야."

그는 성급하게도 유언을 떠들어댔다.

"피를 이 정도 흘려서는 안 죽을 것 같은데요? 제 생각은 그래요. 자신은 없지만요."

과다출혈에 일가견이 있는 미네코에게 오쓰키의 응급처치를 맡기고, 나와 하스노는 서둘러 조각실을 정리했다. 이제 다음 그림을 찾을 여유는 없었다.

5

우리는 다친 오쓰키를 데리고 오쿠보마치에 있는 사사가와 외과의원으로 향했다.

"그곳이라면 괜한 거짓말을 하지 않아도 될 테니까."

하스노가 그러기로 정했다.

사사가와 의사는 우리가 도작범을 찾고 있다는 사실을 아니까 말이 통할 것이다. 남의 집에 몰래 침입한 거라 켕기는 구석이 있으니 다른 병원에 가는 것보다는 낫겠다 싶었다.

오쓰키를 업고 들어가자, 사사가와 의사는 즉시 진료실로 들여보내 주었다. 지혈을 마치자 의사는 간호사를 내보냈다. 우리에게 곤란한 사정이 있다는 걸 눈치챈 듯했다.

"선생님! 저는 이제 코를 후비면서 배꼽 때를 파낼 수 없는 겁니까?"

"할 수 있습니다. 괜찮아요. 나을 겁니다."

그의 왼팔을 세심하게 진찰하던 사사가와 의사가 장담했다.

"하지만 손의 감각은 정밀한 법입니다. 오쓰키 씨는 오른손 잡이죠? 예술가라니까 잘 쓰는 손이 아니었던 게 다행일지도 모르겠군요."

동정심이 담긴 말투였다. 무거운 석고상에 깔린 탓에 역시 오쓰키의 왼쪽 손목뼈는 금이 갔다.

살로메의 단두대

"여전히 상황이 뒤숭숭하군요. 이구치 씨의 그림이 도작당한 탓에, 빈집에 몰래 숨어들기까지 해야 하는 겁니까?"

"네, 뭐, 저도 마음이 급하다 보니……."

오쓰키가 다친 경위를 하스노가 숨김없이 털어놓는 바람에 나는 변명조로 대답할 수밖에 없었다.

"저기, 이 일은 부디 비밀로 해주셨으면 합니다."

"물론입니다. 칭찬받을 만한 행동은 아니지만, 악의적인 절도 와는 사정이 다르니까요. 환자의 비밀로서 지켜드리죠."

사사가와 의사는 병세가 위중하지 않음을 알릴 때처럼 환히 웃으며 말했다.

"그런데 이구치 씨. 제가 함구하는 건 그렇다 치고, 경찰에 이 사실을 숨길 건가요?"

"글쎄요. 어떻게 해야 할지……."

나는 망설였다. 범인이 후카에의 그림을 흉내 내서 시체의 옷차림을 꾸몄다는 사실은 살인 사건의 중대한 단서지만, 아틀 리에에 몰래 침입했다는 약점 때문에 경찰에는 알리기가 꺼려 졌다. 오쓰키의 피를 완벽히 닦아낸 것도 아니니까, 우리가 저 지른 짓이 들통날 우려도 있었다.

"하스노, 경찰에 말해야 할까?"

난제에 부딪혀 일찌감치 체념한 학생처럼 나는 하스노에게 해답을 요구했다.

"아니. 그러지 않는 편이 낫겠군. 사건이 분규에 휩싸여 장기

화할 우려가 있네."

"그렇군."

하스노의 대답에 나는 이유를 묻지도 않고 안심했다. 결단을 내리기가 아무래도 내키지 않았다.

이것은 내 사건에 대한 조사였다. 하지만 나는 감당할 용기가 나지 않는 선택의 책임을 하스노에게 떠넘겼다. 사사가와도 하스노의 결정을 순순히 받아들인 듯했다.

마음에 걸렸던 일이 하나 떠올랐다.

"저기, 그러고 보니 이 병원에 아야 씨에 대해 캐러 오는 자가 있다고 들었는데, 정체는 밝혀졌습니까?"

"아아, 그 일에 관해서 저도 여러분께 드릴 말씀이 있습니다. 정체는 알아냈어요. 제게 직접 이야기를 하러 왔거든요. 미야가와라는 자인데, 여러분의 동료 맞죠? 아니, 동료라고 생각하지는 않으시려나?"

"그 녀석과 우리는 배설물과 토사물만큼이나 다릅니다! 얼마나 다른지는 알아서 판단하십시오."

오쓰키가 쓸데없이 끼어들었다.

사사가와는 납득한 듯했다

"그렇다면 여러분과는 별개로 취급하도록 하고, 서슴없이 말하겠습니다. 미야가와는 자포자기한 상태더군요. 자신의 정체를 숨긴 채 아야의 과거를 폭로할 생각은 없는 듯했어요. 간호사에게 아야의 내원 여부를 묻고 다닌다 싶더니, 사흘 전 진료 시간이 끝난 후 제게 할 말이 있다며 찾아왔습니다.

여러분은 언제 마지막으로 미야가와를 봤습니까? 저를 찾아왔을 때는 완전히 협박범의 얼굴이더군요."

역시나 싶어서 나는 오쓰키와 눈빛을 교환했다. 아야와 만났을 때 하스노가 목격한 것을 마지막으로, 우리는 누구도 변해버린 미야가와를 보지 못했다.

하지만 어떤 얼굴일지는 쉽게 상상이 갔다.

"미야가와는 저를 보자마자 인체 실험을 하는 의사라고 쏘아붙이더군요. 처음에는 무슨 뜻인지 몰랐죠. 가끔 위험한 수술을 하긴 하지만, 환자의 생명을 실험 도구처럼 여긴 적은 없으니까요.

그는 제게 아야가 성형 수술을 했다는 증거를 넘기라고 요구했습니다. 그러면 제가 수술에 관여했다는 사실은 비밀로 해주겠다면서요."

"아주 막무가내로군요. 정말로 그걸 교환 조건이라고 내놓은 걸까요?"

"지리멸렬한 소리예요. 하지만 미야가와 입장에서는 많이 봐준 셈일 겁니다. 위작을 만들었다는 사실이 탄로 났으니, 그의 예술가 인생은 끝장났다고 봐야겠죠?"

"뭐, 그렇습니다."

"미야가와는 위작을 만든 자기는 규탄하면서, 마찬가지로 가짜 얼굴을 사용해 여배우로 활약하는 아야를 규탄하지 않는 건

부조리하다고 생각하더군요. 그리고 여자의 허영심은 무자비하게 비웃는 게 당연하다고도 했습니다. 위작으로 돈을 벌려던 자신의 교활함과 여자의 허영심을 동일시하려는 거예요. 아야가 아름답지 않았던 시절의 얼굴을 대중 앞에 폭로하는 것이 미야가와에게는 극히 중요한 문제인 거겠죠."

사사가와 의사는 학구적으로 분석하듯 말했다. 아무래도 이건 그가 분노를 억누를 때 쓰는 말투인 듯했다.

"사사가와 씨는 미야가와의 요구에 어떻게 대처하셨습니까?"

"뭐, 모른다고 딱 잡아뗐죠. 어차피 아야의 예전 사진 같은 증거는 하나도 없습니다. 수중에 남겨두지 않았어요. 없는 걸 어쩌겠습니까?

미야가와는 각오하라고 으름장을 놓고는 떠났습니다. 여러분, 그가 대체 뭘 어쩌려는지 짐작이 가십니까? 저로서는 삼류 잡지 기자와 짜고 증거도 없이 비방하는 기사를 내는 것 정도밖에 떠오르지 않는군요. 아야가 결코 협박에 굴하지 않겠다는 뜻을 그에게 너무 과감하게 전달한 모양이니까요."

"미야가와의 대가리로 할 수 있는 생각은 그 정도뿐이겠지."

"뭐, 그렇지. 저도 오쓰키와 같은 의견입니다."

아야의 수술을 집도했다는 사실이 알려지면 사사가와 의사의 명예에 흠집이 날지도 모른다. 사건이 도작을 계기로 발생했다면, 내가 일으킨 파문이 의사에게까지 다다른 셈이다.

"사사가와 씨는 기사가 나면 곤란하신가요?"

"저는 아무 상관 없습니다. 기사가 난다면 막을 도리는 없겠지만, 아야를 수술할 때 이미 각오했던 바니까요. 하지만 아야는 어떨지 모르겠군요.

하스노 씨, 요즘 아야는 좀 어떻습니까? 그 격해지기 쉬운 아이가 미야가와의 행패를 알고서도 평정심을 유지할 수 있을까요?"

"이런. 사사가와 씨는 오카지마 씨와 만나지 않으십니까?"

사사가와는 이미 세상을 떠난 가족에 대해 질문을 받은 듯 쓸쓸한 미소를 지었다.

"한동안 못 만났습니다. 그 아이에게 미움을 산 것 같아요. 아야가 하스노 씨와 만나고 얼마 지났을 무렵에 이럴 줄 알았으면 수술을 받지 말 걸 그랬다고 저를 힐난했어요.

그 아이가 부탁해서 해준 건데 말입니다. 아무래도 제가 손 댄 얼굴로 하스노 씨와 만나는 게 괴로운가 봅니다. 이럴 바에야 원래 얼굴이 훨씬 나았을 거라더군요. 정말이지 무서운 후회입니다.

하스노 씨, 그 아이는 괜찮을까요? 저는 그게 걱정입니다."

사사가와의 순수한 걱정이 내 심금을 울렸다. 지금 그에게 의사다운 면모는 조금도 없었다. 그는 연달아 일어나는 기괴한 살인 사건에는 아무 관심도 없이, 오로지 아야 생각뿐인 듯했다.

"함부로 장담해서는 안 되겠죠. 오카지마 씨의 고통을 가볍게 여길 생각은 없습니다."

분명 사사가와가 기대했던 것보다 냉담한 대답이었겠지만, 그는 하스노를 신용하는 수밖에 없다고 체념한 듯했다.

"네, 그렇겠죠. 사람의 마음만큼은 생각대로 안 되는 법이니까요. 어쩔 수 없는 일입니다. ……하지만 적어도 하루빨리 진상이 해명되면 좋겠군요."

사건이 해결되길 간절히 바라는 사람이 한 명 더 늘어난 듯했다.

볼일을 마치고 진료실을 떠나려는데 하스노가 불쑥 말을 꺼냈다.

"아참, 오쓰키 군. 자네 한동안 구라파에 머물렀었지? 언제였나?"

"어? 음, 다이쇼 3년(1914년) 5월부터 5년 가을까지야. 거의 불란서(프랑스)에 있었지."

"도중에 일본으로 들어왔다가 나가지는 않았지?"

"응."

"그렇군. 그럼 됐네."

뭔가 싶었지만, 하스노의 질문은 그것으로 끝났다. 그의 의도는 아무도 알 수 없었다. 사사가와 의사는 의아한 표정으로 화가는 역시 불란서에 가는군요, 하고 의례적인 인사를 건넸다.

오후 4시 전이라 아직 진료 시간이었지만, 사사가와 의사는 볼일이 있다며 함께 대문 앞까지 함께 나왔다. 그의 배웅을 받으며 우리는 의원을 떠났다.

다른 사람들도 우에노의 집으로 돌아가는 나를 따라오기로 했다. 하스노와는 앞으로의 대책을 상의하고 싶었고, 오쓰키와 미네코도 아틀리에에서 목격한 일이 마음에 걸려서 당장 집으로 돌아갈 기분은 아닌 듯했다.

"하스노, 새로운 사실이 여러 가지 밝혀졌어. 후카에 씨의 여동생이 실제로 있었던 듯하다는 것, 그녀가 연쇄 살인의 첫 번째 피해자인 듯하다는 것, 그리고 범인이 후카에 씨의 그림 순서에 따라 그림 속 모습을 흉내 내서 연쇄 살인을 벌이고 있다는 것까지 알아냈지. 이러한 단서를 가지고 난 어쩌면 좋을까?"

"아아, 그래, 자네 문제가 있었지. 도작범을 밝혀내야 해."

뭘 바탕으로 그 시체를 그렇게 꾸몄는지는 확실해졌다. 하지만 그게 어쨌단 말인가? 내가 찾아내야 하는 것은 도작범이다.

"일전에 위작 사건과 살인 사건을 해결하는 게 도작범 찾기와 그렇게 동떨어져 있지 않다고 했었지?"

"그렇네. 이 사건은 분명 도작과 관계가 있어."

"하지만 이제 정말 시간이 없어. 림스데이크 씨가 일본을 떠나기까지 앞으로 열흘일세. 그사이에 사건을 말끔히 해결하고, 도작범을 밝혀내서 내 작품이 원조라는 걸 증명할 수 있을까?"

하스노는 한숨을 내쉬었다.

"난처하군. 이건 시간만 있으면 해결될 사건인데, 자네에게도 사정이 있으니 말이야. 앞으로 열흘이라. ……하지만 아직 핵심적인 부분을 모르겠어."

그가 말하는 핵심적인 부분이 뭔지는 나도 모른다.

어쨌든 남은 열흘 안에 도작범을 찾아낼 확실한 수단은 없는 듯했다.

"하스노, 다른 방법이 없다면 이제 마지막 수를 쓰는 수밖에 없을 것 같아."

"허어. 어떤 수지?"

하스노가 심드렁한 어조로 물었다. 마지막 수가 변변치 못하다는 걸 알아차린 눈치였다.

"흰갈매기회 회원들을 모아놓고 용의자들에게 직접 캐묻는 거지. 그림 도작에 대해 아는 바가 없느냐고."

"신문해서 자백을 받아내겠다는 뜻인가."

"그래. 도작범이 직접 나서준다면 모든 게 해결돼."

경계심을 살 수 있기에 지금까지 용의자들에게는 사정을 청취하지 않았다. 하지만 사태가 이 마당에 이른 이상 물불 가릴 때가 아니었다.

"내가 도작범을 찾고 있다는 건 이미 들통났을지도 몰라. 그렇다면 사정이 이러이러하니 솔직하게 말해달라고 정면으로 부딪쳐 보는 편이 낫지 않을까 싶어."

"하지만 이모부, 도작범이 살인에 연루돼 있다면 절대 자백할 리 없어요. 이모부만 위험해질 뿐이라고요."

"그림을 도작했음을 자백하고 그림을 팔게 해다오, 내가 돈을 벌게 해다오. 그렇게 부탁하겠다는 거야? 범인에게 아무런 득이 없군."

미네코와 오쓰키가 한마디씩 거들었다.

두 사람 말이 옳다.

"범인이 사건에 지칠 대로 지쳐서, 최소한이나마 속죄하겠다는 심정으로 내 명예를 회복시켜 주려고 하지 말라는 법도 없잖나. 그리고 생각해 보건대 이 사건을 해결하려면 어떻게든 범인의 자백이 필요한 거 아닐까?"

위작 사건이나 살인 사건이라면 확실한 증거가 발견될지도 모른다.

하지만 도작은 어떤가. 문제의 그림은 아미리가로 건너가버렸으니, 결정적인 물적 증거가 발견되기는 어렵다. 아무리 정교한 논리를 쌓아 올려 범인을 지목하더라도, 림스데이크 씨가 수긍할지는 의문이다. 그렇다면 역시 범인의 자백을 곁들이고 싶다.

"……어떤가? 하스노."

하스노는 시큰둥한 표정으로 우리 이야기를 듣고 있었다.

그에게 바람직한 제안이 아닌 건 분명했다. 내가 도작범에게 자백해달라고 울며불며 매달리는 것이 그에게는 민폐인 듯했다.

"단언컨대 좋은 방법은 아니야. 하지만 자네를 위해 그보다 더 좋은 방법을 제안할 수도 없군."

"안 되겠나? 그만두는 편이 좋을까."

"성공할 가능성이 전혀 없는 건 아니야. 미네코 씨 말대로, 자네 신변이 조금 위험해질 수도 있어. 할지 말지는 자네가 결정하게. 자네 사건이잖나."

그에게 맡기려 했던 결단은 그대로 내게 되돌아왔다.

6

전략

연속되는 불가해한 사건에 관해 흰갈매기회의 뜻을 모으고, 모두에게 안식을 가져다주기 위한 친목의 자리를 마련하고자 합니다. 따라서 아래의 일시에 누추하나마 저희 집에 모여주시기 바랍니다. 외람되오나 형편이 여의치 않으신 분은 미리 기별을 주시기 바랍니다.

8월 24일 오후 6시

나는 일곱 장의 엽서에 이 문구를 적어서 오쓰키를 제외한 흰갈매기회 회원들에게 보냈다.

병종 용의자들도 전부 불렀다. 도작범이 아닐지라도 뭔가 정보를 가지고 있을 수도 있다.

날짜는 나흘 뒤다. 시간에 쫓기고는 있지만, 가급적 불참자를 줄이고 싶었기에 모임 날짜에 여유를 두었다.

"꼭 우리 집이어야 해?"

사에코가 볼멘소리로 불만을 토로했다. 식당 의자에 앉은 사에코는 쇠스랑을 옆구리에 끼고 있었다. 요즘 집에 있는 동안에는 한시도 무기를 손에서 놓지 않는다.

"응. 갑작스럽게 요릿집에 자리를 마련하면 너무 거창해 보여. 안 그래도 내가 모두를 불러 모으는 건 좀 주제넘은 짓이거든. 평소에는 그런 짓을 안 하니까 수상쩍게 여길지도 몰라."

그런 것쯤은 다 안다는 듯 사에코는 체념 섞인 탄식을 내뱉었다. 다 쓴 엽서는 사에코가 우체통에 넣었다.

쓸데없는 말은 적지 않았지만 이 엽서를 읽고 도작범이 경계심을 품을 건 각오해야 한다.

7

엽서를 보낸 지 이틀이 지났지만, 불참하겠다는 기별을 보낸 사람은 아직 없었다.

이대로라면 모두 모일까? 아니면 뭔가 켕기는 사람은 연락하는 대신 당일에 무단으로 불참할까.

모임 날까지 고민으로 머릿속이 가득 차서 아무것도 손에 잡히지 않을 듯했다. 거실에서 심심풀이로 데생을 하면서 하루를 보낸 탓에 사에코의 눈총을 샀다.

그런데 밤에 예기치 못한 방문객이 뜻밖의 소식을 들고 찾아왔다.

찾아온 사람은 형사였다. 현관으로 나를 불러내더니 묘한 질문을 했다.

"자네가 이구치지? 오늘 엔도 시로와 만났나?"

엔도가 어쨌다는 말인가?

"아니요, 만나지 않았습니다. 당분간 아무 약속도 없었거든요. 무슨 일입니까?"

"어젯밤부터 그의 행방이 묘연해."

실종! 이 사건에서 행방이 묘연해진다는 건 극히 불길한 징조다.

하지만 형사의 안색을 살피니 엔도의 목숨을 걱정하는 낌새는 없었다.

"어째서 행방불명된 거죠? 아무런 단서도 없습니까?"

"아니, 식구들에게 쪽지를 남겼어."

자기 의지로 사라진 건가. 내가 보낸 엽서가 번쩍 떠올랐다.

혹시 엔도는 도작 사건에 관여한 걸까. 그래서 내가 사람들을 불러 모으자 도망치기로 한 걸까?

"쪽지에는 뭐라고 적혀 있었습니까?"

"세상에 낯을 들 수 없으니 잠시 실례하겠다. 그런 내용이었지."

문구에서 위화감이 느껴졌다. 엔도가 남긴 것치고는 지나치게 기특한 내용이었다.

"엔도가 직접 쓴 글이 확실합니까?"

"아직 충분히 확인하지는 못했네만, 의심스러운 구석이라도 있나? 왜 그렇게 생각하지?"

"그게, 행방을 감출 생각이라면 잠자코 떠나는 게 엔도다울 듯해서요. 남에게 머리 숙이기를 싫어하는 녀석이거든요."

"뭐야, 그런 거였나. 하지만 엔도가 위작을 만들었다는 의혹이 불거졌다는 건 자네도 알지?"

미야가와가 고발한 내용이었다.

"그러니 도망쳐도 이상할 건 없겠지. 물론 살인 사건에 연관됐을 가능성도 있네. 그리고 쪽지는 가족에게 남긴 것이니, 악인이라 해도 그 정도는 적어둘 법하지 않겠나."

형사에게 자세히 물어보니 엔도가 사라진 정황은 다음과 같았다. 엔도는 노모와 남동생, 그리고 기거하며 일하는 하녀까지 총 세 명과 같이 살았다. 그는 동거인들에게 8월 21일 밤 동안 집을 비워달라고 부탁했다고 한다.

"실종 전날, 엔도는 편지를 한 통 받았네. 누군가가 만나자고 청하는 편지였던 모양이야. 그래서 사람들을 물린 거겠지.

가족들은 시키는 대로 했어. 어제저녁에 나갔던 세 사람이 친척 집에서 묵고 오늘 아침에 돌아오니 집이 텅 비어 있었다는군. 그리고 그 쪽지를 발견한 거야."

"그렇다면 누군가가 엔도를 만나러 왔고, 그 후에 사라졌다는 뜻입니까?"

"그렇게 보고 있네."

그렇다면 쪽지 내용을 곧이곧대로 받아들일 수는 없지 않을까?

역시 이것은 불길한 실종이다. 엔도는 음험한 속셈을 품고 찾아온 손님의 꼬드김에 넘어가서 자취를 감췄거나, 어쩌면 살해당했을지도 모른다. 그리고 범인은 엔도가 사라져도 수상하게 여기지 않도록 필적을 흉내 내서 가짜로 쪽지를 남긴 것 아닐까.

"방문객은 누구였습니까? 예를 들면……, 오기라든가?"

문득 그런 생각이 떠올랐다. 살해당한 것처럼 위장했던 오기가 엔도도 위작범이었다는 사실을 알고 뭔가 압박을 가하러 찾아온 건 아닐까.

"방문객이 누구인지는 아직 몰라. 엔도가 받았다는 편지도 남아 있지 않았어. 물론 온갖 가능성을 염두에 두고 있네."

"그 외에 없어진 물건은 없습니까?"

"가족들 말로는 엔도가 사용하던 작은 궤짝이 없어졌다는군."

"허어? 궤짝이요?"

차항아리의 위작을 야나세에게 보낼 때 썼던 그 궤짝 아닐까? 엔도 또는 방문객에게 궤짝을 가지고 가야만 하는 이유가 있었던 걸까.

형사가 돌아간 후, 느닷없이 형사가 찾아와 거실에서 안절부절못하고 있던 사에코에게 말했다.

"엔도가 사라졌다는군."

"아아, 정말 싫어."

쇠스랑을 든 사에코는 다음에 무슨 일이 일어날지 짐작한 것처럼 중얼거렸다.

8

"엔도가 사라진 일은 네 엽서와 딱히 관계없는 거지?"

"그럴 거야. 녀석이 사라졌을 때 내 엽서는 이미 배달됐겠지만, 그걸 보고 도망치기로 결심했다고 보기는 어렵네. 그보다는 방문객이 누구고, 무엇이 목적이었는지가 문제야."

8월 24일이다. 오쓰키는 내가 흰갈매기회 회원들에게 엽서로 알린 시각보다 한발 먼저 찾아왔다.

"오늘 안 오겠다고 알린 녀석은 없어?"

"없네. 엔도가 실종됐기 때문일지도 모르지. 다들 사정이 궁금할 거야."

모임이 성사된 것은 다행이다. 하지만 내 용건은 꺼내기가 어려워졌다. 다들 엔도를 화제로 삼느라 도작에 대해서는 진지하게 생각하지 않을 듯했다.

"하지만 생각해 보면, 덕분에 엔도와 미야가와가 대면하지 않게 된 셈이지. 그게 더 나으려나."

"난 대면시켜 보고 싶었는데. 만나면 무슨 이야기를 할까?"

만약 미야가와와 엔도가 둘 다 빠지지 않고 오늘 모임에 참석했다면 무슨 일이 일어났을까? 나는 도작 사건에 정신이 팔려서 깊이 생각하지 않았지만, 막상 엔도가 실종되고 나니 끔찍한 일이 벌어지지 않았을까 싶은 기분이 들었다. 우리 집에서 살인 사건이 일어났을 것만 같은……

그렇다, 오늘 미야가와가 온다면 그는 분명 정상적인 상태가 아닐 것이다. 정말로 모임을 무사히 마칠 수 있을까? 6시가 가까워질수록 마음이 무거워졌다. 사람들 앞에서 도작범을 고발해야 한다.

나의 독창성을 침해한 인물을 규탄한다는 것이 이번 고발의 대의다. 그건 거짓 없는 진심이다. 한편 림스데이크 씨에게 그림을 팔고 싶기에 도작범을 찾아내려 기를 쓰는 것도 사실이다.

내 그림이 도작됐다는 사실을 밝히면 사람들은 내가 그림을 팔고 싶어 한다는 걸 알아차리리라. 그런 면에서 나는 위작범과 다를 바 없다. 나는 돈이 탐나서 그림을 그리고 있다!

나는 그 사실이 부끄러웠고, 부끄러워한다는 게 더욱 부끄러웠다. 이미 끝냈어야 마땅한 순박하고 유치한 고민을 나는 이제야 하고 있었다.

6시. 엔도를 제외하고 엽서를 받은 사람이 전부 모였다.

"이구치, 자네가 이런 모임을 주최하다니 별일이군. 탐정 같지 않은가. 혹시 범인을 찾아낸 건가?"

아키나가가 그런 말을 하며 얼굴을 내비친 것이 오히려 뜻밖이었다.

살로메의 단두대

그는 처참하게 몰락했다. 사건 때문에 누구보다도 높은 곳에서 떨어진 사람이 바로 아키나가다. 명성이 실추된 것은 물론이고, 간통을 저질렀던 유부녀의 남편인 소설가에게 소송까지 당했다.

소설가는 친분이 있는 잡지사에 부탁해 얻은 지면에 온갖 말로 아키나가의 부도덕함을 비난했고, 협박에 굴복해 위작 제작에 가담한 사실을 비난했으며, 마지막에는 그러한 점들을 근거로 그가 지금까지 만들어낸 작품들을 비난했다.

워낙 명문이었기에 소설가의 주가는 올라갔고, 그만큼 아키나가의 평판은 더욱 땅에 떨어졌다. 작가와 작품의 가치는 어디까지나 별개라는, 많은 예술가가 믿는 원칙은 통용되지 않았고, 아키나가의 엉큼한 얼굴이 어른거린다며 소장하고 있던 그의 작품을 모조리 불살라버렸다고 공언한 졸부도 있었다. 이혼당한 소설가의 아내는 아키나가에게 한마디 말도 없이 친정으로 돌아갔다고 한다.

잃을 만한 것을 모두 잃은 아키나가는 묘하게도 특유의 소탈한 분위기를 얼마쯤 되찾았다. 남에게 적의나 의심을 품지도 않았고, 이로써 마침내 누구에게도 침해받지 않을 방관자의 지위를 얻었다는 듯 돌아가는 상황을 흥미진진하게 지켜보았다.

거실 탁자를 둘러싸고 앉은 그들 앞에서, 나는 익숙지 않은 연설조로 말했다.

"범인을 알아낸 건 아닙니다. 사건이 너무 길어지고 있으니,

한 번쯤 다 같이 이야기를 나눠서 의심과 불신을 해소해야 하지 않을까 싶었습니다. 실은."

"이봐, 이구치. 참 생각 없는 짓이로군. 의심과 불신을 해소하고 싶다면서, 느닷없이 이런 자리를 만드는 건 좋은 방법이 아니야. 안 그런가?"

모치키가 불쑥 끼어들어 야유했다.

그의 말을 부정할 수는 없었다. 위작범인 고미, 미야가와, 아키나가는 한 덩어리로 뭉쳐서 모치키, 쇼지, 기리타와 마주 보고 있었다. 자연스럽게 형성된 이 구도가 흰갈매기회의 앙금을 보기 쉽게 드러낸 듯했다.

"모두에게 안식을 가져다준다고 써놨길래 뭐라도 알아낸 줄 알았더니, 대화라고! 한가한 소리 하지 말게. 이제 와서 무슨 얼어 죽을 대화야?. 자칫하면 서로 죽이는 상황이 벌어질지도 몰라. 난 가겠어."

"기다리게, 모치키. 내가 발표할 이야기가 좀 있으니 듣고 가. 이구치가 모처럼 모두를 모아주지 않았나."

미야가와는 그런 말로 모치키를 붙잡았다.

"발표라니, 무슨 발표?"

"오카지마 아야라는 여배우 알지?"

사사가와 말대로 미야가와는 협박자로 변했다. 눈꼬리는 처졌고, 입가에는 비열한 웃음이 서려 있었으며, 볼살은 늘어졌다. 어떤 경멸을 보내도 반응 없는, 부패해서 물러터진 얼굴이

살로메의 단두대

었다.

"오카지마 아야, 진한 화장으로 유명하지만 실은 맨얼굴이 못생겨서 그런 게 아니야. 아니, 어떤 의미에선 맨얼굴은 봐줄 게 못 되겠지만 말이야. 그 여자, 허영심이 너무 지나쳤어. 그래서 얼굴을 예쁘게 고치는 수술을 받았지.

나는 아야가 얼굴을 손대기 전의 사진을 봤어. 그저 그런 아가씨랑 다를 게 없더군! 어디에나 있을 법한 얼굴이야. 그런 여자가 지금은 유명한 배우로 활동하고 있다고!

재미있지 않나? 그래서 잡지사에 팔아넘겼어. 조금만 기다려 봐. 기사가 나올 테니까. 어디서 수술을 받았는지도 적혀 있을."

고미가 말을 가로막았다.

"미야가와, 무슨 원한이라도 있는 건가? 왜 오카지마 아야에게 그런 짓을 하는 거지?"

"어라, 고미 군은 아야를 좋아했나? 자네가 감당할 수 있는 여자가 아닐걸? 뭐, 자네야 여자를 그저 바라보기만 할 뿐이니 관계없으려나.

딱히 원한 같은 건 없네. 전혀 없어! 그저 세상은 평등해야 한다는 거지. 사람 위에 사람 없고, 사람 밑에……, 그런 이야기야. 내가 위작을 만들었다는 걸 만인이 알게 됐으니, 다른 가짜에 대해서도 알려줘야 공평하겠지. 애당초 위작을 만들고 있다는 사실을 세상에 알리려 했던 건 너 아니었나? 한때는 자기가 앞장서 놓고는 이제 와서 어중간하게 구는군. 자기 할 일은 다 했다 그건가? 넌 그저 겁이 나서 이제 그만하자며 제일 먼저 꽁무니를 뺐을 뿐이야. 그러니 나한테 잔소리할 권리가 생겼다고 생각하면 곤란해."

"누가 잔소리하는지는 상관없어! 내 말을 듣지 않겠다면 다른 사람이 이 녀석에게 말해줘야 해. 그런 짓을 해서는 안 된다고. 너희들……."

고미는 누군가 도와줄 줄 알았던 것 같지만, 거실을 가득 채운 것은 거북한 침묵뿐이었다. 아무도 미야가와에게 설교를 늘어놓고 싶어 하지 않았다.

미야모리를 고발한 후로 고미는 도덕이라는 가치에 신경질적으로 반응했다. 부정한 행위를 볼 때마다 경기라도 일으키듯 펄쩍 뛰었고, 그 행위를 꾸짖는 걸 자신의 사명처럼 여기기 시작한 듯했다.

자신의 예술 인생을 뒤돌아보지 않고 고발을 감행한 고미에게, 매달릴 수 있는 것이라고는 도덕밖에 없었다. 그에게 남은 것은 신사에서 돈을 받고 판매하는 부적처럼, 누구나 가지고 있는 흔해 빠진 도덕뿐이었다. 고미의 순박한 예술을 좋아했던 나로서는 그의 그런 모습이 너무나 안쓰러웠다.

고미는 내가 동조해주리라고 믿은 듯했다. 하지만 나는 도작 이야기를 어떻게 꺼낼지 생각하는 것만으로도 벅찼다.

아키나가는 남 일처럼 웃었고, 기리타는 자신이 의심받을까 봐 걱정되는지 과장되게 인상을 쓰며 침묵을 지켰다. 모치키는 애초에 미야가와를 비난할 생각이 없어 보였고, 쇼지는 입을 열려다 그만두었다. 내 옆에 앉은 오쓰키는 하품을 했다.

나는 이번 모임이 실패했음을 깨달았다. 우리의 비겁한 면모만이 점점 뚜렷하게 드러날 뿐이었다. 한동안 만나지 않는 사이에 각자가 품고 있던 비겁함의 씨앗을 싹 틔워서 모인 셈이었다. 내가 바라는 건 비겁함의 대척점에 있는 자백인데 말이다.

이윽고 미야가와의 이야기는 한마디도 듣지 못했다는 듯한 목소리로 쇼지가 말했다.

"지금 무엇보다도 큰 문제는 엔도가 사라진 거겠지. 다들 경찰이 뭐라던가? 이 자리에서 논의해야 할 건 그 문제야."

"나를 무척 의심하더군. 정말 민폐야! 오기 씨는 어쨌거나, 내가 엔도를 어떻게 해야 할 이유라도 있나?"

입을 꾹 다물고 있던 기리타가 발에 밟힌 뱀처럼 갑자기 나섰다. 경찰은 머리 없는 시체가 발견된 사건에 대해 여전히 그를 의심하는 듯했다.

하기야 다른 위작범들도 용의선상에 올랐으며, 그들은 나보다 훨씬 가혹하게 추궁당한 듯했다.

"하지만 엔도가 본인 의지로 자취를 감췄을 가능성도 있지 않겠나? 경찰은 그쪽이 더 유력하다고 여기는 말투였어. 혹시 몰래 연락을 받은 사람은 없나? 미야가와, 자네가 엔도를 경찰에 찔렀지? 엔도가 자네에게는 뭐라고 연락하지 않았어?"

"했겠나! 그 녀석, 위작 제조에 관여했다는 사실이 밝혀지고 난 뒤로 아주 음험해졌다고. 녀석도 어엿한 위작범이었잖아. 이 봐 고미, 이건 정의의 고발이지? 네 생각도 그렇지? 그렇잖아. 말하는 내 입만 아프군."

엔도에 관해 새로운 사실을 아는 사람은 없었다. 나는 논의를 그들에게 맡겨둔 채, 미련을 버리지 못하고 도작 쪽으로 대화를 유도할 방법이 없을지 궁리했다.

하지만 사에코가 전달한 다급한 소식이 내 계획을 날려버렸다.

먼저 뒤뜰에서 비명이 들려왔다. 벌떡 일어나서 상황을 보러 가려다가 엄청난 기세로 복도를 달려오는 발소리에 멈춰 섰다.

손님들이 있는데도 아랑곳없이 거실 문이 벌컥 열렸다. 사에코는 매달리듯 쇠스랑을 붙잡은 채 숨넘어가는 목소리로 소리쳤다.

"여보, 시체야! 어느 틈엔가 뒤뜰에!"

9

만월을 앞둔 달이 뒤뜰을 비추고 있었다. 우리는 불빛을 챙기는 것도 잊고 뛰쳐나갔지만, 시체의 얼굴을 못 알아볼 리는 없었다. 뒤뜰에 있던 것은 엔도의 시체였다.

그의 옷차림이 뭘 의미하는지는 바로 짐작이 갔다. 알몸 상태로 허리춤에 천을 감았고, 오른손에는 서양식 칼의 모조품을 쥐고 있었다.

후카에의 조각실에서 발견한 연작에 그려져 있던, 사형 집행인의 모습이 틀림없었다. 담장 바로 옆의 잔디 위에, 두 다리를 벌리고 우뚝 서 있는 듯한 자세로 눕혀져 있었다.

사후 강직은 풀렸고, 시체는 이미 부패하기 시작했다. 살랑거리는 밤바람 속에 악취가 희미하게 피어올랐다.

뒤쪽에서 회중전등 불빛이 비쳤다. 사에코는 시체를 둘러싼 우리 사이로 들어오지는 않고, 소맷자락으로 입가를 가린 채 오른팔만 길게 뻗어 내게 회중전등을 건네주었다.

내가 엔도의 얼굴을 비추자, 오쓰키가 무릎과 오른손을 짚고 깊은 동굴을 들여다보듯 머뭇머뭇 들여다보았다.

"목 졸라 죽였어. 미야모리 때랑 똑같아. ……냄새 한번 지독하군."

"응. 사라진 지 사흘쯤 지났으니까."

의복도 칼도 그렇게 상등품은 아닌 듯했다. 옷은 값싼 면직물로 만든 것이었고, 모조 칼은 양철로 만든 듯했다.

하지만 시체를 후카에의 그림처럼 보이도록 하기에는 충분했다. 달빛 아래, 서 있는 자세를 취한 채 쓰러진 시체를 보니 마치 그림을 땅에 눕혀 놓은 듯했다. 사형 집행인의 옷차림이 아는 사람의 시체에 직면했다는 현실감을 억눌렀다.

대신에 비현실적인 것이 실제로 존재한다는 데서 비롯된 박력이 밀려왔다.

보통은 아주 뛰어난 예술만이 이루어낼 수 있는 일이, 죽음을 밑바탕에 놓으면 싸구려 재료로도 이토록 간단하게 이루어진다. 인간이 죽음을 꺼리고 싫어하는 만큼, 그 예술적인 진가는 높아진다.

손전등을 돌리자 시체 옆에는 이제 익숙해진 발끝 부분이 떨어진 신발 자국이 남아 있었다.

나는 회중전등 불빛 때문에 침침해진 눈을 밤하늘에 적응시킨 후, 용의자들의 표정을 살폈다.

그들은 아무 말도 없었다. 무리도 아니었다. 지난달부터 같은 취향의 작품을 세 개나 보았으니, 감상이 바닥나는 것도 당연했다.

나는 모두가 이대로 입을 열지 않기를 바랐다. 누구의 얼굴을 봐도 살인자처럼 느껴졌다. 부주의하게 내뱉은 한마디가 이 자리에 피바람을 일으킬 것만 같았다.

그러나 쇼지가 거침없이 침묵을 깼다.

"저기, 부인! 어쩌다 엔도의 시체를 발견했습니까?"

"……우려내고 남은 찻잎을 화단에 비료로 주려고 뒤뜰에 나왔다가요."

이것은 사에코의 습관이다.

"그럼 언제쯤부터 시체가 여기 있었는지는 아십니까?"

"아침에 봤을 때는 없었어요. 그 뒤로는 뒤뜰에 나가지 않았고요. 그렇지?"

"응. 나도 몰랐어."

나는 사에코의 말에 동의했다.

"거짓말 같은데! 멍청하군. 자기 집 뒤뜰에 시체가 있는 줄도 모르고 하루를 보냈단 말인가?"

미야가와가 따지듯이 말했다. 사에코는 그를 노려보며 쇠스랑으로 땅을 푹 찔러서 위협했다. 말다툼을 벌이기보다는 그게 제일 좋은 방법이다 싶어 나는 내심 사에코를 칭찬했다.

쇼지는 우선 나와 사에코를 결백하다고 보고 이야기를 진행했다.

"범인은 분명 담장을 넘어서 시체를 옮겼겠지. 이구치, 이 너머는 절이지?"

"아아, 네. 그렇습니다."

집 뒤편은 소나무 숲이 조성된 절의 부지다. 낮에도 남의 눈을 피해 시체를 운반해 올 수 있는 곳이다.

담장은 높이가 다섯 척도 되지 않는다. 절 쪽에서 집 안의 동태를 살피다가 빈틈을 노려 시체를 이쪽으로 옮긴다. 뒷문을 닫아두었으니 설령 시체를 던져 넣었다 해도 우리는 소리를 못 들었으리라. 그러고 나서 범인도 이쪽으로 넘어와 시체의 옷차림을 매만졌을 것이다.

기리타가 말했다.

"범인은 오늘 모임이 있다는 걸 알고 있었겠지? 그렇지 않고서야 엔도의 시체를 굳이 여기로 옮길 리 없어. ……이구치가 범인이 아닌 다음에야."

"우리가 모이기만 하면 시체가 따라붙는군."

모치키가 대꾸했다. 두 사람은 의심으로 가득한 시선을 나에게 던졌다.

"어이, 이구치, 불빛 좀 비춰봐. 여기야."

오쓰키가 뭔가를 알아차리고 시체의 왼팔을 가리켰다.

살펴보니 엔도는 왼손에 뭔가를 꽉 쥐고 있었다. 허리 가리개 아래에 깔려 있어서 지금까지 아무도 눈치채지 못했다.

"종잇조각이군. 수첩에서 찢어낸 것 같은데? 뭔가 적혀 있어."

오쓰키는 엔도의 손 밖으로 삐져나온 종이를 끄집어냈다. 종이에는 이런 내용이 적혀 있었다.

배역

헤롯왕: ~~마야모리 고조~~

요카난: ~~오카 슈에아~~

호위군 대장: 쇼지 하루오

티겔리누스: 기리타 이오리

카파도키아인: 모치키 다카시

누비아인: 오쓰키 아키라

제1병사: 미야가와 가이

제2병사: 고미 간타

헤로디아의 시종: 아키나가 스구루

유대인, 나사렛인, 그외: 미정

노예: 이구치 사쿠타

사형 집행인: 엔도 사로

헤로디아: 미정

살로메: 후카에 도키코

살로메의 노예들: 미정

글씨체는 이번 달 초, 오기의 이름으로 우리에게 배달된 속
달의 글씨체와 비슷했다.

이것은 분명 와일드의 희곡 「살로메」의 배역표 그 자체였다.
흰갈매기회 회원들 모두에게 역할이 배정됐다. 이미 죽은 사람
들은 선을 그어서 지웠다. 몇몇은 미정이었다.

살로메 역할에 적힌 후카에 도키코라는 이름은 다른 사망자
들처럼 지워 놓았다.

이 소름 끼치고 불길한 종이 한 장이 마침내 모두를 침묵시
켰다. 경찰이 도착할 때까지, 우리는 마치 줄지은 묘비처럼 어
둠 속에 우두커니 서 있었다.

10

취조는 우리 집에서 진행됐다. 수사는 난항을 겪었다. 결국
범인은 밝혀지지 않았다.

엔도의 시체가 발견되고 꼬박 하루가 지나서 다시 저녁이 됐

다. 용의자들과 경찰은 물러갔지만, 오쓰키는 돌아가지 않고 아직 남아 있었다.

"아아, 피곤해. 이제 넌더리가 나."

탁자에 엎드린 사에코는 나를 향해서라기보다 바닥을 향해 혼잣말을 내뱉었다.

"응. 나도 그래."

"여보, 나카노마치의 판잣집에서 본 그림에 대해 정말로 경찰에 말하지 않아도 되겠어? 그렇게 찜찜한 배역표까지 발견됐잖아."

사에코는 나를 나무랐다. 그곳에서 발견한 후카에의 그림에 대해서는 아직 경찰에 밝히지 않았다.

다시금 마음속에 망설임이 싹텄다.

엔도가 가지고 있었던 그 배역표는 뭘 의미하는 걸까? 그 명단은 살인이 아직 끝나지 않았음을 암시하는 것 아닐까? 살해당한 사람들의 이름에는 선이 그어져 있었다. 범인은 대체 어디까지 계속할 셈일까. 배역표에 이름이 적힌 사람을 다 죽일 때까지?

"뭐, 그렇다 해도 나와 이구치 차례는 아직 멀었지만 말이야. 내가 누비아인이고 네가 노예잖아? 둘 다 사형 집행인 그림과는 이어지지 않았어."

"순번이 아직 멀었다는 건가? 범인이 순번을 지키리라고 기대하는 거야? 뭐, 범인이 몹시 깐깐한 건 분명해. 광기가 서려 있어.

사에코 말대로 경찰에 알렸어야 했을까? 하스노는 괜히 사건이 분규에 휩싸여 장기화할 우려가 있다고 했지만……."

이 새로운 사건을 알고도 똑같은 소리를 할까?

"그리고 그 후카에 도키코라는 사람은 역시……."

"살로메 역할 말이지? 그야 물론 후카에라는 작자의 여동생이겠지. 그렇게 볼 수밖에 없잖아?"

그와 피가 섞이지 않은 여동생이라고 한다. 그녀가 숲속 오두막에서 살로메의 옷차림으로 살해당했다는 건가.

"그런 모임을 열지 말았어야 했어. 나한테 탐정 같은 흉내는 무리야."

"정말 그래. 보통은 탐정이 용의자를 모으면 '자, 이 중에서 범인을 지목하겠습니다'라고 하잖아? 그런데 넌 '드디어 용의자가 모두 모였군요. 이 가운데 무시무시한 사건의 범인이 있습니다. 대체 누구입니까? 자, 말씀해주십시오!'라고 한 셈이지. 역사상 유례없는 대담한 탐정이야. 미수에 그쳤지만. 그전에 엔도가 시체가 돼서 난입했으니까."

"그렇지."

설마 엔도가 살해당한 것이 내 탓은 아니리라. 하지만 용의자들을 불러 모으지 않았다면, 시체가 우리 집 뒤뜰에 버려지지는 않았을 것이다.

이번 사건의 절차는 미야모리 사건과 매우 흡사했다. 흰갈매기회 회원들이 모이는 곳에 장식한 시체를 던져두고 발견되기를 기다린다.

조사 결과, 알리바이가 있는 사람은 없었다고 한다. 뒤뜰에 시체를 던져두고 현관문을 두드리면 그만이니, 우리 집을 찾은 손님이라면 누구나 범행이 가능했다는 뜻이다. 그런 점도 계산에 넣고서 모임 자리를 노렸을지도 모른다.

"그나저나 뭣 때문에 엔도 씨는 살해당해야 했던 걸까?"

사에코는 수긍이 가지 않는 연극 내용에 트집을 잡듯 무기력하게 질문했다.

나도 대충 대답했다.

"글쎄, 아마도 입막음 아니겠어? 갑자기 위작범이라는 사실이 발각됐잖아. 입을 막아야 할 이유가 있었겠지."

"아니면 그 동기는 위장일지도 몰라. 사실 범인의 목적은 시체를 후카에의 그림처럼 꾸미는 거야. 그 짓을 하고 싶어서 연쇄 살인을 저지르고 있지만, 경찰에 붙잡히기는 싫어. 그래서 흰갈매기회 회원들이 의심받을 만한 피해자를 골라서 죽이고 있는 거지." 오쓰키가 끼어들었다.

"그럼 범인은 우리가 전혀 모르는 사람이라는 건가? 지금까지 추측했던 내용은 전부 빗나갔고, 우리는 범인의 손바닥 안에서 놀아났다는 뜻이야?"

"그럴지도 몰라."

지금으로서는 오쓰키의 가설이 가장 현실적으로 느껴졌다.

살로메의 단두대

마침내 도작범을 찾아낼 방법이 바닥난 듯했다. 그 시체는 내 마음을 꺾기 위해 나타난 것만 같았다. 범인은 나를 비웃고 있는 걸까, 아니면 경고하는 걸까. 이제 일주일도 남지 않은 기한까지 내가 필요로 하는 해결책을 찾아낼 수 있을 것 같지는 않았다.

"하스노 씨와 상의는 해봤어?"

"아직이야. 녀석도 사건이 일어난 것쯤은 알 테니 이제 전보를 치러 가야지."

하스노는 모임을 여는 것에 난색을 보였었다. 설마 이런 사태를 염두에 뒀던 걸까?

다음 날, 정오가 되기 전에 근처 포목점 주인이 나를 부르러 왔다.

"이구치 씨, 전화 왔어요. 하스노라는 사람이래요."

포목점에는 전화가 있어서 긴급한 상황에만 빌려 쓴다.

일단 끊어진 가게 입구의 탁상전화가 다시 울리기를 기다렸다.

―여보세요.

"하스노인가? 나야. 전보 받았나?"

―받았네. 서둘러 자네 집에서 벌어진 사건에 대해 알아야겠어. 간추려서 설명해주게.

그저께 밤 우리 집에서 일어난 사건의 요점을 전했다.

—잘 알았어. 충분해.

"이보게, 이제 해결되는 건가? 난 어쩌면 좋지?"

—자네들에게 위험이 닥칠 일은 아마 없겠지만, 조심은 하게.

"자네는 어떻게 할 건가? 도작범은? 난 이제 어떻게 해야 할지 모르겠어."

—잠시 시간을 줘. 며칠 집을 비울지도 몰라. 림스데이크 씨가 출국하기 전까지 어떻게 해보겠다고 약속은 못 하겠군.

자동전화*에 넣은 5전 동전이 다 떨어져 가는 모양이었다. 그 이상 캐물을 수는 없었다. 하지만 전화가 끊기기 직전, 하스노가 기묘한 말을 남겼다.

—엔도가 사형 집행인 옷차림이었다면, 도작범은 오른손잡이일지도 모르겠어.

//

사흘이 지났다. 나는 안절부절못하며 하스노에게 연락이 오

---

* 공중전화의 예전 명칭. 일본에서는 1925년부터 공중전화라는 명칭을 사용했다.

기만을 기다렸다. 달리 의지할 사람이 없었다.

한번은 세타가야에 있는 그의 집까지 가 보았다. 통화할 때 말한 대로 하스노는 집을 비웠다.

이 사건에 며칠씩이나 집을 비우고 조사해야 할 만한 일이 있을까? 멀리까지 조사하러 가야 했던 건가. 그가 자진해서 그렇게까지 할 마음이 생긴 이유가 뭔지도 여전히 모른다.

기다리는 동안 림스데이크 씨에게 편지가 왔다. 사전을 찾아가며 읽어보니, 사건이 해결되었는지, 그리고 일본을 떠나기 전에 한 번 더 만날 기회가 있을지를 묻는 내용이었다. 뭐라고 답장해야 할지 막막하기만 했다.

딱히 할 일도 없어 나는 수첩에 지금까지 생긴 의문점을 적어 보았다.

●도작범은 대체 누구인가.

●도작범은 왜 내가 그린 오카지마 아야의 그림에 관심을 품었고, 그것을 도작했는가.

●도작범은 왜 야나세에게 그림과 외설 사진을 맡겼는가.

●후카에 류코우는 도작범 및 위작범과 어떤 관계였는가. 아니면 무관한 사이인가.

●후카에 류코우는 왜 자살했는가.

●발끝 부분이 떨어진 신발을 신은 인물은 누구인가. 도작범인가, 위작범인가, 그 외의 인물인가.

●발끝 부분이 떨어진 신발을 신은 인물의 목적은 무엇
인가. 그것은 도작과 어떤 관계가 있는가.

●나카노마치의 오두막에서 살해당한 피해자는 후카에
도키코가 확실한가. 만약 그렇다면 그녀는 왜 살해당했
는가. 왜 후카에가 그린 살로메의 모습을 하고 있었는가.
범인은 왜 대낮에 범행을 저질렀는가.

●미야모리는 왜 살해당했는가. 왜 그는 후카에가 그린
헤롯왕의 모습을 하고 있었는가.

●오구무라의 빈집에서 발견된 시체는 정말 오기인가,
또는 다른 사람인가. 오기라면 그는 왜 살해당했는가.
다른 사람이라면 오기의 목적은 무엇인가. 그는 지금 어
디서 뭘 하고 있는가.

●왜 범인은 시체의 머리를 잘라냈는가. 왜 시체는 후카
에가 그린 요카난의 모습을 하고 있었는가.

●엔도는 왜 살해당했는가. 그가 위작범이라는 사실이
탄로 난 것과 관계가 있는가. 그는 왜 후카에가 그린 사
형 집행인의 모습을 하고 있었는가.

●엔도의 시체가 쥐고 있던 배역표에는 어떤 의미가 있
는가.

이 사건의 주요한 수수께끼를 꼽자면 대략 이 정도였다.
목록을 만들어 본다고 해서 뭔가 알 수 있는 건 아니었다. 이

마당에 와서도 이 수수께끼들이 정리될 낌새는 없었다.

나의 무력함과 무능함이 증명되는 듯한 하루를 답답한 심정으로 보내고, 사에코와 함께 저녁 식사를 마친 뒤였다. 현관 앞의 주차 공간에서 자동차 엔진 소리가 울려 퍼졌다.

사에코는 즉시 쇠스랑을 집어 들었다.

현관문을 열자 덮개가 씌워진 검은색 시보레가 전조등 불빛을 무례하게 우리 집으로 내뿜고 있었다.

"뭐야, 자네였군!"

자동차에서 내린 사람은 승마복 차림의 하스노였다.

"어떻게 된 거야? 무슨 일이지?"

"일각을 다투는 사태야."

"도작범이 누군지 알아낸 건가?"

"뭐, 그런 셈이지."

하스노는 쇠스랑을 든 사에코에게 시선을 주었다.

"사에코 씨. 무기는 이제 내려놓으셔도 됩니다. 고생 많으셨어요."

"어머, 그런가요?"

"네. 이구치 군을 조금 위험한 곳에 데려가도 괜찮을까요?"

하스노는 사에코의 허락이 필요하다고 판단한 듯했다. 아내는 다급함과 침울함이 섞인 하스노의 표정을 보고 망설였다.

"안 된다고 하면, 하스노 씨 혼자 그 위험한 곳에 가시는 건가요?"

"그래야겠죠."

"사건은 해결되는 거예요?"

"분명 오늘 밤 안으로 종결될 겁니다. 해결됐다고 할 만한 결과일지는 이구치 군이 받아들이기 나름이겠고요."

어쩔 도리가 없겠다 싶었는지 사에코의 무뚝뚝한 얼굴이 더욱 그늘졌다.

"같이 가세요. 부디 잘 부탁드립니다."

"꼭 무사히 일을 마치겠습니다. 이구치 군, 준비됐나? 타게."

사에코에게 등을 떠밀려 나는 시보레에 올라탔다.

"이 차는 어떻게 된 거야?"

"하루미 씨 회사에서 빌렸어. 필요했거든."

하스노는 운전대를 꺾어 대문을 빠져나와 밤의 도로로 자동차를 몰았다.

"범인이 있는 곳으로 가는 건가?"

"그래."

"용케 범인을 알아냈군. 도무지 영문을 알 수 없는 사건이었는데 말이야."

"살인범을 찾아낼 뿐이라면 그리 어려운 일은 아니지."

"그런가? 그나저나 자네는 어쩌다 이렇게 진지하게 범인을 찾게 된 거야?"

"오카지마 씨가 부탁했으니까. 다른 이유는 없네."

나로서는 이해가 가지 않았다. 아야가 하스노에게 사건을 해결해달라고 부탁하는 것도 묘하거니와, 안면을 튼 지 얼마 되지도 않았는데 이유가 모호한 아야의 소원에 응해 이토록 필사적으로 움직이는 것도 하스노답지 않았다.

여간해서는 자동차를 타지 않다 보니, 밤길을 어디로 향하고 있는 건지 전혀 짐작이 가지 않았다. 운전에 집중한 하스노에게 조심스레 물었다.

"이보게, 도작범의 정체를 알아냈다고 했지? 이 일련의 사건은 내 그림을 도작한 게 계기였던 건가? 그 때문에 이런 사건이 일어난 거야?"

"그렇지. 딱히 자네가 책임을 느낄 필요는 없지만."

"그럼 역시 도작범이 자기가 저지른 짓을 감추기 위해, 그토록 거창한 연쇄 살인을 저지르고 도둑질하러 우리 집에 숨어든 건가?"

"아니, 그건 전혀 아닐세."

사건의 맥락이 좀 보이나 싶었지만, 나는 다시 곤혹스러움에 사로잡혔다.

"그럼 위작 제작인가? 도작범과 위작범이 서로 연결돼 있어서, 도작이 탄로 난 것이 중대한 사태로 발전한 건가? 비밀로 해야 할 일들이 줄줄이 폭로될 상황이라든가? 아니면 위작범들 사이에서 내분이라도 일어났나?"

"그것도 아니야. 사실 이 사건의 동기에 위작 제작은 일절 관계가 없네."

점점 더 아리송해졌다. 이 사건의 발단은 도작이지만, 도작을 감추기 위한 범죄는 아니라고 한다. 한편 연관 있어 보이는 위작 사건도 무관하다고 하스노는 단언했다.

그 외에 다른 가능성이 있을까?

"그렇다면 혹시 범인은 아야 씨인가? 도작을 계기로 우연히 자네와 안면을 튼 아야 씨가 뭔가 꿍꿍이를 품고."

"그것도 아니야."

"그럼 시체의 옷차림을 꾸민 연출에 의미가 있는 건가? 시체를 후카에 씨의 그림처럼 꾸미는 것이 목적이었다? 위장한 게 아니라 그 연출이야말로 진짜 동기였던 거지. 후카에 씨에게 심취한 누군가가 자신이 의심받지 않을 피해자를 골라, 그의 작품을 하나하나 재현해 나가면서 예술적인 기쁨을 얻은 걸세."

"틀렸어."

이제 더 내놓을 가설도 없었다.

"모르겠군! 정말로 도작이 계기야? 내 말이 전부 틀렸다면, 이건 복합적인 사건이 아닌 건가? 하지만 그렇지 않고서는 그 여러 건의 살인이며, 우리 집에 든 도둑이며, 그 모든 걸 어떻게 다 설명한단 말인가."

"모를 리가 없는데."

하스노는 나의 무지함을 경멸하는 기색 없이, 순수하게 한탄했다.

"자네는 알고 있어. 이 사건에서 자네보다 더 범인의 동기를 잘 이해할 수 있는 사람은 없겠지.

잡다한 사건들은 전부 관련돼 있네. 범인이 전부 다르지도 않고. 발끝 부분이 떨어진 그 신발을 신은 인물은 단 한 명뿐이야.

그 신발의 주인이 뭘 하려 했는가 하면……, 자네와 전혀 다르지 않아. 자네는 범인을 제일 잘 이해할 수 있는 사람이지. 이구치 군, 자네는 뭣 때문에 이 사건을 해결하려고 했지?"

"응? 그야 물론 도작범을 찾아내기 위해서지."

"그렇지? 그것이 자네가 탐정으로 나선 동기야. 그럼 범인의 동기는 무엇일까.

바로 자네 그림을 도작한 인물을 찾아내는 거였어. 도작범을 찾아내기 위해 그렇게 거창한 연쇄 살인을 저지른 거지.

이 사건에서 범인의 동기와 탐정의 동기는 똑같았던 걸세."

정신이 멍해진 나를 깨우듯 하스노가 시보레를 급정지시켰다.

내리고 보니 전조등 불빛에 비치고 있는 것은 사사가와 외과 의원의 문이었다.

X

단두대

1

환자용 출입구는 닫혀 있었다. 현관문에 박힌 간유리 너머로 잉걸불 같은 불빛이 어른거렸다.

의원에 인기척은 없었다. 야간 당번도 없는 모양이었다. 하지만 쥐 죽은 듯 고요하지는 않다. 현관문에 귀를 대자 찜찜한 공기의 진동이 골짜기 밑바닥의 바람 소리처럼 울렸다.

하스노는 뒤쪽으로 돌아가서 문을 두드리고, 구석구석까지 울려 퍼질 만큼 큰 소리로 말했다.

"사사가와 씨. 하스노입니다."

더는 부르지 않았다. 안에 의사가 있다고 확신한 듯, 나는 애가 타서 죽을 맛인데도 하스노는 몸 한 번 움찔하지 않고 기다렸다.

의사가 복도의 전등을 켜지 않고 문을 열었다. 어스름 속에서 우리를 맞이한 사사가와는 방금 수술을 마치고 나온 것처럼 축축한 두 손을 소매에 닦았다. 더 이상 침착할 수는 없으리만큼 침착한 모습이었다.

"안녕하세요. 오실지도 모르겠다 싶기는 했습니다."

그는 일전에 이야기를 나눴던 서재로 우리를 안내했다.

사사가와는 손을 더듬어 전등 줄을 찾았다. 알전구가 켜지자, 다다미 여섯 장 크기의 서재에 등롱처럼 불빛이 고였다.

"오늘은 이웃들에게 집을 비운다고 말해뒀거든요. 불빛이 밖으로 새어 나가면 이상하게 여길지도 몰라서요."

그는 맑은 목소리로 불을 꺼뒀던 이유를 설명했다.

"자, 용건은요?"

"이미 알고 계신 대로입니다. 누군가가 이구치 군의 작품을 도작해서 곤란한 상황이에요. 사사가와 씨, 우리를 안쪽으로 들여보내 주시겠습니까? 아마 수술실이겠죠?"

나는 하스노가 사사가와에게 뭘 요구하는 건지 이해할 수 없었다. 하지만 수술실이라는 말에 정체 모를 오한이 몰려왔다.

"그럴 수는 없겠군요. 아니, 들여보내지 않겠다는 뜻은 아닙니다. 다만 하스노 씨, 당신이 사건의 전모를 완벽히 이해했다는 것부터 증명해야겠죠.

그렇지 않으면 당신에게 매달린 아야가 보답받지 못해요. 그 아이가 하스노 씨에게 사건을 해결해 달라고 부탁한 의미가 없

는 거예요. 하스노 씨는 아야를 위해서 사건을 해명한 것이어야
합니다."

"네, 그렇겠죠."

두 사람은 미리 연습이라도 한 것처럼 막힘없이 대화를 나누
었다.

"하스노! 어떻게 된 거야? 이 사건의 범인이 도작범을 찾아내
기 위해 살인을 저질렀다고 했지? 사사가와 씨가 범인이라는 건
가? 뭣 때문에 사사가와 씨가 도작범을 찾아내야 하는 거지?"

사사가와는 처음으로 예상치 못한 상황에 직면했다는 표정
을 지었다.

"어라? 이구치 씨에게는 아직 설명하지 않으셨습니까?"

"네. 서두르다 보니 그렇게 됐습니다."

"그렇다면 더더욱 지금 여기서 하스노 씨가 이야기해줘야겠
군요. 시간이 좀 걸리더라도 말입니다."

마흔이 넘은 사사가와의 온화한 미소에는 보통 인생의 황혼
기에 접어들고서야 겨우 몸에 배는, 세상의 선의와 악의를 두루
겪어낸 사람 특유의 다정함이 묻어 있었다. 나는 여전히 그가
연쇄 살인 사건의 범인이라는 걸 믿을 수 없었다.

하물며 이 사건은 도작범을 찾아내기 위해 일으킨 것이라고
한다. **범인을 찾기 위해 살인을 저지르다**니, 그런 어처구니없
는 일이 과연 있을까?

"말씀대로 하죠. 이구치 군, 잘 듣게."

하스노는 의원 안쪽에 있는 뭔가 때문에 조급한 듯했다. 내가 그의 이야기를 제대로 이해하지 못하면 그 뭔가가 중대한 결과를 초래할 듯했다.

"이 사건의 목적이 도작범 찾기임을 깨달은 건 계획이 절반쯤 진행된 뒤였네. 그걸로 모든 일을 설명할 수 있다는 걸 알아차렸지. 그렇다면 범인이 사사가와 씨밖에 없다는 것도 알았고.
하지만 이 사건을 설명하려면, 좀 더 깊은 곳에 있는 동기부터 시작해야 해.
그러니 어떻게 그걸 알았는지에 대한 설명은 일단 뒤로 미루겠어. 사사가와 씨가 도작범을 찾아내려 했다는 진상을 전제로, 사건의 처음으로 되돌아가서 이야기하겠네. 알겠나?"
"그래, 알았어."
"왜 사사가와 씨가 자네 그림을 도작한 범인을 찾아내야 하는가. 자네 그림이 도작당했다고 해서 사사가와 씨에게 피해가 갈 것 같지는 않은데 말이야.
여기에는 후카에 씨가 관계돼 있어."
"후카에 씨?"
"그래. 자네가 몇 번 만났다는 예술가 후카에 류코우 말이야. 이구치 군이 생각하기에 그는 천재가 틀림없지?"
"응. 맞아."
사사가와는 동감이라는 듯 고개를 끄덕였다.

"이구치 씨가 보신 대롭니다. 그는 천재였어요. 기술 면에서도, 감성 면에서도요. 무엇이든 창조해낼 수 있을 것 같았죠."

나는 그저 혼란스러울 따름이었다. 지금까지 사사가와와 후카에 사이에 접점은 발견되지 않았다. 하지만 사사가와는 마치 오래 알고 지낸 사람의 추억을 회상하듯 말했다.

하스노는 아랑곳없이 말을 이었다.

"후카에 씨는 생전에 피가 섞이지 않은 여동생과 같이 산다고 말했다더군. 하지만 이구치 군, 자네는 그 여동생을 만난 적이 없어. 정말로 존재하는지조차 의심스러웠지."

"맞아. 하지만 판잣집에 활동사진 필름이 있었잖나? 거기에 찍혀 있었으니, 실제로 존재했겠지. 미네 짱이 판잣집 근처 오두막에서 가슴에 칼이 꽂힌 광경을 봤다는……, 후카에 도키코라는 사람이지? 소름 끼칠 정도로 아름다운 사람이었다고 했잖아."

엔도의 시체가 쥐고 있던 배역표에도 적혀 있었다.

"그래. 미네코 씨가 소름 끼칠 정도로 아름답다고 표현한 그대로의 모습으로 존재했어. 후카에 씨와 함께 호젓하게 생활했지. 하지만 그는 자살해버렸고, 여동생이 어떻게 됐는지는 불분명한 상태야."

"잠깐만. 도키코라는 사람은 6월에 살해당한 게 아닌가? 미네 짱이 본 시체는 대체 뭐였지? 그건 진짜가 아니었나?"

"확실히 그 시체가 문제야. 살로메의 모습으로 살해당한 시체의 진위와 그 의미를 알면, 이 사건의 전모는 단숨에 명확해지네.

그걸 고찰하는 데 중요한 물건이 바로 도작범이 캔버스 뒷면에 숨겨두었다는 외설스러운 사진이야."

"뭐?"

설마 연결될 줄은 몰랐다. 애초에 중대한 의미가 있다고 여기지도 않았었다. 아미리가에서 발견된 그림의 캔버스에 외설 사진이 숨겨져 있었다고 림스데이크 씨에게 들었을 뿐, 그게 어떤 사진인지조차 몰랐다.

"외설 사진이 어쨌다는 건가?"

"그 외설 사진을 도작범이 가지고 있었다는 사실과, 이 사건이 도작범을 찾아내기 위해 일어났다는 사실. 이 두 가지를 합쳐서 생각해 보게. 어째서 외설 사진을 가진 인물을 찾아내야 하는지를 말일세."

"사진을 가진 인물을 찾아내야 하는 이유? ……즉, 그건 평범한 사진이 아닌 거로군?"

"그래. 그걸 찾아내야 하는 당위성, 그리고 아름다웠으나 어디로 가버렸는지 알 수 없는 후카에 씨의 여동생. 이 두 가지를 이어 붙이면 되네."

그래도 내가 여전히 갈피를 잡지 못하자 하스노가 말했다.

"즉, 이런 일이 일어났을지도 모른다는 거지. 나카노마치의 판잣집에 살던 후카에 씨의 여동생 도키코 씨는 4년 전, 후카에 씨가 눈을 뗀 사이에 숲속 오두막으로 끌려가 강간당했고 그 모습을 사진으로 찍혔어.

도키코 씨는 괴로웠겠지. 도저히 상상조차 할 수 없을 만큼. ……그러다 마침내 결심을 굳히고 사사가와 씨에게 부탁한 거야. **딴사람이 되고 싶다고. 무대에라도 설 수 있을 만한 얼굴을 가지고 싶다고.**"

"무대에라도 설 수 있는 얼굴? 어, 아아!"

그제야 나는 이해했다.

"그런 거였나! 이 무슨 짓을……"

딴사람이 되고 싶다. 무대에라도 설 수 있을 만한 얼굴을 원한다. 방금 하스노가 한 말은, 지난 6월에 이곳을 방문했을 때 사사가와에게 들었던 말이었다. 그는 아야가 그렇게 말했다고 했었다.

이 무슨 짓을. 참지 못하고 터져 나온 나의 탄식을 듣고 사사가와가 격앙했어도 이상하지 않았다.

하지만 사사가와는 이미 사사로운 감정에 치우치지 않는 사람이 됐다. 비난 어린 나의 말투에 그는 가슴을 꽉 눌렀다.

"그렇습니다. 아야는 무대에 서고 싶어서 평범한 얼굴을 바꾼 게 아닙니다. 그 아이는 정말 아름다웠어요. 그 누구보다도요!

그 아이는 그걸 버리길 원했습니다. 자신이 당한 굴욕을 잊고, 공갈의 공포에서 벗어나기 위해서요. 그러지 않으면 목숨을 끊는 수밖에 없다면서요. 그때 저는 그 아이를 구할 방법이 달리 없다고 확신했습니다."

"아야 씨 얼굴의 비밀은 그거였군요! 그래서 사사가와 씨는 수술을 하신 겁니까. 도키코 씨를 아야라는 사람으로 만들기 위해, 그 아름다움을 훼손해버린 겁니까……."

"네. 만약 다른 방법이 있었다면 제게 좀 가르쳐주십시오. 대체 어떤 말이 그 아이의 고통을 어루만질 수 있었을지.

저는 결코 도키코의 고통을 이해하려 하지 않았습니다. 그것은 그 아이의 고통을 모독하는 짓이나 다름없으니까요. 위로란 위작꾼이나 하는 짓입니다. 비슷한 경험이나 심정 등을 이용해 고통의 유일무이함을 침범하려 드는 짓이죠.

다른 누군가가 비슷한 경험을 했든 말든 상관없습니다. 그 아이의 고통은 오직 그 아이만의 것입니다. 똑같은 고통은 절대로, 그 어디에도 없습니다.

제가 후회해야 할 건 저 자신에 관해서입니다. 자만했어요. 이건 나밖에 할 수 없는 일이라고 말이죠.

수술을 마치고 아연실색했습니다. 더 잘해낼 수 있을 줄 알았는데. 세상 사람들은 지금의 아야도 아름답다고 하겠지만, 그건 흠으로 가득한 도키코의 잔해에 불과합니다. 인정하고 싶지는 않지만요."

사사가와는 분명 진실을 말하고 있었다. 처음 만났을 때부터 그가 거짓말을 한다고 느낀 적은 한 번도 없었다.

그럼에도 나는 여전히 믿기지 않았다. 몇 가지 중요한 사실이 여전히 명확해지지 않았다. 후카에의 여동생이 아야였다는 사실과 그녀가 원래는 어디에도 비할 바 없이 아름다웠다는 사실이 점점 잊혀가는 꿈처럼 모호하게 내 머릿속을 맴돌 뿐이었다.

"도키코 이야기를 조금 더 해야겠군요. 하스노 씨도 알 수 없는 일일 테니, 이건 제가 알려드리겠습니다."

사사가와는 후카에 남매에 대해 이야기했다.

"류코우와 도키코는 호쿠리쿠 지방의 시골 출신입니다. 피가 섞이지 않은 남매인 건, 새어머니가 류코우의 아버지와 재혼하면서 도키코를 데려왔기 때문이고요.

두 사람이 그런 판잣집에 살고 있었던 이유를 말해보자면, 오빠 류코우는 예술가 기질 때문이라고 할 수 있겠죠. 도키코는 사정이 있었습니다. 아버지가 원치 않는 결혼을 강요해서 도망친 거예요. 류코우가 숨겨줬던 거죠."

"아, 그래서 그렇게 기묘한 생활을 했던 건가요……."

"네. 류코우는 가출한 도키코가 자기 집에 있다는 사실을 부모에게 숨겼습니다. 아무튼 도키코의 아름다운 자태가 너무 눈에 띄었기에 숨어 지낼 수밖에 없었죠. 류코우 본인이 그런 판잣집에 산다는 사실도 비밀로 했다는군요.

한번은 도키코의 손가락이 부러져서, 곤란해진 류코우가 남의 눈을 피해 제게 데려왔습니다. 저는 그때 그 아이와 안면을 텄죠. 그 후로 병에 관한 상담은 모두 제가 맡았습니다."

나는 지난 6월에 사사가와에게 들었던 아야의 과거 이야기를 떠올렸다. 그때 들은 내용은 분명 지금 나온 도키코의 사연과 일치했다. 역시 그는 거짓말을 하지 않았다.

"남매의 생활이 즐거웠는지는 모르겠습니다. 다만 두 사람이 서로 경의를 표했다는 것만큼은 단언할 수 있습니다. 류코우는 도키코의 아름다움에, 도키코는 류코우의 재능에 경의를 품었어요.

이구치 씨도 아시다시피, 류코우는 비범한 예술가였습니다. 그는 도키코의 아름다움을 사랑하고 숭배하면서도, 결코 자신의 것으로 만들려 하지는 않았어요. 류코우는 그럴 필요가 없는 사람이었습니다. 들꽃의 아름다움에 감명받아도 그걸 꺾어서 집으로 가져갈 필요가 없는 사람이었죠. 그는 자신의 재능만을 발판 삼아 살았기에, 작품을 만들어내는 한 그 무엇도 소유할 필요가 없었습니다. 이구치 씨는 분명 이해하시겠죠?"

"네, 그랬을 것 같군요."

그랬답니다, 하고 사사가와는 애석해하듯 말했다.

"도키코 또한 신비로운 아이였습니다. 그 아이는 자신이 아름답다는 사실을 잘 모르는 것 같더군요. 아니면 아름다움의 가치를 몰랐던 걸까요. 아야는 잃고 나서야 그걸 깨닫게 됐습니다.

자, 두 사람에게는 아까 하스노 씨가 말씀하신 일이 일어났습니다. 하지만 이것도 자세히 말씀드리죠. 그러지 않으면 이구치 씨가 수긍하는 데 시간이 걸릴 것 같군요.

류코우는 도키코를 소재로 많은 작품을 만들었습니다. 그중 하나가 「살로메」를 소재로 한 연작이죠. 그는 모델 없이 대강 완성했지만, 마지막 살로메만큼은 도키코에게 의상을 입혀서 그리기로 했습니다.

네, 두 사람의 생활이 즐거웠는지는 모르겠다고 했지만, 도키코가 따분해할까 봐 류코우가 걱정했던 것도 사실입니다. 이구치 씨 일행은 판잣집 2층도 살펴보셨겠죠?"

분명히 봤다. 2층에 있는 동화 속에나 나올 법한 침실을.

"그 침실은 역시……."

"그렇습니다. 그건 류코우가 도키코를 위해 만든 방이에요."

편집증적으로 느껴질 만큼 세심하게 꾸민 그 방은 결코 광기의 산물이 아니었다.

"하기야 그다지 도키코의 취향은 아니었던 모양입니다만. 류코우는 여동생의 그런 속내까지는 헤아리지 못했습니다.

어쨌든 두 사람은 한동안 누구에게도 간섭하지 않고, 누구의 간섭도 받지 않으며 지냈습니다.

그런데 4년 전, 어디선가 도키코에 대한 정보를 얻은 자들이 나타났죠. 류코우는 예술가들 사이에서 전설처럼 통하고 있었기에 그 정체를 캐려는 자들도 있었던 거예요. 그들이 도키코를 덮칠 계획을 세워 실행에 옮겼습니다.

도키코가 살로메의 모습으로 모델을 하고 있었을 때의 일입니다. 류코우에게 전보가 왔습니다. 경찰을 사칭해 즉시 출두하라고 요구하는 터무니없는 전보였지만, 세상 물정에 어두운 류코우는 속아 넘어갔습니다. 도키코를 남겨둔 채 판잣집을 비우고 말았어요.

범인은 아주 가끔만 외출하는 도키코를 우연히 발견하고는 계획을 짰던 모양입니다. 사내들은 전보로 류코우를 속여서 쫓아낸 뒤, 살로메 의상을 입고 있던 도키코를 덮쳤습니다. 류코우가 돌아올지도 몰랐기에 근처 오두막으로 끌고 가서 한껏 능욕했죠. 다들 얼굴을 가린 채로요.

사내들은 기념 삼아 간직하고, 일을 한 번으로 끝내지 않기 위해 사진을 찍었던 듯합니다. 사진이 있으면 두 번째부터는 고분고분해질 거라고 생각했겠죠.

저는 도키코의 얼굴을 수술했을 뿐만 아니라 콜레라로 죽은 연고 없는 소녀의 호적을 주었습니다. 완벽하게 다른 사람이 된 겁니다."

"그게 아야 씨인가요."

"그렇죠. 이구치 씨, 실은 류코우가 다른 사람으로 다시 태어날 여동생에게 준 부적이 있습니다. 보신 적 있습니까? 후카에 씨의 작품인데요."

"부적? 그게 뭡니까?"

아야가 가지고 있다는 후카에의 작품?

"하스노 씨는 어떻습니까. 아야가 당신에게 보여주던가요?"

"아니요. 아사마 씨에게 이야기는 들었습니다만. 이봐, 이구치 군. 오카지마 씨는 어째선지 자기가 수술을 받았다는 증거를 가지고 다녔다지?"

"그건, ……아아! 혹시 사진? 미쓰에 씨가 아야 씨의 수첩 뒤쪽에 끼워져 있는 걸 봤다던, 수술 전 사진 말인가! 그렇구나, 그건 후카에 씨가 만든 것이었군?"

정교하게 만든 밀랍 인형을 사진으로 찍으면 사람인지 아닌지 구분이 가지 않으리라. 미네코가 그렇게 말했던 것이 떠올랐다.

"그렇습니다, 이구치 씨. 류코우는 밀랍 세공 기술을 활용해 아야의 수술 전 얼굴을 가짜로 만들었어요. 사진으로 남기면 누구나 진짜 사람을 찍은 것이라 믿는 법이죠.

아야의 얼굴에는 흉터가 남아 있으니까 수술을 받았다는 사실은 언젠가 들통나고 말 겁니다. 그때 예전의 아야가 아주 아름다웠다는 사실을 만에 하나라도 깨닫지 못하도록 가짜 과거를 마련해준 거예요.

류코우는 도키코가 사라지는 걸 몹시 슬퍼했습니다. 하지만 그는 도키코가 자신의 소유물이 아니라는 걸 잘 알고 있었죠.

그 아이가 판잣집을 떠난 뒤에도 류코우는 도키코가 있었을 때와 다름없이 생활했습니다. 이구치 씨, 류코우가 달라졌다는 걸 눈치챘습니까? 그와는 5년 전에 처음 만났죠? 당신은 도키코가 아야로 변하기 전과 후에 각각 류코우 씨를 만난 셈입니다."

나는 후카에의 정신에 변화가 생겼다는 걸 전혀 눈치채지 못했다.

"눈치채지 못했겠죠. 평소 무뚝뚝해서 오히려 다행이었던 셈입니다.

그는 도키코가 사라졌다는 사실을 세상에 숨겼습니다. 원래도 숨겨져 있긴 했지만요. 그리고 그 아이가 아야라는 신분에 충분히 익숙해졌다고 판단했을 때, 경찰에 도키코의 실종신고를 하러 갔습니다. 마치 아주 최근에 사라진 것처럼 올해 2월에요. 도키코와 아야가 별개의 인물임을 확실히 해두고 싶었던 겁니다.

순사는 제대로 상대해주지 않았습니다. 몇 년이나 남들 모르게 단둘이 살았다는 이야기가 믿기지 않았던 거겠죠.

어쨌든 그리하여 류코우의 마음속에 있던 도키코는 죽었습니다. 그는 자신의 역할을 다했어요. 그래서 자기도 죽기로 한 듯합니다."

2월에 산더미같이 많은 작품들을 헤치고 목을 맨 후카에의 모습이 선명하게 상상됐다.

"자, 그리고 아야입니다. 저는 그 아이가 언제 배우가 되기로 결심했는지 정확하게 모릅니다. 어린 시절부터 막연하게 동경한 건지, 아니면 능욕을 당하고 다른 사람이 되려 했을 때 배우가 무엇보다 적합하다고 생각한 건지, 또는 잃어버린 아름다움을 배우가 됨으로써 보충할 수 있다고 믿은 건지.

어느 쪽이든 말이 된다고 생각합니다. 전부 정답일지도 모르죠. 대중의 시선 앞에 얼굴을 드러내면 위험할 것 같았지만, 그 아이는 제 말을 듣지 않았습니다.

그리고 어떤 의미에서는 배우라는 직업이 그 아이의 정체를 숨기기에 정말로 적합했습니다. 평범한 여자가 성형 수술을 받고 배우가 되려 했다는 걸 누구도 의심하지 않을 테니까요. 예전의 아야가 지금과는 비교도 안 될 만큼 아름다웠다는 걸 상상하지 못할 겁니다.

네, 배우라도 되지 않았다면 아야는 삶을 되찾을 수 없었을 겁니다. 상처 입은 얼굴을 신경 쓰며 쭈뼛쭈뼛 살아본들, 누군가에게 비밀을 들켜 놀림당하고 소문이 퍼져서 아야를 덮친 범인의 귀에 들어갈지도 모르죠. 그럴까 봐 겁먹으며 지내는 건 그 아이에게 어울리지 않아요.

"결국 배우가 되겠다는 그 아이의 결심에 반대하지 않았습니다. 아무리 공허한 명성일지언정, 위로를 얻을 수 있다면 그것만으로도 가치가 있으니까요. 그건 그렇고 이 정도로 성공할 줄은 몰랐네요.

이것이 후카에 남매에게 일어난 일입니다. 하스노 씨의 상상에서 크게 벗어나지는 않았겠죠.

이구치 씨, 어때요. 이해했습니까?"

"네. 아주 잘 알겠습니다. 하지만……"

여전히 많은 것들이 설명되지 않았다. 후카에의 여동생이 아야였다면, 미네코가 숲속 오두막에서 봤다는 시체는 대체 뭐였단 말인가?

"다시 하스노 씨에게 설명을 맡기도록 하죠. 이구치 씨에게 알려주십시오. 제가 범인인 걸 어떻게 알아냈는지도요."

사사가와는 아직 하스노가 진상에 도달했음을 인정하지 않았다.

2

"미네코 씨가 오두막에서 시체를 목격한 일이, 내가 이 사건을 도작범을 찾기 위한 범죄라고 의심하게 된 첫 번째 계기였네. 확신은 훨씬 나중에야 품었고, 당시는 아직 여러 가능성 중 하나로 꼽고 있었을 뿐이었지만. 우선은 지금 사사가와 씨가 들려준 오카지마 씨의 이야기를 전제로 자네의 도작 사건을 되짚어 보기로 하지.

5월에 일본을 방문한 림스데이크 씨의 이야기를 통해 자네 그림이 도작당했다는 사실이 밝혀졌어. 그림을 훔쳐볼 수 있었던 사람들을 고려하건대, 흰갈매기회 내부에 범인이 있을 가능성이 매우 컸지.

하지만 다른 사람이 도작범일 가능성은 남아 있었어. 모델을 맡았던 오카지마 씨야. 그리고 오카지마 씨의 소개로 우리는 사사가와 씨를 만나러 왔어. 그렇지?"

"응. 맞아."

"그리고 자네는 오카지마 씨가 도작범과 연관됐다고 보기는 힘들다는 결론을 내렸지. 아주 올바른 결론일세. 상식적으로 생각하면 당연히 화가 중에 범인이 있겠지.

그런데 우리가 그 이야기를 했을 때, 사사가와 씨의 가슴속에는 또 다른 중대한 의혹이 싹텄네. 도작범은 왜 오카지마 씨를 그린 그림에 눈독을 들였는가? 사사가와 씨에게는 그게 문제였지."

"나도 의문스러웠어. 어째서 마치 노린 것처럼 아야 씨의 그림을 도작한 건지……."

아주 정확하게 도작한 것으로 보건대, 범인은 사진기를 들고 내 아틀리에에 잠입했을 것이다. 그 말인즉슨 처음부터 명확한 목표가 있었다고 보아야 한다.

"물론 자네도 의문을 품었겠지만, 그게 반드시 해명해야 할 문제는 아니었겠지? 하지만 사사가와 씨에게는 달랐어.

자네의 모델을 맡았을 당시 오카지마 씨는 기하학무늬가 들어간 오렌지색 양장을 입었지? 오카지마 씨가 직접 고른 건데, 다른 곳에서는 입고 있는 걸 본 적 없는 옷이었어."

"맞아. 모델의 정체를 밝히지 않는 것이 조건이었으니까, 아야 씨를 그렸다는 걸 모르도록 평소 입지 않는 옷을 고른 거 아니겠나?"

"이유는 그뿐만이 아닐 걸세. 그 오렌지색 양장은 단순히 선호도가 낮은 옷이 아니겠지. 그렇지 않습니까? 사사가와 씨."

"네. 그 아이는 아무 생각 없이 옷을 고른 게 아닙니다. 그건 그 아이가 도키코였던 시절에 아끼던 옷이에요. 물론 아야가 되고 나서는 그 옷을 입고 돌아다닐 수 없었습니다.

이구치 씨, 아야가 왜 모델 제의에 응했는지 모르는 것 같군요. 그 아이는 한 번 거절했을 겁니다.

하지만 이구치 씨의 작품을 보고 마음을 바꾼 거겠죠. 오빠의 모델을 하던 시절이 그리워진 거예요. 굳이 말하지는 않았겠지만, 아야는 당신 작품을 무척 마음에 들어 했어요. 그래서 그 옷을 고른 겁니다. 정체를 숨긴다는 측면에서는 섣부른 짓이었을지도 모르지만, 아무튼 이구치 씨가 약속만 지킨다면 아무 문제도 없을 테니까요."

"그랬군요. 몰랐습니다……."

"그런데, 이구치 군. 자네가 오카지마 씨를 몇 번 만나 그림을 대강 완성한 후의 일이야. 자네는 약속대로 모델의 정체를 비밀에 부쳤지만, 자네가 오렌지색 옷을 입은 여인의 그림을 그린다는 소문이 오쓰키 군을 통해 흰갈매기회 회원 모두에게 퍼졌지?"

"아아, 맞아."

"그리고 그 오렌지색 옷은 오카지마 씨가 도키코 씨였을 때 즐겨 입었던 옷이지. 그러면 어떻게 될까?"

"잠깐만. 그럼 **도작범은 내 그림의 모델이 도키코 씨 아닐까 싶어서 아틀리에에 숨어들기로 했다**는 건가? 그리고 도작범이 곧 아야 씨를 덮친 범인이라는 거야?"

"그럴지도 모른다고 사사가와 씨는 생각한 거야. 아닙니까?"

"네. 맞습니다."

사사가와는 하스노가 답을 내놓아서 기뻐했다.

"도키코 씨를 덮친 범인들은 그녀가 어디로 사라졌는지 궁금했을 거야. 협박용 사진도 가지고 있었으니까 말이지. 그런 차에 자네가 기하학무늬 오렌지색 양장을 입은 여인의 그림을 그린다는 정보가 들어오면, 혹시 도키코 씨가 아닐까 싶어 그림을 보고 싶어 할 만도 해. 도키코 씨를 노렸던 경위로 봐도, 범인이 예술 쪽 관계자일 가능성은 작지 않으니까.

이구치 군에게 누구 그림을 그리느냐고 떠 보지는 않았겠지. 그 사실이 도키코 씨에게 전해지면 자기가 범인이라는 걸 눈치챌지도 모르니까.

그래서 몰래 자네 아틀리에에 들어가서 그림을 사진으로 찍고, 복제품을 만들기로 했다. 그런 일이 있었다 해도 이상할 건 없네. 복제품을 만든 건 도키코 씨의 행방을 찾거나 협박 재료로 사용하기 위해서였을 수도 있고, 아니면 정말로 자네의 그림에 감명받아 흉내 내고 싶어졌을 수도 있겠지."

"아니, 잠깐만. 물론 그런 일이 있을 수도 있겠지만, 말도 안 될 만큼 근거가 빈약해. 그런 추측만으로 그림을 도작한 범인이 아야 씨를 습격한 범인이라고 볼 수는 없겠지."

"근거는 하나 더 있어. 도작한 그림 뒤에 외설스러운 사진이 든 봉투가 숨겨져 있었다고 림스데이크 씨가 그랬잖나. 만약 그것이 도키코 씨를 덮쳤을 때 찍은 사진이라면, 도키코 씨를 그린 듯한 그림 뒤에 넣어두는 것도 나름대로 자연스러운 일이지.

나와 이구치 군의 이야기를 듣고 사사가와 씨는 장막에 싸여 있던, 도키코 씨를 덮친 범인의 단서를 얻었다고 생각한 거야."

나는 수긍할 수 없었다.

"그렇다 한들 도작범이 아야 씨를 덮쳤다고 단정하기에는 증거가 턱없이 부족해. 캔버스 뒤에 숨겨져 있던 건 전혀 상관없는 사진일지도 모르잖나. 그 사진을 확인해서 아야 씨가 찍혔다고 판명되지 않는 한, 도작범이 곧 강간범이라고 단정할 수는 없네."

"그렇지. **그래서 확인했어.**"

하스노가 냉정하게 말했다.

"어?"

"그것이 6월에 목격된 살로메 옷차림의 시체에 얽힌 수수께끼의 답이야.

이구치 군, 미네코 씨가 나카노마치의 숲속 오두막에서 목격한 광경에는 의문점이 많았어. 뭐, 결국 그건 시체가 아니었지만 진짜 시체처럼 여겨졌지. 6월에 자네와 사에코 씨가 여러모로 고민해 보지 않았나? 무엇이 수수께끼였지?"

"……음, 그러니까 왜 대낮에 범행을 저지른 걸까, 그리고 왜 시체를 살로메의 모습처럼 꾸민 걸까. 만약 진짜 시체가 아니라면 왜 그렇게나 주위를 경계한 걸까. 미네 짱에게 들키자마자 곧장 도망치고, 그 후로 시체의 행방이 묘연해진 건 어째서일까. 그때 이런 의문들을 품었었지.

그 후에 벌어진 사건들에서는 시체를 과시하듯 꾸며서 사람들 눈에 띄게 했는데, 그 시체는 그대로 사라졌지. 대체 뭘 하고 싶었던 건지 의문일세."

"그렇지. 꾸미기는 했으되 남의 눈에 띄고 싶지는 않았다는 점이 이상해. 나는 범인의 목적에 대해 한 가지 답을 떠올렸네. 그것이 사사가와 씨를 의심하게 된 계기였지. 그건 바로 사진을 찍기 위해서였어."

"사진을 찍기 위해서? 살로메 옷차림을 한 여자의 사진을?"

"그래. 6월에 여기서 사사가와 씨가 했던 말을 기억하나? 도작된 그림에 대해 아미리가에 문의하는 걸 도와주겠다고 제안했었잖나. 의료계 인맥으로 지인에게 부탁하면 야나세의 유품에 대해 알아볼 수 있다고 말이야.

자네는 거절하고 하루미 사장님께 부탁하기로 했지. 하지만 사사가와 씨는 사사가와 씨대로 그 사진 속 인물이 도키코 씨일지도 모른다고 의심했기에, 외설 사진의 내용에 대해 문의하기로 한 거야.

하지만 문의하려면 여러모로 신경 쓸 일이 많지. 내용이 내용이다 보니 무턱대고 뭔지 알고 싶다면서 사진을 이쪽으로 보내달라고 부탁할 수는 없는 노릇이야. 가장 좋은 방법은 일본에서 견본을 보내 그것과 비교해달라고 하는 거지. 사진 속 사람이 이 사람과 동일 인물이냐고 말일세. 그러면 착오가 생길 가능성도 작아지니까.

그런데 이구치 군, 미네코 씨가 숲속 오두막에서 시체 같은 걸 본 날은, 우리가 사사가와 씨를 방문하고 겨우 사흘 후 아니었나?"

나도 무슨 뜻인지 이해했다.

"아아, 그 오두막은 과거에 도키코 씨가 습격당했던 장소였던 거로군. 사사가와 씨는 그 당시 상황을 재현했던 건가!"

"그래. 도키코 씨가 어떤 사진을 찍었는지 모르거니와 얼굴이 선명하게 찍혔으리라는 보장도 없으니, 당시 현장을 최대한 재현하기로 한 거지. 도키코 씨의 모습을 본뜬 밀랍 인형을 사용해서 말이야. 그것은 후카에 씨가 남긴 물건이죠?"

"네. 생전에 그가 만든 겁니다. 도키코가 사라지기 전에 조금이라도 흔적을 남겨두고 싶어서요."

"그 인형은 가슴에 칼이 꽂혀 있었잖아?"

"사사가와 씨가 찌른 걸세. 살인 사건에 대해 문의하는 형식을 갖추기 위해서. 그저 외설스러운 사진의 내용을 조사해달라고 부탁하기는 어렵지만 강간 살인의 증거를 조사한다는 명목이라면 힘을 써주겠지. 게다가 사진을 주의해서 다루도록 요청할 수도 있고, 실수로 사진이 세상에 유출되는 걸 막기도 쉬워져.

당시 미네코 씨는 사진을 찍으러 나갔다가 오두막에 다다랐지. 여기서도 범인과 미네코 씨의 동기는 일치했어.

사사가와 씨는 아미리가에 보낼 사진을 찍기 위해, 그 현장을 만들어낸 거야. 일부러 대낮을 택한 것도 당연해. 사진을 촬영할 때는 밝은 편이 좋으니까.

살로메의 단두대

이구치 군, 하루미 사장님의 지시로 아미리가의 주재원이 조사해 봤지만 외설 사진의 소재를 파악할 수 없었다고 했지? 아마 사사가와 씨의 조사와 엇갈린 모양이군. 사사가와 씨 쪽이 더 빨랐던 거야."

"과연. 그랬던 건가."

사사가와는 무릎을 쳤다.

"네. 전부 하스노 씨 말씀대로입니다. 훌륭하군요."

"그래서……, 문의한 결과는요? 도작범이 아야 씨를 덮친 범인이라는 게 확실해졌습니까?"

"물론이죠. 그렇지 않고서야 이렇게 번거로운 연쇄 살인을 저지르겠습니까. 문의했을 때 사진은 이미 처분되고 없었지만, 그 사진을 확인했던 사람에게 제가 보낸 것과 똑같은 모습의 여성을 찍은 사진이었다는 증언을 얻었습니다."

도작범, 그자가 아야를 능욕한 범인이었다!

수수께끼가 풀려감에 따라 나는 청각이 점점 예민해졌다. 현관에서 느꼈던 기이한 진동이 지금도, 수술실 쪽에서 이 서재로 전해지고 있었다.

3

"다음은 드디어 진짜 살인이네. 여기서부터는 전부 도작범을 찾아내기 위해 일으킨 사건이야.

우선 7월 8일의 미야모리 사건이군. 이 날짜에 범행을 저지른 건 흰갈매기회 모임에 맞출 필요가 있었기 때문이지. 그 이유는 나중에 설명하겠네.

다만 사사가와 씨가 도작에 대해 알고서 사건을 일으키기까지 한 달 남짓 기다려야 했던 또 다른 이유도 있었어. 아미리가에 문의해야 했거든. 사진을 동봉한 편지가 도착하기까지 3주 정도는 걸려. 조사 결과를 전보로 받으려면 시간이 빠듯하지."

"네. 늦지 않아서 다행이었습니다."

"그렇다고 답장이 올 때까지 사사가와 씨가 팔짱만 끼고 있었던 건 아니야. 이미 도작범을 찾기 위해 행동에 나섰지. 미야모리 사건의 의미를 검토하려면 거기서부터 시작할 필요가 있겠군.

뭘 했느냐 하면, 이구치 군. 6월에 오쓰키 군의 하숙집 앞에서 발끝 부분이 떨어진 신발을 신은 남자가 자네와 오쓰키 군의 대화를 엿들었지?"

"아아, 그래! 그것도 사사가와 씨인가?"

"사사가와 씨는 이구치 군의 동향에 줄곧 신경을 곤두세우고 있었어. 자네가 혹시나 도작범의 정체를 밝혀낸다면 꼭 알고 싶었을 테고, 자네가 섣불리 움직이다가 조사 중이라는 사실을 도작범에게 들킬까 봐 불안하기도 했겠지. 그랬다가는 도키코 씨를 습격한 범인을 찾아내려는 사사가와 씨의 계획에도 지장이 생길 테니 말이야."

"네. 당신들의 이야기를 듣고 나서, 아미리가에 문의할 준비를 하면서 흰갈매기회에 대해서도 조사했습니다. 회보를 발행하고 있으니 그걸 보는 게 가장 빨랐죠. 회원들의 주소도 회보를 보고 알았고요.

당신들이 이곳을 찾아온 다음 날이었습니다. 이구치 씨와 오쓰키 씨가 회원들을 방문했던 이야기를 하숙집에서 했었죠? 그 대화를 엿들었습니다. 하마터면 들킬 뻔해서 줄행랑쳤습니다만."

"그렇지만 사사가와 씨는 그때, 도작범을 추려낼 중대한 단서를 얻었어. 그렇죠?"

"네."

단서? 나와 오쓰키의 대화 속에 중대한 단서가 있었다고 한다.

"이구치 군. 우리는 도작범이 자네 아틀리에에 숨어들었던 밤에 있었던 일을 떠올리며, 실내화에 관한 논리를 세워서 소거법으로 도작범의 범위를 좁혔지. 용의자를 갑을병종으로 분류했어.

사사가와 씨가 한 일도 그것과 같네. 다만 사사가와 씨는 전혀 다른 정보를 바탕으로, 전혀 다른 소거법의 논리를 세웠어. 그리고 미야모리를 살해함으로써 그 소거법에 필요한 정보를 얻은 걸세.

그러기 위한 최초의 실마리가 자네와 오쓰키 군의 대화 속에 있었지."

그때 무슨 이야기를 나누었는지 나는 기억을 더듬어 보았다.

"위작범에 관한 건가? 미야모리와 야나세가 주도했던 위작 제작과 관계가 있는 거야?"

"그렇지. 잘 생각해 보게.

이 사건에서 야나세와 미야모리를 비롯한 위작범과 도키코 씨를 습격한 도작범은 양쪽 다 후카에 씨의 존재를 알고 있었던 셈이야.

그렇다면 그들이 각각 어떤 경로로 후카에 씨에게 도달했느냐가 문제지. 예를 들어 미야모리가 먼저 후카에 씨를 찾아냈고, 도작범은 그 정보에 의지해 판잣집에 도달한 걸까, 아니면 그 반대일까, 그것도 아니라면 전설이 된 예술가를 찾아 헤맨 끝에 그들이 따로따로 후카에 씨를 발견한 걸까."

위작범과 도작범의 관계는 여전히 불명확했다. 한때는 혹시 미야모리가 그림을 도작하라고 지시한 것 아닐까 의심하기도 했었지만…….

"어떤가? 역시 도작범은 위작 제작과 연관이 있었나? 그걸 파고들면 범인을 알 수 있다는 거야?"

"아니. 그 반대야. 위작범과 도작범이 서로 연결돼 있었다고 치면 앞뒤가 맞지 않는 점이 있거든. 이 논리를 세우기 위해 필요한 사실은 후카에 씨가 미야모리와 야나세에게 광을 빌려줬다는 것. 그리고 도작된 그림이 아미리가로 건너가게 된 경위일세."

"경위? 그건 범인이 야나세에게 맡겼지…….."

야나세가 아미리가로 떠나기 한 달쯤 전, 도작범이 그의 집을 방문해 그림과 사진이 든 트렁크를 맡겼다. 야나세는 트렁크를 그대로 아미리가에 가져갔다.

"도작범이 오카지마 씨를 덮친 범인이라는 사실을 바탕으로 이 행동을 되짚어 보게.

도작한 오카지마 씨의 그림과 오카지마 씨를 능욕했을 때 찍은 사진을 함께 야나세에게 맡긴 건, 범인에게 사정이 생겨서 자기 곁에 두면 위험하기에 잠깐 보관을 부탁했다고 봐야 해."

"그건 그렇겠지. 다른 이유는 생각나지 않는군. 야나세가 그걸 원했을 것 같지도 않고 말일세. 친절하고 신뢰할 수 있을 법한 야나세라면 맡겨도 괜찮겠거니 했겠지."

"응. 그런데 야나세는 위작을 제작했다는 사실이 탄로 날 것 같아서 아미리가로 도망치기로 한 거잖아? 도작범은 부주의하게도 그런 사람에게 자기 범죄의 증거를 맡겼어."

하스노가 제시하는 논리의 형태가 점차 보이기 시작했다.

도작범은 야나세가 아미리가로 도망친다는 걸 몰랐던 인물이라는 뜻인가?

"하지만 부주의하다고 해도, 야나세는 자기가 아미리가로 도망친다는 사실을 누구에게도 알리지 않았으니 무리도 아니지. 미야모리도 몰랐었던 모양인걸."

"그래. 정말로 아무에게도 귀띔하지 않았던 거겠지. 야나세는 얼핏 보기에는 남을 아주 잘 챙기는 사람이었다더군.

하지만 위작범에게는 그렇지 않았어. 호인 같은 얼굴로 돈을 빌려주고 위작 제작에 가담시켰지. 그런 인간에게 자기가 저지른 범죄의 증거를 맡기겠나?"

"그건 모를 일이지. 특수한 신뢰 관계가 생겼을 가능성은 있네."

"가능성은 있겠지. 하지만 그뿐만이 아니야. 결정적인 건 미야모리와 야나세가 위작을 보관하기 위해 사용했던 광이야. 거기를 후카에 씨와 같이 썼었잖나.

후카에 씨는 비상식적인 사람이라, 자기 것이 아닌데도 광에 있는 물건을 멋대로 뒤지기도 했다더군. 즉, **야나세에게 그림과 사진을 맡기면, 후카에 씨의 눈에 띌지도 모르는 곳에 도키코 씨를 습격했다는 증거를 내팽개쳐 두는 셈이나 마찬가지**야."

확실히 그 말대로였다.

"그럼 야나세에게 그림을 맡기는 건 도작범에게 지극히 위험한 일이었겠군? 증거를 후카에 씨에게 들킬 가능성도 있었던 거잖아!"

"그래. 그림과 사진에 대해 후카에 씨가 알게 되면, 야나세 주변에 도키코 씨를 습격한 범인이 있다는 사실이 들통나. 게다가 야나세는 그게 범죄의 증거임을 모르니, 후카에 씨가 물어보면 누가 맡긴 트렁크인지 말해버릴지도 모르지. 자기가 강간범이라는 사실이 대번에 후카에 씨에게 알려질 우려도 있어."

그러고 보니 고미는 그 무렵 도작된 그림이 든 트렁크를 광에서 보았다. 야나세가 아미리가로 떠나기 전에 잠시 거기 둔 것이다.

그리고 고미 말에 따르면 미야모리는 위작범들에게 가급적 후카에 씨와는 얽히지 말라고 주의를 줬다고도 한다. 위작범들은 그 광이 후카에의 건물임을 알고 있었던 것이다.

"만약 도작범이 야나세가 후카에 씨의 광을 쓴다는 걸 알고 있었다면, 야나세에게 그림을 맡겼을 리 없어. 그는 그저 야나세가 그림을 무난히 보관해주리라고 믿었을 뿐이지. 즉, 도작범은 위작범이 아닐세.

다시 말해 위작범을 밝혀낼 수 있다면 도작범을 추려내는 데 큰 도움이 되겠지. 위작범은 도작 용의자에서 제외할 수 있으니까."

나는 도작범이 위작범이라는 사실이 명확해지면 범인을 특정하는 데 도움이 되지 않을까 싶었었다. 하지만 실은 완전히 반대였다. 위작 제작에 관여한 자를 용의자에서 제외한다. 이거라면 확실히 소거법의 논리가 성립한다.

"알겠어. 그게 사사가와 씨가 미야모리를 죽인 이유로군?"

"그래. **미야모리는 위작범들을 찾아내기 위해 살해당한 거야.**"

사사가와는 고개를 크게 끄덕였다.

"미야모리가 타살당한 시체로 발견되면, 경찰 수사 과정에서 위작을 제작했다는 사실이 밝혀지고 위작범들의 이름이 드러나겠죠. 그것을 이용해 도작범의 범위를 압축하는 것이 제 계획이었습니다.

마침 고미 씨라는 흰갈매기회의 화가가 미야모리를 고발할 마음을 먹었죠. 제게는 오히려 방해되는 짓이었습니다. 미야모리는 위작범의 사진을 찍어서 공범자들을 옭아매고 있었던 모양인데, 고미 씨가 어설프게 고발했다가 실패하면 미야모리는 사진을 처분해버리겠죠. 그런 위험은 피하고 싶었어요.

사진이 없으면 위작범의 정체가 흐지부지 묻힐 위험이 컸습니다. 기껏 범인을 추려낼 기회가 왔는데 말이죠. 고미 씨가 잡지사 사람과 상의해 고발을 진행하려 해서 애가 타더군요.

그것도 미야모리를 흰갈매기회 정례 모임 전에 죽여야 한다고 마음먹은 이유 중 하나입니다. 고미 씨가 섣부른 짓을 하기 전에 겨우 일을 실행에 옮길 수 있었죠.

그리고 미야모리가 죽은 직후, 고미 씨의 부탁을 받은 야마조에라는 기자가 미야모리의 집에 들이닥쳐 위작범들의 정체를 확실히 밝혀준 건 결과적으로 행운이었습니다. 그렇지 않았다면 가택 수색을 한 경찰에게 물어볼 작정이었어요."

언젠가 하스노는 탐정이라는 존재가 얼마나 폐를 끼치는지에 대해 이야기했었다. 사건을 조사한답시고 여기저기 찾아다닌 나는 하스노에게 민폐 탐정이라는 평가를 받았다. 하지만 내가 몰랐던 또 다른 탐정 사사가와는 나와 비교도 안 될 만큼, 듣도 보도 못할 만큼 엄청난 민폐를 끼치는 탐정이었다. 그는 사람을 살해하는 방법으로 범인을 찾아내려 했던 것이다!

하스노는 현실적인 질문으로 나의 상념을 끊었다.

"이구치 군. 사사가와 씨의 계획대로 미야모리가 죽음으로써 위작범들이 밝혀졌네. 이 시점에서 도작 용의자가 얼마나 줄어든 셈이지? 자네와 오쓰키 군은 제외해도 돼. 나중에 이야기하겠지만 사사가와 씨는 자네들을 용의자에서 제외할 수 있었을 테니까."

"웅? ……어디 보자, 아홉 명 중에서 고미, 오기, 미야가와, 아키나가는 도작범이 아닌 셈인가. 거기에다 미야모리도 그렇고."

남은 사람은 쇼지, 기리타, 엔도, 모치키인가. 그런데 하스노, 미야모리는 그냥 살해당한 게 아니잖아? 그 헤롯왕 옷차림은 대체 뭐지?"

"일단 미뤄두지. 시체를 「살로메」의 등장인물처럼 꾸민 의미는 마지막에 몰아서 설명하겠어. 사사가와 씨, 첫 번째 살인에 대해서는 이 정도면 될까요?"

"네. 역시 대단하시군요."

사사가와는 감탄했다. 하스노를 시험했던 사사가와는 이제 모든 걸 그에게 맡겨도 되겠다고 생각했는지 안심한 눈치였다.

4

"두 번째 살인에 대해 설명하기 전에, 막간극 하나를 언급할 필요가 있겠군요. 이구치 군의 집에 침입했던 도둑 이야기입니다."

"아! 맞다. 그것도 사사가와 씨가?"

사사가와가 처음으로 부끄러워하는 기색을 보였다. 수줍어하는 모습이 마치 논문의 오류를 지적받은 학생 같아서 갑자기 젊어진 것처럼 보였다.

"폐를 끼쳤군요."

"저와 이구치 군에게 사건의 범인이 도작범이라는 인상을 심고 싶었던 거겠죠? 그래서 원작을 훔치려 했던 거고요."

"네. 첫 번째 사건이 발생한 후, 하스노 씨는 약속대로 아야에게 사건의 진척 상황을 모조리 전달했죠. 하스노 씨에게는 그런 기색을 보이지 않았겠지만, 그 아이는 무척 놀랐습니다.

그중에서도 6월에 이구치 씨의 처조카가 목격한 일에 제일 놀랐죠. 과거의 자신이 살해당했으니까요. 하스노 씨를 만난 후 그 아이는 병원으로 찾아와 저를 닦달했습니다. 덕분에 오두막에서 저지른 일이 하스노 씨 일행에게 발각됐다는 걸 알았죠. 그때 오두막 밖에 있던 사람이 설마 이구치 씨의 처조카일 줄이야. 그 아이가 사진기까지 다룰 줄은 꿈에도 몰랐네요.

제가 범인을 찾아내기 전에 하스노 씨가 제 범행을 눈치채지는 않을까 불안하더군요. 하스노 씨가 그 시체에 담긴 의미를 알아차릴 수도 있으니까요. 실제로 제 우려는 적중했습니다.

하스노 씨가 도작범의 소행으로 여기길 바랐어요. 그리고 이구치 씨는 도작범을 찾아내는 걸 포기하길 바랐고요. 림스데이크 씨에게 팔 그림이 없어지면 범인을 찾는 수고스러운 짓을 그만두지 않을까 싶었습니다.

이 또한 밤늦게까지 깨어 있던 이구치 씨의 처조카에게 들켜서 멋지게 저지당했죠. 이구치 씨의 처조카와 부인에게 된통 당해서 도망친 겁니다.

부인께서 진심으로 저를 죽이려는 것처럼 보였는데, 괜찮으신지요?"

"네……, 괜찮습니다. 확실히 사에코는 가끔 그래 보이기도 합니다."

"그렇다면 됐습니다. 결국 그 도둑질은 아무 의미도 없었어요! 그런 일과 상관없이 하스노 씨는 제가 범인이라는 걸 간파했으니까요. 자, 계속 말씀하시죠."

"이어서 두 번째 살인이 발생했어. 머리 없는 시체가 오구무라의 빈집에서 발견됐지.

시체로 발견된 사람은 오기가 아닐까 싶었어. 하지만 객관적인 증거는 없었고, 기리타가 증언했을 뿐, 누구도 피해자의 신원을 확인할 수 없었지. 이에 대해서는 다양한 설이 나왔어."

뭣 때문에 피해자의 머리를 잘라냈느냐는 의문이 제기되자 그야말로 의견이 분분했다. 그중에서도 기리타와 오기가 결탁해 오기가 죽은 걸로 위장했을 가능성이 중시됐다. 오기는 오명을 죽음과 함께 묻을 수 있고, 기리타에게는 유산이 들어오므로 양쪽 모두에게 이득이 되는 계획이다. 오쓰키는 시체가 사실 야나세 아닐까 의심하기도 했다.

"여러 가능성을 검토했지만, 전후의 사건과 잘 맞아떨어지는 설은 없었네. 하지만 이 범죄가 도작범을 찾아내기 위한 수단임을 알면, 오기를 죽인 동기와 머리를 잘라낸 동기는 극히 단순 명쾌해지지.

이구치 군, 두 번째 살인이 일어난 시점에 사사가와 씨 앞에 놓인 도작 용의자는 쇼지, 기리타, 모치키, 엔도 총 네 명이었네. 여기서 범인을 찾아내려니 한 가지 문제가 있었어. 기억나나?"

"응, 기억나. 이제 나도 알겠군. 그때는 기리타가 없었지."

방랑벽이 있는 기리타는 몇 달이나 자취가 묘연한 상태였다. 돌아온 그의 말에 따르면 도카이도를 여행 중이었다고 한다.

"그 녀석이 좀처럼 돌아오지 않았던 건, 신문에서 미야모리 사건을 봤기 때문일 걸세. 도쿄로 돌아오면 의심받아서 귀찮아지리라 판단한 거지. 그런 녀석이야."

"자네가 그렇게 평한다면 그렇겠지. 이건 사사가와 씨에게 난감한 문제였어. 이구치 군, 자네도 마찬가지였고. 범인을 찾아내려는데 용의자가 다 모이지 않았으니까."

"네, 난감했죠."

"그래서 사사가와 씨는 기리타를 도쿄로 불러들이기 위해 과감한 방법을 택했습니다. 친족인 오기를 살해하기로 한 거죠.

그것도 그냥 살해해서는 안 됩니다. 기리타가 이구치 군 말대로 의리 없는 인물이라면, 오기가 살해당했다는 이유만으로는 돌아오지 않을지도 모르니까요. 아무것도 몰랐던 척 온천 여관에서 느긋하게 지내다가 소동이 가라앉은 후에 돌아와도 유산 상속에는 아무런 지장도 없어요.

그래서 수를 약간 써야 했습니다. **오기의 죽음을 불확실하게 만드는 거죠.**

기리타를 확실히 돌아오게 할 방법은 그것뿐이었습니다.

오기가 죽은 것 같지만 시체는 오기가 아닐지도 모른다. 이런 상황이라면 기리타는 서둘러 돌아올 수밖에 없습니다. 유산 상속 문제를 확실히 해야 하는데, 시체의 신원을 확인할 수 있는 사람은 자기뿐이니까요.

그래서 사사가와 씨는 죽은 오기의 머리를 자르기로 한 겁니다."

"그렇습니다. 흰갈매기회 회원들의 신변을 조사해서 오기와 기리타가 양자 결연을 맺었다는 건 알고 있었습니다. 아무리 기다려도 기리타가 돌아오지 않기에 그런 계획을 실행에 옮긴 겁니다."

신원을 감추기 위해 시체의 머리를 잘라낸 것이 아니었다. 그건 신원을 확인하기 위한 조치였다. 행방이 묘연했던 기리타는 탐정 사사가와에게 용의자로서 소환된 것이다.

기리타를 도쿄로 불러들이기 위해 오기는 살해당했다.

"오기의 머리는 잘 보관해뒀습니다. 포르말린에 담가 수술실에 숨겨놨죠. 나중에 보여드리겠습니다. 제 탐정 활동이 끝나면 세상에 내놓기로 마음먹었거든요."

사사가와의 무덤덤한 말투는 시체를 다루는 데 익숙해진 의사의 말투였으며, 그 외에 다른 감정은 느껴지지 않았다. 이토록 기이한 살인을 저질렀는데도 나는 그에게서 광기를 감지할 수 없었다.

"사사가와 씨 입장에서는 오기가 위작범이라는 사실이 일찌감치 밝혀져서 다행이었군요. 그는 도작범이 아니라고 판명된 셈이니까요.

도작 용의자를 혐의가 명확하지 않은 상태에서 죽이고 싶지는 않으셨겠죠. 그랬다간 여한이 남을지도 모르니까요. 도작범을 죽이기 전에 도키코 씨 사건에 대해 아는 바를 전부 알아낼 필요도 있었고요."

"네, 오기를 죽여도 아무런 문제가 없다는 게 일찌감치 밝혀져서 다행이었습니다."

"머리를 잘라내기는 힘드셨겠죠?"

"뭐, 외과의사니까요. 그리고 어차피 두 번째 사건에 머리 없는 시체가 필요한 건 처음부터 정해진 일이었으니까요."

"네, 그렇죠."

이 대화가 무슨 뜻인지 나는 알 수가 없었다.

하스노는 오기를 요카난의 옷차림으로 꾸민 이유는 역시 나중에 설명하기로 하고, 세 번째 살인으로 나아갔다.

살로메의 단두대

5

"오기가 살해되자 기리타가 돌아와서 사사가와 씨는 무사히 도작 용의자 네 명을 모두 모을 수 있었어. 그리고 이 사건 직후이자 세 번째 살인 사건이 일어나기 전, 위작범과 도작범 양측 조사에 진전이 있었지. 이게 엔도가 살해당한 일에 크게 영향을 줬어.

여배우 아사마 씨가 제공한 정보야. 오바라는 사람이 야나세에게 닌세이의 차항아리를 구입했는데, 그 진위가 의심스럽다는 이야기였지.

감정 결과, 차항아리는 진품이었지만 실은 차항아리의 위작을 만들어 오바 씨에게 팔아넘기려던 계획이 있었다는 게 밝혀졌네. 그리고 엔도가 숨겨진 위작범이었다는 것, 오바 씨가 받은 나무 상자의 감정 확인문을 지운 건 도작범이라는 사실이 판명됐어. 그렇지?"

"맞아. 꽤 복잡한 이야기였지.……."

"확실히 복잡하긴 하지만, 다시 떠올려 보게."

하스노와 미네코 일행이 오바의 집과 야나세의 집에서 하녀로 일했던 다카를 찾아가서 밝혀낸 내용은 다음과 같다.

예전부터 오바는 닌세이의 차항아리를 가지고 싶다고 야나세에게 부탁했다. 야나세는 작년 12월에 차항아리를 변호사 쓰지에게서 사들였다. 그렇지만 1월 중순에야 오바에게 연락해 차항아리를 넘겨줬는데, 그사이에 엔도에게 위작을 제작시킨 것으로 보인다.

1월 13일, 누군가가 차항아리를 담은 조잡한 나무 상자를 야나세에게 전달하러 온다. 이때 야나세는 나무 상자 바닥에서 튀어나온 못에 오른손을 다친다. 그로부터 사흘 후, 위작이 들어 있었을 것으로 추정되는 작은 궤짝을 배달꾼이 배달했는데, 야나세는 손을 다친 탓에 궤짝을 떨어뜨리고 만다.

그날 밤, 도작범이 그림을 맡기러 야나세를 찾아온다. 위작을 망가뜨린 야나세는 진품을 오바에게 넘겨주기로 결심하고, 도작범에게 나무 상자의 감정 확인문을 지워달라고 부탁한다. 궤짝은 다시 돌려보냈고, 나무 상자에 담긴 진품은 오바에게 전달됐다. 자초지종은 이러했으리라고 추정된다.

"하스노, 엔도가 살해된 것도 이 일과 관계가 있는 거지?"

"그렇지."

도작범을 찾기 위해 살인을 저질렀다는 말을 듣고 나니, 엔도가 살해된 사건에도 필연성이 있는 것처럼 느껴졌다. 하지만 어떤 필연성인지 명료하게 다가오지는 않았다.

"위작에 관련 있는 건가? 엔도가 위작범이라는 사실을 알았기에 죽일 필요가 생긴 거야?"

"조금 달라. 엔도가 위작범이었다는 사실은 사사가와 씨에게 그렇게 큰 의미가 없어. 아니, 그렇지도 않군. 위작범은 도작범이 아니니까, 네 명 남았던 도작 용의자가 세 명으로 줄어들었지.

이는 사사가와 씨가 엔도를 죽여도 무방하다고 판단하는 데 일조하기도 했네. 오기의 경우와 마찬가지로, 자칫해서 도작범을 죽이는 사태는 피하고 싶었을 테니까.

하지만 엔도가 위작범이었다는 사실이 밝혀진 건 무엇보다도 엔도 본인에게 중요했어. 엔도가 남을 경계했기에, 사사가와 씨로서는 그를 죽이는 것 외에 다른 선택지가 없었어."

"잘 모르겠지만……, 엔도가 살해된 건 도작범을 찾아내기 위해서라는 거지?"

"그래."

"엔도를 죽이면 도작범을 특정할 수 있는 건가?"

"정확하게는 특정할 수 있는 가능성이 생기지. 그래서 죽인 거고. 그런데 이구치 군, 자네는 엔도를 죽여야 할 필연성에 대해 절반 정도는 알고 있을 텐데. 자네도 도작범을 특정할 방법을 여러모로 모색했었으니까.

왜, 오바 씨의 차항아리가 담긴 나무 상자에 도작범이 감정확인문을 덧칠해서 지운 흔적이 남아 있었잖나. 자네는 재미있는 생각을 했었지. 그 필적으로 도작범이 어느 손을 주로 사용하는지 알아낼 수 있지 않겠느냐고."

"아아! 확실히 그런 생각을 했었지. 하지만 덧칠할 때 상자를 어떤 방향으로 놓았느냐에 따라 오른손잡이일 수도, 왼손잡이일 수도 있거든. 그래서 포기했다네."

"그렇다면 도작범이 덧칠할 때 상자를 어떤 방향으로 놓았는지 알면 되겠군."

"그렇긴 한데, 그걸 알아냈단 말인가? 어떻게?"

"알아냈네. 차항아리를 받았을 때 야나세가 어떻게 행동했는지 생각해 보면 돼."

야나세는 1월 13일에 차항아리를 받았다.

그날 야나세의 행동에 뭔가 평소와 다른 점이 있었을까?

"모르겠군. 알려주게."

"자, 야나세는 엔도가 가져온 진품 차항아리 나무 상자를 안쪽 방의 장롱 위에 놓았다고 했지? 이구치 군, 이거 묘하지 않나?"

"음……, 그러게. 보통 그렇게 비싸고 무거운 물건을 장롱 위에 두지는 않지. 지진이라도 나면 굴러떨어질지도 모르니까."

"하지만 그때 야나세에게는 그렇게 할 이유가 있었던 걸세. 자네도 알잖나? 차항아리가 담긴 나무 상자의 바닥에는 못대가리가 튀어나와 있었으니까."

그랬다. 야나세의 집은 가재도구째 빌린 셋집이었고, 당시 자신의 짐은 대부분 옮겨둔 상태였다. 사족에게 빌린 집의 고급 가재도구는 하자 없이 돌려주어야 한다.

그런 집에 닌세이의 차항아리가 담긴, 바닥에 못이 튀어나온 나무 상자가 들어왔다. 다다미나 서궤에 두면 흠집이 생긴다.

"이건 자네가 다카 씨에게서 들은 이야기야. 야나세의 물건 중에 안쪽 방의 장롱만 낡고 지저분했다고 했었지?"

그랬다. 야나세가 퇴거할 때 장롱은 다카에게 줬다고 하는데,

고물상에 넘겨도 5엔밖에 못 받았다고 했다.

"굳이 장롱 위에 나무 상자를 올려둔 건, **거기 말고는 놓을 곳이 없었기 때문**이야. 다다미나 가구에 흠집을 내지 않으려면 말이지."

"과연. 그렇게 되는군."

야나세로서는 그렇게 할 수밖에 없었다.

"그리고 그때 오른손을 다치고 말았지. 게다가 그 상처 때문에 배달된 궤짝을 떨어뜨려서 위작을 망가뜨렸고.

그래서 야나세는 도작범이 찾아왔을 때 나무 상자의 감정 확인문을 지워 달라고 부탁했는데, 그렇다면 한 가지 의문이 생겨."

"의문?"

"나무 상자는 장롱 위에 놓여 있었어. 다른 물건에 흠집을 내지 않기 위해서였지. 하지만 장롱 위에 둔 채로는 나무 상자 뚜껑의 감정 확인문을 지울 수 없을 거야. 손이 닿지 않으니까.

그렇다면 도작범에게 부탁했을 때, 야나세는 나무 상자를 대체 어디에 둔 걸까? 다른 장소에 둘 수 없어서 일부러 장롱 위에 올려뒀잖나. 다다미나 좌탁 같은 곳에 올려놓을 리는 없어. 아니면 도작범이 들고 온 트렁크? 대나무로 짠 트렁크니까 차 항아리가 든 나무 상자를 올려놓을 수는 없겠지.

그런데 실은 도작범이 찾아온 날, 나무 상자를 올려두기에 적당한 물건이 집에 배달됐네. 다카 씨는 그걸 방해가 되지 않도록 안쪽 방의 장롱과 장지문 사이에 놓아두었다고 했어."

마침내 나는 이해했다.

"그렇군, 궤짝이야! 엔도가 보낸 궤짝. 확실히 감정 확인문을 지우기 위해 올려두기에는 딱 좋은 높이겠어."

"낡고 지저분한 궤짝이라고 했으니, 주저없이 나무 상자를 올려놨겠지. 쓸모없어진 위작은 그 후 다시 엔도에게 보냈고.

이 정도면 감정 확인문을 지웠을 때 나무 상자를 어떤 방향으로 놓았는지 알 수 있지 않겠나? 못이 튀어나온 나무 상자를 궤짝 위에 놓았으니까."

"즉, **궤짝 뚜껑에는 나무 상자의 못 자국이 남아 있겠군**. 나무 상자는 직사각형 모양이니까, 못 자국을 확인하면 방향을 알 수 있어. 그리고 방향을 알면 도작범이 어느 손잡이인지 알 수 있는 건가."

그리고 그 궤짝을 가지고 있던 사람은 살해당한 엔도였다.

"이구치 군, 사사가와 씨의 도작 용의자 명단에 남은 사람들은 어느 손잡이지?"

"어디 보자, 엔도는 제외하는 거지? 모치키, 쇼지, 기리타 중에서 오른손잡이는 모치키와 쇼지야. 기리타는 왼손잡이고. 아아, 이래서 '특정할 수 있는 가능성'이 생긴다는 거로군."

만약 궤짝 뚜껑을 보고 도작범이 왼손잡이로 판명되면, 도작범은 기리타로 확정되는 셈이다.

"사사가와 씨는 이 궤짝이나 차항아리에 관한 사실을 어디서 아셨습니까? 저는 오카지마 씨에게 말했지만, 아마 오카지마 씨가 사사가와 씨에게 말하지는 않았을 것 같은데요."

"네, 그렇습니다. 아야는 더 이상 알려주지 않았어요. 저도 억지로 알아내려고 하지는 않았고요. 그 아이를 휘말리게 할 생각은 없었거든요."

"직접 조사하신 겁니까?"

"네. 오바 씨와 하녀에게 이야기를 들었습니다. 친절하신 분들이라 별 고생 없이 들을 수 있었죠."

"그 결과, 제가 지금 말씀드린 대로 결론에 도달하신 거군요."

"네. 전부 맞습니다."

사사가와는 선뜻 인정했다.

"그렇다는군. 이구치 군, 이게 엔도가 살해당한 이유일세. 그는 도작의 단서인 궤짝을 가지고 있었지만, 그건 간단히 확인할 수 있는 게 아니지. 그가 위작 제작에 관여했다는 의혹이 불거졌으니까 궤짝을 보여달라고 부탁해도 자기가 의심받고 있다고 생각해서 응할 리 없네. 사사가와 씨에게는 보여달라고 할 구실도 없고.

게다가 엔도에게는 동거인이 있었어. 나도 도둑질이 가능할까 싶어서 엔도의 집을 살피러 가 봤는데 어렵겠더라고. 항상 누군가 집에 있거든. 시간을 들여서 동거인의 행동을 관찰하지 않으면 무리야.

그래서 사사가와 씨는 한 가지 계책을 강구했어. 엔도 스스로 동거인을 쫓아내게 한 거지."

형사에게 들은 이야기다. 실종되기 전날 엔도에게 편지가 배달됐다고 한다. 그걸 읽고 엔도는 8월 21일 밤에 동거인들에게 집을 비워 달라고 부탁했다.

"사사가와 씨, 혹시 오기의 이름을 사칭해서 편지를 보낸 거 아닙니까? 엔도를 도와줄 수 있다는 식으로요."

"네, 그렇습니다. 다른 방법은 떠오르지 않더군요. 동거인을 쫓아내야 하니까 그만한 필연성이 있는 인물이어야 했어요. 생사가 확실치 않은 상태인 오기가 편지를 보내면 무시할 수 없겠죠.

게다가 엔도는 위작을 만들었다는 의혹이 불거져서 궁지에 몰렸으니까, 오기가 자기를 구할 방법을 알려줄지도 모른다면 매달릴 수밖에 없습니다. 오기 본인도 오명을 버리기 위해 죽은 걸로 위장했다고 추측됐으니까요. 이쪽 요구에 따르게 하기에는 제일 좋은 방법이었죠.

편지에는 방문 시간을 명확하게 쓰지 않았습니다. 당일 밤, 저는 동태를 살펴서 엔도가 지시대로 동거인을 쫓아냈는지 확인한 후에 방문했습니다. 10시가 넘은 시각이었죠.

엔도는 오기 말고 다른 사람이 나타나서 미심쩍어했지만, 저는 오기의 심부름꾼이라고 둘러댔습니다. 그렇게 말하면 일단 안으로 들일 수밖에 없죠.

집 안쪽까지 들어가서 목소리가 밖으로 새어 나갈 걱정이 없어지자, 저는 재빨리 손수건으로 엔도의 목을 졸랐습니다."

범행을 고백하는 사사가와는 도저히 범죄자처럼 느껴지지 않았다. 하스노와 다름없이 침착했다.

그는 범인이자, 그 이상으로 탐정이었다. 나는 사사가와의 무도한 면모에 전율하면서도 그에게 격앙할 수 없었다. 만약 내가 그를 큰 소리로 규탄한다면, 오히려 내가 제정신이 아닌 것처럼 보이리라.

멍청한 들러리 탐정에 불과했던 나는 슬며시 사사가와를 책망했다.

"그렇게까지 해야만 했습니까? 지나치게 우회적이고 불확실한 이야기 아닌가요? 궤짝 뚜껑을 보기 위해 엔도를 죽여야만 했습니까? 정말로 흔적이 남아 있을지는 모르잖아요. 엔도를 살려둔 채로 궤짝을 조사할 방법은 없었습니까?"

"그를 묶어놓고 집을 수색이라도 하라는 건가요? 어차피 얼굴도 드러났는걸요."

사사가와에 이어 하스노까지 내게 반박했다.

"자네 말은 지당해. 하지만 사사가와 씨에게는 사정이 좀 달랐지. 물론 얼굴을 드러냈으니 죽이는 게 안전하지만, 무엇보다 궤짝 뚜껑의 논리가 불확실한 게 문제였어.

궤짝 뚜껑을 확인한들 도작범이 판명된다는 보장은 없네. 아니, 판명되지 않았지. 그렇죠?"

"네. 흔적은 확인했지만, 그 결과 도작범은 오른손잡이였습니다.”

엔도의 시체가 나타난 후 통화했을 때 하스노도 그렇게 말했다.

하지만 하스노는 궤짝 뚜껑을 보지 않았을 것이다. 그는 어떻게 알았을까?

“이구치 군, **도작범이 판명되지 않으면, 사사가와 씨에게는 흰갈매기회 회원의 시체가 하나 더 필요해.**”

“……필요하다고? 시체가?”

사사가와는 탐정의 얼굴로 고개를 끄덕였다.

6

“이것으로 세 건의 살인이 끝났어. 하지만 사사가와 씨는 아직 도작범을 찾아내지 못했지. 왼손잡이인 기리타는 용의자에서 제외했지만 쇼지와 모치키, 두 사람이 남았어.

한편 미뤄둔 수수께끼가 있지. 시체를 전부 후카에 씨의 그림처럼 꾸민 것 말일세. 이 두 가지 사실은 밀접한 관계가 있어.”

“즉 그렇게 꾸민 것도 범인을 찾기 위해서였다는 건가? 아야 씨를 덮친 범인을…….”

“그렇지. 그건 사사가와 씨가 범인을 찾는 과정에서 극히 중요한 공정이었어.”

그저 범인의 광기를 증명하는 것처럼 보였던 그 부조리한 시체의 옷차림에는 이성에 근거한 필연성이 있었다.

하지만 나는 아직도 모르겠다. 시체를 후카에의 그림처럼 꾸민다고 해서 어떻게 범인을 찾아낼 수 있다는 걸까?

"이 또한 이구치 군이 누구보다도 잘 알 텐데. 시체를 후카에 씨의 그림처럼 꾸몄다는 건 자네가 알아차렸잖나."

"내가 알아차렸다기보다 자네가 거의 깨우쳐준 셈이지."

"하지만 결국 자네 기억은 정확했어. 그게 중요해.

자, 그 연출에는 어떤 의도가 있었을까? 미야모리가 헤롯왕, 오기가 요카난, 엔도가 사형 집행인, 전부 그저 역할을 나타내는 수준을 넘어서 최대한 정확하게 후카에 씨의 그림을 재현하려 했어.

그리고 순서. 살로메로 꾸며진 도키코 씨부터 헤아리면 세면 헤롯왕, 요카난, 사형 집행인은 후카에 씨의 연작 순서와 동일하지. 여기에 큰 의미가 있다네.

이구치 군, 세 사람의 시체가 발견된 상황을 떠올려 봐. 전부 공통점이 있어."

공통점? 시체가 발견된 상황에?

"장소는 제각각이잖나."

"장소가 아니야. 거기 누가 있었느냐지."

"……알았다. 시체가 발견됐을 때, 늘 흰갈매기회 회원들이 모여 있었어. 용의자들이."

"그렇지. 첫 번째는 흰갈매기회의 정례 모임을 여는 요릿집이었어. 청소 도구를 보관하는 창고에 시체를 배치해서 모임이 끝나기 전에 발견되도록 했지.

두 번째는 흰갈매기회 회원들에게 오기의 이름으로 속달을 보내서 오구무라의 빈집에 불러 모았어. 이때는 안 온 사람도 있었지만 역시 거의 다 모였어.

세 번째는 이구치 군 집이야. 자네가 도작에 관해 캐묻고자 모두를 소집했어. 그걸 노린 것처럼 시체가 나타났지.

전부 하나의 명확한 목적 아래 진행된 일이야. 요컨대 용의자들에게 시체의 모습을 확실히 목격시키기 위해서였어."

"그렇구나. 그런 거였어……."

시체를 흰갈매기회 사람들에게 보여줄 기회를 선택해서, 또는 일부러 그런 기회를 만들어서 범행에 나섰다.

"정기 모임이 언제 열리는지는 요릿집에 물어보면 알아. 빈집에는 이쪽에서 불러내니까 됐다 치고, 마지막으로 자네 집 때는 자네가 보낸 엽서가 엔도의 집에 남아 있었어. 사사가와 씨는 그를 살해하고 집을 수색하다가 그걸 발견했겠지.

엔도의 시체, 사형 집행인을 보여주기에 정말로 좋은 기회였어. 자네는 엽서로 시체를 자기 집에 불러들인 셈이네."

"부인께서 화가 많이 나셨죠? 정말 죄송합니다."

도둑 이야기가 나왔을 때처럼 사사가와는 공손히 내게 고개를 숙였다.

"……그런데 시체를 우리에게 보여주는 데 무슨 의미가 있다
는 건가?"

"그거야말로 이구치 군이 누구보다도 잘 알아.

그 연출 때문에 우리가 어떤 행동에 나섰는지가 문제야. 그게
바로 그 연출에 담긴 의미를 설명해주지.

우리는 어디서 시체의 옷차림이 유래됐는지 알아내기 위해
후카에 씨의 판잣집에 몰래 들어가기로 했네. 그렇지?"

"응. 단서가 있지 않을까 싶었으니까."

"그래. 그리고 판잣집에 숨어든다는 계획을 떠올린 건 자네가
예전에 거기를 방문한 적이 있었기 때문이지.

그런데 후카에 씨는 은둔자처럼 생활한 사람이라 인간관계가
아주 좁았고, 특히 도키코 씨를 숨기고 있었기에 거처의 위치는
비밀로 했어.

자네는 어쩌다 보니 가까운 관계가 돼서 후카에 씨의 거처를
알았지만, 그 판잣집에 산다는 걸 남에게 발설하지 말라는 부탁
을 받았지?"

그렇다. 5년 전 처음 만났을 때 후카에가 신신당부했다.

"그리고 자네가 어디서 봤는지 아리송해했던 후카에 씨의 연
작. 후카에 씨는 작품을 좀처럼 세상에 공개하지 않았어. 당연
히 그 그림 또한 거의 아무도 못 봤으니, 경찰도 아직 이 사건이
후카에 씨의 그림을 흉내 낸 살인이라는 걸 눈치채지 못했지.

그럼 자네 말고 그 그림을 또 누가 봤을까? 있다면 분명 후카

에 씨의 판잣집을 방문한 적 있는 사람이겠지."

"그렇겠지만 누가 방문했는지는 모르잖나."

"누군지는 모르지만 분명히 찾아간 사람이 있어. 덧붙여 「살로메」 연작을 봤어도 이상하지 않은 사람들이 말이야. 바로 도키코 씨를 덮친 범인일세."

"아! 그렇구나!"

아까 사사가와가 말했다. 아야는 살로메의 옷차림으로 후카에의 모델을 맡고 있었을 때 습격당했다고. 즉, 범인은 후카에의 거처인 판잣집과 사건의 연출에 사용된 그림에 대해 아는 인물이다.

"그렇습니다. 생전의 류코우에게 들었어요. 그 그림은 아무에게도 보여준 적 없다더군요. 이구치 씨, 도키코, 도키코를 습격한 범인들 외에는. 도키코가 납치됐을 때 조각실에는 그 연작이 줄지어 있었습니다. 살로메 그림은 마지막 한 점이었어요."

"다시 말해 그 연출을 보고 판잣집에 오는 사람이 있다면, 그건 이구치 군 아니면 도키코 씨를 덮친 범인이겠죠.

범인은 시체를 보고 후카에 씨의 그림을 떠올릴지도 몰라. 그리고 자신의 기억을 확인하러, 그리고 사건의 실마리를 찾아 판잣집에 올지도 모르지.

옛날에 도키코 씨를 덮쳐서 켕기는 구석이 있는 만큼, 후카에 씨의 그림을 흉내 낸 사건이 주변에서 진행되면 몹시 불안할 거야."

"즉, 그 연출은 범인을 끌어들이기 위한 장치였던 건가!"

그렇다면 흰갈매기회 사람들이 모인 곳에 시체를 놔둔 것도 설명이 된다.

강간범이 후카에의 그림을 떠올리게 해야 한다. 시체의 옷차림이 「살로메」 연작처럼 꾸며져 있다는 걸 알아차리면 걱정돼서 판잣집에 올 수도 있다. 그때를 노리면 도키코를 능욕한 범인을 붙잡을 수 있는 셈이다.

"그래. 사사가와 씨는 위작범을 소거하거나 주로 쓰는 손을 판별해내는, 자잘하고 미덥지 못한 논리에 모든 걸 맡길 생각이 아니었어. 그 방법에 차질이 생겼을 때를 대비해 범인을 찾아낼 계획을 하나 더 진행하고 있었던 거지."

경찰은 후카에를 그저 미야모리에게 광을 빌려준 인물로 간주하는 듯했다. 판잣집도 방치된 상태였다. 하지만 후카에의 연작을 본 사람 입장에서 판잣집은 내버려둘 수 없는 장소다.

"아니, 잠깐만. 무슨 소리인지는 알겠네. 하지만 이 또한 너무 불확실해. 실패해도 상관없다는 생각으로 진행한 건가? 이렇게 힘든 계획을?

범인들이 판잣집에 올 수도 있기야 하겠지만 확률이 낮아. 그림 같은 건 모르는 척 시치미를 떼는 편이 안전하다고 생각할지도 몰라. 그리고 이제 와서 판잣집에 간들 뭘 알 수 있다는 건가?

그리고 범인을 붙잡는다고 했는데 어떻게? 온종일 판잣집을 감시할 수는 없는 노릇이잖나. 한밤중에 쑥 들어갔다가 나가면 모르지 않겠어?"

"두 번째 의문부터 설명할게. 이구치 군, 우리가 판잣집에 가서 후카에 씨의 연작 그림을 확인하려 했을 때 무슨 일이 일어났지? **별생각 없이 그림을 건드린 오쓰키 군의 팔에 석고상 철사가 박혔어. 마치 무슨 덫처럼.**"

등골이 얼어붙는 듯한 기분이었다.

오쓰키가 부주의해서 다친 줄 알았는데 정교하게 계산해서 일으킨 사고였다니, 너무 무서웠다. 그저 어질러져 보였던 물건들에 사사가와의 살의가 숨겨져 있었다.

"그림을 움직였을 때 다치도록 쥐덫처럼 조각실 물건들을 배치해둔 거야. 그리고 정기적으로 판잣집을 찾아가 이변이 없는지 확인해.

만약 물건이 움직인 흔적이 있다면, 흰갈매기회에 팔을 다친 사람이 있는지 확인하면 돼. 철사가 꽂힌 흔적이 있는 사람이 범인이야. 우리는 사사가와 씨가 범인을 찾기 위해 준비한 덫에 뛰어든 걸세. 그리고 오쓰키 군이 거기에 걸린 거지."

의도치 않게 범인이 할 만한 행동을 했던 셈이다. 나는 한없이 얼빠진 탐정이었다.

"그러고 보니 하스노, 자네는 판잣집에서 다친 오쓰키를 망설임 없이 사사가와 씨에게 데려갔지. 그때는 이미 이 사실을 알고 있었던 건가?"

"뭐, 그렇지. 범인이 누군가를 찾아내기 위해 사건을 일으키고 있다. 시체의 옷차림은 그러한 추측을 공고히 해준 이유 중 하나야. 흰갈매기회 회원들에게 시체를 보여주려 하는 것으로 판단컨대, 연출에 담긴 의미를 아는 사람을 자극하는 것 같았거든. 그래서 혹시 판잣집으로 끌어들이는 게 목적일지도 모른다고 의심하기는 했어."

사사가와는 그 말을 듣고 뭔가 떠오른 듯했다.

"아참, 하스노 씨. 류코우의 판잣집에 갔다가 여기를 찾아온 건 제게 오쓰키 씨가 범인이 아니라는 걸 알려주기 위해서였죠?"

"네, 그렇습니다."

"판잣집에 갔다가 다쳤으니 오쓰키 씨가 아야를 덮친 범인이라고 오인할까 봐 우려한 거군요. 그래서 일부러 오쓰키 씨가 불란서에 갔었던 이야기를 꺼낸 거예요."

그러고 보니 그때 하스노는 뜬금없이 오쓰키에게 유학에 관해 물었다.

"즉, 도키코가 그런 일을 당했을 때 오쓰키 씨는 일본에 없었다는 걸, 그에게 알리바이가 있다는 걸 저에게 들려주고 싶었던 겁니다.

그러지 않으셔도 됐는데. 걱정하실 필요 없습니다. 꼼꼼히 조사해서 오쓰키 씨는 처음부터 용의자에서 제외했으니까요."

"뭐, 그렇다면 됐습니다."

하스노는 시큰둥하게 대답했다.

사사가와는 말이 나온 김이라는 듯 설명을 이었다.

"이구치 씨도 범인이 아니라는 걸 처음부터 알고 있었어요. 아야가 당신과 단둘이서 그림을 그리는 데 동의했으니까요. 그 아이는 이구치 씨가 범인이 아니라고 확신했던 거겠죠.

물론 이구치 씨의 작품을 본 것도 관계가 있겠지만 무엇보다 키 때문일 겁니다. 당신은 키가 평균보다 작은 편이라서 습격한 남자들은 아니라고 안심했던 거겠죠."

내 작은 키가 뜻밖에 도움이 된 듯했다.

하스노는 진찰실에서 있었던 일로 이야기를 되돌렸다.

"사사가와 씨. 그때 속내를 살폈던 건 저뿐만이 아닙니다. 사사가와 씨도 이구치 군의 동향이 신경 쓰이셨죠? 그래서 판잣집의 그림에 대해 경찰에 말할 거냐고 물어보신 거고요."

"아, 그랬지! 과연, 그건 단순한 잡담이 아니었군······."

당사자면서 나는 누구보다도 늦게 알아차렸다.

"판잣집에 설치한 함정은 범인을 붙잡기 위한 것이었으니, 이구치 군이 걸리지 않기를 바라셨겠죠. 뭐, 이구치 군도 필사적으로 범인을 찾아다녔으니까 어쩔 수 없지만.

사사가와 씨에게 제일 큰 문제는 후카에 씨의 그림에 맞춰서 시체의 옷차림을 꾸민다는 사실을 이구치 군이 경찰에 밝히는 것이었습니다.

그러면 전부 헛수고입니다. 뭘 바탕으로 시체의 옷차림을 꾸였는지 다들 알게 되면 범인을 끌어들이는 계획을 못 쓰게 되니까요. 그래서 경찰에 말할 생각이냐고 떠본 겁니다."

"네. 류코우가 죽은 후 그 판잣집은 제가 관리했습니다. 류코우가 생전에 맡겼거든요. 범인을 붙잡을 절호의 기회가 찾아왔으니, 경찰에는 절대로 말하지 말았으면 했죠."

그리고 나 대신 하스노가 대답했다. 말하지 않는 편이 낫다고 생각한다고.

확실히 경찰에게 해서는 안 될 이야기였다. 도작범을 찾아내고 싶은 나를 위해서도 그렇다.

하지만 사사가와에게 범인을 찾을 기회를 준 건 옳은 일이었을까? 하스노는 그 선택이 초래할 결말을 상상했을까.

대체 수술실에서는 지금 무슨 일이 일어나고 있는 걸까? 하스노는 여전히 그걸 언급하지 않는다.

"이구치 군이 말한 대로 이 계획은 불확실해. 범인이 후카에 씨의 그림에 대해 떠올려야 하는 데다 판잣집에 확인하러 오려고 마음먹어야 하지. 상관없는 사냥감이 덫에 걸리는 불상사도 일어났고 말이야.

그래서 사형 집행인으로 꾸민 엔도의 시체를 공개할 때 사사가와 씨는 준비해둔 미끼를 하나 더 뿌리기로 했어."

"미끼를 하나 더?"

"엔도의 시체가 가지고 있었던 배역표 말일세."

"그 섬뜩한 쪽지?"

흰갈매기회 회원 모두와 후카에 도키코에게 살로메의 등장 인물을 배정한 목록이다. 죽은 엔도의 손에 쥐어져 있었다.

"섬뜩한 데는 큰 의미가 있지. 이구치 군, 시체를 후카에 씨의 그림과 똑같이 꾸미는 것만이 연출의 법칙은 아니야. 법칙이 하나 더 있었네."

"법칙? 시체가 연작의 순서대로라는 건가?"

"그래. 거기에는 중요한 의미가 있어.

우리는 판잣집에 몰래 들어가서 연작을 도중까지 연결해 봤지. 그래서 살로메부터 사형 집행인까지 후카에 씨의 그림 순서대로 사건이 발생했다는 걸 알아냈어. 하지만 사형 집행인 다음 그림이 뭔지는 오쓰키 군이 다쳐서 확인하지 못했고.

자, 시체가 그림 순서대로 나타나는 데 무슨 의미가 있을까? 이봐, 이구치 군. 그 배역표를 봤을 때 이렇게 생각하지 않았나? **다음은 대체 누구 차례일까.**"

"그렇구나."

엔도의 시체가 발견된 후로 어렴풋이 그런 생각을 했었다.

그 배역표 속에서 다음으로 희생될 사람은 누구일까? 나는 사형 집행인에 이어지는 그림을 확인하지 못해서 아쉬웠고, 정말로 그림에 대해 경찰에 말하지 않아도 될지 고민했다.

"각자에게 배역이 주어진 그 표를 보면 누구나 다음은 자기 차례가 아닐까 싶어서 불안해지겠지. 하물며 오카지마 씨를 덮쳤던 범인에게 이보다 더 섬뜩한 일은 없어.

배역표에는 자기가 과거에 덮쳤던 후카에 도키코라는 이름이 있어. 게다가 살인이 그녀가 모델인 그림의 순서대로 일어나고 있다는 걸 알아차렸다면 더는 가만히 못 있을걸? 조각실에 있었던, 자기가 할당받은 배역의 그림을 떠올리려 할 거야. 혹시 다음이 자기 차례인가 싶어 공포에 사로잡히겠지.

과거에 범죄를 저질렀으니 경찰에 알리기는 꺼려져. 스스로 확인해야 해. 이렇게 되면 범인을 판잣집으로 끌어들이는 계획은 성공률이 꽤 높아지지 않겠나? 그 판잣집은 버려진 것처럼 보이고 후카에 씨는 이미 사망했으니까, 슬쩍 가볼 마음이 생길 만해."

"알았다. 그래서 그 배역표가 미끼였다는 거구나. 이제 자기가 살해당할 차례 아니냐는 걱정이 싹트면 강간범은 판잣집까지 올지도 몰라."

사사가와는 모든 면에서 철저히 준비한, 실로 주도면밀한 탐정이었다.

"사사가와 씨, 애초에 세 번째 살인 때 그 배역표를 공개하기로 정해두신 거죠?"

"네. 순서를 의식하길 바랐으니까 시체를 적어도 세 구는 보여주고 싶었습니다. 한편으로 그렇게 공들여 살해하기가 쉽지는 않으니까 그 이상 횟수를 늘리기는 싫었고요. 세 사람을 죽였는데도 도작범의 정체가 드러나지 않으면 그걸 하기로 했습

니다."

"사실 그때 도작범의 정체는 밝혀진 상태였습니다. 사사가와 씨가 모르셨을 뿐이죠.

5월에 우리도 표절범을 추려낼 방법을 고민했습니다. 이구치 군과 오쓰키 군, 사에코 씨의 기억에 의존해서 용의자를 갑을병 식으로 분류했는데요."

하스노는 실내화에 얽힌 추리를 사사가와에게 들려주었다.

그렇다, 나도 알아차렸다. 용의자가 두 사람으로 좁혀졌을 때, 그 갑을병식 분류표를 적용하면 도작범을 특정할 수 있다.

사사가와는 의외인 듯했다.

"그런 추리를 하셨군요? 몰랐습니다. 오쓰키 씨와 이구치 씨의 대화를 엿들었을 때 그런 이야기는 나오지 않았거든요."

"저는 이 일을 오카지마 씨께 알려드렸습니다. 사사가와 씨께는 말하지 않았나 보군요."

"못 들었습니다. 그 아이는 하스노 씨와 있었던 일을 되도록 비밀로 하고 싶어 했어요.

확실히 그 방법을 알았다면 엔도의 시체를 사형 집행인으로 꾸미지는 않았을지도 모르겠군요. 도작범을 특정할 수 있었다 면요.

좋은 방법이지만 저는 그 추리를 듣지 않아서 다행입니다. 그 방법이라면 도작범 한 명이 밝혀질 뿐이니까요. 거기서 또 번거로운 짓을 해서 나머지 범인을 알아내야만 해요.

니다."

덫이 잘 작동했다고?

아직 명확해지지 않은 점이 있었다. 아까부터 하스노와 사사가와하는 말을 들어보면 아무래도 범인은 한 명이 아닌 듯하다.

"하스노, 좀 가르쳐주게. 범인들이라느니, 나머지 범인이라니 그게 무슨 말인가? 도작범은 한 명이 아니라는 거야?"

"자네 그림을 도작한 건 단독범일세. 도작범은 일부러 사건과 무관한 야나세에게 그림을 맡겼잖나. 여러 명의 범행이라면 그러기 힘들겠지. 동료들과 상의해서 내부에서 처리해야 할 테니까. 분명 혼자서 고민한 끝에 한 일이겠지.

하지만 과거에 도키코 씨를 습격한 범인은 아무래도 한 명이 아니야."

"……몇 명인데?"

"나도 아직 몰라. 사사가와 씨, 어떻습니까?"

"세 명입니다. 셋이서 도키코를 능욕했어요.

저는 엔도의 시체를 흰갈매기회 여러분께 공개한 후, 범인이 찾아오지 않을까 싶어서 시간이 허락하는 한 판잣집을 감시하기로 했습니다. 덫으로 팔에 상처를 입히는 우회적인 방법을 쓰는 게 아니라요.

오늘이었어요. 기다린 보람이 있어서, 도키코를 능욕한 세 명을 한꺼번에 일망타진했습니다.

행운이었죠. 원래는 한 명을 붙잡아 고문해서 나머지를 알아낼 작정이었으니까, 그 덫을 사용한 게 정답이었습니다.

판잣집을 수색하면서 추억을 회상하듯 그 아이를 덮쳤을 당시에 대해 떠드는 걸 들었으니 틀림없습니다. 범인은 세 명 모두 이구치 씨와 아는 사이예요."

7

"이구치 군과 아는 사이라면 혹시 셋 다 흰갈매기회 회원일까요?"

"네, 그렇습니다."

흰갈매기회에 강간범이 세 명 있었다. 오늘 사사가와는 그들을 붙잡았다고 한다.

생각보다 훨씬 참담한 상황에 나는 아무 말도 하지 못했다. 대신에 하스노가 물었다.

"이름을 알려주시겠습니까? 아무래도 이구치 군은 궁금하겠죠."

"물론 알려드리겠습니다. 일단 세 사람을 붙잡은 상황부터 설명드리죠.

아까 말씀드린 대로 세 번째 살인을 마친 후, 저는 최대한 시간을 할애해서 판잣집을 감시했습니다. 판잣집 2층에 숨어서요.

오늘 저녁이 되기 전에 드디어 범인들이 왔습니다. 여러분이 그런 것처럼 조각실의 그림을 뒤지더군요.

세 사람이 방에 들어간 틈에 저는 복도에서 문을 봉쇄해서 그들을 가뒀습니다. 그리고 창문 틈새로 권총을 겨누며 서로를 단단히 묶으라고 협박했죠.

하스노 씨, 이렇게 빨리 여기로 온 걸 보니 저처럼 판잣집을 감시하고 있었던 것 아닙니까?"

"네, 그렇습니다."

사흘 전에 통화할 때 잠시 집을 비운다고 했던 건 그 때문이었다. 하스노는 사사가와보다 먼저 범인을 밝혀낼 작정이었다.

"……이구치 군. 난 실패했어. 실은 이렇게 결말을 바꿀 도리가 없어진 곳에 자네를 데려올 생각이 아니었는데.

판잣집에 접근한 인물에게 들키지 않도록 신경 쓰다가 범인이 온 걸 늦게 알아차렸지. 게다가 그들을 붙잡은 사사가와 씨의 솜씨는 내 상상보다 훨씬 뛰어났어.

이제 사사가와 씨의 사건은 훌륭하게 해결되려 하지만, 자네 사건은 절망적이야. 도작범이 누군지는 알았지만."

"아니, 이제 그게 문제가 아닐세! 내 사건은 아무래도 상관없어! 하스노, 바꿀 도리가 없나? 결말은 정해져 있어?"

"사사가와 씨는 아무래도 정한 듯하군."

나는 마주 앉은 사사가와를 바라보았다.

그는 환자의 이야기를 듣는 의사였다. 우리가 뭐라고 소리치든 사사가와가 해야 할 치료는 달라지지 않는다. 의사가 환자를 안심시키듯 그는 망설이는 기색을 보이지 않았다.

   나는 여전히 수술실에서 무슨 일이 일어나고 있는지 물어볼 용기가 없었다. 대신 궁금한 점을 하나 더 물었다.

   "아야 씨는 이 일을 알고 있습니까? 사사가와 씨가 범죄를 저질렀다는 걸. 그리고 아야 씨를 덮친 범인을 사사가와 씨가 찾아냈다는 걸."

   "아야에게는 알리지 않았습니다. 전부 저 혼자 처리할 작정이었어요. 그 아이는 절대로 끌어들이고 싶지 않았죠.

   하지만 뜻대로 되지 않더군요. 그 아이는 이 사건 때문에 두 가지 쓸데없는 고통을 짊어져야 했습니다. ……아니, 꼭 쓸데없다고는 할 수 없겠네요.

   하스노 씨를 통해 아야는 이 사건의 경과를 전부 알았습니다.

   그 아이는 옛날부터 눈치가 빠르고 직감이 예리한 데다 머리가 정말 좋았어요. 제가 이 사건을 저질렀다는 걸 바로 눈치채고 이야기하러 여기 왔죠. 미야모리 사건이 발생하고 하스노 군과 만난 후에요.

   적당한 말로 얼버무렸지만 아야를 완전히 속이기는 쉽지 않았습니다. 이 사건이 그 아이를 덮친 범인을 찾아내기 위한 계획이라는 걸 간파당하고 말았어요.

   이 일이 어떤 갈등을 낳을지 여러모로 상상해 봤습니다. 그 아이가 저를 경찰에 넘겨도 어쩔 수 없다 싶었지만 그러지는 않았어요.

대신에 아야는 하스노 씨에게 매달렸습니다.

하스노 군과 만나서 그 아이는 너무나 괴로워했습니다. 아사마 미쓰에 씨의 악의 없는 장난이었다더군요.

하스노 군과 나란히 걸을 때면 도키코의 모습을 잃어버린 게 정말로 후회스러웠겠죠. 도저히 묵묵히 참기가 힘들었을 겁니다. 진한 화장에 대해 누가 뭐라고 비아냥거리든 견뎌온 그 아이도요.

그래서 하스노 씨에게 사건을 해결해달라고 부탁한 거겠죠.

저는 그 아이의 고통을 이해하려고 하지 않았습니다. 하지만 그 아이는 하스노 씨에게만큼은 그걸 이해받고 싶어 했어요. 자신이 어떤 경험을 하고 어떤 괴로움을 짊어지고 살아왔는지, 그리고 얼마나 아름다웠었는지, 당신만큼은 알아주길 바랐죠.

스스로 털어놓을 수는 없는 일입니다. 당신이라면 말하지 않아도 알아주리라 생각했겠죠. 그래서 아야는 하스노 씨에게 거짓말을 전혀 하지 않았을 겁니다."

"네. 오카지마 씨는 제게 진실만 말했습니다."

하스노는 보증하듯 대답했다.

"과거의 일뿐만이 아닙니다. 제가 아야를 위해 살인을 저지르고 있다는 걸 그 아이는 어떻게 받아들여야 할지 몰랐겠죠.

아야가 과연 자기를 덮친 범인을 알고 싶었는지, 저는 모릅니다. 이 사건은 제가 저 자신을 위해 저지른 거예요. 그 아이를 위해서라고 하지는 않겠습니다. 분명 이제는 하스노 씨가 그 아이에 대해 더 잘 알 겁니다.

하스노 씨, 당신은 그 아이의 갈등을 떠맡은 거겠죠. 그 아이 대신에 진상을 밝혀내고 결말을 지켜보러 온 겁니다. 그걸로 됐어요. 제 실책으로 부당한 갈등을 끌어안게 됐으니, 저는 아야가 답을 내기를 바라지 않습니다. 그 아이가 더 이상은 고통을 겪지 않았으면 해요.

어쨌든 그 아이 바람대로 당신은 진상에 도달했습니다. 제게는 방해가 됐지만 아야를 위해서는 다행이군요.

저는 그 아이를 구하기 위해 수술을 할 수밖에 없다고 믿었죠. 분명 제게는 그것 말고 다른 방법이 없었습니다.

하지만 만약 하스노 씨가 도키코를 만났다면 저는 필요 없었겠죠. 분명 당신은 그 아이를 구할 수 있었을 겁니다. 제 생각은 그렇습니다."

사사가와의 독백이 끝났다. 그는 지친 듯 몸을 앞으로 구부리고 소맷자락에 오른손을 넣었다.

"아야 이야기는 이 정도면 됐겠죠.

슬슬 수술실 이야기를 해야겠습니다. 저는 느긋하게 있어도 상관없지만 이구치 씨에게는 시급한 문제일 테니까요."

그렇게 말하고 사사가와는 소매에서 권총을 꺼내, 만년필이라도 다루듯 태연한 손놀림으로 망설임 없이 나를 겨누었다.

8

어두침침해서 한발 늦게야 권총임을 알아차렸다. 손을 살짝 내미는 사사가와의 모습을 보고서야 비로소 그가 내 목숨을 위협하고 있다는 걸 눈치챘다.

"어쩌자는 겁니까?"

그 순간 내가 겁먹지 않은 건, 권총을 꺼낸 사사가와에게도 그 모습을 보고 있던 하스노에게도 전혀 긴장이 흐르지 않았기 때문이다. 그들은 마치 순서가 정해진 의식을 거행하고 있는 것 같았다.

"이구치 군, 이야기를 듣지."

하스노가 내 어깨에 손을 얹었다.

사사가와가 말했다.

"이건 수술실 이야기를 하자면 꼭 필요한 조치입니다. 왜냐 하면 오늘 이제부터 일어날 일에 대해, 저는 누구의 마음속에도 후회를 남길 생각이 없으니까요.

즉, 지금 수술실에 있는 세 사람은 이구치 씨가 뭘 어떻게 해 도 절대로 구할 수 없습니다. 처음부터 정해진 일이에요. 이 권 총은 그 결말을 한 치의 오차도 없이 명확하게 만들기 위한 물 건입니다.

이구치 씨는 제 빈틈을 노려 세 사람을 구출할 수 없을까 싶 을 겁니다. 얼마나 진지하게 그런 생각을 할지는 모르겠지만,

전혀 아무 생각도 없지는 않을 거예요. 그리고 일이 다 끝난 후, 정말로 세 사람을 구할 방법이 없었느냐고 자문하겠죠. 그 자문은 평생 계속될지도 모릅니다.

그러니까 이 권총으로 보증하겠습니다. 세 사람은 절대로 못 구해요. 이구치 씨가 섣부른 행동에 나서면 주저 없이 쏠 겁니다. 한 번 더 말하는데 이구치 씨는 무슨 일이 있어도 세 사람을 구할 수 없습니다.

행동뿐만이 아닙니다. 제게 마음을 바꾸라고 재촉하지도 마십시오. 설득을 시도해서는 안 됩니다. 단 한마디라도 제 행동의 무익함을 설파하지 않도록 주의해주십시오. 말이라는 건 한마디라도 꺼내기 시작하면 한도 끝도 없어지는 법이니까요.

물론 저를 책망하거나 힐난하는 건 전혀 상관없습니다. 그런다고 분노에 사로잡혀 이구치 씨를 쏘지는 않을게요.

아야가 후회하는 걸 봤으니까 똑같은 전철은 밟지 않겠습니다. 괜찮으시겠죠?"

권총을 든 손은 미동도 없었다. 무덤덤한 목소리가 오히려 그의 말을 뒷받침하는 듯했다. 으름장에 불과하다고 치부할 수는 없었다.

"그렇다는 건 세 사람은……, 모치키를 비롯한 세 사람은 아직 살아 있습니까?"

나는 겨우 도작범의 이름을 입에 올릴 결심이 섰다. 우물쭈물할 때가 아니었다.

살로메의 단두대

"네. 그렇습니다."

"언제 죽습니까?"

"그건 모르겠군요."

"하스노……."

나는 절망이 치밀어 오르는 걸 꾹 참고 옆의 친구를 올려다 보았다. 하스노는 나를 진정시켰다.

"어쨌든 수술실에서 무슨 일이 진행되고 있는지 알려주시죠. 이구치 군, 나도 수술실의 세 사람을 구할 방법은 떠오르지 않는군. 그 점은 안심해도 돼."

"일단 이름을 알려드려야겠군요. 모치키 말고 다른 두 범인의."

"누구입니까?"

"한 명은 미야가와입니다."

미야가와! 아야의 비밀을 까발렸다고 기뻐하던 미야가와가 과거에 그녀를 덮쳤던 건가.

"뜻밖이었습니다. 어쨌든 그는 아야를 협박하려고 했을 때 과거에 자신이 능욕한 상대라는 걸 알아차리지 못했습니다. 하스노 씨와 함께 있었던 덕분이기도 했는지, 아야는 그에게 퍼부어야 할 말을 퍼부어줄 수 있었죠. 이 사건에서 유일하게 통쾌한 일이었는지도 모르겠군요."

"……나머지 한 명은?"

"기리타입니다."

기리타였나. 사사가와 입장에서는 역시 오기의 시체를 사용해 그를 불러들인 것이 정답이었다.

"어떻습니까? 고미 씨나 쇼지 씨가 아니라서 안심했습니까?"

사사가와의 불쾌한 질문을 나는 무시했다. 과연 죽어가는 범인들이 호감 없는 모치키, 미야가와, 기리타여서 나는 안심했을까? 상한 겨된장처럼 이 의문에 뚜껑을 꼭 닫아서 마음 한구석에 처박아 두고 눈을 돌린 채 살아가게 될 것이라고 나는 직감했다.

"세 사람은 지금 어쩌고 있습니까?"

"방의 상태부터 설명하죠. 그래야 이해하기 쉬울 테니까요.

수술실에서 수술대를 치우고, 그 공간에 단두대를 세 개 설치했습니다. 발이 세 개 달린 솥처럼 삼각형을 이루도록요."

"단, 단두대?"

"네, 기요틴 말입니다. 제가 못을 쳐서 만들었어요. 칼날만큼은 수술 도구라는 핑계로 기술자에게 부탁했지만요. 나무틀은 노송나무로 만들었고, 높이는 여덟 척입니다. 루이 16세를 처형할 때 사용한 걸 작게 만들었다고 상상하시면 될 겁니다.

다른 점은 그건 죄인을 눕혀 놓고 사용하지만, 제가 만든 건 처형할 사람을 꿇어 앉히고 몸을 앞으로 구부려서 구멍에 머리를 집어넣는 방식입니다. 실내에 설치하기 위해 수를 좀 썼죠.

즉, 모치키, 미야가와, 기리타가 구멍에 머리를 넣으면 서로 얼굴을 바라보게 됩니다."

"과연 그렇군요."

하스노는 진지하게 맞장구를 쳤다.

"세 사람을 벌거벗겨서 꿇어 앉혔습니다. 그리고 손을 뒤로 돌려서 양 손목과 양 발목을 함께 묶었죠. 그들의 요도와 항문에는 장미꽃을 꽂아뒀습니다. 요도에는 빨간 장미, 항문에는 흰 장미를요."

"······장미?"

그 광경이 너무나 선명하게 상상됐다.

"왜 그런 짓을? 아무리 복수라고 해도 너무 지독하잖아!"

"그러게요. 너무 지독합니다. 하지만 제가 고안한 만행은 아닙니다. 그들이 그 아이에게 저지른 만행 중 하나예요."

이번에는 세 사람이 도키코를 덮치는 광경이 뇌리에 들러붙었다.

"다만 세 사람의 만행은 미수에 그쳤죠. 가시가 있어서 실패한 모양입니다. 저는 얼음 가게에 부탁해서 물에 담가 얼린 장미를 준비했습니다. 그걸 적당히 가늘게 깎아서 잘 넣었어요. 약간 힘을 줘야 했지만요.

그들의 배설 욕구를 자극하기 위해 물을 한 되쯤 먹였습니다. 국소 마취를 했지만 그래도 음부에 장미가 꽂혀 있다는 걸 잊지는 못하겠죠.

그 상태로 아까 말한 단두대에 세 사람을 꿇어 앉혔습니다. 수술실 문에서 제일 가까운 곳에 모치키, 왼쪽 옆에 미야가와,

제일 안쪽이 기리타예요. 그리고 각자 서로의 기요틴 칼날이 매달린 약 반 치* 굵기의 밧줄을 물고 있죠.

칼날 무게가 수십 근은 되니까 무는 힘만으로 지탱하기는 불가능합니다. 기요틴 상부에 칼날을 받치는 지지대를 설치해서 그들에게 걸리는 부하는 조절해뒀어요. 어쨌든 모치키가 버티지 못하면 미야가와의 목이 떨어집니다. 미야가와가 힘이 다하면 기리타가, 기리타가 참지 못하면 모치키가 죽고요.

물론 한둘만 죽고 나머지가 살아남는 일은 없습니다. 누구 한 사람이 밧줄을 놓치면 연쇄 작용이 일어나 모두 목이 날아가죠. 그들은 지금 칼날이 떨어지지 않도록 서로의 밧줄을 문 채 누군가가 포기하지 않도록 감시하고 있어요. 하기야 그것 말고는 할 일이 없겠죠.

저는 세 사람에게 그 상태로 내일 해 뜰 때까지 버티면 모두 살려주겠다고 몇 번이나 되풀이해 굳게 약속했습니다. 믿어도 된다고 호언장담했어요.

그러나 저는 그 약속을 지키지 않을 겁니다. 세 사람이 죽을 때까지 수술실에 아침은 오지 않아요. 거기에 창문은 없고, 시계는 세 사람 눈에 보이지 않는 곳에 걸려 있죠.

당신들이 왔을 때 세 사람을 기요틴 앞에 꿇어 앉히고 밧줄

---

* 한 치는 약 3.03센티미터다.

을 물린 참이었습니다. 아직 기요틴 칼날이 떨어지는 소리가 들리지 않았으니까, 두 시간쯤 버틴 셈이네요."

사사가와는 9시 15분을 가리키는 서재의 벽시계를 올려다보았다.

그가 묘사한 광경은 정원의 인공산에서 용암이 분출해 집을 집어삼키거나, 푸른 하늘이 갈라지고 오물이 쏟아져 내리는 것처럼 말도 안 되게 느껴졌다. 굴뚝이 막힌 난로에서 뿜어져 나오는 검은 연기처럼, 사사가와 입에서 흘러나오는 악몽 같은 광경이 내 정신을 혼미하게 만들었다.

"……사사가와 씨, 저를 입회시켜 주실 생각입니까? 세 사람이 최후를 맞이하는 순간에."

"아니요. 그건 안 됩니다. 당신이 기요틴의 밧줄에 달려들기라도 하면 확실하게 저지할 자신이 없거든요. 혹시 모르니 그들이 죽기 전에는 당신들을 수술실에 들이지 않을 겁니다.

하지만 수술실 문 앞까지 가는 건 괜찮겠죠. 할 말이 있다면 문 너머로 말을 걸어도 됩니다. 무슨 이야기를 해도 무방합니다. 하면 안 되는 말은 없어요. 그들은 대답을 못 하겠지만.

그리고 기요틴 칼날이 떨어지는 소리가 세 번 들리면 출입은 자유입니다. 좋을 대로 하시면 돼요.

어떻게 하시겠습니까? 대체 얼마나 걸릴지 모르겠군요. 밝혀야 할 일은 더 이상 남아 있지 않습니다. 이대로 돌아가셔도 괜찮습니다. 걱정하지 않으셔도 저 자신은 제가 제대로 마무리하겠습니다."

"그 점은 걱정하지 않습니다. 이구치 군, 어떻게 할 텐가?"

하스노는 내가 묻기 전에 물었다.

지금 하스노는 방관자였다. 아야 대신 사건의 결말을 지켜보러 왔을 뿐이다. 그가 몇 번이나 말했듯 탐정은 나다. 내가 결단을 내려야 한다.

"……수술실 앞까지 가겠습니다."

"네. 그럼 그렇게 하시죠."

사사가와는 미소 띤 얼굴로 권총을 겨눈 채 일어서서 우리를 안내했다.

9

뒤에서 권총을 겨눈 사사가와가 일러주는 대로 복도를 걸어 수술실 앞까지 왔다. 닫힌 문틈에서 어두운 복도로 전등 불빛이 새어 나왔다.

사사가와는 문 앞에서 우리를 멈춰 세우고 옆을 빠져나가 정면에 섰다.

나는 아무 말도 없이, 가능하면 발소리도 수술실 안에 들리지 않기를 바라며 문 너머에 귀를 기울였다.

신음 소리가 축음기 여러 개를 동시에 틀어놓은 것처럼 조화롭지 못하고 귀에 거슬리는 박자로 들려왔다. 확실히 세 사람이 있는 것 같았다.

나는 수술실의 세 사람에게 말을 거는 것이 얼마나 무서운 짓인지 깨닫고 전율했다.

아무 말도 못 하고 고통스러워하는 상대를 그저 지켜보는 모치키, 미야가와, 기리타. 수술실에 내 목소리가 들린 순간 세 사람은 드디어 살았다고 확신하리라.

하지만 그 후 내가 들어가서 세 사람이 물고 있는 밧줄을 붙잡고 묶인 손발을 풀어주지 않는다면? 문 앞까지 왔으면서 도와주지는 않는다는 걸 알았을 때 그들이 맛볼 절망은 얼마나 클까?

그리고 내 입에서 나오는 격려의 말에 서먹서먹함을 느끼고 그들은 깨달을 것이다. 내가 실은 그들 중 누구에게도 호의를 품고 있지 않다는 걸, 사건을 해결하기 위해 무관한 사람이 이미 세 명이나 죽은 이상 범인인 그들이 죽지 않는 건 부당하다는 심정이 내 가슴속에 분명히 존재한다는 걸. 아무리 말을 잘 고르고 다듬어서 위로해도 그들은 반드시 눈치채리라. 그것이 그들이 마지막으로 깨닫게 될 사실이다.

왜냐하면 뭐라고 위로의 말을 건네도 나는 그들을 구하지 않는다! 구할 시도조차 하지 않는다. 그런 짓이 무익하다는 걸 사사가와가 보증했으니까.

그렇지 않더라도 그들에게 한마디라도 말을 거는 건 나뭇잎에서 떨어질 뻔한 벌레에게 입김을 부는 듯한 짓일 수도 있다.

입을 열자마자 칼날 떨어지는 소리가 세 번 이어질지도 모른다.

권총을 겨누고 있는 사사가와는 아무 기척도 내지 않았다. 입을 열 낌새도 없었다.

즉, 내 선택을 기다리는 것이다. 말을 걸지, 아니면 잠자코 세 사람이 죽기를 기다릴지 마음대로 하라는 뜻이다.

밧줄을 악물고 있는 세 사람은 이따금 잇새로 흐느끼는 소리를 흘려냈다. 그 소리가 높아질 때마다 드디어 칼날이 떨어지는구나, 하고 몇 번 마음의 대비를 했다.

두 걸음 떨어진 사사가와와 내 뒤에 서서 다리를 떠는 나를 받쳐주는 하스노. 다들 조용히 몇 분 아니면 몇십 분일 수도 있는 시간을 보냈다.

그리고 점차 내가 이 긴장감에 익숙해지고 있음을 깨달았다.

추위 속에서 동상을 입듯 공포가 마비되기 시작했다. 당장이라도 기요틴이 작동할까 봐 두렵다기보다는, 이 침묵이 언제까지 계속될지 몰라서 두려운 심정이 점점 커졌다. 혹시 하루, 아니면 이틀이라도 그들은 버틸 수 있을까?

수술실에서 들리는 목소리가 정말 그들이 내는 소리일까? 문 너머에는 사사가와가 들려준 현실 같지 않은 처참한 광경이 있는 게 아니라, 아무도 없는 방에서 그저 축음기가 돌아가고 있는 건 아닐까?

그들이 정말로 존재한다면 어떤 말을 하든 이 침묵보다는 낫지 않을까? 이렇게 잠자코 내가 있다는 사실을 숨긴 채 그들이 죽기를 기다리는 것보다 잔혹한 짓은 없지 않을까? 지금 입에서 밧줄을 놓치려는 누군가가 내 한마디로 활력을 되찾을 가능성은?

마침내 나는 주변을 가득 채운 정적을 깨뜨리고 싶다는, 수술실에서 뭔가 반응을 얻고 싶다는 욕구에 지고 말았다.

"다들 들리나? 나야. 이구치일세."

나는 즉시 귀를 막고 싶은 마음에 사로잡혔다. 당장이라도 날카로운 소리가 세 번 울릴 것만 같았다.

하지만 세 사람은 견뎠다. 대신 내 목소리에 반응해 흐느끼는 소리가 높아졌다.

"진정하고 듣게. 절대로 입에서 밧줄을 놓지 마. 거기 있는 건 모치키, 미야가와, 기리타지? 모치키, 들리나?"

내 말에 대답하는 것처럼 신음 소리가 났다.

그 소리는 좀처럼 멈추지 않고 비통하게 강해지거나 약해지거나 했다.

"알았네! 알았어. 대답하지 않아도 돼! 체력을 남겨둬야 해."

그래도 흐느낌은 멈추지 않았다. 다른 두 사람도 여기 있다는 듯 끙끙거렸다. 다들 내가 당장이라도 문을 열고 그들을 구출할 거라고 믿는다.

나는 소리쳤다.

"버티게! 나도 지금 권총으로 위협당하고 있어서 방에 들어갈 수는 없어. 그러니까……."

이제는 내가 그들에게 애원하고 있었다.

"어떻게든 아침까지 버티게. 그러면, ……그러면 살 수 있어."

흐느끼는 소리가 조금씩 작아졌다.

나는 정신없이 외친 거짓말이 얼마나 잔혹한지 깨닫고 현기증이 났다.

죽어가는 그들은 분명 내 말에 활력을 되찾았다. 그리고 그 말에 매달려 아침까지 지옥 같은 시간을 견디려 한다.

하지만 아침은 오지 않는다! 그들은 내가 거짓말을 했다는 걸 알아차릴지도 모른다. 문 바로 밖에 있는 내가 그들을 속였다는 걸…….

고통을 최대한 길게 끈 끝에 그들은 내게 배신당한 걸 깨닫고 죽는다!

침묵을 깨는 행위로 나는 사사가와의 고문에 가담하고 말았다.

사사가와는 그들에게 무슨 말을 해도 상관없다고 보증했다. 허풍이 아니라 내가 세 사람에게 무슨 소리를 하든 그의 계획에는 아무 지장도 없다. 사사가와가 세 사람을 살려줄 생각이 없다는 걸 알려줘도 무방하다. 왜냐하면 나도 그들을 구하지 않으니까! 그걸 깨닫고 그들은 체념해서 힘이 다한다.

내가 여기 있다고 알리는 건 세 사람을 더욱 괴롭히는 짓이었다. 침묵을 지켰어야 했다! 서 있느라 지친 나는 복도에 털썩 무릎을 꿇고 후회했다.

"그러고 보니 하스노 씨."

내가 침묵을 깨자 다시 대화해도 된다는 신호가 떨어진 것처럼 사사가와가 입을 열었다.

"미야모리 사건이 발생한 후 당신들은 위작범이 쓰던 광을 확인하러 갔죠. 거기서 모치키와 만난 걸로 아는데요."

"네."

미네코를 데리고 나카노마치에 갔을 때다. 모치키가 나타나서 나는 허둥지둥 광 뒤편에 숨었다.

"그때 당신이 모치키를 위협했다면서요? 진실은 무료가 아니다, 얻기 위해 대가를 치러야 할 수도 있다고요. 그는 당신이 뭘 알고 있는 건가 싶어 겁먹고 돌아갔습니다.

그때 모치키는 광을 살펴본 뒤 판잣집에 후카에 씨의 그림을 확인하러 가려고 했다고 해요. 살해당한 미야모리의 옷차림을 본 적 있다는 걸 이미 알아차린 거죠. 하지만 당신과 마주쳐서 그만뒀습니다.

엔도가 살해당하고 나서야 역시 확인해야겠다는 마음이 들어서 미야가와와 기리타에게 같이 가자고 제안했죠."

"아아, 그랬군요. 제가 그렇게 말한 탓에 괜한 희생자가 나왔네요."

하스노는 건성으로 대답했다.

세 사람은 지금 그가 말했듯 진상을 알려고 한 대가를 치르고 있다.

"그리고 이구치 씨."

그는 권총을 겨누고 있는 게 맞나 싶을 만큼 싹싹하게 말을 걸었다.

"이것도 모치키에 관해서인데요. 그가 왜 도작한 아야의 그림과 도키코의 사진을 야나세에게 맡기기로 했는지 모르시죠? 별것 아닙니다. 당신 친구 오쓰키 씨 탓이에요.

오쓰키 씨는 아주 파격적인 인물이라 몰상식하고 무례한 짓을 아무렇지도 않게 할 수 있는 사람이죠. 잘은 모르지만 예술의 외설성을 두고 모치키와 싸웠다나요? 한번은 오쓰키 씨가 모치키의 집에 가서 격렬한 논쟁을 벌였다는군요.

그래서 모치키는 오쓰키 씨가 집을 뒤지지는 않을까 불안했던 겁니다. 뭔가 자신의 화가 인생을 트집 잡을 만한 소재를 오쓰키 씨가 집에서 찾아내는 것 아닐까 싶었겠죠. 오쓰키 씨는 몰래 집에 숨어들어 구석구석 뒤집어엎을 수도 있을 것처럼 보였답니다.

그래서 만약에 대비해 야나세에게 맡긴 겁니다. 함께 아야를 능욕한 미야가와나 기리타에게는 맡길 수 없었어요. 모치키가 멋대로 저지른 일일 뿐 두 사람은 도작과 무관하니까 그럴 만도 하죠. 캔버스를 숨기기는 번거롭기도 하고요.

하지만 이게 그야말로 역효과였던 거죠. 야나세는 그림을 가지고 도망쳤습니다. 오쓰키 씨 덕분에 범인이 밝혀졌다고도 할 수 있어요."

"그렇군요."

맞장구는 하스노가 쳤다. 나는 사사가와와 제대로 말을 나눌 수 없을 것 같았다.

사사가와는 이런 이야기도 했다.

"이구치 씨의 처조카가 아야와 마주쳤다면서요? 그 아이가 처조카의 사진기를 부쉈나 본데, 사실 세 사람이 그 아이를 덮쳤을 때 사용한 사진기가 처조카 것과 흡사했다고 합니다. 코닥이죠? 많이 팔린 사진기니까 똑같은 제품일지도 몰라요.

그 아이는 그걸로 몰래 자기를 찍은 줄 알고 발끈한 거겠죠."

사사가와는 좀처럼 이야기를 멈추지 않았다. 그러고 나서 그는 사건과 전혀 무관한 의료에 얽힌 추억담을 꺼내놓았다. 구라파에 있었을 때 교통사고로 오른팔을 잃은 소년을 구한 이야기나 부탁에 못 이겨 뼈가 부러진 염소를 치료했지만 죽게 된 이야기를 할 때, 그는 결코 혼자서 이야기에 푹 빠지지 않고 손님인 우리를 대접하는 걸 잊지 않았다.

최후를 앞둔 건 수술실의 세 사람뿐만이 아니다. 기요틴 칼날이 떨어지는 소리가 나면 사사가와의 안식도 끝난다. 평온하게 잡담을 나눌 기회는 더 이상 찾아오지 않는다.

하스노를 말벗 삼아 사사가와는 한정된 시간을 즐겼다.

사사가와가 이야기를 일단락 지었을 때 나는 수술실을 향해
말했다.

"나도 뭔가 이야기를 할까? 자네들도 지루할 테지. ……아침
까지 있어야 하니까."

신음 소리가 약간 높아졌다.

아침까지, 라고 말할 때 나는 목소리를 떨지 않으려 애썼다.
세 사람에게 이미 거짓말했으니 끝까지 거짓말을 이어나가는
수밖에 없었다. 겨우 자정이 지났음을 그들에게 알려줄지 말지
망설이던 끝에 도저히 아무렇지도 않게 알려줄 수는 없다는 걸
깨달았다.

"대체 무슨 이야기를 하면 좋을까? 이야기는 듣고 싶지 않
나? 그야 나와 자네들이 딱히 친한 사이였던 건 아니니까. 그만
둘까? 정신이 산만해지려나. 어떻게 해야 할지 모르겠군."

내가 잠자코 있자 흐느끼는 소리가 점차 커졌다.

세 사람은 아직 믿고 있다. 동이 트면 내가 문을 열고 그들을
풀어주기를 필사적으로 기다린다.

그들이 가장 두려워하는 건 침묵이었다. 복도에서 아무 소리
도 들리지 않는 것이 그 무엇보다도 세 사람을 절망으로 이끈다.

나는 천천히 이야기를 시작했다. 내게는 죽어가는 그들에게
서둘러 전할 말이 전혀 없었다.

살로메의 단두대

"모치키와는 5년쯤 전에 만났던가? 처음 만났을 무렵에는 서로 잘 맞는 것 같았어. 「신곡」의 베아트리체 이야기로 의기투합한 적 있었지?

하지만 나는 오쓰키와 오래전부터 친분이 있었고 자네와 오쓰키는 견원지간이라 우리가 친했던 건 그때뿐이었어. 서로 인연이 없었던 거겠지.

미야가와에게는 이젤을 한 번 빌렸었어. 돈을 얼마쯤 줬었나 그랬을걸? 그래도 그건 도움이 됐다네. 문부성 미술 전람회에 출품할 작품 때문에 급했거든. 뭐, 전람회는 완전히 망쳤지만.

기리타는 음, 그러니까⋯⋯."

기리타의 마음을 꺾을지도 모를 일화만 떠올라서 말꼬리를 늘어뜨렸다. 그와 함께 회상할 만한 추억은 없었다.

어쩔 수 없이 그의 작품 이야기를 꺼냈다. 이거라면 별로 막히지 않고 말할 수 있을 듯했다.

"⋯⋯기리타는 정처 없이 여기저기 쏘다니는데도 각 지역의 풍토를 작품에 잘 담아서 가져오는 게 대단해. 「아지가사와의 어부」처럼 뭘 그려도 작품 제목에 대개 지명이 들어가는데, 그림을 보면 제목에 공감이 가.

풍토를 바탕으로 작품 소재를 찾아내는 감성은 내게 없네. 나는 화풍이 참 변덕스럽다는 말을 자주 듣는데, 단지 생각난 순서대로 그릴 뿐이라 아무 맥락이 없어서 그래. 하루미 사장님이 여행을 권유하신 적도 있지만, 그 정도로 내 작품이 바뀌지는 않을 걸세.

내 그림이 오래된 성에 유폐된 인물이 위안 삼아 그리는 듯한 느낌이 든다는 식의 평가를 받는 건 그런 감성이 부족해서겠지. 자네가 부럽다면 부러울지도 모르겠어.

부럽다고 하니까 생각나는군. 모치키, 오쓰키도 자네의 색채적인 능력만큼은 인정했다네. 자네 그림을 보면 청과물 가게가 떠오른다며 깎아내렸지만, 자세히 들어보면 인공적인 소재에 자연의 색채를 조합하는 데는 능숙하다고 여기는 것 같아.

미야가와는……, 자네는 회화적인 측면에 강점이 있었지.

그러니까 위작을 만들었다는 사실이 들통났다고 해서 자포자기할 필요는 없었어. 삽화가라도 되면 일거리는 있었을 거야. 아야 씨를 협박하거나 하지 않아도 됐을 텐데…….”

점점 세 사람이 내 이야기를 이해하고 있는지 의심스러워졌다. 그들은 그저 내가 이야기를 멈추면 밤에 벌레가 울어대듯 끙끙거렸다. 나는 말할 줄 모르는 아기를 어르듯 나 스스로도 뭔지 모를 이야기를 계속했다.

“자네들에게 만에 하나의 일이 생겼다 치고, 그러면 남겨진 작품은 대체 어떻게 될까? 작가의 인물됨이며 인생과는 별개의 것으로 평가될까? 자네들이 존재했다는 증거가 될 수 있을까? 그래, 작품은 작가와 무관하게 평가받아야 한다고 진지하게 주장하는 자들이 있지. 나는 그들이 지구에서 전쟁을 일소하라는 등 세계평화를 실현하라는 둥 그런 구호를 외치는 자들과 같은 부류로 느껴진다네.

그런 일은 있을 수 없거든. 공허한 이상론에 불과하지. 어딘가 일부에서 한순간 싹이 보이더라도, 바로 덧없이 짓밟히고 말아.

작품을 감상할 때 남의 의견에 의존하지 말고 스스로 평가해야 한다고 주장하는 자도 같은 부류야. 자만심이 심해도 너무 심해. 자기 힘만으로 작품을 감상하는 능력이 있다고 착각하는 걸세.

그런 건 극히 일부의 천재만 지닌 능력이지. 사람들은 대부분 천재를 모방하면서 자신만의 독창성을 살렸다고 믿어. 감상평을 자기 힘으로 만들어낸 것이라고!

평범한 사람은 자신만의 독창성을 바탕으로 작품을 감상할 수 없는데도 말이야.

그런 착각이 여기저기 만연했지. 자네들도 마찬가지일세.

자네들은 아야 씨를 능욕한 행위를 자기들에게만 허용된 숭고한 일이라고 착각했던 것 아닌가? 마치 예술가의 특권처럼. 그래서 보통이 아닌 방법으로 아야 씨를 마구 농락한 것 아니야?

자네들은 수십 년이나 수백 년이 흘러 뼈조차 삭아버린 후에도 자네들의 작품이 평가되기를 기대해서는 안 돼.

그런 것보다 자네들의 가장 큰 업적은 아야라는 인간의 하나뿐인 아름다움을 훼손한 걸세. 훼손한 건 용모뿐만이 아니야.

자네들은 정말로 변변치 못해. 작품을 남겼다고 해서 살았던 증거가 남을 것으로 생각지 말게. 그런 건 아무것도 아니야. 자네들 목숨과 마찬가지로 하찮을 뿐이지."

나는 이제 말로 그들을 위로하기는 포기했다. 그들은 내 말을 한마디도 이해하지 못한다. 나 자신도 점차 내가 무엇에 분노하고 있는 건지 알쏭달쏭했다. 광기 어린 이 시간을 견딜 수 없어, 그저 마음속에 떠오르는 잡다한 일들을 두서없이 떠들어 댔다. 말을 멈추면 그들은 탄식하며 계속하라고 졸랐다.

내 이야기를 사사가와는 진심으로 흥미로워하는 듯했다. 나는 그게 괘씸했다. 사사가와가 괘씸하게 느껴진 건 이번이 처음이었다.

"자네들이 여기서 죽는다 해도 내가 자네들의 명복을 빌기 위해 뭔가 해줄 수는 없어. 난 평범한 사람이니까, 그런 건 자네들이 알아서 해⋯⋯."

나는 침묵을 깬 걸 계속 후회했다.

후회는 하나의 결심에 다다랐다.

무슨 수를 써서라도 세 사람을 구출해야 한다. 애처로울 만치 평범한 저 세 사람에게 이런 비범한 죽음은 어울리지 않는다!

나도 이 고문에 가담해서는 안 됐다. 나는 결코 그런 숭고한 권리를 누릴 만한 인물이 아니었다.

사사가와는 경계를 풀지 않았다.

하지만 그가 밤새 빈틈없는 자세를 유지하며 필요한 순간에 방아쇠를 당길 수 있을까? 집중력이 흐트러진 순간, 재빨리 문을 열고 들어가서 그의 추격을 피해 문을 닫을 수 있다면? 그리고 문에 버팀봉을 대고 세 사람을 풀어줄 수 있다면?

가령 성공하더라도, 거기서부터는 뾰족한 수가 없다.

하스노가 협력해준다면······. 하지만 그와 상의할 방법은 없다. 게다가 지금 그는 방관자다. 내 행동을 막지는 않더라도 도와줄 것 같지는 않았다.

하지만 그들을 구하려면 할 수밖에 없다. 내가 가담한 고문에서 손을 뗄 방법은 그것뿐이었다.

내가 세 사람에게 말하고, 사사가와가 우리에게 말하면서 또 시간을 잠시 보냈다. 사사가와가 권총에서 다른 곳으로 정신을 돌리기를 계속 기다렸다.

오직 세 사람을 구하기 위해서 수술실 문을 열고 싶은 건 아니었다. 나는 빨리 진상을 알고 싶었다.

수술실에는 정말로 모치키, 미야가와, 기리타가 갇혀 있을까? 정말로 기요틴이 있을까? 세 사람의 요도와 항문에 장미를 꽂았다는데 정말로 그런 짓을 했을까?

전부 사사가와의 거창한 장난이 아닐까? 그 가능성을 믿고 싶었다. 사실 사사가와는 내가 문을 열기를 이제나저제나 기다리고 있는 게 아닐까?

마침내 때가 왔다. 내가 사사가와에게서 시선을 돌리고 고개를 약간 숙였을 때. 문득 뒤쪽에 정신이 팔렸는지 사사가와가 총구를 내렸다.

나는 재빨리 문으로 다가가 문고리를 움켜잡았다. 하스노는 내가 그러리라고 예상한 것처럼 한 걸음 물러서서 자리를 양보했다.

문을 활짝 열었을 때 눈앞에서 가느다란 실이 뚝 끊어졌다.

무슨 일인가 싶어 얼떨떨해하고 있으니 하스노가 내 곁을 빠져나가 수술실로 뛰어들었다. 그리고 펄쩍 뛰어오르다시피 문 바로 옆에 있던 선반의 기둥을 눌렀다.

"이구치 군, 도와줘! 이게 풀리면 끝장이야!"

하스노가 손끝으로 간신히 누르고 있는 건 기둥에 감긴 굵은 밧줄이었다.

감긴 밧줄이 빙빙 풀리려 한다. 내가 문을 열었을 때 문에 연결돼 밧줄 끝을 고정하고 있던 실이 끊어진 것이다. 밧줄은 천장으로 이어졌다.

뭐가 뭔지 몰랐지만, 그래도 온몸의 털이 쭈뼛 섰다. 뭔가 결정적인 일이 일어나려 한다.

내팽개쳐 있던 의자에 올라가서 밧줄을 붙잡았다. 그것이 미끄러지듯이 풀려나가는 걸 간신히 저지했다.

나는 그제야 의자 위에서 방의 상황을 살폈다.

사사가와가 말한 것과 똑같은 광경이 펼쳐져 있었다.

단두대 세 개가 방 한가운데 거대한 위패처럼 솟아 있었다. 그 아래에는 알몸으로 음부에 빨간색과 흰색 장미가 피어난 남자 세 명이 각각 손발이 묶인 상태로 단두대에 고정돼 있었다.

벽 옆에는 살로메가 서 있었다.

후카에가 도키코를 본떠서 만든 밀랍 인형이다. 가슴에는 칼이 꽂혀 있다. 후카에가 지은 옷을 입고 서글픈 표정으로 고통스러워하는 세 사람을 바라보고 있었다.

수술실은 똥오줌 냄새로 가득했다. 내 쪽에서는 세 사람 얼굴이 제대로 보이지 않았다. 하지만 기요틴 칼날 세 개에 연결된 밧줄은 세 사람의 입가로 팽팽하게 이어져 있었다.

그리고 나와 하스노가 아슬아슬하게 붙잡은 밧줄은 제일 앞에 있는 기요틴의 위쪽을 향했다.

거기에 작은 칼날이 하나 더 있었다. 만약 이 밧줄을 붙잡지 못했다면 용수철 장치가 작동해 알몸으로 버티던 세 사람의 노력과는 상관없이 기요틴에 연결된 밧줄이 잘렸을 것이다. 요컨대 함부로 수술실 문을 열면 세 사람이 죽도록 장치해 놓았던 것이다.

문 앞에 사사가와가 나타났다. 어째선지 권총을 내린 채 나를 노리려 하지 않았다.

마음속에 번지던 안도감에 불길함이 섞였다. 나는 세 사람을 부르려 했다.

그 순간이었다.

제일 앞쪽 남자가 물고 있던 팽팽한 밧줄이 느슨해졌다.

왼쪽 옆의 기요틴 칼날이 순식간에 떨어졌다.

그 모든 걸 나는 똑똑히 목격했다. 첫 번째 머리가 날아가자, 사사가와가 노렸던 연쇄 작용이 시계 방향으로 일어났다.

두 번째 머리는 이빨이 밧줄을 파고든 탓에 잠깐 허공을 날다가 툭 떨어졌다. 세 번째도 수면 위로 뛰어오르는 돌고래처럼 호를 그렸다.

칼날이 목을 자르는 소리가 세 번 울려 퍼졌다.

날아간 머리는 기요틴이 만든 마법진의 중앙에 모였다. 만년필 뚜껑이라도 떨어뜨린 것처럼 아무렇게나 굴러왔다. 내가 서 있는 의자 위에서 세 사람의 얼굴이 보였다.

"……아아."

나는 힘없이 중얼거렸다.

눈을 부릅뜬 모치키, 미야가와, 기리타, 세 사람의 머리. 사사가와의 이야기는 사실이었다.

"이런, 마침 힘이 다했군요. 다행입니다."

사사가와는 성큼성큼 단두대에 다가가 손을 짚고, 산란한 달걀처럼 널브러진 머리 세 개를 바라보았다.

이제 밧줄을 잡을 필요 없었다. 나와 하스노는 손을 놓고 참극의 현장에 한 발짝씩 다가갔다.

"저를 쏘지 않았군요."

나는 멍하니 말했다.

"물론이죠. 아야의 마음에 쏙 든 화가이신걸요. 쏘면 그 아이가 기뻐하지 않을 겁니다."

"그래서 이런 장치를 준비한 겁니까? 제가 문을 열어도 확실히 세 사람의 목숨을 빼앗을 수 있도록."

"네. 하지만 하스노 씨는 이런 장치가 있을 줄 예상했던 것 같군요. 저지당하고 말았어요. 다행히 모치키가 먼저 한계에 다다랐지만."

사사가와는 세 사람의 시체 주위를 천천히 한 바퀴 돌았다.

단두대에 웅크리고 있는 그것은 머리가 떨어진 돌사자상 같았다. 세 사람 모두 오줌을 쌌고, 미야가와는 설사로 흰 장미를 더럽혔다.

살로메 차림의 도키코는 변함없이 서글픈 표정으로 참극을 응시하고 있었다. 나는 그 아름다운 모습에 넋을 잃었다. 다른 일은 아무것도 생각하고 싶지 않았다.

우리 앞으로 돌아온 사사가와는 시체 같은 건 보지 않았다는 듯한 표정으로 말했다.

"하스노 씨, 제가 이구치 씨를 쏠 의사가 없다는 건 눈치채신 듯한데, 직접 수술실 문을 열 생각은 없었군요."

"무슨 장치가 있는지 몰랐으니까요."

"그리고 당신은 아야를 대신한 목격자였으니까요. 당신 역할은 지켜보는 거였습니다. 하지만 이구치 씨가 문을 열지도 모른다고 예상은 하셨겠죠."

"네."

"그를 막을 생각은 없었던 거군요."

"그건 이구치 군이 결정할 일입니다."

"하지만 만약 장치가 있다면 그때는 무슨 수를 써서라도 막기로 결심했다는 겁니까. 이구치 씨가 세 사람을 죽이게 할 수는 없다는 생각으로요. 전부 상상하고서 일이 일어나기를 가만히 기다리고 있었던 거예요?

참 고생이 많군요. 그렇게 배려만 하다가는 결국 인간을 혐오하게 될 겁니다."

하스노는 대답하지 않았다.

"자, 할 일이 더 있던가? 아참, 이게 오기의 머리입니다."

사사가와가 문 옆의 선반에서 커다란 유리병을 집어 들었다.

아까는 워낙 정신이 없어서 눈에 들어오지 않았다. 포르말린이 채워진 병에는 몹시 고생한 패잔병처럼 생전보다 훨씬 늙어 보이는 오기의 머리가 담겨 있었다.

"살펴봐도 딱히 재미있지는 않겠죠. 제가 확실히 경찰에 전달할 테니, 두 분은 신경 쓰지 않아도 됩니다."

사사가와는 오기의 머리를 선반에 되돌려놓았다.

나는 물었다.

"이제 어떻게 하실 겁니까?"

"여기를 정리해야죠. 아침까지는 끝내고 싶군요. 끝나면 경찰을 부르러 가겠습니다."

"자수하신다고요? 정말로요?"

"네. 달리 어떻게 할까요? 죽어봤자 아무 소용 없습니다. 살아 있으면 아야에게 도움이 될 수도 있겠죠."

사사가와는 뒷문까지 배웅하러 나왔다.

"그럼 하스노 씨, 그리고 이구치 씨도요. 아야를, 부디 그 아이를 잘 부탁드립니다."

그는 경례할 때처럼 엄숙한 표정으로 우리 앞에서 문을 닫았다.

종장

무르익다 못해 썩어가는 과일처럼 끈적이는 늦여름 햇살이 내리쬐는 히비야 공원이다.

벤치에 앉은 아야는 양산으로 햇빛을 가리고 고개를 숙였다.

아야의 진한 화장에 숨겨진 비밀을 폭로하는 기사가 어제 잡지에 실렸다. 사흘 전에 처참하게 마무리된 연쇄 살인 사건도 인쇄기의 회전을 멈추지는 못했다. 미야가와가 근거도 없이 비방한 걸 그대로 옮겨 적은 기사였지만, 그의 죽음이 사람들의 관심을 높였다. 사건으로 인해 평소에는 그런 기사를 저속하다며 멀리하는 사람들까지 잡지를 집어 들게 되었다.

누구나 이 사건의 주주 같은 얼굴을 하고 다닌다고 아야는 생각했다. 과거에 아야가 출연하는 연극 표를 산 사람이나 아야의 그림엽서를 받은 사람은 의리로 가지고 있던 주식이 급등한 것처럼 의기양양해한다. 그렇지 않은 사람들은 그들보다 객관적이고 분석적인 말투를 강조하며, 역시 자기에게도 참견할 자격이 있다고 생각한다.

물론 그들은 사건의 전모를 모른다. 그들에게 이건 아야가 성형 수술을 받았다는 비밀을 폭로하려던 사람들을 광기에 사로잡힌 의사가 차례차례 살해한 사건이다.

옛날에 아야가 얼마나 아름다웠는지는 아무도 모른다.

사람들은 우회적인 말로 사건을 논하면서 아야가 자살할지 말지에 한결같이 관심을 쏟았다.

자살이야말로 이 사건의 결말에 어울린다. 여섯 명이나 목숨을 잃는 사건의 계기가 된 아야는 이제 어떤 태도로 살아가려는 걸까? 그런 인간이 고개를 빳빳하게 들고 살아가는 건, 엉덩이에 종기가 생긴 것처럼 답답한 일이다. 없어지면 얼마나 속이 후련할까? 그리고 잠시 지나면 종기가 있었다는 것조차 잊어버린다!

다들 이야기의 결말을 기다린다. 자살한 아야의 인격은 증발하고, 그 뒤에는 바싹 말라비틀어진 비극만 남는다. 그러면 안심하고 각본을 즐기면 된다. 그들에게 사건은 무대 위에서 일어나는 일과 다를 바 없다. 그때 아야는 이미 어디에도 없다.

아야는 그렇게 믿었고, 그게 당연하다고 생각했다. 의붓오빠가 그랬듯 지금 당장 공원의 숲에 들어가서 적당한 나무를 고르고 숄을 가지에 묶어 목을 매야 합리적일 듯했다.

한편으로 합리니 불합리니 하는 건 지금 아무래도 상관없었다.

아야가 지금 신경 쓰는 건 오직 하스노뿐이었다.

전보로는 오후 1시라고 전했다. 이미 1시가 20분 지났다. 그는 나타나지 않는다.

사사가와가 체포된 후 아야는 하스노를 계속 찾았다. 일방적으로 전보를 보내서 약속을 잡고 그가 오기를 기다렸다. 세타가야의 집에도 찾아갔지만 없었다.

아야는 사태를 전혀 이해할 수 없었다. 하스노가 사건의 진상에 도달하기를 바랐을 뿐, 그다음에 일어날 일은 전혀 생각하지 않았다. 그대로 하스노가 사라질 줄은 상상도 못 했다.

사사가와가 체포된 것도, 자기를 능욕한 범인이 더할 나위 없는 고통을 당하다가 끔찍하게 죽은 것도 아야를 동요시키지는 못했다. 전부 상상했던 바다. 아야를 초조하게 만드는 건 하스노뿐이었다.

양산으로 시야를 가린 아야는 오가는 사람들의 다리만 바라보았다. 지팡이를 짚은 신사의 다리, 유모와 손을 잡고 가는 아이의 다리, 나란히 걸어가는 여학생의 다리, 애태우는 데도 지친 아야는 그들이 모두 원망스러웠다. 그들 모두에게 불행이 찾아와야 한다. 유행병 같은 것 말고, 한 사람 한 사람마다 별개의 유일무이한 불행이 찾아오면 좋겠다. 어차피 그들의 불행은 대량 생산한 싸구려로, 저마다 멋대로 애착을 쏟고 있는 것에 불과하다.

만약 그들이 아야가 겪은 사건의 진상을 알더라도 분명 그들은 그것을 유일무이한 불행으로 인정하지 않는다. 비슷하되 동일하지 않은 불행을 얼마든지 찾아낸다. 그들은 아야가 경험한 불행의 감상자가 될 자격이 없다.

숨겨야만 한다. 의붓오빠가 자기 작품을 계속 사장했던 것처럼. 아야의 불행을 공개하기에 적합한 사람은 한 사람뿐이다.

하스노는 오지 않는다.

갑자기 뒤에서 여자 목소리가 들렸다

"아야 씨?"

돌아보니 양산을 쓴 미쓰에였다. 미쓰에는 아야가 미워해 마지않는 천진난만한 미소를 지으며 아야를 발견한 걸 기뻐했다.

그 옆에 움츠리고 있는 사람은 미네코였다. 커다란 보따리를 안은 미네코는 미쓰에 뒤편에 반쯤 숨어 있었다.

"아직 기다리고 있었군요. 다행이에요."

"왜 당신이 온 거지?"

미쓰에는 일어서려는 아야를 살짝 밀어서 만류한 후, 양산을 접고 아야 옆에 앉았다.

하스노와 약속이 있다는 걸 미쓰에는 안다. 하스노가 두 사람을 자기에게 보낸 건가?

절망이 아야의 가슴속에 치밀어 올랐다.

"하스노 씨는? 왜 안 오지? 난 그 사람을 만나고 싶은데."

"아야 씨, 마음 가라앉히고 잘 들어요,"

살로메의 단두대

미쓰에는 아이에게 그러듯 아야의 무릎을 쓰다듬었다. 아야는 그 손을 쳐낼 수가 없었다.

"실은 하스노 씨가 크게 다치셨어요."

"다쳤다고? ……하스노 씨가?"

미쓰에의 말투로 부상이 사건과 무관하지 않다는 걸 바로 알았다.

"어쩌다가?"

"당신 사건이 해결된 밤이었어요. 하스노 씨는 사사가와 씨의 병원을 나선 뒤 도둑질을 하러 갔죠."

"도둑질?"

기요틴 칼날이 떨어진 후, 바로 하스노가 도둑질하러 갔다는 것이다.

알려주기 전에 아야는 그 이유를 알아차렸다.

"알았어. 사진이야. 그것밖에 없어. 범인의 집에서 내 사진을 되찾으려고 도둑질을 한 거야……."

아야는 확신했다. 하스노는 반드시 그랬을 것이다. 그만이 할 수 있는 일이기 때문이다.

아야를 능욕한 세 사람은 각자 사진을 나눠 가졌을 것이다. 모치키가 가지고 있던 사진은 아미리가로 넘어갔지만 나머지 두 사람 것은 어딘가에 남아 있다. 사사가와도 이것만큼은 어떻게 할 방법이 없었으리라.

미쓰에는 고개를 끄덕였다.

"그래요. 두 사람 중 한 명은 마침 사진을 가지고 다녔대요. 그……."

"기리타요."

미네코가 머뭇머뭇 이름을 알려주었다.

"맞아, 기리타. 늘 여기저기 여행을 다닌 터라 집에 사진을 놔두지 않고 늘 가지고 다녔던 거죠. 그래서 그 사람이 가지고 있었던 사진은 사사가와 씨가 범인들을 붙잡았을 때 다 태워버렸어요.

하지만 나머지 한 명은 사진을 집에 놔뒀죠. 미네코, 누구였지?"

"미야가와."

"그랬지. 미야가와의 집에는 사진이 남아 있었어요. 미야가와가 죽었다는 사실이 세상에 알려지면 더는 훔칠 기회가 없겠죠. 그래서 그날 밤에 하스노 씨는 도둑질하러 가기로 결심하신 거예요."

무모한 짓이다. 아무리 하스노라도 설마 미야가와의 집에 도둑질하러 가야 할 줄은 몰랐을 테니, 아무 사전 준비도 없이 결행한 셈이다.

"하지만 하스노 씨는 잘해 냈어요. 당신 사진을 찾아내서 처분했죠. 그런데 너무 지친 탓에 도망칠 때 철책에서 발이 미끄러져서 옆구리를 찔렸어요. 두 군데나."

미쓰에는 자기 기모노 띠에 손을 대고 이 언저리요, 하고 배꼽 근처를 가리켰다.

"……심하게 다쳤어?"

"네. 하스노 씨 스스로 철책에 묻은 피를 닦는 등 전부 뒤처리하고 도망쳤어요. 그러다 길에서 기절했고, 그 후로 쭉 병원에 누워 계세요. 한때는 위험했지만, 의사 선생님 말씀으로는 이제 큰일은 없을 거래요."

"그렇구나. ……다행이야."

하스노가 일부러 자기를 피한 것이 아니었다는 사실보다 하스노가 무사하다는 사실이 더 기뻤다. 자신의 마음이 그런 식으로 움직일 줄은 몰랐으므로 아야는 마치 잃어버린 물건을 뜻밖의 장소에서 찾은 것처럼 놀랐다.

동시에 직감 하나가 밀려왔다. 분명 두 번 다시 하스노를 만나지 못하리라는 직감이.

이 직감의 정체는 뭘까?

이윽고 하스노가 도둑질한 이유를 알아맞혔기에 그 직감이 밀려왔다는 걸 아야는 깨달았다.

도둑질에 나선 건 하스노가 아야의 마음을 이해했다는 증거였다. 아야는 하스노가 자기를 위해 당연히 그럴 줄 알고 있었다.

그리고 하스노는 심하게 다쳤다. 더 이상 그에게 요구할 수 있는 건 없다. 그는 아야의 고뇌를 가져갈 수 있는 만큼 다 가져갔다. 아야의 바람은 이루어졌다.

"정말 다행이야."

아야는 한 번 더 중얼거렸다.

심취한 미술품을 만지려다 흠집을 낸 사람처럼 슬펐다. 아야는 하스노의 아름다움을 원했다. 하지만 자기를 위해 하스노가 다쳤다는 사실이, 그걸 손에 넣을 수 없는 현실을 일깨워주었다. 더 이상 뭔가를 바라면 언젠가는 분명 하스노가 다치는 정도로 끝나지 않을 것이다.

그런데도 그를 소유하고 싶어 하는 건, 마치 하스노의 잘린 머리를 바라는 것이나 마찬가지다. 아야는 하스노가 아름다웠던 자신의 손을 잡고 의붓오빠의 물레방아 그림에 그려진 경치 속을 함께 거니는 모습을 꿈꿨지, 싸늘하게 식어버린 그의 모습을 원하는 게 아니다. 아야는 살로메가 되고 싶지는 않았다.

하스노는 없어졌다. 뭔가 해야 할 일이 더 있을까? 더 이상 살아가는 건 불합리한 짓이다. 이제 일기장의 사용하지 않은 쪽을 찢어버려야 하지 않을까? 세상 사람들이 바라는 대로.

"이제 내게는 아무것도 남지 않았어. 원하던 건 손에 넣었지. 또 하나 원하던 건 절대 손에 넣을 수 없다는 게 분명해졌고. 내가 사랑하는 사람은 모두 사라졌고, 증오스러운 사람은 실컷 증오했어. 이제 충분해. 나는 마지막에 행복을 얻었어. 이 앞에는 아무것도 없을 거야."

"네, 그럴지도 모르겠네요."

미쓰에는 아야의 무릎을 계속 쓰다듬었다. 아야는 그 손을 겨우 쳐냈다.

살로메의 단두대

"당신들은 대체 뭐 하러 온 거야? 내가 얼마나 동정받아 마땅한 사람인지 확인하러 온 건가? 호기심이 발동한 세상 사람들처럼! 또는 살아 있으면 뭐가 즐거운지 당신들이 아는 바를 가르쳐주려고? 만약 내가 죽어버리면 마음이 편치 않을 테니까?

그렇다면 걱정할 필요 없어. 세상 사람들은 내 알 바 아니지만, 당신들은 그나마 인연이 있으니까 오만 정이 다 떨어지게 해줄게. 내가 죽어도 속 시원하다는 생각만 들도록 해놓고 갈 테니까 안심해."

"네. 분명 당신은 그럴 수 있는 사람이죠. 하지만 지금은 당신이 좋아요. 당신이 싫어질 거라고 하니까 무섭네요."

"그래? 그럼 더 이상 아무 말도 하지 않는 편이 좋겠군. 하스노 씨의 안부를 전해줘서 고마워. 이제 작별이야."

아야가 격하게 반응해도 미쓰에는 흐트러짐 하나 없이 말을 이었다.

"하지만 역시 아직은 당신을 싫어하는 제 모습을 상상할 수 없어요.

당신에게도 폐를 많이 끼쳤죠. 저는 뭐든지 제 위주로 생각해서 제 마음대로 하거든요. 좋아하는 사람을 대할 때도 제 방식을 앞세우고요. 그래서 지금도 가끔 구슬치기를 하며 놀던 시절처럼 미네코를 귀여워하다가 미움을 사기도 한답니다.

저는 살다 보면 마음은 얼마든지 변하는 법이니까 죽지 말고 일단 목숨을 부지하자는 주의지만, 당신처럼 더 이상은 그럴 필요 없다고 스스로 결정하는 것도 정말로 대단하다고 생각해요. 어쩐지 수호지에 등장하는 영웅 이야기라도 듣는 듯한 기분이네요.

놀리는 게 아니에요. 진짜라고요. 그런 사람에게는 미움받고 싶지 않아요.

어쩌면 당신이 살든 죽든 저한테는 별 차이 없을지도 모르겠네요. 하지만 어느 쪽이든 당신이 친구로 있어주길 바라요. 그리고 살아 있는 동안은 만나서 이야기를 나누고 싶네요. 그래서 만나러 온 거예요. 실은 이구치 씨가 오실 예정이었지만."

아야는 미쓰에가 진심을 말했다는 걸 인정하지 않을 수 없었다. 점차 미쓰에를 쫓아낼 기력이 없어졌다. 미쓰에는 아야와는 전혀 다른 현실을 살고 있다.

미쓰에는 쑥스러운 듯 아야에게서 얼굴을 돌리고 말했다.

"실은 유에이켄에서 후카에 씨의 그림을 봤어요. 당신을 그린 그림이요. 일전에 제가 당신을 경멸하고 있다는 걸 깨닫게 해주겠다고 했죠? 자백할게요. 저는 완전히 그 그림에 홀렸어요. 남이 그렇게 부러웠던 건 처음이었죠. 부러워한 게 부끄럽기도 했고요.

그러니까 제가 당신을 경멸했던 것도 분명 사실이에요. 제가 눈치채지 못했을 뿐.

당신은 누구보다도 아름다웠어요. 확실히 당신에게 어울리는 사람은 하스노 씨밖에 떠오르지 않네요. 좀 더 일찍 당신을 만났다면 하스노 씨도 도둑이 안 되지 않았을까요? 하스노 씨도 당신을 좋아했을 거예요."

"이제 와서 그런 소리를 하는구나……."

미쓰에의 말은 어머니가 아이 방의 장난감을 멋대로 치우는 것처럼 아야가 마음속에 붙들어 놓으려 했던 세밀하고 복잡한 뭔가를 흩날려버렸다. 하지만 공허해진 마음속에 상쾌함이 어렴풋이 솟아올랐다.

"아참, 이구치 씨가 맡긴 게 있어요. 미네코 짱?"

"네."

아무 말 없이 곁에서 대기하고 있던 미네코가 안고 있던 보따리를 아야 앞으로 들고 왔다.

그나저나 왜 이 아이는 계속 울음을 터뜨릴 것 같은 얼굴일까? 아야는 의아해하는 눈으로 미네코를 보았다.

아야가 응시하자 언젠가처럼 미네코는 겁을 먹었다.

"이건 이구치 씨가 2년 전에 그린 당신 그림이에요. 결국 이구치 씨가 남의 그림을 도작하는 사람이 아니라는 걸 림스데이크 씨에게 증명하지는 못했지만, 그래도 그림은 사주시겠대요. 살인 사건이 해결됐으니까 이구치 씨는 범인이 아니겠거니 하신 거겠죠.

그래서 몇 점 팔았는데 이구치 씨가 이 그림만큼은 팔기를 거절했어요. 림스데이크 씨가 제일 마음에 들어 하셨는데 말이죠. 사건이 마무리되고 나니 역시 당신이 가지고 있는 게 낫겠다고 생각한 거예요. 그래서 아야 씨에게 드리겠대요."

설명을 듣고 아야는 화가 치밀었다. 이 얼마나 진부한 동정심인가! 아야가 숨겼던 진실을 알면 누구라도 그런 식의 제안을 하지 않을까. 그렇듯 흔해 빠지고 변변치 못한 동정심으로 남의 비위를 맞추고 자기만족을 얻으려 한다.

아야는 보자기에 감싸인 캔버스를 걷어차고 싶은 충동에 사로잡혔다.

하지만 미네코가 조심스레 보자기를 풀어 그림을 보여주자 아야는 힘이 빠졌다. 오렌지색 양장을 입은 자신의 뒷모습. 도키코가 아니라 아야의 모습이다.

"이구치 씨는 분명 유일무이한 재능을 지니고 계시겠죠. 이게 당신이에요. 정말로 아름답네요. 림스데이크 씨에게는 증명하지 못했지만, 물론 당신은 이게 둘도 없는 진품이라는 걸 알잖아요."

아야는 그림을 따가운 햇살에 내놓기가 아까운 마음에 원래대로 보자기에 싸서 품에 안았다.

자기 역할을 마치고 쭈뼛쭈뼛 서 있는 미네코는 여전히 당장이라도 눈물을 흘릴 것처럼 보였다. 미쓰에가 미네코의 팔을 잡고 가까이 끌어당겼다.

"당신에게 무슨 일이 있었는지 알고 나서 이 아이가 얼마나 울었는지 몰라요. 너무 가혹하다며. 그런 일이 있어서는 안 된다며."

살로메의 단두대

아야는 그녀의 눈빛이 무서워서 고개 숙인, 아직 아무것도 되지 못한 이 소녀에게 해야 할 말이 있다는 게 생각났다.

"……네 사진기 부숴서 미안해."

미네코의 눈물은 기모노 소매를 스치고 아야의 발치에 뚝 떨어졌다.

진상에 이어 찾아오는
충격적인 결말
—살로메의 단두대

다이쇼 본격 미스터리 3탄『살로메의 단두대』가 출간됐다.
벌써 3탄이라니 다이쇼 시대를 내달리는 도둑과 화가는 이제
중장거리 주자가 된 듯하다. 일단 순서부터 짚어 보도록 하자.

출간 순서로 따지면『교수상회』『시계 도둑과 악인들』『살로
메의 단두대』순이지만,『시계 도둑과 악인들』은『교수상회』의
프리퀄에 해당하고『살로메의 단두대』는『교수상회』보다 몇 달
후의 일을 다룬다. 출간 순서, 또는 내용 순서대로 읽어도 무방
하고『살로메의 단두대』를 단독으로 읽어도 이해하는 데 지장
은 없다(그래도 이왕이면 전작을 먼저 읽자).

『살로메의 단두대』는『시계 도둑과 악인들』에서 잠시 언급됐
던 코넬리스 판 림스데이크가 일본을 방문하는 것으로 시작된

다. 아버지가 팔았던 괘종시계를 되사러 온 림스데이크는 이구치가 그린 미공개작을 미국에서 본 적이 있다고 말한다.

여기서부터 다른 층위의 이야기가 복잡하게 전개된다. 도작과 위작, 희곡「살로메」를 흉내 낸 연쇄 살인, 무대에 서기 위해 얼굴을 수술한 여배우 등의 이야기가 얽히고설키며 독자를 이야기 속으로 끌어들인다.

이 과정에서 이번에는 화가 이구치가 탐정으로 나선다. 그에게는 림스데이크에게 그림을 팔기 위해 도작범을 찾아내야 한다는 '동기'가 있기 때문이다. 탐정에게 동기가 있다면 범인에게도 동기가 있다. 범인은 왜 피해자들을「살로메」의 등장인물 같은 옷차림으로 꾸미는 걸까?

그러나 사건을 해결하기는 쉽지 않다. "진상이니 진실이니 하는 건 공짜가 아닐세. 대개 뭔가 희생을 치러야 손에 들어오는 법이지." 등장인물 하스노의 말을 빌리자면 이러하기 때문이다.

그 험난한 길을 저자 유키 하루오는 다양한 볼거리로 채워 넣는다. 일단 백 년 전 다이쇼 시대의 정서와 풍경이 작품의 배경을 수놓는다. 그리고 시리즈 세 번째 작품이다 보니 캐릭터가 더욱 뚜렷해지고 풍성해졌다. 주인공 콤비인 하스노와 이구치도 건재하거니와, 무뢰한 오쓰키와 당찬 여성인 사에코가 기나긴 여정에 가끔 웃음을 제공한다. 오쓰키의 파격적인 예술론도 인상적이다. 그리고 미네코도 자신만의 비범함을 찾아 성장하려는 모습을 보여준다. 또한 종잡을 수 없는 연쇄 살인 사건이 시종일관 궁금증을 자극한다. 적당히 죄었다가 풀어주는 이야기가 독자의 시선을 책에 붙잡아둔다.

한편으로 추리 파트는 더욱 공고해졌다. 『시계 도둑과 악인들』 그리고 저자의 출세작 『방주』에서 그랬듯, '왜(동기)'에 중점을 두고 탄탄한 논리와 역발상으로 사건의 수수께끼를 풀어나간다. 그리하여 밝혀진 진상에 이어지는 결말은 시리즈 가운데 가장 충격적이다.

독자들은 이 결말을 통쾌한 권선징악으로 받아들일 것인가, 광기 어린 폭력성으로 받아들일 것인가? 그리고 탐정이 진상을 밝히는 행위는 과연 어디까지 정당화할 수 있을 것인가? 책을 덮고 나면 다양한 의문이 머릿속에 떠오르지 않을까 싶다.

책은 세 권이나 나왔지만 작품 속의 시간은 1년 정도밖에 지나지 않았다. 도둑과 화가가 활약하는 다이쇼 미스터리가 마라톤처럼 오래 이어지길 바라며, 이번에는 『살로메의 단두대』에 푹 빠져보시길 바란다.

2026년 봄
김은모

살로메의 단두대

1판 1쇄 인쇄 2026년 4월 10일
1판 1쇄 발행 2026년 4월 22일

지은이 유키 하루오 **옮긴이** 김은모
발행인 송호준 **편집장** 민현주 **총괄이사** 황인용
표지 디자인 박진범 **본문 디자인** 송재원
마케팅 소금 **제작** 송승욱 **제작처** 블루엔
발행처 블루홀식스 **출판등록** 2016년 4월 5일 제 2016-000100호
주소 경기도 파주시 회동길 483-1 **전화** 031-955-9777 **팩스** 031-955-9779
이메일 blueholesix@naver.com

ISBN 979-11-93149-73-7 03830 **값** 21,000원